Augustus Y. Napier

Ich dachte, meine Ehe sei gut, bis meine Frau mir sagte, wie sie sich fühlt.

AUGUSTUS Y. NAPIER

Ich dachte meine Ehe sei gut, *bis meine Frau mir sagte, wie sie sich fühlt.*

Wie Mann und Frau gemeinsam ihre Beziehung verändern können

Aus dem Amerikanischen
übertragen von Annette Charpentier

Kreuz Verlag

Die Originalausgabe erschien bei Harper & Row,
Publishers, Inc., New York, N. Y., U. S. A.
unter dem Titel »The Fragile Bond. In Search of an Equal, Intimate
and Enduring Marriage«

3. Auflage (13.–20. Tausend) 1991

Umschlaggestaltung: Jürgen Reichert, Kornwestheim
Satz: Utesch Satztechnik GmbH, Hamburg
Druck und Bindung: Clausen & Bosse, Leck
ISBN 3 268 00098 3

Inhalt

Einleitung: Die Geschichte (m)einer Ehe 9

Die populärste Form der Psychotherapie findet zu Hause statt 21

Die Inszenierung des Dramas 39

Wenn wir streiten – worüber streiten wir wirklich? 61

Männlicher Narzißmus – weibliche Selbstverleugnung: Die Suche nach dem Gleichgewicht 87

Nähe und Distanz 111

Macht und Schwäche und die vom Mann dominierte Ehe 133

Die von der Frau dominierte Ehe 161

Die Rollenverteilung im Familienspiel: Insider 179

Außenseiter 201

Warum wir lieben, wen wir lieben: Die geheimen Mechanismen der Partnerwahl 225

Sollen wir wirklich heiraten? Eine Identitätskrise 247

Plötzlich so nah beisammen! Die Panik vor der Nähe 261

Ein Kind kommt dazu 287

Familienleben. Strategien für Väter 303

Die Kinder gehen, die Eltern sterben – bleiben wir zusammen? 325

Strategien der Veränderung 343

Die Aufgabe der Männer: Die Suche nach dem eigenen Vater und der Weg zu den eigenen Kindern 365

Was wir nur *zusammen* können 387

Danksagungen 409

Literatur 413

Für Margaret, ohne die ich mir mein Leben nicht vorstellen kann

und meinen Kindern Sarah, Mark und Julia, die mir halfen, ich selbst zu werden

Einleitung: Die Geschichte (m)einer Ehe

Das hübsche braune Schindelhaus mit den grünen Fensterläden war von dem Paar, das seine drei Kinder hier großgezogen hatte, liebevoll hergerichtet worden. Wie bei vielen Häusern täuscht aber das friedliche Äußere, denn was drinnen passiert, ist oft schwierig und schmerzhaft. Die Kämpfe, die sich in diesem Haus abspielen, sind besonderer Art. Nicht nur eine – gleich viele Familien arbeiten hier daran, ihre Beziehungen zu verbessern und Familienprobleme zu lösen. Innerhalb dieser Mauern gibt es Hoffnung, aber auch die Verpflichtung, sich zu ändern, und wenn ich die vier Eckpfeiler dieses recht schlichten Gebäudes benennen müßte, so wären das Hoffnung, Ehrlichkeit, Liebe und Arbeit.

Dieses Gebäude, das wir Familienworkshop nennen, ist das berufliche Zuhause von sechs Ehe- und Familientherapeuten aus Atlanta: Carl Johnson und Jeanne Montgomery, seit vielen Jahren befreundet, sind spezialisiert auf schwierige Jugendliche. Gail Hagler, Mutter von vier erwachsenen Kindern, arbeitet mit Familien, in denen es Suchtprobleme gibt. Jerry Pickens hat hier seine Praxis und betreut außerdem noch eine Dozentenstelle. Und Margaret und ich haben zu Hause ein gemeinsames Schlafzimmer und hier zwei einander gegenüberliegende Praxiszimmer, von denen eines allerdings oft leersteht, weil wir beide am liebsten gemeinsam arbeiten.

Paula Brokros, unsere herzliche, aufgeschlossene und gewissenhafte Sekretärin, unterstützt und hilft uns allen.

Margaret und ich sind seit vierzehn Jahren Kollegen. Unsere Zusammenarbeit begann als Experiment, als eine Art Hobby zweier Eheleute. Es war vermutlich unsere Art, aufeinander zuzugehen und die traditionellen Rollen zu überschreiten, die wir anfangs einnahmen und die uns mit der Zeit immer weiter auseinandergebracht hatten, ohne daß wir das damals schon so hätten sehen können.

Wir sind natürlich alle Produkte unserer Generation. Im Schatten des Zweiten Weltkriegs geboren, wuchsen Margaret und ich in der optimistischen Wachstumsphase danach auf und wurden in den friedlichen Fünfzigern erwachsen. Als wir 1963 heirateten, waren unsere Erwartungen, wie die der meisten unserer Freunde, traditionell. Margaret würde vielleicht einen Beruf ergreifen, ich aber bestimmt, und für unsere Kinder würde sie in erster Linie die Verantwortung haben. Wir waren also – und sind es noch – Angehörige jener Generation, die sich mit einem großen Wertewandel auseinanderzusetzen hatte. Ein Teil dieses Buches dreht sich um unseren Kampf, diese neue Regeln und Möglichkeiten des Lebens zu zweit anzunehmen. Doch unsere eigene Geschichte ist nur ein Aspekt einer umfassenderen Betrachtung der Institution Ehe selbst.

Margaret und ich kannten einander vier Jahre, ehe wir heirateten, und obwohl unsere Beziehung in diesem Zeitraum großen Belastungen ausgesetzt war, herrschte nie Zweifel, daß Margaret und ich einander ebenbürtig waren. Falls überhaupt, fühlte ich mich durch ihre Intelligenz, ihre Aufgeschlossenheit und Kompetenz bedroht. Doch kaum waren wir verheiratet, gab es Veränderungen in unserem Leben, die sich so unbewußt vollzogen, daß ich sie nur mit einer Art gesellschaftlich bewirkter Hypnose vergleichen kann. Zu der Zeit, als wir heirateten, unterrichteten wir beide an einem kleinen College in Georgia, und unsere Stellen und Gehälter waren gleich. Doch kaum waren wir in die kleine Wohnung in der Nähe des Campus gezogen, begann sich unser Alltag sehr unterschiedlich zu entwickeln. Der Tag begann, indem Margaret das Frühstück machte und dann die Wohnung aufräumte, ehe wir beide zur Arbeit gingen. Am Abend las ich oder zensierte Arbeiten, während sie das Essen kochte. Nach dem Essen räumte ich den Tisch ab, Margaret machte den Abwasch. Etwa um neun konnte sie endlich anfangen, an ihrer Magisterarbeit zu schreiben, zu korrigieren und Stunden vorzubereiten. Dann, da ich ja ausreichend Gelegenheit gehabt hatte, mich auszuruhen, wollte ich oft mit ihr schlafen.

Zurückblickend scheint es erstaunlich, daß mehrere Monate lang keiner von uns diese Aufteilung in Frage stellte – bis zu dem Vorfall mit den Kartentischen. Wir hatten damals keine Schreibtische, sondern zwei Kartentische, von denen einer als Eßtisch diente. Margaret war es, die jeden Abend ihren Tisch freiräumen mußte, damit wir daran essen konnten, während ich einen »permanenten« Schreibtisch hatte. Und genau wegen dieser Ungerechtigkeit brach Margarets Wut endlich aus. Sie hatte am Nachmittag an ihrem Tisch gearbeitet, und als sie begann, den Tisch zu decken, seufzte sie vernehmlich. Ich hörte es und fragte, was los sei.

»Ich habe keine Lust, jeden Abend meinen Schreibtisch aufzuräumen.«

»Tut mir leid«, sagte ich mitfühlend, »aber einer von uns muß es wohl machen.«

»Warum muß ich das denn immer sein?« sagte sie mit unverkennbar wütender Stimme. Ich blickte auf. Sie stand mit Tränen in den Augen neben dem wackligen kleinen Tisch. »Was ist denn los, Schatz?« fragte ich.

»Das weißt du nicht? Du merkst das nicht einmal.« Ich hatte keine Ahnung, wovon sie sprach. »Du merkst nicht einmal, wieviel ich arbeite und wie wenig du tust.« Sie begann, ihre täglichen Pflichten aufzuzählen. »Du merkst auch nicht, daß du, sobald ich mich an die Arbeit setze, mit mir schlafen willst. Du merkst wirklich nicht viel.«

Überrascht und mit dem Gefühl, ungerechtfertigt angegriffen zu werden, verteidigte ich mich: »Ich bezahle jeden Monat die festen Kosten. Ich kümmere mich um das Auto. Ich regle die Sachen mit dem Vermieter.«

»Und wieviel Zeit nimmt das in Anspruch? Meine Arbeit dauert Stunden, tagein, tagaus!«

»Na, wenn du das so eng siehst...«

»Eng?« Sie war außer sich. »Wie wäre es denn mit Gleichberechtigung?«

Das war unser erster Streit, und er dauerte ein paar Stunden. Schließlich stimmte ich zu, mehr zu »helfen«, und tat es auch. Wir beide merkten nicht, daß die Verantwortung für den Haushalt immer noch bei Margaret lag, noch wußten wir, was für ein widerwärtig hartnäckiges Thema wir angeschnitten hatten. In den folgenden Jahren blieben wir im Bann jener tief verwurzelten Gebote, wer wir waren und wie wir uns zu verhalten hatten.

Zum Zeitpunkt unserer Eheschließung unterrichtete Margaret Französisch und ich Englisch. Als ich beschloß, Therapeut zu werden, beeilte sich Margaret mit ihrer Examensarbeit, um uns zu finanzieren, während ich mich qualifizierte. Später bot man mir eine Assistentenstelle an der Universität von North Carolina an, wo ich den Doktor in klinischer Psychologie machte. Margaret bewarb sich an der Duke-Universität. Sie interessierte sich für die Arbeit mit emotional gestörten Kindern. Zwei Jahre lang, unterstützt von Stipendien und Darlehen, arbeiteten wir Schulter an Schulter mit ziemlich gerechter Arbeitsteilung. Margaret legte eine weitere Magisterprüfung in Sonderpädagogik ab, und ich arbeitete für meine Promotion.

Die Entscheidung, ein Kind in die Welt zu setzen, ist viel bindender, als die, zu heiraten. Innerhalb eines Jahres war unser angenehmes Arrangement, das nach Wunsch aufgeben zu können wir uns immer wieder versicherten, völlig verändert. An einem Tag waren wir Gus und Margaret, am nächsten verband uns ein neues Menschenleben. Dieses erschreckend verletzliche und bedürftige Wesen waren wir beide und etwas mehr: es selbst. Wir merkten, daß wir nun nicht mehr so schnell entkommen konnten.

Wenn der Beginn eines gemeinsamen Haushaltes uns verleitet, vorbestimmte, althergebrachte Rollen zu spielen, so versetzt uns die Geburt eines Kindes in tiefe, schlafwandlerische Trance. Plötzlich hatte ich panische Angst, die Miete nicht mehr bezahlen zu können; Margaret fürchtete, daß Sarah nachts auf einmal aufhören könnte zu atmen. Wir waren zu einer Familie geworden, jener einsamen und auf geheimnisvolle Weise miteinander verbundenen Gruppe, zu der sich Menschen seit Jahrhunderten zusammengeschlossen haben.

Unsere Entscheidung, Sarah zu bekommen, wurde teilweise durch den Zeitfaktor bestimmt. Margaret war bei Sarahs Geburt siebenundzwanzig, und in den Tagen vor der Fruchtwasserspiegelung galt das als alt. Es war für uns beide eine eindeutige, begeisterte Entscheidung, besonders für Margaret. Sie wollte einen Beruf, sehnte sich aber auch danach, Kinder zu bekommen und großzuziehen. Und ich wünschte mir sehr, Vater zu werden.

Was der bewußten Entscheidung, ein Kind zu bekommen, folgt, scheint sehr viel weniger auf freier Entscheidung zu beruhen. Ein Blick auf die winzige Sarah, und alle Überlegungen hinsichtlich einer fremden Bezugsperson verschwanden. Sie brauchte uns. Und in jenen Tagen hieß das, sie brauchte Margaret. Die Entscheidungen, die wir nun trafen, schienen »automatisch«, vorbestimmt, leicht. Die Konsequenzen aber wogen schwer: Margarets Zweifel an ihren mütterlichen Fähigkeiten und ihre chronische Erschöpfung, meine Panik, vielleicht kein guter Ernährer zu sein, und unsere zunehmende Schwierigkeit, die Erfahrungen des anderen zu verstehen.

Während ich an meiner Doktorarbeit saß, begann ich mich mehr und mehr für Psychotherapie mit Familien zu interessieren, und als ich meine Feldstudien beendete und mich nach einer Assistentenstelle umsah, stellte ich fest, daß ich bei Dr. Carl Whitaker studieren konnte, dem Professor für Psychotherapie an der Universität Wisconsin, einem der Pioniere auf dem Gebiet der Familientherapie. Aus Gründen, die dem Leser später klarwerden, wußte ich, daß eine Lehre bei Carl mir viele Vorteile bieten würde. Als Wisconsin mich akzeptierte, gab es keine Diskussionen, daß wir umziehen würden. Margaret hörte meinen entschlossenen Tonfall und stimmte sofort zu. Als unser kleiner Trupp im Sommer 1968 in Madison ankam, war Margaret wieder schwanger.

Ich weiß auch heute nicht sehr genau, wie es für sie gewesen sein muß: keine Freunde, in einer kleinen Wohnung in einer fremden Stadt, mit einem Kleinkind und kurz vor der Geburt eines zweiten Babys, mit einem Ehemann, der von seiner Arbeit sprichwörtlich gefangen war. Die Ausbildung stellte sich nicht nur als faszinierend heraus – Familie auf Familie als Assistent einer brillanten, starken Persönlichkeit kennenzulernen –, sondern das Interesse, das Carl an meinem beruflichen Fortkommen entwickelte, schien auf ein tiefverwurzeltes Bedürfnis nach einer helfenden Vaterfigur zu treffen.

In jenem ersten Jahr leistete ich die umfangreiche Arbeit, die mir als Assistent zufiel, verbrachte viel freie Zeit mit Carl und schrieb meine Dissertation. Ich war kaum zu Hause. Margaret und ich hatten jeden Samstagmorgen Streit, weil sie eine Stunde meiner Zeit beanspruchte, damit wir spazierengehen konnten. Ich gab dem nach, hing aber oft anderen Gedanken nach. Meine Obsession, kompetent und erfolgreich zu werden, nahm den größten Teil meiner Energie in Anspruch.

Doch als Dissertation und Assistentenstelle schließlich beendet waren, wurde klar, daß meine Ausbildung es keineswegs war. Mit Whitakers Worten ist es ein »Zehnjahresprojekt«, um zu einem guten Familientherapeuten zu werden. Als man mir im folgenden Jahr eine Assistenzprofessur anbot, griff ich sofort zu. Meine Arbeitszeit war ein wenig besser geregelt als im zweiten Jahr, aber ich lebte immer noch für meine Arbeit.

In Wisconsin beginnt der Winter Ende Oktober und hört erst Mitte Mai richtig auf. »Wenn ich an jene ersten beiden Jahre denke«, sagt Margaret heute, »werde ich immer noch sehr wütend. Ich fühlte mich praktisch im Stich gelassen mit den zwei Babys. Wenn Lola und Sally und die anderen Mütter in der Nachbarschaft nicht gewesen wären, ich weiß nicht, wie ich zurechtgekommen wäre.« Und meine Antwort lautet dann: »Ich wünschte, ich hätte es anders angefangen; ich wünschte, ich hätte dir und den Kindern mehr gegeben. Es tut mir leid.« Das tut es mir wirklich.

Nach dem Graduiertenjahr wollte ich in Madison bleiben, um »ein wenig länger« mit Carl zu arbeiten. Man hatte mir in einer nahegelegenen Klinik eine Stelle angeboten, das Personal in Familientherapie zu schulen. Außerdem wurde ich eingeladen, der klinischen Fakultät der Psychiatrieabteilung beizutreten. »Ich bin es leid, mit einem Studenten verheiratet zu sein«, hielt Margaret dagegen. »Wenn wir hier bleiben, will ich ein Haus, ein vernünftiges Auto und ein geregeltes Leben. Ich möchte irgendwo richtig zu Hause sein.«

Dann stießen wir auf eine Anzeige: »Älteres Haus am Wingra-See, renovierungsbedürftig.« Madison, Landeshauptstadt und Standort einer berühmten Universität, liegt malerisch an vier Seen. Der kleinste, Wingra, ist von Parks umgeben. »Am Wingra stehen doch keine Häuser«, sagten wir. Doch das stellte sich als falsch heraus. Es gab drei, und eines davon, ein heruntergekommenes Gebäude aus dem Jahre 1914, war zu verkaufen. Wir fanden es an einem schneeigen Januarabend. Von der Haustür aus sah man die verschlafene Nachbarschaft, hinten gab es nur Wälder und den See. Da standen wir Hand in Hand im Zwielicht und verliebten uns in ein Haus und eine Gegend. Später an diesem Abend telefonierten wir mit unseren Familien, um das Geld für die Anzahlung zu leihen, und wir beschlossen, daß wir es schaffen konnten, wenn ich ein wenig Geld mit Privatpatienten verdiente.

Jahre später, als wir nach Atlanta gezogen waren, lernten wir ein anderes Paar mit einem Baby kennen, das ein riesiges, heruntergekommenes Haus kaufte. »Ich weiß, wie sie sich fühlt«, vertraute mir Margaret an. »Das Haus sieht aus, als böte es ihr Sicherheit, eine Art Schutz vor der Welt. Sie weiß noch nicht, daß es auch zum Gefängnis werden kann.«

Und so begannen wir ein traditionelles Leben: ein Einkommen, zwei Kinder, ein Haus, Freunde, Nachbarn. Ich hatte jetzt mehr Zeit und konnte mich mehr entspannen. Wir begannen, diesen Ort zu erforschen, der nun unser Zuhause war. Ringsum stand die Welt in Flammen. Die Vietnamproteste erschütterten tagtäglich die Innenstadt, doch das berührte unser Leben nur wenig. Wir beobachteten die Demonstrationen mit der Distanziertheit einer anderen Generation und fuhren durch die Barrikaden hindurch mit unseren Kindern zum Picknick.

Noch berührten uns auch die ersten Einflüsse der Frauenbewegung, die sich auch in Madison zeigten. Ich erinnere mich noch an den Kampf zweier Psychiatriedozenten, eines Ehepaars, das je nur eine halbe Stelle einnehmen wollte, damit es sich gemeinsam um sein Kind kümmern konnte. Die beiden setzten sich durch. Ich spürte Bewunderung für sie und leichtes Unbehagen angesichts dieses Modells von

Ehe und Elternschaft, das sie anstrebten. Es entsprach gewiß nicht dem unsrigen.

Aus der Entscheidung, »ein wenig länger« in Madison zu bleiben, wurden zehn Jahre. Ich kündigte meine feste Stelle und weitete meine Privatpraxis aus. Später unterrichtete ich darüber hinaus in einer anderen Abteilung der Universität. Zusammen mit Carl veranstaltete ich an verschiedenen Orten Workshops. Außerdem schrieb ich gemeinsam mit ihm Artikel.

Margaret, voller Energie, war entschlossen, sich nicht von diesem wunderbaren alten Haus anketten zu lassen, das wir über Jahre hinweg an Wochenenden renoviert hatten. Als Sarah nach einer schwierigen Zeit im Kindergarten das Schulalter erreichte, nahm Margaret die örtlichen Schulen unter die Lupe. Sie schienen starr, traditionell und phantasielos. Mit fünf anderen Frauen versuchte sie, Druck auf die Schule in der Nachbarschaft auszuüben, damit experimentelle Klassen eingerichtet würden.

Diese Frauengruppe hatte sich über Modellversuche mit dem sogenannten offenen Klassenzimmer informiert, ein pädagogisches Konzept, das im Zweiten Weltkrieg in Großbritannien entwickelt worden war, als aus den Städten evakuierte Kinder in größeren, gemischten Klassenverbänden unterrichtet wurden. Bei diesem Konzept, das man auch »integriertes Curriculum« nennt, werden die einzelnen Fächer in individuell strukturierte Projekte integriert. Als unsere öffentlichen Schulen sich weigerten, dieses Modell in ein paar Klassen auszuprobieren, mieteten Margaret und ihre Freundinnen einen Raum in einem leerstehenden Schulgebäude, stellten zwei ausgezeichnete Lehrer ein und gründeten die Wingra-Schule. Die anderen Väter und ich bauten Regale und Pulte, und Sarah ging in die erste Klasse an der Schule ihrer Mutter.

Ein Jahr später, etwa um den Zeitpunkt, als Julia geboren wurde, übernahm Margaret den Rektorposten der Wingra-Schule. Plötzlich war sie berufstätige Mutter und hatte Konferenzen mit einem Baby auf dem Schoß. Zwei Jahre später hatte die Schule sechs Klassen, eine Vorschulgruppe und eine Warteliste.

In vieler Hinsicht schien unser Leben sicher und befriedigend. Ich nahm mehr Anteil als Vater, und Margaret hatte einen aufregenden Beruf, der ihr ermöglichte, zumindest die Hälfte der Zeit zu Hause zu sein. Wenn sie in der Schule war, nahm sie Julia oft mit. Außerdem stellten wir eine nette Studentin ein, die sich drei Vormittage in der Woche um Julia kümmerte.

Doch irgend etwas fehlte uns beiden. Unsere Leben entwickelten sich zufriedenstellend, aber sie führten auch auseinander. Margaret hatte ihre Welt, ich meine, und wir hatten immer noch Probleme, unsere Erfahrungen gegenseitig zu verstehen. Margaret mochte meine Termine am späten Nachmittag und die Workshops an Wochenenden nicht. Ich beneidete sie um ihre vielen Freundschaften und die intime Beziehung zu unseren Kindern. Wenn wir uns übereinander beklagten, lag unterschwellig immer zugrunde, daß wir einander einer gewissen Art Untreue bezichtigten. Beide klagten wir: »Andere Sachen sind dir wichtiger als unsere Beziehung.«

Margaret hatte einmal zögernd die Möglichkeit in Erwägung gezogen, mit mir zusammenzuarbeiten. Wir hatten es sogar versucht, kurz nach meiner Promotion: Wir führten ein ängstliches Gespräch mit einem Paar, das danach nicht mehr wiederkam. Wir waren sehr enttäuscht und ließen den Gedanken fallen.

Eines Tages, mehr als fünf Jahre später, arbeitete ich mit einem Paar. Die Frau war schwanger und hatte Angst vor der bevorstehenden Geburt. Ich versuchte sie zu beruhigen, daß die meisten Geburten normal und ereignislos verliefen. Ohne Erfolg. Plötzlich sah ich Margarets Lächeln bei Julias Geburt vor mir. Sie hatte damals gesagt: »Das war das schönste Erlebnis meines Lebens.«

»Ich kenne jemanden, der Ihnen helfen kann«, sagte ich zu der Frau. Margaret stürmte in mein Büro, und die junge Frau beruhigte sich sofort. Sie hatte kurz darauf eine ganz normale Geburt, und Margaret blieb. Nach fünf getrennten Jahren, in denen wir unser Selbstvertrauen aufbauten, schien die Zusammenarbeit nun leichter. Bald nahmen wir ein weiteres Paar an, dann eine Familie. Ich bewunderte, wie Margaret immer genau sagte, was sie dachte. Sie schien viel fähiger, durch die oberflächliche Unterhaltung zum Kern des Problems vorzustoßen, und sie war offener. Zu Hause besprachen wir die Fälle, möglichst außer Hörweite der Kinder, und Margaret begann, sich in die Literatur zur Familientherapie einzuarbeiten. Dieses Experiment war sehr aufregend für uns beide. Doch bald, nachdem wir die gemeinsame Arbeit aufgenommen hatten, bekam ich Zweifel an einigen meiner Motive. War ich auf Margarets Erfolg an der Wingra-Schule eifersüchtig? Wollte ich sie dort herausreißen? Wollte ich sie enger an mich binden? Ich formulierte diese Fragen zwar nicht bewußt, aber ich spürte einen hinterhältigen Unterton bei mir. Leider deckte die Zukunft nicht nur meine fragwürdigen unbewußten Motive auf, sondern auch Margarets Probleme.

Viele Therapeuten wenden sich aufgrund eigener Schwierigkeiten ihrem Beruf zu. Es beginnt mit intellektueller Neugier auf bestimmte Themen, doch im Innersten wissen wir, daß wir uns selbst helfen müssen, um zu fähigen Helfern zu werden. Die enge Zusammenarbeit mit Patienten ist so anregend, aufregend und intim, daß man seine eigenen Neurosen nicht verbergen kann. Früher oder später konfrontieren uns die Patienten mit unseren eigenen ungelösten Problemen, und wir müssen Hilfe suchen, gefährden unsere Patienten oder müssen einen anderen Beruf ergreifen. Meiner Meinung nach sind alle kompetenten Therapeuten erfolgreiche Patienten.

Diese Konfrontation mit dem Selbst ist besonders wahrscheinlich, wenn der »Patient« ein Paar oder eine Familie ist. In diesem Kontext sind wir von Beziehungsproblemen einfach umgeben. Ein Einzeltherapeut kann seinen Patienten vielleicht auf Distanz halten, doch ein Familienstreit ist sehr herausfordernd – besonders, wenn das Paar oder die Familie versucht, uns in diese Kämpfe einzubeziehen. Und wenn die Therapeuten verheiratet sind, gibt es einen weiteren wunden Punkt: Die Schwachstellen unseres eigenen Kampfes untereinander werden vermutlich bloßgelegt.

Margaret und ich merkten bei dem Versuch, auch im Berufsleben zu Partnern zu werden, welche schwierige Aufgabe wir auf uns genommen hatten. Wie konnten wir eine Beziehung aufbauen, die sowohl zutiefst intim als auch absolut gleichberechtigt war? Konnten wir autonom bleiben, getrennte Identitäten beibehalten und dennoch eng zusammenarbeiten? Konnten wir echte Gleichheit erlangen, die besonders die Patien*tinnen* immer stärker von ihrer Ehe erwarteten? Konnten wir zwei Karrieren vereinbaren und dennoch unsere Kinder glücklich aufziehen? Konnten wir unseren Klienten ein Beispiel einer entwicklungsfähigen, veränderbaren Beziehung anbieten, oder lebten wir eine berufliche Lüge?

Jahrelang erkannten wir die unterschwelligen Probleme in unserer Ehe nicht. Anfänglich schienen es überwiegend meine Probleme zu sein. Wie viele Frauen heute wollte Margaret sowohl eine liebevolle und verantwortliche Mutter sein, aber auch einen anregenden Beruf haben. Beim Streben nach diesem schwierigen Gleichgewicht stellte sie fest, daß mein Verhalten das größte Hindernis dabei war. Wenn sie mir meinen oft subtilen Widerstand vorwarf, stand ich plötzlich vor meinen eigenen Problemen, mit ihren veränderten Erwartungen fertig zu werden.

Als ich mich umsah, besonders bei meinen männlichen Patienten, merkte ich, wie viele Männer Schwierigkeiten hatten, ihre Frauen zu begreifen und zu unterstützen. Die Frauen änderten sich, wir nicht. Wir erledigten nicht unseren Anteil an der Hausarbeit, wir verbrachten nicht deutlich mehr Zeit mit den Kindern und fühlten uns auch nicht verantwortlicher. Auf tausend verschiedene Weisen scheiterten wir dabei, unsere Frauen zu unterstützen, und dann wehrten wir uns noch gegen die Veränderungen in ihrem Leben.

Manche Frauen reagierten auf diesen Widerstand bei den Männern (und am Arbeitsplatz stießen sie natürlich auf noch größere Widerstände), indem sie Kompromisse im Beruf eingingen. Manche wurden zur Superfrau und erfüllten fleißig ihre beruflichen Verpflichtungen wie auch die alten Verantwortlichkeiten für Heim und Kinder. Manche Frauen gaben ihre Ehe auf. Doch bei fast jedem Paar, das zu uns kam, waren die Frauen wütend und verletzt, die Männer zutiefst bedroht und darüber hinaus stumm. »Warum«, fragte ich mich, »haben Männer so viele Schwierigkeiten, mit den Veränderungen der Frauen fertig zu werden? Diese Frage, mit der ich mich mehrere Jahre herumplagte, ist ein wichtiges Thema in diesem Buch. Ich versuche, ein paar dieser Männerprobleme zu umreißen, und mache ein paar Vorschläge, wie Männer sich an die neuen Geschlechterrollen anpassen können.

Während Margaret und ich uns mit der eigenen Ehe abmühten und Klienten halfen, wurde immer offenkundiger, daß es auf der Frauenseite dieser schwierigen Gleichung ebenfalls eine Reihe ungelöster Probleme gibt. Margaret bat mich zum Beispiel, eine bestimmte Sache mit den Kindern zu übernehmen, und dann mischte sie sich ein, wenn ich es anders machte als sie sich das vorgestellt hatte. Sie bat mich um Unterstützung oder Rat bei beruflichen Entscheidungen, lehnte dann aber meine Vorschläge ab und schob mir die Schuld an ihren Schwierigkeiten zu. Wie viele andere Frauen ging sie einen Weg, den ihre Mutter nicht gegangen war, und manchmal fehlte ihr einfach ein Vorbild für das, was sie wollte, eine innere »Erlaubnis«, um etwas in ihrem Leben zu verändern.

Wie die meisten anderen Paare lernten wir, daß unsere Absicht, uns auf eine bestimmte Weise zu verhalten, von mächtigen, oft unbewußten Kräften untergraben wurde. Ich wollte Margaret bei ihrer separaten, gleichrangigen Karriere unterstützen, aber dieser rationale Wunsch wurde oft von weniger wohlwollenden Impulsen behindert. Margaret schien unfähig, sich so zu verhalten, wie sie gern wollte.

Bei diesem Kampf fragten wir uns beide: »Was sind die grundsätzlichen Hindernisse auf dem Weg zu einer Ehe, die sowohl intim als auch wirklich gleichberechtigt ist? Diese wichtige Frage bildet das Grundthema dieses Buches.

Während jede Frage nach der Struktur der Familie letztendlich die Untersuchung des größeren gesellschaftlichen Rahmens einschließt, in dem wir alle leben, weist unsere Erfahrung und unser Wissen in eine andere Richtung. Gleich, wie die Kämpfe eines Erwachsenen aussehen, wir haben gelernt, uns nach innen zu wenden und zurückzublikken in das Schattenreich der Kindheit, in der die grundsätzliche Perspektive eines Individuums geformt zu werden scheint. Auch wenn die Gesellschaft diktiert, wie sich Männer und Frauen zu Kindern zu verhalten haben, sind es die Väter und die Mütter, die dies den Kindern beibringen, nicht nur in Worten, sondern mit ihrem eigenen Leben. Ein Großteil dessen, was wir werden, ist durch Kindheitserfahrungen stark beeinflußt, und wenn wir unser Leben ändern wollen, müssen wir diese oft verborgenen Einflüsse aufdecken. Nur dann können wir uns daranmachen, die »Lebensregeln« zu ändern, die wir als Kinder lernten.

Geschlechterrollenkonflikte bilden zwar ein beherrschendes Thema in diesem Buch, doch sie stellen nur ein Thema in dem größeren Kampf zwischen Männern und Frauen dar. Unsere Konflikte lehren uns, daß wir uns alle loyal unseren Eltern gegenüber verhalten – wer sie auch waren und was wir durch sie auch erfuhren. Auch wenn uns nicht gefiel, was wir in ihnen sahen, auch wenn wir haßten, was sie einander und uns antaten, sind wir doch durch sie gebunden. Wenn wir mit der Untersuchung dieses Unterbaus nicht nur der Ehe, sondern des gesamten Erwachsenenlebens beginnen, wird zur wichtigsten Frage: »Wie kann ich das gute Erbe meiner Eltern bewahren, aber darüber hinausgehen zu neuer Erfahrung, einer neuen Art von Familie? Wie kann ich die Familienloyalität mit Wachstum und Veränderung vereinbaren?«

Solche Fragen öffnen uns für die größeren Kämpfe des menschlichen Geistes, jetzt und in der Vergangenheit. Im Kern jeder Beziehungsmetapher, die wir untersuchen, finden wir diesen wütenden Kampf mit den ursprünglichen Architekten unserer Erfahrung. Welchen Aspekt unseres Lebens wir auch zu verändern suchen, wir stoßen dabei auf die machtvollen Einflüsse unserer Eltern – jener geliebten, fehlerhaften Personen, die uns die Welt nahebrachten und denen gegenüber wir uns hartnäckig und manchmal unklugerweise loyal verhalten.

Wir heiraten in dem Glauben, daß wir eine Familie gründen, die besser und glücklicher ist als die, in der wir aufwuchsen. Und wir verdienen, dieses Ziel zu erreichen. Darum studieren wir besser unsere eigene Geschichte und konfrontieren uns mit ihr, damit wir sie nicht wiederholen.

Wo wollen wir also anfangen? An der gleichen Stelle, an der wir uns am Ende zu finden hoffen – nur leichter, freier und weniger belastet –, in der Gegenwart.

Die populärste Form der Psychotherapie findet zu Hause statt

Jeden Abend um elf Uhr gehe ich mit unserem Beagle spazieren, was ich gewöhnlich entsetzlich langweilig finde. Eines Abends, vor mehreren Jahren, fühlte ich mich dabei plötzlich unverständlich traurig. Es war Frühling, und hinter den Bäumen mit dem jungen Laub ging der Vollmond so dick und rot auf, daß er fast lebendig wirkte. Warum war ich so traurig, und warum fühlte ich entgegen meiner sonstigen Ungeduld mit diesem Ritual solche Zärtlichkeit für den kleinen Hund, der hier und dort im Dunkeln herumschnüffelte?

Aus irgendeinem Grund erinnerte ich mich an einen nächtlichen Angelausflug mit meinem Vater, als ich noch ein Kind war. Es war Frühling gewesen, und es herrschte Vollmond. Als ich mit unserem kleinen Kanu den Fluß hinabpaddelte, wo wir oft auch tagsüber angelten, fiel mir auf, daß der sonst so strenge Tonfall aus der Stimme meines Vaters verschwunden war. Er war entspannt und herzlich, und anstatt wie üblich mein Paddeln zu kritisieren, versicherte er mir, ich mache alles wunderbar. Als ich mich an seine weiche Stimme erinnerte, wurde ich noch trauriger.

Auch der Hund stellte ein Verbindungsglied zu meinem Vater dar. Als ich vier war, zog mein Vater in den Zweiten Weltkrieg. Bei einem seiner seltenen Besuche brachte er mir einen Hund mit, einen Beagle, der mein ständiger Begleiter wurde. Vermutlich war der Hund während der vier Jahre, in denen mein Vater fort war, das tröstende Bindeglied zu ihm. Ich wiederum hatte meinem Sohn, der inzwischen sechzehn war, einen Beagle gekauft, doch Mark vergaß gewöhnlich, ihn auszuführen.

»Aber warum gerade jetzt?« fragte ich mich. »Warum diese plötzlichen Erinnerungen an meinen Vater, und warum mit solcher Traurigkeit?« Dann fiel es mir ein. Es war der elfte Mai. Mein Vater war an genau so einem warmen Frühlingsabend vor genau dreiundzwanzig Jahren gestorben.

Auf diese Weise wird unsere Realität verändert. Bestimmte Umstände wecken Gefühle in uns, die so aufgeladen und intensiv werden können, daß sie das, was wir erfahren, tatsächlich verändern. Wenn wir in unserem normalen Alltag über eine Straße gehen, befinden wir uns gleichzeitig vielleicht in einer symbolischen Landschaft, die von Gefühlen befrachtet ist. Eine Weile leben wir in einem Traum, in dem vertraute Menschen und Objekte uralte Gefühle wachrufen. Vielleicht sind sie bedrohlich und übermächtig.

Ich war bei meinem Spaziergang von einem Netz von Assoziationen umgeben, die mich zur Erinnerung an meinen Vater und meine Trauer bei seinem Tod zwangen. Der dominante Auslöser für diese Erinnerungen war ein Datum – der Todestag meines Vaters. Aber es gab noch andere auslösende Elemente, darunter die Arbeit an diesem Buch, die mich an meine Kindheit denken ließ. Der Frühlingsabend, der Vollmond, der Hund – auch das waren Elemente in meinem Wachtraum.

Solche Assoziationen kommen auch in Beziehungen vor, und die Beziehung, die für solche aufregenden Transformationen am empfänglichsten ist, ist die Ehe – oder jede andere bindende Liebesbeziehung, die an Intensität und Verpflichtung der Ehe gleichkommt. Doch die Ehe selbst, legal und bindend, ist das Beziehungsfeld, das am anfälligsten für solche geheimnisvollen Invasionen willkürlicher, oft erschreckend starker Gefühle ist.

Ein Paar unterhielt sich auf der Autofahrt zur Therapie freundlich miteinander. Da fand die Frau, Joyce, einen Klumpen schwarzen Asphalt auf der Bodenmatte. Sie hob ihn auf und betrachtete ihn.

»Was ist das?« wollte ihr Mann, Thomas, wissen.

»Asphalt, glaube ich«, antwortete sie.

»Wirf ihn aus dem Fenster«, sagte er.

Sein gereizter, befehlender Tonfall ärgerte sie. »Ich will aber nicht«, sagte sie halb scherzend. »Ich schaue ihn an.«

»Wirf ihn raus!« sagte er noch einmal befehlend und ungeduldig.

»Nein!« erwiderte sie, »sprich nicht so mit mir.«

»Hör mal, warum wirfst du das verdammte Zeug nicht raus?« fuhr er fast brüllend fort. »Du machst doch den Sitz schmutzig.«

»Ich will aber nicht, du Arschloch!« brüllte sie mit untypischer Direktheit zurück.

Als das Paar in unserer Praxis ankam, waren beide völlig außer sich, doch schienen sie sich auch verwirrt zu fragen, warum sie einen so lächerlichen Streit hatten. Margaret und ich ließen sie noch eine Weile weiterstreiten, vielleicht, weil Joyce sich wehrte. Doch der Konflikt wurde rasch unproduktiv und wiederholte sich.

Ungeduldig unterbrach ich sie. »Ich verstehe diesen Streit nicht. Joyce, Ihnen gefiel offensichtlich nicht, wie Thomas mit Ihnen sprach, wie ein strafender Elternteil.«

»Genau«, stimmte sie zu. »Das machte mich wütend. Es ist immer so, wenn er mit mir spricht wie mit einem ungezogenen Kind.« Aber das war nicht das einzige Thema.

»Ich weiß nicht, wo es seinen Ausgang nahm«, sagte ich. »Joyce, Sie nahmen diesen Teerklumpen auf und betrachteten ihn, und dann zögerten Sie, ihn fortzuwerfen.« Vielleicht hatte der Teer eine symbolische Bedeutung, doch ich begriff nicht, welche. Ich hatte ein deutliches Bild vor Augen, wie sie im Auto saß und hartnäckig den kleinen schwarzen Klumpen festhielt, während Thomas sie anbrüllte, ihn fortzuwerfen.

»Es hat damit zu tun, etwas Dunkles loszulassen«, sagte Margaret.

Plötzlich hellte sich Joyces Miene auf, und sie kicherte. »Ich weiß, was es ist!« sagte sie. Thomas, der hinter seinem Gelehrtenbärtchen sehr streng und abweisend aussah, war entwaffnet. »Wir hatten angefangen, über Alan zu sprechen«, sagte sie nur, »und das war schwierig.«

Margaret und ich tappten zwar immer noch im dunkeln, aber Thomas schien zu wissen, was sie meinte. Joyce bemerkte unsere Verwirrung und erklärte: »Alan ist der verheiratete Mann, mit dem ich eine längere Beziehung hatte.« Ich erinnerte mich an Joyces kurze Erwähnung in unserem ersten Gespräch, daß sie zuvor eine Beziehung mit einem älteren, verheirateten Mann gehabt hatte.

Da Joyce und Thomas erst in den Dreißigern geheiratet hatten, gab es eine Menge Vorgeschichte zu bewältigen. Als Joyce nun erleichtert begann, von ihrer früheren Beziehung zu sprechen, wurde klar, daß sie sich in der Tat an die tiefe Bindung zu ihm geklammert hatte. Das war der »dunkle Fleck«, ein Bündel von Gefühlen, die verboten und zwanghaft waren und die sie nur mit Mühe aufgab. Sie liebte ihren Mann, aber sie hatte noch eine unerledigte Geschichte abzuwickeln, ehe sie wirklich mit ihm »zusammen« sein konnte.

Genauer gesagt hatten beide eine unerledigte Geschichte. Thomas' Eifersucht auf ihre frühere Beziehung, über die er sich kritisch und verurteilend äußerte, erinnerte Joyce an die Haltung ihrer Mutter, und das bewirkte, daß sie sich von Thomas zurückzog. Ehe sie sich erfolgreich mit diesem Thema auseinandersetzen konnten, brauchte Joyce Hilfe wegen ihrer Schuldgefühle und Thomas wegen seiner altmodisch verurteilenden Haltung und seiner Eifersucht.

Dieses Paar hatte keinen bewußten Plan, mit diesem Problem fertig zu werden. Der Konflikt tauchte symbolisch auf, und der dunkle Fleck wurde unbewußt ausgewählt, um ihre Schwierigkeiten mit diesem Thema darzustellen. Der Teer war eine gegenseitig »vereinbarte« Metapher oder ein Symbol für den Konflikt, und erst als wir die Bedeutung der Metapher entschlüsselt hatten, konnten wir uns den Problemen in ihrer Ehe zuwenden.

Die Metapher ist im gewöhnlichen Gebrauch eine Sprachfigur, die eine Analogie zwischen zwei Bildern oder Gedanken herstellt, und wird hauptsächlich in der Lyrik verwendet. Im Gegensatz zu einem Gleichnis, das eine Analogie *benennt,* wie in: »Der Baum war *wie* eine nackte Hand, die um die Gnade des Himmels bittet«, kombiniert eine Metapher die zwei verglichenen Dinge zu einem: »Die nackten Finger des Baumes baten um die Gnade des Himmels.« Metaphorisch gesehen ist der Baum nicht *wie* eine Hand, sondern er *ist* eine Hand. Einen Moment lang ist der Unterschied zwischen Baum und Hand aufgehoben.

Metaphern existieren auch in unserem Alltagsleben. Wir erleben bestimmte Ereignisse, bestimmte Menschen oder bestimmte Worte symbolisch, und wir betrachten sie mit so vielen Gefühlen, daß sie zu Metaphern werden. Wie in der Lyrik verschwimmt dann der Unterschied zwischen der Metapher und der »anderen Realität«, die sie darstellt. Für Joyce und Thomas war der Teerklumpen nicht ein Bild für ein Problem – er schien das Problem selbst zu *sein.*

Ich glaube, dieser Prozeß spielt sich ab, weil wir ihn brauchen. Wir brauchen Bilder, Symbole, Metaphern, um mit bestimmten Aspekten unserer inneren Erfahrung fertig zu werden – besonders mit den Aspekten unserer Erfahrung, die mit Angst oder Schuld besetzt sind.

Einer der Gründe, warum der Streit dieses Paares so heftig ausbrach, war, daß sie unterwegs zu einem Therapiegespräch waren, in dem sie ihre übliche Zurückhaltung aufgeben und sich in die Welt der Urgefühle stürzen konnten. Margaret und ich bildeten das »beobachtende Ich«, um ihnen zu helfen, die Bedeutung ihrer Konflikte zu entschlüsseln, wir waren aber auch das bindende Element, das ihnen erlaubte, ihrem Ärger frei Ausdruck zu verleihen. Eine Therapie kann die symbolische Qualität des Lebens verstärken (die Bitte, das Salz zu reichen, kann in den Anfangsmonaten zu einem Auslöser werden), doch diese Tendenz, unsere Erfahrungen zu symbolisieren, ist Teil des Lebens selbst.

In jedem von uns schreit ein ungeheures Reservoir von Gefühlen –

unausgesprochen und gewöhnlich unbenannt – nach Ausdruck und Antwort von außen. Wir alle suchen nach Metaphern, die diesen Gefühlen Form verleihen können und die uns erlauben, andere an unserem persönlichen Drama teilnehmen zu lassen. Wie Joyce und Thomas fürchten wir uns oft vor unseren Gefühlen füreinander, und wir brauchen Symbole, die uns helfen, unsere Konflikte auszudrükken, und uns davor schützen, ihre volle Bedeutung zu begreifen.

Ein paar Sitzungen später beschrieben Joyce und Thomas einen Streit, der sich am vergangenen Wochenende zugetragen hatte.

Thomas sagte: »Nun, ich versuchte zu tun, was Margaret vorgeschlagen hatte, die Frage der Kinderbetreuung mit Joyce auszuhandeln. Ich überlegte mir, anzubieten, Amy (ihre sechs Monate alte Tochter) am Samstagmorgen zu übernehmen, in der Hoffnung, am Nachmittag das Fußballspiel sehen zu können, ohne daß Amy ständig dabei quengelte und so weiter. Ich sagte nur, daß Joyce vielleicht mit Amy auf einen Besuch gehen könnte – ich schlug ihre Mutter vor –, während ich das Spiel sah. Ich meinte das gar nicht so, aber vermutlich war das sehr egoistisch.« Thomas blickte Joyce wütend an, die auch deutlich erregt war. »Ich verstand überhaupt nicht, warum du am Vormittag mit Amy verschwandest und dann voller Wut mitten im Spiel zurückkamst. Du bist mit Amy oben geblieben, aber du warst sauer, und ich wußte nicht, warum.«

Joyce rang um Worte: »Du wußtest nicht, warum, wenn du um neun Uhr abends immer noch das gleiche verdammte Spiel ansehen mußtest?«

»Das war ein anderes Spiel«, gab er halb scherzhaft zurück, doch in seinem Blick lag auch leichter Trotz. »Und warum soll ich nicht Fußball sehen, wenn du ohnehin nicht mit mir sprichst?« Dann fuhr er ernster fort: »Ich habe nicht verstanden, warum du überhaupt sauer warst.«

Joyce atmete tief, als bekäme sie nicht genug Luft. Sie war errötet und schien am Rand eines Tränenausbruchs. Mit erstickter Stimme sagte sie zögernd: »Es war, wie du das gesagt hast, Thomas.« Sie brach ab, um ihre Beherrschung nicht zu verlieren. »Das war ...«, wieder hielt sie inne, in dem Versuch, nicht zu weinen, »... als wolltest du mich wieder zu meiner Mutter zurückschicken.« Jetzt liefen Tränen über ihre Wangen, und sie atmete schwer. »Das ist lächerlich, zu weinen, wo ich so wütend bin.«

»Vielleicht haben Sie Angst, wütend zu sein«, versuchte ich.

»Das ist wohl richtig«, antwortete Joyce und versuchte ein Lächeln,

»Angst, wieder zurückgestoßen zu werden.« Sie atmete immer noch schwer und stoßweise und lachte und weinte abwechselnd.

»Sie brauchen sich nicht zusammenzureißen!« sagte Margaret leise. »Sie waren durch Thomas' Worte verletzt.«

»Ja, das war ich.« Endlich weinte sie, aufgrund von Margarets Erlaubnis, und ihre Brust zuckte unter den tiefen Schluchzern. Schließlich atmete sie wieder regelmäßiger und ruhiger, öffnete die Augen und sah Thomas an. Er schien verlegen und bekümmert. »Liebling, es tut mir leid, ich ...«

»Ich weiß«, sagte Joyce zögernd. »Es ist so unvernünftig.« Dann lächelte sie ein wenig und fügte hinzu: »Natürlich ist es nicht das erste Mal, daß ich auf deine Fußballneurose stoße oder mich deswegen zurückgestoßen fühle.« Sie sah Thomas in einer Mischung aus Zärtlichkeit und Wut an.

»Was ist mit Ihrer Wut geschehen?« fragte ich Joyce.

»Ich spüre sie immer noch. Sie brennt in meiner Brust. Aber ich kann sie nicht herausbekommen. Ich war Samstag so höllisch wütend auf Thomas, aber es hat so lange gedauert, bis ich das herausbekommen habe.« Sie schien verlegen über ihre Unfähigkeit, offen wütend zu sein.

»Glauben Sie, es könnte etwas mit der Kindheitsgeschichte zu tun haben, die wir früher besprochen haben?« fragte Margaret. »Dieses Gefühl, zu jemand anderem abgeschoben zu werden, die Angst, sich zu beschweren?«

»Wie meinen Sie das?« fragte Joyce verblüfft.

»Haben Sie sich nicht schon einmal so zurückgestoßen gefühlt? Besonders in der Kindheit?« fragte Margaret. Sie erinnerte sich an etwas aus dem ersten Gespräch.

Joyce zögerte und dachte nach. Ihr Blick richtete sich ins Leere, ihre Miene schien verloren und traurig. »Hört sich an wie der Streit mit meiner Mutter«, sagte sie schließlich. »Ich habe mich von meiner Mutter deutlich zurückgestoßen gefühlt.«

»Erinnern Sie sich, was zwischen Ihnen und Ihrer Mutter geschah?«

»Das ist komisch.« Sie schien den Blick immer mehr zu zentrieren und blickte nun Margaret direkt an. »Die Familiengeschichte lautet, daß ich das verwöhnte Kind war, der Augapfel der Familie. Meine Mutter sagt das oft – daß meine Großmutter und Annie mich verzogen haben. Mein Vater auch. Sie bringt das immer wieder an.«

»Ich weiß nicht mehr, wer Annie ist«, gab ich zu.

Joyce holte tief Luft und seufzte. »Wie lange haben wir noch?« Ich antwortete, wir hätten genug Zeit, um von ihrer Kindheit zu hören. »Annie ist...« Wieder schien sie von Gefühlen überwältigt und konnte nicht fortfahren. Nach mehreren Atemzügen setzte sie erneut an: »Ich glaube, Annie liebte mich wirklich. So, jetzt ist es endlich heraus.« Dann fiel ihr auf, daß sie Annie immer noch nicht identifiziert hatte, und sie schloß: »Annie war die schwarze Frau, die sich um mich kümmerte, als meine Mutter arbeiten ging.«

»Und Ihre Mutter begann zu arbeiten, als Sie ein Jahr alt waren?« fragte Margaret.

»Ja. Ich habe erst kürzlich mehr darüber erfahren. Durch meinen Vater.« Eine weitere Pause, in der sie nachdachte. »Kurz vor meiner Geburt starb mein Großvater, der Vater meiner Mutter. Meine Mutter hatte ihm sehr nahegestanden und kam mit ihrer Mutter nicht gut aus. Ich weiß nicht, wie diese Entscheidung zustande kam, daß die Mutter meiner Mutter zu uns zog – ich glaube, mein Vater hatte sich dafür eingesetzt. Er kam ziemlich gut mit ihr zurecht. Daher herrschte zwischen meiner Mutter und meiner Großmutter immer Spannung.«

»Und zwischen Ihren Eltern wohl auch«, fügte ich hinzu. »Ihre Großmutter und Ihr Vater verbündeten sich gegen Ihre Mutter. Auf welcher Seite standen Sie?«

Joyce antwortete: »Ich muß in der Mitte gestanden haben.« Nach einer Pause fuhr sie fort: »Es geht noch weiter. Das Geschäft meines Vaters in der Kleinstadt, in der wir lebten, ging schlecht. Er hatte einen Eisenwarenladen, und wir mußten nach Atlanta ziehen. Er arbeitete dann für jemand anderen, und als ich ein Jahr alt war, begann meine Mutter, als Sekretärin für einen Geschäftsmann zu arbeiten. Ich glaube nicht, daß sie arbeiten wollte, doch sie mußte. Sie deutete einmal an, daß es ihr nicht allein ums Geld gegangen sei, sondern um nicht verrückt zu werden. Meine Großmutter und Annie...«, wieder brach ihre Stimme, »...kümmerten sich von da an um mich.«

»Jedes Mal, wenn Sie Annies Namen aussprechen, müssen Sie weinen«, bemerkte ich.

Sie fuhr fort: »Ich weiß. Sie war eine dicke Frau, die mir vorsang und mich wiegte und mir Geschichten erzählte. Nie hat sie mit mir geschimpft. Sie hat sich – ich wiederhole mich – um mich gekümmert. Aber meine Großmutter hat sich auch viel um mich gekümmert.«

»Liebevoll?« fragte Margaret. Joyce nickte stumm. »Was geschah mit Annie?« fragte Margaret.

Joyce blickte wie panisch auf, als wolle sie nicht darüber reden. Schließlich konnte sie fortfahren: »Als ich elf war – vermutlich wurde ich aufsässig gegen meine Mutter und wandte mich an Annie oder meine Großmutter, wenn wir Krach hatten –, hat meine Mutter Annie eines Tages gekündigt. Sie hat ihr gesagt, sie könne sie sich nicht mehr leisten.« Es war still im Raum, weil alle, Thomas eingeschlossen, die Ungeheuerlichkeit dieses Vorfalls in Joyces Leben begriffen. Sie sah sehr traurig aus.

»Nach zehn Jahren der Fürsorge um Sie«, sagte Margaret ein wenig wütend. »Und es scheint in Verbindung mit Ihrer sogenannten Aufsässigkeit zu stehen. Kein Wunder, daß Sie Probleme haben, sich zu behaupten.«

»Wie meinen Sie das?« fragte Joyce.

Margaret erklärte: »Als Sie aufsässig wurden, feuerte Ihre Mutter die Frau, die Sie liebte. Auf der unbewußten Ebene könnten Sie Aufsässigkeit mit Zurückweisung und Verlust verbinden. Daher wurden Sie noch vorsichtiger, sich bei Leuten unbeliebt zu machen.«

»Noch vorsichtiger, als ich ohnehin war«, sagte Joyce zustimmend.

»Ja«, meinte Margaret, »ich kann mir vorstellen, daß Sie bereits Sorgen hatten, bei Ihrer Mutter unbeliebt zu sein.«

»Da haben Sie recht. Ich weiß nicht, was es ist. Sie versucht, nett zu sein, sagt, sie liebe mich, aber dann höre ich den Ton in ihrer Stimme, der mich an Eiswasser erinnert. Ein Ton, der sagt, ich habe etwas falsch gemacht. Das habe ich mein ganzes Leben immer wieder gehört. Und ich finde nie heraus, was ich nun falsch gemacht habe.«

»Vermutlich, weil Sie von jemand anderem als Ihrer Mutter geliebt wurden«, meinte Margaret nachdenklich.

»Wie kann das falsch sein?« fragte Joyce perplex.

Margaret antwortete: »Das ist es nicht. Aber es verursachte Probleme zwischen Ihnen und Ihrer Mutter, und es klingt so, als hätten diese Probleme bereits vor Ihrer Geburt begonnen.«

»Ich verstehe das immer noch nicht. Glauben Sie, es hat mit der Beziehung von meiner Mutter zu ihrer Mutter zu tun?«

Jetzt nickte Margaret zustimmend, während Joyce fortfuhr: »Es stimmt, sie haben sich auch nicht nahegestanden, als meine Mutter klein war. Wie ich sagte, sie war der Liebling ihres Vaters.«

Ich hatte nun eine Weile zugehört. Und als ich versuchte, mir Joyces Mutter vorzustellen, die ich nicht kannte, sah ich das vage Bild einer Frau, die frustriert und wütend mitansieht, wie eine andere Frau – manchmal ihre Mutter, manchmal Annie – sich um ihr Kind kümmert. Es war eine Szene, die uralt und zeitgenössisch zugleich war, voll von Reue und Schuldgefühlen. »Was wissen Sie über die Kindheit

Ihrer Mutter?« fragte ich unvermittelt und schreckte Joyce auf. Ich hatte das flüchtige Bild eines Genogramms vor Augen, eines Diagramms von Familienbeziehungen, das ich beim ersten Gespräch aufgezeichnet hatte. »Erinnere ich mich richtig, daß sie ein jüngeres Geschwister hatte?«

»Warum erinnern Sie sich daran?« fragte Joyce und sah leicht desorientiert aus. »Meine Tante Ella. Sie war der Liebling meiner Großmutter, und sie und meine Mutter vertrugen sich auch nicht.«

Ich mußte einfach fortfahren: »Als Ihre Mutter also arbeiten ging und die Fürsorge für Sie Annie und Ihrer Großmutter übertrug, wurden Sie für Ihre Mutter zum Symbol für ihre Eifersucht auf die jüngere Schwester. Symbolisch gesehen wurden Sie das verwöhnte jüngste Kind, auf das sie als Kind eifersüchtig gewesen war.« Joyce schwieg angesichts dieser Komplexität. Ich wollte sichergehen, daß sie verstand, was ich meinte, und wiederholte sanfter und einfühlsamer: »Sie sind ein jüngstes Kind, und Sie wurden von Ihrer eigenen Mutter aufgezogen.«

»Es fing also an, ehe ich geboren wurde«, sagte Joyce endlich.

Margaret räusperte sich und lächelte mich dann breit an. »Wie ich gerade sagte ...«

»Tut mir leid«, erwiderte ich.

Margaret wandte sich wieder zu Joyce. »Ich stimme mit Gus überein. Ihre Mutter war sehr eifersüchtig auf die Kinderbetreuer. Ich glaube, das wahre Problem – oder ein Teil davon – lag zwischen ihr und ihrer Mutter, doch sie richtete ihren Zorn auf Annie. Ihre Großmutter konnte sie nicht entlassen, obwohl sie das vielleicht gern wollte.«

Es war dieses Gefühl von Zurückweisung, das Fortgeschobenwerden zu anderen Leuten, das in dem Streit mit Thomas zutage getreten war. Thomas war nun in der Rolle der Mutter. Die Verletzung, die Wut, alles wurde nun auf ihn bezogen und im Zusammenhang mit ihm gefühlt. Es war Thomas, der sie nicht zu lieben, der zu fordern schien, daß sie ihre emotionalen Bedürfnisse anderswo befriedigte.

Das Unbewußte ist nicht genau. Es erkennt vage Umrisse, vertraute Figuren, in diesem Fall jemanden, den Joyce liebte, von dem sie abhängig war und der sie abzuschieben schien. Es spielt keine Rolle, daß wir nun in der Gegenwart sind, daß die Person, die sie abzuschieben scheint, ihr Mann ist, daß die Person, zu der sie abgeschoben zu werden vermeint, die Mutter ist. Das kleine Mädchen in Joyce sieht die gegenwärtige Realität durch einen Schleier von Emotionen.

Natürlich trug Thomas' distanziertes, kühles Verhalten zu Joyces Reaktionen bei. Er schien defensiv und ängstlich, wenn Joyce seine Nähe wollte, und schob sie wirklich oft fort. Es war nicht das erste Mal, daß er um sein Bedürfnis nach Ungestörtheit und emotionalen Freiraum gekämpft hatte, Kämpfe, die sich um seine Neigung drehten, Sport im Fernsehen anzusehen, sowie um sein Engagement für seine Arbeit. Thomas ist Wissenschaftler, und seine Überstunden im Labor waren ein ständiger Anlaß für Streit.

»Ich will mehr Aufmerksamkeit, mehr Zeit, mehr Anerkennung von dir!« sagte Joyce wiederholt. »Ich will deine Gefühle kennen und mich dir nahe fühlen können.«

»Ich fühle mich beeinträchtigt und bedrängt«, antwortete Thomas dann verteidigend. Und man konnte dann fast sehen, wie er sich körperlich von ihr zurückzog.

Thomas' defensives und typisch männliches Meiden von Nähe war in seiner Geschichte ebenso tief verwurzelt wie Joyces Bedürfnis nach Intimität und Anerkennung. Thomas war mit einer abhängigen und sich ständig einmischenden Mutter aufgewachsen und daher sehr bedacht, seine Autonomie zu wahren.

Thomas' Distanziertheit erinnerte Joyce an die Kühle und Distanz ihrer Mutter. Joyces Bemühungen, ihm nahe zu sein, erinnerten Thomas an die Aufdringlichkeit seiner Mutter. Und so tanzten sie im klassischen Eheballett umeinander, die Frau drängend, der Mann auf dem Rückzug. Je mehr sie ihn bedrängt, um so defensiver fühlt er sich, je defensiver er sich fühlt, um so mehr bedrängt sie ihn.

Wie der Streit um den Teerklumpen, aber mit größerer Tiefe, bildet dieses Muster, das der Familientherapeut Tom Fogarty als Distanz-Nähe-Dynamik bezeichnet, in dieser Beziehung eine symbolische »Struktur«. Es wurde zu einer Ehemetapher, so mit Gefühlen befrachtet, daß es das rationale Ich der Ehepartner überwältigt. Beide Partner bringen Gefühle in diesen Tanz ein, die tief in die Kindheit reichen.

Wir werden auf diese häufig auftretende Polarisierung in der Ehe zurückkommen, doch Joyces und Thomas' Konflikt wirft eine grundsätzliche Frage auf: Warum wird die Ehe zum Schauplatz derart drängender, irrationaler Gefühle? Warum erfahren wir sie nicht in direktem Zusammenhang mit den Schlüsselgestalten unserer Kindheit, statt diese Gefühle auf den Partner zu häufen? Warum haben wir solche Angst, unsere Wut auf die Eltern auszudrücken, finden dies aber bei unserem Partner so einfach?

Die Antworten auf diese Fragen sind komplex, aber wir haben einen

Ansatzpunkt. Stellen wir uns Joyce als Kind vor. Sie ist zwei und hat einen ganz normalen Wutausbruch. Sie spürt die Mißbilligung ihrer Mutter und wittert Gefahr. Sie versteht diese Gefühle in der Mutter nicht, doch sie stellen eine große Bedrohung für sie dar. Sie weiß nicht um die Schwierigkeiten, außer Haus zu arbeiten und gleichzeitig Kinder großzuziehen, noch begreift sie die Konflikte zwischen ihrer Mutter und ihrer Großmutter und zwischen den Eltern. Sie weiß nur, daß die Mutter mißbilligend ist, und Mutters Mißbilligung ist angsteinjagend. Sie war in der letzten Zeit sehr beunruhigt über die Abwesenheit der Mutter und verwirrt durch die Tatsache, daß ihre Großmutter und ihr Vater so viel netter zu ihr zu sein scheinen als ihre Mutter. Sie ist wütend auf die Mutter und fühlt sich von deren Kühle verletzt, aber sie zieht sich nach innen zurück und hat Angst vor den Folgen dieser Wut. Mutter ist in der letzten Zeit oft ärgerlich über sie. Wenn sie sie nun ganz verläßt? Das Menschenkind ist ein ungewöhnlich verletzliches, hilfloses Wesen – es ist viel weniger selbständig als der Nachwuchs der meisten anderen Arten, und diese hilflose Phase dauert lange. Wir leben nicht in einer Gesellschaft, in der Kinder innerhalb eines fürsorglichen Klans sicher von einer Familie zur anderen wandern können, weil kollektive Verantwortung für sie besteht. Erst mit etwa zwanzig Jahren wird Joyce außerhalb ihrer eigenen Familie existieren können; ihre einzige Sicherheit ist die Kernfamilie und das Netzwerk der Verwandten.

Während dieser langen Kindheit ist Joyce tatsächlich Gefangene dieser Familie und ihrer unbewußten emotionalen Regeln (vielleicht gibt es das unausgesprochene Verbot, Wut auszudrücken, Schwäche zuzugeben oder Sexualität zu erwähnen). Sie ist Opfer der Familienkonflikte. Wenn es innerhalb der Familie Fraktionen gibt, wird sie hilflos miteinbezogen.

Aber sie hängt nicht allein von der Familie ab. Ihr Leben scheint besonders von der Beziehung zur Mutter beeinflußt zu sein. Es war Mutter, die sie nährte, die ihre ersten Schreie in der Nacht beantwortete, die zu wissen schien, was sie brauchte. In Joyces Fall war es jedoch die Mutter, die sich von ihr zu entfernen schien: zuerst, indem sie eine Arbeit annahm, als Joyce eins war; und als sich andere Familienmitglieder um sie zu kümmern begannen, mit denen die Mutter im Konflikt lag, wurde die Mutter kühl und reserviert ihr gegenüber. Wenn die Mutter-Kind-Bindung früh im Leben gestört wird, hat dies für das Kind oft schreckliche Konsequenzen. Der drohende Verlust der mütterlichen Anerkennung jagte Joyce so starke Angst ein, daß sie schon sehr früh »beschloß«, ihre Gefühle zu unterdrücken und zu einem perfekten Kind zu werden. Diese Strategie, verzweifelt nach Anerkennung zu streben, verfolgte sie konsequent bis ins Erwachsenenalter.

Die ungeheure Bedeutung der Mutter-Kind-Bindung im Leben eines Kindes ist eine hochproblematische Familiendynamik: schwierig für die belastete Mutter und die kleinen Mädchen und Jungen. Die Ungerechtigkeit dieses Arrangements, in dem die Väter auf schmerzhafte und destruktive Weise vom inneren Leben der Familie ausgeschlossen werden, bildet ein Hauptthema dieses Buches. Doch obwohl wir die Angemessenheit dieser Rollenteilung in Frage stellen, müssen wir deren bedrohliche Existenz anerkennen. Kinder sind immer noch überwiegend von der emotionalen Unterstützung der Mutter abhängig, und da sie die einzige Quelle dafür darstellt, sind Kinder besonders empfindlich gegenüber deren Verlust.

Wie geht nun ein Kind mit seiner Wut um, wenn seine Bedürfnisse von den Eltern nicht erfüllt werden – wenn diese Wut die schreckliche Vorstellung von Zurückweisung mit sich bringt? Eine vorübergehende Lösung scheint für das Kind zu sein, daß es die Gefühle für die Eltern in mehrere Teile »aufspaltet« und die bedrohlichen Aspekte unterdrückt. Es kann das Bild einer »guten Mutter« entwickeln mit den Elementen der Mutter, die es liebt und von denen es abhängig ist; die Züge der Mutter, die es bedrohen und wütend machen, werden auf das Bild einer »schlechten Mutter« zentriert, die es aus dem Bewußtsein zu verdrängen versucht. Es kann sich auch selbst in zwei derartige Teile aufspalten, ein »gutes Selbst«, das aus jenen Aspekten besteht, die unbedrohlich und fügsam sind, und ein »schlechtes Selbst«, das es mit dem Auftauchen der »schlechten Mutter« assoziiert. In der selbstzentrierten Logik eines Kindes kann es das eigene »schlechte Selbst« für die Übergriffe der »schlechten Mutter« verantwortlich machen. »Ich habe meine Mutter unglücklich gemacht«, sagt es vielleicht bei sich. Dann kann es beschließen, die negativen Aspekte der Mutter und des Selbst aus dem Bewußtsein zu verdrängen, um das Gefühl von Sicherheit zu bewahren.

Diese »aufgespaltenen« Gefühle, besonders die negativen, bleiben im Kind, ohne ausgelebt zu werden, und sie scheinen sich nicht mit der Zeit aufzulösen. Diese tiefsitzende Kindheitswut über die Ungerechtigkeit des Lebens schreit nicht nur nach Ausdruck, sondern nach Wiedergutmachung. Sie bleibt bestehen als die Sehnsucht des Kindes nach Gerechtigkeit in einer vermeintlich ungerechten Welt. Diese mächtigen Gefühle bleiben latent und still, wie eingedämmtes Wasser oder die weitgreifende elektrische Spannung, die Blitze hervorruft.

In der späteren Kindheit begegnen Kinder einem weiteren Hindernis auf dem Weg zur offenen Anerkennung: Sie werden sich der Probleme und Schwächen der Eltern bewußt. Beim Heranreifen erkennen Kinder nicht nur die Fehler der Eltern, sondern werden auch als »Helfer« in diese Schwierigkeiten einbezogen. Dieses Einbezogenwerden in die elterlichen Konflikte – das hier zum Gegenstand umfangreicher Diskussionen wird – ruft in Kindern ein Gefühl von Verwirrung und Frustration hervor. Diesen älteren Kindern wird es sehr schwer gemacht, sich die Gefühle über die Schwächen der Eltern zuzugestehen. Wie können sie wütend auf diese Eltern sein, die ihnen das Leben schenkten, die ihr Bestes gaben und voller eigener Probleme stecken? Dieses Schuldgefühl, das aus der Wut auf die Eltern entsteht, die sich bemühten und die sie trotz ihrer Fehler liebten, wird mit der Zeit immer stärker. Je angreifbarer die eigenen Eltern werden, um so schwerer wird es, von ihnen enttäuscht zu sein.

Die meisten Menschen treten mit einem ungeheuren Reservoir unausgedrückter Gefühle ins Erwachsenenleben, doch wir sind uns nur selten der Macht dieses schmerzlichen Erbes bewußt. Wir nehmen an, daß wir mit dem Verlassen des Elternhauses alles hinter uns lassen und neu beginnen, wenn wir heiraten. Völlig unbewußt bringen wir eine tiefe Sehnsucht nach Ganzheit, nach Anerkennung, nach allen Dingen, die wir als Kinder verdienten und nicht bekamen, ins Erwachsenenleben, besonders aber in die Ehe mit.

In unserer Kultur ist die Ehe vielleicht die populärste Form von Psychotherapie. Wir alle scheinen zu glauben, daß die Ehe unser Leben verändert, daß wir uns nun besser fühlen werden. Die eine, besondere Person gibt uns Kraft, wenn wir uns schwach fühlen, erfüllt uns, wenn wir uns leer fühlen, tröstet uns, wenn wir einsam sind. Wir brauchen nur die Texte von beliebten Hits anzuhören, um uns bewußtzumachen, wie weitverbreitet diese Erwartungen sind.

Die Sehnsucht nach der magischen Kraft der Ehe, die darüber hinaus noch ewig zu halten hat, ist natürlich an dem stark idealisierten Bild der »guten Eltern« der frühen Kindheit ausgerichtet. Wir träumen von einer verschmelzenden, symbiotischen Einheit, in der wir uns genährt, sicher und absolut geliebt fühlen – und allmächtig. Wenn diese Person an mich »gebunden« ist, vermag ich alles.

Wenn man an die Langeweile, die Frustrationen und das unablässige Gerangel des Alltagslebens denkt, lautet die Frage allerdings nicht, *ob* diese idealisierte Partnerschaft scheitert, sondern *wann*. Für die meisten Menschen reißt das Scheitern einer derart idealisierten Vereinigung (und es dauert vielleicht Jahre, dieses Scheitern anzuerkennen, denn Träume sterben nur schwer aus) uralte Wunden auf: Unsere Enttäuschung über uns und unseren Partner erinnert uns an die Enttäuschung über uns und unsere Eltern, als wir Kinder waren. Unser Partner wird zum »schlechten Elternteil«, während wir uns als »schlechtes Kind« fühlen. Sämtliche Wut und Verletzungen jener frühen Jahre ergießen sich vielleicht in unsere Ehe.

Die »deplazierte Neuinszenierung« unseres früheren Dramas geschieht um so wahrscheinlicher aufgrund der Person, die zu heiraten wir uns entschließen, denn wir fühlen uns stark zu jemandem hingezogen, der uns hilft, jene ersten Kämpfe mit den Eltern neu auszutragen. Wir denken vielleicht, wir heiraten einen Menschen, der mit unseren Eltern nichts gemein hat (die komplizierte Chemie dieser unbewußten Wahl wird Gegenstand weiterer Diskussionen), doch wahrscheinlich werden wir in der Ehe gezwungen, uns mit den Kernthemen und Kämpfen unserer ersten Jahre auseinanderzusetzen. Wenn wir mit Eifersuchtskämpfen aufwuchsen oder einem Gefühl von Machtlosigkeit, mit Panik vor Nähe oder dem Gefühl, nicht geliebt zu werden, werden dies auch die Themen in unserer eigenen Ehe sein.

Warum aber sollten wir so pervers sein, jemanden zu heiraten, der uns mit den zentralen und schmerzhaften Realitäten unserer Kindheit konfrontiert? »Warum mußte ich einen Mann heiraten, der Probleme mit Eifersucht hat und so distanziert und kritisch sein kann?« rief Joyce schließlich in einer Mischung aus Humor und Verzweiflung.

Wieder sind die Antworten kompliziert, aber wir haben einen Anfang gefunden: Als Kinder werden wir oft emotional verletzt, und dieses Gefühl von Verletzung bewirkt, daß wir uns in uns selbst zurückziehen. Bestimmte Risiken scheinen zu gefährlich, und so verdrängen wir Gefühle, Möglichkeiten, Alternativen. Ein Teil von uns stirbt ab oder ruht. Vielleicht ist es unsere Sexualität, unsere Wut, unsere Verspieltheit, unsere Kreativität. Wir lernen, konservativ zu leben, werden zu Experten in Kompromissen.

Dieses traumatisierte, verletzte, verdrängte Ich sehnt sich danach, aufzutauchen und voll zu leben – so, wie wir geboren wurden, mit all unserer Spontaneität und Vitalität. Das Problem ist aber, wie uns diese Wiederauferstehung gelingt.

Die Ehe ist ein unbewußt motiviertes »Experiment« in dieser Richtung. Ein Teil des Experiments heißt, die Umstände zu rekapitulieren, die für uns als Kinder so schwer waren – und wir sind sehr geschickt darin, jemanden zu finden, der uns dabei hilft.

Aber das Experiment bedeutet noch mehr als Rekapitulation. Die einfache Wiederholung ohne Hoffnung oder Erwartung einer Veränderung wäre schrecklich entmutigend. Abgesehen von der Bindung an jemanden, der unfreiwillig einige der vertrauten Rollen spielt, die wir mit den Eltern und Geschwistern verbinden, hat unser Partner auch die Fähigkeit, uns zu helfen, diese Dramen zu verändern und zu variieren. Diese Person, aus einer anderen Familienwelt, stellt auch Neuartigkeit und einen Wechsel dar. Er oder sie sind anders als wir und unsere Eltern. Und er oder sie fordern uns heraus, anders zu sein und unseren Lebensroman neu zu schreiben.

Ich denke hierbei an mich und meine Kämpfe mit Margaret. Meine Mutter sprach einmal über das, was sie meine »Persönlichkeitsveränderung« nannte. Ich war ein extrovertiertes, ausgelassenes Kind, voller Energie und ständig plappernd. »Aber als du neun warst, wurdest du sehr still, und das habe ich nie verstanden«, sagte sie. Viele Jahre später schaue ich zurück und finde es überhaupt nicht schwierig zu begreifen.

Ich war 1942, als mein Vater in die Armee eintrat, vier Jahre alt, am Beginn der ödipalen Phase, in der ein Junge sich gewöhnlich vorstellt, seinen Vater zu verbannen, um seine Mutter zu heiraten. Diese normale und machtvolle Phantasie wird gewöhnlich von der Realität gebannt – indem der Vater sich nicht darauf einläßt. In der klassischen Lösung überwindet der Junge die Verliebtheit in die Mutter und strebt an, wie der Vater zu werden. In meinem Fall schenkte mir das Schicksal die Illusion, daß mein Wunsch in Erfüllung gegangen war. Mein Vater verschwand, und ich wurde mit vier Jahren das, was Erwachsene scherzhaft »Herr im Haus« nannten. Auf unbewußter Ebene nahm ich die Phantasie, Mann meiner Mutter zu sein, viel zu ernst.

Als mein Vater zurückkehrte, schienen wir beide Rivalen. Ich erinnere mich an eine besonders unangenehme Szene bei einem seiner Urlaube gegen Ende des Krieges. Meine Mutter hatte ein besonderes Frühstück bereitet – offensichtlich für ihn – und versäumt, mein Ei extra lange zu kochen. Alle Eier waren blaßgelb und weich, so wie er es gern mochte. Ich fühlte mich verraten und stocherte mit der Gabel in der ekelhaft glitschigen Masse herum.

»Iß dein Ei«, sagte mein Vater.

»Ich mag nicht«, antwortete ich. Dann wurde ich kühner und stach störrisch mit der Gabel in mein Ei, so daß es zu meinem Entsetzen vom Teller auf die frische Tischdecke rutschte. Sofort stürmte mein Vater, der wütend über die Koalition war, die er zwischen mir und meiner Mutter spürte, mit gezogenem Gürtel auf mich zu. Ich machte mich vor Angst ganz klein, während es Schläge auf mich hagelte.

Das war ungefähr zu der Zeit, in der ich nach Angaben meiner Mutter zurückgezogen und schüchtern wurde, doch sie brachte die Veränderung nicht mit der Rückkehr meines Vaters aus dem Krieg in Verbindung. Ich hatte offensichtlich unbewußt den Entschluß gefaßt. Extrovertiertheit sei gefährlich, weil sie meinen Vater ärgerte, und sie daher zu verbergen. »Halt dich heraus«, wurde von da an mein Motto.

Ich war, als ich Margaret kennenlernte, im ersten Jahr im College, immer noch sehr zurückgezogen und schüchtern. Margaret hatte zwar ihre eigenen Unsicherheiten, doch viele Freunde. Ich war der Dichter, der einsame Wolf, sie die Kontaktfreudige mit dem großen Bekanntenkreis und vielen Verpflichtungen. Die gegenseitige Anziehung hatte natürlich noch andere Elemente, aber mich zogen ihre gesellschaftlichen Fähigkeiten an. Ich fühlte mich dadurch aber auch bedroht.

Suchte ich nach jenem lange vergrabenen Teil von mir, den ich in ihr erkannte? Vermutlich. Hoffte ich, mir diese Fähigkeit zunutze zu machen, mich auf sie zu verlassen, weil ich selbst nicht dazu in der Lage schien? Vermutlich.

Nachdem wir geheiratet hatten, wurde ich eifersüchtig auf ihre Freundlichkeit und Kontaktfreudigkeit, und sie hatte große Schwierigkeiten, meine Eifersucht zu ertragen. Nach einer Weile konnte ich es nicht mehr aushalten, am Rand zu stehen, und sie war es leid, unter dem Tisch vors Schienbein getreten zu werden, weil ich sie wieder für »zu redselig« hielt.

Offensichtlich wollte ich mit Margaret mithalten; anstatt zu leiden und zu schimpfen, mußte ich lernen, mit ihr zu konkurrieren. Und dazu mußte ich tief in meinem Innenleben nach einem Teil von mir suchen, zu dem ich vor vielen Jahren den Kontakt verloren hatte. Ich mußte einfach wachsen, Margaret mußte lernen, mit meinen gelegentlichen Eifersuchtsausbrüchen zu leben, und da sie mit einer Mutter aufgewachsen war, die eifersüchtig auf sie war, stellte sich dies als sehr schwierige Aufgabe heraus.

Ich glaube, jeder geht mit derartigen unbewußten Plänen in die Ehe. Wir wiederholen unvermeidlich das Dilemma unserer Kindheit, wollen aber auch unsere Reaktionen darauf verändern. Wir sehnen uns zutiefst danach, diese Konflikte nun besser zu lösen. Wir wollen

Wiedergutmachung, Gerechtigkeit, den »richtigen« Ausgang. Die Person, die wir heiraten, ist besonders geeignet, nicht nur uns die Originalsituation unserer Kindheit neu aufzuführen, sondern sie stellt uns auch einen wirksamen »Auslöser« zur Verfügung (der in seinem oder ihrem Familiendrama seinen Ursprung hat), um unsere Rolle in diesem Drama zu verändern.

Ein Kernproblem in der Ehe ist, daß dieses Amateurpsychotherapieprojekt gewöhnlich teilweisen Erfolg hat. Teilweise Erfolge aber sind gefährlich, weil unsere Hoffnungen steigen, und dann sind wir – wieder – enttäuscht.

Da sind wir also mit jemandem verheiratet, der uns stark an die Kämpfe und Identitäten unserer Jugend erinnert, Identitäten, die unserem Leben Gestalt, aber auch Leid verliehen haben, und der zu fordern scheint, daß wir all diese Realitäten verändern. Die Gefahr ist, daß wir eine Art Kokon in unserer Ehe konstruieren, eine harte und einengende Struktur, die sich wie die Beschränkungen der Kindheit anfühlt, und auf dieses »Ding« wollen wir nun alle Frustrationen und Wut richten, die aus der Kindheit zurückblieben. Unser Partner versteht gewöhnlich nicht, woher diese Wut stammt, und gibt ihr die eine oder andere Deutung, oft eine, die auf ähnliche Verzerrungen in seiner Vergangenheit beruht.

Wir hoffen natürlich, daß unser Partner unsere Ausbrüche von Verletztheit und Sehnsucht in uns akzeptiert und ein idealer »Elternteil« ist. Doch da die Vergangenheit tief in uns verwurzelt und getreu in uns aufgezeichnet ist, wird sie unvermeidlich zur Basis unserer Prognosen für die Zukunft. Auch wenn wir uns mächtig anstrengen, die Wiederholungen vergangener Ereignisse zu vermeiden, werden unsere Bemühungen genau durch diese Vorfälle gestaltet. Ob uns das gefällt oder nicht, wir projizieren, daß wichtige Menschen unseres Erwachsenenlebens sich so verhalten wie die Personen in unserer frühen Kindheit, und wir sind extrem geschickt im Aufspüren von Menschen, die diese Erwartungen erfüllen.

Diese ambivalente Dynamik ist für das Scheitern vieler Ehen verantwortlich. Nach jahrelangem Kampf mit dem Kokon in unserer Ehe nimmt man leicht an, daß wir nur die Beziehung selbst »abstreifen« müssen, um über deren Beschränkungen hinauszuwachsen.

Wenn wir zu der Überzeugung gelangen, daß unser Partner sich nicht ändern kann oder will – und wir sind recht gut darin, unseren Partner so zu behandeln, daß er uns widersteht –, kann man die Theorie leicht um den nächsten Schritt ausweiten: Vielleicht brauchen wir einen anderen »Kontext«, einen anderen Partner. Und so beginnt der innere Prozeß, der zur Scheidung führt. Häufig spielt sich dieser Prozeß in beiden Partnern ab und wird, wie ich ausführlicher darlegen werde, »kooperativ« oder in *Kollusion* entwickelt.

In Zeiten starker Belastung denkt wohl jeder, daß der einzige Weg, Probleme zu lösen und unser Leben zu verändern, darin besteht, diese schwierige Person zu verlassen, die zu heiraten wir das Pech hatten. Bei manchen Ehen ist es zwar absolut wünschenswert und notwendig, sie zu beenden, doch viele Ehen werden unnötigerweise geschieden, weil man mit einem neuen Partner nur eine Variation des gleichen Problemkreises rekonstruiert. Die Schwierigkeiten, so stellt sich heraus, bestehen nicht nur zwischen uns, sondern in einem jeden, und die Erfahrung einer Scheidung löst nicht jene tief verinnerlichten Knoten, die wir in die Ehe hineingetragen haben und in die nächste weiterschleppen.

Es ist recht gut möglich, sich der Tatsache zu stellen, daß wir nicht mehr hilflose Kinder sind, sondern kompetente Erwachsene mit vielen Möglichkeiten und Optionen, die wir als Kinder nicht hatten. Wir können uns der Tatsache stellen, daß unser Partner zwar nicht völlig unschuldig ist, aber uns überraschend ähnlich und uns geholfen hat, eine komplexe Beziehungsmetapher aufzubauen, in der wir zusammen die Zentralthemen unserer beiden Leben neu aufgeführt haben. Wenn wir erst die Ursprünge dieses Dramas zwischen uns und den Grund für seine Existenz erkennen, können wir nach anderen Wegen suchen, diese Probleme zu lösen, statt sie in der Ehe auszuagieren.

Wenn wir jedoch diese Ehehypnose durchbrechen wollen, müssen wir zunächst bereit sein, ihre Existenz und ihren Einfluß auf unser Leben anzuerkennen. Die Reise in diesem Buch führt uns zurück in die Vergangenheit und wird vielleicht manchmal als regressiv empfunden, doch unser Ziel heißt nicht, in der Vergangenheit hängenzubleiben, sondern sie, durch die Konfrontation, hinter uns zu lassen.

Unser Ziel ist es, voreinander zu stehen, den Raum um uns wahrzunehmen, unsere mächtige, ungehinderte Vitalität zu fühlen und über den Abgrund hinweg, der uns immer trennen wird, diese andere Person zu spüren, die gegenwärtig, wichtig und uns genügend ähnlich ist, daß wir eine Chance haben, nicht ewig allein zu sein, die jedoch auch so anders ist als wir, daß wir uns nie vorstellen können, daß sie bloß ein Teil von uns ist. Wir entdecken unseren Partner als eine vertraute Person und eine, die immer neu für uns ist.

Die Inszenierung des Dramas

Die Ehe ist keine Beziehung zwischen zwei Menschen. Wir glauben vielleicht in den ersten Flittermonaten, daß niemand außer uns beiden existiert, doch bald machen sich viele Mitbewerber um unsere Loyalität bemerkbar. Danach leben wir in einem Wirrwarr miteinander konkurrierender Verpflichtungen. Unsere Bindungen an sehr wichtige »andere« beginnen uns auseinanderzureißen: unsere Eltern, Geschwister, Großeltern, Tanten, Onkel, Freunde, Kollegen und, falls vorhanden, unsere Kinder. All diese Menschen fordern von uns Zeit, Aufmerksamkeit und Loyalität. Wenn wir unseren Partner anblicken, sehen wir nicht nur ein Individuum, sondern jemanden, der in komplizierte Beziehungen mit anderen verwickelt ist.

Die durch diese Bindungen geschaffenen Muster können problematisch sein, da sie in uns vermutlich die Erinnerungen an ähnliche Beziehungsmuster unserer Kindheit wachrufen. Margarets starke Bindung an ihren Vater kann mich zum Beispiel an die Eifersucht erinnern, die ich als Kind verspürte, als mein Vater so brutal in die besondere Beziehung zu meiner Mutter eindrang. Wenn wir die Ehe begreifen wollen, müssen wir diese Beziehungsmuster erkennen, denn es ist oftmals eine Konstellation von Kräften statt der bestimmten Persönlichkeit unseres Partners, die uns so viel Kummer bereitet.

Albert Pesso ist kein Familientherapeut, aber ich habe viel gelernt, als ich seine Arbeit mit Gruppen beobachtete, bei denen viele Teilnehmer Therapeuten sind. Das folgende Beispiel seiner Methode der Psychotherapie beleuchtet nicht nur, wie man die Vergangenheit in der gegenwärtigen Beziehung rekapituliert, sondern ist auch ein Bild für den Prozeß der Veränderung.

Pesso benutzt in seinen Gruppen das Rollenspiel, um Situationen aus dem Leben seiner Klienten zu simulieren, aber diese gespielten Wiederholungen sind nur ein Teil seiner Methode. Ich besuchte kürzlich eine seiner Gruppen, an der zehn andere Therapeuten teilnahmen. Wir saßen im Kreis auf dem Boden seiner Praxis. Ein junger Psychologe war an der Reihe zu »arbeiten« und saß in der Kreismitte. Er wirkte sehr ängstlich und sagte zu Al: »Ich bin sehr selbstkritisch, und ich wollte, ich könnte damit aufhören. Diese Tendenz in mir behindert mein Leben, und ich möchte da gern etwas verändern.«

Al, in Jeans und Turnschuhen, saß mit untergeschlagenen Beinen da und sah seinen Klienten an. Er ist ein schlanker, sportlicher Mann in den Fünfzigern mit sich lichtendem Haar und mit einem extrem freundlichen Gesicht. Er wirkte seltsam entrückt und auch skeptisch. »So wie du das angehst, möchte ich dir nicht helfen«,sagte er sanft, aber bestimmt, »denn ich glaube, es wäre ein Fehler, damit zu beginnen, sich ändern zu wollen. Wir müssen zuerst einmal zugeben, wer wir sind, sozusagen in der Mitte der Wahrheit stehen. Wenn uns das gelingt, führt uns das weiter. Doch wenn wir anfangen, anders sein zu wollen, ist das wie eine Selbstverleugnung.«

»Was soll ich denn tun?« fragte der Psychologe verwirrt. »Ich weiß es nicht«, antwortete Al. Dann folgte ein langes Schweigen, in dem die beiden Männer einander ansahen. Al schien nicht in Eile. »Warte, bis du etwas fühlst. Ich glaube, es ist falsch, mit einer *Idee* anzufangen, besonders mit dem Gedanken, anders sein zu wollen.« Weiteres Schweigen.

Dem jungen Mann wurde es zunehmend unbehaglicher. »Ich habe das Gefühl, ich versage irgendwie, ich mache alles falsch.«

»Das ist vielleicht deine Wahrheit«, sagte Al. »Du bist jemand, der versucht, alles richtig zu machen, und hast das Gefühl zu scheitern.«

»So bin ich wohl.« Er schien zu erröten, und Al bemerkte es. »Das ist das erste Gefühl, das ich sehe«, sagte er. »Vielleicht sind wir auf der richtigen Spur.«

»Was kann ich dagegen tun?«

»Es passiert noch einmal«, sagte Al lächelnd. In der Gruppe machte sich leichte Belustigung breit. Nach einer scheinbar endlosen Pause bot er an: »Könntest du wohl jemanden aus der Gruppe aussuchen, der im Rollenspiel diese kritische Stimme mimt?«

Der Psychologe war bereit, fast alles zu tun, und suchte einen Mann aus, der seine kritische Stimme spielen sollte. Er blieb auf dem Boden sitzen, und der Spieler ragte über ihm auf. »Was sagt die Stimme zu dir?« fragte Al.

»Daß ich alles falsch mache.«

Al sagte leise zu dem Spieler: »Sag das – ›Du machst alles falsch.‹«

Der Spieler wiederholte den Satz. Dabei blickte der Psychologe deutlich verstört. Wieder überflutete Röte sein Gesicht.

»Das hat dich getroffen«, bemerkte Al.

»Es hörte sich sehr vertraut an«, gab der junge Mann zu.

»Soll er es noch einmal sagen?« fragte Al, und der andere nickte stumm. Der Spieler wiederholte den kritischen Satz. Dieses Mal zuckte der Psychologe zusammen, als habe ihn jemand geschlagen.

»Du sahst aus, als habe dich jemand geschlagen«, sagte Al sanft.

»Es hat wehgetan, erwiderte der andere.

»Ist es eine Stimme aus deiner Vergangenheit?« fragte Al. »Mir fiel auf, daß du einen Mann ausgesucht hast.«

»Es hört sich an wie mein Vater.«

»Ah«, sagte Al leise. »Soll er dein Vater sein? Vermutlich stellt er den negativen Teil deines Vaters dar.« Dann sprach er wieder zu dem Spieler: »Stell die negativen Aspekte seines Vaters dar.«

Der Spieler antwortete: »Ich stelle die negativen Aspekte deines Vaters dar.« Der Psychologe blickte zu dem Mann hoch, der neben ihm stand.

»Du siehst ängstlich aus«, sagte Al zu dem jungen Mann auf dem Boden.

»Ich habe auch Angst. Als könnte ich mich gegen seine Worte nicht verteidigen.«

»Das stimmt also. Du fühlst dich, als könntest du dich gegen deinen Vater nicht verteidigen, wenn er dir sagt, du machtest alles falsch. Wie solltest du denn sein?«

»Erfolgreich, aggressiv, gut im Sport. Viel Geld verdienen wie er.«

Al wies den Spieler an, genau die Worte des Mannes zu wiederholen: »Ich will, daß du erfolgreich bist, aggressiv, gut im Sport, daß du viel Geld verdienst wie ich.« Bei diesen Worten rollten Tränen über die Wangen des jungen Psychologen.

»Das hat echt wehgetan«, sagte Al und betrachtete den Mann vor sich sehr eindringlich. Der Psychologe nickte, bekam aber kein Wort heraus. »Was geschieht?« fragte Al.

»Ich hörte meinen Vater sagen: ›Anstatt an den Rockzipfeln deiner Mutter zu hängen.‹«

»Warum suchst du dir nicht jemanden, der deine Mutter spielt?« schlug Al vor. Der junge Mann sah nun sehr aufgewühlt aus, suchte eine Frau aus der Gruppe aus und stellte sie neben sich. »Sie hat keinen Rock an«, sagte Al lächelnd, aber du könntest dich an ihre Beine klammern.« Das tat der junge Mann und blickte an der Mutterfigur hoch. »Was fühlst du jetzt?«

»So war es in meiner Kindheit.« Nach einer Pause fügte er hinzu: »Doch sie hat auch an mir gehangen, weil er ihr gegenüber fast genauso kritisch war.« Al bat die Frau, den Arm des Klienten zu umfassen. Sohn und Mutter klammerten sich aneinander. »So war es«, bestätigte der junge Mann.

»Und an der Stelle scheinst du festzusitzen«, sagte Al bestimmt.

»Ich habe das Gefühl, ich klammere mich auch an meine Frau«, gab der junge Mann verlegen zu.

Al wartete, in welche Richtung die Gefühle den Klienten ziehen würden. Das Dilemma war klar, die Frage schien, ob der Psychologe seine Situation auf irgendeine Weise ändern konnte. »Wir könnten am Thema ›Mutter‹ arbeiten und wie es deine Ehe beeinträchtigt, aber du siehst immer noch zu deinem Vater auf. In diesem Moment scheint da dein Interesse zu liegen.«

»Ich will ihm sagen, daß es mir weh tut, wenn er so etwas sagt.«

»Sag es ihm.«

Er blickte ängstlich zu dem Vater hoch und sagte: »Es verletzt mich, wenn du so mit mir redest.« Tränen rannen ihm übers Gesicht.

Al wandte sich rasch an den Spieler und sagte: »Reagiere.« Der Spieler antwortete darauf mit einem zustimmenden Laut: »Ah.« Als der junge Mann sah, daß seine Worte Wirkung zeigten, wurde er mutiger und fügte spontan hinzu: »Und du stinkst mir!« Wieder reagierte der Spieler mit einem wortlosen Laut.

Der Klient sah plötzlich ängstlich aus, als fürchte er Rache. »Er scheint so mächtig«, sagte er zu Al. »Ich glaube, es hilft mir, wenn ich aufstehe.«

»Mach schon«, sagte Al herzlich. Der Psychologe stand nun vor seinem symbolischen Vater.

»Und wenn er sich kniete?« Al nickte zustimmend, und der Spieler kniete vor seinem »Sohn«, »... zur Abwechslung«, fügte dieser ironisch hinzu. Der Psychologe warf Al immer wieder Bestätigung und Anweisungen suchende Blicke zu, doch Al achtete darauf, nicht zu einem kontrollierenden »Elternteil« zu werden, und nahm nur die Stichworte des Klienten auf. Unterstützt von Pessos aufmerksamer, einfühlsamer Anleitung, wurde der junge Mann immer kühner.

»Du siehst sehr wütend aus über das, was er zu dir gesagt hat«, bemerkte Pesso.

»Ich bin verrückt vor Wut«, murmelte der andere.

»Du könntest ihm sagen, wie wütend du bist«, sagte Al.

Durch Als Erlaubnis befreit, hob der Psychologe die Stimme. Jetzt brüllte er fast. »Warum zum Teufel hast du mir nicht geholfen, als ich noch klein war? Warum hast du dich verdammt noch mal nie für mich interessiert?« Der Spieler zuckte sichtlich zusammen und jammerte vor Schmerz. »Dir war dein verdammter Job viel wichtiger als ich!« Wütend. »Und dann hast du die Nerven, hier anzukommen und mir zu sagen, daß du nicht zufrieden mit mir bist. Also ich bin mit dir auch nicht zufrieden!« Der Spieler der Vaterrolle wand sich auf dem Boden vor gespieltem Schmerz. Der Psychologe, dessen Gesicht immer noch naß von Tränen war, sah zum Platzen angespannt aus.

»Was geht in deinem Körper vor?« fragte Al.

»Ich fühle mich sehr angespannt.«

»Dein Bein zuckt«, sagte Al.

»Ich möchte ihn gern treten, wie er mich mit Worten getreten hat.«

»Schauen wir mal, ob das möglich ist«, bot Al an. Dann bat er leise jemanden aus der Gruppe, ein paar dicke Kissen zwischen den Klienten und den Vaterspieler zu legen, um letzteren vor den Schlägen zu schützen. Dann wandte er sich wieder an den Psychologen. »Versuch's mal. Paß aber auf, daß du dem Spieler nicht wehtust.« Der Psychologe trat mehrere Male fest gegen die Kissen, zuerst vorsichtig, dann härter, und der Spieler gab ein Zeichen, daß er damit einverstanden war.

Dann, mit deutlich wachsender Wut in Gesicht und Körper, trat der Mann mit äußerster Gewalt gegen die Kissen. Der »Vater« stöhnte vor Schmerzen. Noch ein Tritt, ein weiteres Stöhnen. Das wiederholte der Psychologe vielleicht fünfmal, jedesmal kräftiger. Al vergewisserte sich wieder bei dem Spieler. »Ist schon gut. Ich spüre die Tritte, aber es tut nicht weh.«

Schließlich atmete der junge Mann tief aus und hörte auf. Er wirkte erleichtert. »Was geschieht?« fragte Al.

»Ich fühle mich besser.«

»Es ist vielleicht noch viel mehr Wut da«, sagte Al, »aber mehr scheint jetzt nicht herauszukommen.« Er hielt inne und betrachtete wieder den Klienten. »Du siehst jetzt traurig aus.«

»Genau das bin ich auch. Ich spüre Reue und Traurigkeit.« Der junge Mann blickte auf die am Boden ausgestreckte Gestalt seines Vaters hinab.

»Wegen allem, was du mit deinem Vater nicht erlebt hast?« Der junge Mann nickte stumm. Da er seine Wut auf den kritischen Vater nun ausgedrückt hatte, schien er nun auch zutiefst enttäuscht, keinen liebevolleren, fürsorglicheren Vater gehabt zu haben. Al zögerte und wartete auf das nächste Stichwort des jungen Mannes. Schließlich blickte dieser zu Al auf, als wolle er sagen: »Was kann ich denn noch tun?«

»Vielleicht möchtest du erleben, wie es mit einem idealen Vater gewesen wäre«, schlug Al vor. Die Miene des Psychologen hellte sich sichtlich auf. »Möchtest du jemanden aussuchen, der deinen Idealvater spielt?«

Der Klient schaute sich nachdenklich in der Gruppe um, bis sein Blick auf einen Freund und Kollegen fiel. Diesen bat er, den idealen Vater für ihn zu spielen, und der Freund erklärte sich gern bereit.

»Stell ihn in Position«, wies Al an. Der Klient saß auf dem Boden, der ideale Vater ragte über ihm auf. Die »echten« Eltern standen stumm an ihrem Platz, wurden aber nun ignoriert. Es war sehr still im Raum. Der junge Mann blickte zu seinem idealen Vater hoch.

»Was fühlst du?« fragte Al leise.

»Ich will, daß er mir hilft und mich unterstützt, sagte der Klient zögernd zu dem neuen Spieler.

Der »ideale Vater«, ein erfahrener Rollenspieler, wußte, daß er die Worte des Klienten genau wiederholen mußte: »Ich werde dir helfen und dich unterstützen«, sagte er sanft. Bei diesen Worten wurde das Gesicht des Klienten weicher. Er schien zutiefst erleichtert.

»Ich will, daß er sagt, daß ich sehr wichtig für ihn bin, wichtiger als seine Arbeit. Wichtiger als alles andere... außer vielleicht meine Mutter.«

Als der Rollenspieler das sagte, sank der junge Mann auf seine Ellbogen zurück und blickte an der neuen Figur hoch. Die Worte klangen hypnotisch und tröstend: »... und du bist wichtiger als alles andere, außer vielleicht deine Mutter.«

Al unterbrach. »Es klingt, als bräuchten wir eine Mutter, so daß die Aufmerksamkeit für dich nicht auf ihre Kosten geht. Vielleicht spielt jemand seine Idealmutter, damit er sie zusammen sehen kann.« Als eine Frau ausgesucht und neben den Idealvater gestellt worden war, wirkte der Psychologe erleichtert. »Gut, sie zusammen zu sehen«, sagte er und blickte sein Idealbild eindringlich an.

Al fiel auf, daß der Klient sich noch weiter nach hinten lehnte, als wolle er auf dem Boden liegen, und sagte: »Sieht aus, als bräuchtest du eine Stütze. Soll dir jemand den Rücken stützen?« Der junge Mann nickte zustimmend. Al erklärte, daß Unterstützung eine wichtige Funktion von Eltern sei, und schlug dem Psychologen vor, jemanden auszusuchen, der die körperliche Ausweitung der Idealeltern spielte. Als er einen Mann wählte, fragte Al: »Soll er eine Ausweitung des Idealvaters sein?« Wieder nickte der junge Mann stumm.

Nach ein paar Anweisungen kniete sich der neue Spieler hinter den

Klienten, und dieser lehnte sich in seinen Schoß. Jetzt blickte er zu seinem Idealvater auf, konnte sich aber auch auf den anderen Mann stützen, der als »Teil« seines Idealvaters betrachtet wurde. Er hatte nun ein sichtbares Bild eines starken Vaters, von dem er sich körperlich gestützt fühlte.

Mit einem Seufzer entspannte sich der Psychologe und lehnte sich an die Person hinter ihm. Ein paar Minuten lang war es sehr still im Raum. Der Klient schloß die Augen. Er wirkte sehr friedlich; sein Gesicht sah sehr vertrauensvoll und kindlich aus.

Al sagte: »Möchtest du, daß der Idealvater etwas zu dir sagt, zusätzlich zu seiner körperlichen Unterstützung?«

»Ich möchte, daß er sagt, daß er mich unterstützt und mir hilft, erwachsen zu werden.«

Leise sagte Al zu dem Idealvater: »Wiederhol diese Worte.« Als der Spieler dies tat, entspannte sich der Klient noch mehr. Ein Gefühl von Frieden durchzog den Raum. Man konnte draußen vor dem Fenster Vögel singen hören.

»Behalt das«, sagte Al herzlich, »diese Möglichkeit. Präg dir diese Erfahrung ein. Du kannst dich jedesmal daran erinnern, wenn du willst.« Nach einer Pause fügte er hinzu: »Hast du eine Ahnung, wie alt du jetzt bist?«

»Vielleicht fünf. Kurz vor dem Schulanfang.« Der Wecker an Als Armbanduhr, den er zu Beginn der Sitzung gestellt hatte, piepste leise. Er ignorierte es.

Nach einem langen, ernsten Schweigen öffnete der junge Mann langsam die Augen. Er blickte zu seinem Idealvater hoch und lächelte. »Ich möchte, daß er mir aufhilft«, bat er. »Scheint mir ein gutes Ende.« Al lächelte anerkennend. Der Idealvater bot dem Psychologen die Hand und half ihm auf die Füße.

Der junge Mann blinzelte wie nach einem Traum und begrüßte seine Freunde und Kollegen. Einen Moment lang rührte sich niemand. »Bist du bereit, sie aus ihren Rollen zu entlassen?« fragte Al.

Der Psychologe lächelte warm. »Ja.«

»Dann entlassen wir die Rollenspieler«, sagte Al sachlich.

Der »negative« Vater stand auf und verkündete, er sei nun nicht mehr der negative Aspekt des Vaters, und nannte seinen eigenen Namen. Die anderen Spieler vollzogen das gleiche Ritual. Als der Idealvater seine eigene Identität wieder annahm, umarmten er und der junge Mann sich spontan. Als der Psychologe zu seinem Platz zurückkehrte, sagte Al zu den Gruppenteilnehmern, die die Arbeit aufmerksam verfolgt hatten: »Wir können die Arbeit diskutieren, aber redet bitte nur über eure eigenen Gefühle und sprecht mich an. Er braucht Zeit, seine Arbeit zu verdauen.«

Die therapeutische Methode, nach der Pesso arbeitet, nennt sich »psychomotorische Therapie« und wurde von ihm und seiner Frau Diane entwickelt. Beide sind ehemalige Tänzer und begannen Anfang der sechziger Jahre, die therapeutische Wirkung von Bewegungen zu untersuchen. Ihre Philosophie und Technik wurde mit Blick auf den Tanz und Tänzer entwickelt, doch bald begannen sie ein neuartiges, öffentlich unterstütztes Projekt an einem Krankenhaus in Boston, wo sie fünf Jahre brauchten, um ihre Methode in den Rahmen der Psychiatrie einzupassen. Dann gingen sie an ein anderes Krankenhaus in Boston, wo man besondere Stellen für sie schuf. Dort arbeiteten sie acht Jahre. Sie gewannen allmählich nationale Anerkennung für ihre Technik, die in den Patienten aufregende Veränderungen hervorrief. Heute leiten sie ein Trainings- und Workshop-Zentrum auf dem Land, und Al leitet zahlreiche Trainingsgruppen in den Staaten und Europa.

Das Kernstück seiner Methode könnte man so umschreiben: Wenn wir einen echten Ausdruck von Gefühlen zulassen und dauerhafte Restrukturierungen früher Kindheitserfahrungen zustande bringen, erleben wir emotionale Themen auf einer elementaren, körperlichen Ebene und »strukturieren« und »destrukturieren« diese Kernthemen unseres frühen Lebens.

Für diesen therapeutischen Prozeß, den Pesso »Struktur« nennt, benutzt er Rollenspieler, um ein wirkliches Beziehungsmuster zu simulieren, in dem Glauben, daß diese Neuinszenierung psychologischer Situationen dem Klienten hilft, alte und problematische Gefühle heraufzubeschwören. Seine scharfe Beobachtung der Körpersprache, die Beachtung der Worte des Klienten, seine erfinderische Positionierung der Rollenspieler lösen sehr oft verbotene, starke Gefühle aus, die oft im Zusammenhang mit Kindheitserfahrungen stehen. Pesso modelliert eine komplexe Beziehungsmetapher und hilft dem Klienten, seine Metapher auf eine Weise zu restrukturieren, wie sie oder er es gern gehabt hätte.

Pessos Ziel bei dieser Arbeit ist es, den Klienten zu erlauben, einen Teil der primitiven Wut und Schmerzen abzulassen, die sie in der Kindheit erlebten, ohne die echten Eltern angreifen zu müssen. Aber er bleibt nicht auf negative Gefühle den Eltern gegenüber fixiert. In einigen Fällen arbeitete er mit der unausgedrückten Liebe eines Klienten für seine Eltern oder der unausgesprochenen Trauer über deren Tod. Er läßt einen Klienten auch vielleicht zwei Rollenspieler aussuchen, die die geliebten wie die negativen Aspekte der Eltern repräsentieren.

Aber er tut viel mehr, als nur das Ablassen aufgestauter Gefühle zuzulassen. Er hilft dem Klienten, ein inneres Modell positiver Elternschaft zu entwickeln. Diese »Struktur« macht nichts in der Kindheit wieder gut, aber sie erlaubt dem Klienten, ein »sichtbares« Beispiel dafür zu schaffen, was er von seinen Eltern gern erlebt hätte. Seine Hoffnung ist dabei, daß dieser hochgeladene symbolische Austausch die vom Klienten lange verleugneten Bedürfnisse nach bestimmten emotionalen Schlüsselerfahrungen anspricht und ihn dadurch frei macht, in seinen gegenwärtigen Beziehungen befriedigendere und realistischere Entscheidungen zu treffen.

Eine Schwierigkeit, unsere Ehe – oder jede andere gegenwärtige Beziehung – zu benutzen, um Kindheitskonflikte auszuagieren, liegt darin, daß wir die gleichen Probleme nicht nur einmal, sondern vermutlich häufig wiederholen. Wie der junge Psychologe, so wurden auch wir durch frühe Lebenserfahrungen geprägt, und diese Erfahrungen bilden die Basis unserer Prognosen, was in der gegenwärtigen Beziehung passieren wird. Der junge Mann erwartet, daß Männer leicht ärgerlich über ihn sind, und er geht davon aus, mit Frauen eine anklammernde, abhängige Beziehung zu haben.

Die meisten Menschen sind außerordentlich geschickt, andere dahin zu bringen, daß sie unsere Erwartungen bestätigen, besonders unsere negativen Erwartungen. Wir wählen nicht nur Partner und Freunde aus, die ein natürliches Talent haben, vertraute Rollen in unserem historischen Familiendrama zu spielen, sondern können diese natürlichen Talente jener Schauspieler auch beharrlich nutzen. Lassen Sie mich ein Beispiel aus meiner eigenen Ehe erzählen:

Margaret und ich waren knapp sechs Monate verheiratet, als ich herausfand, daß sie immer in die Luft ging, wenn ich bemerkte, wir gäben zu viel Geld aus, oder daß wir uns etwas nicht leisten könnten. Manchmal sah sie bei solchen Bemerkungen ängstlich und eingeschüchtert aus, manchmal wurde sie sehr wütend. Ich hatte mich vor der Ehe nicht für besonders geizig gehalten, doch bald nahm ich die Rolle des Knausers in unserer Ehe ein. Margaret überzog ihr Konto, und ich wies sie darauf hin. Sie wollte ein teures Möbelstück kaufen, und mir fiel es zu, zu sagen, daß wir uns das nicht leisten könnten.

Als sich dieses Thema zwischen uns aufbaute, fühlte ich mich zugleich als Opfer und Auslöser. Meistens hatte ich das Gefühl, in einen Geldstreit hineingezogen zu werden, den Margaret mit mir austragen wollte. Warum überzog sie immer wieder ihr Konto? Warum dachte sie nicht wie ich an die Grenzen unseres Budgets? Als ich ihre Familie kennenlernte, konnte ich bald den Ursprung der Rolle erkennen, die ich spielte.

Margarets Mutter hatte mit sechs Jahren ihren Vater verloren, und sie und ihre beiden Brüder wurden von der Mutter, einer Englischlehrerin, aufgezogen. Geld war immer knapp. Dann, als Margarets Eltern gerade geheiratet hatten, kam die Wirtschaftskrise, und ihr Vater verlor all seine Ersparnisse. Paul war zwar später sehr erfolgreich, aber Clora konnte ihre frühen Ängst ums Geld nie vergessen. Sie knauserte und sparte und ermahnte die Familie ständig, sich ebenso zu verhalten. »Ihre Knauserigkeit war in meiner Kindheit ein ständiges Thema«, sagte Margaret später. »Ich glaube, ich habe mich deswegen ungeliebt gefühlt.« Ich wurde deutlich herangezogen, die Rolle von Margarets Mutter zu spielen, ein Prozeß, den Familientherapeuten *Rolleninduktion* nennen.

Aber ich war bei diesem Konflikt auch ein aktiver Auslöser. Ich merkte bald, wenn ich irgendwie nervös oder besorgt war, konnte ich Margaret mit der Erwähnung von Geld leicht mit aufregen. Auch wenn sie guter Laune war, konnte ich ihr diese verderben, indem ich über unseren Etat sprach. Ich machte das nicht bewußt, doch die Abfolge war peinlich vorhersagbar. Ich hatte Sorgen oder war unsicher und begann über Geld zu reden. Margaret regte sich auf, und mir ging es besser. Unbewußt schien ich ihre Empfindlichkeit auf diesem Gebiet auszunutzen, um einen Teil meiner eigenen Unzufriedenheit auf sie zu übertragen.

Als ich über diese Streitereien nachdachte, fiel mir auf, daß ich meine eigene Geschichte mit Geldängsten hatte. Die Karriereknicks meines Vaters hatten unsere gesamte Familie finanziell immer in Atem gehalten. Das Gehalt meiner Mutter, einer Lehrerin, hielt uns oft in schwierigen Zeiten über Wasser. In mancher Hinsicht war ich wie Margarets Mutter – jemand, der mit Geldsorgen großgeworden war. Ich war vermutlich auch wütend auf meinen Vater, weil er nicht mehr verdiente und nicht besser mit Geld umgehen konnte. Alle diese Ängste und Frustrationen zentrierten sich auf Margaret.

Wenn wir unsere ehelichen Probleme verstehen und lösen wollen, stehen wir vor den folgenden Schwierigkeiten:

Die »Strukturen« oder Metaphern, die wir in der Ehe erzeugen, haben immer zwei Seiten. Ich bin nicht allein ein Rollenspieler in Margarets Familiendrama, sondern sie ist auch eine Spielerin in meinem. Meine Angst um Geld erinnert Margaret an ihre Mutter; ihre rebellische Haltung gegen den vernünftigen Umgang mit Geld (die ich als unverantwortlich deute) erinnert mich an meinen Vater. Ich bestätige ihre negativen Erwartungen, sie die meinen. Anders als die kooperativen Rollenspieler in unserem Beispiel, die wissen, daß sie nur Statisten sind, nimmt jeder von uns die Wut und Frustration des anderen persönlich, und der Streit ist da.

Da wir zögern, unsere eigenen Probleme und unsere eigenen Geschichten zu betrachten, neigen wir dazu, uns auf den Beitrag des Partners zu dem Problem zu konzentrieren. Von all den Versuchungen, denen wir begegnen, ist das vielleicht die stärkste. Wir haben meist einen unglaublichen Scharfblick für die Schwierigkeiten unseres Partners in seiner oder ihrer Familie und bringen zahllose hilfreiche Vorschläge an, wie man diese Probleme lösen könnte – aber wir müssen versuchen, dieser Versuchung zu widerstehen, denn sie führt nur zu größeren Schwierigkeiten!

Da unsere Identität durch frühe Familienerfahrungen geprägt wurde und weil uns Alternativen unvertraut sind, neigen wir dazu, immer wieder das gleiche vertraute Muster zu wiederholen. Da wir bestimmte »Themen« zwischen uns schaffen, stürmen wir immer wieder aufeinander los und bestätigen die Erwartung des anderen. Wir befinden uns oft in der gleichen Lage, in der der junge Psychologe gewesen wäre, wenn er seine Arbeit mit der Wut auf den Vater abgebrochen hätte. Er wäre vielleicht erleichtert gewesen, einen Teil seiner Wut abgelassen zu haben, aber er hätte sich auch unfertig, im Stich gelassen gefühlt.

Ein zentrales Problem besteht also darin, daß wir große Schwierigkeiten haben, uns in unserer Beziehung einen positiven Ausgang vorzustellen und zu schaffen, ein befriedigenderes Ende. Wir müssen uns immer und immer wieder daran erinnern, daß die Vergangenheit nicht die Zukunft bestimmen muß. Gleich, wie die Metaphern in unserer Ehe und in unseren anderen Beziehungen aussehen, wir können sie neu formen. Vielleicht hilft es, wenn wir uns den jungen Psychologen vorstellen, wie er sich zum ersten Mal ausmalt, was er will, und dann mit Hilfe von außen einen Weg findet, um diese neue Erfahrung auch zu erleben. Auf unsere Weise können wir alle den gleichen Prozeß vollziehen.

Es wäre klug, wenn wir bei unserer Suche Pessos anfänglichen Rat an den Psychologen befolgten. Wir sollten mit dem anfangen, was wahr an uns ist, und nicht damit, wie wir gerne sein wollen. Wir müssen auch besonders aufmerksam die Quellen unserer »emotionalen Exzesse« in der Beziehung ansehen. Es ist natürlich wichtig, zu lernen, den Gefühlen unseres Partners weniger bedrohlich und defensiv zu begegnen und positiver auf ihn oder sie zu reagieren. Aber wir werden dieses wichtige Ziel nie erreichen, wenn uns unsere eigenen Gefühle nicht bewußt sind und wir sie nicht akzeptieren. Die meisten Menschen haben vor langer Zeit gelernt, ihren turbulenten Gefühlen zu mißtrauen. Manchmal wünschen wir uns, daß unsere negativen Gefühle – besonders Wut auf die geliebte Person – verschwinden mögen. Aber diese unbehagliche Strömung in uns ist auch ein Quell von Vitalität. Kummer und Schmerz sind Freunde des Wachstums. Sie sagen uns, das sich etwas ändern muß, und oft bilden sie das Motiv und die Richtung für Veränderungen.

Eine erste Aufgabe besteht also darin, zu erkennen, wann wir uns in einer wichtigen Beziehungsmetapher befinden. Die folgenden Anhaltspunkte sollten unser Mißtrauen wecken:

1. Jedesmal, wenn wir uns in einer bestimmten Situation befinden, regen wir uns auf. Wenn zum Beispiel ein Freund ein paar Tage nicht anruft, sind wir bedrückt und verunsichert. Später wollen wir etwas per Telefon regeln, und es klappt nicht. Diese Ereignisse sind Metaphern, in denen wir unsere Empfindlichkeit und Angst vor Zurückweisung ausdrücken.
2. Unsere Reaktion ist der Situation nicht angemessen. »Warum rege ich mich über Kleinigkeiten so auf?« fragen wir uns.
3. Trotz der Bemühungen des anderen, uns zu beruhigen, und unserem eigenen Versuch, rationaler zu sein, bleiben die heftigen Gefühle bestehen. Wir fragen uns: »Warum geschieht das mit mir?«

Wenn wir uns solche, wiederkehrenden Erlebnisse anschauen, führen sie uns fast immer zu einem bedeutsamen Lebensthema, das oft in der Kindheit seinen Ursprung hat. Hier sind ein paar Beispiele, eines aus meinem eigenen Leben, das andere von einer Klientin.

Etwa um die Zeit, als wir von Wisconsin nach Atlanta zogen, wurden mir die Mängel in meiner Beziehung zu den Kindern deutlich bewußt. Margaret wollte mehr Unterstützung bei der Kinderbetreuung, und ich war auch unzufrieden, wie oft meine Arbeitsbelastung verhindert hatte, mehr mit ihnen zusammen zu sein. Ich ärgerte mich auch über die Intimität zwischen Margaret und den Kindern und suchte selbst eine spontanere, engere Beziehung zu ihnen.

Es war Mitte Juli, unerträglich heiß und stickig in Atlanta, aber kühl und frisch in dem Ferienhaus in den Bergen, das wir für zwei Wochen gemietet hatten. »Ich habe viel Zeit, mit den Kindern etwas zu unternehmen«, dachte ich bei mir.

Die ersten paar Tage der Ferien verliefen angenehm und ereignislos, doch gegen Ende der ersten Woche begann ich wieder eine ärgerliche Konstellation in unserer Familie zu spüren. Wenn etwas Interessantes geschah, wandten sich die Kinder an Margaret, um es ihr zu erzählen. Mit ihr scherzten sie beim Essen. Sie, nicht ich, wurde vom Floß auf dem See gestoßen. Wenn ich mit einem der Kinder allein war, hatten wir genug Stoff, um uns zu unterhalten, aber wenn wir alle zusammen waren, fühlte ich mich seltsam abgetrennt. Ich kämpfte gegen dieses Gefühl von Ausgeschlossenheit an, aber es blieb.

Dann kam ein Regennachmittag. Wir hatten keinen Fernseher, der uns abgelenkt hätte, und wir konnten nirgendwohin gehen. Jemand schlug vor, Monopoly zu spielen, und nach einigem Widerstand von Julia, die damals erst sechs war, setzten wir uns alle um den wackligen Kartentisch und begannen.

Kühne Käufe, Klagen darüber, wie gewürfelt wurde, Scherze über Straßennamen, Neckereien, Borgen und Verleihen, und beim Warten, bis man an die Reihe kam, lockeres Geplauder. Eine Weile fühlte ich mich als Teil dieses Netzes familiärer Aktivität, doch allmählich begann ich, mich zurückzuziehen, und immer mehr Unterhaltungen spielten sich zwischen Margaret und den Kindern ab. Eine Weile war das ganz nett, einfach dazusitzen und die Familie um mich zu spüren, doch bald wurde ich deutlich traurig. Ich schwor mir, mich wieder an der Unterhaltung zu beteiligen, und sagte etwas, aber Sarah, die sich immer mehr auf Margaret bezieht, unterbrach mich. Sollte ich sie darauf hinweisen? Das schien kindisch. Ich würfelte schweigend. Ein paar Minuten später wollte ich etwas anderes sagen, aber Mark neckte Margaret, weil sie im »Gefängnis« gelandet war. Dann nahm Julia an meiner Stelle den Würfel. »He«, sagte ich wütend, »ich bin immer noch da!«

Als das Spiel weiterging, fühlte ich mich noch isolierter. »Als wäre ich unsichtbar«, dachte ich. Niemand schien meine Lage zu bemerken. Margaret und die Kinder amüsierten sich, und ich starb fast. Ich wollte, daß jemand – möglichst Margaret – meine Lage bemerkte und mir zu Hilfe eilte. Ich wollte darüber reden und die fröhliche Runde unterbrechen, aber ich war zu hilflos dazu. Inzwischen war ich wütend und wußte, alles, was ich sagen würde, würde defensiv und lächerlich klingen. Warum fühlte ich mich so isoliert und allein? Warum konnte ich nicht Teil dieser leichten, trivialen Familienunterhaltung sein?

In mir brannte es, und ich wurde immer verzweifelter. Schließlich überging mich wieder jemand. Mein Herz schlug wie wild, und ich stand auf und sagte wütend: »Wenn man mich noch ein einziges Mal ignoriert...«

»Gus, was ist denn los?« fragte Margaret schockiert.

»Ich bin es zum Kotzen leid, von dieser Familie ignoriert zu werden«, platzte ich heraus.

»Ich weiß nicht, wovon du redest!« sagte Margaret und wurde ebenfalls wütend. Das hatte mir gerade noch gefehlt. Ich schoß aus dem Raum und stürmte in den Wald und den sanften Nachmittagsregen. Aus dem Häuschen hörte ich Julia rufen: »Daddy, warte!« Aber ich stolperte weiter, zu erregt und verlegen, um zurückzukehren.

Draußen in der Stille des Waldes fühlte ich mich besser. Ich setzte mich unter einen Baum, der ein wenig Schutz bot. Ich wartete. In der Ferne hörte ich Mark nach mir rufen. Plötzlich fiel mir die Absurdität meiner Lage auf. Die Familie hatte ein Spiel gespielt, und ich war mittendrin unerklärlicherweise hinausgestürmt. Ich mußte zurückgehen und mich ihnen stellen.

Nachdem ich mich bei den sehr aufgestörten Kindern entschuldigt hatte, mußte ich mit Margaret sprechen, die sehr wütend war. Warum war sie so zornig? So lächerlich alles auch schien, ich hatte doch auch stark gelitten. Doch die wichtigste Frage war, warum ich mich so aufgeregt hatte.

Meine Verwirrung über diese Überreaktion blieb, und ich dachte immer noch daran, als wir eine Woche später nach Atlanta zurückkehrten. Vermutlich stand diese Panik mit einem Gefühl von Isolierung in meiner Ursprungsfamilie in Zusammenhang, doch das überwältigende Gefühl von Alleinsein und Isolation paßte nicht in mein sonstiges Bild von mir in dieser Familie. Der Vorfall hatte jedoch ein neues Bewußtsein in mir geweckt. Vielleicht hatte ich mich zu irgendeinem Zeitpunkt einsamer gefühlt, als ich mich erinnern konnte.

Meine Eltern waren beide tot, und meine einzige Schwester Jane lebte in Neu-Mexiko. Ein wenig traurig blätterte ich in einem Fotoalbum aus der Kindheit. Wo sollte ich anfangen? Ich blätterte hier und dort und konzentrierte mich schließlich auf das Jahr, in dem wir nach

Spartanburg gezogen und mein Vater aus dem Krieg gekommen war. Auf den meisten Bildern sah die Familie glücklich aus – und warum auch nicht, da wir endlich alle wieder zusammen waren. Dann bemerkte ich ein Foto, das in einem Nationalpark aufgenommen war, in dem wir gezeltet hatten. Wir standen alle um einen gemauerten Grill, auf dem meine Mutter das Frühstück zubereitete. Sie kniete vor einer Bratpfanne mit Rührei, und mein Vater saß auf den Ziegelsteinen neben ihr. Meine Schwester, vier Jahre jünger als ich, hockte auf seinem Schoß. Ich stand ein wenig abseits und sah leicht unglücklich aus – körperlich von allen getrennt.

Als ich dieses Bild eingehend betrachtete, konnte ich mich, verschwommen zunächst, doch dann immer deutlicher, an das Gefühl akuter Einsamkeit erinnern, das ich in jenem Moment verspürt hatte. Ich hatte zwar nicht davon gesprochen, doch ich muß gedacht haben: »Wo ist in dieser Familie mein Platz?« Die Erinnerung war wie ein leerer Raum um mich, eine schmerzhafte Leere in meinem Leben. Aber woraus bestand diese Leere?

»Natürlich«, sagte ich mir, weil ich mich an den Vorfall erinnerte, als mein Vater mich schlug. Während er fort war, hatte ich zweifelsohne einen besonderen Platz im Leben meiner Mutter eingenommen. Als mein Vater zurückkam und mich als Rivalen empfand, distanzierte sich meine Mutter vermutlich von mir – nicht bewußt, sondern unbewußt. Mein Vater hatte ein herzliches Verhältnis zu meiner Mutter und meiner Schwester, aber nicht zu mir. Zwischen uns herrschten Spannung und stumme Rivalität. So fühlte ich mich im Alter von zwölf Jahren ziemlich einsam.

Als ich dieses starke Gefühl von Einsamkeit zu spüren begann, konnte ich mich an eine Reihe solcher Erlebnisse erinnern: daß ich deprimiert war, wenn Jane und meine Mutter zusammen einkaufen gingen und ich allein im Haus war, daß ich in der Schule ohne besonderen Grund traurig war, daß ich nur schwer einschlafen konnte und aus dem Fenster auf die blinkenden roten Lichter des Funkturmes starrte und dabei dachte: »Ich sehe sie, aber sie sehen mich nicht.« Da war ein anderes Bild: Meine Schwester sitzt stolz auf dem Schoß meiner Mutter, während ich zusehe.

Warum aber jetzt? Warum waren diese Gefühle von Einsamkeit mit solcher Schärfe zurückgekehrt? Dann fiel mir auf, daß Mark in dem Alter war wie ich, als mein Vater zurückkehrte. Ich hatte mich selbst bei Marks Heranwachsen »verfolgt«, und dieser Prozeß, vermutlich verbunden mit einer Art Midlife-Angst vor dem Alter, die den heftigen Wunsch erzeugte, aus den alten, hemmenden Mustern auszubrechen, hatte zu diesem Moment geführt. Die Isolation in meiner Kindheitsfamilie wurde in einem Erlebnis in meiner gegenwärtigen Familie wiederholt, und heraus kam lange vergrabener Kummer über ein altes Gefühl, ungerecht behandelt worden zu sein. Bei dem bewußten Monopoly-Spiel befand ich mich sicherlich in einer emotionalen »Struktur«, wie Pesso sagen würde.

Meistens nimmt unser Partner an diesen Situationen emotionaler Überfrachtung teil. Nicht nur meine Panik, weil ich mich so allein fühlte, sondern auch, wie ich mit dieser Beunruhigung umging – die Szene verließ –, riefen in Margaret zunächst Angst und dann Wut hervor. Diese Situation kann leicht außer Kontrolle geraten, und wenn es nicht jemandem von außen gelingt, sie abzukühlen, kann sie stark eskalieren.

»Warum«, fragte ich mich, »war Margaret so wütend?« Mir war mein eigenes Verhalten peinlich, und so brauchte ich eine Weile, um diese Frage zu stellen. Auch bei ihr dauerte es eine Zeit, ehe sie sie beantworten konnte.

Schließlich sagte sie: »Ich weiß nur einen Teil des Grundes. Als ich klein war und meine Eltern sich stritten, drohte mein Vater immer zu gehen. Er stürmte mit gepackter Tasche zu seiner Arbeit und sagte, er würde die Nacht im Club verbringen. Gewöhnlich kam er wieder nach Hause, aber manchmal auch nicht, und ich hatte immer schreckliche Angst, daß er wirklich fortgehen könnte.« Nach einer Pause fügte sie hinzu: »Vermutlich habe ich auch überreagiert.«

Als ich meine Verzweiflung, in der Familie meiner Kindheit ein Außenseiter gewesen zu sein, ausagierte, nahm ich offensichtlich die Rolle von Margarets Vater ein. Hatte sie aus dem Bedürfnis, ihre eigene Angst vor dem Fortgehen ihres Vaters zu wiederholen, unbewußt meine Panik provoziert? Vermutlich ja.

So erfahren wir mehr über uns selbst – besonders über jene verborgenen und vitalen Wahrheiten, die wir in der Kindheit erfahren haben. *Wir sollten darauf lauschen, was uns aufregt, was einer Situation unangemessen ist, was peinlich und exzessiv ist und sich wiederholt.* Wenn wir solchen Erfahrungen unsere Aufmerksamkeit schenken, führt uns diese Art »exzessiver« Emotion fast immer zu einer wichtigen Entdeckung über uns selbst.

Wir können auch auf unsere Worte lauschen, besonders jene, die Unzufriedenheit beschreiben und die mit jener bestimmten Betonung ausgesprochen werden.

Sam und Linne Aberg sind intelligente, ungewöhnlich nette Leute. Er ist ein erfolgreicher Anwalt, und sie arbeitet, nachdem sie sich bei Wohltätigkeitsarbeit in der Gemeinde hervorgetan und drei Kinder fast großgezogen hat, seit kurzem ganztags als Finanzverwalterin des örtlichen Museums. Als sich das letzte ihrer drei Kinder darauf vorbereitet, das Elternhaus zu verlassen, stehen sie vor den trüben Tatsachen ihrer Ehe. Sie schlafen nur selten miteinander, streiten oft und fühlen sich viel zuwenig einander nah. Sie scheinen einander zu mögen, aber es herrscht nur wenig Freude in ihrer Beziehung.

Weil sich ihr Alltagsleben ändert, gibt sich Sam mehr Mühe, sich an der Hausarbeit zu beteiligen. Als Linne bei einer Konferenz ist, wäscht Sam ab, »vergißt« aber, ein paar schmutzige Töpfe zu reinigen. Linne konzentriert sich auf diese Töpfe: »Warum machst du etwas Nettes wie den Abwasch und erledigst ihn dann nur teilweise?« Das Wort »Warum« wird mit schriller Stimme ausgesprochen, fast verzweifelt, und klingt irgendwie fehl am Platz. Sam fühlt sich ungerecht kritisiert und zieht sich zurück. Dann regt sich Linne über diesen Rückzug auf: »Ich werde einfach wütend, wenn ich diesen Märtyrerblick sehe.«

Sie fahren zu einer Einladung. Sam nimmt die falsche Abzweigung, sie verfahren sich und kommen zu spät. »Warum tust du das, wo du genau weißt, wie ich mich aufrege, wenn ich zu spät komme?« fragt sie, und wieder spricht das flehende »Warum?« von einer geheimnisvollen Verletzung, die viel ernsthafter ist, als Sams Fehler es verursachen kann. Sie ist nicht nur wütend auf Sam, sondern scheint sich auch verraten zu fühlen.

Endlich, nach dem vierten kleinen Vorfall, der diesen erstaunlichen Schrei auslöst – schrill, verzweifelt und klagend: »Wie konntest du so etwas tun?« –, beginnen wir, Linne zu bedrängen, uns den Ursprung dieses geheimnisvollen Schmerzes zu verraten. Sie kann sich nicht erinnern, sich von irgend jemandem verraten gefühlt zu haben. Sie weiß, daß ihre Eltern einander liebten und daß sie selbst beide liebte. Aber sie sieht dabei traurig aus, und ihre Stimme klingt belegt vor Schmerz.

Ich frage beharrlich weiter: »Hat einer Ihrer Eltern Ihnen oder der Familie etwas angetan?« Sie kann sich immer noch nicht an etwas Bedeutsames erinnern. Ihr Vater, ein erfolgreicher Geschäftsmann, hatte mit dem Präsidenten seiner Firma Streit gehabt und den Kampf verloren. Er starb in den Mittfünfzigern an einem Herzinfarkt, nach mehreren Jahren erzwungener »Pensionierung«. Linne war offensichtlich traurig über seinen Tod, doch ihr Kummer schien gedämpft und wenig ausdrucksvoll dafür, daß sie sich ihm nahe gefühlt hatte, sein Lieblingskind gewesen war und sein Leben tragisch geendet hatte.

Sam suchte meinen Blick. Dann sprach er Linne an: »Ich will nicht unterbrechen, aber war da nicht etwas, als du im College warst – etwa, als wir uns kennenlernten?«

»Ob du es glaubst oder nicht, ich fing gerade an, mich daran zu erinnern«, sagte sie leise. »Ich hatte es wohl vergessen.«

»Können Sie es uns nun mitteilen?« fragte Margaret sanft. Linne zögerte. Ihr Gesicht hatte sich verändert: Es zeigte nun die Verzweiflung, die sich zuvor nur in ihrer Stimme bemerkbar gemacht hatte.

»Also«, sagte sie und holte tief Luft. Dann seufzte sie tief und melancholisch. »Als ich in meinem zweiten Jahr vom College nach Hause kam, entdeckte ich, daß mein Vater eine Affäre hatte und dazu ein ernstes Alkoholproblem. Beides ging offensichtlich schon seit mehreren Jahren so«, fuhr sie fort, »seit dem Krach mit dem Boss.« Sie hielt inne und wich vor ihren Erinnerungen zurück. »Meine Mutter erzählte mir von seiner Beziehung und dem Trinken, und ich sehe immer noch ihre schmerzerfüllte Märtyrermiene, als habe sie alles passiv erduldet. Ich war am Boden zerstört. Ich hatte meinen Vater idealisiert. Meiner Meinung nach konnte er den Mond vom Himmel holen.« Eine weitere Pause, in der sie traurig und leer vor sich hinstarrt. »Und dann, während ich immer noch wütend auf ihn war, ehe etwas gelöst werden konnte, starb er. Wir haben niemals darüber geredet.«

Und so hatten wir einen weiteren Teil Arbeit gefunden, der erledigt werden mußte. Linnes Gefühle ihrem Vater gegenüber waren abgeblockt. Sie konnte keine Trauer spüren, weil sie so wütend auf ihn war, und ihrer Liebe und Trauer wegen konnte sie die Wut nicht spüren. Verwirrt durch diese Gegenströmung von Emotionen, hatte sie einen Großteil der Gefühle für ihren Vater verdrängt, und diese Mischung aus Wut und Schmerz hatte sie auf Sam gerichtet. Sam war dabei natürlich nicht unschuldig, doch er war das Objekt der verdrängten Gefühle seiner Frau für ihren Vater.

Wenn Sam sich vor Linnes Wut zurückzog, wurde er zudem zum Ziel ihrer Wut auf die passive, märtyrerhafte Mutter. Hier war das Dilemma für Linne fast gleich: Wie konnte sie auf die duldende, gute, getäuschte Mutter böse sein? Man hat ein Recht auf solche Gefühle – den Wunsch, ein Elternteil möge stärker, selbstsicherer, vollständiger sein. Doch man fühlt sich schrecklich schuldig wegen solcher Gefühle. Wie kann man auf ein Opfer wütend sein? Auch hier unfähig, sich solche unakzeptable Wut auf eine geliebte Person zu erlauben, verdrängte sie die Wut auf die Mutter, doch sie tauchte in ihrer Beziehung zu Sam wieder auf.

Viele Menschen teilen Linnes Problem, mit einem schmerzlichen Teil der Vergangenheit fertig werden zu müssen. Wir können uns oft nicht an Ereignisse und die damit verbundenen Gefühle erinnern, die mit Enttäuschung über unsere Eltern zu tun haben. Unsere hartnäkkige Loyalität zu den Eltern führt dazu, daß wir die negative Seite unserer Gefühle für sie verdrängen oder verleugnen. Wenn wir zu diesen Tatsachen unseres Lebens wieder Zugang gewinnen wollen, müssen wir einfach bereit sein, einen Teil des Schmerzes über diese Illoyalität den geliebten Menschen gegenüber zu ertragen, die schließlich auch nicht perfekt sind.

Glücklicherweise gibt es einige Wege, die uns erlauben, weniger wütend zu sein, weniger schuldbewußt auch, was unsere Wut auf die Eltern angeht. Dazu gehört das Verständnis für die Umstände im Leben unserer Eltern – weil jene offensichtlich auch Eltern hatten. Dieser Weg verspricht nicht nur Verständnis, sondern letztendlich auch Vergebung.

Wenn wir bei dieser Suche nach Selbstverständnis unsere Geschichte erforschen, nützt es vermutlich, wenn wir direkt mit unseren Eltern darüber sprechen, wie sie uns in den frühen Jahren unserer Kindheit wahrgenommen haben, besonders in den ersten sechs Jahren, an die sich die meisten Menschen nur vage erinnern. Wir wollen auch wissen, was in jenem Zeitraum innerhalb der Familie geschah. Wo wohnten wir? Gab es in dieser Zeit größere Belastungen? Waren wir als kleine Kinder einmal von unseren Eltern getrennt? Wenn wir bei unseren Eltern auf Verteidigung und Widerstand stoßen – und ich werde Techniken beschreiben, damit umzugehen –, sind Familienfotos ein wunderbarer Weg, um mehr über uns zu erfahren. Betrachten Sie aufmerksam die Positionierung der einzelnen Familienmitglieder. Wer hat seinen Arm um wen gelegt? Wer sieht zufrieden aus, wer unglücklich? Wer fehlt auf bestimmten Fotos? Warum sind er oder sie nicht da? Mit den Eltern oder Geschwistern Fotos zu betrachten kann uns sehr gut zu einem kohärenteren Bild unserer Kindheit verhelfen, da ein Foto bei jedem Erinnerungen auslöst und uns zum Reden bringt.

Ein weiterer Weg, mehr über uns als kleine Kinder zu erfahren, besteht darin, unsere Eltern im Umgang mit unseren eigenen Kindern zu beobachten. Oft sagen sie zu den Enkeln die gleichen Dinge wie damals zu uns, und sie geben uns Ratschläge, die sie befolgten. Natürlich verändern sich auch Eltern mit der Zeit, und wir können ziemlich sicher sein, daß unsere Eltern sich als Großeltern entspannter und reifer verhalten als damals bei uns. Diese Veränderung kann uns neidisch machen auf die Wärme und Fürsorge, die sie unseren Kindern erweisen können.

Unsere Reise in die Vergangenheit wird nicht unternommen, um die Verantwortung für unsere Probleme an die Eltern abzuschieben. Im Gegenteil, durch das Verständnis unserer Geschichte und die direktere Erfahrung lange verdrängter Gefühle hoffen wir, uns von diesen verborgenen und subtilen Einflüssen auf unser tägliches Leben zu befreien und dadurch Selbstkontrolle und Autonomie zu erlangen.

Die erste Herausforderung besteht darin, den Gedanken ernst zu nehmen, daß das Verhalten unseres Partners nicht die Grundquelle unseres Unglücklichseins ist – wenn dies auch oft der Fall zu sein scheint. Wenn wir dieses Hindernis aus dem Weg räumen und uns trauen, Fragen über unsere Geschichte zu stellen, können wir nicht nur viel über uns selbst lernen, sondern auch mehr Selbstbewußtsein erlangen. Vielleicht sind wir unfähig, unseren Partner zu verändern, doch wir können unsere eigenen Reaktionen auf schwierige und potentiell gefährliche Situationen in unserer Beziehung verändern. Wenn wir unser eigenes Verhalten ändern, muß sich das höchst interdependente Beziehungssystem, unsere Ehe, ebenfalls ändern. Wenn wir anders sind, kann der Partner nicht der gleiche bleiben.

Ich muß anmerken, daß es Risiken bei einem solchen Verfahren gibt, potentiell auch Verluste. Wenn wir die Begegnung mit unseren eigenen Ursprüngen wagen, verliert unser/e Partner/in vermutlich eine bestimmte Macht, die er oder sie in unserer Vorstellung besaßen. Wir gehen das Risiko ein, jemanden zu verlieren, dem wir die Schuld zuschieben können, den wir idealisieren, jemanden, der verspricht, alles werde gut. Wenn wir die kindliche Abhängigkeit voneinander aufgeben, verlieren wir das Gefühl, einen symbolischen Elternteil neben uns zu haben. Dann müssen wir uns dem grundsätzlichen Alleinsein in dieser Welt stellen. Wir müssen lernen, uns um uns selbst zu kümmern.

Wir gewinnen aber das Gefühl, daß unser Selbst zumindest teilweise fähig ist, mit Verletzungen und Wunden fertig zu werden – und einen Mitreisenden in diesem Lebenskampf. Unser Partner wird ein Mensch wie wir – oft ängstlich, mehr als nur ein bißchen verrückt, und eine sehr menschliche Mischung aus Vorteilen und Risiken. Wir lieben diese Person, aber manchmal hassen wir sie auch. Wir freuen uns, wenn er oder sie den Raum betritt, und irgendwie wissen wir immer, über was wir reden können. Es ist da jemand, der unsere gelegentlichen Ausbrüche und Witze erträgt und oft weiß, was wir im nächsten Moment sagen werden. Sein oder ihr Körper tröstet uns in der Nacht, und obwohl Sex mit dieser Person vielleicht nicht mehr so aufregend ist wie am Anfang, gewinnen wir auch hier mehr Kraft durch das *Zusammensein* – wütend, lustvoll, zärtlich, melancholisch, spielerisch. Wenn wir schließlich merken, daß diese Person bei uns geblieben ist, kann genau dieses »Bleiben« mehr und mehr Risiken zulassen. Vielleicht kann ich mich schließlich lieben lassen und wiederlieben.

Es gibt also Dinge, die es wert sind, sich darauf zu freuen und darum zu kämpfen. In dieser kleinen Gruppe von Menschen – der Familie – stehen wir vor den schwierigsten Prüfungen unseres Lebens und finden schließlich dessen wahre Bedeutung. Das Aufregende daran ist, daß wir diese Bedeutung und den Ausgang formen können. Das gelingt uns aber nicht nur mit dem Intellekt; doch wenn wir lernen, zu vertrauen und uns mit dem wunderbaren Quell von Emotionen in Kontakt zu bringen, der dicht unter der Oberfläche unseres Lebens liegt, haben wir einen vitalen Vorteil, einen Vorteil gegenüber dem Schicksal.

Wenn wir streiten – worüber streiten wir wirklich?

Eines Tages, im ersten, angstbeladenen Stadium meiner Privatpraxis, führte ich ein Erstgespräch mit einem Paar. Innerhalb weniger Minuten entwickelte sich bei den beiden aus einer kleinen Diskussion ein wütender Streit. Sie hatten sich auf ihren Stühlen vorgebeugt und schrien sich mit verzerrten Gesichtern an, und ich merkte plötzlich, daß ich weder wußte, um was es bei diesem Krach ging, noch, warum er so rasch eskaliert war. Jede Bemerkung der Frau schien den Mann aufzuregen, und seine Antworten hatten bei ihr die gleiche Wirkung. Es war, als unterhielten sie sich in einem Code über uralte und unverzeihliche Verletzungen, und ich kannte den Code nicht.

Bei diesem Streit schienen sie aber gleichzeitig zu flehen: »Hilf uns aus dieser Qual.« Doch ihre Worte bildeten vor mir einen Schirm, eine Mauer, ein undurchdringliches Geheimnis. Ich konnte nur an den Turmbau zu Babel denken und daß meine Familie im kommenden Winter wohl verhungern würde, wenn mir nichts Besseres einfiel.

Schließlich sagte ich etwas in der Richtung, daß sie wohl einander Vorwürfe machten, und fragte mich, wem sie beim Erwachsenwerden sonst noch Schuld zugeschoben hatten. Daß ich überhaupt etwas sagte, schien sie etwas zu beruhigen, und recht überraschenderweise verabredeten sie einen weiteren Gesprächstermin.

Nach zwanzig Jahren Arbeit mit Paaren und Familien sind die Erstgespräche leichter geworden, aber sie sind für mich immer noch spannungsgeladen. Das Paar oder die Familie befindet sich gewöhnlich in einer Krise, und ihre Probleme liegen nicht nur tief in ihren Lebensgeschichten eingebettet, sondern sind durch Schichten von Verwirrung und Mißverständnissen zugedeckt. Auch wenn ein Paar angibt, es streite über Geld (oder Sex oder die Schwiegereltern), sind diese Themen eher summarische Metaphern. Da die tieferliegenden Themen schmerzhafter und bedrohlicher sind, bleiben die wahren Quellen des Kummers hinter einem Schleier der Verdrängung und der Verleugnung verborgen. Manchmal ist nur die Agonie sichtbar.

Lassen Sie mich aus dem »Kochbuch« eines Therapeuten ein paar

Fälle zitieren, um der Leserin und dem Leser ein Raster für die Überprüfung der eigenen Ehe an die Hand zu geben. Dieses »Kochbuch« besteht aus einer beruhigenden Ansammlung von Anmerkungen, die uns erinnern, was wir im Verlauf der Jahre gelernt haben, auf was wir achten und wonach wir Ausschau halten müssen. Wieder geht es um das Paar Joyce und Thomas Olsen. Wir haben bereits einen Teil ihrer Geschichte gehört, aber wenn wir uns ihr Erstgespräch ansehen, füllen wir den Hintergrund aus und gewinnen einen Überblick über ihre Ehe.

Erste Eindrücke sind immer intuitiv und unweigerlich wichtig. Als Joyce und Thomas unseren wohnzimmerartigen Praxisraum zum ersten Mal betraten, ging Joyce redend voran. Die sechsmonatige Amy war nicht dabei, doch im späteren Verlauf der Therapie sahen wir sie häufig.

»Wir haben ihre Praxis ohne Schwierigkeiten gefunden«, meinte Joyce fröhlich. »Ihre Sekretärin hat es uns genau beschrieben. Findest du nicht auch, Thomas?«

»Ja«, antwortete Thomas kurz und setzte sich an ein Ende des Sofas, während Joyce sich ans andere setzte. Mir fiel sofort die Ungleichheit zwischen ihnen auf. Joyce war attraktiv, ein wenig rundlich, mit einer weichen, verletzlichen Ausstrahlung. Ihre Stimme klang sehr melodisch. Sie erinnerte mich an Julia, die immer zu einem Spaß aufgelegt ist, und an Margaret, die diese Rolle in ihrer Familie hatte.

Thomas wirkte viel kühler, zurückhaltender und beherrschter. Er war ebenfalls gutaussehend, mit sich lichtendem grauen Haar und recht blasser Hautfarbe. Seine ernste, fast strenge Miene trug zu dem Eindruck von Alter und Autoriät bei. Ich dachte, er wirkt distanziert und irgendwie wütend. »So sieht also die Praxis eines Familientherapeuten aus«, sagte er, und ein breites, fast jungenhaftes Grinsen überzog sein Gesicht. »Ich dachte, Sie hätten vielleicht für jeden eine Couch.«

»Ich glaube nicht, daß sie uns in die Analyse stecken«, meinte Joyce und sah Thomas mit einem Ausdruck an, der sowohl verlegen als auch leicht herablassend war. Da fiel mir zum ersten Mal Joyces unterschwellige »Elternhaftigkeit« auf – eine Art von Rechtschaffenheit und Selbstgerechtigkeit, die fast matronenhaft wirkte. Das stand im Gegensatz zu ihrer Verletzlichkeit.

»Immerhin ist Amy davor sicher«, sagte er, »zumindest heute.«

»Er will gar nicht hier sein«, dachte ich.

»Lassen Sie mich Ihnen ein paar Fakten mitteilen, ehe wir beginnen«, sagte ich. Ich bin der Protokollant in unserer Partnerschaft und hatte einen gelben Block auf dem Schoß, auf den ich das einfache Diagramm der Kernfamilie gezeichnet hatte:

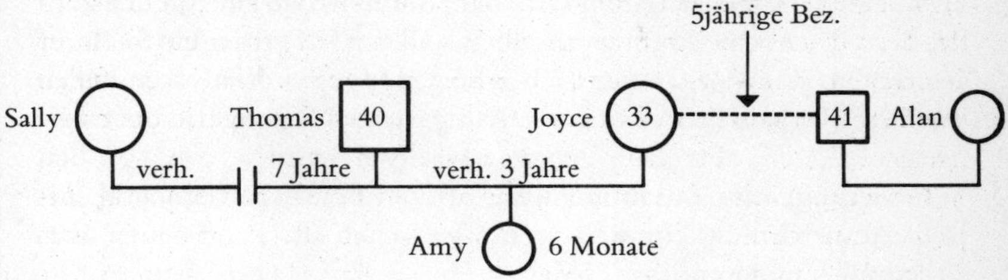

Zu Beginn der Therapie sind einfache, sachliche Informationen sehr wichtig. Ich fragte einmal bei einem Erstgespräch eine geschiedene Mutter – die ihre problematische Teenagertochter in die Therapie brachte –, wo sie (die Mutter) aufgewachsen sei, und sie erzählte es mir sehr gelassen. Dann fragte ich, ob sie dort geboren sei, und sie brach in Tränen aus. Sie war, wie sich herausstellte, mit acht Monaten aus einem Pflegeheim heraus adoptiert worden, in dem sie vernachlässigt worden war, und diese »Tatsache« hatte fundamentale Folgen für sie wie auch für die Tochter. Wir stellen also Fragen und hören aufmerksam zu.

»Wie alt sind Sie?« fragte ich das Paar.

»Sind Sie älter als Joyce?« fragte Margaret Thomas.

»Fällt das auf?« entgegnete er abwehrend.

»Tut mir leid«, sagte sie offen, »ich wollte Sie nicht beleidigen.«

»Ist schon gut«, erwiderte er, »sieben Jahre.« Wieder das breite, wachsame Lächeln. »Ich bin vierzig.«

»Dann sind Sie also dreiunddreißig«, sagte Margaret zu Joyce, die nickte.

Ich dachte bei mir: »Sie sind ziemlich alt für ein erstes Kind.« Mir fiel auch auf, daß Thomas einen »runden Geburtstag« hinter sich hatte, und fragte mich, wie er sich mit vierzig als frischgebackener Vater fühlte und warum er so lange damit gewartet hatte. Ich machte keine Bemerkung über den Altersunterschied zwischen ihnen, doch ich fragte mich, ob Thomas eine Art Vaterersatz für Joyce war. Derartige Altersunterschiede sind immer in irgendeiner Weise bedeutsam.

Die Altersfrage führte zu einem wichtigen Thema: Zu welcher

Generation gehörte dieses Paar? Wären die beiden in den Fünfzigern oder Sechzigern gewesen, hätten wir annehmen können, daß sie mit traditionellen Wertvorstellungen aufgewachsen waren und in vieler Hinsicht wohl traditionelle Rollen erwarteten. Wären sie in den Zwanzigern gewesen, hätten wir angenommen, daß sie von den Zielen der Gleichberechtigung ausgehen und beide Partner einen Beruf anstrebten. Wie Margaret und ich gehörten Joyce und Thomas aber zu jener Gruppe von Paaren in den Dreißigern und Vierzigern, die traditionell erzogen, aber früh genug erwachsen wurden, um von den Veränderungen im Zusammenhang mit der Frauenbewegung beeinflußt zu werden. So konnten sie sich zwischen alten und neuen Mustern hin- und hergerissen fühlen.

Die Zeit selbst bildet bei unserer Befragung eine wichtige Dimension. Wir sind nicht nur stark durch die kollektiven Erwartungen unserer Generation geformt, sondern ein jeder durch seinen eigenen einzigartigen Kampf gegen die Zeit. Wir hören im Hintergrund das Ticken der allgegenwärtigen biologischen Uhr, und diese einsame, individuelle Wahrnehmung von Zeit dringt periodisch in das hypnotische Zusammensein in der Ehe ein und konfrontiert uns mit den Forderungen und Grenzen unseres Körpers. Joyce mit dreiunddreißig fühlte zweifelsohne den Druck, im letzten Jahrzehnt zu leben, in dem sie einigermaßen sicher Kinder auf die Welt bringen konnte, Thomas mit vierzig spürte sicher den Druck der Zeit.

Jede Ehekrise steht auf bedeutsame Weise mit der Zeit in Verbindung. »Warum jetzt?« fragen wir Therapeuten uns, wenn wir über die Gründe der gegenwärtigen Probleme von Klienten nachdenken. »Was im Leben dieses Paares hat sie gerade jetzt in die Therapie gebracht?«

Es gibt immer einen unmittelbaren Grund für Belastungen, und manchmal ist er recht deutlich erkennbar: berufliche Veränderungen, Umzug, eine ernsthafte Krankheit in der Familie. Häufig geht die Familie mit mehreren solcher Belastungen gleichzeitig um. Solche »externen« Belastungen erklären vielleicht den Zeitpunkt der Ehekrise, doch bei dem Konflikt geht es gewöhnlich um fundamentalere Lebensübergänge. Da ist ein junges Paar, das versucht, zum ersten Mal zusammenzuleben, oder ein älteres, das mit den durch die Pensionierung bewirkten Veränderungen fertig zu werden versucht. Häufig geht der Krise die Geburt oder Reife eines der Kinder voraus. In Joyces und Thomas' Fall schien die Geburt Amys ein solcher Auslöser zu sein. Ihre Eltern hatten offensichtlich Schwierigkeiten, ihr »Ehesystem« neu zu strukturieren, um Amys große Forderungen zu erfüllen.

Doch wie immer die gegenwärtige Belastung aussieht, sie hat unvermeidlich tiefere Bedeutung im Leben der Partner. Etwas in Form eines kurz zurückliegenden Ereignisses hat alte Narben aufgerissen und Schmerzen erzeugt, die merkwürdig intensiv sind. Das trifft besonders auf die mit Kindern verbundenen Veränderungen zu, da unsere Bindung an sie in uns die vergrabenen Kindheitserinnerungen wachruft. Unsere Kinder wecken die verborgenen Kinder in uns.

Ich wußte aus unserem Telefongespräch, daß Joyce einen Beruf hatte, aber nicht, welchen.

»Ich bin Oberschwester auf einer Infarktstation«, antwortete sie selbstbewußt auf meine Frage.

»Das ist ein anstrengender Beruf«, sagte ich. »Und sehr verantwortungsvoll, könnte ich mir denken.«

»Ja«, erwiderte sie schlicht. Dann fragte Margaret nach der Kinderbetreuung, und Joyce seufzte tief. »Wir haben eine Haushälterin. Sie ist die Tochter der Frau, die sich um mich kümmerte, als ich klein war.« Margaret fragte nach dem Seufzer, und Joyce sagte: »Ich habe eine Menge Probleme, weil ich Amy allein lasse und es haßte, daß meine Mutter arbeitete, als ich klein war. Ich fühle mich manchmal sehr schuldig, daher versuche ich, mehr für sie dazusein.« Dann zögerte sie, als überlege sie, ob es angemessen sei, mit diesem Thema fortzufahren. »Das ist einer der Gründe, warum ich eine Therapie will, denn ich glaube nicht, daß Thomas begreift, unter welcher Belastung ich stehe.«

»Könnten wir zu diesem Thema zurückkommen, wenn wir ein wenig mehr Informationen haben?« bat Margaret. Joyce sah erleichtert aus.

Wir erfuhren, daß Thomas Chemieprofessor an der örtlichen Universität war. »Auch ich stehe unter starkem Druck, aber es ist anders. Meine Belastungen haben mit der Fakultätspolitik zu tun, mit der Forschungsfinanzierung und ähnlichen Dingen. Ich glaube, sie versteht mich auch nicht sehr gut.« Er hatte seine Rolle als Ehemann und Vater nicht erwähnt, was vermutlich bedeutete, daß Joyce mehr Verantwortung für Heim und Kind »trug«.

»Wie lange sind Sie verheiratet?« fragte ich.

»Drei Jahre«, antwortete Joyce. »So lange haben wir es schon ausgehalten!« Dann sah sie Thomas mit einem Lächeln an und fügte hinzu: »Es scheint mir aber viel länger.« Wieder die Komplexität der Zeit. Der Zustand ihrer Ehe stand nicht im Einklang mit ihrer Dauer.

»Warum?« wollte Margaret wissen.

»Weil wir einander schon lange kennen, seit vor ...« Wieder warf Joyce Thomas einen Blick zu. »Sie meint, vor meiner ersten Ehe«, vervollständigte er ihren Satz.

»Und vor meiner langen Beziehung mit einem anderen Mann«, fügte sie hinzu.

Ich merkte mir, daß sie gegenseitig Sätze beendeten, und bezweifelte nicht, daß es sich um ein sehr intimes Paar handelte. »Es ist kein geringes Verdienst, bis zum dritten Hochzeitstag durchzuhalten«, sagte ich, »da ein Viertel aller Ehen in den ersten zwei Jahren geschieden werden. Mein Glückwunsch.«

»Ich bin nicht so sicher, ob man uns gratulieren kann«, antwortete Joyce rasch. »Ich bin ganz gewiß nicht glücklich, so, wie es jetzt ist.« Die Mehrheit der Paare beginnt eine Therapie auf Wunsch der Frau, und da Joyce Thomas so weit gebracht hatte, wollte sie ihre Probleme auch nicht verniedlichen.

Ich versicherte Joyce, daß wir alle ihre Sorgen erfahren müßten. »Aber ich bin neugierig, wie Sie sich kennengelernt haben. Sie sagten, Sie kannten einander vor ...«

»Thomas' Ehe«, antwortete Joyce, erwähnte aber nicht die eigene Beziehung. Sie wandte sich zu Thomas. »Willst du es erklären?«

»Klar.« Dieses Mal lächelte er verschmitzt. »Ihre Mutter hat uns miteinander bekannt gemacht.« Pause. »Nachdem ich das College abgeschlossen hatte – ich muß so dreiundzwanzig gewesen sein –, arbeitete ich einen Sommer lang in einem Büro, und ihre Mutter war meine Chefin. Ich lernte Joyce kennen, als sie ihre Mutter im Büro besuchte, und dann lud mich die Mutter ein paar Mal zum Essen ein, und Joyce war auch da.«

»Was zog Sie denn an?« fragte ich. Thomas schien sprechen zu wollen, und ich war erleichtert. Je mehr wir ihn einbeziehen konnten, um so besser.

»Ich habe mich sofort verliebt. Sie war ...«, er blickte zu Joyce, »... und ist schön. Aber sie war auch so fröhlich und spritzig, was mir gefiel. Sie war sehr selbständig und – wie soll ich sagen – unbestimmbar. Sie hat mich ganz schön an der Nase herumgeführt.« Er hielt inne und suchte nach Worten. »Das Problem war, daß ich mich wie ein alter Mann mit schmutziger Phantasie fühlte, weil mir ein sechzehnjähriges Mädchen gefiel, das eine so großartige Figur hatte.« Wieder ein Blick zu Joyce.

Lächelnd erwiderte sie: »Fällt Ihnen auf, daß er ›hatte‹ sagte? Vermutlich ist das auch etwas, was mir zu schaffen macht, mein Gewicht.« Sie war nur leicht rundlich, und ich war vorsichtig, mich einem so »individuellen« Thema zuzuwenden. Die Herausforderung bei einem Erstgespräch liegt darin, das *Problem* des Paares zu definieren und beide dazu zu bringen, an dessen Lösung zu arbeiten.

»Ist ihr Gewicht für Sie ein Problem?« fragte ich Thomas in dem Bemühen, mich auf die Beziehung zu konzentrieren.

»Vielleicht ein bißchen«, sagte er mit einem listigen Lächeln. »Aber sie hat immer noch eine tolle Figur.« Joyce seufzte. Trotz ihrer Bemühung, fröhlich und positiv zu sein, hörte ich immer wieder diesen Seufzer. Ich machte mir eine Anmerkung, daß sie zweifelsohne deprimiert sei, daß ihr Übergewicht vermutlich damit im Zusammenhang stand und daß die Depression zumindest teilweise durch die eheliche Situation verursacht wurde. Aber welche Situation?

»Wir waren bei deinen schmutzigen Phantasien«, gab Joyce lächelnd zurück.

»Das war vermutlich so. Ich fühlte mich schuldig, Joyce mit ihren sechzehn Jahren attraktiv zu finden, und hielt daher meinen Mund. Aber sie hat mir wirklich gefallen, und ich suchte nach Gelegenheiten, sie zu sehen.«

»Wenn ich es mir überlege«, warf Joyce ein, »hat meine Mutter dir eigentlich Hoffnungen gemacht, nicht wahr? Das war mir vorher nie aufgefallen. Vielleicht habe ich mich deswegen gesperrt!«

Thomas sah Joyce direkt an. »Wußtest du, wie sehr du mir gefielst?« Das war eine kühne Frage. Sie waren nicht darauf vorbereitet gewesen, über die Anfänge ihrer Beziehung zu sprechen, aber deutlich daran interessiert.

»Ich glaube nicht«, antwortete Joyce. »Ich habe mich natürlich in dich verknallt, aber du warst für mich dieser gutaussehende, weltgewandte *Mann* . Ich hätte nie gedacht, daß wir eine Liebesgeschichte haben könnten.«

»Was geschah also?« fragte ich neugierig.

Thomas antwortete: »In den nächsten Jahren waren wir ein paar Mal zusammen aus, doch es blieb immer platonisch. Dann ging sie aufs College.« Er sah Joyce an. »Ich weiß noch, daß wir zusammen Mittag essen gingen, ehe du fortgingst. Mir ging es schlecht, und ich wollte sagen: ›Geh nicht‹, aber ich habe es nicht gesagt. Wir sprachen also nur über Allgemeines, und du gingst fort. Ich war ziemlich lange deprimiert.«

»Aber du hast es überwunden«, sagte Joyce. »Ich meine, du hast doch ein paar Jahre später Sally geheiratet.«

»Ich bin über dich nicht hinweggekommen.« Ein kurzes Auflachen der Erkenntnis. »Offensichtlich!« Nun wandte er sich an uns, um uns aufzuklären: »Ich lernte Sally einige Zeit später kennen, nachdem Joyce aufs College gegangen war. Wenn ich es mir überlege, so war sie auch einiges jünger als ich. Aber ich hatte immer meine Zweifel über sie.« Dann wieder zu Joyce gewandt: »Weißt du noch, als wir einmal zusammen Essen gingen? Ich glaube, du warst im dritten Jahr. Ich ging mit Sally, aber so ernst war es nicht. Ich weiß noch, daß ich mit dir gehen wollte, aber du fingst an, von diesem Typen zu erzählen, mit dem du eine Beziehung hattest. Weißt du das noch? Du warst verwirrt wegen der Beziehung mit diesem verheirateten Assistenten und wolltest darüber reden. Ich habe mir das vermutlich nicht anmerken lassen, aber das hat mir echt wehgetan, als sei ich nur dein Beichtvater oder väterlicher Freund. Ich sagte mir also, zum Teufel mit dir, und etwa sechs Monate später verlobte ich mich mit Sally.«

»Das habe ich nicht gewußt«, sagte Joyce leise.

»Wie lange waren Sie verheiratet?« fragte ich Thomas.

»Sieben Jahre.«

»Dachten Sie an Joyce, als Sie mit Sally verheiratet waren?«

»Ja, oft. Ich versuchte, es nicht zu tun, aber es kam einfach so.« Nachdenkliches Schweigen.

»Was geschah in dieser Ehe, Thomas?«

»Eine Weile ging es gut. Aber dann brach eine Art Kampf aus, in dem sie sich gegen mich auflehnte – vielleicht, weil ich älter war und andere Vorstellungen hatte. Dann wurde sie sehr still und heimlichtuerisch. Schließlich hatte sie eine Beziehung mit diesem verdammten Tennislehrer. Und eines Tages sagte sie, sie würde mich verlassen.«

»Das ist eine sehr schmerzliche Erfahrung«, sagte ich.

»Das kann man wohl sagen.« Er wollte offensichtlich nicht über das Ende seiner Ehe reden, und ich beschloß, das Thema für dieses Mal fallen zu lassen. Aber ich notierte mir, daß er eine dramatische, schmerzhafte Zurückweisung erlebt hatte und sich zweifelsohne sorgte, dies noch einmal zu erleben. Diese Tatsache trug wohl teilweise zu seiner Reserviertheit bei.

»Wie sind Sie denn schließlich zusammengekommen?« wollte Margaret wissen.

Joyce antwortete: »Ich fand die Nerven, mit Alan zu brechen, dieser Beziehung. Nach meiner Magisterprüfung merkte ich, daß das nirgendwohin führen würde, und bin einfach gegangen. Ich zog nach Atlanta zurück und nahm eine Stelle an.«

Thomas lächelte wieder. »Ich hörte von ihrer Mutter, daß sie zurück war. Inzwischen war ich geschieden und entschlossen, sie dieses Mal nicht mehr entwischen zu lassen. Ich habe sie richtig verfolgt.«

»Er hat mich einfach umgeworfen«, sagte sie in leicht ironischem Singsang. »Mir ging es wirklich schlecht, und er war da. Er war sehr zuverlässig und aufmerksam. Ich merkte auch, daß wir – wie soll ich es sagen? – Freunde waren, daß wir einander mochten und uns eine Menge zu sagen hatten.« Sie hielt nachdenklich inne. »Es war komisch, zu spüren, wie ich mich in einen Mann verliebte, den ich schon so lange kannte, aber genau das ist geschehen.«

Wir waren so neugierig auf den Beginn der Beziehung von Joyce und Thomas, weil wir in der Beschreibung der ersten Anziehungsphase etwas über die Stärke ihrer emotionalen Bindung zu erfahren hofften. Manche Paare heiraten eher zufällig; es scheint keinen richtigen »Strom« zwischen ihnen zu geben, auch nicht in der Werbephase. Andere Paare heiraten mitten im Gewitter einer größeren Lebenskrise und zwingen sich, die Ehe als eine Zuflucht zu betrachten. Andere wiederum erleben einen tieferen, komplexeren »Magnetismus«, eine Kraft, die nicht durch ein extremes emotionales Bedürfnis ausgelöst wird, sondern durch eine einzigartig starke »Verschmelzung« ihrer Leben, die sie nur sehr schlecht beschreiben können.

Genau auf diese »Tiefe« und »Intensität« achten wir, denn es handelt sich vielleicht um den kritischsten Aspekt einer jeden Ehe. Wie intensiv, wie tief miteinander verbunden, wie »gebunden« war dieses Paar in den ersten Monaten der Beziehung? fragten wir uns.

Diese »Tiefen«-Dimension ist keine Aussage über den Grad an emotionaler *Befriedigung* in der Beziehung. Wenn wahre Intensität zwischen zwei Menschen besteht, gibt es auch Wut und Schmerzen. Die Frage ist, ob die Beziehung die tiefliegendsten Themen in beider Leben exponiert, katalysiert und an die Oberfläche bringt. Diese Grundthemen machen die Bindung aus.

Wenn wir diesen Bereich betrachten, haben wir eine Reihe von Fragen. Wenn zu Beginn der Beziehung intensive Bindung bestand, was geschah mit diesen investierten Emotionen im Verlauf der Jahre? Wann begann die Beziehung Sorgen zu machen? Was geschah in anderen Bereichen des Lebens – in der Ursprungsfamilie, Krisen, Berufsschwierigkeiten, Gesundheitsprobleme, die Geburt von Kindern – um den Zeitpunkt, als die Verbindung konfliktreich zu werden begann? Hat das Paar nur einen Konflikt, oder stellt es die Ehe selbst in Frage? Sind beide Partner verzweifelt, oder beklagt sich nur einer? Oft wird ein Partner zum Spezialisten, positive Gefühle für die Ehe auszudrücken, während der andere die negativen Gefühle für beide übernimmt.

Als ich Joyces zärtliche, ängstliche, frustrierte Blicke auf Thomas sah, ihren Eifer erlebte, ihn in die Therapie zu bekommen, ihre melancholischen Seufzer hörte, brauchte ich mir über ihre Bindung an Thomas keine Sorgen zu machen. Noch gab es keine Frage, daß sie unglücklich mit ihm war. Thomas' Kühle, seine Reserviertheit und sein jungenhaftes Grinsen machten mir Sorgen. »Liebt er sie?« fragte ich mich. Als er seine frühere Sehnsucht nach Joyce beschrieb, war ich beruhigt. »Ich glaube schon«, sagte ich bei mir. Die Antwort auf die eine Frage löst eine andere aus: »Warum fühlt sie das nicht?«

Joyce hatte offensichtlich in der gleichen Richtung gedacht: »Es tut gut, zu hören, daß du solche Gefühle für mich hattest«, sagte sie leicht skeptisch, »weil ich mich oft so fühle, als sei ich dir egal. Ich fühle mich oft sehr allein.« Ich fragte mich, was aus Thomas' hartnäckiger Verfolgung geworden war.

Thomas wandte sich an uns. »Das verstehe ich nicht. Ich liebe sie und sage ihr das auch. Es ist, als würde sie es mir nicht glauben.«

Margaret mischte sich lächelnd ein. »Manchmal braucht es dazu mehr als nur Worte, Thomas. Das weiß ich aus eigener Erfahrung. Gus' Verhalten ist oft wichtiger als seine Worte.«

»Ich glaube, das ist es, sein Verhalten«, meinte Joyce begeistert.

Thomas schien es nun sehr unbehaglich, und ich machte mir Sorgen, daß ihm die Schuld zugeschoben werden könnte. Er zögerte genug, überhaupt eine Therapie anzufangen. »Könnten Sie das genauer ausführen«, bat ich Joyce.

Sie seufzte. »Nun, ich glaube, ein Gebiet, auf dem es geschieht, ist, wenn ich müde und abgearbeitet bin und versuche, etwas zu erledigen, das getan werden muß. Wie neulich. Ich kam ausnahmsweise ein paar Minuten früher von der Arbeit los und merkte, daß ich auf dem Weg zum Einkaufen Thomas' Sachen aus der Reinigung abholen konnte. So etwas mache ich oft für ihn. Dann kam ich nach Hause und machte das Abendessen. Amy quengelte, und so spielte ich eine Weile mit ihr. Nach dem Essen ging ich in die Küche und bereitete unsere Lunchpakete für den nächsten Tag vor, und ich dachte, ich kippe um. Er merkte nicht, wie müde ich war oder was ich machte oder überhaupt etwas. Ich glaube, er las. Amy begann in ihrem Bettchen zu weinen. Wenn das geschieht, fühle ich mich innerlich schrecklich, als sei ich unsichtbar.«

Joyce war erleichtert, reden zu können, und wurde wütender. Sie blickte Margaret an, und ihre Stimme schwoll an: »Ich will einfach nur bemerkt werden! Ich meine, ich arbeite ganztags. Ich kümmere mich fast ausschließlich um Amy, koche meistens, und ich bin fast immer völlig fertig. Er hilft bei der Hausarbeit und dem Putzen, aber das Schlimmste ist, daß er nicht merkt, was mit mir los ist!« Es war ein Thema, das ich auf sehr persönlicher Ebene wiedererkannte.

»Können Sie darauf antworten?« forderte ich Thomas auf.

»Das ist mir neu. Das sagt sie mir zu Hause nicht. Ich schätze es, daß sie meine Sachen aus der Reinigung holt, und ich gebe zu, daß sie viel für mich tut; aber ich wußte nicht, daß sie so müde ist. Ich hätte ihr doch geholfen, wenn sie etwas gesagt hätte. Ich hatte abgewaschen und saß da und hatte die Wut, daß sie so viel Zeit in der Küche verbringt. Ich wollte einfach, daß sie etwas liegen läßt und eine Weile bei mir und Amy bleibt.« Dieses Thema, bei dem es sich grundsätzlich um Gleichberechtigung dreht und das so häufig bei berufstätigen Partnern auftritt, war offensichtlich wichtig, doch im Moment ging es mir weniger um den Inhalt als um den Prozeß, der sich zwischen dem Paar abspielte. Thomas fühlte sich angegriffen und reagierte defensiv.

»Sie fühlen sich angegriffen«, sagte ich zu Thomas.

»Ich werde aber doch auch angegriffen.«

»Joyce beklagt sich über Ihr Verhalten«, gab ich zu. Dann beschloß ich, den Blickwinkel zu ändern. »Thomas, ich nehme an, Joyce ist genau so verantwortlich für die Schwierigkeiten in Ihrer Ehe wie Sie, und wir müssen uns ihren Beitrag zu diesem Thema auch ansehen. Aber wenn Sie nur auf sie reagieren, indem Sie sich verteidigen, denkt sie, Sie hören ihr nicht zu. Stellen Sie sich vor, wir gehen jetzt nur einen Teil des Problems an, und zwar aus ihrer Perspektive. Das unmittelbare Thema ist: Können Sie so auf sie reagieren, daß sie Hoffnung bekommt, ihre Gefühle würden beachtet?«

Thomas sah leicht geknickt aus und antwortete pflichtbewußt: »Ich werde es versuchen.«

Margaret sprach Joyce an: »Ich glaube, es würde helfen, wenn Sie deutlich über *Ihre* Gefühle redeten und weniger über Thomas.«

»Ich weiß nicht, was Sie meinen«, antwortete sie.

Margaret erwiderte: »Versuchen Sie das: ›Thomas, wenn ich müde bin, so wie neulich, und du merkst das nicht, fühle ich mich ignoriert und verletzt. Ich fühle mich sehr entmutigt.‹ Sie sollten die Situation beschreiben, in der Sie stecken, aber auch, wie Sie diese Situation wahrnehmen.«

Joyce hellte auf. »Das stimmt. Wenn er das tut ...«

»Sagen Sie es ihm.« Margaret deutete auf Thomas. Als Joyce Thomas anblickte, wirkte sie ängstlicher. Er richtete sich auf, als säße er auf dem Prüfstand.

»Wenn du nicht merkst, wie ich mich fühle, wenn ich sehr müde bin und eine Menge für die Familie getan habe, fühle ich mich ...« Sie konnte nicht weiterreden. Ihr Gesicht war errötet, und sie schien fast zu weinen. Schließlich gelang es ihr, zögernd zu sagen: »... verletzt.« Dann beherrschte sie sich wieder. »Das machst du immer, scheint mir.«

Margaret sagte: »Es ist schwer, sich nur auf die eigenen Gefühle zu konzentrieren, nicht wahr? Es ist viel leichter, über ihn zu reden. Versuchen Sie es noch einmal.«

Wieder blickte Joyce Thomas an. »Ich fühle alles, was sie gesagt hat: verletzt, ignoriert. Und ich fühle mich nicht geliebt.«

Sie hatte es geschafft. Er regte sich in dem Bewußtsein, reagieren zu müssen. »Das tut mir leid, aber du teilst mir nicht mit, was sich alles abspielt, was du fühlst und was du willst. Ich dachte, es sei richtig, wenn ich bei Amy bliebe.« Joyces Empfindsamkeit machte ihn seltsam panisch, als versuche er, diesen Teil in ihr nicht zu berühren.

»Thomas«, sagte ich so beruhigend, wie ich konnte, »wenn sie das Risiko eingeht und ihre Gefühle bloßlegt und Sie reagieren, indem Sie Ihr Verhalten rechtfertigen, fühlt sie sich noch mehr ignoriert. Wissen Sie noch, daß sie gesagt hat, sie fühlt sich allein? Das ist einer der Gründe dafür.« Thomas sah immer noch abwehrend aus. Ich bohrte weiter. »Sie müssen über Ihre Abwehrhaltung hinausgelangen.« Pause, in der er seine Beherrschung wiedererlangte. »Und jetzt«, sagte ich, »sehen Sie sich Joyce an.« Das tat er. Sie war immer noch den Tränen nahe und wirkte noch verletzlicher. »Was sehen Sie?«

»Sie scheint ... traurig.«

»Sehen Sie sie weiter an und denken Sie daran, was sie vorher gesagt hat. Wenn sie etwas für Sie oder für die Familie tut und sehr müde ist, fühlt sie sich ignoriert, unbemerkt und ungeliebt. Können Sie begreifen, daß sie sich so fühlt?«

»Natürlich.« Das klang wärmer, herzlicher.

»Sie brauchen ihr nur zu erkennen zu geben, daß Sie sehen, was sie fühlt, und ihre Gefühle akzeptieren. Das ist alles.« Thomas sah aus, als kämpfe er tapfer dagegen an, sich wieder zu verteidigen.

»Ich sehe das ein ...«

»Sprechen Sie mit ihr«, drängte ich.

Verlegen sah er Joyce an, die leise weinte. »Ich verstehe, daß du dich ignoriert und wenig unterstützt fühlst. Ich verstehe, daß du fühlst, daß...«, er zögerte, als wisse er nicht weiter, und fügte dann hinzu: »... weil ich das vermutlich tue. Wenn das der Fall ist, so tut es mir leid.« Seine Worte hatten bei Joyce körperliche Wirkung. Sie entspannte sich sichtlich. Diesen vorhersehbaren Kreis hatten sie vermutlich schon hundert Mal vollzogen – Joyce hatte versucht, Thomas ihre Bedürfnisse klarzumachen, oft indirekt, und Thomas antwortete defensiv und zog die Aufmerksamkeit wieder auf sich. So gering es auch scheinen mag, die kleine Veränderung in Thomas' Reaktion war wichtig. Thomas konnte jedoch nicht umhin fortzufahren, und ich fürchtete, er würde zerstören, was er erreicht hatte. »Aber wenn ich ...«

»Stop«, warnte Margaret. »Lassen wir es jetzt.« Dann wandte sie sich zu Joyce und fragte: »Fanden Sie das anders? Als Thomas so reagierte?«

»Sehr anders. Er schien fast unsicher.«

»Weil Sie beide Ihre Rollen aufbrechen. Man kann sich daran gewöhnen«, antwortete Margaret bestimmt.

Ich sprach Thomas an: »Wenn Sie etwas hinzufügen wollen, können Sie sagen: ›Gibt es etwas, womit wir das Problem vielleicht lösen können?‹« Thomas gab sich immer noch große Mühe und wiederholte diese Worte zu Joyce hin.

Einen Moment war Joyce sprachlos. »Ich weiß nicht, um was ich bitten könnte«, sagte sie.

»Sie wissen nicht, was Thomas ändern könnte?« fragte Margaret.

Wieder schien Joyce verwirrt. »Es ist so komisch, darüber nachzudenken, was ich will. Was könnte ich denn von ihm wollen?« Sie dachte nach. »Ich bin so daran gewöhnt, zu überlegen, was er will.«

»Überlegen Sie«, drängte Margaret. »Es fällt Ihnen schon etwas ein.«

»Ich glaube, ich hätte gern, daß er merkt, wenn ich müde bin, und mir dann anbieten würde, beim Kochen zu helfen oder mit Amy oder was immer ich gerade tue.«

Margaret faßte diese Bitten zusammen: »Zuerst soll er merken, daß Sie müde sind, dann Hilfe anbieten.« Sie blickte Thomas an. »Thomas, würden Sie dieser Bitte nachkommen?«

»Aber sicher«, sagte er freundlich. Er schien erleichtert, etwas Bestimmtes zu tun zu haben, statt Joyces Gefühle zu akzeptieren.

Dann sprach Margaret wieder zu Joyce: »Sie sagten, Sie standen in der Küche und dachten, Sie kippen um. Sie finden es schwer, um Hilfe und Unterstützung zu bitten. Sie haben jetzt in diesem Augenblick damit Schwierigkeiten. Aber Sie müssen lernen, um Unterstützung zu bitten, und erwarten, daß Sie sie bekommen.«

»Ich weiß, wie schwierig ich das finde«, gab sie zu, »und ich verstehe nicht, warum.«

»Wir kommen schließlich auch zu dem Warum«, gab Margaret zurück. »Aber vielleicht beginnen Sie mit dem Versuch, einen systematischen ›Vertrag‹ mit Thomas abzuschließen. Denken Sie an die Situationen, in denen Sie von ihm Hilfe und Unterstützung wollen. Dann kommen Sie her und bitten darum. Wir helfen Ihnen bei der Aushandlung – weil er mit Sicherheit auch etwas von Ihnen will.« Sie hielt inne und sagte dann besorgt: »Sie sehen sehr müde aus. Ohne Zweifel arbeiten Sie viel zuviel.«

Joyce sah sehr erleichtert aus, weil jemand das Ausmaß ihrer Erschöpfung erkannt hatte, und gab es zu: »Das bin ich auch«, sagte sie. »Ehrlich.« Dann wieder aufmerksames, lauschendes Schweigen.

Das Thema der Olsens ist natürlich heutzutage schrecklich verbreitet und weist auf eine weitere, größere »Dimension« in der Ehe hin: die Gleichheit zwischen beiden Partnern. Bei unserer Arbeit mit ihnen hatten wir es mit zwei verschiedenen Aspekten des gleichen Themas zu tun. Auf der einen Ebene hören wir, daß Joyce das Gefühl hat, die Arbeit in der Ehe sei ungleich verteilt, und das war sie zweifelsohne. Doch anstatt uns auf diesen Inhalt zu konzentrieren, beschlossen wir, den Kommunikationsprozeß des Paares zu betonen, in der Hoffnung, daß sie Fähigkeiten entwickelten, die sie auch in anderen Bereichen ihrer Ehe anwenden konnten. Wir würden später auf das Thema der Arbeitsverteilung zurückkommen und es umfassender angehen.

In der Kommunikation zwischen ihnen herrschte auch eine Art Ungleichheit: Wenn Joyce über ihre Gefühle sprach, wurde Thomas abwehrend und konzentrierte sich sofort auf seine eigenen Probleme, worauf Joyce sich mißachtet und im Stich gelassen fühlte. Dieses Kommunikationsmuster spiegelte ein umfassenderes Netz emotionaler »Regeln« in ihrer Beziehung, das Joyce aufforderte, hilfreich und aufopfernd zu sein, während es Thomas zugestanden wurde, ziemlich narzißtisch und selbstzentriert zu sein. Joyce versorgte und umschmeichelte ihn, und wenn sie versuchte, über ihre eigenen Bedürfnisse zu reden, fühlte er sich zudem angegriffen. Wir erklärten den Olsons, gleich, wie ihre persönliche Geschichte aussähe, sie trügen jahrhundertalte Kämpfe zwischen männlicher und weiblicher Rollenkonditionierung aus. Wir versicherten ihnen, daß auch wir hart darum gerungen hatten.

Die umfassendere Frage bei der wichtigen Dimension interpersonaler Gleichheit lautet: Wessen Gefühle, wessen subjektive Erfahrung, wessen emotionale Bedürfnisse werden höher geschätzt und erhalten die meiste Aufmerksamkeit? Mit einfachen Worten: Wer ist der »Gebende«, wer der »Nehmende«? Frauen befinden sich zwar oft in der gebenden Rolle, doch nicht immer.

Ich blickte auf die Uhr. Nur noch eine halbe Stunde und viel zu bearbeiten. Wir hatten noch nichts über ihre früheren Beziehungen gehört, wußten sehr wenig über ihre Ursprungsfamilien und hatten nur einen vagen Aufriß ihrer gegenwärtigen Streitereien bekommen.

»Dieses Gefühl, zurückgewiesen zu werden«, sagte Joyce und wechselte das Thema, ihre Stimme klang leicht perplex, »... habe ich bei Thomas oft.« Sie schien hartnäckig bemüht, über ihre individuellen Schwierigkeiten zu reden. Mich machte diese Bereitschaft mißtrauisch, da es die Schärfe aus ihren Konflikten nahm. Vielleicht gehörte das zu ihrer Tendenz, aufopfernd zu sein. Sie mußte sicher lernen, Thomas stärker zu konfrontieren, aber im Moment gab es Gründe, ihm einigen Druck zu nehmen. Er hatte ziemlich viel geschluckt.

»Ich scheine ihm immer nachzujagen, damit er mich beachtet. Und er scheint immer lieber für sich zu sein. Gewöhnlich hat er immer etwas zu tun, das wichtiger ist, als mit mir zu reden.« Sie wartete, als suche sie nach Worten. »Ich verstehe nicht, warum ich so empfindlich auf Zurückweisung reagiere.«

Und da standen wir schon wieder in einer anderen Dimension, die wir schon bei Joyce und Thomas' Beziehung erlebt hatten: dem permanenten Ehekampf um emotionale Nähe. Diese Dimension ist von besonderer Bedeutung, denn sie verrät uns, wie ein Paar mit dem interpersonalen Raum zwischen sich umgeht. Als ich versuchte, mir dieses Muster vorzustellen, sah ich es auf einer horizontalen Ebene – das Hin- und Hergerissensein, wie nahe oder distanziert die Partner sind.

Es gibt Paare, die darauf bestehen, immer zusammen zu sein und die große Anstrengungen unternehmen, diese Nähe aufrechtzuerhalten, die viele als erstickend empfinden würden. Andere Paare leben ständig auf Armeslänge und werden nie richtig intim. Die meisten jedoch liegen in ständigem, sich oft verlagerndem Streit über dieses Thema. Das häufigste Muster ist das der Olsens, bei dem die Frau emotional

»verfolgt« und der Mann sich emotional distanziert, doch es gibt viele Variationen bei diesem Wettstreit.

Bei dem Erstgespräch zentrierten sich Joyces Bedürfnis nach Nähe und ihre Empfindlichkeit gegenüber Zurückweisung völlig auf Thomas, und es schien sinnvoll, nach dem Ursprung dieser Gefühle in der Kindheit zu fahnden.

»Sie fragen sich, ob Sie in diesem Bereich einen wunden Punkt haben?« fragte Margaret. Joyce antwortete, sie fühle sich oft und zu leicht verletzt. Das verwirre sie.

»Sprechen wir über ihre Kindheit«, schlug Margaret vor. »Wer gehörte zu Ihrer Familie?«

Joyce begann, das Ensemble der Menschen ihrer ersten Jahre zu beschreiben: Die Großmutter, die zu ihnen zog, die liebevolle Kinderfrau, ihre Eltern und Geschwister. Wie oft in einem Erstgespräch war die Diskussion der Ursprungsfamilie sehr sachlich. Erst später in der Therapie, als das Vertrauen in den Veränderungsprozeß gestiegen und das Verständnis für die Rolle der Vergangenheit gewachsen war, beschrieb Joyce die gleichen Beziehungen gefühlsbetonter. Ich machte mir bei dem Bericht Aufzeichnungen. Nach ein paar Minuten sah das Familiendiagramm so aus:

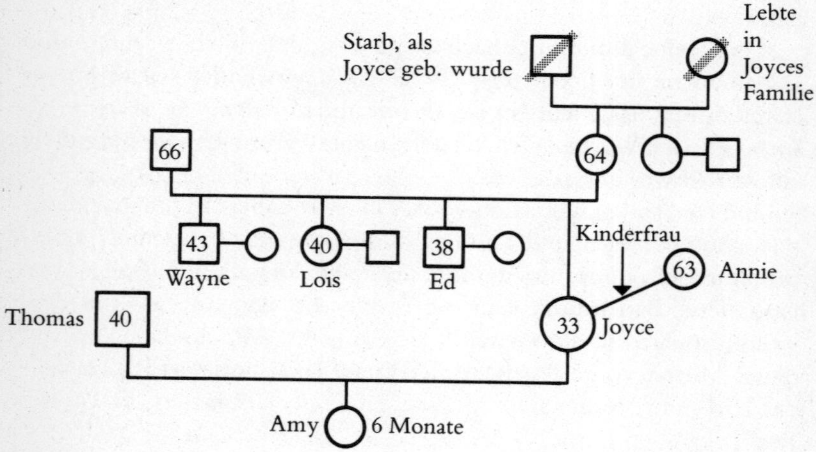

Ich setzte den ältesten Bruder nach links, wie es der Brauch ist, und schritt in chronologischer Reihenfolge nach rechts. Joyces Bruder Wayne war wie Thomas Chemiker. »Er leitet das Labor einer großen Chemiefirma«, erzählte Joyce. »Und er ist wohl der Star der Familie, der Erfolgreiche.« Als sie von ihm erzählte, wurde deutlich, daß sie ihn mochte, ihn aber nicht sehr gut kannte. Ihre Gefühle der älteren Schwester Lois gegenüber waren ambivalenter. »Lois ist sehr konservativ. Sie ist ein guter Mensch – für meinen Geschmack vielleicht zu gut. Sie geht regelmäßig zur Kirche, bleibt zu Hause bei den Kindern, so eine.« Dann wurde sie nachdenklich. »Ich weiß nicht, wir sehen einfach die Welt nicht mit gleichen Augen. Sie steht meiner Mutter sehr nahe.«

Der Bruder, der ihr altersmäßig am nächsten steht, Ed, ein Lehrer, schien der Außenseiter der Familie zu sein. »Er ist meinem Vater ziemlich ähnlich«, sagte Joyce liebevoll. »Er ist ruhig, man kommt gut mit ihm aus, und er geht seinen eigenen Weg. Als Kinder haben wir viel miteinander gespielt, aber als Teenager hat er sich von der Familie gelöst. Dann hat er ziemlich früh Patti geheiratet und ist fortgezogen.« Die anderen Kinder sind alle in der Gegend geblieben. Bei der Beschreibung der Geschwister achtete ich auf die Rollen, die jeder einzelne gespielt hatte. Als Jüngste hatte Joyce wohl Schwierigkeiten, sich von der Familie zu lösen, was sich als zutreffend herausstellte.

»Was war mit Ihrem Vater?« fragte ich. Joyce erzählte liebevoll, daß er immer sehr schwer gearbeitet habe. Als sie klein war, hat er sie mit in den Eisenwarenladen genommen, den er führte. Sie durfte dort kleine Arbeiten verrichten. Sie hatte sich ihm nahe gefühlt und betrachtete ihn als von der Mutter dominiert.

»Mutter ist das Oberhaupt der Familie«, sagte sie, »aber auf sehr komplizierte Weise. Sie ist nie offen wütend oder auch nur direkt. Aber sie kann einem extrem geschickt Schuldgefühle vermitteln. Ich habe mich ihr gegenüber immer schuldig gefühlt und mich immer bemüht, es ihr recht zu machen.«

»Weshalb haben Sie sich denn schuldig gefühlt?« fragte Margaret.

»Ich weiß es nicht«, antwortete Joyce. »Das ist das Komische – ich hatte immer das Gefühl, etwas falsch gemacht zu haben.«

Margaret meinte: »Nennen Sie ganz schnell und ohne nachzudenken das erste, was Ihnen einfällt, was Sie falsch gemacht haben könnten.«

Joyce sah sie ausdruckslos an. Dann wurde sie blaß. »Was mir unmittelbar einfiel, war, geboren zu sein.« Nach einer langen Pause fügte sie hinzu: »Ich kann nicht glauben, daß das so schlimm ist.«

Margarets Reaktion war beruhigend und zuversichtlich: »Es muß bedeuten, daß Sie zu einem Zeitpunkt geboren wurden, als Ihre Familie Probleme hatte. Was geschah um den Zeitpunkt Ihrer Geburt?«

Zu dieser Zeit wußte Joyce nicht viel über die Familie in ihren ersten

Lebensjahren. Sie wußte, daß das Geschäft des Vaters bankrott gemacht hatte und ihre Großmutter zu ihnen zog, ehe sie selbst eine deutliche Erinnerung hatte. »Ich weiß, daß es eine Menge Spannungen zwischen meiner Mutter und meinem Vater gab, als ich klein war, und zwischen meiner Mutter und ihrer Mutter. Und ich fühlte mich immer in diese Spannungen einbezogen, obwohl ich sie nicht verstand.« Sie wußte auch, daß sich die Haushälterin, Annie, und ihre Großmutter um sie kümmerten, und sie sprach sehr liebevoll über diese beiden Personen.

Margaret und Joyce versuchten, mehr herauszubekommen. »Welcher Art die Spannungen auch waren, Sie spürten Sie auf irgendeiner Ebene. Vielleicht haben Sie sich selbst die Schuld daran gegeben.« Dann warf Margaret einen Blick auf meine Notizen und bat, sie sehen zu können. »Das habe ich mir gedacht«, sagte sie. »Sie sind nun etwa im gleichen Alter wie Ihre Mutter bei Ihrer Geburt, und Sie haben eine Tochter.« Joyce sah verdutzt aus. »Kein Wunder, daß diese Themen nun auf Sie zukommen.«

»Ich kann Ihnen aber versichern«, fuhr Margaret zuversichtlich fort, »daß Ihre Geburt keines der familiären Probleme verursachte – auch wenn Sie als kleines Kind glaubten, dafür verantwortlich zu sein.«

Joyce sah nachdenklich und leicht beunruhigt aus.

Schon bei diesem Erstgespräch wurde klar, daß die Ursprünge von Joyces Unsicherheit um ihre Zweifel an der Liebe der Mutter kreisten. Die Tatsache, daß die Mutter ganztags arbeiten ging, als sie noch sehr klein war, schien Teil ihrer Unsicherheit, doch die Familienpolitik, in die sie hineingeboren wurde, war komplex und schwierig. Joyce schien sehr früh beschlossen zu haben, daß ihre Sicherheit darin lag, allen in der Familie zu gefallen, besonders aber der Mutter. Sie verhielt sich fröhlich und optimistisch, war unabhängig und erfinderisch und immer hilfsbereit, niemals fordernd.

Wenn sie als Erwachsene Schwierigkeiten hatte, ihre Bedürfnisse zu erkennen und zu vertreten, geschah es teilweise aufgrund dieser – ihr völlig unbewußten – Entscheidung, den Aspekt des »schwachen Kindes« in sich zu verleugnen. Das war teilweise Resultat ihrer gesellschaftlichen Konditionierung als Frau, die von ihr Aufopferung und Hilfsbereitschaft verlangte.

Thomas schien von Joyces Aufmerksamkeit, ihrer Hilfsbereitschaft und Bereitwilligkeit, ihn zufriedenzustellen, abhängig zu sein. Wie wir gerade gesehen haben, fühlte er sich offen bedroht, wenn sie sich für schwach erklärte, und versuchte, die Aufmerksamkeit wieder auf sich selbst und seine Bedürfnisse zu lenken.

Es war nur noch sehr wenig Zeit übrig, und ich merkte, daß wir über Thomas' Familie fast nichts wußten. Ich wollte ihn einbeziehen und füllte mit ein paar Fragen seine Seite des Familiendiagramms:

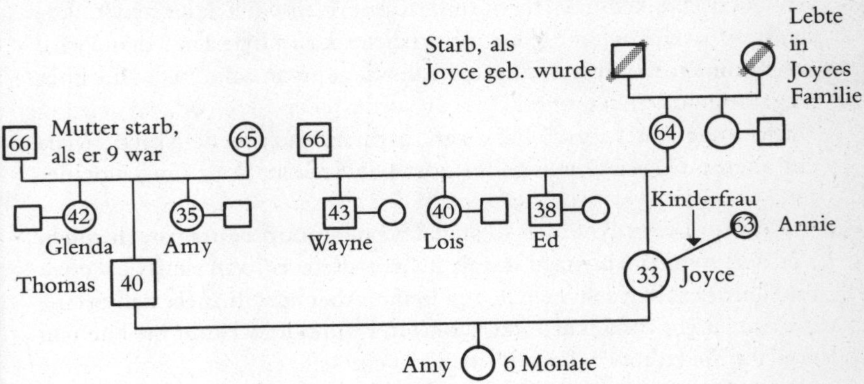

Überrascht hörte ich, daß Thomas ein mittleres Kind war, eingerahmt von zwei Schwestern. Lassen Sie mich meine Überraschung erläutern. Als ich sah, wie Thomas Joyce anblickte, erkannte ich einen ernsten, elternhaften Ausdruck auf seinem Gesicht, und dieser kritische, fordernde Teil in ihm trat später in der Therapie deutlicher zutage. Er war auf den ersten Blick der dominante Partner in dieser Ehe, so daß ich erwartet hatte, er sei ein ältester Sohn, aufgewachsen mit Autorität und Macht über die Geschwister. »Er hat aber eine kleinere Schwester«, dachte ich, »fünf Jahre jünger.«

»Meine ältere Schwester Glenda ist sehr stark, und man könnte sagen, sie habe mich bemuttert, als wir noch Kinder waren. Ich mochte das manchmal nicht, aber sie hat mich vermutlich auch verwöhnt. Amy, die unserer Amy den Namen gegeben hat, war in unserer Familie diejenige, die nichts falsch machen konnte. Ich muß zugeben, sie war charmant und ist es immer noch. Sie ist sehr nett, und sie hat immer zu mir als ihrem großen Bruder aufgeblickt.« Ein Teil seiner Erwartung, umsorgt zu werden, wurde nun erklärbar.

Als Thomas über seine Familie sprach, fiel mir auf, daß sich mein Interesse verlagerte. Die Untersuchung von Joyces Familie verfolgte die Frage, warum sie zu einem emotionalen »Verfolger« geworden war, leicht zurückgewiesen und so unsicher, daß sie ihre Bedürfnisse nicht kannte und immer versuchte zu gefallen. Als mich Thomas'

Seite bei diesem Kampf um Nähe interessierte, konzentrierte ich mich eher auf den Machtaspekt in ihrer Ehe.

Dies ist natürlich eine weitere wichtige Dimension bei jedem Ehestreit – das Auf und Ab der Beziehung. Manche Ehen scheinen die Frage der Macht gänzlich zu meiden – es gibt nie offenen Wettstreit. Andere Ehen kennen stürmische Kämpfe um die Herrschaft. Die meisten Beziehungen leben mit einem komplizierten, manchmal wechselnden Kompromißzustand. Es liegt zwar nahe, sich Macht in Begriffen von Zwang und Gewalt vorzustellen, doch Macht wird in Beziehungen auch durch Fürsorge ausgeübt, durch jede Aktivität, die der älteren Generation zugehörig ist wie Lehren, Ratgeben, Kritisieren.

»Warum bleibt Thomas so steif und beherrscht?« fragte ich mich. »Er will Joyce nicht mit Gewalt beherrschen. Er will sie stark sehen und ignoriert den schwachen Teil in ihr. Aber er will auch, daß sie ihn bedient, ihm schmeichelt, sich um ihn kümmert.« Dann merkte ich, was das bedeutete: »Er will, daß sie eine starke, gute, aufopfernde Mutter für ihn ist.« Und Joyce verhielt sich in der Tat mütterlich ihm gegenüber. Dann hatte ich den Punkt gefunden: »Er will, daß dies geschieht, ohne daß er seine Bedürfnisse offen äußert.« Nicht ein einziges Mal hatte er in dieser Stunde ein Bedürfnis zugegeben, einen Wunsch, eine persönliche Schwäche. Und ich konnte mir eine zynische Bemerkung nicht verkneifen: »Wie so viele Männer.«

Margaret hatte nach seinen Eltern gefragt. »Sie sind sehr traditionell, eine Art ›Vater ist der beste‹-Familie. Mein Vater war Lastwagenfahrer und viel unterwegs, als ich klein war. Dann kaufte er einen Lastwagen nach dem anderen und hatte schließlich eine kleine Spedition. Meine Mutter blieb zu Hause. Das mußte sie, denn sie hat nicht einmal einen Führerschein.« Thomas schien redebereit, aber er wußte nicht, über was er reden sollte. Er dachte nur selten an seine Familie.

»Welche Gefühle hatten Sie für Ihren Vater?« fragte ich.

»Ich hatte wohl Angst vor ihm. Meine Mutter sagte immer, er würde mich bestrafen, wenn er nach Hause komme, und das hat er natürlich auch immer getan.« Nach der Art der Strafe gefragt, erzählte er: »Er hat gebrüllt. Manchmal hat er uns auch einen Klaps gegeben.« Dann fügte er hinzu: »Er war auch sehr streng religiös.« Die richterhafte, kritische Eigenart von Thomas, die er von seinem Vater übernommen hatte, wurde nun erklärlicher.

»Hat er sich Ihrer Mutter gegenüber auch so verhalten?« fragte Margaret.

»Das ist das Komische. Bei ihr war er wie ein Kind. Er sagte oft, er müsse ihr schmeicheln und dürfe sie nicht aufregen. Ich glaube, er hatte Angst, sie aufzuregen, und schien alles zu tun, was sie wollte.« Nach einer Pause fügte er hinzu: »Was mich am meisten an meinem Vater störte, war, daß er weinte, wenn er etwas Trauriges sah – im Fernsehen oder so. Manchmal, in den Ferien, weinte er bei Tisch, wenn wir beteten.« Thomas sprach mit verächtlichem Tonfall über die Empfindlichkeit seines Vaters. Es war eine unangenehme Mischung von Gefühlen für einen Vater: Angst und Verachtung.

»Warum hat er wohl geweint?« fragte ich. »Ist in seinem Leben einmal etwas sehr Schreckliches geschehen?«

»Ja ... das hatte ich vergessen. Seine Mutter starb, als er neun war, und danach hat ihn sein Vater allein aufgezogen. Sein Vater war ein strenger, strikter Fundamentalist. Ich habe ihn nie recht leiden mögen.« Ich dachte, wie oft Kinder beim Heranwachsen so werden wie einer der Großeltern. Hier endlich lag der tiefere Ursprung von Thomas' kritischer Seite.

»Dann ergibt sein Weinen bei Fernsehfilmen oder in den Ferien mehr Sinn«, sagte ich. »Aber als Kind konnten Sie das nicht verstehen.«

»An diesen Zusammenhang habe ich noch nie gedacht«, meinte Thomas etwas ausdruckslos, aber nachdenklich.

»Wie war Ihre Beziehung zu Ihrer Mutter?« wollte Margaret wissen. Unsere Zeit lief aus. Wir hatten nur noch sieben Minuten.

»Ich bin nicht sicher. Mir gefiel nicht, daß sie keinen Führerschein hatte. Als Teenager mußte ich sie fahren. Abgesehen davon und der Tatsache, daß sie mich fast als kriminell beschimpft, weil ich sie nicht öfter besuche, weiß ich es nicht.«

Joyce räusperte sich in dem deutlichen Versuch, unsere Aufmerksamkeit zu bekommen. »Darf ich eine Meinung anbieten?«

»Was meinen Sie?« fragte ich Thomas.

»Sei mein Gast«, sagte er halb lächelnd. Er dachte immer noch nach, vermutlich über seinen Vater.

Joyce sagte lächelnd: »Ich glaube, seine Mutter ist sehr besitzergreifend. Ich meine, er steht unter ziemlichem Druck, nach Hause zu gehen und für seine Familie dazusein – besonders von seiner Mutter. Und sie und ich kommen nicht besonders gut aus.«

Margaret schlug vor: »Sind Sie diejenige, die Thomas gestohlen hat?«

»Genau«, antwortete Joyce.

Ich suchte nach deutlicherem Zugang zu Thomas und stellte mir die Familie vor, in der er aufgewachsen war, seine Rolle innerhalb der Familie und den Einfluß, den sie auf ihn hatte. Wie viele Männer brauchte er es offensichtlich stark, erwachsen zu sein, in Kontrolle seiner selbst und seiner Emotionen. Er stand Joyces Bedürfnissen kritisch gegenüber und wirkte sogar ängstlich, besonders vor ihrer Abhängigkeit. Doch er schien das Umsorgtwerden zu brauchen. Ich dachte an seinen Vater: streng, kritisch, aber stark von seiner Frau abhängig. Und seine Muter – auch sie schien recht hilflos und kontrollierend. Sie schien sich auf Thomas gestützt zu haben. »Seine Eltern klingen schwach«, dachte ich, »und Thomas scheint ...« Mir fielen spontan die Worte ein: »... elternlos, unversorgt – außer vielleicht von seiner älteren Schwester.« Und dann endlich: »Kein Wunder, daß er Angst vor Joyces Bedürfnissen hat. Sie erinnern ihn an seine bedürftigen Eltern. Kein Wunder, daß er will, daß sie mütterlich ist und ihn umsorgt.«

Ich wußte weder, wie ich ihm das sagen konnte, noch hielt ich es für angemessen, ihm diesen schwierigen Sachverhalt mitzuteilen.

Der Zeitpunkt dazu würde aber kommen.

Dann sagte Margaret herzlich und direkt: »Thomas, mich rührt die Beschreibung Ihrer Familie, besonders das, was Sie von Ihrem Vater nicht bekommen haben. Ich sehe, wie seine Schwäche Sie abstieß – das muß für ein Kind sehr verwirrend gewesen sein.« Thomas spürte ihre Empathie. Sein Gesicht wirkte offen und ein wenig weicher. »Aber ich mache mir Sorgen, daß Ihre Angst, wie Ihr Vater zu sein, Sie von Ihren eigenen Gefühlen und Bedürfnissen abschneidet.« Er schien das gleiche Problem zu haben wie viele Männer, nur aus einem anderen Grund: Sein Vater hielt die Kleine-Jungen-Seite in sich offener als viele Männer. Margaret wartete und ließ ihn ihre Bemerkungen verdauen. »Ich möchte Ihnen helfen, einen Weg zu finden, auf Ihre eigenen Gefühle zu achten, ohne sich dabei zu sorgen, daß Sie sie vielleicht demütigend oder peinlich finden.« Dann fügte sie hinzu: »Es klingt vielleicht unwahrscheinlich, aber wenn Ihnen das gelänge, wären Sie vielleicht auch besser in der Lage, auf Joyces Gefühle und Bedürfnisse einzugehen.«

Ich war ein wenig neidisch, daß sie es so gut ausgedrückt hatte, aber ich wollte auch nicht mit dem Hauptaugenmerk auf Thomas enden, daher fügte ich hinzu: »Joyce, ich möchte Sie in einem warnen. Wenn Sie mit Thomas' Mutter recht haben – und das haben Sie vermutlich –, sollten Sie vorsichtig sein, seine Probleme zu ›interpretieren‹, weil er das als Einmischung und elternhaft empfinden wird. Und Sie wollen ihn doch nicht zu sehr an seine Mutter erinnern.« Ich sah, daß die Zeit um war. »Wir müssen jetzt aufhören«, sagte ich.

Belustigt lächelte mich Margaret an. Dann, als sie die Verdutztheit des Paares erkannte, erklärte sie: »Er hat immer gern das letzte Wort.«

»Möchten Sie einen weiteren Termin?« fragte Margaret immer noch lächelnd. Thomas und Joyce blickten einander an. Joyce wirkte besorgt, daß Thomas vielleicht nicht weitermachen wollte. Margaret merkte, daß sie es unter sich bereden mußten, weil es wohl ein sehr wichtiges Thema war, und fügte hinzu: »Sie brauchen das jetzt nicht zu entscheiden. Denken Sie darüber nach und rufen Sie Paula an.«

»Das klingt gut«, sagte Thomas, erleichtert, daß die Stunde vorbei war.

Die Frage, ob sie die schwierige und angsteinjagende Aufgabe in Angriff nehmen wollten, ihre Ehe zu verändern, stand sichtbar und spürbar im Raum. Vom ersten Moment an hatte kein Zweifel geherrscht, daß Thomas der zögernde Partner war, die zurückhaltende Kraft in ihrer Beziehung. Die letzte Dimension, die das Gespräch durchzogen und bei den wichtigsten Themen aufgetaucht war, hieß Flexibilität, die Fähigkeit, sich anzupassen, zu beugen, nachzugeben. Flexibilität ist in jeder Beziehung ein zentrales Thema, wie auch in jedem Leben.

Wir werden alle mit dem Impuls geboren, zu handeln, uns zu bewegen, zu suchen. Starke Kräfte treiben uns vorwärts. Doch wenn wir vom Leben verletzt werden, verhalten wir uns vorsichtiger, halten uns zurück, zögern. Diese inneren Spannungen – zwischen Impuls und Zurückhaltung – werden auch in Beziehungen eingebaut. Manche Beziehungen sind von der einen oder anderen Kraft beherrscht. Ein Paar ist vielleicht so vorsichtig und besorgt, daß es nie ein Risiko eingeht. Dann begegnen beide Veränderungen mit großer Skepsis. Ein anderes Paar ist so von Impulsen getrieben, daß es sich immer in kritischen Situationen befindet. Die meisten Menschen polarisieren sich um das Thema, wie flexibel man sein muß. Eine Person wird zum Jasager, die andere zum Neinsager, und wir spezialisieren uns vielleicht sogar auf verschiedene Bereiche der Beziehung.

Joyce wollte wie viele Frauen heutzutage ihre Ehe verändern, und wie viele Männer heutzutage zögerte Thomas und war skeptisch. Man konnte leicht erraten, daß er fürchtete, etwas ihm Wertvolles zu verlieren, falls sich ihre Ehe noch mehr veränderte, als sie es ohnehin getan hatte. Vermutlich fürchtete er den Verlust von Fürsorge und

Bemutterung. In der Phase zu zweit waren sie ganz gut ausgekommen, doch jetzt verlangte Amy ihren Anteil von den Eltern. Thomas machte sich Sorgen, wieviel von Joyces Zeit und Aufmerksamkeit Amy jetzt schon beanspruchte. Das war vermutlich ein Grund, warum er bei ihrer Versorgung nicht mehr half. Wie viele Männer rivalisierte er mit seinem eigenen Kind um die Aufmerksamkeit der Mutter.

Würde er sehen können, daß es auch für ihn Vorteile gäbe, wenn sich die Ehe änderte? Das ist natürlich die Frage in vielen Ehen heutzutage. Wir vermuteten, daß er sich angesichts einer Therapie immer noch unbehaglich fühlen würde, wenn Joyce dies nicht zu ändern vermochte. Aber wir rechneten damit, daß sie sich dafür einsetzen würde.

Nachdem die beiden gegangen waren und ich meine Notizen in einen Ordner geheftet hatte, sagte ich zu Margeret: »Thomas ist ein Zögerer, nicht wahr?«

»Ich kann ihm keinen Vorwurf machen«, antwortete Margaret. »Joyce ist ziemlich wütend auf ihn.« Dann fügte sie hinzu: »Ich glaube aber, sie kommen wieder.«

Später diskutierten wir die Schwierigkeiten des Paares in allen Einzelheiten, und ich fügte weitere Notizen hinzu. Es war uns gelungen, mindestens sechs Dimensionen zu berühren, nach denen wir Paare einschätzen:

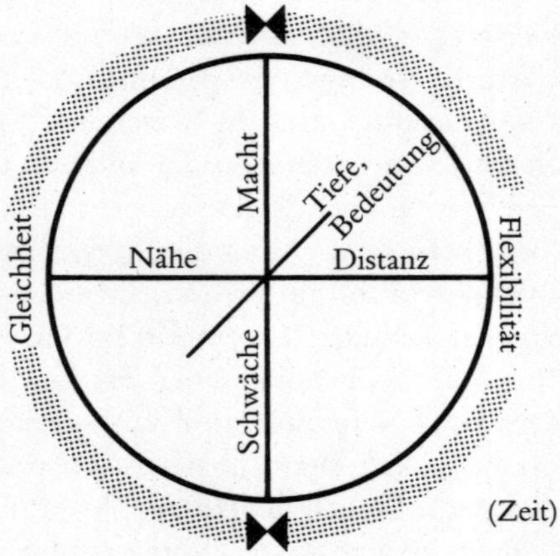

Meine Notizen schlossen mit den folgenden Bemerkungen: »Dieses Paar scheint grundsätzlich einander verbunden. Die offensichtlichste gegenwärtige Belastung hängt mit der Geburt des ersten Kindes in eine traditionelle Ehestruktur zusammen, in der der Mann zumindest oberflächlich dominant ist, aber innerhalb derer er beträchtliche fürsorgliche Funktionen von seiner überarbeiteten Frau fordert, die einen anstrengenden Beruf neben den vielen familiären Verpflichtungen hat. Ihre aufopfernde, hilfsbereite Haltung macht sie ständig erschöpft und bringt Kindheitsthemen in ihr hoch, unbemuttert zu sein und nicht unterstützt zu werden.

Größere Themen drehen sich um interpersonale Gleichheit, Nähe – Distanz und Macht und Schwäche. Unmittelbare Strategie: Joyce dazu bringen, offener und direkter ihre Bedürfnisse nach Unterstützung anzumelden, und Thomas helfen, sich ihr gegenüber fürsorglicher zu verhalten. Stell die Machtstruktur momentan nicht in Frage, sondern hilf nur, daß er ihr besser hilft. Wenn er sich Mühe gibt, ihre Bedürfnisse zu erfüllen, wird er einige seiner eigenen Defizite in der ersten Elternphase entdecken. Achte auf diese Defizite und ermutige ihn, sich an den Therapeuten um Unterstützung zu wenden, nicht an Joyce. Hilf beiden, einen Vertrag über die Haushaltsverpflichtungen, besonders die Kinderbetreuung, auszuhandeln. Amy das nächste Mal mitbringen.«

Männlicher Narzißmus – weibliche Selbstverleugnung: Die Suche nach dem Gleichgewicht

Schweigen. Auf der Fahrt nach Hause, bei der wir normalerweise ununterbrochen über unseren Tag reden, hörte man nach diesem Erstgespräch mit Joyce und Thomas nur den Verkehrslärm. »Was ist los?« fragte ich schließlich.

Margaret starrte ausdruckslos vor sich hin. »Ich bin wohl müde. Das war ein harter Tag.«

Zwei Stunden später, nachdem wir uns dem Wirbel der Forderungen unserer Kinder gestellt hatten, nachdem wir das von Margaret gekochte Essen gegessen und Mark und ich abgewaschen hatten, war sie immer noch still und sah noch müder aus. »Irgend etwas stimmt nicht«, sagte ich, als wir endlich allein waren. Es war inzwischen zehn Uhr, und wir standen in unserem Schlafzimmer.

»Das Gespräch mit Joyce und Thomas war schwer für mich, Gus. Ihre Themen sind den unseren so ähnlich, und mir ist alles wieder hochgekommen. Ich weiß, daß sich vieles verändert hat, daß du dir Mühe gibst, doch irgendwie haben wir immer noch einen langen Weg vor uns.«

Ich wußte natürlich, was sie meinte. Auch mir war bei dem Gespräch unbehaglich gewesen. Später würden wir den Olsons erzählen, daß wir selbst mit ähnlichen Problemen gekämpft hatten, doch bei einem Erstgespräch schien das kaum am rechten Platz. Ich erkannte, daß mein selbstbewußter Rat an Thomas ein wenig hohl geklungen haben mußte.

Jetzt sah ich Margarets Erschöpfung und Mutlosigkeit und sagte: »Du siehst sehr müde aus. Warum gehst du nicht ins Bett und liest noch ein bißchen?«

»Das tue ich auch«, sagte sie. »Machst du mir eine Tasse Kaffee? Koffeinfrei?«

»Ja«, antwortete ich erleichtert.

Schon mehrere Jahre war es mir gelungen, nicht an das Thema Gleichberechtigung in unserer Ehe zu denken. Ich dachte, Margaret und ich hätten eine gleichberechtigte, wenngleich etwas traditionelle Beziehung. Erst als wir in den Süden zogen, erkannte ich die Grundstruktur unserer Partnerschaft, erkannte diese Struktur nicht nur, sondern geriet auch mit ihr in Konflikt.

Die Frage, ob wir aus Madison fortziehen sollten, warf ich zuerst nur vorsichtig auf, aber als ich mir immer mehr Sorgen um meine Karriere machte, verfolgte ich den Gedanken beharrlicher. Der ausschlaggebende Punkt war meine Beziehung zu meinem Mentor Carl Whitaker, doch es spielten auch andere Faktoren eine Rolle.

Mehrere Jahre lang hatte es mir gefallen, Protegé eines geachteten und respektierten Mannes zu sein. Ich wurde von den meisten Kollegen beneidet, weil ich ständigen, leichten Zugang zu einer brillanten Persönlichkeit genoß, die das Gebiet, in dem ich arbeitete, mitbegründet hatte. Für jemanden, dessen Vater oft abwesend und wenig hilfsbereit gewesen war, erfüllten Carls Stärke und Zugänglichkeit ein tiefes Bedürfnis.

In den Mittdreißigern machte mir meine Abhängigkeit von Carl allmählich Sorgen. Wenn ich mit einer Familie Schwierigkeiten bekam, konnte ich leicht Carl zu Hilfe rufen. Wenn ich professionellen oder persönlichen Rat brauchte, war er immer da. Ich konnte offenbar nicht widerstehen, mich auf ihn zu stützen, und er gab mir kaum Anregungen, das zu ändern.

Meine Kollegen betrachteten mich ebenfalls als seinen Schützling. Die meisten meiner wissenschaftlichen Aufsätze hatte ich mit Carl zusammen verfaßt, und obwohl ich oft eigenständige Gedanken dazu beitrug, galten sie als seine. Warum konnte ich keine selbständige berufliche Identität entwickeln? Teil des Problems war seine stark ausgeprägte Hilfsbereitschaft. Er schickte mir einen nicht abreißenden Strom von Klienten, und manche Workshops wurden mir übertragen, weil er keine Zeit hatte. Viele meiner Ideen in der Familientherapie stammten von ihm. Er war mein einziger Lehrer. Abgesehen davon, daß ich von ihm abhing, war ich ihm auch zutiefst verpflichtet.

Völlig unbewußt versuchte ich, diese Schuld abzutragen, indem ich ein Buch über meine Arbeit mit Carl schrieb. Mit fünfunddreißig begann ich *Die Bergers. Beispiel einer erfolgreichen Familientherapie,* einen fiktiven Bericht über die Behandlung einer Familie. Das nahm mehrere Jahre den größten Teil meiner freien Zeit in Anspruch. Als das Buch fast fertig war und ich mich meinem vierzigsten Geburtstag näherte, keimte in mir der Gedanke, Madison zu verlassen. Ohne es zu wissen, befand ich mich in dem Stadium männlicher Entwicklung, die der Entwicklungspsychologe Daniel Levinson – dessen Forschungsergebnisse von Gail Sheehy in *Passages* verarbeitet wurden – »sein eigener Herr werden« nennt. Der Schüler in einer Mentor-Beziehung verspürt den starken Drang zur »Individuation«, den Drang, eine separate berufliche Identität zu entwickeln. Dies setzt oft den Bruch mit dem Mentor voraus.

Als der Gedanke, umzuziehen, Form annahm, begannen Margaret und ich uns zu streiten. Ihr gefielen die Winter in Wisconsin auch nicht, aber sie wollte nicht fort. Sie liebte die Schule, ihre Freunde, unser Haus am See. Psychologisch gesehen hatte ich wie ein Student gelebt, während sie in Madison tiefe Wurzeln geschlagen hatte. Doch Margaret gefielen auch andere Aspekte unseres Lebens nicht: meine Überarbeitung, die damit verbundenen Belastungen, die wenige Zeit, die ich für die Kinder übrig hatte. Bei diesem Streit schälte sich ein Kompromiß heraus. Würde ich dieses traditionelle männliche Verhaltensmuster durchbrechen, wenn wir umzögen? Würde ich weniger arbeiten und mehr mit den Kindern unternehmen? Würde ich bei der Hausarbeit und Haushaltsführung helfen? Würde Margaret mehr oder minder ganztags als Therapeutin arbeiten können? Konnten wir langsamer, aber befriedigender leben? Ich war traurig bei dem Gedanken, Carl, das Haus, unsere Freunde, den See zu verlassen, doch auch zutiefst erregt bei dem Gedanken an Umzug, und sagte ja.

Ich merkte damals nicht, wieviel Margaret aufgab; vor allem fiel mir nicht auf, wie wichtig ihr die Schule war, jene besonderen Lehrer, die glücklichen Kinder, die lebendige Gemeinschaft, die sie ins Leben gerufen hatte. Aber vielleicht sah ich es auch und fühlte mich von ihrem Erfolg bedroht; oder ich sah es und gab meinen eigenen Bedürfnissen mehr Gewicht.

Wir suchten uns bewußt Atlanta aus, weil es eine Großstadt war, in der ich als Privattherapeut praktizieren konnte, weil wir einige Kontakte hatten, die beim Start der Praxis nützlich sein konnten, und weil dort ein gutes Klima herrschte; aber ich glaube, der wahre Grund war, daß ich dort Wurzeln hatte. In Atlanta hatten meine Eltern ihre Ehe begonnen, ich war dort geboren, und meine Eltern waren später, nachdem mein Vater seine Stelle verloren hatte, dorthin zurückgekehrt.

Ein Umzug mit einer Familie ist oft wie eine Hochzeit, eine Geburt, ein Todesfall – er kann einen größeren Wechsel der Lebensrichtung bewirken. Als Gegenleistung für das, was Margaret aufgeben mußte, versprach ich, meine Rolle innerhalb der Familie zu ändern. Ich hatte nicht damit gerechnet, wie schwer das sein würde – für uns beide.

Das unmittelbare Problem war, sich in einer neuen Stadt niederzulassen. Mein Buch war von vielen Therapeuten, Priestern, Ärzten und anderen in »helfenden« Berufen gelesen worden, und bald, nachdem wir in eine Mietwohnung in Atlanta gezogen waren, begann das Telefon zu läuten mit Bitten, Workshops zu veranstalten, Vorlesungen zu halten und Behörden zu beraten. Wir brauchten das Geld, die Verbindungen, den Zugang zu der neuen Stadt, und ich wollte meine Flügel ohne Carl ausprobieren. Ich sagte also zu allem ja. Bald war ich noch viel beschäftigter als jemals in Madison.

Margaret hingegen hatte ihr ausgedehntes Netzwerk verlassen und kein Buch vorzuweisen, das sie in Atlanta eingeführt hätte. Sie war Gus' Co-Therapeutin und in der progressiven Schule, die unsere Kinder besuchten, in einer vertrauten Gemeinschaft die Neue. Da ich so belastet war, blieb es ihr überlassen, den Einkauf zu erledigen, einen Kinderarzt zu finden und die Kinder zu den verschiedenen Aktivitäten zu fahren – alles Dinge, die sie auch in Madison schon getan hatte. Nur lag jetzt Sarahs Ballettschule auf der anderen Seite einer großen Stadt mit viel Verkehr. Mark spielte Fußball, und Julia ging erst halbtags zur Schule.

Für mich hatte sich nichts geändert. Ich arbeitete schwerer als je zuvor, während Margaret alle Hilfe außerhalb der Familie und sämtliche Anerkennung verloren hatte. Und die Anforderungen an sie hatten nur noch zugenommen. Sie begann mich anzuflehen: »Gus, ich brauche deine Hilfe und deine Unterstützung. Ich komme nicht gut zurecht. Ich sitze die ganze Zeit im Auto oder am Telefon und versuche, dieses oder jenes zu finden. In der Schule bin ich ein Niemand.« Sie sah grau, müde und deprimiert aus.

Ich versuchte, mir ihre Situation und ihre Bedürfnisse vorzustellen. Ich hörte ihr aufmerksam zu. Intellektuell erkannte ich ihr Dilemma. Aber ich fühlte es nicht wirklich. Schließlich führte ich solche Unterhaltungen wieder auf meine Probleme zurück. Ich machte mir Sorgen um einen Workshop und brauchte Hilfe bei einer bestimmten Familie. Konnte sie mitkommen? Und meine Schreiberei. Ich bekam keine Zeile mehr zu Papier. Konnte sie mir helfen, Zeit dafür zu finden? Ich brachte sehr geschickt das Thema wieder auf meine Probleme. Schließlich seufzte Margaret und gab auf.

Eine meiner Schwierigkeiten, Margarets Dilemma zu begreifen, war, daß sie meistens fröhlich und kompetent wirkte. Sie war so stark. Später merkten wir beide, in welchem Ausmaß sie die Rolle spielte, die sie in ihrer Ursprungsfamilie gelernt hatte, die von ihr verlangte, optimistisch, stark und hilfsbereit zu sein. Ich war mir dieser Tatsache damals nicht bewußt, aber implizit sagte ich zu Margaret: »Dir ist nicht erlaubt, schwach zu sein. Ich brauche dich so, wie du bist.«

Es tut weh, einigen dieser Unterhaltungen noch einmal zuzuhören, in denen die kleine Jungenstimme in mir sagt: »Ich brauche dich so stark, damit du mir hilfst.« Doch ich hörte auch die drängende, fordernde Stimme, die befahl: »Ich lasse dich nicht anders sein.« Das ist schmerzhaft und peinlich für mich.

Heute weiß ich, daß ich mich in einer abhängigen, aber stark kontrollierenden Position befand. Ich war wie ein Kind, das seiner Mutter gefallen will, indem es in der Schule gute Noten schreibt und von Mutters Lob und Anerkennung abhängig ist. Warum beklagte sich meine Mutter dann? Ich gab mir große Mühe, das zu tun, was vermeintlich von mir erwartet wurde. Reichte es nicht, daß ich sechzig Stunden in der Woche in einem sehr schweren Beruf arbeitete und Schwierigkeiten hatte, allen damit verbundenen Anforderungen gerecht zu werden? Was wollte sie denn? Ich war ein erfahrener Märtyrer und kannte meine Rolle gut.

Margaret wollte natürlich, daß ich ihre Schwäche erkannte, ihr Bedürfnis nach Unterstützung. Da sie Probleme hatte, ihre Bedürfnisse deutlich zu machen, erfuhr ich sie teilweise als fordernd und kontrollierend. Sie begann zur klassischen nörgelnden Frau zu werden. Je härter sie mich um Unterstützung anging, um so ablehnender wurde ich. Manchmal wirkte sie wie ein allmächtiger Tyrann, der jeden Aspekt meines Lebens kontrollieren wollte. Doch anstatt sie direkt zu konfrontieren, wich ich ihr aus. Ich versprach, ich kämpfte auf subtile, unbewußte Weise, indem ich zum Beispiel den Einkauf vergaß. Wenn ich auswich, fühlte sich Margaret noch mehr im Stich gelassen.

Doch sie blieb hartnäckig. Sie versuchte, mehr in der Schule mitzuarbeiten, und übernahm einen Großteil des Fahrdienstes, den gesamten Einkauf, überwachte die Renovierung des Hauses, das wir gekauft hatten, machte mit mir Therapie. Sie versuchte, neue Freunde zu gewinnen, und überall stieß sie auf festgelegte Beziehungen wie diejenigen, die wir in Madison zurückgelassen hatten. Ich war zu beschäftigt, um zu merken, daß wir keine Freunde hatten. Wir standen schon im zweiten Jahr und konnten nicht zurück.

Unsere Streitereien wiederholten sich immer häufiger und drehten sich im Kreis, gewöhnlich um irgendein Detail des Alltagslebens – die Hausarbeit, den Einkauf, den Fahrdienst. Margaret bat mich ständig um mehr Hilfe, und ich versprach und versuchte. Ich stimmte zu, einmal die Woche einzukaufen, doch oft vergaß ich es. Manchmal war ich mit dem Wagen nicht wie verabredet zur Stelle. Und die anderen Eltern beschwerten sich bei Margaret. Ich half grollend und mußte immer wieder erinnert werden.

Margaret betrachtete allmählich die Ehemänner der Paare, die wir gemeinsam besuchten, immer kritischer, und ich hörte öfter, wie sie wütende, herablassende Bemerkungen über Männer machte. Mark und sie bekamen ebenfalls Schwierigkeiten miteinander. Wenn Mark sich weigerte, etwas zu erledigen, worum Margaret ihn gebeten hatte, wurde sie sehr wütend. Dann bat sie mich, ihn zu strafen, und ich fuhr ihn hart an. Wie konnte er so unfair zu seiner Mutter sein?

Damals erkannten wir nicht, was wir Mark damit antaten, aber er war deutlich zum Brennpunkt unserer kaum unterdrückten Wut geworden. Margaret fuhr ihn an, weil er etwas im Haushalt nicht erledigt hatte, und auch ich machte ihm Vorwürfe – wegen genau der gleichen Dinge, wegen derer ich mir selbst Vorwürfe machte. Marks Wut, der Sündenbock für uns beide zu sein, machte sich in der Schule bemerkbar, wo er oft Streit mit anderen Jungen hatte. Wir spürten vage, daß wir selbst der Grund für seine Schwierigkeiten waren, und machten uns Sorgen um ihn.

Eines Morgens, im Herbst des zweiten Jahres in Atlanta, beschloß ich, eine Stunde früher zur Arbeit zu gehen. Vielleicht konnte ich den Papierkram für die Praxis erledigen. Als ich ging, bat mich Margaret, Marks Fußballtrainer anzurufen und zu fragen, wo ein verschobenes Spiel ausgetragen würde. Ich erwiderte nur: »Kannst du das nicht tun? Ich bin schon so spät dran.« Ich stand bei der Tür, die Hand auf der Klinke, und sah Margaret an. Sie wirkte sehr müde und mutlos. Sie trug einen Bademantel, ich Mantel und Krawatte. Ihr Blick war stählern und sehr fern.

»Nein, das kann ich nicht«, entgegnete sie mit einer Mischung aus Resignation und Vorwurf. Dann wurden Stimme und Miene härter. »Ich kann es nicht.«

»Wie meinst du das?« fragte ich. »Ich muß ein paar Briefe schreiben und die Bücher machen!«

»Immer etwas anderes«, erwiderte sie bitter.

»Was meinst du?« Ich spürte etwas auf mich zukommen und begrüßte es fast. Auch ich war wütend.

»Ich meine, du hast immer etwas anderes zu tun, das wichtiger ist als das, um was ich dich bitte.« Sie wandte sich mit einem harten

Gesichtsausdruck ab. Die offene Tür rief mich zur Arbeit, doch ich zögerte. Die Distanz zwischen uns schien ungeheuer.

»Ich habe heute morgen eine Menge zu tun, aber ich rufe Marks Fußballtrainer für dich an, wenn du das willst.« Ich sagte es vorwurfsvoll und herablassend. Margaret wandte sich wieder um.

»Für mich?« Jetzt klang sie wütend. »Tu das doch für dich! Bist du denn überhaupt nicht für ihn verantwortlich?«

»Natürlich bin ich das.«

»Wenn das der Fall ist, warum hast du dich dann nicht mit seinem Lehrer wegen der Prügelei mit Adam in Verbindung gesetzt? Ist das auch meine Sache?«

»Gut, gut, ich mache es.« Ich wurde wütender.

»Wenn ich dich daran erinnere und dich hinschicke!«

»Was soll das ganze? Worauf bist du sonst noch wütend?«

»Denk mal an gestern abend.« Ihre Stimme klang gepreßt, und ihre Augen funkelten.

»Was war gestern abend? Du hattest eine Konferenz. Ich blieb bei den Kindern.«

»Und als ich nach Hause kam, sah es aus wie auf einem Schlachtfeld. Der Abwasch stand noch da, die Kinder waren aufgedreht, Julia hatte eine Wunde an der Stirn, weil sie und Mark sich gestritten hatten, und Sarah weinte, weil du vergessen hattest, sie von der Ballettschule abzuholen. Sie hat über eine halbe Stunde auf dich gewartet.« Sie hielt inne. Offensichtlich kam noch mehr.

»Schau mal«, begann ich entschuldigend.

»Ich weiß, du hast jede Menge Entschuldigungen. Du mußtest an einem Artikel schreiben, hast nicht gemerkt, daß sie sich stritten, und Sarah hast du einfach vergessen.« Ihre Stimme wurde immer wütender. »Aber was mich ärgert, richtig ärgert, ist, daß du es wagst, mich zu kritisieren, weil ich später von der Konferenz heimkam. Ein einziges kleines Komitee, dem ich vorsitze, das einzige, was ich wirklich für mich tue, und du kritisierst mich, wenn ich eine einzige Stunde später als abgesprochen nach Hause komme.« Sie konnte nicht mehr aufhören. »Du strafst mich nicht nur, weil ich das Treffen habe, indem du versaust, um was ich dich gebeten habe, oder es überhaupt nicht tust, nein, du kritisierst mich auch noch, weil ich zu spät heimkomme!« Jetzt schrie sie. »Weißt du, wie das bei mir ankommt? Weißt du das?« Ich bekam keine Gelegenheit zur Antwort, aber ich wollte auch nicht. »Dann will ich nur noch gehen. Gehen und dich mit den Kindern und dem Haus und der ganzen Scheiße verlassen!«

Wir waren seit sechzehn Jahren verheiratet, und zum ersten Mal schien es möglich, daß Margaret mich verlassen könnte. Ich war immer davon ausgegangen, daß ihre Fürsorge, ihre Zuverlässigkeit, ihre Bindung an mich unveränderbar und bedingungslos seien. Jetzt sah ich sie plötzlich den Koffer packen – ein schreckliches Bild!

Doch Margaret war noch nicht fertig. »Du machst es mir sehr schwer, mich in der Schule zu engagieren. Nächste Woche vergesse ich vermutlich einen wichtigen Anruf oder bringe jemanden in Wut.«

Ich wußte, ich war schuldig, aber auch, daß es nicht ausschließlich meine Probleme waren. »Nur weil ich eine Kleinigkeit kritisiert habe? Verdammt, ich übernehme doch nicht alle Verantwortung für das, was du tust.« Ich merkte, wie ich mich wehrte, und wollte eine meiner Tiraden beginnen, daß ich der einzige sei, der sich um Geld Sorgen machte, daß sie immer ihr Konto überzog und sich um meine Belastungen den Teufel scherte. Doch ich merkte, daß ich das dieses Mal besser unterließ. Wir standen am Rand eines Abgrundes.

»Hör zu«, sagte ich und versuchte, weniger abwehrend zu sein, »ich gebe es zu. Ich weiß, ich habe Schwierigkeiten, dir zu helfen.« Ich hielt inne. »Aber ich versuche es. Und ich versuche es weiter. Aber sag mir noch einmal, was du von mir willst. Vielleicht vestehe ich es nicht.« Dieses Mal war ich es, der bat. Es war, als versuchte ich zum ersten Mal, die Person, mit der ich verheiratet war, zu begreifen.

Wir standen noch an der Tür, und kühle Luft fegte herein, Margaret blickte mich an. Sie wirkte jetzt nicht mehr so wütend. Als sie sprach, wurde ihr Gesicht weicher, und Tränen traten in ihre Augen. Sie versuchte, sie zurückzuhalten. »Gus, ich brauche deine Unterstützung. Ich will, daß du mich so siehst, wie ich bin, und nicht, wie du mich brauchst. Ich bin nicht immer so stark. Ich brauche deine Hilfe.«

»Was für Hilfe? Ich weiß, du hast mich schon öfter darum gebeten, aber sag es noch einmal.«

»Mit den Kindern, mit der Logistik unseres Lebens.« Sie wartete und dachte nach. »Du machst Dinge, um die ich dich bitte, aber du wartest darauf, daß ich dich daran erinnere. Ich will, daß du die Initiative ergreifst, die Probleme erkennst und mit mir teilst. Du könntest eine Menge mehr Initiative bei Mark und seinen Problemen ergreifen, die er mit den anderen Jungen in seiner Schule hat. Du könntest bemerken, was im Haushalt fehlt. Du könntest dich im Haus umsehen und merken, was aufgeräumt werden muß.« Eine weitere Pause. »Ich meine, es ist so, als würdest du dich mit unseren Bedürfnissen nicht identifizieren, außer es geht um Geld.«

Ich wußte, daß sie recht hatte. Ich liebte sie, liebte unsere Kinder, aber ich war zu sehr mit meinem eigenen Kampf, meiner Mission im Leben beschäftigt, und diese Priorität betrog diese Familie um etwas. Ich nickte zustimmend.

»Gus, du mußt aufhören, unterschwellig mein Engagement in der Schule zu kritisieren. Das macht es so schwer für mich. Ich meine, es ist ohnehin schwer genug. Ich opfere mich auf bestimmte Weise. Ich merke, wie ich mich zurückziehe.«

Auch mir war zum Heulen. Auch ich kämpfte dagegen an. Meine Stimme klang entschuldigend und leise. »Ich weiß, daß ich es dir schwermache. Vermutlich fühle ich mich bedroht. Vielleicht habe ich Angst, dich zu verlieren.« Als ich es aussprach, klang es lächerlich. Wie konnte sich ein erwachsener, erfolgreicher Mann von dem Engagement seiner Frau in einer eigenständigen Karriere bedroht fühlen?

»Nun, du mußt einfach damit fertig werden. Du konntest nicht in Carls Schatten leben, und ich kann es nicht in deinem.«

Unser Krach schien vorbei. Vielleicht war etwas geschehen. Vielleicht hatte ich ihr richtig zugehört. Wir traten aus der Tür in den kühlen Morgen. Dann bemerkte ich die Steinstufen, die ich gerade zum Parkplatz hinabgegangen war. Sie schienen hart und riesig. Der Gedanke, sie wieder hinaufzusteigen und mein eigenes Haus auf neue Weise zu betreten, schien ungeheuer schwierig.

In den Tagen nach dieser Konfrontation war ich verwirrt und desorientiert. Es war, als sei die gesamte Struktur unserer Beziehung, das gesamte Lebensmuster, auf das ich mich sechzehn Jahre verlassen hatte, in Frage gestellt. Margarets Worte klangen noch in meinen Ohren, aber ich begriff immer noch nicht ganz, was sie wollte. Ich wußte natürlich, daß sich dieser Kampf um Gleichheit drehte, obwohl ich zu Beginn nur ihren leidenschaftlichen Schrei gehört hatte, etwas in unserer Beziehung sei ungerecht. Im Verlauf der Zeit konnte ich einzelne Probleme herausschälen.

Ein zentrales Thema war die Verteilung der Arbeit in unserer Ehe. Wie in vielen Ehen hatte ich mir das Recht auf einen interessanten, anregenden Beruf zugestanden. Margaret wurde zwar offiziell gestattet, einen Beruf zu haben, doch ihre zahlreichen anderen Verpflichtungen machten es sehr schwer, Zeit und Energie dafür zu finden. In weiteren Gesprächen erkannte ich allmählich, wie viele andere Pflichten sie hatte: einkaufen, kochen, das Putzen des Hauses zu organisieren (wir halfen alle dabei und hatten noch eine Putzhilfe) sowie die Hauptverantwortung für die Kinder. Letzteres fand sie besonders schwer.

Margaret reagierte nicht nur auf die Bedürfnisse unserer Kinder und erledigte hundert praktische Dinge für sie (Fahrdienst, Arztbesuche, Lunchpakete, die Schule und so weiter), sondern sie machte sich darum *Sorgen*. Auch wenn ich mir Mühe gab, »mit den Kindern zu helfen«, funktionierte ich mehr oder minder als ihr Assistent. Die letztendliche Verantwortung für ihr Wohlergehen und alle damit verbundenen Belastungen und Sorgen hatten immer bei ihr gelegen, und ich hatte nicht einmal gemerkt, wie emotional aufreibend diese Verantwortung war. Sollte sie jemals die Energie aufbringen, ein Leben außerhalb der Familie zu entwickeln, mußte ich offensichtlich mehr Einsatz zeigen, als nur zu »helfen«. Ich mußte emotional wie praktisch die Hälfte der Belastung übernehmen und mich aktiv engagieren.

Doch offensichtlich gab es eine subtilere und durchdringendere Ungleichheit in unserer Ehe. Meine emotionalen Erfahrungen, meine Gefühle erhielten in der Regel die meiste Aufmerksamkeit. Wie viele Paare hatten wie wir eine »interpersonale Ungleichheit« entwickelt, ein Ungleichgewicht bei der wichtigen Festlegung, wessen Erfahrungen, wessen Gefühle am wertvollsten waren. Wie oft bei Männern war ich der narzißtische Partner, der emotionale »Nehmer«, während Margaret mit vielen Frauen die Aufgabe teilte, der emotionale »Geber« zu sein, der sich selbst verleugnende Partner.

Ich hörte Margaret sagen: »Ich habe jahrelang darüber nachgedacht, was du wolltest, was du brauchtest – habe Essen gekocht, das dir schmeckt, dich geliebt, wenn du Lust hattest, mich deinem Rhythmus angepaßt, bin in Städte gezogen, in die du wolltest, habe geholfen, dein Leben leichter zu machen. Mir lag das, was du wolltest und brauchtest, am Herzen. Hast du das auch für mich getan? Weißt du, was ich brauche, wie mein Tag aussieht, was mich glücklich machen würde? Denkst du überhaupt über mein Leben nach?«

Ich mußte es zugeben, ich hatte überwiegend an mich und meine Karriere gedacht. Nicht, daß mir Margaret oder meine Familie gleichgültig waren, aber ich dachte an meine Verantwortlichkeit für sie als eine Art »Leistung«. Wie die meisten Männer machte ich mir Gedanken, wie ich in der großen Welt zurechtkam. Das war meine Art, ein guter Vater und Ehemann zu sein. Ich war einfach nicht daran gewöhnt, direkt an Margarets Erfahrungen zu denken. Noch war sie daran gewöhnt, mir ihre Bedürfnisse mitzuteilen. Immer wieder erwähnte sie, was sie von mir wollte. Doch ich begriff die Anspielung nicht, und dann seufzte sie und erledigte es selbst. Ihre aufopfernde Haltung trug bestimmt zu dem Problem bei.

Die Rollen, die männlichen Narzißmus und weibliche Selbstverleugnung fördern, haben mythische Proportionen: Sie überschatten die Geschichte und werden uns auf subtile und nicht so subtile Weise mitgeteilt. Wir nehmen sie vom ersten Tag unseres Lebens in uns auf. Männer haben ein Recht, das zu bekommen, was sie wollen, und Frauen müssen es sich versagen und ihre Bedürfnisse opfern. Die Frauenbewegung hat zwar in vielen Frauen (Margaret eingeschlossen) den starken Willen geweckt, ihre Macht durchzusetzen und sich ihres Wertes bewußt zu sein. Doch eine neuere Studie über Verhalten in Klassenzimmern ergab, daß Jungen viel häufiger aufgerufen werden als Mädchen, selbst von Lehrerinnen, die sich als Feministinnen betrachten. Auch wenn eine Frau beruflich sehr erfolgreich ist, rennt sie anschließend nach Hause, um Kinder und Haushalt zu versorgen, während ihr Mann viel weniger tut als sie. Sie hat den aufopfernden Aspekt ihrer Rolle nicht hinter sich gelassen. Wenn sie Zeit und Energie für ihre persönlichen Bedürfnisse finden will, muß sie sogar mit einem höheren Maß an Selbstverleugnung fertig werden als ihre Mutter.

Die Muster von Narzißmus und Selbstverleugnung neigen in der Ehe dazu, geschlechtsgebunden zu sein, doch der egozentrische Partner muß nicht unbedingt der Mann sein. Margaret und ich arbeiten zur Zeit mit einem Paar, bei dem die Frau eine lange Geschichte narzißtischer Selbstbeschäftigung hat, der Mann eine ebenso lange als aufopfernder Helfer der Frauen. »Mich irritiert«, sagte der Mann, »daß meine Frau von mir erwartet, immer aufmerksam und hilfreich zu sein, während sie das selten erwidert. An dem Tag, an dem ich einen großen Werbeetat verloren hatte, bestand sie darauf, zu einer Party zu gehen, zu der wir eingeladen waren. Sie merkte kaum, wie niedergeschlagen ich war. Sie machte sich Gedanken, wer wohl da sein mochte und wie sie aussah.«

Man kann sich diese Beziehung zwischen Geben und Nehmen vorstellen, indem man jedes Individuum als *subjektive*, fühlende, erfahrende Einheit mit viel emotionalen und körperlichen Bedürfnissen denkt. Das Individuum versucht, seine Bedürfnisse zu erfüllen, indem es andere findet, die zum *Objekt* dieser Bedürfnisse werden. Ein einfaches Beispiel: Ich erlebe (subjektive) sexuelle Bedürfnisse, und Margaret wird zum Ziel (Objekt) dieser Bedürfnisse. Ich *benutze* sie, um meine Bedürfnisse zu befriedigen.

Diese Art von »Benutzung« ist nicht notwendigerweise schlecht. Sie bedeutet nur, daß wir andere Menschen brauchen, um bestimmte

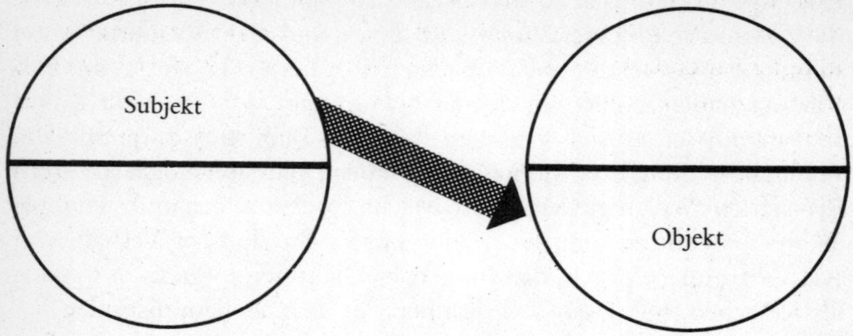

Bedürfnisse zu befriedigen. In einer gesunden Beziehung kann jeder »Subjekt« sein (jemand, der erlebt und dessen Bedürfnisse wichtig sind) wie auch »Objekt« der Bedürfnisse des anderen. In dem sexuellen Beispiel benutze ich Margaret, um meine Bedürfnisse zu befriedigen, und sie benutzt mich auf gleiche Weise.

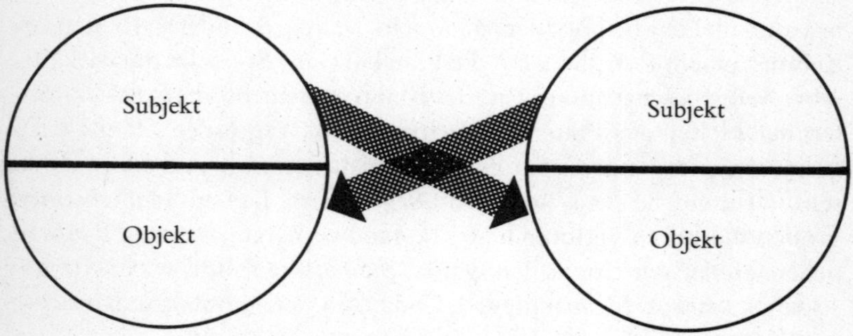

Natürlich müssen unsere Erfahrungen, unsere Stimmungen, unsere verschiedenen Bedürfnisse nicht identisch sein. Ich will lieben, und Margaret will aus irgendeinem Grund nicht. Wenn unsere Beziehung gesund ist, werden wir beide unsere jeweiligen Präferenzen äußern und dann einen Kompromiß finden, der beide Bedürfnisse berücksichtigt. Da das meiste, was sich zwischen Menschen abspielt, entweder ein Ausdruck eines Bedürfnisses ist oder die Reaktion auf das Bedürfnis eines anderen, enthält jede Beziehung einen fortwährenden, komplizierten, überwiegend intuitiven Prozeß der Verhandlung.

Damit eine Beziehung ausgeglichen und gleichberechtigt bleibt, muß jede Person in der Lage sein, ihre Bedürfnisse selbstbewußt zu vertreten *und* sensibel auf diejenigen des anderen einzugehen. Das klingt zwar einfach, ist es aber nicht. Ich soll mich selbst schätzen und mein eigenes Wohlbefinden fördern *und* meinen Partner oder meine Partnerin ansehen und als ebenso wertvoll und wichtig empfinden, weil ich seinen oder ihren inneren Wert als getrennte, gleichberechtigte Person akzeptiere.

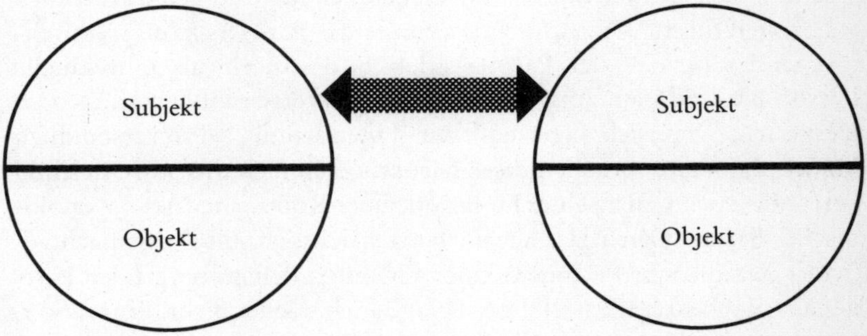

Es ist sehr wichtig in einer Ehe, daß man verhandeln, »feilschen«, austauschen kann, doch die höchste Form der Gleichheit transzendiert einen derartigen mechanistischen Austausch. Wir empfinden dann die Erfahrung des anderen als ebenso wertvoll wie unsere eigene. Vermutlich gibt es keine bessere Definition von Liebe: fähig sein, die Erfahrung des anderen mit unserem eigenen, mitfühlenden Verständnis zu erfassen. Bei diesem empathischen Austausch schätzt jeder den anderen nicht nur als lohnendes »Objekt«, sondern als separates, gleich wertvolles »Subjekt«. Der Theologe Martin Buber hat dieses Band die »Ich-Du-Beziehung« genannt, eine Beziehung, in der jeder den anderen mit den geliebtesten Aspekten der jeweiligen Persönlichkeit identifiziert. Ich möchte diesen schwer zu definierenden qualitativen Unterschied weiter erläutern. Essentielles Element ist vielleicht die gegenseitige Anerkennung des emotionalen Lebens des anderen, seiner Moral, seines »Geistes«.

Vieles kann die Aufrechterhaltung dieses fernen Gleichgewichts zwischen dem eigenen Wert und dem des anderen stören. Wir alle haben die angeborene Neigung, die andere Person zu »objektivieren«, sie unserem eigenen Muster von Bedürfnissen einzuverleiben. Ich, mit meiner Belastung durch die Arbeitswelt, brauchte es, unterstützt und versorgt zu werden, und war versucht, Margaret als das Objekt dieses Bedürfnisses zu sehen. Innerlich wollte ich sie als meine Beschützerin erleben. Ohne es zu merken, machte ich sie zu einer symbolischen Person, zu jemandem, der seine eigenen Bedürfnisse in meinem Interesse zurückstellt. Zumindest teilweise wollte ich, daß sie sich mir gegenüber verhielt wie meine Mutter.

Da Margarets Lebenserfahrung als Frau und Versorgerin ihrer Ursprungsfamilie sie für die Rolle geeignet machte, die ich sie gern spielen lassen wollte, war fast unvermeidlich, daß sie sich davon auch angezogen fühlte. Die »Objektivierung« des Partners kann so durchdringend sein, daß der Partner oder die Partnerin als individuelle Person praktisch aus unserem Bewußtsein verschwinden kann. Das meine ich, wenn ich sage, daß wir jemanden als selbstverständlich hinnehmen. Wir verleiben diese Menschen einfach unserem Weltbild ein, und sie werden zu einer Funktion, einer Rolle, einer Art psychologischer Stütze. Genau das hatte ich offensichtlich mit ihr gemacht.

Der narzißtische Partner in einer Ehe nutzt den aufopfernden Partner aus, doch so einfach ist die Sachlage auch wieder nicht. Ein starker, kompetenter Mensch wie Margaret, der anderen viel mehr gibt, als er jemals zurückbekommt, ist unvermeidlich in einer Familie großgeworden, in der diese Rolle erwartet wurde. Bei diesem ersten, verletzenden Streit kannten wir unsere Rollen in unseren Ursprungsfamilien noch nicht so gut, doch als wir unsere Lebensgeschichten eingehender untersuchten, wurde klar, daß Margaret ebensoviel Training als »Geber« hatte wie ich als »Nehmer«.

Diese Haltung – in der Familie Bedeutung, Wert und Sicherheit zu finden, indem man anderen hilft – ist Frauen natürlich äußerst vertraut. Sie steht nicht nur mit der Erfahrung im Zusammenhang, wie man lernt, Kindern zu geben, sondern wird seit Jahrhunderten in Gesellschaften tradiert, in denen Frauen nur wenig offizielle Macht ausübten. Die Macht von Frauen liegt darin, ihre Bedürfnisse zu verbergen oder zu unterdrücken und in anderen dadurch Schuldgefühle zu wecken. In gewissem Ausmaß ist diese Lebenshaltung erfolgreich: Wir Männer fühlen uns verpflichtet (und schuldig), wenn unsere Frauen sich für uns aufopfern. Wir sind alle an die Frauen in unserem Leben gebunden, weil sie uns gaben. Es war für Frauen auch möglich, ersatzweise Befriedigung durch den Erfolg ihrer Kinder oder Männer zu finden, doch heutige Frauen finden diese indirekte Befriedigung zunehmend frustrierend.

Die Ursprünge des narzißtischen Verhaltensmusters sind ebenfalls komplex, Männer werden konditioniert, egozentrischer zu sein als Frauen; doch es gibt innerhalb einer Familie auch bestimmte Kräfte, die narzißtische Kinder erzeugen – die natürlich später zu narzißtischen Ehepartnern werden. Zwei Arten von Erfahrungen haben diese Wirkung auf Kinder: emotionale Vernachlässigung und ihr Gegenteil, ein überfürsorgliches Verhalten und Infantilisierung. Vernachlässigte Kinder werden zu egozentrischen Erwachsenen, weil sie in der Erwachsenenbeziehung ihr Bedürfnis nach Fürsorge und Unterstützung zu erfüllen suchen, das in ihrer Kindheit unbefriedigt blieb. Solche Menschen sind emotional »ausgehungert«, und sie hängen stark von ihren Freunden, Vorgesetzten, besonders aber von ihren Partnern ab. Andere Kinder haben das Gegenteil als Problem: Ihre Eltern gaben und halfen ihnen zuviel und machten sie damit unfähig, auf eigenen Füßen zu stehen und die Bedürfnisse anderer zur Kenntnis zu nehmen. Aufopfernde Eltern, die ihre eigenen Bedürfnisse nicht offen ausdrükken können, diese aber auf die Kinder projizieren, die sie verwöhnen, versäumen es oft, ihren Kindern beizubringen, an die Bedürfnisse anderer zu denken.

Wie ich später lernte, wachsen viele Kinder mit einer verwirrenden Mischung aus Übertoleranz und emotionaler Vernachlässigung auf. Vielleicht werden wir von einem Elternteil ignoriert und vom anderen infantilisiert, oder wir sind Objekt einer verwirrenden Mischung aus wechselnder Behandlung durch beide Eltern. Ich glaube, kleine Jungen werden oft derart inkonsistent behandelt. Unsere Mütter kümmern sich körperlich häufig viel zu stark um uns, aber wir kämpfen auch gegen eine Art emotionale Vernachlässigung an, die wir ins Erwachsenenleben hineintragen. Margarets Konfrontation ließ mich nach diesen und anderen Problemen bei Männern fragen, Problemen, die sich in den nächsten Jahren verstörend deutlich entfalteten.

Eine Gefahr in diesem Muster interpersonaler Ungleichheit besteht darin, daß im Verlauf der Jahre die Polarisierung immer extremer wird. Die ausgelaugte, erschöpfte »Gebende« wird immer wütender und nach einer Weile zynisch, weil ihre emotionalen Bedürfnisse nie befriedigt werden. Sie weiß nicht, wie sie um Unterstützung, Verständnis und Hilfe bitten soll.

Wie Margaret geht sie ihren Partner oft fordernd und kritisch an: »Du machst nichts richtig! Du hilfst mir nicht!« Das bedürftige Kind in ihr schreit nach Zuwendung, doch da sie als Kind lernte, daß sie Erwachsenenhilfe nur bekommt, wenn sie stark und hilfsbereit ist, nimmt sie unbewußt immer noch an, es sei unmöglich, ihre schwache »Kind«-Seite offen zu zeigen.

Der emotionale »Nehmer« (und wir müssen im Auge behalten, daß Männer wie Frauen diese Rolle einnehmen können) reagiert ängstlich auf die ärgerlichen Vorhaltungen wie auf einen Angriff. Wie Thomas und ich reagiert er verteidigend und abwehrend. Abwehr verursacht in Ehen viele Probleme und ist besonders bei Männern verbreitet. Dieses Verhalten wird in der Kindheit erlernt und ist eine natürliche Reaktion auf das Gefühl von Bedrohung:

»Ich war das nicht«, sagten wir, wenn wir beschuldigt wurden. »Sie war das.«

»Es tut mir leid, ich will es nicht mehr wieder tun.«

»Du machst das aber auch!«

»Ich tue, was ich kann.«

Als Kinder haben wir uns oft vielleicht tatsächlich von den subtil vermittelten Bedürfnissen oder Forderungen, Kritik oder Angriffen der Eltern überwältigt gefühlt. Bei diesen Erlebnissen mit den Eltern fühlten wir uns in die Ecke gedrängt, gefangen, hilflos und unterlegen, und so lernten wir Strategien der Selbstverteidigung, die angemessen waren – damals. Vielleicht benutzten wir verbale Strategien wie die gerade erwähnten, aber vielleicht zogen wir uns auch zurück, schmeichelten oder benutzten eine Menge anderer Abwehrmaßnahmen.

Leider tragen wir diese Verteidigungsstrategien ins Erwachsenenleben hinein und reagieren auf den Partner, als stelle er die gleiche Bedrohung dar wie damals unsere Eltern. Wenn ich Margarets ärgerliche, fordernde Stimme sagen höre: »Tu das nicht...!«, löst das bei mir den komplizierten, immer gleichen Verteidigungsmechanismus aus:

»Ich bringe doch das Geld nach Hause!«

»Ich stehe bei der Arbeit so unter Druck, daß ich nichts weiter auf mich nehmen kann!«

»Du überziehst doch immer wieder dein Konto.«

»Nächstes Mal mache ich es besser.«

»Ich tue, was ich kann.«

Wie alt ist dieses Dilemma! Ein Mann, von den Bedürfnissen seiner Frau bedroht, wird defensiv und gibt ihr in Form seiner Verteidigung das Gefühl, einsam, unbeachtet und belastet zu sein. Natürlich sehen wir in dieser Angst bei einem Mann den riesigen Schatten der Emotionalität seiner Mutter und die Kindersituation, in der er mit ihr steckte.

Wir wenden viel Zeit auf, die Kindheitsursprünge dieses Männerdilemmas zu untersuchen, aber wir sollten die Frau nicht vergesen, die ebenfalls unerfüllte Bedürfnisse in die Ehe mitbrachte, die sie dem Mann in immer der gleichen, wachsenden Wut entgegenschleudert.

Margaret und ich entdeckten bald, daß es zwar half, solche Dinge offen zu bereden und Einsicht zu gewinnen, aber das Verhalten zu ändern war extrem schwierig. Margaret merkte immer, was im Haus erledigt werden mußte, und tat es auch. Dann war sie deprimiert, weil sie merkte, daß sie in ihr altes, aufopferndes Selbst zurückgefallen war. Ich ließ das natürlich zu.

Das gleiche geschah, als wir versuchten, die Verantwortung für die Kinder zu teilen. Ich stimmte zu, Mark und Sarah bei den Mathematikhausarbeiten zu helfen. Ich begann damit und plötzlich tauchte Margaret auf und machte Vorschläge. Ich wurde ärgerlich über ihre »Einmischung« und machte mich allmählich aus dem Staub, während sie weitermachte. Ich beschuldigte sie, nach Hilfe zu schreien, aber nicht bereit zu sein, die Kontrolle zu teilen. Daß ich mich vor der Verantwortung drückte, machte ich ihr zum Vorwurf.

Ich hatte stets Schwierigkeiten, aktives Interesse am Leben der Kinder zu zeigen. Ich liebte sie, war gern mit ihnen zusammen und versuchte, die Dinge zu tun, um die Margaret mich bat, aber ich schien nicht in der Lage, meine Beschäftigung mit ihnen in dauerhafte Aufmerksamkeit umzuwandeln. Wie ging es Mark in der Schule? Mit wem war er befreundet? Wie kam Sarah in Mathematik zurecht? Wie hielt sie den Streß in ihrer sehr anspruchsvollen Ballettschule aus? Wann war der nächste Zahnarzttermin fällig? Genauso, wie Sorgen um Geld mir zufielen, gehörte dieses Bündel angstbeladener Verantwortung zu Margaret. Sie schien viel weniger Mühe zu haben, den Einkauf zu teilen (»Ich werde schon müde, wenn ich einen Supermarkt nur von außen sehe«), als einen Teil der Verantwortung für die Kinder abzugeben. Und ich hatte große Schwierigkeiten, sie zu übernehmen.

Ein anderer intensiver Streit drehte sich darum, daß ich Margarets starkes Engagement außerhalb der Familie akzeptieren mußte. Es ging um die Schule, die der in Wingra sehr ähnelte, und sie faßte dort langsam Fuß. »Reicht es dir nicht, Therapeutin zu sein?« fragte ich. »Warum ist diese Schule dir so wichtig?«

»Ich liebe Schulen«, antwortete sie bestimmt. »Das ist eine Chance, die Erfahrungswelt von Kindern zu gestalten, und das finde ich aufregend.« Dann fügte sie hinzu: »Außerdem ist es etwas, was ich ganz allein mache. Ich brauche es nicht mit dir zu teilen.« Genau das machte es für mich vermutlich schwierig. Es war ein Interesse, das sie von mir wegführte.

Wir verabredeten, daß Margaret Zeit und Energie haben sollte, dieses Interesse zu verfolgen. Als man in der Schule entdeckte, wie begabt und energiegeladen sie war, hatte sie immer häufiger abends Sitzungen. An diesen Abenden kochte sie das Essen, verbrachte ein paar Minuten mit den Kindern und ging. Die Kinder und ich räumten auf, und ich stand ihnen zur Verfügung, falls sie Hilfe bei den Hausaufgaben brauchten. Allmählich fühlte ich mich mit den Kindern wohler, weil ich ihre Bedürfnisse besser kennenlernte und mich freute, ihnen helfen zu können. Aber mit Margarets Abwesenheit kam ich nicht gut zurecht. Wenn sie müde, aber angeregt nach Hause kam, fand ich immer irgendeine Kleinigkeit zu kritisieren. Hatte sie im Verlauf des Tages etwas vergessen zu erledigen? War sie später gekommen, als sie versprochen hatte? Meine Kritik entbehrte jeder Substanz und stellte eher eine versteckte Belästigung dar. Ihre Abwesenheit machte mich irgendwie ängstlich, und trotz meines Entschlusses, erwachsener zu reagieren, drückte ich diese Angst fortwährend durch subtile, hartnäckige Kritik aus.

Schließlich stellte mich Margaret aufs neue. »Verdammt, Gus, was ist eigentlich los? Jedesmal, wenn ich ausgehe, greifst du mich versteckt an. Das geht mir auf die Nerven. Ich frage mich schon, ob ich überhaupt ein Recht habe, auszugehen. Ich glaube manchmal, ich sollte es aufgeben.«

»Ich habe Angst, das weiß ich«, gab ich zu. »Das ist einfach lächerlich.« Ob lächerlich oder nicht, meine Angst war peinlich hartnäckig. Machte ich mir Sorgen, sie könnte sich mit einem anderen Mann einlassen? Vielleicht war es das. Sie arbeitete nun häufig mit einer Reihe interessanter Männer aus dem Vorstand der Schule zusammen. Ja, jetzt fiel mir ein, daß mir, wenn sie spät nach Hause kam, flüchtig das Bild vor Augen stand, sie säße mit einem dieser Männer im Auto auf einem dunklen Parkplatz. Vielleicht war es das.

Nach einer weiteren spätabendlichen Szene beichtete ich schließlich diese Phantasie. »Ich weiß, daß du nicht glücklich mit mir bist. Triffst du dich mit einem der Männer aus dem Vorstand?« Margaret lächelte mich offen und aufrichtig an.

»Ich mag mehrere dieser Männer«, antwortete sie und blickte mich direkt an. »Und ich respektiere ein paar sehr, aber ich treffe mich mit niemandem und habe das auch nicht vor. Ich versuche wirklich, etwas für diese Schule zu tun.« Diese angstbeladene Phantasie ist nicht ungewöhnlich bei Männern, deren Frauen die Welt außerhalb der Familie betreten, fort von ihrem Einfluß und ihrer Kontrolle.

Ich war weiterhin besorgt. Margaret reagierte weiterhin empfindlich auf meine nervöse Kritik. In rationaleren Momenten erkannte ich ihre Arbeit an und drückte das auch aus, aber unbewußt fühlte ich offensichtlich anders. Entgegen meiner Absicht teilte ich Margaret fortwährend meine Mißbilligung mit, weil sie mich »verließ«, denn ich schien anzunehmen, daß das letztendlich bei ihren Aktivitäten herauskommen würde. Sie reagierte auf diese überwiegend nonverbalen Botschaften: »Jedesmal, wenn du mich so angreifst, gehe ich einen Kompromiß ein, Gus!« klagte sie. »Du mußt damit aufhören!« Manche der Quellen unserer Schwierigkeiten blieben verborgen, doch andere wurden bald deutlich. Es wurde zunehmend klar, daß Margaret von ihrer Ursprungsfamilie eigentlich nicht »erlaubt« wurde, was sie tat.

Wenn Frauen die Arbeitswelt betreten, werden sie oft von ihrer Ursprungsfamilie nicht unterstützt. Oft geben die Mütter den Töchtern subtile Botschaften der Mißbilligung. »Wie geht es den Kindern?« fragt eine Mutter betont. Wenn die Frau Probleme auch nur andeutet, wird bald nahegelegt, daß ihr häufiges Fortsein wohl der Grund dafür sei. Manche Mütter drücken verbal ihr Lob aus, schicken aber gegenteilige nonverbale Botschaften. Eine Psychologin berichtete: »Als ich promovierte, schien meine Mutter sehr stolz, aber ihr Geschenk war – Sie werden es kaum glauben – eine Küchenmaschine!«

Auch wenn die Mutter nichts gegen die Karriere einer Tochter einzuwenden hat, übt ihr eigenes Lebensbeispiel starken Einfluß aus. »Ich sehe mir das Leben meiner Mutter im Vergleich zu meinem an«, sagte eine Frau, »und fühle mich gewöhnlich schuldig. Ich sehe alles, was sie nicht erlebt hat, und fühle, ich lasse sie hinter mir zurück. Ich fühle mich bei meiner Arbeit auch sehr allein. Wie oft habe ich mir gewünscht, sie könnte meine Probleme verstehen und mir helfen!«

Wann immer wir versuchen, das Lebensmuster des gleichgeschlechtlichen Elternteils zu durchbrechen, gibt es einen schweren Kampf. Margarets Mutter war eine begabte, intelligente Frau. Sie arbeitete aktiv in der Gemeinde, war eine ausgezeichnete Bridgespielerin und eine gute Hausfrau. Sie äußerte sich nicht offen gegen Margarets Berufswünsche, aber bot ihr nur wenig aktive Unterstützung an.

Margarets Vater war ein anderer Fall. Da er seinen eigenen Vater kurz nach der Geburt verloren hatte, wuchs er mit einem starken Verantwortungsgefühl für seine Mutter auf. Er verhielt sich seiner Frau und den Töchtern gegenüber sehr beschützend. Am Telefon machte Margaret manchmal den Fehler, ihm zu sagen, wie stark beschäftigt sie sei.

»Sei nur vorsichtig«, riet er ihr dann. »Du weißt, du reißt alles an dich, was getan werden muß, und dann wird es dir plötzlich zuviel. Wenn du deine Gesundheit nicht mehr hast...!«

»Ich weiß, Dad«, unterbrach sie ihn dann rasch und gereizt.

»Wenn du die nicht mehr hast, hast du gar nichts.«

Margaret kannte diese Warnung seit ihrer Kindheit und wußte, daß sie eine schleichende, hypnotische Wirkung auf sie hatte. »Wann immer er das sagt, stelle ich in Frage, was ich gerade tue, weil er es zu mißbilligen scheint. Erstaunlich, wie stark das sein kann.« Nach einer dieser Unterhaltungen mit ihrem Vater war Margaret ungewöhnlich aufmerksam allen Anzeichen gegenüber, ob ich ihre außerhäuslichen Aktivitäten mißbilligte. Und als geschah, was sie erwartet hatte, explodierte sie. »Warum brüllst du ihn nicht wegen seiner unfairen Taktiken an?« entgegnete ich. »Er ist Teil des Problems!«

»Er ist ein alter Mann und würde nicht begreifen, von was ich rede«, antwortete sie wütend. »Du begreifst genau, was du tust!«

»Ich bin nicht so sicher, ob er ganz unschuldig ist«, gab ich zurück. »Er weiß immerhin genau, wie er dich packen kann.«

Welche Rolle Margarets Vater auch spielte, ich konnte nicht leugnen, daß ich Schwierigkeiten hatte, mit der Bandbreite von Dingen fertig zu werden, die sie von mir verlangte. Einzelne Sätze aus unseren Streitereien kehrten immer wieder anschuldigend zurück:

»Erkenn meine Schwäche und meine Bedürnfisse an. Ich bin keine Superfrau.«

»Bitte unterstütz mich dabei, daß ich außer Haus arbeiten kann, so wie ich deine Karriere immer unterstützt habe.«

»Das sind auch deine Kinder. Ich möchte, daß du genausoviel Verantwortung für sie übernimmst wie ich.«

Bei unserem Gerangel wurde uns immer mehr bewußt, wie herausgefordert ich mich fühlte. Welcher vernünftige Mann würde ihr nicht das Recht auf die Dinge zugestehen, die sie verlangte? Aber stärkere Kräfte als meine Vernunft und meine guten Absichten schienen die Oberhand zu behalten.

Ich wußte, daß ein großer Teil meines Problems in meiner eigenen Geschichte begründet lag, und spürte immer stärker die Präsenz meines Vaters. Wie die meisten traditionellen Väter war er nicht der freundliche Ehemann und Vater gewesen, der ich sein wollte.

»Als du klein warst, wollte dein Vater, daß die Kinder abgefüttert und bettbereit waren, wenn er nach Hause kam«, hatte meine Mutter einmal gesagt. »Dann spielte er eine Weile mit euch, ich brachte euch zu Bett, und wir beiden aßen zusammen zu Abend. Das erwartete er einfach.«

Wie in den meisten traditionellen Familien waren die Erwartungen meines Vaters eine mächtige Determinante des Familienlebens. Er war dafür zuständig, das Familieneinkommen zu verdienen und die größeren Entscheidungen zu treffen. Er half gelegentlich im Haushalt, aber meine Mutter war eindeutig dazu bestimmt, die Kinder großzuziehen. Er war auch viel unterwegs. Abgesehen von ein paar wunderbaren Urlauben, war er im Zweiten Weltkrieg vier Jahre fort, und etwa zehn Jahre lang war er Vertreter und kam nur an den Wochenenden nach Hause.

Als ich mich bemühte, ein besserer Vater und eine andere Art von Ehemann zu werden, suchte ich nach einem Vorbild, einem Muster, nach dem ich mich richten konnte. In dieser Phase spürte ich eine große Leere: die Abwesenheit meines Vaters. Ich erinnerte mich, wie ich ihn in den Kriegsjahren vermißte, auch in den Jahren, als er als Vertreter arbeitete. Aber wie so viele Väter war er nicht nur körperlich abwesend. Mein Vater war oft mit den Gedanken woanders, mit anderem beschäftigt, emotional zurückgezogen. Manchmal war er einfach müde oder hatte Sorgen um das Geschäft, und die immer schwerer werdenden Anforderungen nahmen ihn seiner Familie fort.

Die psychische Abwesenheit des Vaters ist in unserer Kultur die Norm und wird oft von körperlicher Abwesenheit begleitet. Wir finden nichts dabei, wenn ein Vater die Woche über geschäftlich unterwegs ist oder in seinem Zimmer arbeitet, wenn er zu Hause ist. Doch sein Fehlen im inneren Familienkreis beeinträchtigt die Möglichkeiten dieser Familie erheblich und hinterläßt in den Kindern schließlich eine stille Wunde. Ich möchte einige der Wirkungen dieses Erbes in uns allen beschreiben. Wenn Männer wie ich sich entschließen, zu besseren Vätern zu werden, stoßen wir auf diese ungeheure Leere. Wir begreifen, daß Vater nicht da war.

Mir wurde auch langsam bewußt, daß ich diesem Vater gegenüber seltsam loyal war. Meine Selbstversenkung in der Arbeit, meine Gleichgültigkeit gegenüber dem Familienleben war seine. Bei dem Versuch, dieses Muster zu ändern, spürte ich nicht nur eine gewisse

Unsicherheit und Angst vor der neuen Rolle, sondern auch tiefen Widerstand, das einzige, was ich kannte, zu ändern. Trotz seiner Fehler liebte ich meinen Vater und hielt zu ihm, wie er war.

Mich verwirrte dieser innere Kampf, und ich erinnerte mich an eine Phase in Wisconsin. Unsere Kinder waren in der Grundschule, und ich war überaus belastet – Privatpraxis, Lehre, Forschung und Workshops über Familientherapie im ganzen Land. Diese Workshops und die damit verbundenen Reisen waren sehr belastend und erschöpfend. Eines Nachts, vor einer Trainingssitzung, wachte ich in einem Motel in einer Kleinstadt in Iowa auf. Ich hörte draußen das Pfeifen des Winterwindes, der Schnee gegen die Scheiben trieb. Vor mir lag der drohende Schatten eines anstrengenden Tages, um mich her lag ungeheure, dunkle Winternacht. Ich schien fast völlig allein, verlassen, einsam. Dann dachte ich an Margaret, unsere Kinder, unser Haus, und ich sehnte mich danach, dort zu sein. Warum lag ich mitten im Winter in einem Motelzimmer in Iowa? Warum machte ich das alles? Unvermittelt dachte ich an meinen Vater und die Jahre, die er von seiner Familie getrennt verbracht hatte. Hatte er sich so gefühlt, wenn er in Kasernen oder Hotelzimmern aufwachte? Der Gedanke an ihn und seine Erfahrungen schienen mir zu helfen. Er hatte so etwas durchgemacht, und so konnte ich es auch. Damals war mein Vater schon seit zehn Jahren tot, aber ich fühlte mich ihm sonderbar nahe. Dann merkte ich, daß auch ich eine Art Vertreter war, der draußen im Hinterland Familientherapie verkaufte.

»Warum verfolgen wir loyal die Lebensmuster unserer Eltern, wenn wir uns doch etwas anderes wünschen?« fragte ich mich, als ich über diesen Vorfall nachdachte. »Warum wiederholen wir immer wieder die schmerzlichsten Aspekte der schwierigen Vergangenheit?« Bei dem Versuch, neue Rollen in unserem Leben zu finden, stellen sich Männer wie Frauen diese wichtigen Fragen, aber da Frauen erfolgreicher die Lebensweise ihrer Mütter überwinden als ihre Ehemänner das Beispiel ihrer Väter, sind diese Fragen meiner Meinung nach besonders wichtig für Männer. Warum haben wir Männer solche Schwierigkeiten, die Rollendefinition, das »Lebensskript« zu ändern, das unsere Väter schrieben? Man könnte meinen, wir hätten kein Interesse an Veränderungen, weil wir in der Ehe wie in der Gesellschaft den Vorteil größerer Macht haben, doch ich glaube, in uns arbeiten komplexere Kräfte. Das größte Hindernis für eine Veränderung der traditionellen Rollen scheint nicht in der sichtbaren Welt bewußter Absicht zu liegen, sondern in den dämmrigen Regionen des Unbewußten. Bei meinem und Margarets Kampf war es das ängstliche, schüchterne Kind-im-Mann, das sich mit solcher Kraft in mir erhob und die Antworten auf die Fragen zu haben schien, die mich beunruhigten. Diese ewige Kindperson in uns, Männern wie Frauen, leistet den größten Widerstand gegenüber Veränderungen.

Wie der Familientherapeut Ivan Boszormenyi-Nagy in seiner Pionierarbeit *Unsichtbare Bindungen* lehrt, sind wir unseren Eltern gegenüber ausgeprägt loyal. Trotz der Schmerzen, die wir durch ihre Hand erlitten, klammern wir uns hartnäckig an ihr Weltbild, und ihre Beispiele, was es bedeutet, ein Mann oder eine Frau zu sein, folgen uns durchs ganze Leben. Mit dem Akzeptieren der Macht dieser Loyalität, besonders der Loyalität zum gleichgeschlechtlichen Elternteil, beginnen wir erst unsere Reise, ihr Vorbild zu verbessern. Es ist der erste Schritt.

Die Ursprünge von Ungleichheit in der Ehe sind natürlich viel komplexer als die Muster von Narzißmus und Geben, die ich in diesem Kapitel beschrieben habe. Wir müssen eine Reihe anderer Themen untersuchen, die mit diesem Bereich verbunden sind, unter ihnen jene schwierig zu beschreibende, aber wichtige Variable: die Macht. Aber wir müssen auch einen schärferen Blick hinter die sichtbaren Muster in der Ehe werfen, auf die Kräfte innerhalb der Kindheitsfamilie, die uns zwingend auf unsere Rolle vorbereiten. Unser Ziel ist, das zu entwickeln, was Familientherapeut Norman Paul »Geschlechtsempathie« genannt hat, eine Art bewußtes Mitgefühl für jene alten und oft schmerzhaften Haltungen der Menschheit, die wir männlich und weiblich nennen.

Nähe und Distanz

Nachdem Joyce Olson eines Abends ihre Tochter Amy zu Bett gebracht hatte, fragte sie ihren Mann Thomas: »Möchtest du einen Kaffee?«

»Klar«, antwortete er und blickte aus dem Sessel hoch, von dem aus er ein Baseballspiel im Fernsehen ansah. »Koffeinfrei?« fragte er routinemäßig.

Wenige Minuten später kehrte Joyce mit einem Tablett zurück, auf dem zwei Tassen und eine Schale mit Gebäck standen. »Sollen wir hier sitzen?« fragte sie freundlich und stellte das Tablett auf den Couchtisch neben dem Sofa.

»Einen Moment, Schatz«, sagte Thomas abwesend und sah weiter dem Spiel zu. »Ist fast Halbzeit.«

Joyce setzte sich auf das Sofa, goß Milch in den Kaffee und verschränkte die Arme. Nach etwa einer Minute seufzte sie vernehmlich. »Er wird langsam kalt«, sagte sie leicht gereizt.

»Es ist fast vorbei«, wiederholte Thomas. Joyce seufzte wieder und begann, ihren Kaffee zu trinken.

Endlich, nach mehreren Minuten, erhob sich Thomas und setzte sich zu ihr auf das Sofa. Der Fernseher lief immer noch, Thomas warf ab und zu einen Blick darauf. Joyce seufzte wieder.

»Thomas ...«, sagte sie nun eindeutig ärgerlich.

»Schon gut, schon gut, tut mir leid«, sagte er abwehrend. »Es ist ein sehr spannendes Spiel.«

»Ich wollte einfach mit dir reden«, meinte Joyce.

Thomas breitete demonstrativ die Arme aus und lächelte. »Hier bin ich. Reden wir.«

»Wie lustig«, Joyce lächelte ebenfalls. »Wie lange habe ich?«

»Die ganze Halbzeit«, antwortete er. »Wie war dein Tag?«

Joyce beschloß, ihre zunehmende Wut hinunterzuschlucken, und antwortete: »Nicht der beste.«

»Was war denn los?« fragte er.

Joyce holte tief Luft. »Sarah war nicht da – krank –, und ich mußte einige von ihren Aufgaben miterledigen. Sie hatte vergessen, ein paar besondere Nadeln zu bestellen, und so mußte ich sie besorgen. Außerdem gab es ein paar andere Engpässe. Wenn man für diese sehr kranken Herzpatienten verantwortlich ist, sollte man sich um so etwas nicht kümmern müssen. Ich weiß, wenn sie zurückkommt und ich es erwähne, wird sie sehr schnippisch, und ich habe das Gefühl, ich nörgele an ihr herum, aber ...«

Thomas blickte wieder zum Fernsehen, wo gerade der Trainer interviewt wurde. »Hast du etwas dagegen, wenn wir das Ding eine Weile abschalten?« fragte Joyce, nun wieder gereizt.

»Dann weiß ich doch nicht, wann das Spiel weitergeht.« Thomas merkte aber, daß er das Falsche gesagt hatte, und änderte seine Meinung. »Okay«, sagte er und stellte den Apparat ab. »Tut mir leid.«

Joyce kämpfte immer noch gegen ihre Wut an und versuchte es noch einmal. »Wo war ich stehengeblieben? Ach ja, Sarahs Fehlen. Ich weiß nicht, was ich mit ihr tun soll. Sie ist so empfindlich, wenn sie kritisiert wird.« Thomas wirkte immer noch abgelenkt. »Du scheinst nicht ganz bei der Sache zu sein«, sagte sie mitfühlend. »Ist etwas?«

»Nein, eigentlich nicht«, sagte er ohne große Überzeugung.

»Bist du sicher?« bohrte sie weiter. »Es muß noch etwas anderes sein als dieses Spiel.«

»Ja, vielleicht. Auch die Arbeit, glaube ich. Du weißt, immer die gleichen Themen.« Er schien nicht fortfahren zu wollen.

»Ich weiß nicht, was du meinst«, sagte sie.

»Geld. Um was sonst mache ich mir denn Sorgen.« Ihre Fragen schienen ihn leicht zu nerven.

»Woher soll ich das wissen? Du sprichst doch nie darüber.« Als Thomas Joyces Druck spürte, über seine Sorgen zu sprechen, schien er sich zurückzuziehen.

»Was gibt es da zu erzählen? Ich habe eine größere Finanzierung beantragt, und davon hängen mehrere Forschungsstellen ab. Ich möchte von diesen Leuten niemanden gehen sehen.«

»Thomas, woher soll ich denn wissen, daß du dir darüber Sorgen machst? Ich wurde wütend, weil dir das verdammte Spiel so wichtig schien.« Sie versuchte, verständnisvoll zu sein. »Wenn du mir nur sagen würdest, was läuft ...«

»Hör mal«, antwortete er, »wenn ich mir im Fernsehen ein Spiel ansehe, vermeide ich, daß ich an solche Dinge denke, die ich ohnehin nicht ändern kann.« Joyce erinnerte sich später, das Gefühl gehabt zu haben, eine Tür sei ins Schloß geworfen worden.

Da es ihr nicht gelungen war, Thomas zum Anhören ihrer eigenen

Probleme zu bringen, noch dazu, von seinen eigenen zu berichten, wußte sie nicht weiter. Sie versuchte eine letzte Möglichkeit. »Kann ich das Thema wechseln?«

»Ist mir recht.«

»Ist dir aufgefallen, daß Amy heute abend sehr quengelig war? Ich mache mir um sie Sorgen.«

»Und?« Thomas schien sehr distanziert und wütend.

»Ich mache mir einfach um sie Sorgen, das ist alles. Sie verbringt soviel Zeit mit Annie. Ich war viel älter, als meine Mutter arbeiten ging, und sie hatte nicht einen so langen Tag.« Joyce seufzte. »Ich wünschte, ich wäre flexibler mit meiner Arbeit oder könnte weniger arbeiten oder daß irgend etwas mir mehr Zeit mit ihr gäbe.«

Thomas erkannte das Thema sofort. Joyce würde die Unterhaltung zu dem Punkt lenken, daß seine Arbeitszeit flexibler war als ihre, und sie wollte, er käme früher nach Hause und kümmerte sich um Amy. Schon der Gedanke an diese Möglichkeit machte ihm Angst. Er brauchte den späten Nachmittag, um sich mit seinem Forschungsteam zu treffen. Irgendwie wollte er dieser Unterhaltung aus dem Weg gehen. »Es tut mir leid, daß du dir um sie Sorgen machst. Ganz bestimmt. Ich wünschte, wir könnten es ändern.« Er dachte an das Spiel und blickte wieder zum Fernseher.

Als Joyce ihre letzten Bemühungen scheitern sah, seufzte sie: »Du denkst schon wieder an das Spiel. Vielleicht schaust du es besser an.«

»Bestimmt ist die Halbzeit schon vorbei«, sagte er entschuldigend.

Joyce erhob sich mit dem Tablett vom Sofa und spürte, wie sich Spannung in ihrer Brust zusammenballte. Sie überlegte nicht, wie sie dieses Gefühl nannte, doch es war wohl eine Mischung aus Verletztsein und Wut. Als sie in der Küche das Geschirr in die Spülmaschine stellte, konnte sie Thomas durch die offene Wohnzimmertür sehen. Einen Moment lang war es, als beobachte sie einen anderen Mann. Er schien hypnotisiert, in sein eigenes Leben eingekapselt. Sie war eine Außenseiterin.

Als sie die Treppe zum Schlafzimmer hinaufstieg, spürte Joyce, wie sich ihre Erschöpfung schwer auf sie senkte. Als sie oben ankam, schienen ihre Beine kaum das riesige Gewicht tragen zu können. Mit letzter Anstrengung schleppte sie sich durch den langen schmalen Gang und blieb vor Amys Zimmer stehen. Amy wirkte im sanften Licht der Nachtlampe unendlich winzig und verletzlich. Sehr leicht und regelmäßig hob und senkte sich ihre Brust beim Atmen. Der bloße Anblick Amys löste Joyces Spannung. Sie trat zum Bettchen und konnte wieder leichter atmen. Einige Minuten stand sie da und bewunderte ihre Tochter. Dann empfand sie die Traurigkeit ihrer Situation: der nächste Morgen, die anderen Bedürftigen, die in der hektischen Station zwischen Schläuchen und Überwachungsgeräten lagen und auf sie warteten. Sehr sanft legte sie eine Hand auf Amys Stirn.

Dann ging sie ins Schlafzimmer und zog sich langsam im Dunkeln aus. Sie stellte das Radio neben dem Bett an und freute sich über die Musik, die daraus ertönte. War es Mozart oder Haydn? Sie blieb lange so liegen, hörte nicht richtig zu, sondern dachte, sie müßte bald einschlafen.

Thomas im Wohnzimmer versuchte, sich wieder auf das Spiel zu konzentrieren, doch seine Gedanken schweiften ab. Joyces Worte gingen ihm im Kopf herum, und er fühlte sich zunehmend schuldbewußt. Sie hatte versucht, mit ihm zu reden, und er war schwierig gewesen. Er hätte mehr Zeit mit ihr verbringen und ihr wirklich zuhören sollen. Warum fand er das so schwer? Wenn er nur nicht so wütend werden würde, wenn sie versuchte, ihn zum Reden zu bringen!

Mit einem vagen, unguten Gefühl merkte Thomas, daß er diese Klagen schon früher einmal gehört hatte. Seine erste Frau hatte ebenfalls versucht, ihn aus sich herauszulocken, ehe sie still und in sich gekehrt wurde. Dann dachte er an Sallys Affäre und das katastrophale Ende ihrer Ehe. Plötzlich bekam er Angst wegen dem, was zwischen ihm und Joyce vorgefallen war. Mit unvermutet zärtlichen Gedanken fragte er sich, ob sie wohl noch wach war und ob er es irgendwie wiedergutmachen könnte.

Als Thomas ins Schlafzimmer kam, dachte er, Joyce sei eingeschlafen. Er zog sich leise aus und stellte das Radio ab. Dann, als er im Bett lag, fühlte er, wie sie sich regte. »Bist du noch wach?« fragte er leise.

»Ja«, sagte sie kühl.

»Bist du okay?« fragte er.

»Nicht sonderlich.«

»Was ist los?«

»Ach, einfach niedergeschlagen.« Dann, nach langer Pause, fügte sie hinzu: »Kannst du mich in den Arm nehmen?«

»Klar.« Das klang fröhlich. Joyce fragte sich, ob seine Mannschaft gewonnen hatte.

Thomas rückte neben sie und umschlag sie. In der Wärme der vertrauten Umarmung spürte Joyce zum ersten Mal an diesem Abend

Hoffnung. Vielleicht konnte sie so einschlafen. Vielleicht dachte sie nicht an jene erlösende, schreckliche Glocke, die verkündete, einer ihrer Patienten liege im Sterben.

Dann zog Thomas einen Arm vor und legte ihn vor ihre Brust. Langsam streichelten seine Finger sie. Ungläubig zog sie sich zurück. Doch dann bewegte er die Hand und legte sie mit unmißverständlichem Druck zwischen ihre Beine.

Völlig unvermittelt begann Joyce zu schluchzen – schwer, krampfhaft schien es aus ihrem tiefsten Innern herauszubrechen.

»Ich verstehe dich nicht«, war alles, was Thomas herausbrachte.

Beim nächsten Gespräch brauchten wir eine ganze Weile, um diese Geschichte zu rekonstruieren, die uns nicht unvertraut klang. Fast jedes Paar erlebt eine Version dieser Distanz-Nähe-Agonie. Viele Frauen wünschen sich mehr verbale Intimität mit dem Partner. Sie möchten, daß die Männer, die sie lieben, ihren Gefühlsäußerungen zuhören oder über die eigenen sprechen oder beides. Sie möchten mit den Männern das gleiche erleben wie oft mit ihren Freundinnen, beieinandersitzen und sich gegenseitig öffnen, in die warme, umhüllende Atmosphäre eines offenen Gesprächs eintauchen. Ihre Hoffnungen, Ängste, Phantasien, Hemmungen, Wut – das kommt bei der besten Freundin alles heraus, und nach diesem gegenseitigen Eintauchen geht es ihnen besser.

Wenn Frauen das bei Männern versuchen, treffen sie oft auf diesen hartnäckigen Widerstand, wie Joyce bei Thomas. Er ist zu abgelenkt, um ihren Problemen aufmerksam zuzuhören, gibt vielleicht wohlgemeinten Rat, aber sonst nicht viel – doch wenn sie ihn nach seinen Gefühlen fragt, scheut er zurück. Warum sperrt er sich so? Glaubt er wirklich, er würde am besten mit seinen Problemen fertig, indem er versucht, sie zu vergessen, oder indem er sie am Arbeitsplatz überdenkt?

Wenn Frauen auf diesen Widerstand gegenüber verbaler Intimität bei Männern stoßen, sind sie zunächst verwirrt, dann verletzt und schließlich wütend. Es dauert gewöhnlich mehrere Jahre, bis sie das Wutstadium erreichen. Und die ganze Zeit verstärkt ihre fast ungebrochene Hilfsbereitschaft das Problem.

Sobald Frauen das Problem ihres Partners im Umgang mit seinen Gefühlen kennen, versuchen sie, ihren widerspenstigen Schützlingen etwas über Kommunikation beizubringen. »Ist doch einfach«, sagen sie auf viele verschiedene Weisen, »du brauchst dich nur hinzusetzen, mich anzusehen und zu sagen, was du fühlst.« Wie Joyce arrangieren sie die Szene und nehmen an, daß der Partner mit ein wenig Aufmunterung auch reagiert.

Wenn sich die Männer weigern, versuchen es die Frauen nur stärker. Sie erklären es eingehender und üben mehr Druck aus. »Wenn ich das kann, kann er das doch sicher auch.« Sie planen ideale Bedingungen, überlegen sich die Worte vorher und lassen vielleicht sogar passende Bücher auffällig herumliegen.

Wenn eine Frau eine systematische Kampagne beginnt, ihm etwas über seine Gefühle beizubringen, riecht der Mann eine Falle. Ihre Worte, die Haltung (hilfreich, didaktisch), der Druck – all das identifiziert er unbewußt mit einem Angehörigen der älteren Generation. Er kann seiner Furcht vielleicht keinen Namen geben, aber seine Alarmglocke schrillt: Das Signal bedeutet *Mutter*. Und so widersetzt er sich.

Die Kräfte, die Männer und Frauen in diese tragisch antagonistischen Rollen werfen, werden nicht ausschließlich durch gesellschaftliche Normen produziert. Es stimmt zwar, daß Männer von sehr frühem Alter an davon abgehalten werden, ihre Schwächen zuzugeben, Frauen hingegen ermutigt werden, emotional offen und bekennend zu sein; doch überdies tragen bestimmte Dynamiken der Kindheitsfamilie stark zu diesem Dilemma bei.

Der Verfolger

In jeder äußeren Hinsicht begeistert sich dieses Individum unausgesetzt für emotionale Nähe. Wie Joyce erkärt sie oder er, eine intime Beziehung zu wünschen, und plant fortwährend Strategien, um dieses Ziel zu erreichen. Sie/er ist aufgeschlossen und will emotionale Grenzen zwischen sich und anderen überwinden. Sie/er wünscht nicht nur Nähe, sondern fürchtet auch Zurückweisung. Da ihre/seine Bemühungen auch Enttäuschungen gebracht haben, beschwört ihr/sein ängstlich-gereiztes Verhalten teilweise genau die Reaktion herauf, die befürchtet wird.

Wie ich schon deutlich gemacht habe, sind nicht alle Verfolger Frauen. Meines Wissens hat noch niemand eine größere Anzahl von Paaren befragt, um den Prozentsatz an Männern und Frauen in dieser Rolle herauszufinden, die sich in der Ehe in der suchenden, verfolgenden Position befinden.

Auch spielt sich nicht alle Verfolgung im verbalen Bereich ab. In den meisten Ehen gibt es einen sexuellen Verfolger, einen Partner, der häufig sexuelle Aktivität anregt. Wie Frauen häufiger »verbal« verfolgen, ist sexuelle Verfolgung bei Männern häufiger. Wir erfuhren später, daß Thomas' unangemessener Annäherungsversuch kein Einzelfall war. Während Joyce ihn ständig unter Druck setzte, verbal intim zu sein, machte er ihr Druck, sexuell zu reagieren. Und beide weigerten sich hartnäckig, dem anderen nachzugeben.

Der »Verfolger« wuchs oft in einer bestimmten Familiensituation auf: Entweder als »überbeschütztes« Kind, das erwartet, daß man über ihm wacht und ihm ständig Aufmerksamkeit widmet. In der Ehe drückt diese Art »Verfolger« einfach seine oder ihre Sucht nach Aufmerksamkeit aus. Oder als zurückgewiesenes Kind. Die meisten »Verfolger« suchen die emotionale Unterstützung, die sie als Kind nicht bekamen. Viele verschiedene Familiensituationen können diese Bedürftigkeit hervorrufen, die mit der Erwartung von Versagung verbunden ist. »Ich will Nähe, aber ich habe Angst vor Zurückweisung.« Aus Joyces Kindheitsgeschichte kannten wir zahlreiche Beweise für eine solche Zurückweisung.

Viele Frauen kämpfen gegen beide Arten dieser Dynamik an. Vielleicht waren sie eng mit der Mutter verbunden und erwarten aufgrund dieser Beziehung einen unrealistischen Grad von Nähe in der Ehe. Vielleicht hatten sie aber auch traumatische Erlebnisse von Zurückweisung. Viele Frauen bringen die Defizite der Beziehung zum Vater in ihre Ehe.

Der Distanzierer

Dieses Individuum sucht Alleinsein, Autonomie und Zurückhaltung. Es scheint Erlebnisse allein zu genießen und konzentriert sich vielleicht auf die Arbeit und physische Objekte. Es erkennt Grenzen an und errichtet sie vielleicht ständig zwischen sich und seinem Partner. Wie die klassische Witzfigur liest es am Frühstückstisch die Zeitung, während seine wütende Frau versucht, diese dünne, aber unüberwindbare Barriere zu durchdringen. Heutzutage vertieft er sich vielleicht in seinen Computer oder sieht, wie Thomas, gern fern.

Genau, wie der »Verfolger« die Zurückweisung fürchtet, hat der »Distanzierer« vor Invasionen Angst. Er ist gegenüber emotionaler Aufdringlichkeit äußerst sensibel, doch genau diese Furcht enthält die Erwartung, daß dies eintreten wird. Manchmal scheint er Aufdringlichkeit, die er so verabscheut, geradezu zu kultivieren.

Manche Menschen bleiben aus Gewohnheit emotional zurückhaltend. Sie wuchsen in Familien auf, in denen nicht viel Nähe herrschte, und ihnen wird unbehaglich, wenn ihr Partner versucht, ihnen nahe zu sein. Intimität scheint ihnen einfach fremd.

Andere Distanzierer wachsen mit einem emotional aufdringlichen Elternteil auf. Sie meiden Nähe, weil sie das als Kind einen hohen Preis gekostet hat. »Wenn ich meine Mutter hätte wissen lassen, daß mich etwas aufregte«, sagte ein Mann, »hätte ich gleich einen Krankenwagen bestellen können. Sie stürmte dann mit allen möglichen Ratschlägen auf mich ein. Ich habe schon früh gelernt, meine Probleme für mich zu behalten.« Ein anderer erzählte vom Interesse seiner Mutter an seinem Liebesleben als Teenager. »Meine Mutter interessierte sich sehr dafür, was ich mit Mädchen hatte. Sie fand heraus, wenn ich mich verabredete, und ehe ich es merkte, hatte sie sich mit den Eltern des Mädchens getroffen und verfolgte alle meine Bewegungen. Nach einer Weile behielt ich meine Angelegenheiten für mich. Vermutlich begann ich, ein Doppelleben zu führen.«

Viele Männer kämpfen gegen eine Kombination aus Zurückweisung und Aufdringlichkeit in der frühen Beziehung zur Mutter. Sie fühlen sich von den Müttern nicht »wirklich« verstanden und gelegentlich Invasionen von deren emotionalen Bedürfnissen unterworfen, eine Situation, die ideal für die Schaffung des Bedürfnisses nach Nähe ist, aber auch für die Furcht davor.

In den Tagen nach Joyces und Thomas' unangenehmem Erlebnis sprachen sie kaum miteinander. Joyce zog sich zurück und verrichtete ihre täglichen Pflichten automatisch. Jetzt war es Thomas, der eine Unterhaltung in Gang bringen wollte, aber es schien zu spät. »Werde ich zum zweiten Mal geschieden?« fragte er sich. Bei ihrem nächsten Gespräch sah Thomas sehr besorgt aus, und Joyce saß passiv und blaß, distanziert und zutiefst entmutig in ihrem Sessel.

Unsere erste Aufgabe war, die Moral des Paares wiederherzustellen. Als wir ihre Geschichte gehört hatten, wiesen wir darauf hin, daß beide sich enttäuscht und verletzt fühlten. Wir sagten auch, daß dieser »Tanz« vielleicht bestimmte Bedürfnisse ihres vergangenen Lebens erfülle, aber daß sie sich klarmachen müßten, dies müsse geändert werden. Das hieß, unbewußt hatten sie dieses verletzende Erlebnis »geplant«, um das Bedürfnis nach Veränderung zu dramatisieren.

»Ich verstehe nicht, wie so etwas den Bedürfnissen von irgend jemandem entsprechen kann«, meinte Thomas skeptisch. Joyce blickte leer aus dem Fenster und schwieg.

»Nicht der Kampf«, gab ich ein wenig verteidigend zurück, »sondern das Muster. Joyces Suche nach Nähe und Ihr Rückzug.« Ich mied bewußt Thomas' sexuelle Suche, in der Annahme, dies später zu behandeln.

»Was meinen Sie?« fragte Thomas, immer noch verwirrt.

»Dieses Muster ist für Joyce die vertraute Weise, in Kontakt mit Ihnen zu treten. Sie weiß, wie sie es anfängt. Es gibt Ihnen, Thomas, das Gefühl, gebraucht und gesucht zu werden.« Ich wußte, daß er mir nicht glauben würde.

»Normalerweise will ich doch nur in Ruhe gelassen werden«, protestierte Thomas.

»Bewußt ja. Das weiß ich.« Bei diesem Muster wird angenommen, daß das offentsichtliche Verhalten des Paares in der Tat einem Bedürfnis in beiden Partnern entspricht. Thomas klagt über Joyces Verfolgung, doch ein Teil von ihm braucht genau das, was er so ablehnt. Sie protestiert gegen seine Distanziertheit, hängt aber davon ab. Dieser Konflikt verbindet sie auf vertraute, wenngleich schmerzhafte Weise. Er schützt sie davor, sich verborgenen Themen zu stellen, die für beide schwieriger wären. Im Moment war es jedoch nicht nötig, die beiden davon zu überzeugen.

»Sie müssen wissen«, sagte Margaret, »daß das Muster bereits begonnen hat, sich zu verändern. Thomas hat Sie doch umworben, Joyce.«

Joyce regte sich, und ihr Gesicht ließ zum ersten Mal einen Ausdruck erkennen. »Wenn ich *das* durchmachen muß, um seine Aufmerksamkeit zu bekommen, ist es die Sache nicht wert.«

»Natürlich nicht«, entgegnete Margaret. »Es gibt leichtere Wege.«

»Die möchte ich gern wissen«, meinte Joyce tonlos.

»Es wird Ihnen nicht gefallen, aber dazu müssen Sie auch einige Arbeit beitragen«, erwiderte Margaret lächelnd.

»Wenn Sie mich bitten, zu versuchen, Thomas mehr Reaktionen zu entlocken, muß ich es ablehnen. Ich kann es nicht.« Ihre Stimme klang leicht trotzig.

Margaret lächelte. »Es ist das Gegenteil von Arbeit.« Thomas blickte neugierig.

Ich erkannte, welchen Weg Margaret einschlug. Viele Therapeuten wählen ihn, wenn sie auf dieses Muster stoßen. Als ich mich ihr anschloß, borgte ich eine Strategie des Familientherapeuten Phil Guerin, der – in Zusammenarbeit mit seinen Kollegen – sehr klar die Behandlung dieses Dilemmas beschrieben hat.

Margaret sagte: »Was wäre, wenn Sie annähmen, daß Thomas im Moment emotionalen Freiraum braucht? Wenn Sie zustimmten, ihm diese Distanz zu gewähren, würde er sich weniger unter Druck fühlen, und Sie wären nicht ständig enttäuscht.«

Joyce blieb immer noch passiv. »Inwieweit unterscheidet sich das von dem jetzigen Zustand?«

Margaret warf mir einen kurzen Blick zu und fuhr fort: »Wir würden versuchen, Sie zu unterstützen, wenn Sie einen Schritt in diesem komplizierten Tanz ändern. Wir glauben, Sie wären glücklicher, wenn Sie das Gefühl bekämen, mehr darauf zu achten, was mit Ihnen geschieht. Im Moment haben Sie das Gefühl, vieles hänge davon ab, wie Thomas auf Sie reagiert, nicht wahr?«

Joyce nickte zustimmend. »Es hängt auch von ihm ab.«

»Erkennen Sie die Position, in die Sie das bringt?« fragte Margaret.

»Ja, es ist eine abhängige Position.« Nachdenkliche Pause. »Aber wie kann ich das ändern? Was soll ich tun?« fragte sie ein wenig mißtrauisch.

Ich schlug vor: »Wir möchten, daß Sie alles unterlassen, was Thomas verfolgt. Sie versuchen keine Situationen herbeizuführen, in denen Sie mit ihm reden wollen. Sie suchen in keiner Weise intimen Kontakt.« Dann fügte ich hinzu: »Anstatt dessen wenden Sie sich anderen Dingen zu, die Sie beschäftigen – Arbeiten im Haus, lesen, sich ihrer Arbeit widmen, und wenn es Ihnen zu einsam wird, was geschehen wird, wenden Sie sich an Ihre Freundinnen. Wenn es wirklich schlimm wird, können Sie uns anrufen.«

»Ich glaube, das kann ich«, sagte Joyce ein wenig bitter. »Ich weiß genau, daß ich ihm nicht mehr nachjagen werde.«

»Gut!« rief Margaret begeistert.

»Muß ich auch etwas tun?« fragte Thomas.

»Nein, Sie haben Pause«, sagte ich. »Zumindest eine Weile bekommen Sie, was Sie wollen.« Thomas sah erleichtert aus bei dem Gedanken, keine »intimen Gespräche« mehr führen zu müssen, aber der Bruch zwischen ihm und Joyce machte ihm immer noch Sorgen. Ich versicherte ihm, bei dieser Veränderung würde Joyce sich ihm und sich selbst gegenüber besser fühlen.

Wir gaben ihnen also »Hausaufgaben« auf und versuchten damit, ihr Ehesystem zu ändern, indem Joyce lernte, ihre zwanghafte Verfolgung von Thomas aufzugeben. Wir folgten auch einer Maxime, die Phil Guerin und Tom Fogarty aufgestellt haben: »Verfolge nie einen Distanzierer.« Wenn wir uns mit Joyce verbunden und Druck auf Thomas ausgeübt hätten, offener und intimer zu werden, hätte er sich auf gleiche Weise widersetzt wie bei Joyce.

In der nächsten Sitzung sah Joyce weniger deprimiert aus, aber irgendwie verdutzt. »Es war auf gewisse Weise eine gute Woche«, sagte sie ernsthaft. »Ich war erleichtert, als ich nicht mehr versuchte, Nähe von Thomas zu bekommen, und es hat auch geholfen, daß ich Sie unter Umständen hätte anrufen können. Ich habe ein paar Mal Freundinnen angerufen. Ich war überrascht, wie schwierig es war, ihn nicht mehr zu verfolgen. Ich ertappte mich oft dabei, daß ich ein Gespräch oder etwas Ähnliches vorschlagen wollte. Wenn ich diesem Wunsch widerstand, wurde ich sehr ängstlich.«

»Wissen Sie, wovor Sie Angst hatten?« fragte Margaret.

»Ich hatte Angst, wenn ich ihm nicht entgegenginge gäbe es nichts mehr zwischen uns. Nur große Leere.«

Margaret fragte: »Und wie wurden Sie mit der Angst fertig?«

»Ein paar Mal habe ich nachgegeben. Ich versuchte, ihn zu einem Gespräch mit mir zu bringen. Dann habe ich mich aber wieder gefangen und mich um Amy gekümmert oder etwas anderes gemacht. Aber der Drang, Thomas zu verfolgen, war sehr stark.«

»Wenn Sie an diese Angst denken«, sagte ich, »empfinden Sie das als ein größeres Thema in Ihrem Leben, das Gefühl, wenn Sie nichts tun, schwer arbeiten und versuchen, anderen zu gefallen, daß sie allein sind und keine Unterstützung mehr haben?«

»Ich glaube schon«, antwortete sie nachdenklich. »Das muß es sein, was ich als Kind beschloß, daß ich mich anstrengen muß, um etwas zu bekommen.« Wir hatten gehofft, daß sie genau zu dieser Erkenntnis kommen würde.

Ich fuhr fort: »Wenn Sie also nicht ständig Hilfe suchen, bekommen Sie nichts. Das ist Ihre Theorie über Menschen.«

»Klingt albern, nicht wahr?« Sie lachte nervös.

»Es war aber nicht albern, als sie ein kleines Mädchen waren«, sagte ich und fühlte mit dem Kind, das eine solche Entscheidung getroffen hatte. »Sie müssen nun jedoch lernen, daß Sie nicht mehr so hilflos sind wie damals.« Joyce hatte in ihrer Ehe das Gefühl von Hilflosigkeit und frustrierter Abhängigkeit reproduziert, das sie als Kind erlebt hatte. Indem wir sie ermutigten, sich um sich selbst zu kümmern, darunter auch, sich an andere um Hilfe zu wenden, wenn sie es brauchte, hieß das grundsätzlich: »Jetzt ist alles anders. Du kannst dein Schicksal selbst bestimmen.« Diese Übung war eine therapeutische Metapher, daß sie ihr Leben nun als Erwachsene bestimmte.

Den Rest dieser Sitzung ermutigten wir Joyce, ihre Strategie weiterzuverfolgen, um mehr Autonomie von Thomas zu gewinnen. Wir unterhielten uns auch mit ihm. Er ermutigte sie zwar ebenfalls, aber er klang besorgt.

In der nächsten Sitzung wirkte Joyce wieder deprimiert. »Es hat wirklich geholfen, als ich Sie anrief«, sagte sie zu Margaret. »Ich spürte wieder diese Panik, wie ich sagte, und das Gespräch mit Ihnen hat mich beruhigt. Ich dachte, alles ginge recht gut, als ich plötzlich wieder in meine alte Routine verfiel und Thomas um Aufmerksamkeit anbettelte. Natürlich begann er sofort, wie auf ein Stichwort, fernzusehen.«

»Konnten Sie ihn nach unserem Gespräch in Ruhe lassen?« fragte Margaret.

»Ja, ich mache mir aber ein bißchen Sorgen, daß ich Amy als Sicherheitsventil benutze«, fügte sie hinzu. »Es hilft aber, daß ich mich um sie kümmern muß.«

»Ich würde mir Sorgen darum machen, wenn das eine langfristige Lösung für Sie wäre«, antwortete Margaret beruhigend. »Im Moment ist das in Ordnung. Es ist sogar eine treffende Metapher. Sie lernen eigentlich, sich um ihren Kindaspekt zu kümmern, und wenn man sich um ein richtiges Kind kümmert, ist es kein schlechter Weg, dieses Ziel zu symbolisieren.«

Beide Partner werden ängstlich, wenn ein Muster sich zu ändern beginnt, und oft fallen sie wieder in ihre alten Gewohnheiten. Wir ermunterten Joyce einfach, so weiterzumachen.

In der folgenden Sitzung wirkte Joyce gelassen und recht fröhlich. »Ich hatte eine gute Woche«, berichtete sie. »Ich habe einigen Papierkram erledigt und mehr Zeit mit Amy verbracht.«

Thomas sah jedoch nicht so glücklich aus. Er saß niederschlagen an seinem Ende des Sofas und sagte nicht viel. »Sie sehen bedrückt aus«, sagte ich.

»Das bin ich auch«, war alles, was er herausbrachte.

»Was ist denn los?« fragte ich ernst.

»Ich weiß es nicht. Die Arbeit ist Scheiße. Wir haben die Finanzierung nicht bekommen, und zu Hause läuft auch nichts für mich.« Er schien nicht weiterreden zu wollen.

»Was meinen Sie mit: ›zu Hause läuft nichts für Sie‹?«

»Nun, Joyce geht es großartig. Sie geht mit ihren Freundinnen aus, sie ruft Margaret an, wenn sie aufgeregt ist. Ich sehe sie nie.«

»Das stimmt nicht, Thomas«, entgegnete Joyce. »Ich bin einmal mit Ann auf ein Glas Wein gegangen. Wir sehen uns oft.«

»Für was sehen wir uns denn?« gab Thomas mit leichter Ironie zurück. »Nichts geschieht, wenn wir uns sehen.«

»Wie finden Sie das?« fragte ich sachlich.

»Schlimm. Es ist fürchterlich. Als ob ich mit einer Fremden lebe.«

Thomas sah nicht nur deprimiert aus, sondern schien auch voller Wut – unterdrückter, schmollender Wut.

»Ich mache mir Sorgen um ihn«, sagte Joyce bekümmert. »Ich weiß, daß mein Verhalten ihn betrifft, und fühle mich schuldig deswegen.«

»Ja. Ich glaube, mich regt das alles auf. Ich kann kaum schlafen, und das kenne ich sonst nicht.«

Margaret fragte Joyce: »Sie fühlen sich versucht, sich um ihn zu kümmern, nicht wahr?«

»Ja«, antwortet Joyce kläglich. Das war ein weiteres Zusammentreffen, weil Margaret offensichtlich in Joyce ihre eigenen Versuchungen sah.

»Das wäre aber ein Fehler«, sagte Margaret resolut.

Ich sprach Thomas an. »Ich glaube, ich verstehe, was Sie gerade durchmachen. Sie fühlen sich vermutlich von Joyce verlassen.«

»Ich glaube schon. Obwohl ich es nicht so ausgedrückt hätte. Ich spüre ihre Distanziertheit.«

»Und wie wollen Sie mit dieser Distanziertheit umgehen?« fragte ich.

»Mit ihr leben, vermutlich.«

Ich lächelte. »Wenn ich mich in dieser Situation auskenne, und das tue ich bestimmt, dann geht noch etwas anderes vor sich. Ich glaube, Sie versuchen unbewußt, Joyce von diesem neuen Verhalten abzubringen – damit Sie ihr leid tun und sie wieder anfängt, sich um Sie zu kümmern, und versucht, Ihnen zu gefallen. Ihre Reaktion ist ein wenig wie die eines kleinen Jungen. Spüren Sie das? Können Sie sich hören: ›Bitte, habe Mitleid mit mir‹?«

Nachdenkliches Schweigen. »Sie könnten da recht haben. Aber warum sollte ich das tun?«

»Weil Sie sich darauf verlassen haben, daß sie Sie verfolgt – vielleicht mehr, als Ihnen bewußt war.« Er fühlte sich entblößt und verlegen. Dann sah ich seinen leeren, geistesabwesenden Gesichtsausdruck, den er manchmal hatte, als sei er ganz allein, unbemerkt und nichts bemerkend. Joyce nannte das seinen »abgestellten Blick«.

»Sie haben manchmal diesen Gesichtsausdruck«, sagte ich. »Sie sehen dann aus, als würde Sie niemand bemerken.«

»So fühle ich mich vermutlich«, antwortete er resigniert.

»Ist Ihnen das Gefühl aus der Kindheit vertraut?«

»Ja, ich glaube schon. Ich habe mich manchmal so gefühlt, als würde ich nicht bemerkt.« Ich erinnerte mich daran, daß er ein mittleres Kind zwischen zwei Mädchen war, mit einem kritischen, abwesenden Vater. Ich hatte ein Bild von mir selbst mit vierzehn vor Augen, als ich mit meinem Hund und einem Gewehr durch den Wald spazierte und mich sehr einsam fühlte.

»Und zu anderen Zeiten war Ihre Mutter recht besitzergreifend?«

»Es schien immer das eine oder das andere«, erwiderte er. »Ich glaube, das Besitzenwollen kam später, als ich Teenager war. Als Kind habe ich viel Zeit allein verbracht.«

»Sehen Sie«, sagte ich. »Ich glaube, Sie brauchten es, daß Joyce Ihnen nachjagte – weil Sie als Kind nicht genügend elterliche Aufmerksamkeit bekamen. Es ist verständlich, daß Sie sich auf sie verlassen haben.«

»Aber peinlich«, meinte er.

»Nun«, gab ich zurück, »Sie ändern das nicht, indem Sie sie manipulieren, in ihre alte Rolle zu schlüpfen. Sie müssen mit Margaret und mir an Ihrem Bedürfnis nach Bemutterung arbeiten und auf erwachsene Weise beginnen, auf Joyce zuzugehen.« Darauf hätte er mehrere Wochen vorher noch nicht gehört. Jetzt schien er zuzuhören.

»Wie kann ich denn auf sie zugehen?« Er schien diese Frage wirklich zu meinen. »Daran bin ich nicht gewöhnt.«

»Das weiß ich«, sagte ich mitfühlend. »Und es birgt das Risiko, zurückgewiesen zu werden. Aber Sie müssen es versuchen. Finden Sie heraus, was sie gern hat, und versuchen Sie es.« Dann fügte ich hinzu: »Sie können Dinge übernehmen, die sie früher immer gemacht hat – die Umstände schaffen, in denen Sie mehr Nähe erleben können. Besorgen Sie Karten für ein Konzert und laden Sie sie ein. Bringen Sie mal Amy ins Bett, machen ihr einen Kaffee, laden sie ein, sich zu Ihnen zu setzen und sich zu unterhalten. Wenn Sie Ihnen etwas erzählt, hören Sie einfach zu. Geben Sie keine Ratschläge.«

»Das hört sich schwer an«, seufzte er.

Langes, nachdenkliches Schweigen. »Woran denken Sie?« fragte ich neugierig.

»Über das Thema Nähe zwischen uns.« Er schien zu zögern.

»Was ist damit?«

»Nun, ich habe mehrere Male vorgeschlagen, einen Babysitter zu besorgen und ein Wochenende wegzufahren, in ein Hotel oder so, einfach ein paar romantische Tage. Ich dachte, das wäre ein Vorschlag, aber Joyce wollte nicht.«

Margaret hatte eine Weile geschwiegen und reagierte nun auf Thomas. »Sie sperrt sich vermutlich, weil diese Art Wochenende den sexuellen Bereich Ihrer Beziehung berührt und die damit verbundenen Probleme.«

»Genau«, sagte Joyce. »Das heißt nämlich eigentlich: ›Fahren wir irgendwohin und treiben es das ganze Wochenende miteinander.‹«

»Und was ist daran schlimm?« fragte Thomas wütend.

»Thomas«, warf ich ein. »Sie bringen ein völlig neues Thema auf. Wir können natürlich über Ihre sexuelle Beziehung sprechen, aber jetzt bringen Sie das als Grund, um zu vermeiden, daß Sie Ihr Verhalten betrachten und ändern.«

Er sah bekümmert aus. »Vermutlich haben Sie recht.«

Ich fuhr fort: »Später, wenn Joyce nicht mehr so wütend ist, verläuft eine Diskussion Ihrer sexuellen Beziehung bestimmt besser. Wenn Sie Joyce mehr Aufmerksamkeit schenken, wird sie auch sexuell anders auf Sie reagieren.«

»Wenn sich die Dinge zwischen uns bessern«, sagte Joyce, »möchte ich gerne auch über unser Sexualleben sprechen. Ich bin damit auch nicht zufrieden.«

Am Ende dieser Sitzung forderten wir Joyce auf, auf jede nichtsexuelle Initiative von Thomas zu reagieren. Sie mußten die Veränderung ihrer sexuellen Beziehung vorläufig aufschieben.

Die Beziehung entwickelte sich nicht ohne Hindernisse. In den folgenden Wochen gab es weitere Konflikte. Mehrere Male kehrten sie zu ihrem alten Verhaltensmuster von Verfolgung – Distanzierung zurück. Doch es gab eine Verbesserung, besonders als Thomas begann, sich an Margaret und mich um Hilfe und Unterstützung zu wenden. Er abonnierte eine Konzertreihe, und die beiden gingen vor diesen Konzerten immer zum Essen aus. Er übernahm auch Amys Bettritual, und dann machten die beiden es sich vor dem Fernseher gemütlich. Wir forderten sie auf, dicht nebeneinander auf dem Sofa zu sitzen, was Thomas gefiel. Sie wirkten viel glücklicher.

In jeder Ehe haben beide Partner Angst vor Intimität, und beide kooperieren unbewußt darin, die Qualität ihres Zusammenseins zu regulieren. In Joyces und Thomas' Ehe war sie »spezialisiert«, verbale Nähe zu schaffen, während er es übernahm, sexuelle Intimität zu fördern. Manche Paare wechseln sich in diesen Rollen ab. Solange eine Person unerreichbar ist, verfolgt die andere, doch sobald sich die Nähe entwickelt, dreht sich der Verfolger um und rennt davon. Der Distanzierer wird zum Verfolger. Dieser Tanz kann sich in rascher Oszillation hin- und herbewegen. Die einzige Konstante ist, daß sich einer immer fortbewegt. Carl Whitaker hat gesagt: »Die Temperatur in einer Ehe verändert sich nur wenig, wir wechseln uns nur darin ab, sie herunterzudrehen.«

Doch wenn wir Nähe mit einer geliebten Person suchen, stoßen wir alle auf das gleiche Dilemma: Intimität heißt verletzlich sein. Im intimen Austausch riskieren wir, den verletzten, wütenden, bedürftigen, lustvollen, zärtlichen, emotionalen »Kindaspekt« in uns bloßzulegen. Unser erstes und vornehmliches Modell für Intimität war die grundsätzlich empfindliche und ungleiche Eltern-Kind-Beziehung, und wir fürchten intuitiv die Wiederholung jener Verletzungen, die dieses »Kind« von seiten der Eltern empfing. Es bestanden zwei Hauptgefahren: daß wir verlassen oder abgewiesen oder von Nähe verschluckt und überwältigt würden und unsere Identität verlören. Diese beiden Ängste, vor Zurückweisung und Zudringlichkeit, tragen hauptsächlich zu unserer Vorsicht bei.

Erst nach mehreren Sitzungen kam das Thema Sex wieder auf. Thomas hatte sich viel Mühe gegeben, Joyce mehr Aufmerksamkeit zu schenken, und hatte damit Erfolg. Er betreute Amy nun wirksamer und übernahm einen Teil der Kocherei. Als er sich einigen Dingen stellte, die er als Kind selbst nicht bekommen hatte, erlitt er mehrere Anfälle von Depression, doch er war fähig, sich mehr auf Margaret und mich zu stützen und sich helfen zu lassen. Und Joyce kämpfte erfolgreich gegen ihre Sucht, emotional zu »verfolgen«.

»Ich kann nicht klagen«, sagte Joyce eines Tages lächelnd. »Er ist wunderbar!«

Thomas lächelte ebenfalls, schwieg aber. »Was ist los?« fragte ich. »Können Sie kein Kompliment vertragen?«

»Das ist es nicht«, gab er zögernd zurück.

»Was ist es dann?«

»Ich kann es nicht zurückgeben. Ich kann nicht sagen, daß ich besonders glücklich bin.« Nach einer Pause fügte er hinzu: »Ich bin froh, daß wir besser miteinander auskommen. Verstehen Sie mich bitte nicht falsch. Aber manche Dinge haben sich nicht so verändert, wie es mir lieb wäre. Es ist besser, aber nicht gut genug für mich.«

»Sprechen Sie von Sex?« fragte ich ihn.

»Genau.«

Joyce sah ängstlich aus.

»Sind Sie einverstanden, wenn wir nun darüber reden?« fragte Margaret Joyce.

»Ich glaube schon«, antwortete sie zögernd.

Thomas beschrieb sein Unbehagen: »Am meisten stört mich, daß ich immer derjenige bin, der den Anfang macht, und ziemlich oft sagt Joyce nein. Manchmal sagt sie gar nichts, sondern zieht sich einfach körperlich zurück, und dann fühle ich mich irgendwie ... brutal.«

»Fühlen Sie sich zurückgewiesen?« fragte ich. Er stimmte zu.

Joyce schien es extrem unbehaglich, als sei dieses Gebiet »ihr Problem«. »Für mich ist so schwierig, Thomas, daß du immer bereit bist. So scheint es jedenfalls. Wenn wir uns umarmen, werde ich schon mißtrauisch. Im nächsten Moment fummelst du schon an mir herum, und in der nächsten Minute landen wir im Bett – wenn ich es geschehen lasse. Das ist für mich ein ständiger Druck. Ich habe das Gefühl, wenn ich nachgebe, bist du sofort zur Stelle.«

»Und ich habe das Gefühl, wenn ich es nicht immer wieder probiere, tut sich nie etwas.«

Margaret wandte sich an Thomas. »Sie glauben nicht, daß Joyce die Initiative ergreifen würde, wenn Sie abwarteten?«

Er warf Joyce einen schrägen Blick zu. »Wie oft passiert das? Ich glaube, ich könnte es an einer Hand abzählen.«

»Ich bekomme doch nie eine Chance, Thomas.« Joyce war ärgerlich.

Wie in dem sonstigen Verhalten des Paares bei Distanz und Nähe hatten beide Partner feste Positionen bezogen. Thomas suchte beständig nach Hinweisen, ob Joyce zum Verkehr bereit sei, und Joyce, die sich unter Druck und belästigt fühlte, wehrte ständig ab. Das ist ein weiteres klassisches Dilemma zwischen Männern und Frauen und ein schwer zu durchbrechender Teufelskreis.

Zu der Spannungsabfuhr durch den Orgasmus stellt das sexuelle Erlebnis eine intensive Form von Körperkontakt dar. Diese Begegnung von Körper zu Körper – oft mit verschiedenen Formen des oralen Kontakts – ruft bei beiden Partnern das Gefühl hervor, in Körperwärme umfangen zu sein. Zumindest wenige Momente lang können wir uns in das primitive Gefühl versenken, das wir als Säugling erfuhren. Bestimmte Aspekte erwachsenen Sexualverhaltens sind eine erlebnismäßige Analogie dieses Gefühls, gehalten, beschützt und umsorgt zu werden.

Diese wohltuende Regression ist für Männer wichtig, weil man ihnen häufig aus verschiedenen Gründen bestimmte Abhängigkeitsbedürfnisse verweigert hat. Männer haben gelernt, einige dieser Bedürfnisse auf das sexuelle Erlebnis zu konzentrieren. Nicht viele Männer trauen sich, zu ihren Frauen zu sagen: »Bitte, nimm mich in den

Arm«, aber sie gehen das Risiko ein, zu sagen: »Komm, wir gehen ins Bett.«

Doch selbst diese Aufforderung ist ambivalent. Wie Thomas gehen viele Männer ihre Frauen mit groben, allzu eifrigen Fingern an und beschwören damit genau die Zurückweisung herauf, die sie fürchten. Ein Teil unserer Ambivalenz dreht sich um den Sex selbst. Ein Teil der Angst bezieht sich auf die Umsorgung. Aus heimlicher Angst vor der Zurückweisung haben wir gelernt, sie zu erwarten. Sexuelle Abweisung tut wirklich weh. Ebenso wie unsere Bedürfnisse nach emotionaler Unterstützung auf die sexuelle Befriedigung zentriert werden, wird unsere Verletzlichkeit gegenüber Zurückweisung durch sexuelle Ablehnung ausgedrückt. »Unfair!« rufen wir, und die Echos dieses Schreis dringen durch viele Bereiche unseres Lebens.

Sex ist für viele Menschen eine Art Sucht. Wie der Alkohol – der ebenfalls Euphorie, ein grenzenloses Gefühl, von Wärme umfangen zu werden, produziert und den Männern viel häufiger mißbrauchen als Frauen – ist er eine zwanghafte, indirekte Art, ein grundsätzlicheres Bedürfnis zu stillen, in diesem Fall nach Angenommensein, Umsorgung und Unterstützung.

»Thomas«, sagte ich. Er sah mich zweifelnd an. »Können Sie das Problem erkennen, wenn Sie sich Joyce so nähern? Es klingt so, als versuchten Sie es auf eine Weise, die fast geplant wirkt, sie abzutörnen oder zumindest in die Ecke zu drängen.«

»Wenn du zum Beispiel anfängst, wenn ich mich gerade um Amy kümmere«, warf Joyce ein.

Margaret sagte leicht kritisch: »Joyce, Sie retten ihn. Lassen Sie Gus mit ihm sprechen.«

»Tut mir leid«, sagte Joyce.

Ich begann noch einmal: »Thomas, wenn ich so etwas tue – Margaret zum falschen Zeitpunkt zu stark dränge – passiert das gewöhnlich, weil ich Zweifel an meiner Sexualität habe.«

»Ich habe aber Zweifel, ob ich etwas bekomme«, gab er lächelnd zurück. Ich beschloß, nicht mit ihm über seine sexuellen Ängste zu diskutieren, da Joyces Zögern ihn wirksam davor schützte, sich ihrer besser bewußt zu werden. Bis sie sich freier fühlte, sich ihm zu nähern, würde er weiter glauben, die Unsicherheit liege allein bei ihr.

Ich sagte ernsthaft: »Sie haben das gleiche Problem, sich zurückgewiesen zu fühlen, wie Joyce, nur erleben Sie es in einem anderen Bereich Ihrer Beziehung.«

»Stimmt«, antwortete er recht ausdruckslos.

»Wenn Sie dieses Muster ändern wollen, könnte ich Ihnen einen Vorschlag machen«, sagte ich. »Das bedeutet aber ein bißchen Arbeit für Sie.«

»Was soll ich tun?« fragte er bereitwillig.

»Ich schlage vor, Sie halten sich zurück, irgendwelchen Druck auf Joyce auszuüben. Sie übertragen ihr alle Kontrolle und Initiative zum Sex.« Nach einer Pause fügte ich hinzu: »Vorläufig.«

Nach kurzem Schweigen meinte Thomas mißtrauisch: »Ich glaube nicht, daß das klappt, aber ich versuche es.«

»Nicht nur versuchen, tun.« Fester fügte ich hinzu: »Sie warten, bis sie sich Ihnen nähert.«

Margaret wandte sich zu Joyce: »Ihr Teil dieses Vertrages besteht darin, auf ihn zuzugehen – in Ihrem eigenen Tempo, zu der Ihnen genehmen Zeit. Und wenn Sie irgend etwas stört, sagen Sie es, Sie haben das Recht, jederzeit aufzuhören. Ich schlage vor, daß sie von diesem Recht Gebrauch machen, wenn Ihnen etwas nicht paßt.«

»Dann hat sie also totale Kontrolle«, sagte Thomas, wieder mit seinem ironischen Grinsen. »Und ich habe wohl Ruhe.«

»So ein Scherz klingt nach viel Unsicherheit«, sagte ich zu ihm.

»Tut mir leid«, entgegnete er mit veränderter Stimme. Den Rest der Sitzung verbrachten wir damit, das Paar zu beraten, wie sie ihr Verhalten änderten, und ich sagte zu Thomas, der Erfolg des Experiments hänge überwiegend davon ab, wie er seinen Teil des Vertrages einhielt. Er sollte Joyce die totale Kontrolle übertragen.

In der nächsten Sitzung wirkte Joyce sehr erregt. Nach dem anfänglichen Geplauder fragte Margaret sie, was los sei.

»Zuerst ging alles gut. Thomas war toll. Er hielt sich einfach zurück, und ich war schon viel entspannter. Wir hatten ziemlich heiße Schmusereien, was Spaß gemacht hat. Es war wieder ein bißchen wie als Teenager.« Pause, in der sie Thomas Bestätigung suchend anblickte. Er lächelte, zur Abwechslung zärtlich und fürsorglich. »Dann beschloß ich, gewagter zu werden, und machte ihn richtig an. Ich habe ihn verführt.« Weitere Pause.

»Und?« drängte sie Margaret.

»Ich hatte einen schrecklichen Angstanfall. Ich bekam keine Luft. Ich dachte eine Weile, ich würde sterben. Es war fürchterlich.«

»Das tut mir leid«, sagte Margaret. »Haben Sie irgendeine Ahnung, was geschah?«

»Ich habe nicht die leiseste Ahnung. Es kam wie angeflogen.«

Jetzt herrschte Schweigen. Margaret und ich fragten uns, wie wir mit dieser Entwicklung umgehen sollten. Gottseidank sagte Thomas nicht: »Ich habe es doch gleich gewußt!« Er sah echt um Joyce besorgt aus.

»Haben Sie schon einmal einen solchen Anfall gehabt?« fragte Margaret sanft.

»Ja, von Zeit zu Zeit. Gewöhnlich im Zusammenhang mit Sex. Vielleicht heißt mein Thema, die Initiative ergreifen.« Sie dachte nach und überlegte weitere mögliche Gründe. Ihr schien diese Schwierigkeit peinlich.

Margaret begann zu bohren. »Wenn Sie daran denken, was Sie als Kind über Sex erfuhren, was, glauben Sie, dachte man in Ihrer Familie über eine Frau, die sexuell die Initiative ergreift?«

»Ich kann mich nicht erinnern, daß das jemals erwähnt wurde. In meiner Familie wurde nie über Sex gesprochen. Nie.« Sie dachte immer noch nach. »Meine Mutter war sehr prüde. Vermutlich hat sie das nie getan – die Initiative ergriffen.«

Margaret fragte: »Glauben Sie, daß ihr Vater sexuell frustriert war?«

»Das kann ich mir gut vorstellen. Das hat er sogar einmal zu mir gesagt.«

»Er hat mit Ihnen über die sexuelle Beziehung zu Ihrer Mutter gesprochen?« fragte Margaret betroffen.

»Ja, das war mir sehr unangenehm.«

»Wie alt waren Sie da?« fragte Margaret weiter.

»Dreizehn, vierzehn.« Joyce schien beunruhigt über ihre Gedanken.

»Das war unfair«, sagte Margaret sanft.

»Ich fand es auch unfair«, antwortete Joyce und wirkte sehr verlegen. »Ich hatte oft das eindeutige Gefühl, meinem Vater Grenzen setzen zu müssen. Ich glaube, ich habe mich nie getraut, zu denken, was mir Sorgen machte, aber das Gefühl war da. Wenn ich ihm nicht Grenzen setze, kann etwas Schlimmes geschehen. Vermutlich war es seine flirtende Haltung mir gegenüber und wie er mir Dinge beichtete.«

Margaret fragte: »Ist denn einmal etwas Unrechtes geschehen?«

Joyce zögerte einen Moment und sagte dann bestimmt: »Nein, das nicht.«

Ich sagte zu ihr: »So konnten Sie als Teenager nicht das normalerweise harmlose Spiel mit Ihrem Vater spielen, bei dem man das Flirten lernt. So probieren viele Mädchen ihre Sexualität aus, und wenn die Eltern eine gute sexuelle Beziehung haben, ist das auch kein Problem. Doch Ihre Eltern hatten das nicht.«

»Nein«, antwortete Joyce traurig.

Margaret blickte Joyce skeptisch an. »Joyce«, sagte sie, »als ich Sie fragte, ob etwas Unrechtes zwischen Ihnen und Ihrem Vater geschehen sei, zögerten Sie. Warum, glauben Sie, haben Sie das getan?«

»Ich dachte nach«, verteidigte sie sich. »Ich versuchte, mich zu erinnern.«

»Sind Sie sicher, daß Ihnen nicht etwas eingefallen ist?«

Joyce sah aus, als habe Margaret sie geschlagen. Ihr Gesicht wurde fahl, der Atem flach. Nach langem und sehr unbehaglichem Schweigen seufzte sie tief und resigniert. »Ich war mir nie sicher, ob es auch wirklich geschah. Es schien so unwirklich.«

Margaret schlug mitfühlend vor: »Wenn Sie jetzt nicht darüber reden wollen, könnten wir eine Einzelstunde verabreden, Joyce.«

»Nein«, erwiderte Joyce, wieder resigniert. »Ich möchte es loswerden.« Es folgte eine Pause, in der sie nachdachte. »Als ich etwa sechzehn war, ging ich mit meinem Vater ein Grundstück ansehen, das ein Freund ihm zum Kauf angeboten hatte. Es lag draußen auf dem Land, der Freund mußte früher fortgehen.« Ein weitere Pause. »Wir gingen durch einen Wald, und mein Vater hat eine Hand auf meine Brust gelegt. Das war alles.«

»Was haben Sie gemacht?« fragte Margaret.

»Ich sagte: ›Daddy, was machst du da?‹, und er entschuldigte sich, als sei es ihm nicht aufgefallen.« Wieder ein Seufzer, dieses Mal vor Erleichterung. »So, jetzt habe ich es herausbekommen.«

»Gibt es noch irgend etwas, was Sie nicht erzählt haben?« fragte Margaret zögernd.

»Nein, das war es. Das Komische ist, daß wir beide nie wieder darüber geredet haben. Es war, als sei es gar nicht geschehen.« Wie einen Nachgedanken fügte sie hinzu: »Damals fingen die Angstanfälle an. In dem Sommer hatte ich meinen ersten.«

»Kein Wunder, daß Sie Schwierigkeiten haben, bei Thomas sexuell die Initiative zu ergreifen«, sagte Margaret. »Das war eine sehr unfaire Geschichte, die Ihnen da passiert ist.«

»Ja, mich in acht nehmen ist mir sehr vertraut.« Sie weinte jetzt.

Wir arbeiteten natürlich an Joyces frühem Trauma weiter, dem eigentlich deutlichsten Vorfall in einer langen Geschichte von subtilem sexuellen Druck von seiten des Vaters. Schon das Reden über diese Sache schaffte sofortige Erleichterung bei Joyce und ermöglichte, daß sie mit Thomas einen Schritt weiterkam. Wie Thomas gegen seine Angst vor verbaler Nähe zu kämpfen hatte, mußte Joyce allen Mut aufbringen, sich ihren Ängsten vor sexueller Nähe zu stellen.

Die Aufgaben, die wir in diesem »Verhaltens«-Stadium der Therapie stellen, bewirken oft überraschende Veränderungen in der Interaktion eines Paares, doch sie verweisen auch auf tieferliegende Themen, die diese Muster gebildet haben. Wenn diese Probleme ans Licht kommen, führen sie uns zu einer Arbeit, die ernsterer Natur ist und weitreichender: Es geht darum, die eigene Geschichte neu zu schreiben.

Macht und Schwäche und die vom Mann dominierte Ehe

Ein jeder wird sich an das mit Splittern verbundene Vergnügen, Hauptattraktion eines jeden Spielplatzes, erinnern, die Wippe. Wie schön, jemanden zu finden, der genauso schwer war wie man selbst, und wenn wir das Gleichgewicht ausgetestet hatten, schossen wir abwechselnd hoch in den Himmel und wieder hinab, um dann den anderen in schwindelerregende Höhen zu schicken, auf, ab, auf, ab. Wir verstärkten diese Bewegungen durch rhythmisches Abstoßen, bis der Balken sich fast bog. Dann experimentierten wir weiter: Wir balancierten uns genau in die Waagrechte, schoben uns verstohlen vor, damit der Partner unvermittelt auf den Boden bumste, glitten plötzlich wieder zurück, und er saß oben und mußte »verhungern«. Wir lernten die genaue Hebelwirkung mit jemandem abzuschätzen, der schwerer war. Doch am wichtigsten war, daß wir lernten, wie diese fast sexuelle Ekstase nur durch beiderseitigen Einsatz zu erzielen war. Wenn wir in einer bestimmten Position strandeten, war der Spaß vorbei.

Genauso verhält es sich mit der Ehe. Wenn wir in einer psychologischen Situation gefangen werden, ist der Spaß vorbei. Im Reich der Macht und der Schwäche neigen wir stark dazu, in unseren jeweiligen Positionen unbeweglich zu werden.

Als Kind stammte fast alle unsere Sicherheit und unser Schutz von der grundsätzlich ungleichen Beziehung zu unseren Eltern her, besonders aus der Bindung an die Mutter. Als Erwachsene neigen wir dazu, einigen Unsicherheiten des Lebens zu begegnen, indem wir unsere Beziehung hierarchisch strukturieren. John, ein Klient in mittlerem Alter, beschrieb einen gerade stattgefundenen Besuch bei seiner Ursprungsfamilie: »Als ich meinen Bruder beim Erntedankfest sah ... meinen älteren Bruder, sagte er ...« Als er mein Lächeln bemerkte, lachte er und erzählte weiter. Mich belustigte, daß Johns »älterer Bruder« sein identischer Zwillig ist, aber er kam zwanzig Minuten vor ihm auf die Welt. Ich begreife Johns Bedürfnis, seinen Bruder als den älteren anzuerkennen. Er hatte keinen Vater und war ein fürsorgliches

Kind, das sich für seine Mutter verantwortlich fühlte – aber mich machte die Stärke dieses Bedürfnisses betroffen.

Vielleicht gibt es genetische Gründe für die durchgängige menschliche Gewohnheit, Beziehungshierarchien zu bilden. Doch es gibt zweifelsohne emotionale Gründe für diese Neigung, und die Ehe ist diesen stark unterworfen.

Um irgendwie das Gefühl zu wiederholen, versorgt und beschützt zu werden, das wir als Kinder erfuhren, wählen wir nicht nur einen Partner aus, der uns an eine oder mehrere Gestalten unserer Ursprungsfamilie erinnert, wir lernen auch, uns auf »elternhafte« Weise unserem Partner gegenüber zu verhalten. Indem wir den Partner als »Eltern«-Figur sehen, statten wir ihn natürlich mit all den Assoziationen aus, die wir mit dem Leben bei den Eltern verbinden: mit ihrer Fähigkeit, uns zu verletzen und zu verlassen, ihren Regeln über Sex, Wut und Liebe.

Neben unserem Bedürfnis nach Schutz und Sicherheit haben wir auch profunde Bedürfnisse nach Autonomie und Unabhängigkeit. Diese Bedürfnisse fordern, daß wir mit unserem Partner eine gleichberechtigte, individuelle Beziehung haben. Die Spannung zwischen diesen Bedürfnissen – nach Sicherheit und Schutz und Unabhängigkeit sowie Autonomie – ist für den Menschen grundsätzlich und wird nie »gelöst«. Doch wie wir mit diesem Kampf in unserer Ehe umgehen, hat großen Einfluß auf unsere Lebensqualität.

Vielleicht stützen wir uns gern auf unseren Partner wegen seiner Stärke und Führungseigenschaft, doch wenn man die ganze Zeit am unteren Ende der Wippe sitzt, fühlt man sich leicht gedemütigt und begrenzt, ein bißchen wie in einer immerwährenden Kindheit. Oder: Anfänglich sind wir in unserer Ehe vielleicht gern stark und herrschend und bleiben in der gefährlichen Position oben auf dem Balken, doch auch das wird anstrengend. Wir spüren die schreckliche Last der Verantwortung und die Belastung, immer nur zu geben.

In einer gesunden Ehe können wir erwarten, Macht *und* Schwäche zu erfahren. Wir können stark und unterstützend sein, aber auch bedürftig und Unterstützung brauchend. Doch Unterstützung ist etwas anderes als »Fürsorge«. Dieser Unterschied bedarf weiterer Ausführung. Wir können auch gemeinsam verletzlich sein und Gefühle der Zärtlichkeit und Trauer teilen (vielleicht ist das der kostbare, schwebende Moment, wenn der Balken waagerecht bleibt). Aber wir sollten auch beide zusammen stark sein können, einander konfrontieren und Gedanken selbstbewußt gegeneinander vertreten (hier wippen wir heftig auf und ab und testen die Grenzen unserer Kraft). Wenn wir uns trauen, können wir bei diesem spannenden Spiel alles ausprobieren.

Doch es gibt viele Hindernisse für diese bestmögliche Ehe, in der beide zugleich stark und schwach sein können. Die meisten dieser Hindernisse sind die Folge davon, daß wir im allgemeinen nicht in einer perfekten Ehe großgeworden sind, in der wir lernten, daß wir uns begrenzen müssen, wenn wir geliebt werden wollen. Jeder muß von sich selbst wissen, wie diese Hemmungen entstanden, wir müssen verstehen, wo für uns die Wippe festhakt.

Eine allgemein akzeptierte Definition von Macht besagt, Macht heiße die Fähigkeit, den gewünschten Effekt auf das Verhalten anderer zu haben. Das schließt vielleicht die Fähigkeit ein, andere von einer Veränderung ihres Verhaltens abzuhalten, ein Zustand, in dem sich heutzutage viele Männer mit ihren Frauen befinden. Macht ist also die Fähigkeit, andere zu einer Verhaltensweise zu zwingen, die wir wünschen. Was für eine Überraschung!

Wissenschaftler sind in dem Versuch, ihre empfindlichen Meßgeräte an diese flüchtige Dimension anzulegen, das Problem von verschiedenen Gesichtspunkten aus angegangen. In einem häufig zitierten Buch beschreiben Cromwell und Olson verschiedene »Domänen« der Familienmacht:

Machtgrundlagen (oder Ressourcen)
Es handelt sich um jene persönlichen Eigenschaften, die jemanden befähigen, Macht und Kontrolle auszuüben. Was macht jemanden mächtig? Heißt, ein Mann sein, immer Macht zu haben? Hat eine Person mit einer besonderen Erfahrung oder Fähigkeit mehr Macht? Ist es der Verfolger oder der Distanzierer? Ist die Person, die mehr Geld verdient, immer dominant?

Machtprozesse
Es handelt sich um die Art, wie ein Paar Macht ausdrückt. Wie wird verhandelt? Welches Kommunikationsmuster wird angewendet, ein freundliches, konstruktives oder ein herausforderndes, feindseliges? Sind bestimmte Kommunikationsstile mit mehr Macht verbunden oder mit mehr Zufriedenheit? Forschungsstudien in diesem Bereich stützen sich in der Regel auf direkte Beobachtungen von Diskussionen unter Paaren.

Machtresultate
Das sind die Ergebnisse der Entscheidungsprozesse. Wenn ein Paar eine Entscheidung treffen muß – in welchen Film man geht, wessen Eltern besucht werden – wer gewinnt? Trifft im Verlauf der Zeit ein Partner häufiger die Entscheidung? Wechselt man sich ab, oder wird jede Entscheidung einzeln ausgehandelt? Studien in diesem Bereich stützen sich auf die fragwürdige Praxis, Paare über ihre Entscheidungsprozesse zu befragen.

Machtkonstellationen

Die Psychologinnen Bernadette Gray-Little und Nancy Burks fragen in einer Besprechung von zahlreichen Forschungsberichten: »Wie sieht die Beziehung zwischen ehelicher Zufriedenheit und ehelicher Macht aus?« Die beiden Wissenschaftlerinnen äußern zwar ihre methodischen Zweifel an einer Reihe von Studien, doch insgesamt scheint ein bestimmter Trend aus allen hervorzugehen. Diese Ergebnisse stimmen auch stark mit unserer klinischen Erfahrung überein.

Sozialwissenschaftler haben Ehen zu Forschungszwecken in drei Grundkonstellationen der Macht eingeteilt, und diese Konstellationen bilden die Basis für Gray-Littles und Burks' Vergleiche:

Egalitäre Ehen (auf Gleichheit und Gleichberechtigung zielende Ehen)
Bei diesem Typ unterscheiden manche Autoren noch zwei Untergruppen. In der einen handelt das Paar alle Entscheidungen gemeinsam aus, in der anderen hat jeder sein separates »Gebiet«, innerhalb dessen sie oder er die Entscheidungen trifft. Nach Gray-Little/Burks geht aus allen Studien hervor, daß *egalitäre Ehen am zufriedenstellendsten sind.*

Dieses Ergebnis finden wir auch in den verschiedensten Kulturen.

Vom Mann dominierte Ehen
Diese traditionelle Partnerschaft nimmt den zweiten Rang ein, wenn es um Zufriedenheit in der Ehe geht. In manchen Studien lag sie nicht weit hinter der egalitären Ehe. Sie erwies sich als die zufriedenstellendste. Mehrere Analytiker weisen darauf hin, daß diese beiden ersten Gruppen nicht scharf genug voneinander getrennt seien, weil »separate, aber gleichberechtigte« egalitäre Partnerschaften in Wirklichkeit traditionelle, männerdominierte Ehen seien.

Von der Frau dominierte Ehen
Gray-Little/Burks fanden in fast jedem Forschungsbericht, daß *diese Konstellation die am wenigsten zufriedenstellende für Männer wie Frauen sei*. Dieses Ergebnis wurde unabhängig von der Methode erzielt und in mehreren anderen Kulturen bestätigt. Sozialwissenschaftler sind sich nicht sicher, warum diese Ehen – die weniger häufig als die beiden anderen Formen sind – so universell unglücklich sind, doch ich möchte später ein paar Vermutungen über die Ursprünge des Kummers in dieser und anderen problematischen Konstellationen äußern.

Das andere eindeutige Ergebnis aus diesen Studien lautet, daß *Ehen, in denen beide Partner stark zu Kritik und Zwang neigen, fast ausschließlich unglücklich sind*. Manche Forscher meinten, der Kommunikations*stil* oder die Art und Weise, wie Macht ausgeübt wird, sei wichtiger für eine glückliche Ehe als das Machtmuster selbst.

Gray-Little/Burks geben zu, daß die Einteilung von Ehen in egalitäre, manndominierte und fraudominierte vermutlich zu simpel sei, und dem stimme ich zu. Wenn Margaret und ich das Thema Macht in der Ehe untersuchen, betrachten wir Macht etwas anders als die Wissenschaftler und stellen die folgenden Fragen:

Befinden sich die Partner in einer *symmetrischen* oder *asymmetrischen* Machtkonstellation?

Bei symmetrischen Konstellationen befinden sich beide Partner etwa auf gleicher Ebene und verhalten sich ähnlich. Beide sind vielleicht selbstbewußt, dynamisch und offen stark, oder beide sind recht unsicher und ängstlich, Macht auszuüben. Der bedeutsame Unterschied ist, daß nicht ein Partner deutlich dem anderen unterliegt. Sie sind gleichrangig oder aus der gleichen »Generation«.

Bei asymmetrischen Konstellationen sind die Partner sichtlich ungleich. Ein Partner befindet sich in der eher dominanten oder »Eltern«-Position, der andere in einer unterlegeneren »Kind«-Position. Da diese Begriffe zu belastet sind, benutzen viele Therapeuten Murray Bowens Bezeichnungen, der den dominanten Partner *überfunktionierend* nennt, und den »unterlegenen« *unterfunktionierend*. Diese weniger herabsetzenden Bezeichnungen sind deskriptiv insofern, als der überfunktionierende Partner in einer Ehe oft mehr von der emotionalen Last der Familie trägt, während der unterfunktionierende Partner weit weniger darin leistet.

Alle diese Konstellationen können relativ zufriedenstellend sein oder aber höchst kummervoll, und das hängt von einer Reihe von Faktoren ab, die wir untersuchen wollen.

Wie sieht die verdeckte Konstellation von Macht und Schwäche (Verletzlichkeit) in dieser Ehe aus?
Alle Paare versuchen ständig, einander zu beeinflussen, aber viele dieser Versuche werden versteckt und häufig unbewußt unternommen. Die offensichtliche Konstellation täuscht oft. Der scheinbar starke, dominierende Partner verdeckt seine oder ihre Unsicherheit, und der scheinbar schwache, furchtsame übt vielleicht großen Einfluß mit subtilen, indirekten Mitteln aus.

Ich werde nie mein erstes offizielles Erlebnis von verdeckter Anwendung von Macht in der Ehe vergessen. Ich war Doktorand und untersuchte die Ehen von vier verheirateten Studentenpaaren sowie deren Eltern. Bei meinem Interview mit Tim und Dora hatte ich eine Menge über Tims furchteinflößenden Vater gehört – seine dröhnende Stimme, seine Wutausbrüche, seine Körpergröße. »Ich sage das nicht gern, aber er ist ein richtiger Tyrann«, gestand Tim.

Vor dem Interview mit Tims Eltern hatte ich Angst. Und richtig, er begrüßte mich mit lauter, freundlicher Stimme und bat mich herein. Er rief seine Frau und deutete auf den Sessel, auf dem ich sitzen sollte. Als ich vor diesem einsneunzig großen, zweihundertfünfzig Pfund schweren Besitzer einer Reifenhandlung und seiner recht stillen, unauffällig gekleideten Frau saß, fragte er: »Was wollen Sie also wissen?« und machte damit deutlich, daß er meine Fragen beantworten würde. Die ersten Fragen waren sachlicher Natur, und er beantwortete die meisten, doch gelegentlich korrigierte ihn seine Frau höflich. Nein, sie hatten sich nicht 1941 kennengelernt, sondern 1940.

Als ich fragte, wer die Entscheidungen träfe, sagte er lachend: »Nun, wir bereden sie.« Pause. »Und dann entscheide ich mich.« Dann fügte er mit einer Endgültigkeit hinzu, die ich nicht in Frage stellen konnte: »Ich treffe fast alle Entscheidungen hier.« Ich warf der Frau einen Blick zu, um sie um ihre Meinung zu bitten, und merkte, daß sie leicht verärgert aussah und ganz und gar nicht unterwürfig. Ich wurde unsicher.

In diesem Moment klingelte das Telefon. Da wandte sich diese stille, scheinbar unterwürfige Frau zu ihrem Mann und sagte absolut bestimmt und kühl: »Geh ran!« Das war ein Befehl, wenn ich jemals einen gehört habe. Ohne den leisesten Protest erhob sich Tims Vater und trottete wie ein gehorsamer Hund zum Telefon.

»Es ist dein Tim!« dröhnte er. »Er will mit seiner Mama sprechen.«

»Sag, ich rufe zurück«, antwortete sie kurz.

Als er wieder auf das Sofa zurückkehrte, fragt er: »Wo waren wir stehengeblieben? O ja, Entscheidungen.« Da bemerkte ich das leise Lächeln seiner Frau.

Später erinnerte sich Tim, daß sein Vater immer wieder aufgrund seines Temperaments arbeitslos geworden war, und dann war seine Mutter immer eingesprungen und hatte ihm bei der Suche nach einer neuen Stelle geholfen.

Wir Familientherapeuten nehmen an, daß die verborgenen Realitäten in der Ehe ans Tageslicht treten müssen. Der Partner mit der verborgenen Schwäche muß fähig werden, diese Unsicherheiten darzulegen, und der Partner, der gezwungen wurde, seine oder ihre Macht indirekt auszuüben, muß dies offen und direkt tun. Tims Vater war in Wirklichkeit ein unsicherer Tyrann, und seine Frau war gezwungen, in seinem Schatten zu leben. Sie mußte ihre beträchtliche Kraft und Intelligenz indirekt anwenden.

Was sagt uns die Qualität der Kommunikation eines Paares darüber, wie es mit Macht umgeht?

Kommunikationsmuster in der Ehe enthüllen unvermeidlich die zugrundeliegende emotionale Struktur der Beziehung. Wenn wir die Arbeit mit einem Paar beginnen, achten wir auf zwei Hauptprobleme:

Hierarchische Kommunikation

Der überfunktionierende Partner läßt sich leicht durch seine Sprache der »älteren Generation« identifizieren: hilfsbereit, lehrhaft, analysierend, erklärend oder Anweisungen erteilend. Dies sagt uns, daß diese Person in der Ehe die »Elternrolle« spielt. Der unterfunktionierende Partner wird durch seine unterwürfigen, bittenden Opfer-Botschaften (»mißhandeltes Kind«) identifiziert, die seine unterlegene Position in der Ehe verraten. Wir beginnen fast unmittelbar mit dem Versuch, diesen Paaren zu helfen, ihr Kommunikationsmuster der Über- und Unterlegenheit zu ändern.

Vorwurfsvolle, Verantwortung ablehnende Botschaften

Wenn Partner einander Vorwürfe machen, enthüllen sie eine zugrundeliegende Abhängigkeit. »Du bist der Grund, warum ich unglücklich bin.« Das ist keine schlichte Kritik, sondern identifiziert den Sprecher als jemanden, der die Verantwortung für sein Leben dem Partner übertragen hat und diesem nun Vorwürfe macht, weil er seine Bedürfnisse nicht erfüllt, die unvermeidlich aus der Kindheit stammen. Diese Ablehnung von Verantwortung für das Selbst muß bearbeitet werden, ehe das Paar konstruktive Veränderungen vornehmen kann.

Wir betrachten nun die verbreitetsten Konstellationen und wie wir mit ihnen umgehen, beginnend mit den symmetrischen Ehen:

Symmetrische Ehen

Da sich beide Partner der Gleichberechtigung verpflichtet haben, sind *egalitäre Ehen* natürlich symmetrisch. Was gehört nun zu einer solchen Beziehung, die deutlich die zufriedenstellendste für beide Partner ist? Wir werden diese Frage im weiteren Verlauf ausführlicher beantworten, doch hier einen Anfang setzen.

Egalitäre, funktionierende Partnerschaften wurden erarbeitet. Nur wenige Paare beginnen eine Ehe mit einer solchen Beziehung. Die meisten Menschen haben nicht von ihren Eltern gelernt, wie man Entscheidungen gemeinsam, kooperativ und gleichrangig trifft, und wir können unsere Ehe nicht an den grundsätzlich unausgewogenen Beziehungen zu den Eltern oder Geschwistern ausrichten. Oft bilden Freundschaften das Vorbild für diese Art Partnerschaft.

Egalitäre Partnerschaften werden durch konstruktiven Konflikt geschaffen (einen Prozeß, den wir eingehender in Kapitel 16 behandeln). Am Anfang der Ehe finden wir heraus, daß unser Partner/unsere Partnerin uns unvermeidlich ausnutzt, wenn wir es zulassen. Er/sie wird uns dominieren und seinen oder ihren Wünschen unterordnen. Der einzige Weg, Sklaverei in der Ehe zu entgehen, heißt, Gleichheit zu fordern. Dies ist unangenehm, aber eine Tatsache. Wir sind ständig mit uns selbst beschäftigt und müssen ebenso ständig erinnert werden, daß vor uns ein anderer Mensch sitzt, den wir beeinträchtigen. *In jeder gesunden Ehe haben die Partner einen Weg gefunden, für ihre eigenen Bedürfnisse einzutreten und offen und konstruktiv mit Konflikten umzugehen.*

Eines der kritischsten Probleme in der Ehe ist, daß bestimmte Kindheitserlebnisse uns hindern, uns in Konfliktsituationen selbstbewußt zu verhalten. Warum können wir nicht unseren gerechten Anteil einfordern? Eines der wichtigsten Ziele dieses Buches ist, die verborgenen Verletzlichkeiten, die uns hindern, in einem Konflikt zu erfolgreichen Vertretern unseres Selbst zu werden, zu definieren und mit ihnen umgehen zu lernen.

Die Ehepartner akzeptieren Kompromisse. Abgesehen davon, daß sie selbstbewußt sein können, müssen sich die egalitären Ehepartner mit der traurigen Tatsache abfinden, daß wir bestimmte Wünsche und Bedürfnisse aufgeben müssen, um in den Genuß von Hilfe und Unterstützung des anderen zu gelangen. Wir müssen mit unserem Narzißmus fertig werden.

Die Partner respektieren Individualität und Autonomie. Egalitäre Partnerschaften werden von zwei getrennten Personen aufgebaut, die allein zurechtkommen, für sich Verantwortung übernehmen und mit dem Leben autonom umgehen – und die die Autonomie und Individualität von anderen respektieren.

Das verlangt Arbeit und Aufmerksamkeit. Egalitäre Partner verbringen eine Menge Zeit miteinander, um Probleme zu lösen – und sie reden über alles: die Kinder, die Finanzen, ihr Sexualleben, die täglichen Nachrichten. Gespräche – jede Menge – sind vielleicht ein gemeinsamer Nenner der erfolgreichen Ehe.

Diese Partner suchen sowohl zusammen wie allein Vergnügen. Sie vermeiden Rivalität, indem sie lernen, die Beziehung zu pflegen, zum Beispiel durch wöchentliche Verabredungen und gemeinsame Hobbys, doch sie lassen auch individuelle Aktivitäten und Hobbys zu.

Sie haben einen Weg gefunden, die hypnotische Wirkung eines Konflikts zu durchbrechen, oft mit einem Sinn für Humor. Sie können sich selbst zuschauen und sagen: »Ist das nicht lächerlich?« Ihre Beziehung beruht auf einem unerschütterlichen Vertrauen. Auch in den schlimmsten Augenblicken glauben sie daran, es zu schaffen.

Manche symmetrische Beziehungen sind jedoch entschieden weniger gesund als die egalitäre.

Die Kampfehe

Hier handelt es sich um eine Beziehung, in der beide Partner zwar gleich scheinen, aber ihr Stil ist stets herausfordernd und hoch konfliktträchtig. Oft haben beide Angst, vom anderen dominiert zu werden, und ihre Bemühungen, dies nicht eintreten zu lassen, machen sie mißtrauisch und aggressiv. Sie kämpfen vielleicht um jede Entscheidung und haben große Schwierigkeiten, gemeinsam zu handeln.

Kampfpaare haben eine Geschichte, die Kompromisse schwierig macht. Manchmal empfinden sie sie als gefährlich. Bei einem Paar, das wir berieten, hatten beide erlebt, wie der gleichgeschlechtliche Elternteil, mit dem sie sympathisierten, vom anderen Elternteil brutal dominiert wurde. Er hatte erlebt, wie sein Vater sich vor der ständigen Kritik der Mutter in die Depression zurückzog, sie, wie die Mutter vom Vater körperlich mißhandelt wurde. Da beide Angst hatten, das gleiche Schicksal zu erleben wie der gleichgeschlechtliche Elternteil, waren sie in stetiger, wachsamer Verteidigungshaltung befangen.

Manche Kampfpartner hatten Eltern, die sie als Kinder angegriffen und beherrscht haben, und sie haben Angst, vom Partner ebenso behandelt zu werden. Bei dem Versuch, sich zu verteidigen, schüchtern sie sich gegenseitig ein.

Oft hatten diese Partner in ihren Ursprungsfamilien Rollen, die es ihnen erschweren, gemeinsame Entscheidungen zu treffen. Zwei älteste Kinder sind vielleicht daran gewöhnt, Anführer zu sein und die Geschwister zu beherrschen. Da sie nicht gelernt haben, Kompromisse einzugehen und zu verhandeln, fühlen sie sich ständig vom Stil des Partners herausgefordert. Eines unserer Klientenpaare fühlte sich doppelt angreifbar, da er ein Einzelkind war und sie die Älteste. Beide hatten hochkritische, kontrollierende Mütter. Sie konnten das simpelste Thema in einen Machtkampf verwandeln.

Unter der tumultreichen Oberfläche einer solchen Ehe sind die Partner oft stark voneinander abhängig und haben Angst, von dieser Abhängigkeit »verschluckt« zu werden. Trotz der hohen Kosten dient der Kampf dazu, sie psychologisch getrennt zu halten. Diese defensiven Partner haben vielleicht auch sexuelle Probleme, die sie durch konstanten Konflikt vermeiden.

Kampfpaare müssen zunächst Einsicht gewinnen, warum sie sich durch die Bemühungen des anderen, Einfluß und Kontrolle zu gewinnen, so bedroht fühlen. Dann müssen sie lernen, einander nachzugeben, lernen zu tun, was der andere will. Wenn sie diesen scheinbar riskanten Prozeß beginnen, entdecken sie den Zauber der Gegenseitigkeit. »Wenn ich nett zu ihr bin, überwältigt sie mich nicht und fordert nicht mehr, sondern tut auch Dinge, die mir gefallen!«

Wir bringen diesen Paaren auch bei, »Händel« abzuschließen und zu feilschen: »Wenn ich den Mülleimer hinaustrage, spülst du ab?« Das hilft diesen Paaren vielleicht auch, verschiedene Kontrollbereiche auszuhandeln oder sich bei der Kontrolle verschiedener Aktivitäten abzuwechseln. Ein Streitpaar löste sich mit der Verwaltung des Bankkontos ab und hielt gelegentlich Konferenzen über größere Entscheidungen ab. Ein anderes Paar wechselte sich jede Woche im Haushalt ab. Wir versuchen, solchen Austausch zum Spiel zu machen, unterstützen, wenn ein Machtkonflikt droht, und entschärfen ihn möglicherweise mit Humor.

Da sich diese Kampfpaare durch die unterschwellige Furcht vor dem Zusammensein bedroht fühlen, nützt vielleicht auch eine vorübergehende Trennung während des Therapieprozesses. Sobald sie allein zu leben beginnen, beruhigen sie sich und lernen, vernünftiger miteinander zu verhandeln.

Die pseudogleiche Ehe

Im dramatischen Kontrast zu der Kampfehe scheinen diese Paare sich nie zu streiten. Der Zustand der Pseudogleichheit wurde zuerst von dem Familientherapeuten Lyman Wynne beschrieben. Es handelt sich um eine erzwungende, falsche Nettigkeit, die von der Angst vor Wut motiviert wird. Diese Partner sind vielleicht ständig zusammen und scheinen stark kooperativ, doch unter der Oberfläche sind sie aufeinander sehr wütend.

Die Geschichten solcher Paare weisen vielleicht Ablehnungen oder einen Verlust auf. Da man einen Konflikt als Wiederholung von Verlust erfährt, scheint er gefährlich. »Wenn er wütend wird, werde ich zurückgewiesen.« Sie geben sich viel Mühe, nett miteinander zu sein, und leugnen ihre Frustrationen und ihre Wut.

Doch solche Ruhe hat ihren Preis. Paare, die in die Therapie kommen und behaupten: »Wir streiten uns nie«, haben gewöhnlich schwere Probleme. Vielleicht haben sie ein Kind, das als Sündenbock dient und zum Ziel ihrer Aggression geworden ist. Einer oder beide sind vielleicht stark depressiv oder haben psychosomatische Probleme, weil die Wut gegen sich selbst gerichtet wird. Oder die Wut ist offen ausgebrochen, und sie glauben, eine Scheidung sei die einzige Möglichkeit, mit diesem angstbeladenen Gefühl fertig zu werden.

Bei der Arbeit mit pseudogleichen Paaren versuchen wir, ihnen zu zeigen, wie sehr sie einander brauchen und voneinander abhängen. Es scheint vielleicht paradox, doch wir bestätigen ihr Zusammengehörigkeitsgefühl. Diese Unterstützung der Ehe erlaubt ihnen oft, sich ihrer Wut besser bewußt zu werden und sie zu äußern. Doch diese Partner brauchen Einsicht in ihre Verlustangst und müssen erkennen, welche Wirkung diese Angst auf ihren Umgang mit Wut hat.

Wut muß ausgeglichen werden, und wieder kann Humor lebensrettend wirken. »Wenn Gene schreit, werden Sie ihn deswegen verlassen? Weisen Sie ihn zurück, weil er keine Haferflocken mag?« Wir geben beiden Partnern die »Hausaufgabe«, jede Woche eine bestimmte Anzahl positiver Bemerkungen zu machen. Wir loben sie aber auch für jeden kleinsten Streit. Margaret und ich sprechen über unsere eigenen Meinungsverschiedenheiten und berichten sie vielleicht sogar Satz für Satz.

Wie bei anderen Konstellationen bewältigen die pseudogleichen Paare vielleicht ihre Schwierigkeiten erst, wenn die unterschwelligen Kindheitsthemen aufgetaucht sind und sich zu lösen beginnen.

Asymmetrische Ehen

Ich glaube, asymmetrische Machtverteilung in der Ehe ist gewöhnlich problematisch. Ein traditionelles Paar kann vielleicht bestimmte Konflikte vermeiden, indem es eine Hierarchie aufstellt und die Gebiete in »ihres« und »seins« aufteilt, doch gibt jeder wichtige Aspekte seiner Persönlichkeit bei solchen Verabredungen auf. Diese Art Rollenspezialisierung ist grundsätzlich ein Ausdruck von Abhängigkeit: Jeder hängt vom anderen ab, der Teil zu sein, den der andere nicht zu sein wagt. Männer wie Frauen können zwar daraus bestimmte Vorteile gewinnen, aber ich glaube nicht, daß die traditionelle, manndominierte Konstellation gesund ist; und die fraudominierten Ehen, die wir im nächsten Kapitel behandeln, sind oft sehr unglücklich.

Die vom Mann dominierte Ehe

Es handelt sich um die Ehekonstellation, die viele Menschen für »normal« halten. Sie ist immer noch am häufigsten.

»Joan, würdest du bitte herkommen?« Das war die Stimme ihres Mannes, und sie klang deutlich ärgerlich. »Was habe ich getan?« fragte sie sich ängstlich. »Wo ist er bloß?« wunderte sie sich.

Sie hatte in der Küche gestanden und sich um den Braten gekümmert, und als sie in den Flur ging, merkte sie, daß die Kellertür offenstand. »Ich bin hier unten«, hallte Erics Stimme die Treppe herauf.

Sie schritt rasch die vor kurzem mit Teppich belegte Kellertreppe hinab und sah Eric unten an die Wand gelehnt stehen. »Schon wieder«, sagte sie zynisch bei sich und atmete schneller.

»Tut mir leid, dich zu stören«, sagte er höflich. »Ich weiß, daß du beschäftigt bist.«

»Warum muß er immer so verdammt höflich sein!« dachte sie und sah Erics Stahlbrille aufblitzen. Als sie neben ihn trat, fand sie seinen großen, muskulösen Körper wie oft einschüchternd. »Was ist denn los?« fragte sie freundlich, doch sie wußte, was nun kam.

»Das Phantom hat wieder zugeschlagen. Der Thermostat ist abgestellt. Ich habe einfach Angst, daß uns hier unten alles verschimmelt.«

Nach einer Pause fragte er: »Glaubst du, es war Deborah?« Joan zuckte schweigend zusammen. Ihre sechzehnjährige Tochter war immer der Sündenbock, wenn etwas schiefging. Warum konnte er sie nie in Ruhe lassen? Eric erkannte Joans stumme Mißbilligung und fuhr mit strengerer Stimme fort: »Wir müssen dafür sorgen, daß sie damit aufhört!« Nach einer weiteren Pause sagte er: »Würdest du bitte mit ihr sprechen?«

Joan spürte, wie ihr Herz ängstlich pochte. Hinter Erics schneidend höflicher Stimme hörte sie seine verhaltene, starke Wut und sah das stählerne Glitzern in seinen Augen, vor dem sie Angst hatte. Warum ließ er Deborah nicht in Frieden? Warum hackte er immer auf ihr herum? Sie seufzte. »In Ordnung«, sagte sie nachgebend.

»Findest du etwa, daß ich Unrecht habe?« fragte er, und nun klang seine Stimme leicht verletzt. Das war das Seltsamste: wie sie ihn verletzen konnte, wenn sie nicht seiner Meinung war.

»Nein, nun, doch ja, ich finde, du hast Unrecht.« Jetzt hatte sie es gesagt. Warum konnte er nicht direkter mit den Kindern umgehen, anstatt sie immer als seinen Feldwebel zu benutzen? »Ich wünschte, du könntest einmal selbst mit ihr reden.« Das hätte sie schon vor einem Jahr sagen sollen, und sie wußte, sie brachte es jetzt heraus, weil sie eine Stelle hatte. Sie war schlecht bezahlt und arbeitete nur Teilzeit, aber immerhin war das ein Anfang. Ihr Herz pochte wild.

»Gut«, erwiderte er tonlos. »Das werde ich tun.« Sie wußte, daß er nun gereizt war, und ging die Treppe wieder hinauf. Sie fragte sich, was er wohl zu Deborah sagen und wie sie es aufnehmen würde. Es schien keinen Ausweg zu geben.

Sie sprachen vor dem Essen nicht mehr miteinander, doch sie fand es schwierig, herauszufinden, ob er wütend war. Sie versuchte wie immer, nett zu sein. Das Abendessen war sehr lebhaft. Die zurückhaltende Musterschülerin Anita, achtzehn, saß gegenüber ihrer sehr redseligen besten Freundin, Deborah saß neben Stacey, ihrer Punk-Freundin, die glücklicherweise heute nicht ihr weißes Make-up trug. Während der Rest der Familie sich unterhielt, flüsterten Deborah und Stacey häufig miteinander. »Laßt uns doch bitte auch an eurem Gespräch teilnehmen«, sagte Eric fest, aber freundlich.

»Klar, Daddy. Tut mir leid!« Joan dachte, wie nachgiebig ihre Kinder doch waren. Wie gut, kein wirklich rebellisches Kind wie Stacey zu haben. Sie mochten Stacey, doch Deborahs Freundschaft mit ihr machte beiden Eltern Sorgen. Das war jedoch nicht die einzige Sorge um Deborah. Ihre Noten waren in der letzten Zeit schlechter geworden, und sie schien mürrisch und zurückgezogen und nicht mehr so fröhlich und ausgelassen wie sonst.

Eric saß am Kopf des Tisches und schnitt den Braten auf. Er legte jedem auf und sprach ein paar Worte. Zu beiden Gästen war er nett, und Deborah ermahnte er, nicht die Ellbogen auf den Tisch zu stützen. Im weiteren Verlauf des Essens spielte sich die Unterhaltung jedoch mehr und mehr zwischen Joan und den Mädchen ab. Joan kannte ihre Lehrer, die anderen Kinder, über die man sprach, und den allgemeinen Klatsch. Es war eine lockere, freundliche, gemütliche Unterhaltung, und Joan hatte Spaß daran. Als sie Eric einen kurzen Blick zuwarf, erkannte sie, daß er sehr einsam und streng wirkte. Einen Moment lang machte er sie betroffen. Später unternahm er einen Versuch, das Thema auf Politik zu lenken, ein Thema, über das die Mädchen seiner Meinung nach mehr Bescheid wissen sollten, doch wie immer kehrten sie bald zu den neuesten Filmen und einem kommenden Rockkonzert zurück. Joan sorgte sich, daß er über den Thermostat reden würde, doch das tat er nicht. »Würdet ihr beide ...«, er wies auf Deborah und Anita, »... den Abwasch erledigen?« sagte er am Ende des Essens bestimmt, und die beiden Mädchen gehorchten wie immer.

Es war fast zehn Uhr, als Joan den Streit im Wohnzimmer hörte. Beide Freundinnen waren gegangen, und Deborah, die kürzlich den Führerschein gemacht hatte und jede Gelegenheit nutzte, das Auto zu nehmen, wollte zum nächsten Drugstore fahren, der die ganze Nacht offen hatte, um Kosmetika zu kaufen. »Ich sagte doch, ich war es nicht«, sagte Deborah laut. »Wie oft soll ich es noch wiederholen, Daddy? Warum glaubst du mir nicht?«

»Anita war es auch nicht, und ich weiß, daß deine Mutter es nicht war. Wer sonst soll es also sein?«

»Und was ist mit Selma?« fragte Deborah wütend. »Hast du sie schon verhört?« Später fand man heraus, daß die Putzfrau in der Tat den Thermostat abgestellt hatte.

Joan wußte zwar, daß Eric sehr wütend war, doch seine Stimme blieb ruhig. »Was mich jetzt ärgert, Deborah, ist, wie du mit mir redest. Ich versuche, vernünftig zu bleiben, und du ...«

»Warum beschuldigst du immer nur mich, Dad? Warum immer nur mich? Huh?« Die letzte Silbe klang provokativ und wütend und traf Eric wie ein Schlag.

»Hör mir mal zu, junge Dame, bis du gelernt hast, höflicher mit mir zu sprechen, bist du für mich *abgemeldet.*« Noch nie hatte Joan Eric so wütend gehört. Sie wollte hineingehen und Deborah verteidigen, hatte aber große Angst, daß dadurch alles noch schlimmer werden würde.

Da explodierte Deborah und brüllte und weinte zugleich: »So ist das also, Dad? Warum meldest du mich nicht einfach ein paar Monate ab, sperrst mich in mein Zimmer und wirfst den Schlüssel fort?« Dann drehte sie sich um, ging aus der Hintertür und warf die Tür ins Schloß. Auch als das Auto in der Garage heulend angelassen wurde, regte sich Eric nicht.

Erst um drei Uhr am Morgen spürten sie Deborah auf. Sie war stundenlang herumgefahren und schließlich zu Stacey gegangen. Joan versuchte am Telefon, die Tochter nach Hause zu locken, aber sie weinte und sagte, sie habe Angst und würde nie mehr zurückkommen. Deborahs Schluchzen am Telefon gab Joan den Mut, Eric anzusprechen.

»Eric, ich kann das nicht akzeptieren.« Eine innere Stimme riet ihr, ruhig zu bleiben, aber sie konnte es einfach nicht. Ehe ihr bewußt wurde, was sie sagte, kamen die Worte auch schon: »Du bist genau wie dein Vater. Das Leben mit dir ist genauso, wie es mit ihm gewesen sein muß. Alle haben Angst vor dir! Merkst du eigentlich, was für ein Tyrann du bist?«

Diese Worte trafen Eric wie ein gut plaziertes Messer. Er fühlte, wie sie in ihn eindrangen, und er schien ihnen nichts entgegensetzen zu können. »Das bin ich gar nicht«, sagte er bei sich. Vor ihm tauchte ein lebhaftes Bild seines Vaters auf, der seine Mutter schlug, doch er wehrte es ab. Das konnte nicht wahr sein. Er hatte sein Leben mit dem Vorsatz aufgebaut, anders als sein gewalttätiger Vater zu sein – vernünftig, ruhig, verantwortlich und gut zu seiner Familie.

»Wenn ich wie er bin«, konnte er endlich sagen, »bleibe ich nicht in dieser Familie. Ich will nicht wie er sein. Das ist alles.« Er spürte einen starken Schmerz in der Brust.

Schließlich beruhigten sich beide ein wenig und konnten miteinander reden. Dieses Gespräch dauerte den Rest der Nacht und hatte zur Folge, daß sie Hilfe suchten. Eine Woche später, nachdem Deborah drei Tage fortgeblieben war, lernten wir die Familie Strand kennen.

Die ersten Sitzungen waren angespannt und schwierig. Der Druck in dieser manndominierten Familie hatte sich schon lange aufgestaut, und alle waren explosiv. Es schien passend, daß der Konflikt beim unschuldigen Symbol der Temperaturkontrolle ausgebrochen war, die das Thema der Kontrolle selbst zu repräsentieren schien. Da Mutter und Tochter unbewußt zusammenarbeiteten, stand Erics Leitung dieser stark hierarchischen Familie unter Druck. Deborahs Pubertät und der Beginn ihrer Loslösung von der Familie entwickelten sich synchron mit dem wachsenden Mut der Mutter, teilweise abgeleitet von ihrer neuen Stelle als Aushilfslehrerin. In intuitiver Koalition trotzten sie Erics Autorität.

Als Joan ihre Unzufriedenheit mit der Ehe zugab, verlagerte sich das Zentrum von Deborah weg. »Ja, ich gebe zu, daß ich mir wünsche, mutiger mit dir reden zu können, wie Deborah«, sagte Joan schließlich. »Ich bin mit sehr vielem unzufrieden.« Joan erkannte, daß sie Deborahs Aufsässigkeit subtil unterstützt und sie unbewußt sogar dazu ermutigt hatte. Sie wußte, daß sie lernen mußte, selbstsicherer zu sein.

Eric fand es nicht gerade erleichternd, ihre Familiensorgen öffentlich zu machen. Er war ein stolzer, zurückhaltender Mann und sperrte sich dagegen, in Therapie zu sein. Er wußte, daß er manchmal zu streng war, aber er würde sich Mühe geben. Wie oft bei solchen Männern wußten wir nicht recht, ob wir eine Beziehung zu ihm aufbauen oder ihn wegen seines Verhaltens konfrontieren sollten.

Er war das ältere von zwei Kindern (seine Schwester war drei Jahre jünger), und er hatte in seiner Ursprungsfamilie gelernt, Anführer zu sein, weil sein Vater, ein Geschäftsmann, oft längere Zeit fort war. »Wenn mein Vater nach Hause kam, fingen die Probleme an. Ich glaube, er begann die Mißhandlungen, weil meine Mutter ihn sexuell ablehnte. Das vermute ich zumindest. Meistens brüllte er sie an, aber manchmal wurde es schlimmer, und dann schlug er sie. Ich hatte Angst, wenn ich das in der Nacht hörte. Mich hat er aber nie geschlagen. Mit sechzehn war ich so groß wie heute, und eines Tages konnte ich es nicht mehr aushalten. Ich weiß nicht, wie ich es geschafft habe, aber ich sagte, wenn er meine Mutter noch einmal anrührte, würde ich ihn umbringen. Dann ist es nie wieder geschehen – die körperliche Mißhandlung. Gebrüllt hat er weiter, und das hat sie sehr mitgenommen.«

Erich sah sehr traurig aus, als er über seine Familie sprach. Sein Vater war vor mehreren Jahren gestorben, und seine Mutter lebte in einem Altersheim. »Nach diesen Schlägen war sie nicht mehr die alte«, sagte er. Eric hatte sich als Kind geschworen, anders zu sein als sein Vater, stark, aber vernünftig, und Frauen immer zu helfen. Er hatte nicht gemerkt, daß er sich trotz seiner bewußten Absicht unbewußt mit dem gleichgeschlechtlichen Elternteil identifizierte und wie alle Menschen gebunden war, in mancher Hinsicht wie dieser zu sein.

Erics verhaltene Herrschaft hatte einen strafenden Aspekt, und als er auf diese Tatsache stieß, war er entsetzt.

Joan hatte sich anfänglich von Erics Stärke angezogen gefühlt. Er war der Vater, den sie nie hatte. Ihr eigener Vater war chronisch depressiv gewesen, oft in Krankenhäusern und früh gestorben. Nach seinem Tod wurde die Mutter, die der starke Elternteil gewesen war, zur Alkoholikerin. Joan übernahm die Elternrolle in der Familie und kümmerte sich um den jüngeren Bruder und die Mutter. Eric war der einzige Mann, auf den sie sich jemals verlassen konnte, und ihre Hauptquelle für emotionale Unterstützung.

Asymmetrische Ehen beruhen oft auf einem unbewußten »Vertrag« zwischen den Partnern – ein Konzept, das der Familientherapeut Clifford Sager eingeführt hat –, bei dem einer »Eltern« ist und der andere »Kind«. Dies mag vielleicht oberflächlich ausgewogen erscheinen, doch solche Abmachungen treffen immer nur zum Teil die »Wahrheit« der Person. Als wir die Strands besser kennenlernten, wurde deutlich, daß Joan eine verhalten starke Person war, die Eric häufig »bemutterte«. Vielleicht war es die Drohung, diesen Aspekt der Beziehung zu ihr zu verlieren, daß ihn ihre zunehmende Unabhängigkeit so ängstlich machte. Oberflächlich gesehen war er nicht nur dominant, sondern diese Dominanz war unangemessen.

Überfunktionierende Männer wie Eric identifizieren sich in der Kindheit oft mit dem dominanteren Elternteil. Es mag sich um einen dominanten Vater handeln, wie in Erics Fall, aber auch um eine dominante Mutter. Einer der in ihrer Herrschaft absurdesten Männer, mit denen ich in den letzten Jahren gearbeitet habe, war ein sehr einschüchternder, vielbeschäftigter Arzt, dessen Frau ein Büro leitete und jeden Aspekt seines Lebens kontrollierte. Er war das älteste Kind in einer Familie, die der Vater, ein chronischer Alkoholiker, verließ und der zähen, angstvoll kontrollierenden Mutter aufbürdete.

Dieser Mann hatte sich von seiner Mutter kontrolliert und eingeschüchtert gefühlt, und aufgrund des Versagens seines Vaters hatte er das intensive Bedürfnis, erfolgreich zu sein. Seine Lösung bestand darin, die Art seiner Mutter anzunehmen, mit Menschen umzugehen. Diese aggressive Haltung erlaubte ihm, sich in Beziehung mit Frauen stark zu fühlen und die Schwächen seines Vaters zu kompensieren. Er praktizierte das, was Freud die Identifikation mit dem Aggressor nannte, und wurde wie die Person, durch die er sich eingeschüchtert fühlte. Die schreckliche Bindung an seine Frau bestand darin, daß er sich durch ihre Versuche, stärker und autonomer zu sein, bedroht fühlte. Wenn er riskierte, weniger dominant zu sein, hatte er unbewußt Angst, wieder von einer Frau kontrolliert zu werden und schwach zu sein wie sein Vater. Erst, als wir ihm zeigen konnten, welchen hohen Preis sein frenetisches Überfunktionieren seiner Gesundheit abverlangte, begann er sich zu ändern; auf die Unzufriedenheit seiner Frau reagierte er erst, als diese einen Rechtsanwalt zwecks Scheidung konsultierte.

Eine ungleiche Machtverteilung in der vorherigen Generation ist entscheidend für die Festlegung von Ungleichheit in der gegenwärtigen Generation.

Als wir als Kinder unsere Eltern betrachteten, entschlossen wir uns unbewußt, diese ungerechte Konstellation zu ändern. Inwieweit wir uns in unserer eigenen Ehe eingrenzen oder Forderungen an uns stellen, hängt in großem Ausmaß davon ab, wie wir uns mit den Eltern identifizierten – wen wir als Opfer sahen und wen als Aggressor. Ein deutliches Beispiel geben viele Frauen, die in ihrer Ehe unterlegen bleiben, weil sie sich mit dem unterlegenen Vater identifizieren.

Bei dem Versuch, Joan mehr Selbstbewußtsein zu geben, stießen wir auf starken Widerstand. Sie sagte immer wieder: »So kann ich nicht sein.« Eines Tages, als wir mehr darüber erfahren wollten, wie sie ihre Eltern sah, baten wir sie, sich die Eltern im Gespräch auf zwei leeren Stühlen vorzustellen. Da begann Joan zu weinen. »Ich sehe etwas sehr Trauriges. Meine Mutter sagt harte, kritische Worte zu meinem Vater, und er sitzt einfach da und zuckt zusammen. Er scheint sich nicht wehren zu können.« In einer »Identifikation mit dem Opfer« hatte sich Joan in der Tat mit der Notlage ihres Vaters identifiziert, und ihre Schwierigkeit, selbstbewußter aufzutreten, lag teilweise daran, daß sie nicht wie die kritische, angreifende Mutter sein wollte. Ihre Angst, »so zu sein«, machte ihr normales Selbstbewußtsein unmöglich. Viele Frauen mit stark kritischen Müttern sind durch ihre Angst, das Verhalten der Mutter zu wiederholen, stark gehemmt.

Es gibt andere, weniger persönliche Machtgrundlagen in einer Ehe, von denen das eng zusammenhängende Trio von Geld, Ausbildung und Berufsstatus am weitestgehenden erforscht wurde. In all diesen Bereichen hatten und haben die Männer immer noch Vorteile.

Die Kontrolle des Geldes ist der sichtbarste Aspekt männlicher Hegemonie. Sehr viele Ehekonflikte drehen sich um Geld, und während diese Metapher – nur die Sexualität läßt in ihrer Universalität dieses Thema als Konfliktpunkt hinter sich – viele Themen symbolisieren kann, darunter auch Liebe und Sicherheit, stellt es häufig Kontrolle und Macht dar und ist ein wichtiger Hebel bei der Ehewippe.

Über Machtgrundlagen in der Ehe wurde viel geforscht, und die Ergebnisse überraschen nur selten. Die Macht des Mannes in der Ehe variiert entsprechend seinen sozioökonomischen Ressourcen (Einkommen, Ausbildung, Status). Männer mit gutem Einkommen und statusträchtigen Berufen haben nicht nur mehr Macht in der Ehe, sondern werden auch seltener geschieden. Status und Einkommen eines Mannes versorgen die Frau mit Vorteilen, die sie über ihren Machtmangel in der Ehe hinwegtrösten.

Eric war Chef einer großen Rechnungsprüfungsfirma und Joan den größten Teil ihrer Ehe Hausfrau gewesen. Sie war zwar attraktiv und intelligent, doch sich auch ihrer ökonomischen Unsicherheit stark bewußt. »Wenn Eric sagt, er kann in dieser Ehe nicht bleiben, wenn ich ihn beschuldige, wie sein Vater zu sein, bekomme ich schreckliche Angst. Ich weiß nicht, was ich nach einer Scheidung tun würde.« Für viele Frauen sind die nackten Tatsachen ihrer wirtschaftlichen Abhängigkeit und die vermuteten Schwierigkeiten bei einer Wiederverheiratung für die Angst verantwortlich, den Mann zu konfrontieren.

Natürlich nimmt die Macht von Frauen zu, weil ihnen heute bessere und höher bezahlte Berufe offenstehen als früher. Schon Joans kurze Phase der Teilzeitbeschäftigung half ihr, mutiger mit Eric umzugehen. Leider führt diese neue wirtschaftliche Macht der Frauen oft zu mehr Konflikten in der Ehe. Es ist eine traurige Aussage über die so leicht bedrohte männliche Psyche, daß Ehen, in denen die Frau mehr verdient als der Mann, viel eher in einer Scheidung enden als beim Gegenteil. Viele Wissenschaftler spekulieren, ob die zunehmende Scheidungsrate in den letzten Jahrzehnten in direktem Zusammenhang mit der wachsenden Berufstätigkeit der Frau steht. Frauen, die die Wahl haben, sich selbst zu versorgen, sind einfach weniger bereit, eine nicht zufriedenstellende Ehe fortzuführen.

Auch Kinder beeinflussen das Machtgleichgewicht in einer Ehe, doch die Beweislage hier ist strittig. Manche Studien scheinen anzudeuten, daß Kinder die Macht einer Frau innerhalb der Ehe stärken, während andere meinen, daß die Ansprüche von Kindern die Berufsmöglichkeiten der Frau und damit ihre Macht begrenzen. Die meisten Studien zeigen, daß die Macht der Frau in der Familie mit dem Alter zunimmt. Deborah hatte ihre Mutter unterstützt, und ihre zunehmende Unabhängigkeit löste vielleicht in Joans Leben eine Krise aus.

Es gibt viel zu lernen aus diesen Studien über ökonomische und soziale Einflüsse auf die Ehe, doch ich bin überzeugt, daß die grundsätzlichen Hindernisse zu einer gleichberechtigten Ehe im Schattenbereich der Kindheitserfahrungen liegen, bei Aspekten, die oft unbewußt sind. Wie sieht die Kindheitserfahrung von Männern aus, die als Erwachsene ihre Frauen nicht unterstützen können, stark und unabhängig zu sein? Was in der Kindheit von Frauen macht es ihnen so schwer, auf ihren Rechten zu bestehen, wenn sie erwachsen sind?

Bei Familie Strand ließen diese Kräfte Eric Widerstand gegen die Therapie zeigen. Bei den Sitzungen war er defensiv und abwehrend. Joan zögerte, ihn herauszufordern. Wenn ich versuchte, mit Joan über ihre Gefühle zu sprechen, unterbrach mich Eric. Er versuchte zu kooperieren, aber er wollte nicht, daß sich ein Fremder in seine Familie drängte.

Joan beteiligte sich auch wiederholt an einer Art Kampagne gegen Eric und bezog die Kinder mit ein. Mehrere Male forderte sie Deborah subtil auf, sich bei dem Vater über etwas zu beschweren, was sich als Grund für Joans eigene Wut auf ihn herausstellte. Joan war verlegen, solche Guerillataktiken zugestehen zu müssen, aber sie fand es sehr schwer, sie zu ändern.

Trotz dieser Widerstände machten wir Fortschritte. Erics Anspruch an die Kinder, perfekt zu sein, ließ nach, und er ging sanfter mit beiden um. Joan wirkte ein wenig selbstbewußter und lernte, auch bei Deborah einen festen Standpunkt einzunehmen. Wir konnten sogar Anita ermuntern, nicht so extrem leistungsbezogen zu sein. Mit verbesserten, aber grundsätzlich unveränderten Beziehungen brach die Familie die Therapie dann ab.

Etwa sechs Monate nach dem letzten Gespräch mit den Strands stellte Margaret fest, daß Paula ihr einen Termin mit Joan Strand – allein – gemacht hatte. »Was ist das?« fragte sie.

»Ich weiß es nicht«, antwortete Paula. »Sie hat nicht gesagt, warum.« Nach einem kurzen Zögern fuhr sie fort: »Ich weiß, daß du gewöhnlich nur Paare nimmst, aber sie wollte allein kommen und Eric nicht einbeziehen. Vielleicht hätte ich dich fragen sollen.«

»Nein, ist schon gut. Ich seh' sie mir an«, sagte sie.

An jenem Abend saß ich nach dem Essen im Arbeitszimmer, als sich Margaret neben mich setzte. »Ich muß mit dir über Joan Strand sprechen«, sagte sie sehr nervös.

Ich legte mein Buch beiseite.

»Ich habe sie heute allein gesehen, und das war vielleicht ein Fehler. Ich kenne jetzt ein sehr wichtiges Geheimnis.«

»Und das wäre?«

»Deborah ist schwanger.«

Ich war wie benommen. Dann fiel mir ein, daß es ein Geheimnis war.»Du meinst, Eric weiß nicht Bescheid?«

»Genau«, sagte Margaret knapp. »Ich aber.«

»Was haben Deborah und Joan vor?« fragte ich und hatte Angst vor der Antwort.

»Joan plant, Deborah auf einen Einkaufstrip nach New York mitzunehmen, wo Deborah abtreiben soll.« Margaret sah schrecklich besorgt aus.

»Ist Deborah damit einverstanden?«

»Sie ist sechzehn, Gus. Sie will dieses Baby nicht haben. Aber sie hat schreckliche Angst, daß ihr Vater herausfindet, daß sie schwanger ist, und sie hat Joan überredet, es ihm nicht zu erzählen.«

Ich fragte, immer noch ungläubig: »Und Joan hat zugestimmt, es ihm nicht zu sagen?«

Margaret antwortete: »Sie hat ebenfalls Angst vor seiner Reaktion. Sie hat Angst, daß er Deborah strafen wird, und wenn sie sie verteidigt, bedeutet das das Ende ihrer Ehe. Sie ist neunundvierzig, hat kaum Berufserfahrung und Angst.«

Als ich mir Erics verwundeten Stolz vorstellte, konnte ich ihre Angst gut verstehen. Der drohende Schatten eines wütenden Mannes schien sogar auf unserem Gespräch zu liegen.

»Begreift sie, was so ein Geheimnis Deborah und der gesamten Familie antun kann?« fragte ich. »Ich würde mir Sorgen machen, daß sich Deborah so schuldig fühlt, daß sie unbewußt etwas sehr Selbstzerstörerisches macht. Schwanger werden ist schon ein großer Schritt in diese Richtung. Ich glaube, ein solches Geheimnis würde eine entsetzliche Spaltung in dieser Familie bewirken.« Wir wußten beide, welche schlimme Wirkung größere Geheimnisse in Familien haben können. Sie rufen nicht allein Schuldgefühle hervor, sondern sind auf bestimmter, halbbewußter Ebene immer »bekannt«. Früher oder später würde Eric auffallen, daß ihn etwas Geheimnisvolles, Starkes von Deborah trennt. Wir nahmen an, daß die Familie selbst das Geheimnis ans Licht bringen würde, und dann – verspätet – würde dies vermutlich noch destruktiver wirken.

»Genau das, fast Wort für Wort, habe ich zu ihr gesagt.« Margaret klang leicht gereizt.

Ich seufzte frustriert. »Was zum Teufel sollen wir denn tun?«

»Wenn ich das wüßte.«

»Wie bist du mit ihr verblieben?« fragte ich.

»Ich sagte, ich würde es mit dir besprechen, und habe für morgen einen Termin mit uns beiden verabredet.«

»Allein?«

»Ja.«

»Wann ist dieser ›Einkaufstrip‹ angesetzt?«

»In einer Woche. Sie ist bereits in der siebten Woche.«

Wir dachten schweigend nach. Konnten wir der Abtreibung einer Minderjährigen stillschweigend unsere Zustimmung geben, ohne daß der andere Elternteil davon wußte, wenn wir glaubten, daß ein solcher Schritt – die Heimlichtuerei – ernstere, negative Folgen für diese Minderjährige haben würde? Konnten wir auf der anderen Seite Druck auf Joan ausüben, es preiszugeben, und das Kind würde dann schwer bestraft? Dies würde die Mutter vielleicht zu einer Haltung zwingen, die das Ende ihrer Ehe bedeutete. Um die Situation noch komplizierter zu machen, waren alle Familienmitglieder unsere Klienten. Wir waren einem jeden einzelnen verantwortlich.

»Ich frage mich, warum sie es dir erzählt hat«, fragte ich. »Warum hat sie es nicht einfach allein mit sich abgemacht?«

»Sie suchte vermutlich Unterstützung für ihre Entscheidung«, meinte Margaret.

»Vielleicht sucht sie aber Hilfe, es Eric beizubringen.«

»Ich habe eine Idee«, lächelte ich. »Wir sollten Carl um Rat fragen.«

In diesem Fall meinte ich Carl Johnson, den Rationalen, Entscheidungsfähigen unserer Gruppe. Er bringt uns nicht nur dazu, daß wir unsere Rechnungen pünktlich bezahlen, sondern irgendwie gelingt es ihm immer, gelassen zu bleiben, wenn alle anderen erregt sind. Seine Stimme klang durchs Telefon sehr beruhigend. »Ich glaube, die Mutter hat es dir erzählt, weil ein unbewußter Coup gegen den Vater ansteht und um die Familie dazu zu bringen, sich den unterschwelligen Spannungen zu stellen. Ich meine, ihr solltet Druck auf die Mutter ausüben, es ihrem Mann zu erzählen, und einfach annehmen, daß er nicht so wild wird, wie sie fürchtet. Wenn man ihm eine Chance gibt, damit fertig zu werden, entpuppt er sich vielleicht als menschlicher, als alle meinen.«

Margaret und ich dachten beide: »Der kennt Eric nicht«, aber vielleicht war das gut so.

Die nächste Sitzung mit Joan war schwierig und unangenehm. »Wir meinen, Sie sollten es ihm erzählen«, sagte Margaret und erklärte die Gründe.

»Ich kann nicht«, antwortete Joan kläglich und wiederholte ihre Ängste.

Wieder äußerte Margaret ihre Sorge um Deborah und die Familie. Wieder meinte Joan, sie könnte es Eric nicht sagen.

Etwa nach einer halben Stunde ergebnisloser, frustrierender Diskussion wurde ich wütend. »Joan, wir können Sie nicht zu irgend etwas zwingen, das Sie nicht wollen. Ich weiß nicht genau, wie wir uns verhalten werden, wenn Sie sich weigern, es Eric zu sagen, aber wir können weder mit Ihnen noch mit einem anderen Familienmitglied weiterarbeiten, wenn wir dieses Geheimnis wissen. Entweder kommt es heraus, oder wir treten zurück.«

Jetzt sah Joan entsetzt aus. »Aber Deborah wird Hilfe brauchen, wenn sie diese Abtreibung durchmacht.«

»Wir würden ihr gern helfen. Aber Eric muß über dieses Dilemma Bescheid wissen, in dem sein Kind steht. Wir brauchen wirklich Ihrer beider Hilfe, um ihr zu helfen.« Ich war verärgert, daß sie nicht einsah, was es für Deborah bedeuten würde, mit einem solchen Geheimnis zu leben. »Und wenn Sie es ihm sagen wollen, helfen wir Ihnen, ihn mit der Tatsache zu konfrontieren, daß seine Familie Angst vor seiner Wut hat. Wir werden ihn ebenfalls konfrontieren.«

»Ich muß darüber nachdenken«, war alles, was sie sagen konnte. Wir beendeten die Sitzung besorgt, weil nichts geregelt war. Joan verließ das Büro grau und erschöpft und ohne Gruß.

Später an diesem Abend erhielten wir einen Anruf von Joan. »Eric schläft«, sagte sie leise. »Ich habe mich entschieden, es ihm zu sagen. Was soll ich tun?«

Da wir über diese Frage nachgedacht hatten, schlugen wir vor, irgendeinen Grund zu finden, um die ganze Familie um sechs am nächsten Tag in unser Büro zu bekommen. »Sagen Sie, es ginge um Sie, sagen Sie einfach irgend etwas.«

»Auch Anita?«

»Auch Anita.« Dann sagte ich: »Erzählen Sie die ganze Geschichte, Stück für Stück. Erwähnen Sie auch Deborahs Angst vor dem Vater und ihre eigene. Wir werden Ihnen dabei helfen.«

Joan antwortete: »Ich werde kein Auge zutun.«

Margaret versuchte, sie zu trösten: »Es tut mir leid, daß Sie all das durchmachen müssen.«

»Mir auch«, erwiderte sie und meinte das sehr ernst.

Unser letzter Termin ist gewöhnlich um fünf Uhr, und meistens sind wir dann müde. Oft wird es auch später, und wenn wir um sechs

Uhr noch einen Termin vereinbaren, besonders einen wie diesen, wird das leicht zuviel. Doch hier saßen wir vor vier zerrissenen Teilen einer Familie. Eric und Anita schienen erstaunt über den Termin. Deborah wirkte deprimiert und ängstlich, Joan vor Angst fast gelähmt.

Ich begann. »Margaret und ich haben diesen Termin vorgeschlagen, weil wir das Gefühl hatten, bestimmte Dinge müßten von allen Familienmitgliedern diskutiert werden.«

Deborah spürte, was nun kam, und sprach Joan mit scharfer Stimme an, die offensichtlich versprochen hatte, ihre Schwangerschaft nicht zu erwähnen: »Mutter?«

Eric blickte fragend von Mutter zu Tochter. »Was ist...?«

Ehe er die Frage beenden konnte, holte Joan tief Luft und sprach zuerst Deborah an. »Ich weiß, ich habe dir versprochen, deinem Vater nichts zu erzählen, aber Margaret und Gus meinen, daß ich es tun sollte, und ich stimme mit ihnen überein. Ich weiß, daß du dich darüber aufregst.«

Deborah wirkte vielmehr entsetzt und aufgebracht. Sie stand auf und ging auf die Tür zu. »Ich gehe«, verkündete sie, »du Lügnerin!«

»Bitte nicht, Deborah«, flehte Joan. »Das macht alles für dich schlimmer. Es ist zu spät, um zu gehen. Es muß ans Licht.«

Margarets Stimme hielt Deborah zurück. Sie klang zugleich bestimmt und mitleidig; »Bleib fünf Minuten, Deborah. Gib uns eine Chance. Dann kannst du gehen.«

Deborah blieb stehen, sah einen kleinen Stuhl neben der Tür und setzte sich. Sie beugte sich vor, umschlang die Arme mit den Händen und wirkte unendlich verloren und verzweifelt. Margaret hockte sich neben sie und legte ihr eine Hand auf die Schulter. »Alles wird gut«, sagte sie. »Ich glaube das wirklich.«

»Wie kann das denn gut werden?« entgegnete das Mädchen wütend.

»Laß die Erwachsenen es versuchen. Gib uns ein paar Minuten.«

»Fünf Minuten«, antwortete sie grollend.

»Möchte mir bitte jemand erklären, was los ist?« sagte Eric gereizt, als Margaret auf ihren Platz zurückging.

Joan holte noch einmal tief Luft. »Ich werde es dir sagen.« Noch ein Atemzug. »Mir fiel vor mehreren Wochen auf, daß Deborah sich morgens übergab. Ich vermutete, daß sie schwanger sei. Das stellte sich als richtig heraus. Sie ist in der siebten Woche schwanger.« Kein Laut war zu hören, nicht einmal Atemzüge. »Deborah und ich hatten ein Gespräch. Sie hatte Angst, daß du es erfährst, Eric, Angst, daß du sehr wütend wirst und sie bestrafst. Ich plante, sie mit nach New York zu nehmen, für eine Abtreibung, denn das will sie. Darum ging es bei dem Einkaufstrip. Es war ein Abtreibungstrip.« Nach einer bedeutsamen Pause schloß sie: »Ich habe vermutlich aus den gleichen Gründen wie sie gelogen, aus Angst, du würdest sie bestrafen, und wenn ich mich dagegen wehrte, würde es das Ende unserer Ehe bedeuten. Doch Gus und Margaret haben mich überzeugt, daß ich es dir erzählen müßte, und ich verlasse mich auf ihren Rat. Aber Angst habe ich immer noch.«

Nach einem scheinbar langen Schweigen sagte Eric: »Ich weiß nicht, ob ich das richtig verstehe. Wer . . .?«

»Jeremy«, platzte Deborah heraus, ehe ihr Vater fragen konnte.

»Das habe ich mir gedacht«, erwiderte er kalt.

Dann wandte er sich zu Joan. »Und du hast es mir nicht gesagt, weil du angenommen hast, ich würde sie bestrafen? Wie sollte ich sie denn bestrafen?«

»Ich weiß es nicht, Eric«, sagte Joan furchtsam.

»Das macht mich wütend, Joan«, sagte er. »Ich habe das Gefühl, daß du dir diese Dinge einredest, daß man mich auf eine Weise sieht, wie ich nicht bin. Ich bin nicht wütend auf sie, sie tut mir leid, mit sechzehn mit so etwas fertig werden zu müssen. Aber ich bin wütend, weil du mich angelogen hast.«

»Sagtest du nicht, du hättest Angst vor deinem Vater?« fragte Joan Deborah.

»Ja, schreckliche Angst. Du kannst einem solche Angst machen, Dad, mit dieser Stimme und wenn du brüllst.«

»Ihr übertreibt«, sagte Eric jetzt noch wütender zu Joan.

Margaret warf ein: »So kommen wir nicht weiter.«

Jetzt schien ich am Zug. »Eric, Sie tun genau das, was die beiden vorhergesehen haben. Sie reagieren wütend und vorwurfsvoll. Vielleicht hören Sie das selbst nicht, ich aber.« Jetzt holte ich tief Luft. »Ich weiß, daß es Ihnen innerlich wehtut, daß Ihre Tochter sich in einer solchen Lage befindet und Ihre Familie Angst hat, sich an Sie zu wenden. Ich weiß, das tut weh und gibt Ihnen ein schlechtes Gefühl.« Ich wartete einen Moment, damit dieser Satz ankam. »Aber Sie zeigen ihnen nichts von dieser einfachen menschlichen Schwäche. Sie zeigen ihnen Ihre Kühle und Ihre Wut. Und wenn Sie nur diese Seite Ihres Selbst freigeben, erlauben Sie ihnen nicht, Sie zu kennen. Sie sind innerhalb Ihrer eigenen Familie ein Fremder.«

Er sah aus, als hätte man ihn geschlagen – nicht allein mit meinen Worten, sondern mit der gesamten Situation. Er errötete und blieb stumm. Ich merkte plötzlich, daß er gegen den Impuls kämpfte, zu weinen. Ich ging noch einen Schritt weiter. »Es wäre das beste für diese Familie, wenn sie diese schwache Seite in Ihnen kennenlernte.«

Das war das letzte, was wir alle erwartet hatten. Er saß mit rotem Gesicht und stumm da, und Tränen rannen ihm über die Wangen. Seine breite Brust bebte unter dem stoßweisen Atem. Dann beruhigte er sich wieder und sagte: »Es tut sehr weh, daß meine Familie Angst vor mir hat. Das tut mir sehr leid.« Er saß mitten zwischen seiner erstaunten Familie und weinte still, aber unaufhörlich. »Tut mir leid, ich kann nicht anders«, entschuldigte er sich. »Das ist alles zuviel für mich.«

»Sie brauchen sich nicht zu entschuldigen«, sagte ich.

Es gab natürlich noch viel zu tun. Margaret wandte sich zu Joan und wies sie darauf hin, daß sie, wann immer sie wütend auf Eric war, sich auf die Kinder stützte. Margaret forderte Joan auf, sich gegen Eric zu behaupten, ohne die Kinder zu benutzen. Doch die Hauptkonfrontation mit Eric war geschafft. Er war so benommen von der plötzlichen Erkenntnis, daß seine Familie Angst vor ihm hatte – und was Deborah das gekostet hatte –, daß er sich freiwillig in die Therapie begab.

Auch mit Deborah gab es noch viel zu tun. Wir halfen ihr, sich auf die Abtreibung vorzubereiten und sie zu verarbeiten. Wir trafen uns ein paar Mal mit ihr und ihrem Freund, mehrere Male mit ihr allein. Sie hatte die Abtreibung am Ort, und beide Eltern begleiteten sie. Die Familie macht immer noch Therapie, doch die meisten Sitzungen finden nur mit Joan und Eric statt. Deborah geht es gut.

Die Usurpation von Macht von dominanten Ehemännern vollzieht sich größtenteils unbewußt. Die meisten Männer wollen liebevolle Ehemänner und Väter sein, und wenn man sie eindeutig wegen ihrer strafenden Haltung, ihrer Unsensibilität angeht und ihnen hilft, sich zu ändern, reagieren sie gewöhnlich sehr positiv.

Doch in derart dominanten Männern gibt es den erschrockenen »Kind«-Aspekt, der sich wehrt, verletzlich zu sein, und der gänzlich irrational fürchtet, die Macht und Kontrolle mit der Frau zu teilen. Die Vorteile der Männerrolle sind so groß, daß viele Männer nicht bereit sind, es zu riskieren, sich ihren inneren Domänen zu stellen, es sei denn, sie werden dazu gezwungen.

Frauen wie Joan sind in der Tat verwundbar. Unsere Gesellschaft bietet noch nicht genügend Gelegenheiten und Unterstützung für

Frauen, damit sie ihre Männer ebenso herausfordern können wie diese sie. Doch die Umstände ändern sich. Wenn die Frauen mehr gesellschaftliche Macht erobern und Macht zu Hause ausüben, sehen wir – selbst bei Männern wie Eric – das Kind im Mann auftauchen. Wir Männer fühlen uns in der Tat durch die neu gewonnene Selbstsicherheit unserer Frauen bedroht, und wir reagieren darauf mit verschiedenen kindlichen Verhaltensweisen, von der Regression über die Depression zur direkten Einschüchterung.

Männliche Angst vor weiblicher Macht hat natürlich ihre Ursprünge in der Kindheit, und wir müssen diese Angst besser begreifen, denn sie ist zwar nicht der einzige Feind einer gleichberechtigten Ehe, doch ihr gefährlichster.

Wenn wir Frauen wie Joan helfen, Männer wie Eric zu konfrontieren, sagen wir immer wieder: »Sie haben mehr Macht, als Ihnen bewußt ist, mehr, als Sie anwenden.« Das ist wahr, aber das Wissen vermindert das Risiko nicht.

Der andere Typ einer asymmetrischen Ehe ist natürlich die fraudominierte Partnerschaft, und da es sich hierbei um eine sehr problematische Konstellation handelt, widmen wir ihr ein ausführliches Kapitel.

Die von der Frau dominierte Ehe

Jack und Vicki Gordon waren in den Dreißigern, als sie in die Therapie kamen, weil Vicki mit der Ehe sehr unzufrieden war. »Ich bin ständig erschöpft«, sagte sie. »Und ich finde, daß ich nicht viel Hilfe von Jack bekomme.« Ihr Mann schien eine von vielen Verantwortlichkeiten Vickis zu sein, darunter zwei Kinder, der Haushalt und ihre Vollzeitstelle. Wenn sie sich nicht über das eine Sorgen machte, dann über das andere. Es war deutlich erkennbar, daß es sich um eine Ehe handelte, in der die Frau überfunktionierte und dominant war.

Sie waren erst wenige Wochen in Therapie, als etwas geschah, das ihre Probleme grausam klar beleuchtete. Der Vorfall war so bedeutsam, daß wir einige Zeit brauchten, ihn zu rekonstruieren und jede Rolle dabei genau zu betrachten.

Als Vicki Jacks herabhängende Schultern sah, wußte sie sofort, daß er einen schweren Tag gehabt hatte. Er seufzte tief und entmutigt und hängte seine schmutzige Jeansjacke über einen Stuhl neben der Tür. Sie spürte, wie sich ihre Brust verkrampfte, ein Gefühl, das sie Angst genannt hätte, wenn sie sich das zugestanden hätte, und sie fragte: »Was ist los, Schatz? Du siehst schlecht aus.« Es war eigentlich keine Frage, denn sie wußte bereits, was das Problem war.

»Er hat wieder unterboten.« Nach einem weiteren Seufzer fuhr er fort: »Wir haben zwei Wochen für den Job, und ich muß es irgendwie hinkriegen. Dieser Hundesohn!« Jack Gordon war Vorarbeiter bei einer Elektroinstallationsfirma und stieß immer wieder auf Fehleinschätzungen seines zerstreuten, nicht sonderlich kompetenten Chefs. Vicki spürte, wie sie wütend wurde, und sie wollte den üblichen Rat geben, diese frustrierende Stelle aufzugeben. Sie beschloß jedoch eine andere Strategie und sagte herzlich: »Mach dich frisch und hilf mir den Tisch decken. Das Essen ist bald fertig.«

Jack schleppte sich ins Badezimmer und verspürte einen vertrauten Krampf im Magen. »Sobald ich in der Tür stehe, sagt sie mir, was ich tun soll«, dachte er.

Vicki stand am Herd und lauschte auf die Jungen. Amos, sieben, und Ben, neun, hatten oben ruhig gespielt, doch jetzt machte sie die

Stille mißtrauisch. Sie versuchte, Jack zuzurufen, er solle nach ihnen schauen, merkte aber, daß er sie nicht hören konnte. Der Dampf aus dem Spaghettitopf stieg ihr angenehm ins Gesicht, und Vicki merkte, daß sie sehr müde war. Jeden Abend schien sich die Erschöpfung an einer anderen Stelle ihres Körpers einzunisten, heute war es in den Armen und Augen. »Ich sollte dankbar sein, nicht in einer solchen Notlage zu sein wie viele Frauen«, dachte sie und meinte die von der Sozialhilfe lebenden Mütter, ihre Klientinnen, deren traurige, flehende Gesichter immer wieder vor ihren Augen auftauchten. In dem Bewußtsein, daß dies überheblich gewesen war, erinnerte sie sich schuldbewußt an eine Frau, der sie heute den Essenszuschuß verweigert hatte.

Dann kam Jack ins Wohnzimmer neben der Küche und ließ sich in einen Sessel fallen. Mit leicht gereizter Stimme sagte sie: »Jack, der Tisch.«

»Oh, tut mir leid«, sagte er geistesabwesend und erhob sich langsam wieder.

»Würdest du bitte die Jungen rufen?« fragte Vicky. Als sie ins Eßzimmer trat, die dampfende Spaghettischüssel auf den neuen, modernen Tisch stellte und zurücktrat, um das Essen zu betrachten, merkte sie, daß Jack wie gewöhnlich vergessen hatte, die Milch einzuschenken. Oben wurde getobt. Das Essen wurde kalt, und er spielte mit den Jungen. »Jack!« brüllte sie wütend die Treppe hinauf. »Alles wird kalt!«

»Deine Mutter ist auf dem Kriegspfad«, sagte Jack zu Amos, als sie ins Zimmer kamen. »Paßt ja auf sie auf«, fügte er mit seinem ansteckenden Grinsen hinzu, das er manchmal aufbrachte.

»Du hast die Milch vergessen«, sagte Vicki verärgert.

»Seht ihr, was ich meine, Kinder?« entgegnete er, aber immer noch lächelnd. »Nehmt euch ja in acht.«

»Schön, dich wieder lächeln zu sehen«, sagte sie zu Jack und merkte, daß ihr nicht gefiel, wenn er sich mit Ben und Amos zu rebellisch verbündete. Manchmal dachte sie, sie hätte drei Söhne, und das hatte sie auch einmal laut gesagt.

Den größten Teil der Mahlzeit schwieg Jack, und das Gespräch spielte sich zwischen Vicki und den Kindern ab. Mehrere Male warf sie ihm einen angstvollen Blick zu, ob er wohl wütend darüber sei, daß sie, wie er immer sagte, die Unterhaltung beherrschte. Heute abend schien er jedoch gedankenverloren und deprimiert. Sie versuchte, fröhlich zu den Kindern zu sein, und dachte: »Ich habe schon genug zu tun und kann mir nicht auch noch zusätzlich um ihn Sorgen machen.«

Gegen Ende des Essens begannen Amos und Ben zu streiten, und Vicky wußte genau, warum. Im nächsten Moment würde einer von ihnen klagen, er könne nicht im Haushalt helfen, weil er zuviel Hausaufgaben habe. »Könntest du dich darum kümmern?« fragte sie Jack.

Jack erhob seinen ziemlich massigen Körper vom Stuhl, ging hinter den Jungen her und faßte sie beide am Kragen. »Das werde ich gewiß tun. Ich stecke den einen in den Geschirrspüler, den anderen in die Waschmaschine. Dann setzen wir beide uns vor den Fernseher.« Die Jungen schrien in gespieltem Schmerz, als er sie in die Küche drängte und dabei zwei Stühle umstieß.

Vicki dachte zynisch: »Warum muß ich ihn ständig erinnern?« Dann fügte sie hinzu: »Alles macht er nur halb. Niemals macht er etwas richtig.« Während der Abwasch lautstark erledigt wurde, fragte sich Vicki, ob sie die Wäsche machen oder die Rechnungen erledigen sollte. »Was für eine Wahl«, murmelte sie vor sich hin.

Es muß an die zehn Uhr gewesen sein, als sie ins Wohnzimmer kam, wo Jack fernsah. Verärgert merkte sie, daß sie seit halb sieben am Morgen ununterbrochen gearbeitet hatte. »Ringkampf?« fragte sie erstaunt. Dann merkte sie, daß er nicht aufmerksam zusah. »Was ist denn los?« fragte sie tröstend und schuldbewußt, weil sie wütend auf ihn war.

»Ich bin wohl einfach müde«, sagte er mit einem Anflug von Selbstmitleid.

»Du klingst so bedrückt«, versuchte Vicki. Sie kannte diese Situation gut und stellte sich ihr mit einiger Angst.

»Ja, vielleicht. Nichts Neues.«

»Möchtest du darüber reden?«

»Was gibt es da schon zu bereden.«

»Ich weiß es nicht. Ich mache mir Sorgen um dich.« Wieder spürte Vicki den Druck in der Brust. Jack schien nicht sprechen zu wollen, aber er schien etwas von ihr zu wollen, und sie wußte nicht, was. Das wußte sie nie. »Hattest du wieder Streit mit ihm?« fragte sie.

»Nein, er ging mir aus dem Weg. Er wußte, was er getan hatte, und auch, was ich darüber dachte.« Seine tonlose, deprimierte Stimme machte ihr Angst.

»Jack, ich wollte, du würdest kündigen. Du könntest eine viel bessere Stelle haben.« Vicki gab sich zwar Mühe, doch ihre Stimme klang nun wieder leicht gereizt. Es stimmte natürlich, und Jack wußte es. Nicht viele Elektroingenieure arbeiteten auf dem Bau. Aber er haßte den Druck von Vicki. »Sobald ich in der Tür stehe«, dachte er.

Laut sagte er: »Vicki, das weiß ich.« Sie verstand die Beziehung zu John, seinem Chef, nicht und würde es auch nie.

Vicki seufzte. Wenn sie darüber nachgedacht hätte, wäre ihr wohl aufgefallen, daß sie angesichts von Jacks Depression in leichte Panik geriet. Sie war extrem frustriert, weil er nichts gegen die Situation unternahm. »Warum tust du es dann nicht?« Das kam noch ärgerlicher. Alles war sehr vertraut.

»Weil ich zehn Jahre meines Lebens bei dieser Firma war und ein Teil davon mir gehört.« Auch er klang wütend.

Sie wußte, sie hätte es nicht tun sollen, aber irgend etwas zwang sie, es zu sagen: »Ich glaube nicht, daß das der Grund ist. Ich glaube, du bleibst, weil er wie dein Vater ist, und du kannst ihn einfach nicht verlassen.« Jack war das jüngste von drei Kindern eines Alkoholikers, der das schwarze Schaf seiner Familie war. Er wohnte als einziger noch in der Nähe seiner Eltern. Sein älterer Bruder wohnte in Kalifornien, das mittlere Kind, eine Tochter, die ebenfalls Alkoholprobleme hatte, in Florida. Es ärgerte Vicki, daß Jack ständig zu seinen Eltern ging, wenn wieder eine Krise anstand. Oft dachte sie, daß er sich der Familie mehr verpflichtet fühlte als seiner eigenen.

Jack spürte eine Welle der Wut, dann Scham und Hilflosigkeit. »Das ist nicht wahr«, sagte er klagend. Er wußte, daß sie recht hatte, haßte aber, es ausgesprochen zu hören. »Außerdem«, sagte er bestimmt, »ist das meine eigene Angelegenheit.«

Vicki wußte nicht, was sie an Jacks Antwort so wütend machte, aber plötzlich explodierte sie. Vielleicht war es seine vertraute Mischung aus Trotz und Hilflosigkeit, die sie so aufbrachte. Er schien Hilfe zu wollen, aber wehrte sich gegen alles, was sie sagte. »Gottverdammt, Jack, es ist auch meine Angelegenheit. Du kommst nach Hause und maulst den ganzen Abend herum, während ich bis zum Umfallen schufte, und wenn ich versuche, dir zu helfen, sagst du, es gehe mich nichts an. Das tut es aber doch, Jack!«

»Nein, tut es nicht!« Auch er sprach lauter, sah aber leicht ängstlich aus. »Verdammt, Vicki, ich komme deprimiert nach Hause, und du brüllst mich auch noch an? Womit habe ich das verdient?« Das klang schmerzerfüllt und flehend.

Vicki sank das Herz. Wie konnte sie mit Jack streiten, wenn er so bedrückt war? Das war wieder ein vertrauter Moment, in dem sie sich gewöhnlich schuldbewußt fühlte und einlenkte. Dann fühlte *sie* sich deprimiert. Doch heute abend war sie so erschöpft und so gereizt von Jacks hartnäckiger Hilflosigkeit, daß sie weitermachte.

»Du hast aber auch immer eine Entschuldigung.« Und als reiche das nicht, fügte sie hinzu: »Es gibt immer einen Grund, warum du dich nicht wehren kannst.«

Betroffenes Schweigen. Beide konnten nicht glauben, daß sie es wirklich gesagt hatte. Jack saß aufrecht und sehr still da, wie ein tödlich getroffenes Tier vor dem Umsinken. Dann erhob er sich in einer schnellen, wütenden Bewegung, baute sich neben der schmalen, drahtigen Gestalt seiner Frau auf und sah sie mit gerötetem Gesicht, zu Worten unfähig, an. *»Du kannst meinetwegen zum Teufel gehen, du verdammte, herrschsüchtige Sozialarbeitertussi!«*

Der Anblick des hoch über ihr aufragenden Mannes und seine dröhnende, ungeheuer verletzte Stimme waren einfach zu viel für Vicki. Sie hatte seine Wut zwar provoziert, aber sie kam für sie so überraschend, daß sie nicht auf gleiche Weise antworten konnte. Erschrocken wich sie zurück: Jack hatte zu lange zu viel geschluckt und war nun blind vor Schmerz und Wut. *»Steck dir deine verfluchten Ratschläge an den Hut!«* brüllte er aus vollstem Hals.

Wie manchmal als Kind, wenn ihre Mutter ihren vernichtenden, verächtlichen Zorn auf sie richtete, brach Vicki in Tränen aus. Plötzlich fühlte sie sich wie ein sehr kleines, brutal bestraftes Kind. Sie konnte diese grausame Herabsetzung nicht ertragen und lief schluchzend aus dem Zimmer.

»Oh, mein Gott!« dachte Jack. »Jetzt habe ich es gesagt!« Einen Moment lang rangen Reue und Wut in ihm. Er hörte immer noch Vickis gemeine Worte, doch beunruhigender war der Anblick, wie sie sich in unendlicher Verletztheit zurückzog. Sie hatte versucht, ihm zu helfen. Sie hatte in mancher Hinsicht recht. Und jetzt hatte er sie zusammengestaucht. »Ich sollte es besser wissen«, beschimpfte er sich und ging in die Küche, aus der er ihr Weinen hörte.

Vicki stand mit gesenktem Kopf am Spülstein und versuchte, sich wieder zu beruhigen. Jack trat neben sie und legte eine Hand auf ihre zarte, knochige Schulter. Meistens fand er sie so stark, doch jetzt schien ihr schlanker Körper sehr klein und verletzlich. Er fühlte sich schuldig, zärtlich und seltsam liebevoll. »Vicki«, sagte er leise, »es tut mir leid, so leid.«

»Laß mich in Ruhe«, sagte sie schluchzend. »Laß mich bitte in Ruhe.«

»Ist gut«, sagte er traurig, weil er merkte, es gab keinen direkten Weg über den zwischen ihnen klaffenden Abgrund. Vickis Weinen ließ etwas nach, und nach einem Moment wandte sie sich ab und ging nach oben. Jack fragte sich, ob sein Gebrüll wohl die Kinder aufgeweckt hatte. Er fühlte sich vernichtet und hilflos, und er ging wieder ins Wohnzimmer und setzte sich. Im Fernsehen liefen immer noch die Ringkämpfe. Mit einer wütenden Bewegung stellte er den Apparat ab und blieb in der Stille sitzen. Vielleicht würde er es in einer Weile noch einmal versuchen. Vielleicht ließ sie mit sich reden.

Als Vicki und Jack ein paar Tage später zur nächsten Sitzung kamen, waren sie immer noch sehr verletzt und mißtrauisch. Es dauerte eine Weile, bis sie wieder richtig miteinander reden konnten. Wir machten uns Sorgen, daß der Streit aufgrund des Therapieprozesses ausgebrochen war, doch offensichtlich hatten sie seit den ersten Monaten ihrer dreizehnjährigen Ehe immer wieder solche Streitereien gehabt.

Die von der Frau dominierte Ehe, die Beziehung, in der die Frau überfunktioniert, ist oft unglücklich. Bei mehreren Auswertungen unserer Klientenkartei fielen etwa zwei Drittel in diese Kategorie.

Das heißt nicht, daß die vom Mann dominierte Beziehung (Überfunktonieren des Mannes) nicht unglücklich sei. Ich halte sie gewöhnlich dafür, auch wenn die Frauen in diesen Beziehungen weniger deutlich ihre Unzufriedenheit äußern und sich ihrer manchmal weniger bewußt sind. Familientherapeuten sehen vermutlich auch weniger vom Mann dominierte Paare, weil die Frauen in diesen Fällen mehr Schwierigkeiten haben, den Mann in die Therapie zu bekommen. Da jede Veränderung in der Ehe als bedrohlich empfunden wird, sperren sich dominante Männer gewöhnlich, eine Therapie zu beginnen, und ihre unglücklichen Frauen sind vielleicht gezwungen, allein zu einem Therapeuten zu gehen, der versucht, sie bei schwierigen Situationen zu unterstützen. Vom Mann dominierte Ehen geben den Frauen vielleicht auch die Kompensation, sich in gewissem Ausmaß auf den Schutz und die finanzielle Unterstützung des Mannes verlassen zu können.

In von der Frau dominierten Ehen sind vielleicht beide Partner sehr selbstkritisch, weil sie nicht dem gesellschaftlichen Stereotyp der vom Mann dominierten Beziehung entsprechen. Jede Person muß mit der Belastung seiner oder ihrer schwierigen Rolle fertig werden. Diese Partner scheinen sehr anders, und sie gehen mit ihren Bedürfnissen auf andere Weise um, doch bringen beide einen starken emotionalen Anspruch in die Ehe.

Fast jede Frau heute, die außer Haus arbeitet, könnte man als überfunktionierend bezeichnen, doch manche Frauen neigen aufgrund ihrer Kindheitsgeschichte besonders dazu, sich zu überlasten. Vickis

Probleme sind für solche Frauen typisch und nur selten von den Umständen abhängig. Vicki hatte einen anstrengenden Beruf und viele Verpflichtungen für die Familie, doch ihre Geschichte erschwerte es ihr, dieser Verpflichtung gegenüber anderen Grenzen zu setzen. Sie neigte daher dazu, sich mehr und mehr zu überfordern.

Überfunktionierende Frauen haben mehrere Eigenschaften gemeinsam: Sie wirken oft stark, organisiert und kompetent. Innerlich fühlen sie sich oft emotional ausgehungert und im Stich gelassen. Diese Frauen neigen dazu, ihre »Kind«-Bedürfnisse nicht zu erkennen. Oft sind sie sich nicht einmal bewußt, daß sie emotionale Bedürfnisse haben. Statt dessen konzentrieren sie sich auf die Bedürfnisse und Probleme anderer und geben sich große Mühe, nett zu den Menschen zu sein, die von ihnen abhängig werden. Sie arbeiten schwer und treiben sich oft dazu, in allem perfekt zu sein.

Da solche Frauen unbewußt andere ermuntern, von ihnen abhängig zu werden, heiraten sie häufig Männer, die zu Hause und bei der Arbeit Schwierigkeiten haben. Diese Frauen spielen in der Ehe »Eltern«-Rollen, Ausweitungen der Rollen, die sie in ihrer Ursprungsfamilie spielten. Da sie als Miniaturerwachsene groß wurden, haben sie schon lange vergessen, wie sie ihre eigenen Bedürfnisse direkt erfüllen können. Sie kümmern sich um andere, um sich geliebt zu fühlen.

Überfunktionierende Frauen haben ambivalente Gefühle ihren Ehemännern gegenüber. Auf der einen Seite fördern sie die abhängige Natur dieser Beziehung, indem sie Anweisungen geben, hilfsbereit sind und oft psychologisch interpretieren, doch sie lehnen diese Position gleichzeitig ab. Ihre Hilfsbereitschaft wird oft so stark zur Gewohnheit, daß sie sich ihrer nicht mehr bewußt sind. Bei einer der ersten Sitzungen mit den Gordons stritt Vicki ab, sich elternhaft zu Jack zu verhalten, doch wir konnten sie in dieser Sitzung auf fünf Vorfälle verweisen, in denen sie ihm unbewußt zu Hilfe gekommen war. Zweimal hatte sie angeboten, seine Probleme zu erläutern, einmal die Aufmerksamkeit von ihm abgelenkt, als er sich unbehaglich fühlte, zweimal hatte sie ihn gelobt.

Hilfsbereitschaft ist für viele Frauen eine Gewohnheit. Es handelt sich um einen sehr wertvollen Charakterzug, er verursacht aber in einer Ehe auch große Schwierigkeiten. Sie drängt die Frauen in eine psychologische Haltung der »älteren Generation« und erlaubt dem Partner nicht nur, von ihr als Elternsurrogat abzuhängen, sondern macht sie auch zur unvermeidlichen Zielscheibe für die Wut des Mannes auf die kontrollierende oder abweisende Mutter.

Ihre Hilfsbereitschaft ist in mancher Hinsicht eine Falle für beide Partner. Der unterfunktionierende Mann hat zwar viele Vorteile von seiner Abhängigkeit, aber er fühlt sich auch entwertet und unterlegen. Da er nicht selbstbewußt ist, vermittelt er seine Wut oft indirekt, indem er Versprechen nicht hält oder auf andere »passive« Weise. Da die überfunktionierende Frau mehr gibt als nimmt, fühlt sie sich schließlich ausgenutzt und ausgelaugt. Sie ermutigt ihn vielleicht, von ihr abhängig zu sein, lehnt diesen Prozeß aber auch ab. Vielleicht drückt sie diese Ablehnung subtil aus, indem sie sich besorgt, kontrollierend und kritisch verhält. Diese indirekten Attacken sind eine Mißbilligung des abhängigen Teils ihres Partners und enthalten eine Reihe emotionaler Komponenten:

– Sie ist wütend auf den abhängigen Teil in sich selbst und richtet die Wut auf den abhängigen Partner.

– Sie ist wütend auf einen Elternteil in der Kindheit, der von ihr abhing und für den sie sich verantwortlich fühlte. Wieder richtet sie diese Wut auf den Mann.

– Sie war vielleicht auf ein jüngeres Geschwister wütend, das (wie jetzt ihr Mann) mehr Unterstützung bekam als sie.

– Sie ist unvermeidlich über die Ungerechtigkeit ihrer Situation wütend.

Vicki war eine klassische überfunktionierende Frau. Sie war die Älteste von vier Kindern – mit zwei jüngeren Brüdern und einer jüngeren Schwester – und ein »elternhaftes« Kind, das bei der Versorgung der Geschwister half und von beiden sich streitenden Eltern in Anspruch genommen wurde. Vickis Beziehung zu ihrer Mutter war komplex, und wir brauchten einige Zeit, um sie zu erfassen. Ihre Mutter war manchmal sehr besorgt und kritisch, dann wieder deprimiert. Vicki gab sich große Mühe, der »kritischen Mutter« zu gefallen, während sie sich verantwortlich für die »deprimierte Mutter« fühlte. Dem Vater gegenüber nahm sie eher die Rolle einer »Gefährtin« ein, der er häufig seine Probleme mit der Mutter erzählte. Die Rolle dem Vater gegenüber war auch auf subtile Weise sexualisiert, was es Vicki noch schwieriger machte, der Mutter zu gefallen.

Kein Wunder, daß Vicki Schwierigkeiten hatte, ihre emotionalen Bedürfnisse zu erkennen und zu vertreten. Da sie mit der Verantwortung für andere aufgewachsen war und ihren Bedürfnissen wenig Beachtung geschenkt wurde, war sie empfänglich, einen Mann wie Jack zu heiraten. Jacks Depression erinnerte sie natürlich stark an die Bedürftigkeit beider Eltern, und angesichts seiner Ansprüche stellte sie gewohnheitsmäßig ihre eigenen zurück und kümmerte sich um seine.

Unterfunktionierende Männer haben ebenfalls ambivalente Gefühle gegenüber ihrer Ehe. Sie fordern die Fürsorge der Frau, lehnen sie aber auch ab. Oft hatten solche Männer kontrollierende Mütter, die sie überfürsorglich behandelten. Das war gewiß bei Jack der Fall, dessen überfunktionierende Mutter emotional von ihrem alkoholsüchtigen Mann in Anspruch genommen war. Ihre Beziehung zu Jack war einer der Lichtpunkte ihres Lebens, auch wenn sie gelegentlich einen Teil der immensen Frustration wegen Jacks Vater gegen den Sohn richtete.

»Meine Mutter hat mich immer als den armen Kleinen behandelt«, gestand er. »Sie dachte, ich würde mir wehtun, wenn ich Fußball spielte. Daher erlaubte sie mir solche Dinge nicht. Es ist ein Wunder, daß ich überhaupt erwachsen wurde. Natürlich gefielen ihr die Mädchen, mit denen ich mich verabredete, nicht, Vicki eingeschlossen.« Doch gelegentlich richtete die Mutter auch ihre Wut auf ihn. »Ein paar Mal im Jahr verlor sie die Nerven und schrie nur noch. Manchmal traf es mich, weil ich gerade zur Stelle war. Ich hatte Angst vor diesen Ausbrüchen und versuchte, ihr aus dem Weg zu gehen, wenn ich es kommen spürte.« Vicki wurde »verleitet«, die Rolle von Jacks Mutter zu spielen – sie war abwechselnd fürsorglich und aggressiv.

Manche unterfunktionierenden Männer hatten abwesende oder ablehnende Mütter, und ihre Suche nach einer fürsorglichen Partnerin stellt den Versuch dar, sich für den Mangel in der frühen Kindheit zu entschädigen. Viele Männer werden mit unerfüllten Abhängigkeitsbedürfnissen erwachsen und tragen diese in die Ehe hinein.

Unterfunktionierende Männer hatten häufig abwesende, schwache oder unzureichende Väter. Sie haben Schwierigkeiten, in der Ehe stark und zuverlässig zu sein, weil sie in der Ursprungsfamilie keine Rollenvorbilder für ein solches Verhalten hatten. Jacks Vater war seit der ersten Schulzeit Jacks Alkoholiker, und da sich dieses Problem seitdem zunehmend verschärfte, war er einem sehr schwachen und deprimierenden Beispiel von Männlichkeit ausgesetzt. Vicki hatte recht: Jacks Abhängigkeit von seinem unzulänglichen Chef war eine Fortsetzung seiner Beziehung zu seinem Vater. Als Jack zu einem stärkeren Partner werden wollte, wollte er seine dysfunktionale »Arbeitsfamilie« verlassen. In beiden Fällen hatte er jedoch nicht die Kraft dazu.

Wenn es jemals einen Teufelskreis gab, dann in dieser von der Frau dominierten Ehe. Vicki fühlte sich emotional ausgehungert und ungeliebt und verfolgte Jack kritisch und gereizt. Er fühlte sich attackiert und unter Druck und verteidigte sich, indem er sich zurückzog oder zurückschlug und ihr so noch weniger Unterstützung gab. So ging es hin und her.

Bei dem Versuch, diesen Kreis zu durchbrechen, haben wir gelernt, nicht die Person in Jacks Rolle aufzufordern, für sich einzutreten und »zurückzuschlagen« – zumindest nicht am Anfang. Das letzte, was Vicki brauchte, war ein Mann, der sich wie ein rebellischer Jugendlicher verhielt und ihr trotzte. Der erste Schritt für sie war, aufzuhören, Jack ändern zu wollen, und ihr Bedürfnis nach emotionaler Unterstützung einzugestehen.

Margaret sagte: »Es hört sich vielleicht komisch an, Vicki, aber irgendwie verlief der Streit zwischen Ihnen und Jack in die richtige Richtung.«

»Wie meinen Sie das?« fragte sie ungläubig.

»Er hörte auf, als Sie sich sehr verletzt fühlten, und Jack tröstete Sie. Das meine ich mit der richtigen Richtung.«

»Es muß aber einen besseren Weg geben, damit ich mal ein bißchen getröstet werde«, entgegnete sie bitter.

»Sicher«, gestand Margaret ein. »Und genau den müssen wir für Sie und Jack finden.«

Wir glauben, daß so etwas oft in zugespitzten Streitigkeiten vorkommt – sie stellen die Methode des Paares dar, Ansprüche festzusetzen, bis eine Veränderung in der Beziehung eintritt. In diesem Fall mußte Jack stärker werden und Vicki verletzlicher und fähig, Hilfe anzunehmen. Irgendwie gelang es ihnen, diese »existentielle Veränderung« im Streit zu vollziehen, aber der Preis war zu hoch.

Wir hatten Vicki bereits darauf hingewiesen, daß sie Schwierigkeiten hatte, zu erkennen, was sie fühlte und brauchte, und direkt um Hilfe zu bitten. »Wir werden Ihnen ein paar Hausaufgaben stellen«, sagte Margaret, »die Sie in die richtige Richtung führen.«

»Wir möchten«, sprang ich ein, weil ich erkannte, was Margaret vorhatte, »daß Sie üben, über Bedürfnisse nachzudenken und dann um Hilfe zu bitten.«

»Wie kann ich das?« fragte Vicki vorsichtig und sah nun mich an.

Margaret warf mir einen Blick zu und lächelte. Ich wollte mich entschuldigen, weil ich sie unterbrochen hatte, aber sie nickte mir zu, fortzufahren. »Von heute bis nächste Woche sollen Sie jeden Tag Jack um etwas bitten. Es soll sich um ein persönliches Bedürfnis handeln – etwas, das Ihnen direkt helfen würde.«

Vicki sah verständlicherweise skeptisch aus. »Geben Sie mir bitte ein Beispiel.«

»Jack, würdet du dich bitte setzen und mir ein paar Minuten zuhören, was heute bei der Arbeit passiert ist?« schlug ich vor. »Oder: ›Jack, könntest du mir den Nacken massieren?‹«

Vicki lächelte. »Woher wußten Sie, daß ich das gern habe?«

»Sie arbeiten am Schreibtisch«, sagte ich. »Versuchen Sie: ›Jack, kannst du die Kinder ins Bett bringen und mir eine Tasse Tee bringen? Ich bin sehr müde.«

»Das gefällt mir.« Dann hielt sie inne. »Aber ich glaube, das wird schwer sein. Mir gefallen Ihre Vorschläge, aber mir selbst fällt kein einziger ein. Das ist sehr komisch.«

»Sie sind eben sehr ungeübt, sich Ihrer eigenen Bedürfnisse bewußt zu werden«, sagte Margaret. »Ich habe das gleiche Problem, Vicki. Ich weiß gewöhnlich, was andere Menschen brauchen, aber ich habe einen blinden Fleck, wenn es um meine eigenen Bedürfnisse geht.« Dann fügte sie hinzu: »Lassen Sie mich einen Vorschlag machen. Lassen Sie Jack wissen, wann Sie Ihre ›spezielle Bitte‹ äußern, damit er weiß, Sie bitten ihn nicht nur aus Routine ums Tischdecken. Er muß wissen, daß Sie ein Risiko eingehen, wenn Sie ein Bedürfnis äußern.«

»Und Ihre Rolle«, sagte ich zu Jack, »heißt, auf diese Bitten zu reagieren. Versuchen Sie, sie nicht als Anweisung zu verstehen, sondern als riskante Bloßlegung ihrer Schwächen. Das wird schwer für sie, aber sie muß lernen, um das zu bitten, was sie braucht.«

Margaret sprach wieder Vicki an. »Versuchen Sie, Ihre Schwächen zu zeigen – Ihre Müdigkeit, Ihre Einsamkeit oder was immer Sie gerade fühlen. Das wird Jack helfen, zu erkennen, daß Sie ihn nicht herumkommandieren.«

»Einer der Vorteile für Sie, Jack«, sagte ich, »ist, daß Sie lernen, einbezogen und als starke, hilfsbereite Person geschätzt zu werden. Die ›Armes-Kind-Rolle‹ bei Ihrer Mutter hat Sie trainiert, sich als Opfer zu fühlen, und das Beispiel Ihres Vaters half dabei auch nicht. Aber Sie werden die Vorteile für Sie beide erkennen, wenn Sie stärker sind und mehr Macht haben.« Nach einer kurzen Pause lächelte ich wissend. »Ich glaube, es wird sich für Sie sehr lohnen, wenn Sie diese Veränderung vornehmen.«

Bei der Erklärung der Dynamik in ihrer Beziehung schilderten wir Jack als »süchtig« danach, deprimiert zu sein, das unterlegene Opfer, gewohnt, in seiner schwachen, hilflosen Position Hilfe zu bekommen. Vicki schilderten wir als ebenso »süchtig« danach, hilfsbereit zu sein.

Wir sagten, jeder stehe vor einem harten Kampf, um das jeweilige Verhalten zu ändern, und beide würden unsere Unterstützung brauchen.

Unser Vergleich mit einer »Sucht« kam nicht von ungefähr. In Familien mit Alkoholmißbrauch – und nur sehr wenige Familien sind nicht von diesem weitverbreiteten Problem berührt – tragen die Kinder häufig emotionale Narben davon. Jacks älterer Bruder reagierte zum Beispiel auf den Alkoholismus des Vaters, indem er zum »heldenhaften« Erfolgsmenschen wurde, der sich ständig antrieb, das Versagen des Vaters wiedergutzumachen. Jacks Schwester wiederholte das Verhalten des Vaters, und Jack »transformierte« das Suchtmuster zu chronischer Depression und Abhängigkeit.

Vicki spielte die Rolle, die Suchtexperten »Ko-Abhängigkeit« nennen, bei der der Partner aufgrund eigener Probleme das Verhalten des anderen unterstützt und zuläßt. Dies ist einer der Gründe, warum wir sie zuerst bitten, sich zu verändern, denn wenn sie keine Möglichkeit findet, ihre Bedürfnisse direkt erfüllt zu bekommen, würde sie unbewußt alle Veränderungen Jacks untergraben. Natürlich befand sich Vicki in der gleichen psychologischen Situation wie Jacks Mutter.

Gegen Ende der Stunde bemerkte ich, daß Vickis hageres, intensives Gesicht sanfter aussah. Sie schien bereits verletzlicher, als sei sie irgendwie durch die Atmosphäre neuer Möglichkeiten geschützt.

In der nächsten Sitzung wirkten beide sehr optimistisch. »Es war sehr schwer«, sagte Vicki seufzend. »Zunächst fiel mir überhaupt nichts ein, um das ich bitten konnte. Ich zwang mich, es weiter zu versuchen, und im Verlauf der Woche wurde es ein wenig besser. Nach einer Weile fiel mir auf, wenn ich mich auf eine einzige halbe Stunde am Abend konzentrierte, konnte ich besser um etwas für mich bitten. Wenn es zu global wurde, bekam ich zuviel Angst.«

»Weil die Bitte um Unterstützung für Sie so ungewohnt ist«, sagte Margaret bestimmt. »Ihr Unbewußtes nimmt an, niemand wäre für Sie da.« Dann lächelte sie breit und schloß: »Es wird aber leichter, das versichere ich Ihnen.«

Ich fragte: »Wie ging es mit Jack?«

»Im allgemeinen gut«, antworetete Vicki. »Ein paar Mal schien er geistesabwesend und ein bißchen langsam, aber es war in Ordnung.«

»Es hat mich erleichtert, als sie über ihre Bedürfnisse sprach«, sagte Jack. »Und ich konnte viel leichter darauf reagieren, als wenn sie mich herumkommandiert.« Das gleiche hatte ich auch erlebt, als Margaret lernte, mir ihre Bedürfnisse mitzuteilen.

Da wir wußten, daß solche Veränderungen gewöhnlich flüchtig sind, stellten wir die gleiche Aufgabe für die kommende Woche. Beim nächsten Mal gab es in der Tat ein paar Klagen. Jack fühlte sich »herumkommandiert«, und Vicki vergaß mehrere Male, eine Bitte zu äußern. Wieder konzentrierten wir uns auf Vicki. »Warum hatten Sie wohl diese Schwierigkeiten?« fragte Margaret.

»Weil ich schon so lange alles allein mache«, sagte sie seufzend.

»Und weil Sie kein internalisiertes Rollenvorbild haben, um Ihre Bedürfnisse erfüllt zu bekommen«, fügte Margaret nachdrücklich hinzu. Als Vicki fragte, was sie dagegen tun könne, antwortete Margaret: »Sie können sich ein Bild von sich selbst in einer Situation ausdenken, in der Ihre Bedürfnisse erfüllt werden. Sie können sozusagen innerlich üben.«

»Und wie mache ich das?« fragte Vicki.

Ich sprang ein: »Lassen Sie mich einen Vorschlag machen. Versuchen Sie, sich eine ideale Mutter vorzustellen – wir fangen bei der Mutter an –, die aufmerksam und hilfsbereit ist. Margaret kann die Rolle einer solchen Mutter sprechen.« Ich sah Margaret an, die zustimmend nickte.

Vicki sah ängstlich aus. »Ich bin nicht sicher, was Sie meinen.«

Ich wiederholte: »Ich schlage vor, Sie üben, wie es sein würde, einen Elternteil zu haben, der in der Lage ist, Ihre Bedürfnisse zu erfüllen. Um in der Gegenwart fähiger zu werden, Hilfe anzunehmen, könnten Sie sich vorstellen, wie es gewesen wäre, eine solche Mutter in der Kindheit gehabt zu haben.«

»Ich versuche es«, sagte Vicki ängstlich. »Sagen Sie mir, was ich tun soll.«

Ich wandte mich zu Margaret. »Warum nimmst du nicht die Rolle einer idealen Mutter an?« Margaret sagte: »Ich nehme die Stimme Ihrer Idealmutter an.« Dann blickte sie Vicki zärtlich an, die das Lächeln erwiderte.

»Sie können einfach die Augen schließen«, sagte ich zu Vicki. Sie saß steif und aufrecht und schloß die Augen. Sie wirkte sehr klein und einsam. »Stellen Sie sich das Bild einer idealen Mutter vor, jemanden, der so ist, wie Ihre Mutter nie war.«

»Ich sehe immer wieder meine eigene Mutter«, sagte sie beunruhigt.

»Denken Sie an eine Mutter, die Sie lieber gehabt hätten.« Sie sah so allein aus, daß es leicht fiel, sanft und liebevoll mit ihr zu reden, und dabei entspannte sie sich ein wenig.

»Ich sehe jemanden wie meine Freundin Karen«, sagte sie, »nur älter.«

Ich bat sie, zu sagen, was diese Mutter wohl zu ihr sagen würde. Bei dieser Frage runzelte Vicki wieder die Stirn und verspannte die Schultern. Nach langem Schweigen sagte sie leise: »Sie würde sagen, daß ich mir nicht immer so viel Mühe geben muß.«

Ich blickte zu Margaret und bat sie, genau diese Worte zu Vicki zu wiederholen.

»Wenn ich deine Mutter gewesen wäre, hätte ich dir gesagt, du brauchtest dir nicht immer so viel Mühe zu geben, damit ich nett zu dir bin.« Vicki entspannte sich bei diesen Worten sichtlich.

Margaret wiederholte: »Es ist egal, ob du Fehler machst«, und Vicki entspannte sich weiter vor dieser imaginären Mutter.

Langes Schweigen. Dann fügte Vicki mit tiefem Seufzer hinzu: »Ich liebe dich so, wie du bist.«

Dieses Mal klang Margarets Stimme sehr überzeugend: »Ich liebe dich so, wie du bist.« Bei diesen Worten begann Vicki leise zu weinen. Ich schlug vor: »Wie wäre es mit: ›Ich unterstütze dich und liebe dich, ganz gleich, was du tust‹?«

»Das ist auch gut«, sagte Vicki, und Margaret wiederholte diese Worte. Es herrschte Stille und ein Gefühl von Frieden und Erfüllung.

»Möchten Sie noch etwas hören?« fragte ich.

»Ich glaube nicht«, sagte Vicki. Doch nach kurzem Nachdenken fügte sie hinzu: »Sie könnte sagen, sie sei nicht eifersüchtig auf die Aufmerksamkeit, die ich von meinem Vater bekomme.«

Margaret sagte: »Ich bin nicht eifersüchtig auf die Aufmerksamkeit, die du von deinem Vater bekommst.«

Ich schlug vor: »Und wenn sie hinzufügte: ›Da dein Vater und ich eine sehr gute Beziehung haben‹?«

»Ja«, stimmte Vicki begeistert zu.

»Da dein Vater und ich eine gute Beziehung haben«, wiederholte Margaret. Bei diesem Satz tauchte ein breites, warmes Lächeln auf Vickis tränenübertrömtem Gesicht auf.

»Wir sollten hier abbrechen.« Vicki atmete leicht mit dem liebevollen Bild vor ihrem inneren Auge. Nach langer Pause sagte ich: »Öffnen Sie langsam die Augen.«

Dabei lächelten Margaret und ich uns an.

»Ich muß die Rolle Ihrer idealen Mutter jetzt ablegen«, sagte Margaret. »Ich bin Margaret.«

Gegen Ende der Sitzung schlug ich vor, daß Vicki und Jack ihre

Übungen vorübergehend abbrachen. »Ich mache mir Sorgen, wenn Sie Jack in dieser Phase um Unterstützung bitten, werden sie zu sehr enttäuscht. Arbeiten wir lieber daran, daß Sie an einen positiven Ausgang für sich selbst glauben, Vicki. Dann können wir uns wieder der Beziehung zuwenden.«

Diese Phantasietechnik, eine Art informelle Hypnose, stützt sich stark auf Pessos Arbeit, aber da wir bei der Paartherapie nicht den Luxus einer Gruppe haben, deren Teilnehmer die realen oder idealen Figuren spielen, arbeiten wir oft mit der Phantasie und unseren eigenen Stimmen, um die Bilder des Klienten zu verstärken. Es findet natürlich eine »Übertragung« der Gefühle der Klienten für ihre Eltern – reale wie ideale – auf uns statt, und wir müssen beim Vorschlag dieses »Experiments« sehr vorsichtig sein.

Nach dieser Phantasie wurde Vicki sehr traurig. Sie hatte auf intellektueller Ebene manche Defizite ihrer Kindheit akzeptiert, doch jetzt war ihr auf emotionaler Ebene klargeworden, was ihr gefehlt hatte. Für sie eröffnete sich die Möglichkeit, nicht einem Leben der Selbstaufopferung geweiht zu sein. Margarets Rollenspiel baute auch eine Brücke zwischen den beiden, über die Vicki in den kommenden Monaten noch oft gehen konnte.

Bei dem Versuch, die Struktur einer Beziehung zu verändern, stoßen wir immer auf Widerstände, weil wir das ganze bisherige Leben lang in unseren Rollen gesteckt haben. Bei einem Paar mit einer überfunktionierenden Frau muß die Frau zuerst aufhören, Helferin und Retterin zu sein, diejenige, die das Leben der anderen erst ermöglicht. Wenn dieser Prozeß in Gang gekomnmen ist, steht der Weg für ihren Mann offen, seine eigenen Schwierigkeiten anzugehen.

Als Vicki lernte, sich mehr um sich selbst zu kümmern und Jack nicht mehr so oft zu retten, staunte er: »Ich weiß, es ist verrückt«, sagte er, »denn mir gefällt unsere Beziehung besser, aber ich möchte auch, daß sie wieder so wie früher wird.« Auch das Bewußtsein dieser Tendenz hielt Jack nicht ab, dies zu versuchen. Er vergaß Abmachungen, klagte und jammerte und war so deprimiert, daß er nicht mehr schlafen konnte. Vicki blieb aber, mit Margarets Unterstützung, fest.

Unterfunktionierende Männer haben sehr viel zu lernen. Zum einen müssen sie selbstbewußt werden und ihre Frauen konfrontieren, wenn diese gewohnheitsmäßig in ihre kontrollierende, elternhafte Rolle zurückfallen. Sie müssen aber auch lernen, weniger selbstzentriert zu sein und der Partnerin und den Kindern echte Hilfe anzubieten. Sie müssen lernen, daß hilfsbereit und stark sein ihnen echte Vorteile bietet. Viele unterfunktionierende Männer müssen auch ihre Schwierigkeiten mit der Außenwelt angehen und die neuen Fähigkeiten der Selbstsicherheit und Kraft ins Berufsleben übertragen.

Bei all diesen Bemühungen brauchen sie Vorbilder. Die meisten unterfunktionierenden Männer sind emotional an ihre Frauen gebunden, und sie müssen ermutigt werden, sich an andere Männer zu wenden, Freundschaften zu pflegen und Unterstützung von Gleichaltrigen zu fordern. Sie brauchen besonders Kontakt mit Männern, die stark und selbstsicher sind.

Doch viele Männer brauchen die ständige Unterstützung eines Therapeuten (oder eines Therapeutenpaares) bei der Erforschung ihres Kindheitsromans, der ihnen eine unterlegene Rolle zuschrieb. Sie brauchen fortwährende Unterstützung, diesen Roman neu zu schreiben. Als wir uns auf eine lange Arbeit mit den Gordons gefaßt machten, war ich zuversichtlich, Jack helfen zu können. Ich hatte ebenfalls einen alkoholsüchtigen Vater gehabt und kannte die damit verbundene Verzweiflung. Ich hatte darüber hinaus zehn Jahre bei einem starken Mentor verbracht, von dem ich eine Menge gelernt hatte.

Jack bemühte sich auf indirekte Weise um mich. Nach etwa der zehnten Sitzung machte er gegen Ende ein paar rasche, scharfe Bemerkungen. »Wie spät sollen wir nächste Woche kommen, Gus, damit wir nicht so lange auf Sie warten müssen?«

Nach etwa der dritten frechen Abschiedsbemerkung wurde ich wütend. »Verdammt, Jack, wenn Sie wütend auf mich sind, sagen Sie es mir. Aber mir gefällt diese versteckte Kritik nicht. Wenn Sie kämpfen wollen, kämpfen wir!«

Jack schwieg einen Moment und antwortete dann: »Es macht mich verrückt, wenn Sie zu spät kommen. Dann fühle ich mich unwichtig.«

Da fiel mir auf, was geschah. »Jack, haben Sie Angst, ich könnte so schwach sein wie Ihr Vater?«

»Vermutlich«, gab er zu.

Ich sagte lächelnd: »Versuchen wir etwas.« Dann stand ich auf, zog Schuhe und Strümpfe aus und wappnete mich strategisch. »Warum stehen Sie nicht auf und geben mir eine?«

Jack sah mich skeptisch an, lächelte aber leicht. Da fiel mir auf, wie kräftig er war. Jack legte seine Handflächen gegen meine Schultern, wie ich ihn anwies, und dann stemmten wir uns gegeneinander. Unsere Frauen sahen zu. Jack versuchte mehrfach, mich umzustoßen, doch da ich diese Übung schon öfter praktiziert hatte und mich ausbalancierte, gelang es ihm nicht. Je mehr er sich bemühte, um so stärker duckte ich mich. Nach etwa zehn erschöpfenden Minuten gab Jack auf und ließ sich mit einem erleichterten Seufzer aufs Sofa fallen. »Sie sind stärker, als ich dachte«, sagte er mit breitem Grinsen.

»Wir müssen das noch einmal versuchen«, sagte ich. »Sie glauben vielleicht immer noch nicht, daß Sie sich auf mich verlassen können – noch auf irgendeinen anderen Mann.« Es war eine Angst, die ich nur zu gut kannte.

Es gibt zwei kritische Momente im Leben eines von der Frau dominierten Paares: einmal, wenn die Frau die Hilfe des Mannes annimmt, und dann, wenn der Mann beginnt, angemessen selbstsicher zu werden. Zwei Jahre später kam Jack eines Tages zu mir und sagte: »Ich hatte heute eine Offenbarung. Es klingt vielleicht belanglos, aber für mich war es sehr wichtig.« Wir hörten zu, als er die Anfangsstadien eines vermutlich größeren Konflikts mit Vicki beschrieb. »Dann sagte sie mit dieser befehlenden Stimme, was ich tun sollte. Ich merkte, wie die Wut in mir hochstieg, und plötzlich fiel mir auf, daß ich es ja gar nicht zu tun brauchte. Ich brauchte keine große Szene zu machen, aber ich brauchte es auch nicht zu tun. So sagte ich: ›Vicki, ich kann das jetzt nicht tun. Vielleicht später, aber jetzt nicht.‹ Das war alles, aber ich habe mich sehr frei gefühlt.« Es war weder der erste Schritt noch der letzte, aber vielleicht der bedeutsamste Moment in dem zunehmenden Bewußtsein seiner Macht.

Ein ausgeprägtes Muster in einer Beziehung zu ändern, wie die ungleiche Machtverteilung bei den Gordons, ist eine schwierige Sache. Manchmal dauerte es Jahre. Doch solche Veränderungen sind möglich, der Weg zu einer gleichberechtigteren Ehe ist alle Mühe wert.

In vielen Ehen fühlt sich ein Partner vom anderen dominiert. Beim näheren Hinsehen finden wir aber, daß jeder Partner einen Einflußbereich hat, in dem er sich dominierend verhält. Ich kritisiere zum Beispiel Margarets Fahrstil, während sie mir bei Aktivitäten mit den Kindern Anweisungen gibt. Dieses beidseitige Elternverhalten erlaubt uns, uns »versorgt« zu fühlen, obwohl wir natürlich ablehnen, kritisiert und kontrolliert zu werden. Die Vorstellung, unser Bedürfnis nach einem Elternersatz sowie die Neigung, für den Partner einer zu sein, aufzugeben, ist beunruhigend, aber ein Weg zu Freiheit und Gleichheit in der Ehe.

Die Rollenverteilung im Familienspiel: Insider

Ich erinnere mich an ein Spiel, das alle Kinder aus der Nachbarschaft an lauen Sommerabenden spielten, wenn uns vor Müdigkeit schon schwindlig war und wir versuchten, den bevorstehenden Ruf zum Abendessen zu ignorieren. Ich muß etwa sechs gewesen sein. Es hieß »Figurenwerfen«. Der Werfer faßte jemanden beim Arm, drehte sich rasch auf dem Absatz und zog den anderen in einem engen Kreis um sich herum, wobei er sich gegen dessen Fliehkraft stemmen mußte. Schließlich hatten sie sich ausgewogen, und der Werfer ließ sein Opfer los. Dieses wirbelte trunken über die Wiese und landete schließlich in einer teils bewußten, teils zufälligen, unweigerlich aber verzerrten Position. Dann kamen andere an die Reihe, und am Ende lagen wir über den Rasen verstreut wie zerbrochene Skulpturen. Wir hielten unsere Position stolz, bis es weh tat und wir vor Anstrengung schwitzten. Dann bewegte sich jemand, und wir waren erlöst und von einem köstlichen Gefühl von Freiheit durchdrungen. Nachdem wir abgestimmt hatten, welche Position die beste war, begannen wir aufs neue.

Schon als Kinder spürten wir, daß wir durch die drohende Präsenz unserer Eltern, intensive Blicke unserer Altersgenossen oder Tyrannei in der Schule zu psychologischen Haltungen gezwungen wurden, die unbequem, schwierig und schließlich schmerzhaft waren. Bei diesem metaphorischen Spiel konnten wir die Positionen zumindest teilweise frei wählen, und wenn wir sie nicht mehr aushielten, konnten wir diese Fessel durchbrechen. Im täglichen Leben hatten wir nur selten das Gefühl von freier Wahl.

Da die Familie unsere wichtigste Stütze war, konnten wir ihrem Einfluß nur sehr schwer widerstehen. In diesem aufgeladenen Feld begannen wir uns je nach dem überwiegend unbewußten, aber extrem starken kollektiven Willen zu drehen. Wir nahmen schon früh im Leben *Rollen* an, psychologische Haltungen, die mit der Zeit starr und eingrenzend wurden. Da wir vom Bedürfnis der Familie eingefangen wurden, bestimmte Rollen im täglichen Drama zu spielen, stellten wir die Rechtmäßigkeit dieser Bedürfnisse nur selten in Frage.

Die meisten Menschen spielen immer noch die gleichen Rollen, die sie als Kinder lernten. Wenn wir diese unterschwelligen Strömungen in unserer Ehe begreifen wollen, müssen wir die »dramatische Struktur« unserer Ursprungsfamilie bewußt erkennen, besonders die Rollen, die wir einnahmen und wie wir zu ihnen gelangten. Vielleicht findet der Leser es nicht plausibel, daß die Rollen, die wir in unseren Kindheitsfamilien spielten, in unserer Ehe wiederholt und an die Kinder weitergegeben werden. Ich möchte daher beschreiben, wie sich dies vollzieht. In diesem und im nächsten Kapitel schildere ich die Behandlung einer Familie, um einige häufig vorkommende problematische Familienrollen zu umreißen, die unsere Partnerwahl beeinflussen, die Form unserer Ehe und das Leben unserer Kinder. Wir untersuchen zudem die dynamische Interaktion dieser »Rollenspieler« in Vergangenheit und Gegenwart. Ohne ein Gefühl für das Auf und Ab des Familiendramas *im Verlauf der Zeit* spüren wir vielleicht die interessantesten Aspekte unserer eigenen Geschichte nicht auf. Zuerst geht es um die Benennung des Charakters, dann um den Verlauf des Dramas selbst.

Ich bin nicht sicher, in welchem Augenblick des Familienzyklus' ich mit der Geschichte beginnen soll. Ich nehme die Adoleszenz, teilweise, weil dies eine so turbulente Phase für die gesamte Familie darstellt, wenn ein Kind beginnt, sich aus den inneren Grenzen der Familie zu lösen. Es ist dies nicht nur ein kritischer Moment im Leben einer Familie, sondern auch eine Zeit, in der man am leichtesten die Rollen erkennt, die die sich lösenden Kinder einnehmen. Mit vier oder fünf mag unsere Position in der Familie obskur gewesen sein, aber mit sechzehn oder siebzehn wird diese Rolle oft schmerzhaft deutlich.

Niemand spielt in unserer Ursprungsfamilie nur eine einzige Rolle, sondern höchstwahrscheinlich mehrere, und mancher nimmt gegenüber einer einzigen Person mehrere Rollen ein. Diese »Spielfiguren« sollte man als Beschreibung unserer »Funktion« in der Familie sehen, in der wir aufwuchsen, und wir sollten darauf achten, diese komplexe und sich häufig verändernde Matrix der Bindung innerhalb der Familie nicht zu sehr zu vereinfachen.

Colin und Stephanie Land waren sehr besorgte, gewissenhafte Eltern. Sie hatten ihre fünfköpfige Familie nur mit Mühe zusammengebracht. Audrey kam mit dem Flugzeug aus North Carolina, wo sie das College besuchte. Bert, Junior in einer High School, mußte überredet werden, sein Basketballtraining ausfallen zu lassen, und man mußte die Ablehnung der Jüngsten, Laurel, überwinden, die Familientherapie für albern hielt. Ganz zu schweigen von der Schwierigkeit mit ihren eigenen Terminplänen: Colin leitet eine größere Versicherungsagentur, und Stephanie ist Vorstand in einer Grundschule.

Es handelte sich um eine ausgeprägt verbalisierende, sehr arbeitsame Familie mit »protestantischer Ethik«. Intellektuelle Leistungen schienen wichtig, und obwohl die Familienmitglieder stark aufeinander bezogen wirkten, sprachen sie wenig über ihre Gefühle. Bis zu dem Konflikt mit Audrey konnte man so gut wie keine Emotionen finden oder auch nur vermuten, warum sie Therapie suchten.

Dann gab Stephanie zu, sie habe einen Brief gefunden. Er stammte von einem von Audreys Professoren, und Audrey hatte ihn bei einem Besuch zu Hause in ihrem Zimmer liegen lassen. Stephanie konnte nicht widerstehen, den Brief zu lesen, und sie erfuhr daraus, daß ihre Tochter eine Beziehung mit ihrem Philosophielehrer hatte.

Noch ehe Stephanie diesen Brief erwähnte, hatte ziemliche Spannung im Raum geherrscht – als wisse jeder, was nun kam. »Ich verstehe das nicht«, sagte Stephanie kalt. »Nichts in meiner Erfahrung hat mich auf sowas vorbereitet.« Dann fragte sie: »Ist er verheiratet?« Als Audrey nickte, begann Stephanie zu weinen.

»Es tut mir leid, Mutter.« Audrey duckte sich verteidigend. »Das habe ich nicht getan, um dir weh zu tun. Es tut mir leid, daß es dir weh tut.«

»Ich habe das Gefühl, als hätten wir bei dir irgendwie versagt«, sagte Stephanie in einem Tonfall, der Mutter wie Tochter anklagte.

»Ich betrachte uns beide nicht als Versager, Mutter. Die Beziehung zu Herb ist kompliziert, aber ich bin deswegen kein schlechter Mensch.«

Stephanie war jedoch untröstlich, und sie begann, die Tochter wütend und heftig anzugreifen: »Warum tust du das?« wiederholte sie immer wieder. »Erklärst du dich bereit, dich von ihm zu trennen?«

»Nein, das werde ich nicht«, entgegnete Audrey fest. »Das tue ich nicht.« Es war eine Haltung, die Audrey offensichtlich noch niemals eingenommen hatte, und die Mutter war aufgebracht. Zu Beginn der Sitzung schien die schlanke, große, intensive Mutter die Tochter zu überragen, doch jetzt enthüllte sich die Zähigkeit der Jüngeren, die ihre kleine, drahtige Gestalt gegen die Wut der Mutter aufrichtete.

Colin Land, ein recht kleiner, zarter Mann, wirkte konzentriert und belesen. Seine Frau leitete zwar häufig die Diskussionen, aber man spürte in ihm einen scharfen Verstand und vorsichtige, aber ausgeprägte Freundlichkeit. Als die Spannung zwischen Stephanie und

Audrey immer wortreicher wurde, ergriff er endlich das Wort: »Ich frage mich, ob wir diese Sache zu sehr hochspielen, Stephanie. Immerhin ist sie achtzehn.«

»Genau darum geht es mir, Colin«, erwiderte Stephanie abrupt, und zum ersten Mal klaffte ein Graben zwischen diesem Paar auf. »Du würdest sie immer verteidigen.«

Audreys Geschwister hatten schockiert geschwiegen, als dieser Konflikt ausbrach, doch als Colin und Stephanie sich nun wütend anblickten, griff Bert ein. »So geht es immer, nicht wahr? Mama streitet mit Audrey, und Papa tritt für sie ein.«

»Streite ich mich mit Audrey?« fragte Stephanie erstaunt. »Das tue ich vermutlich, aber ich dachte, ich versuche einfach, mit ihr zu reden.«

»Du mischst dich viel mehr ein, als du denkst, Mama«, sagte Bert. »Papa muß sich einfach für sie einsetzen, und du mußt sie in Ruhe lassen.«

»Und Sie, junger Mann, sind ein geborener Familientherapeut«, neckte Margaret. Bert sah gut aus, war sportlich und sehr ernsthaft und schien besorgt, weil seine Eltern nicht einer Meinung waren. Die Jüngste, Laurel, wirkte auch besorgt, schwieg aber.

Jede Familie hat ihre Kampffronten, und die kritischsten Linien verlaufen zwischen den Eltern. In manchen Familien werden Ehekonflikte verborgen, selbst vor den Partnern, die sich von ihren Meinungsverschiedenheiten zu bedroht fühlen, um sich ihrer bewußt zu werden. Unter der oberflächlichen Höflichkeit solcher Paare lauert statt dessen eine tiefe, vage gespürte Spannung, die oft durch Leerräume und Fehlstellungen in der Ehe ausgedrückt wird.

Paare, die nicht direkt mit Wut umgehen und sich einander ihren Ärger nicht vorwerfen können, sind stark benachteiligt. Ihre Methoden der Konfliktvermeidung – Unterdrückung und Ableugnung – isolieren sie voneinander und von ihren eigenen Gefühlen. Die Kinder werden unvermeidlich in diese oberflächlich kooperative, unbehagliche Situation einbezogen. Sie werden in dem nicht erklärten Krieg zu Pfändern.

An bestimmten Kreuzwegen der Geschichte erlebt jedes Paar eheliche Schwierigkeiten. Viele dieser Konflikte haben lange geschwelt, andere ruhen, bis sie durch eine besondere Belastung (Krankheit, Todesfall, Arbeitslosigkeit, Umzug) oder ein bestimmtes Entwicklungsstadium an die Oberfläche treten. Oft ist es die Zeit selbst und sind es die Forderungen, die Veränderungen an die Partner stellen.

Wenn einer in der Familie Schwierigkeiten hat, nehmen wir daher einen Hintergrundkonflikt in der Ehe an – der sich manchmal auch im Vordergrund abspielen kann. Die Frage heißt: Um was geht es in dem Konflikt, und welche Rollen spielen die verschiedenen Familienmitglieder dabei? Wir betrachten die Kernfamilie genau, versuchen, ihre bestimmte Methode der Kriegführung zu erkenen und auch die Familien in den Blick zu bekommen, die über den Eltern aufragen. Wir versuchen, einen jeden als das Kind zu sehen, das er oder sie war und in gewissem Grade immer noch ist.

Stephanie war fast hysterisch. Sie klang, als habe die Liebschaft der Tochter ihr eine tödliche Wunde zugefügt. »Ich kann das nicht begreifen«, klagte sie immer wieder. »Mir ist völlig unverständlich, wie du dich mit einem verheirateten Mann einlassen konntest.«

Wir waren selbst ein wenig verwirrt und fragten nach der Geschichte der Beziehung zwischen Stephanie und Audrey. »Ich meine, wir standen uns sehr nahe«, sagte Stephanie. »Findest du nicht auch?« fragte sie die Tochter.

»Ja und nein«, erwiderte Audrey vorsichtig. »Wir haben viel zusammen gemacht – besonders im Haus und mit den anderen Kindern. Ich glaube, ich habe viel mitgeholfen.«

»Das stimmt«, sagte die Mutter. Ihre Stimme klang seltsam knapp und fast beleidigt, als könne sie den Konflikt mit der Tochter immer noch nicht begreifen.

»Also ...« Audrey hielt inne. Nach einem Moment des Nachdenkens fuhr sie fort: »Manchmal meine ich, ich habe zuviel getan.«

»Zuviel geholfen?« fragte Margaret.

»Ja. Ich weiß, daß Mutter eine Menge Arbeit hatte und nur wenig Hilfe von Dad, besonders mit den Kindern. Aber manchmal bedeutete das auch eine große Einschränkung für mich. Ich war vielleicht verabredet oder wollte mich mit Freundinnen treffen, und sie wollte, daß ich mich um Laurel kümmerte.« Dabei lächelte sie die Schwester rasch und herzlich an. »Ich hatte nichts dagegen, aber dann doch irgendwie.« Wieder zögerte sie. »Es ging nicht so sehr darum, was ich tun mußte, sondern ...« Wieder sah sie die Mutter an. »... irgendwie fühlte ich mich schuldig, ein eigenes Leben zu haben. Ich weiß nicht, vielleicht nehme ich es zu wichtig.«

»Vielleicht nicht«, sagte Margaret. »Gibt es noch einen Grund, warum Sie wütend auf Ihre Mutter waren?«

»Das Bild, glaube ich. Das große, gerahmte in der Diele.«

»Das verstehe ich nicht«, sagte Margaret.

Audrey wirkte verlegen und zögerte, weiterzusprechen. »Ich mag es nicht«, sagte sie dann. »Es ist von mir, als ich sechs war, und ich trage ein weißes Kleidchen mit vielen Rüschen. Wann immer ich es betrachte, wird mir sehr unbehaglich. Ich glaube, es erinnert mich an etwas, was ich auch bei Mutter fühle.«

»Und das ist?« fragte Margaret.

»So will sie mich sehen.«

Margaret sagte leise: »Manchmal behandelt Sie Ihre Mutter, als wolle sie, daß Sie ein kleines Mädchen bleiben.«

»Ja.«

»Tut sie das auf irgendeine besondere Weise? Oder ist es einfach ein unbestimmtes Gefühl?« fragte Margaret.

»Sie hängt irgendwie über mir, und sie versucht, mir zu viel zu helfen. Ich weiß nicht.« Als sie den verletzten Gesichtsausdruck der Mutter sah, schien sie den Mut zu verlieren. Dann sagte sie: »Ich weiß, ich bin nicht sehr beständig, aber manchmal finde ich, daß Mutter und ich uns überhaupt nicht nahestehen. Ich meine, sie sieht Dinge in mir, die sie sehen will, aber sie erkennt nicht den Teil, der anders ist als sie.«

»Eine erwachsene Frau?« schlug Margaret vor. Dieses Mal nickte Audrey. Da standen wir vor verwirrenden Gegenströmungen. Audrey fühlte sich als »Helferin« an die Mutter gebunden, hatte aber gleichzeitig Angst, daß die Mutter sie als Kind würde behalten und festhalten wollen. Über diese Themen hatten sie jedoch noch nie gesprochen.

»Wie ist das mit Ihrem Vater?« fragte ich und versuchte, den Druck von Stephanie zu nehmen. »Wie sehen Sie Ihre Beziehung zu ihm?«

Audrey blickte mich überrascht an, als habe sie die Bindung an den Vater niemals bezweifelt. »Wir beide stehen uns vermutlich nahe. Wir sprechen viel miteinander – auch jetzt, und wenn ich ein Problem beim Studium habe, rufe ich ihn an. Er ist sehr gut in Mathematik, und wir haben beide Spaß an der Philosophie.« Dann lächelte sie breit, als ihr auffiel, daß sie sich als Liebhaber auch einen Philosophen ausgesucht hatte. Ich erwiderte ihr Lächeln, und ohne eine weitere Erklärung fügte sie hinzu: »An die Parallele hatte ich noch nie gedacht.«

»Hatten Sie jemals das gleiche Gefühl, nicht losgelassen zu werden, bei Ihrem Vater?« fragte ich.

»Nein«, sagte sie nach kurzem Nachdenken. »Nein, so ist er nicht. Es ist, als fände er alles, was ich tue, in Ordnung.«

»Es ist also irgendwie zu leicht, ihm zu gefallen«, sagte Margaret, »und zu schwer, Ihrer Mutter zu gefallen.«

»Das stimmt. Mutter kritisiert mich oft auf subtile Weise.«

»Und vielleicht ist Ihr Vater nicht fest genug und bietet Ihnen nicht das Gefühl, daß er zu einer älteren Generation gehört«, sagte ich.

Wenn wir Rollen in Familien betrachten, denke ich oft an die Arbeit des deutschen Familientherapeuten Helm Stierlin, dessen Buch *Eltern und Kinder. Das Drama von Trennung und Versöhnung im Jugendalter* diese Periode im Leben einer Familie beleuchtet. Ich stütze mich hier stark auf Stierlins Rollentypologie, habe jedoch mehrere Modifikationen aus meiner Erfahrung hinzugefügt.

Stierlin, der ebenfalls Metaphern körperlicher Bewegungen liebt, stellt fest, daß manche Familien von »zentrifugalen«, nach außen gerichteten Kräften dominiert werden. Es handelt sich um locker organisierte Familien, deren Mitglieder nicht eng aneinander gebunden sind. Wenn die Spannung innerhalb der Familie steigt, lösen sie sich allzuleicht voneinander. Manche Therapeuten nennen solche Familien »entkoppelt« oder »unterorganisiert«. Andere Familien sind eng aneinander gebunden und versuchen, die Mitglieder nach innen zu ziehen. Diese »zentripetal« dominierten Familien, die miteinander »verstrickt« sind, haben größere Schwierigkeiten, die Kinder loszulassen.

Die meisten Familien leben mit einer komplexen Mischung dieser Kräfte, und jedes Mitglied spürt sie unterschiedlich. Audrey war deutlich stark zur Mutter hingezogen; sie fühlte sich dem Vater auch nahe, aber er schien sie besser loslassen zu können. Wenn wir die Rolle des Kindes oder der Jugendlichen in der Familie unter die Lupe nehmen, versuchen wir zu bestimmen, welche Rolle oder Rollen das Kind oder die/der junge Erwachsene in Beziehung zu jedem anderen Mitglied spielt – besonders aber zu beiden Eltern.

Wir achten besonders auf die Koalitionen zwischen Eltern und Kindern, die für die Kinder problematisch scheinen. Familientherapeut Jay Haley meint, das Hauptproblem in gestörten Familien sei, daß dort die Koalitionen zwischen den Generationen stärker seien als die zwischen den Ehepartnern. Bestimmte Bande zwischen Eltern und Kindern sind enger als diejenigen zwischen den Eltern. Natürlich reicht diese unangemessene Verknüpfung zwischen den Generationen oft eine Generation zurück: Viele Erwachsene konnten sich nicht von den eigenen Eltern lösen, obwohl sie verheiratet sind und selbst Kinder haben. Später würden wir nach der Beziehung zwischen den Lands und ihren eigenen Eltern fragen, doch anfänglich mußten wir uns die »Teams« innerhalb der Kernfamilie ansehen.

Am Beginn einer Therapie fragen wir nicht nur: »Wo bestehen Koalitionen oder Teams in dieser Familie?«, sondern sind auch neugierig, wie solche Koalitionen funktionieren, das heißt, wenn ein Kind zum Beispiel an einen Elternteil »gebunden« ist, wie diese Bindung aussieht.

Das gebundene Kind

Kinder, die eng an ihre Eltern gebunden sind und ins Zentrum der Familie gezogen werden, nennt Stierlin »gebunden«, und sie bilden eine Hauptkategorie der Familienrollen. Abweichend von Stierlin klassifiziere ich diese Kinder lieber entsprechend ihrer generationsmäßigen »Ebene«, auf der sie an die Eltern gebunden sind.

Elternhafte Kinder fungieren in der Familie als Elternersatz. Sie arbeiten manchmal neben den Eltern und beschützen sie auch. Solche Kinder werden zwei Generationen weiter »befördert«. Carl Whitaker neckte diese Kinder manchmal wegen ihrer Tendenz, vorzeitig zu Erwachsenen zu werden: »Wenn du deine Mutter so bemutterst, wirst du zu deiner eigenen Großmutter.«

Partnerersatz- (oder Gefährten-) Kinder haben für die Eltern die gleiche Funktion. Wie die elternhaften Kinder stehen sie unter dem Druck, viel erwachsener sein zu müssen, als gut für sie ist. Das »Partnerersatz«-Kind ist natürlich Protagonist im klassischen Ödipusdreieck, während »Gefährten-Kinder« zu den Freunden ihrer Eltern werden.

Abhängige Kinder werden infantilisiert oder in einer übertriebenen Kindposition gehalten. Im Gegensatz zu den elternhaften Kindern wird bei ihnen gefördert, viel weniger reif zu sein, als sie sein können.

Die meisten Eltern wollen, daß ihre Kinder sich erfolgreich von zu Hause lösen und ein selbständiges, autonomes Leben führen, doch manche Eltern brauchen ihre Kinder so sehr, daß sie ihnen unbewußt Hindernisse in den Weg zu diesem Individuationsprozeß legen. Der Widerstand gegen die Loslösung des Kindes ist oft subtil und indirekt, doch da gebundene Kinder so loyal und sensibel auf die Bedürfnisse der Eltern eingehen, reagieren sie stark auf die Elternängste im Zusammenhang mit ihrer Loslösung. Wie wir bei Audrey sehen, rufen die normalen entwicklungsmäßigen Übergangsphasen dieser Kinder oft Turbulenzen in den Familien hervor. Audrey wollte und verdiente Unabhängigkeit, doch ihre Wahl eines unakzeptablen Freundes schuf einerseits eine Barriere zwischen ihr und den Eltern und zog sie andererseits in den inneren Kreis der Familienpolitik zurück.

Das elternhafte Kind

Zweifelsohne war Audrey ein elternhaftes Kind gewesen. Innerhalb dieser Gruppe gibt es allerdings wichtige Unterschiede. Wie Audrey werden viele Kinder dieser Gruppe schon früh herangezogen, praktisch bei Elternaufgaben zu helfen. Älteste Mädchen sind besonders empfänglich, zu »Assistenzeltern« zu werden – sie helfen beim Kochen, bei der Hausarbeit und der Kinderversorgung. Solange diese Lasten nicht zu schwer sind, ist es keine schlechte Rolle. In der Vergangenheit erwarben die Mädchen so die Fertigkeiten der Mütter, und sie lernten, fleißig zu sein. Sie entwickelten auch ein Gefühl, eine Gefährtin für die Mutter zu sein. Auch Jungen können solche Rollen einnehmen. Früher verließen viele Jungen die Schule vorzeitig, um Geld für die Familie zu verdienen, und natürlich arbeiteten sie oft mit den Vätern auf Bauernhöfen und in kleinen Geschäften. Bei armen Familien lastet immer noch sehr oft finanzieller Druck auf den Schultern der Jungen.

Manche elternhafte Kinder tragen viel zuviel Verantwortung für den Haushalt. Sie übernehmen zuviel von der emotionalen Verantwortung der Eltern. Das ist besonders wahrscheinlich, wenn ein Elternteil abwesend ist, doch wie wir im Verlauf der Therapie mit den Lands erfuhren, kann dies auch geschehen, wenn ein Elternteil »nur« psychologisch abwesend ist.

Hören wir Audrey in einer Einzelstunde: »Es geschah wohl teilweise, weil Dad immer so mit seiner Arbeit beschäftigt war. Ich hatte viel Verantwortung im Haus. Mutter nahm ihre erste Lehrerinnenstelle an, als Laurel in die Schule kam, aber auch davor habe ich viel für sie getan. Es wurde schlimm, als ich elf oder zwölf war und Mutter wollte, daß ich nachmittags bei ihr blieb, wenn ich mit meinen Freundinnen zusammensein wollte. Ich machte es, aber manchmal habe ich meine Wut an Laurel ausgelassen. Später, als ich den Führerschein hatte, brauchte mich Mutter immer wieder – ich sollte einkaufen fahren, Laurel in die Klavierstunde bringen oder ähnliches. Da war ich oft richtig wütend, weil sie so von mir abhängig war. Aber es waren nicht nur alltägliche Kleinigkeiten. Ich machte mir um Laurel viel Sorgen, und wenn sie bedrückt oder aufgeregt war, war ich oft hilflos und unsicher, was getan werden mußte. Manchmal schien es, als sei ich ihre Mutter.«

Diese praktischen Helfer sind oft vorzeitig kompetent. Jeder, das Kind eingeschlossen, glaubt, das Kind sei stark. Eltern sagen häufig über solche Kinder: »Sie ist so selbständig, sie scheint uns eigentlich gar nicht zu brauchen.« Die unangenehme Tatsache aber ist, daß die Eltern dieses Kind stark brauchen. Innerlich fühlen diese Kinder sich oft vernachlässigt und leer. Die einzige Möglichkeit, ihre Bedürfnisse zu befriedigen, besteht darin, selbst Hilfe zu leisten. Das ist ihre Art, sich zu binden und sich nahe zu fühlen, und obwohl einem diese Rolle in der Familie einen anerkannten Platz verschafft, programmiert sie spätere Schwierigkeiten.

Die Belastungen anderer elternhafter Kinder sind nicht derart praktischer Natur. Sie arbeiten nicht mit den Eltern zusammen, sondern kümmern sich sprichwörtlich um einen Elternteil. Hier ein anderes elternhaftes Kind:

»Ich spürte, als meine Mutter meinen Vater endgültig aufgab. Er war ihr plötzlich einfach egal. Er hatte sich frühzeitig pensionieren lassen und lebte von seinem Kapital, und meine Mutter hat ihn dafür verachtet. Damals begann er mehr zu trinken, und ich machte mir viel Sorgen um ihn. Am Nachmittag, wenn ich aus der Schule kam, war er oft bedrückt, und dann bin ich zu ihm gegangen, um ihn aufzurichten. Manchmal erfand ich sogar Geschichten, um ihn zum Lachen zu bringen.« Im Alter von neun Jahren hatte dieses Mädchen den bewußten Entschluß gefaßt, den eigenen Vater zu bemuttern, und ihre Sorge um ihn bildete ein dominantes Thema in ihrem Leben. Sie heiratete später einen abhängigen Mann, für den sie sich verantwortlich fühlte und um den sie sich ständig Sorgen machte.

Eine große Anzahl von Familien hat mindestens einen dysfunktionalen Elternteil, und die Kinder dieser Familien werden gewöhnlich in fürsorgliche Rollen gedrängt. Wenn ein Elternteil ernsthaft depressiv ist, Alkoholiker oder geistig krank, ist der andere Elternteil gewöhnlich mit dem nackten Überleben der Familie beschäftigt – und wütend über das »Versagen« des Partners. Es fällt dann den Kindern zu, sich um diesen »verwundeten« Elternteil zu kümmern, und diese Erfahrung bildet in diesen Kindern eine primitive, oft lebenslange Furcht aus: *»Wenn ich mich nicht um andere kümmere, geschieht etwas Schreckliches.«* Das »Schreckliche« schließt vielleicht die Phantasie ein, daß ohne diese Hilfe der Elternteil stirbt. Hinter dieser Furcht lauert eine noch stärkere, daß das Kind den Verlust des Elternteils nicht überlebt.

Es gibt einen dritten Situationstyp, in dem ein Kind lernt, sich elternhaft zu verhalten. In diesem Fall wird das Kind von den Eltern *wahrgenommen, als sei es deren eigene Eltern.* Vater und Mutter gelingt es irgendwie, in ihrem Kind ein Bild der eigenen Eltern zu sehen. Dies ist offensichtlich ein gestörter Prozeß, aber sehr häufig.

Nach dem Familientherapeuten Ivan Boszormenyi-Nagy, der in seinem einflußreichen Buch *Unsichtbare Bindungen* das Konzept der »Parentifizierung« beschrieb, ist dieser primitive Prozeß häufig für Kindsmißhandlung verantwortlich. Der schwache Elternteil »lädt« Erwartungen auf das Kind, und wenn das Kind sie nicht erfüllen kann, wird es zur Zielscheibe der elterlichen Wut.

Ich lernte dieses verstörende Phänomen kennen, als mein Sohn mit zwei Jahren das sogenannte Trotzalter erreichte. Bei Marks stürmischen Wutausbrüchen bekam ich seltsame Angst. »Er kriegt mich unter«, dachte ich, und bald reagierte ich sehr hart auf seine Rebellionen. Ich wußte, daß ich übertrieben reagierte, aber ich fühlte mich durch seine scheinbar starke Wut bedroht. Nach mehreren Wochen, in denen ich mich viel zu strafend verhalten hatte, kam mir ein blitzartiger Gedanke. Ich erinnerte mich, wie wütend mein Vater auf mich gewesen war, als er aus der Armee nach Hause kam, und wie mich seine Ausbrüche übermannt hatten. Plötzlich ergab meine Furcht, Mark würde mich »unterkriegen«, einen Sinn: Ich hatte ihn »parentifiziert« und reagierte auf ihn, als sei er mein Vater. Die Tatsache, daß er männlich war und wütend, war alles, was mein Unbewußtes dazu brauchte. Mir machte diese ungerechte Behandlung meines kleines Sohnes großen Kummer, und ich beschloß, mein Verhalten zu ändern.

Manchmal ist Parentifizierung in einer Beziehung viel dauerhafter. Vor mehreren Jahren arbeiteten Margaret und ich mit einer Familie, deren Sohn, in der Abschlußklasse der High School, irgendeine kleinere Straftat begangen hatte. Rasch wurde klar, daß Mutter und Sohn sehr stark aneinander hingen, während der Vater sich zurückzog und sich seiner Arbeit hingab. Nach anfänglicher Arbeit mit den Eltern, ihre eigene Beziehung stärker zu betonen, besserte sich der Sohn. Vor seiner Abschlußprüfung wurde die Mutter jedoch zunehmend erregt.

Eines Tages kam sie äußerst aufgebracht in die Sitzung. Sie brach fast sofort in Tränen aus. »Ich weiß nicht, was los ist«, sagte sie erstaunt, »ich kann nicht mehr aufhören zu weinen, ich habe das ganze Wochenende geweint.« Nachdem sie sich ein wenig beruhigt hatte, fuhr sie fort: »Ich weiß, ich sollte mich freuen, daß mein Sohn sich jetzt besser macht, aber statt dessen bin ich sehr traurig. Ich frage mich, ob ich den Verstand verliere.«

Nach weiterer Erforschung ihrer Geschichte erfuhren wir, daß ihr Vater, dessen Liebling sie war, gestorben war, als sie dreizehn war, womit ihre glückliche Kindheit endete. Ihre Mutter und Schwester standen sich sehr nahe, und sie fühlte sich von dieser Beziehung ausgeschlossen. Schließlich heiratete sie einen Mann, der sich elternhaft zu ihr verhielt, dessen Kühle sie jedoch an die Distanziertheit der Mutter erinnerte. So war ihr Sohn, der ihrem Vater ähnelte, an dessen Stelle getreten. Der Sohn hatte sich zwar nicht elternhaft verhalten, aber seine Mutter hatte viele ihrer positiven Gefühle für den Vater auf ihn übertragen. Als ihr Sohn ernsthaft begann, die Familie zu verlassen, weckte dies in ihr einen lange vergrabenen Kummer.

Bestimmte Kinder sind besonders empfänglich, »parentifiziert« zu werden. Da sie viele Gelegenheiten haben, hilfsbereit zu sein, werden älteste Kinder oft in elternhafte Rollen gedrängt. Mädchen sind dafür empfänglicher aufgrund der allgegenwärtigen Erwartung an sie, sich um die Bedürfnisse anderer zu kümmern.

– Elternhafte Kinder wachsen mit dem starken Bewußtsein der Bedürfnisse anderer auf und sind sich ihrer eigenen oft nicht bewußt. Da ihre emotionale Sicherheit dem Gefühl entstammt, kompetent und hilfsbereit zu sein, werden sie zu scheinbar starken Erwachsenen.
– Elternhafte Kinder arbeiten oft viel mehr, als ihnen guttut. Da sie »Erwachsenen«-Rollen annahmen und sich nicht darauf verlassen konnten, daß ein Erwachsener sagte: »Darum kümmere ich mich. Darum brauchst du dir keine Sorgen zu machen«, haben sie Schwierigkeiten, sich Grenzen zu setzen, für was sie verantwortlich sind. Manche elternhafte Kinder sind »allumfassend hilfsbereit«.
– Da elternhafte Kinder oft als »gute Menschen« bezeichnet werden, sind sie vielleicht selbstgerecht, weil sie als Kinder durch die Identifikation mit den Elternrollen Status erlangten.
– Sie sind von den wütenden, schwachen emotionalen »Kind«-Aspekten ihres Selbst abgeschnitten und müssen sich mit Personen verbinden, die Zugang zu solchen Teilen in sich haben.
– Diese Kinder wählen später häufig Partner, die wenig Verantwortung übernehmen oder Hilfe zu brauchen scheinen. Sie neigen zu dominanten Positionen in der Ehe und verhalten sich kritisch gegenüber den abhängigen »Mündeln« (auf die sie ihre Abneigung gegen den abhängigen Teil ihres Selbst projizieren).
– Elternhafte Kinder sind oft fürsorgliche, kompetente Menschen, die viel mehr Arbeit leisten, als sie müßten. Wir alle hängen von

ihnen ab, aber sie riskieren ständig, von anderen ausgenutzt zu werden.

Bei der Arbeit mit Audrey wurde deutlich, daß sie in ihrer Familie zwar in einer solchen Rolle gefangen war, aber auch gegen deren Einschränkung rebellierte. »Du bist unverantwortlich!« wiederholte ihre Mutter. Audrey konnte sich zwar mühsam verteidigen, aber wir versuchten, ihr zu erkennen zu helfen, daß dies ein gesunder Impuls bei ihrer Rebellion war.

Doch es gab in ihrem Kampf mit der Familie noch andere Themen, darunter ihre Allianz mit dem Vater. Wieder in einer späteren Einzelsitzung sagte sie: »Mir ist nie aufgefallen, daß etwas daran falsch sein könnte, aber ich erinnere mich an ein leicht unbehagliches Gefühl. Oft, an Sommerabenden, saßen Dad und ich draußen auf der Veranda und unterhielten uns. Wir sprachen einfach über alles und oft über Philosophie oder Religion. Manchmal ging das stundenlang so, und Mutter kam an die Tür und fragte, ob Dad ins Bett komme. Dann sagte er ›gleich‹, und dann merkten wir plötzlich, daß Mitternacht war, und ich fragte mich, ob Mutter wohl wütend war. Zwischen ihm und mir ist niemals etwas Sexuelles oder Unrechtes geschehen, aber ich fragte mich oft, warum Mutter und er sich nicht so unterhalten konnten.«

Das Partnerersatz- oder Gefährtenkind

Der zweite Typ des gebundenen Kindes braucht nur eine Generation weiter zu gehen, um zu einer gleichaltrigen Beziehung mit den Eltern zu gelangen. Doch dieser Sprung ist schwer genug. Es handelt sich um das Partnerersatz- oder Gefährtenkind. Auch wenn diese Bedürfnisse indirekt geäußert werden, stehen solche Kinder unter Druck, ein sexuelles Bedürfnis eines Elternteils zu erfüllen, ein Bedürfnis nach Freundschaft oder einem Gefährten. Diese Kinder sind auf ungesunde Weise an die Eltern gebunden, und ihr Leben ist deutlich beeinträchtigt.

Das Gefährtenkind. Jeder braucht Freunde: liebevolle Gleichaltrige, mit denen wir unsere Freuden und Leiden teilen können. Wenn Erwachsene nicht die Unterstützung Gleichaltriger haben, besonders aber, wenn sie in der Ehe fehlt, werden Kinder oft herangezogen, um dieses Grundbedürfnis zu befriedigen.

Diese Art intime Partnerschaft, die zwischen Müttern und Töchtern extrem häufig vorkommt, ist nicht problematisch, es sei denn, der Elternteil hängt zu stark von dieser Beziehung ab. Eine Freundin sagte über ihre Tochter: »Diane und ich haben immer über alles geredet. Als sie in die High School ging, konnte ich kaum erwarten, daß sie nach Hause kam. Dann sprachen wir über ihren Tag, den neuesten Schwarm, den Klatsch über die anderen Mädchen. Ich versuchte, mich nicht zu stark auf sie zu stützen, aber ich bin sicher, ich habe ihr auch viel von mir erzählt. Sie hörte sich meine Klagen an, wie frustrierend das Hausfrauendasein sei. Aber wir hatten auch eine Menge Spaß miteinander. Wir lachten über die gleichen Dinge und machten gern viel gemeinsam, wie einkaufen gehen, sogar die Hausarbeit. Wir waren einfach gern zusammen.«

Väter und Söhne bilden auch Gefährtenbeziehungen, aber sie zentrieren sich oft um gemeinsame Aktivitäten: Jagen, Angeln, Sport, Autos. Väter und Söhne machen vielleicht Streiche miteinander und genießen Zuneigung nonverbal, doch sie reden gewöhnlich nicht über ihre Gefühle. Da Männer oft Schwierigkeiten haben, intime Freundschaften zu schließen, neigt vermutlich ein Vater, der eine tiefere Gefährtenschaft entwickelt, dazu, sich zu stark auf diese Beziehung zu stützen.

Natürlich besteht eine solche Beziehung auch oft zwischen Vätern und Töchtern, Müttern und Söhnen. Audrey und ihr Vater waren intellektuelle und geistige Gefährten. Sie konnten leicht und angenehm kommunizieren, und Colin war davon offensichtlich stark abhängig. Und das machte Stephanie eifersüchtig. Wenn Eltern unterschiedliche Wertvorstellungen oder nur wenige gemeinsame Interessen haben, wenn ein Elternteil sich besonders auf ein Kind verläßt, seine Bedürfnisse zu erfüllen, muß das Kind nicht nur mit der Eifersucht des anderen Elternteils auf diese »platonische Affäre« fertig werden, sondern auch mit der Belastung, Freund nur des einen zu sein.

Solche Kinder werden um die Erfahrung betrogen, sich auf einen starken, autoritativen Elternteil verlassen zu können – jemanden, dessen Grenzen sie austesten können, mit dem sie lernen zu streiten, obwohl sie von ihm letztendlich abhängen. Gefährtenkinder fühlen sich geschmeichelt, Freund der Eltern zu sein, und sie bemerken nur selten das Gefühl von Verrat, das sie aber trotzdem empfinden. Wenn Audrey ihr Dilemma in Worte kleiden könnte, würde sie vielleicht sagen: »Anstatt daß ich mich auf meinen Vater verlasse, verläßt er sich auf mich.«

Wie alle Jugendlichen haben auch Gefährtenkinder Probleme, sich von den Eltern zu lösen, die von ihnen abhängig sind. Hören wir wieder meine Freundin über ihre Tochter: »Jedes Mal, wenn ich an ihr letztes Jahr in der High School denke, muß ich weinen. Wir begannen uns etwa nach der ersten Hälfte dieses Jahres zu streiten, und es wurde immer schlimmer. Wir stritten um alles – ihren Freund, ihre Schularbeiten, ihre Wahl der Universität. Sie setzte mir in allem etwas entgegen. Dann brachen wir eines Tages beide weinend zusammen, und ich sagte zu ihr: ›Wir trennen uns, nicht wahr?‹ Danach merkten wir beide, was geschah, und konnten darüber reden.«

Der Verlust des Gefährtenkindes im normalen Reifeprozeß ist in vielen Familien ein ernsthaftes Problem, besonders für die Mutter, deren Ehepartner nicht genügend Gefährte für sie ist oder die neben ihrem Leben mit den Kindern nicht viele Interessen hat. Doch auch viele Männer haben keine zufriedenstellende Beziehung, und der Auszug eines Gefährtenkindes kann auch bei ihnen ein tiefes Verlustgefühl hervorrufen.

Das Partnerersatz-Kind. Wir machen zwar unsere Witze über das Muttersöhnchen und Papas Liebling, und in der gesunden Familie gibt es viel Spaß durch harmlose Flirts zwischen Müttern und Söhnen und Vätern und Töchtern. Dieses Spiel ist in der Tat eine nützliche Probe für die spätere Sexualität. Doch es kann auch schwere Folgen haben. In gestörten Familien können sexuelle Gefühle unangemessen in diese Eltern-Kind-Allianzen geleitet werden.

Solche Bindungen formen sich fast immer, wenn der andere Elternteil körperlich oder seelisch abwesend oder weil die Beziehung zwischen den Eltern schwer gestört ist. Auch wenn von seiten der Eltern keine offene sexuelle Annäherung stattfindet, fühlt das Kind den psychologischen Druck des elterlichen Bedürfnisses nach einer intimen, heterosexuellen Partnerschaft. Familientherapeut und Inzestexperte John Bailey nennt diesen ständigen sexualisierten, emotionalen Druck »subklinischen Inzest«. »Er ist sehr schädlich«, sagt Bailey, »weil sich das Kind ständig gegen diese subtile, aufdringliche Präsenz in seiner Umgebung zur Wehr setzen muß. Es fühlt sich irgendwie mißtrauisch, unsicher, und schließlich wird es von einem Prozeß erschöpft, dem es vielleicht nicht einmal einen Namen geben kann.«

Eine beträchtliche Anzahl von Frauen erlebte eine aufgezwungene, sexuell-körperliche Mißhandlung durch einen älteren Mann. Der »Eindringling«, wie solche Männer von Kindesmißhandlungsexperten genannt werden, kann ein Onkel sein, ein Großvater oder älterer Bruder, doch sehr oft handelt es sich um den Vater oder Stiefvater. Es kann sein, daß ein Vater die Hand auf die Brust seiner Tochter legt, häufig ihr Zimmer betritt, wenn sie sich auszieht, oder nackt in einer Weise vor ihr paradiert, daß sie ängstlich wird. Es kann sich aber auch um Zärtlichkeiten oder Verkehr handeln. Solche Handlungen sind häufig und schädlich, doch die subtileren Formen sexueller Aufdringlichkeit sind noch häufiger und können ebenfalls sehr schwerwiegende Folgen haben.

Audrey zum Beispiel nahm die Beziehung zu ihrem Vater nicht als sexualisiert wahr. Sie hielt ihren Vater für einen »Kumpel«, und ihre Beziehung war stark gefährtenhaft ausgelegt. Doch als sie im Verlauf der Therapie mehr über sich erfuhr, sah sie dies anders. »Vermutlich war ich bei diesen spätabendlichen Gesprächen leicht unsicher, denn es wird mir jetzt, wo ich es erwähne, auch irgendwie unbehaglich. Es herrschte ein Klima der Vertraulichkeit, der Verschwörung, und vermutlich war Mutter genau darüber wütend. Vielleicht war es einfach zu intim.« Audrey erkannte auch, daß sie sich nicht zufällig mit einem älteren Mann einließ: »So peinlich das rückblickend auch scheinen mag, aber Herb ist wirklich ein wenig wie mein Vater.« Audrey hatte die verborgene Dynamik ihrer Familie »ausagiert«: Ihre Koalition mit dem Vater und die starke Wut der Mutter über Audreys Beziehung zu ihrem Lehrer waren Ausdruck für Stephanies überwiegend nonverbale Gefühle gegen die Vater-Tochter-Beziehung. Wenigstens über Audreys tatsächliche Affäre konnte Stephanie sich gerechtfertigt aufregen.

Natürlich sexualisieren auch Mütter die Beziehung zu ihren Söhnen, vermutlich noch häufiger, wenngleich subtiler als in unangemessenen Vater-Tochter-Beziehungen. Da Väter oft aus verschiedenen Gründen nicht zu Hause sind, sind Jungen nicht nur für die Bedürfnisse der Mutter besonders empfänglich, sondern auch für ihre eigenen Größenwahnphantasien, den abwesenden Vater zu ersetzen. Diese Dynamik des abwesenden Vaters ist ein zentrales Problem in der Familie, daher werden wir ihm ein gesondertes Kapitel widmen.

Heutzutage stehen besonders Kinder in geschiedenen und wiederverheirateten Familien vor diesem Problem. Geschiedene Väter fehlen im Leben ihrer Söhne viel mehr als in intakten Familien, was dazu führt, daß diese Jungen viel stärker an die Mütter gebunden sind. Mädchen sind häufig Mißhandlungen durch den Stiefvater ausgesetzt.

- Partnerersatz-Kinder neigen dazu, Verschlingung und Aufdringlichkeit zu fürchten, doch da der übergebundene Elternteil immer »untreu« ist, haben sie auch Angst vor Zurückweisung.
- Diese Kinder fühlen sich ausgelaugt und erschöpft durch ihr Pflicht-

gefühl gegenüber dem betreffenden Elternteil; zu diesem allgemeinen Gefühl von Minderwertigkeit tritt auch häufig das Gefühl sexueller Minderwertigkeit.
- Sie verhalten sich vielleicht herzlich und freundlich zum anderen Geschlecht, doch sie haben Schwierigkeiten, dem Partner zu vertrauen.
- Sie verhalten sich oft rivalisierend zu gleichgeschlechtlichen Freunden.
- Vielleicht agieren sie sich sexuell aus und werden von anderen ausgenutzt, oder sie sind flatterhaft und nutzen selber aus.
- Das Partnerkind heiratet gewöhnlich ein anderes Partnerkind.

Gefährtenkinder haben viele dieser Schwierigkeiten, aber weniger extrem. Sie fühlen sich zum Beispiel ebenfalls ausgelaugt und erschöpft von dem Versuch, die Bedürfnisse eines Elternteils zu befriedigen, und sie sind unbewußt mißtrauisch gegenüber dem Elternteil, der sie so benutzt. Auch sie sind empfindlich gegenüber Zurückweisung und Aufdringlichkeit.

Das abhängige Kind

Ein Kind kann auch durch übertriebene Hilfsbereitschaft und Aufmerksamkeit an die Eltern gebunden werden. In diesem Fall wird dem Kind systematisch, aber unbewußt beigebracht, sich hilflos und schwach zu fühlen. Solche Eltern vermitteln, daß die Welt ein schlimmer Ort sei und dieses Kind besondere Hilfe und Schutz brauche. So halten sie das »infantilisierte« Kind unnötig abhängig und unreif. Besonders jüngste Kinder sind für diese unbewußte Strategie empfänglich, ebenso Mädchen.

In der Familie Land klagten sowohl Audrey als auch Laurel darüber, so behandelt worden zu sein. Mit Audreys Worten: »Ich weiß, es ist nur manchmal so, aber es ärgert mich wirklich, wenn du mich wie ein kleines Mädchen behandelst, Mutter. Ich meine, ich bin neunzehn, um Himmels willen, und du rufst mich manchmal an und fragst mich, ob ich beim Arzt war, wenn ich bloß eine Erkältung habe! Aber es ist nicht immer so eindeutig. Manchmal habe ich einfach das Gefühl, du schwebst über mir, machst dir Sorgen, und dann soll ich mich klein fühlen.« Laurel sprach dies zu Beginn der Therapie nicht aus, aber sie brachte später die gleichen Klagen über das Verhalten der Mutter vor.

In gewissem Ausmaß ist diese Überfürsorglichkeit gegenüber Mädchen in unserer Gesellschaft die Norm. Margarets Vater sagte oft zu ihr: »Wenn du ein Junge gewesen wärest, hätte ich dich anders behandeln müssen. Doch weil du ein Mädchen bist, brauche ich dir manche Dinge nicht beizubringen.« Das heißt, daß sie nicht lernen mußte, sich durchzusetzen, weil ein Mann sich um sie kümmern würde.

Eine andere Frau beklagte sich über das gleiche Phänomen: »Wenn meine Eltern über meine Kindheit sprechen, beschreiben sie mich als ein kleines Püppchen. Besonders mein Vater vermittelte mir, daß ich zart und zerbrechlich sei. Er versuchte, mir in allem zu helfen, besonders bei meiner Musik. Er wollte, daß ich mit ihm Geige spielte, aber wenn ich Probleme hatte, war er nur allzu bereit, mir zu helfen. Daher fühlte ich mich unterlegen und gab mir nie richtig Mühe. Meine Mutter machte das genauso. Aber sie war auch sehr kritisch. Erst als ich erwachsen war und meine Eltern über ihr Leben klagten, merkte ich, wie schwach sie waren und wie bedrohlich meine Unabhängigkeit für sie ist. Sie neigen dazu, Arnold, meinem Freund, die Schuld für die Spannung zwischen mir und ihnen zu geben, aber eigentlich regt sie meine Selbständigkeit auf.«

Diese Frau entdeckte, daß Eltern, die ihre Kinder infantilisieren, oft selbst als Kinder nur wenig Unterstützung erhielten. Sie wirken vielleicht erwachsen, doch innerlich sind sie emotional verarmt, und dieses verarmte »innere Kind« projizieren sie auf ihr wirkliches Kind. Indem sie überfürsorglich sind, versuchen sie indirekt, ihre eigenen Bedürfnisse zu befriedigen. Sie versuchen, für das Kind die Eltern zu sein, die sie für sich selbst wollten. Sie sind immer aufmerksam und tröstend, und sie verkennen nicht nur das Bedürfnis des Kindes nach Unabhängigkeit, sondern schaffen gewohnheitsmäßige Hilflosigkeit im Kind. Das Kind wird zum Gefangenen ihrer Hilfsbereitschaft. Später findet das Kind es dann schwierig, Ersatz für die Eltern zu finden, so daß es wiederholt ins elterliche Nest zurückkehrt. Im schlimmsten Fall bleibt das infantilisierte Kind sein Leben lang gebunden.

»Du verwöhnst die Kinder«, sagen Männer oft zu ihren Frauen. Und in der Tat sind Mütter häufiger versucht, ihre Kinder zu infantilisieren, als Männer, doch aus komplexen Gründen, für die man ihnen kaum einen Vorwurf machen kann. Ich glaube, daß die Mutterrolle in dieser Gesellschaft eine grundsätzlich einsame Tätigkeit ist; die meisten Mütter stehen unter Druck, fühlen sich allein und im Stich gelassen – besonders von den Männern. Häufig müssen sie emotional mehr geben, als sie bekommen. In dem »emotionalen Vakuum« ihrer Rolle gewinnen Frauen durch die Versorgung ihrer Kinder emotionale Nähe. Sie stehen vor der Versuchung, ihre unerfüllten Bedürfnisse auf die Mädchen zu projizieren und sie aufgrund dieser intensiven Identifikation zu sehr zu beschützen. Wenn Frauen emotional abwesende Männer haben, stehen sie auch unter starkem Druck, die Söhne zu infantilisieren, um sie nahe bei sich zu halten. Es ist, als sagten sie zu den Söhnen: »Ich will nicht, daß du mich verläßt wie dein Vater.«

Frauen wird oft der Vorwurf gemacht, auf diese oder jene Weise die Kinder an sich zu binden, doch liegt hinter vielen dieser Dilemmas die Pathologie der väterlichen Abwesenheit. Wenn Mütter nicht so allein wären, wenn sie nicht so dringend Unterstützung bräuchten, würden sie viel seltener die Reifung der Kinder auf ungute Weise behindern.

Viele Menschen haben eine aufopfernde Mutter, die mehr gab, als sie bekam, die ihre Kinder mit wütender Fürsorge an sich band. Boszormenyi-Nagy meint, wenn sich ein Elternteil zu stark für ein Kind aufopfert, fühlt sich das Kind verpflichtet (und gebunden), bis diese Schuld abbezahlt ist. Eltern, die sich weigern, die Rückzahlung des Kindes anzunehmen, und weiter aufopfernd sind, produzieren fortdauernde schuldbeladene Bindungen zwischen ihnen und dem Kind.

Diese hilfsbereiten, aufopfernden Mütter – zu denen auch meine gehörte – sind problematisch für ihre erwachsenen Kinder und werden zu schwierigen Schwiegermüttern. Meine Mutter lernte diese Lebenshaltung als ältestes (von vier), elternhaftes Kind, das zu viel Verantwortung für die Erziehung der Geschwister trug. Sie war zudem Liebling des Vaters und sehr bemüht, Männern zu gefallen. Ich bekam meinen Teil dieser Mühe ab, die sich in allem ausdrückte, was sie für mich tat, was ich selbst hätte tun können. Sie war auch eine überbeschützende Mutter für meine Schwester Jane, vier Jahre jünger als ich.

Erst neulich erkannten Jane und ich eine weitere Komponente in den Ursprüngen dieses übertriebenen Hilfsimpulses. Es handelt sich bei meiner Mutter um das Dilemma der Frau, von der zu früh verlangt wird, zu viel zu geben, und die immer weiter gibt. Sie ist wütend über diese Situation und schuldbewußt, weil sie wütend auf die von ihr abhängigen Kinder ist. Daher kehrt sie die Gefühle um und verbirgt ihre Wut hinter übertriebener Hilfsbereitschaft.

Vermutlich verdanke ich den Bestand meiner Ehe der jüngsten Schwester meiner Mutter, Dorothy, die offensichtlich eines Tages, als ich sechs war, zu meiner Mutter sagte: »Wenn du nicht aufhörst, so viel für den Jungen zu tun, kann es keine Frau jemals bei ihm aushalten.« Margaret konnte Dorothy immer gut leiden.

– Abhängige Kinder sind sich deutlich bewußt, die Unterstützung anderer zu brauchen. In Beziehungen, in denen sie sich sicher fühlen, sind sie oft warmherzig, freundlich und loyal zu denen, von denen sie abhängen.
– Aus Angst, diese Unterstützung zu gefährden, haben sie Schwierigkeiten, Wut zu äußern. Vielleicht vermitteln sie Wut indirekt und passiv, richten sie vielleicht auch nach innen und werden depressiv.
– Um Mitleid zu erwecken, nehmen sie vielleicht eine permanente Opferhaltung ein.
– Bei der Partnerwahl fühlen sie sich oft zu anderen abhängigen Kindern hingezogen, doch gewöhnlich suchen sie elternhafte Kinder, die versprechen, sich um sie zu kümmern.

Eine Therapie kann die Probleme einer solchen Person oft verschärfen, besonders, wenn der Therapeut nicht begreift, daß diese Abhängigkeits»sucht« konfrontiert werden muß. Diese Menschen müssen vor allem erkennen, daß sie zu dem Glauben »hypnotisiert« wurden, viel weniger kompetent zu sein, als sie in Wirklichkeit sind. Am wichtigsten ist für sie Unterstützung dabei, selbständig und selbstsicher zu werden.

Als der Konflikt zwischen Audrey und ihrer Mutter aufbrach, beherrschte er den Raum und die Sitzung. Es war schwer, nicht wütend auf die Mutter zu sein, weil sie unnachgiebig die Entscheidungen der Tochter mißbilligte, sie konstant unter Druck setzte und kühl und verächtlich mit ihr sprach. Sie klang stark, zäh und selbstgerecht und gab nicht nach. Im Verlauf der Sitzung wurde Audrey immer zurückhaltender und stummer. Ich machte mir Sorgen, sie würde nicht wiederkommen oder könnte sogar Selbstmordgedanken haben. Als Margaret Stephanie ansprach, spürte ich, daß sie das gleiche dachte:

»Stephanie, ich merke, daß ich wütend auf Sie werde.« Es wurde still. »Ich weiß, Sie sind erregt, und meine Kinder haben auch Dinge getan, die mich erregt haben.« Sie klang bestimmt und leicht angespannt. »Aber hier geht noch etwas anderes vor. Sie scheinen übertrieben zu reagieren. Sie treiben Ihre Tochter fort.« Margaret warf einen kurzen Blick zu Audrey, die fast resigniert wirkte.

»Ich glaube, was ich tue, ist richtig«, verteidigte sich Stephanie. »Ich glaube, sie macht einen Fehler.«

»Vielleicht«, sagte Margaret und dachte nach. »Aber das ist ihr eigener Fehler, ihr eigenes Leben. Ich glaube, das begreifen Sie nicht.«

»Es ist auch mein Leben. Es geht auch um meine Gefühle.«

»Aber zu sehr, glaube ich«, entgegnete Margaret. »Das verunsichert mich.«

»Wie meinen Sie das?«

»Ich frage mich, woher all diese Emotionen in Ihnen kommen. Ich glaube, wir müssen uns dem auf andere Weise nähern. Wenn Sie ein wenig ruhiger sind, helfen Sie Audrey mehr und unterstützen sie. Aber das wird von irgend etwas blockiert.« Wieder hielt sie inne. »Das ist nur eine Vermutung, aber was wäre, wenn wir Ihre Mutter in dieses Drama einbezögen?« Margaret blickte auf einen leeren Stuhl gegenüber von Stephanie. »Ich weiß, sie ist vor mehreren Jahren gestorben, aber wir könnten uns ausmalen, daß sie dort sitzt. Ich frage mich, was sie zu dieser Situation zu sagen hätte.«

Stephanie sah fast erschrocken bei der Vorstellung aus, ihre Mutter im Raum zu spüren. Einen Moment wirkte sie, als wolle sie die Sitzung abbrechen. Dann sagte sie leise: »Meine Mutter war sehr religiös. Sie hätte gesagt, Audreys Verhalten sei falsch. Sehr falsch.«

»Und was würde sie zu Ihnen sagen, eine Tochter zu haben, die so etwas tut?« fragte Margaret.

»Sie würde nichts Negatives zu mir *sagen*. Sie hätte aber Mitleid mit mir. Sie hatte einmal ein ähnliches Problem.«

»Gut«, sagte Margaret und nahm die Betonung des Wortes *sagen* auf. »Was würde sie denn denken?«

»Ich fürchte, sie würde denken, ich hätte versagt«, sagte sie mit leiser, scheuer Stimme, als dürfe ihre Mutter es nicht hören.

Margarets Stimme klang deutlich herzlicher. »So ist sie in gewisser Weise also hier anwesend, und Sie meinen, sie enttäuscht zu haben.«

Stephanie schwieg. Sie weinte. Es gab noch viele Themen zu bearbeiten, doch die Stunde war vorbei. Margaret trat neben Stephanie und legte ihr sanft die Hand auf die Schulter. Die Familie sah verlegen zu. Vermutlich hatten sie sie noch nie so verletzlich gesehen. Margaret sprach leise mit ihr. Beim Verlassen des Zimmers folgte Margaret ihr, sie immer noch am Arm haltend.

Außenseiter

Ich war erleichtert, als Audrey zur nächsten Sitzung erschien, auch wenn sie selbst kaum froh darüber zu sein schien. Sie ließ ihre schlanke Gestalt in einen Sessel fallen und verschränkte trotzig die Arme. Stephanie blickte ihre Tochter eindringlich an. Audrey wandte wütend das Gesicht ab. »Ich sehe, daß sich nicht viel geändert hat«, sagte Margaret. Die anderen Familienmitglieder sahen sie erwartungsvoll an.

»Es hat keine Kommunikation zwischen uns gegeben«, sagte Stephanie hart. »Colin hat die Abmachungen für diese Sitzung getroffen.«

»Nun, fangen wir an«, sagte ich.

»Ich denke immer noch darüber nach, wie wir letztes Mal aufgehört haben«, wandte sich Margaret an Stephanie, die diese Bemerkung verunsicherte. »Ich hatte eine Menge Mitgefühl mit Ihnen, nachdem Sie das über Ihre Mutter erzählt hatten. Es schien mir wichtig, und es tut mir leid, das wir keine Zeit hatten, weiterzumachen – doch heute wollen Sie vielleicht über etwas anderes sprechen.« Stephanie schien irritiert, von dem Problem mit der Tochter abgelenkt zu werden. »Mir fiel auch etwas an Ihrer Erzählung auf«, fuhr Margaret fort.

Seufzend gab Stephanie endlich nach. »Was denn?«

»Sie sagten, Ihre Mutter hätte einmal ein ähnliches Problem gehabt.«

Wieder seufzte Stephanie. »Es ging um meine Schwester.« Ihre Worte klangen knapp und wütend, aber ich wußte nicht, ob sie auf die Schwester wütend war oder auf Margaret.

»Was geschah mit Ihrer Schwester?« fragte ich. Stephanie wollte deutlich nicht über dieses Thema reden. »Ich sehe nicht, warum das relevant sein könnte«, erwiderte sie auf ihre kühle Art. Noch ein Seufzer, der dritte.

»Vielleicht ist es das auch nicht«, entgegnete Margaret sachlich.

Stephanie schwieg einen Moment, sah aber immer noch gereizt aus, weil man sie von dem Streit mit der Tochter ablenkte. Doch sie schien auch nachzudenken. Mit einem weiteren Seufzer begann sie: »Als meine Schwester in der Abschlußklasse der High School war, gehörte sie zu einer wilden Clique. Es drehte sich besonders um einen Jungen, den meine Mutter nicht akzeptierte.« Wieder eine Pause, als fürchtete sie den nächsten Satz. »Kurz vor der Prüfung wurde sie schwanger.« Ihre Stimme und Miene waren traurig.

Margaret fragte weiter: »Was geschah dann?«

»Meine Mutter war sehr religiös und ging regelmäßig zur Kirche. Sie fühlte sich sehr verletzt, als habe meine Schwester es nur getan, um ihr weh zu tun. Für meine Mutter brach die Welt zusammen.« Stephanie blickte leer vor sich hin.

»Wie ging die Familie mit der Krise um?« fragte Margaret.

»Die Beziehung zwischen meiner Mutter und meiner Schwester war sehr gespannt. So was war in unserer Familie natürlich noch nie vorgekommen. Wir waren in der Gemeinde sehr angesehen. Meine Mutter bestand nicht darauf, daß meine Schwester heiratete, doch das tat sie, weil sie wußte, wie bestürzt meine Mutter war. Sie konnte die Abschlußprüfung nicht ablegen und saß mit siebzehn mit einem Baby da und einem Mann, der in einer Textilfabrik arbeitete. Die Ehe hielt sechs Monate, und meine Schwester zog samt dem Baby nach Hause zurück.« Bei diesem Bericht wurde Stephanies Tochter zunehmend weicher, und ihre Wut machte Neugier Platz.

»Davon habe ich nichts gewußt!« sagte Audrey. »Ich wußte nicht einmal, daß Tante Kathryn vor Don mit einem anderen Mann verheiratet war. Wer ist denn Charles' Vater?«

»Amos Lauder«, antwortete Stephanie verlegen. »Du kennst ihn nicht. Er starb ein paar Jahre später bei einem Autounfall.«

»Mein Gott«, sagte Audry verblüfft.

»Könnten Sie weiter erzählen?« bat Margaret. »Erzählen Sie den Rest der Geschichte.«

Verdrossen sagte Stephanie: »Die Situation war jahrelang furchtbar. Meine Schwester ließ sich mit ›inakzeptablen‹ Männern ein, und meine Mutter kümmerte sich um das Baby. Sie und meine Schwester haben sich viel gestritten. Meine Schwester meinte, Mutter mische sich in ihr Leben ein, aber sie zog auch nicht aus. Sie machte schließlich ihre Prüfung, bekam eine anständige Stelle und zog aus, aber der Konflikt dauerte fast zehn Jahre. Sie war etwa dreißig, als sie Don kennenlernte, den unsere Kinder als ihren Mann kennen. Sie bekam später zwei Kinder.«

»Und wie ist die Situation jetzt?« fragte ich.

»Sie wohnt in Charlotte, wo meine Eltern wohnten – mein Vater lebt ja noch. Sie ist von Don geschieden und hat eine gute Stelle. Endlich macht sie alles richtig.«

»Aber sie hatte es schwer, sich von ihrer Mutter zu lösen«, sagte Margaret.

»Darüber bin ich so traurig«, sagte Stephanie ernsthaft.

»Wie geht es ihren Kindern?« fragte ich. »Besonders dem ersten Jungen – wie hieß er noch?«

»Charles. Nicht so gut, fürchte ich. Er ist Alkoholiker.«

»Ein vaterloses Kind«, sagte ich. »Und die Familie konnte über all dies nicht offen reden.«

»Dafür sorgte meine Mutter. Sie hat sich einfach zu sehr geschämt«, sagte Stephanie. »Da sie und ich uns sehr nahe standen, sprach sie mit mir über die Konflikte mit Kathryn, aber sonst wurden die Probleme meiner Schwester nie erwähnt.«

»Standen Ihre Mutter und Charles sich nahe?« fragte Margaret.

»Das war einer der Streitpunkte. Meine Schwester meinte, meine Mutter mische sich in ihr Leben ein, und das tat sie vermutlich auch. Aber sie hat sich auch um Charles gekümmert, als er klein war.«

Dann sagte Margaret zu Stephanie: »Ich sehe die Ähnlichkeit zwischen dieser Geschichte und dem Streit zwischen Ihnen und Audrey.« Einen Moment schien Stephanie durch diese Bemerkung verdutzt.

»Ich weiß, ich sagte etwas über ihre Ähnlichkeit«, antwortete sie schließlich verlegen und erleichtert, »aber eigentlich hatte ich nie richtig darüber nachgedacht. Sie wissen, wie ich das meine.«

»Ja, ich weiß. Es besteht ein Unterschied zwischen einem Gefühl und dem vollen Bewußtsein von etwas. Ein Problem hier ist, daß Sie in der sehr schwierigen Rolle stecken, die Ihre Mutter spielte«, fügte Margaret mitfühlend hinzu.

Stephanie dachte nach und wirkte zunehmend weicher und verzeihender. »Komisch, wenn das so sein sollte, denn das, was meine Mutter meiner Schwester antat, ist das einzige, worüber ich wütend bin. Aber ich bin vermutlich auch auf meine Schwester wütend wegen dem, was sie meiner Mutter antat.«

Margaret sagte: »Klingt so, als fühlten Sie sich zwischen den beiden hin- und hergerissen.«

»Genau. Wenn ich darüber nachdenke, spüre ich ein Zerren in meiner Brust.«

»Sie haben sehr starke Gefühle bezüglich dieser Geschichte«, sagte Margaret zärtlich, »und Audrey spielt eine Rolle bei der Rekapitulation dieser Situation.«

»Wie meine Schwester?« fragte Stephanie.

»Ja«, antwortete Margaret bestimmt. »Aber es scheint komplizierter. Wie sehen Sie sich selbst in der Familie?«

»Ich bin vermutlich eine typische Älteste», antwortete sie mit dem ersten Lächeln dieser Sitzung. »Herrisch.« Dann folgte eine Pause. »Ich bin wohl fleißig, verantwortungsbewußt und andere langweilige Sachen.«

»Wie ist das mit der ›Herrschsucht‹?« fragte ich Colin, der die ganze Sitzung über noch nichts gesagt hatte.

»Dem würde ich zustimmen, zumindest manchmal«, sagte er gutmütig.

»Wie viele Geschwister haben Sie?« fragte Margaret. Stephanie berichtete von einem Bruder, zwei Jahre jünger, der Arzt war, einer mit einem Anwalt verheirateten Schwester, zwei Jahre jünger als der Bruder, und der rebellischen Kathryn, die nun Maklerin war, wiederum drei Jahre jünger. Stephanies Vater war ein wohlhabender Bauer, der später in der Kleinstadt, in der sie aufwuchs, ein Geschäft besaß. Ihre Mutter war immer Hausfrau gewesen.

Bei dieser Erzählung sahen wir Stephanies Ursprünge deutlicher. »Als ich klein war, stand ich meinem armen Vater sehr nahe. Er las mir vor, spielte mit mir. Ich sehe immer noch seine großen, roten Hände, die das Buch hielten. Und ich spürte seinen riesigen Arm über meiner Schulter. Ich weiß nicht, was aus meiner Beziehung zu ihm wurde, denn später waren wir einander nicht mehr so nah. Vielleicht hatte er zuviel zu tun – ich weiß es nicht.« Sie klang fast melancholisch. »Es gab auch finanzielle Probleme. Ich erinnere mich, daß er manchmal die Beherrschung verlor, und dann hatte ich Angst vor ihm. Aber ich habe nie an seiner Liebe zu mir gezweifelt noch an meiner zu ihm. In jenen späten Jahren schien er distanzierter, als habe er die Kinderaufzucht Mutter überlassen.«

Sie beschrieb ihre Mutter als eine schmale Person, die zurückhaltend, still, extrem fleißig und ernst war. Sie war auch oft traurig. »In ihrem Leben war eine Menge geschehen. Ihr Vater hatte, als sie klein war, eine Affäre, und sie sah, wie verletzt ihre Mutter dadurch war. Ich glaube, daß sie Männern eigentlich nicht traute. Sie liebte meinen Vater, aber Sie verließ sich nicht auf ihn, wenn Sie das verstehen. Sie verließ sich nur auf sich selbst und vermutlich auch auf mich.« Wieder eine nachdenkliche Pause, als überlege sie, ob sie fortfahren sollte.

»Ich erinnere mich auch, daß meine Mutter mir gelegentlich vorlas, aber sie hatte zuviel mit den anderen Kindern zu tun. Ich wußte, ich mußte ihr helfen, und ein Großteil unserer Beziehung drehte sich darum. Aber ich hatte nie etwas dagegen. Ich habe sie sehr geliebt. Ich liebe sie immer noch.« In der Beschreibung der Mutter klang geheimnisvolles, intensives Mitgefühl durch. Es war, als sei diese Beziehung sakrosankt und fraglos.

Stephanie war zweifellos ein Elternkind. Abgesehen von der Zuneigung des Vaters in der frühesten Kindheit schien ihr Gefühl von Nähe aus der engen, gefährtenhaften Hilfsbereitschaft für die Mutter zu stammen. Da sie mit Sorge um die Mutter aufwuchs und als ihre »Assistentin» fungierte, hatte sie ihre besorgte Überverantwortlichkeit auf ihre drei Kinder übertragen, und auch auf Colin. Colin war zwar ein erfolgreicher Geschäftsmann, dem sie sich oft unterordnete, doch auch ihn bemutterte und umsorgte sie. »Und wie ihre Mutter verläßt sie sich nicht auf seine Unterstützung«, dachte ich.

Je mehr ich über Stephanies freudlose, zähe Kraft erfuhr, um so mehr Sorgen machte ich mir um sie. Wo gab es in ihrem Leben Spaß, Zärtlichkeit und Entlastung von Verantwortung? Ich wußte, daß Margaret diesen Aspekt überdeutlich wahrnahm.

Als wir Stephanies Ursprungsfamilie untersuchten, versuchten wir nicht nur, ihre Rolle in der gegenwärtigen Familie zu begreifen, sondern auch das Muster zu entziffern, durch das alle Mitglieder dieser Kernfamilie beeinflußt wurden. Da wir starke Gefühle gegenüber den Schlüsselfiguren der Vergangenheit empfinden und da diese Gefühle gewöhnlich nicht ausgedrückt werden, bleiben die Konflikte mit ihnen ungelöst. *Wir neigen dazu, in unseren Kindern Aspekte der ursprünglichen Spieler zu wiederholen.* Unser Partner/unsere Partnerin ist natürlich in diesen Prozeß einbezogen. Wir heiraten nicht nur jemanden, den wir mit einem Mitglied der Ursprungsfamilie assozieren – ein Prozeß, den wir im nächsten Kapitel untersuchen –, sondern dieser Partner versucht auch, seine eigene Geschichte neu zu schaffen. Unsere Kinder wachsen also in einem komplexen psychologischen Labyrinth auf, in dem sie in uns häufig Gefühle wachrufen, die uns an unsere Vergangenheit erinnern. Sie agieren Rollen in unserer »Struktur« aus.

Stephanie war zwar ein gebundenes Elternkind, aber wir spürten auch andere Themen und andere Rollen bei ihrer Familienbeschreibung. Die andere Gruppe von Familienrollen umfaßt die Außenseiter einer Familie, die Kinder, die den zentrifugalen Kräften des Familientanzes unterworfen sind. Diese Kinder leben im Gegensatz zu gebundenen Kindern in gewisser Distanz vom Familienzentrum.

»Ehe der Konflikt zwischen Ihrer Schwester und der Mutter begann, wie war Kathryns Beziehung zu den Eltern?« fragte Margaret kühn und, nach Stephanies Reaktion zu urteilen, völlig nebensächlich.

»Sie war, glaube ich, das Lieblingskind«, antwortete Stephanie tonlos. »Sie kam mit allen gut aus.«

»Bekam sie eine Menge Aufmerksamkeit von beiden Eltern?« bohrte Margaret weiter.

»Von allen, mir selbst eingeschlossen.«

Margaret sagte: »Erinnern Sie sich, jemals darauf eifersüchtig gewesen zu sein?«

»Das muß ich wohl manchmal gewesen sein, aber nicht oft«, meinte Stephanie nachdenklich. »Warum fragen Sie das?«

»Ich nehme an, es war für Sie schwer, sich von der Familie zu lösen, weil die Eltern Sie brauchten, und es wäre nur natürlich, wenn Sie sehr eifersüchtig auf die Überbindung Ihrer Eltern an sie gewesen wären. Das ist alles«, antwortete Margaret.

Das zurückgewiesene Kind

Als Kinder standen wir manchmal abseits, fühlten uns zurückgewiesen, verurteilt, ignoriert. Vielleicht hatten wir etwas Gutes geleistet, und niemand aus der Familie war da, um uns zu bewundern. Vielleicht sprach tagelang niemand in der Familie freundlich mit uns. Vielleicht hatten wir Streit mit Vater oder Mutter, und sie verhielten sich scheinbar wochenlang kühl zu uns. Vielleicht baten wir wiederholt einen Elternteil, mit uns etwas zu unternehmen, und wurden immer wieder vertröstet.

Meistens sagte dann jemand: »Du siehst unglücklich aus. Was ist los?« Oder sie entschuldigten sich, uns über den Mund gefahren zu sein oder uns kritisiert zu haben. Wenn wir wieder im Kreis von Liebe und Freundlichkeit aufgenommen waren, fühlten wir uns besser.

Für einige Kinder ist das aber keine vorübergehende Erfahrung. Sie fühlen sich fast immer angegegriffen oder zurückgewiesen, und sie lernen, auf einer »Insel« zu leben. Allein fühlen sie sich wenigstens einigermaßen sicher, wenn auch sehr einsam. Im Gegensatz zum gebundenen Kind, das Nähe fürchtet, weil damit die Drohung verbunden ist, zu stark einbezogen zu werden, hält sich das zurückgewiesene Kind abseits – manchmal sein Leben lang –, weil es die Wiederholung der ursprünglichen Zurückweisung fürchtet.

Stierlin betrachtet das zurückgewiesene Kind als Hauptrolle in der Familie. Auch wenn dies in unserem eigenen Leben kein größeres Thema ist, erleben wir alle irgendwann eine Zurückweisung. Da die Dynamik einer Zurückweisung sehr komplex ist, kann ich nur ein paar Situationen beschreiben, die dieses Dilemma heraufbeschwören:

Das ungewollte Kind

Das quengelige, empfindliche sechs Monate alte Mädchen scheint sich allen Bemühungen der Mutter zu widersetzen. Wenn die Mutter versucht, es auf den Arm zu nehmen, wehrt es sich ärgerlich, und je mehr die Mutter es probiert, um so abwehrender wird das Kind. Es ist, als rängen Mutter und Tochter miteinander und die Mutter versuche das Kind zu zwingen, sie zu lieben. Die Mutter erkennt nicht ihre eigene Spannung, ihre unsanften Berührungen, ihre Ungeduld – die das Baby spürt und gegen die es sich wehrt. Die Mutter ist zu jung, wie meine Mutter, Stephanie und viele andere. Sie hatte als Kind zuviel elterliche Verantwortung oder wurde nicht genug bemuttert. Sie hat einen Mann, der ihr nicht hilft. Es gibt finanzielle Probleme oder eine andere Lebenskrise. Dieses Kind war weder geplant noch erwünscht, und das weiß es auf einer sehr grundsätzlichen Ebene. Im Alter von drei Jahren wird es ständig jammern, und als Erwachsene wird es nicht wissen, warum es immer gegen Depressionen ankämpft. Vielleicht sagt es später ähnliches wie diese Frau, eine dreiunddreißigjährige Buchhalterin:

»Es hat lange gedauert, bis ich über die Umstände meiner Geburt nachdenken mochte. Dann eines Tages, ein Jahr, nachdem Hal und ich die Therapie begonnen hatten, merkte ich, daß ich geboren wurde, als meine Mutter achtunddreißig war, sechs Jahre nach meinem Bruder. ›Das war nicht geplant!‹ dachte ich. Dann fragte ich mich: ›Wollten mich meine Eltern wirklich haben?‹ Das war ein erschreckender Gedanke. Die Antwort war gemischt. Ich glaube, meine Mutter wollte mich nicht. Sie hatte gerade wieder angefangen, voll zu arbeiten, kündigte dann. Darum war meine Beziehung zu ihr wohl immer gespannt, und daher gebe ich mir soviel Mühe, nett zu ihr zu sein. Mein Vater wollte mich wohl. Er hat viel Zeit mit mir verbracht, und ich fühlte mich ihm nahe. Natürlich verdankte er mir auch etwas, denn ich hielt Mutter zu Hause.«

Diese beunruhigenden Anfänge liegen in dem Schattenreich, ehe die

Erinnerung einsetzt, und ihre Wirkungen – schlechte Laune, trübe Tage – scheinen ebenso geheimnisvoll wie unverdient. Vielleicht lernten unsere Eltern später, uns zu lieben, oder die Krise ging vorbei, oder die Stimmung in der Familie änderte sich, aber diese sonnenlose Phase scheint unser Leben geprägt zu haben und bleibt immer bei uns.

Früher Verlust

»Warum gibt sie sich so verzweifelt Mühe, dem Mann zu gefallen?« fragte ich mich, als ich mit einem Paar die Arbeit begann, bei dem der Mann der tyrannische Boß zu sein schien. »Warum kann sie sich nicht gegen ihn wehren?« Dann erfuhr ich, daß sie im Alter von vier Jahren mit einer seltenen Krankheit lange im Krankenhaus gelegen hatte. Die Behandlung war erfolgreich verlaufen, aber die Narben der langen Trennung von den Eltern waren sichtbar: grundsätzliche Unsicherheit und die Unfähigkeit, das Risiko einzugehen, anderen Menschen zu mißfallen, von denen sie abhing, besonders ihrem Mann.

Wir müssen lernen, vorsichtig nach solchen Ereignissen zu fragen, und wenn wir so etwas vermuten, schicken wir unsere Patienten oft nach Hause zu den Eltern, um mehr in Erfahrung zu bringen. Trennungen vom Vater haben eine traumatische Wirkung, doch da die Mutter die vornehmliche Bezugsperson ist, *können schon kurze Trennungen von ihr in den ersten Lebensjahren dauerhafte Wirkung auf das Kind haben*. Das klingt vielleicht extrem, wird aber von vielen Jahren klinischer Erfahrung untermauert. So oft haben wir uns gefragt, warum jemand depressiv blieb, sich leicht zurückgewiesen fühlte oder Probleme mit der Selbstbehauptung hatte – nur um zu entdecken, daß es eine frühe Trennung von der Mutter gab. Oft wurde der Vorfall nicht einmal erinnert.

Ob es sich um eine kurze Trennung in einer kritischen Entwicklungsphase handelt oder einen größeren Verlust durch Scheidung oder Tod eines Elternteils, die Kategorie des traumatischen Verlustes eines Elternteils ist wichtig und betrifft viele Menschen, so daß wir darauf zurückkommen müssen. Derartige Verluste erschüttern unsere schwachen emotionalen Grundfesten und haben drastische Wirkung auf unsere Fähigkeit, mit Konflikten in der Ehe umzugehen.

Chronische Vernachlässigung

Manchmal ist der Verlust der elterlichen Unterstützung nicht traumatisch, sondern chronisch und vollzieht sich in dem langsamen, unmerklichen Nachlassen von Fürsorge und Aufmerksamkeit. Hören wir Hal, einen dreißigjährigen Börsenmakler: »Ich war als Kind viel allein. Dann ging ich auf den Dachboden und wühlte auf der Suche nach irgend etwas in den alten Sachen. Was ich suchte, wußte ich nicht. Manchmal las ich auch. Später, als wir einen Fernseher bekamen, gewöhnte ich mich daran. Meine Mutter war so eng an ihre Mutter gebunden, da sie oft bei ihr war, und mein Vater hatte zwei Arbeitsstellen und war nie zu Hause.«

Hören wir auch Margaret: »Oft kam ich von der Schule nach Hause und fand die Tür verschlossen. Meine Mutter spielte Bridge und vergaß mich einfach. Manchmal ging ich zu einer Nachbarin und rief meinen Vater im Büro an, dann schickte er jemanden, der mich einließ. Oder sie sollte mich in der Ballettschule abholen und kam eine halbe Stunde zu spät. Dann stand ich auf der Straße und fürchtete mich, den Blick zu heben. Ich starrte den Leuten auf die Füße und wartete auf die Schuhe meiner Mutter.«

Derartige Erlebnisse vermitteln Kindern starke Eindrücke, aber sie gehören so sehr zum Alltagsleben, daß sie nicht ungewöhnlich erscheinen. Sie stellen aber emotionale Regeln über das auf, was ein Kind erwarten kann.

In manchen Fällen geschieht solche Vernachlässigung mitten in der Familie. Die Eltern sind zwar körperlich anwesend, aber vielleicht stark mit einem der anderen Kinder beschäftigt und haben mit einem bestimmten Kind einfach keinen Kontakt. Bei einer Familie mit fünf Kindern fragte ich nach den Koalitionen. Jedes der Kinder berichtete, in Mutters oder Vaters »Mannschaft« zu sein, außer dem mittleren Kind. Es war sehr depressiv.

Chronische Kritik oder Angriffe

Gewohnheitsmäßige Kritik oder verbale Angriffe sind zwei der häufigsten und schädlichsten Kindheitserfahrungen. Für einige Kinder ist Kritik vielleicht der einzige Kontakt zu einem Elternteil. »Wenn ich am Nachmittag nach Hause komme«, sagte ein Junge, »fragt mich Mama, ehe sie mich begrüßt, ob ich Hausaufgaben habe. Sie spricht fast immer so mit mir.« Solche Kinder internalisieren elterliche Kritik, die zum integralen Teil ihres Selbstbildes wird. Sie lernen, selbstkritisch zu sein, und neigen zu Partnern, die dieses Muster wiederholen.

Eltern sind aus den verschiedensten Gründen kritisch. Die Mutter dieses Jungen war wütend auf ihren alkoholsüchtigen Mann und richtete die Wut auf den Sohn. Und Eltern sind fast immer kritisch zu Kindern, auf die sie eifersüchtig sind. Diese Mutter verhielt sich genauso mißbilligend ihrer hübschen achtzehnjährigen Tochter gegenüber. Paradoxerweise greifen Eltern manchmal Kinder verbal an, für die sie halbbewußte sexuelle Gefühle hegen. Aus Schuldbewußtsein für diese Gefühle greifen sie das Kind an, das den Stimulus für diese Gefühle bildet, und beschuldigen es für den eigenen Übergriff. Wiederum andere Eltern machen ihren Kindern Vorwürfe, weil sie sie an einen ungeliebten Elternteil oder Geschwister in der Ursprungsfamilie erinnern, oder aber an einen ungeliebten Teil ihrer selbst. Wir neigen dazu, zu dem Kind am härtesten zu sein, das uns am meisten an uns selbst erinnert.

Gleich, welche Gründe die Eltern haben – chronisch verbale (und natürliche körperliche) Angriffe geben dem Kind das Gefühl, mißverstanden und zurückgewiesen zu werden. Das Kind sagt vielleicht schließlich zu sich: »Ich muß etwas getan haben, um das zu verdienen.« Es fühlt sich auf der empfindlichsten Ebene verletzt und verlassen.

Elterlicher Verrat

»Als ich klein war und tagsüber mit der Mutter allein zu Hause, war sie immer sehr nett und freundlich. Wir machten lustige Spiele, und ich fühlte mich ihr sehr nahe. Dann kam mein Vater heim, und alles veränderte sich. Dann war sie kühl und distanziert. Ich konnte das nicht begreifen. Ich war der gleiche, aber sie entzog sich mir so dramatisch, daß ich mich richtig verletzt fühlte. Ich weiß, daß ich mich deshalb schlecht benommen habe, und dann wurde ich von meinem Vater bestraft.«

Es handelt sich um das klassische Familiendreieck. Dieses Kind fühlt sich zuerst geehrt, geliebt und geschmeichelt von der besonderen Aufmerksamkeit eines Elternteils und nimmt dies sehr ernst. Wenn der gleichgeschlechtliche Elternteil meistensteils abwesend ist, könnte dieses Kind sich vorstellen, dessen Stelle bei Mutter oder Vater einzunehmen, besonders, wenn die Abwesenheit während einer besonderen Entwicklungsphase eintritt, wie bei meinem Vater, der in den klassischen Ödipusjahren (vier bis sechs) fort war. Wenn dieser Elternteil zurückkehrt, fühlt sich das Kind an die Seite gedrängt. Jungen, die mit geschiedenen Müttern aufwachsen, sind besonders empfänglich für dieses Gefühl von Zurückweisung. Wenn die Mutter wieder heiratet oder einen Freund hat, bedeutet das für diesen Jungen einen schweren Schlag.

Die traumatische Verlagerung der Allianz eines Elternteils kann sich auch in Zusammenhang mit einem Geschwister ereignen. Hören wir eine junge Frau, die immer wieder mit Zurückweisung zu kämpfen hatte: »Als Älteste war ich immer die Helferin meiner Mutter. Ich wußte, daß meine Mutter mir nicht viel zu geben hatte, und ich habe es auch nicht erwartet. Aber für meinen Vater war ich etwas Besonderes, und ich zählte wirklich auf seine Unterstützung. Ich weiß nicht genau, wann sich unsere Beziehung zu ändern begann, aber es war, glaube ich, als meine jüngste Schwester neun oder zehn war. Sie war die Schönheit der Familie, und als mein Vater sich ihr stark zuwandte, war ich äußerst verletzt. Ich habe das nie gezeigt, aber ich fühlte mich von ihm verlassen. Daher mache ich mir wohl so große Sorgen, daß eine schönere Frau kommt und mir Ralph (ihren Mann) wegnimmt.«

Es ist eine schlichte, fast universale Verzweiflung: das Gefühl, daß ein Bruder oder eine Schwester besitzt, was wir am meisten schätzen, die Liebe eines Elternteils. Wie oft haben wir von Eltern gehört: »Wir lieben unsere Kinder alle gleich.« Sie wollen, daß es wahr ist, doch oft stimmt es nicht. Was an einem bestimmten Kind rührt einem Elternteil das Herz, manchmal sogar beiden? Ist es körperliche Anziehung, Ähnlichkeit mit einem geliebten Elternteil, ein besonderes Talent? Eltern streiten »Vorlieben« zwar ab, aber sie existieren, und jeder in der Familie erkennt sie. Das Kind außerhalb dieser besonderen Bindung fühlt sich unvermeidlich zurückgewiesen, besonders, wenn es nicht an einen bestimmten Elternteil »gebunden« ist. Doch auch wenn wir uns von einem Elternteil geliebt fühlen, kann das Bedürfnis nach der Anerkennung des anderen extrem stark sein.

Die Geschwisterreihenfolge hat starken Einfluß auf Ausmaß und Art der Zuwendung. Jede Geschwisterposition ist auf eigene Weise schwierig. Da Eltern in der Anfangsphase der Familie sehr bemüht sind, werden älteste Kinder sehr fürsorglich kontrolliert und gesteuert. Und da Eltern sich große Mühe geben, selbst verantwortungsbewußt zu sein, werden ältere Kinder immer ermahnt, verantwortungsbewußt zu sein. Später, wenn die Eltern entspannter sind und selbstsicherer werden, tolerieren sie die kindlichen Bedürfnisse besser und sind vielleicht offener liebevoll. Älteste Kinder sehen diese »Lockerung« und beneiden oft die jüngeren Geschwister.

Die Erfahrung, durch ein Geschwister »ersetzt« zu werden, ist sehr häufig und wohl das am meisten unterschätzte Trauma der Kindheit. Mitanzusehen, wie der Rivale gehätschelt und gehegt wird, von der Liebe umfangen, die wir gerade erst verloren haben, ist für viele Kinder so schmerzlich, daß sie Mordgedanken gegenüber dem Bruder oder der Schwester fühlen. Wir lachen oft über Geschwisterrivalität, aber für Kinder ist das nicht komisch.

Mittlere Kinder und Kinder mitten in einer Anzahl von Geschwistern sind sehr stark von Zurückweisung gefährdet, weil sie weder die niedlichen Jüngeren noch die fähigen Älteren sind. Sie entgehen allerdings den Ermahnungen zu Verantwortungsbewußtsein und sind vielleicht fröhlich und kreativ. Sie werden leicht in Familienkonflikte einbezogen und zu Vermittlern.

Jüngste Kinder werden natürlich vermutlich am häufigsten von den Eltern infantilisiert, doch wenn die Ehe der Eltern im Laufe der Zeit schlechter als besser wird, oder wenn die Eltern von einer größeren Kinderschar und anderer Verantwortung erschöpft sind, werden diese Kinder zu Nachläufern. Sie werden vielleicht zurückgewiesen oder infantilisiert oder beides abwechselnd.

Ich bin der Überzeugung, daß eine übergroße Anzahl von Jungen zurückgewiesen werden. Jungen werden nicht nur häufig von den anderweitig beschäftigten, seelisch abwesenden Vätern verlassen, sondern sind auch Zielscheibe der Wut der unglücklichen Mutter. Es gibt viele soziologische Nachweise, daß Zurückweisung bei Männern ein Zentralthema ist: von der höheren Alkoholismusrate und Drogenmißbrauch bis zur höheren Selbstmordrate und der allgemeinen emotionalen Isoliertheit.

Zurückgewiesene Kinder haben folgende Eigenschaften:

- Sie haben zwar Schwierigkeiten, dies deutlich zu machen, aber sie verspüren das starke Bedürfnis, anderen zu gefallen und sich als wertvoll zu beweisen.
- Sie neigen zu Selbstvorwürfen. Wenn sie zurückgewiesen werden, halten sie es für die eigene Schuld.
- Da sie Schwierigkeiten haben, Wut auszudrücken oder irgend etwas zu tun, was die Beziehung erschüttern könnte, fallen sie leicht Depressionen anheim und sind passiv.
- Sie haben Schwierigkeiten, stabile, enge Beziehungen einzugehen. Vielleicht fühlen sie sich anderen stark verpflichtet und werden ständig abgewiesen.
- Vielleicht bewahren sie Distanz und ziehen sich zurück, wenn eine Beziehung zu eng wird. Vielleicht gehen sie eine Serie lockerer, unverbindlicher Beziehungen ein.
- Zurückgewiesene Kinder heiraten einander, doch sie fühlen sich auch oft zu Elternkindern hingezogen, die natürlich versprechen, die Eltern zu sein, die sie nie hatten.

Es schien klar, daß es in Stephanie Land – dem Elternkind, der verantwortungsbewußten Mutter, dem erfolgreichen Haushaltungsvorstand – ein zurückgewiesenes Kind gab, das neidisch auf die elterliche Zuwendung für die jüngere Schwester war, das Unterstützung brauchte, doch sich nicht zu fordern traute. Ein Problem zwischen Audrey und ihrer Mutter war, daß sie ebenfalls eine Frau war und die gleiche Geschwisterposition einnahm wie ihre Mutter in ihrer Ursprungsfamilie. Auf gewisser Ebene erwartete Stephanie, daß Audrey wie sie war: verantwortungsbewußt, fleißig, extrem moralisch. Und sie projizierte dieses Erwartungsmuster auf die Tochter. Doch sie schien auf Audrey auch das eigene schwache Selbst zu projizieren. »Mutter will manchmal, daß ich wie ein kleines Mädchen bin«, klagte Audrey.

Audrey wurde so zur Zielscheibe gegenläufiger Kräfte in beiden Eltern. Um diese Kräfte besser zu verstehen, müssen wir zwei deutliche »Typen« in dem Rollenrepertoire einer Familie untersuchen. Wieder lasse ich mich von Stierlins Rollentypologie leiten, obwohl ich sie ein wenig meiner eigenen klinischen Erfahrung angepaßt habe.

Gebundene Kinder wehren sich gegen die zu starke Einbeziehung in den inneren Familienkreis, während abgelehnte Kinder sich an Außenstehende wenden müssen, um Unterstützung zu bekommen. Eine andere Gruppe von Kindern lebt in einem zweifelhaften Grenzland, wo es Anerkennung nur gibt, wenn sie sich auf bestimmte Weise verhalten. Oft müssen solche Kinder in der Außenwelt etwas leisten, um die gewünschte Zuwendung zu erhalten.

Delegiertenkinder

Diese Kinder leben nur, um anderen zu gefallen, und tun oft Dinge, die gesellschaftlich anerkannt sind. Sie haben gute Noten, werden in Ämter gewählt, tun sich im Sport hervor oder gereichen auf irgendeine Weise der Familie zur Ehre. Über dieses Kind sprechen die Eltern stolz, wenn sie die entfernten Verwandten besuchen. Nur wenige vermuten es, aber dieses Kind fühlt sich oft einsam, unsicher, unter Druck und unglücklich. Denn der Delegierte der Familie kann nur selten genug leisten, um sich geliebt und sicher zu fühlen.

Bert verhielt sich bei unseren Sitzungen mit den Lands überwiegend still. Erst viel später in der Therapie traten seine Probleme zutage. Doch von Anfang an war uns klar, daß er ein einsamer und isolierter

Junge war, der nur für seine Basketballmannschaft, seine Schulnoten und seine sichere, aber freudlose Position als Delegierter der Familie lebte. Er war der Junge, den sich alle Mütter als Schwiegersohn wünschen, doch er hatte keine Mädchenfreundschaften. Außerdem machte er sich Sorgen um seine Mutter, und wir nahmen natürlich an, daß es eine Beziehung zwischen dieser Sorge und seiner mangelnden Bindung an Altersgenossen gab.

Manche Delegiertenkinder stehen unter starkem, offensichtlichem Druck der Eltern, viel zu leisten. Diese Eltern bringen ihnen mit vier das Lesen bei, sie erscheinen auf Elternabenden und fragen ängstlich, warum ihr Drittkläßler noch keine Fremdsprachen lernt. Sie zucken zusammen, wenn der Sprößling beim Fußballspiel einen Fehlpaß tritt, sie melden die Kinder immer schon frühzeitig in der »richtigen« Schule an und sorgen dafür, daß sie freiwillig viel zu Hause arbeiten. In unserem von Leistungsangst beherrschten Zeitalter gibt es Tausende solcher antreibenden Eltern und freudlosen Kinder. Nur wenige Eltern merken, daß etwas mit diesen Kindern nicht stimmt, oder aber mit dem Lebensziel, das man ihnen setzte.

Andere Delegiertenkinder reagieren auf implizite Bedürfnisse in der Familie und üben oft auf sich selbst Druck aus. Diese Kinder nehmen eine Ungerechtigkeit, ein Defizit in der Familie wahr und widmen ihr ganzes Leben dem Versuch, dies auszugleichen.

Als ich mich aufs College vorbereitete, war mir irgendwie bewußt, daß die berufliche Laufbahn meines Vaters in der Schwebe hing. Es wurde nicht ausdrücklich darüber gesprochen, aber irgendwie sagte mir die angespannte, ängstliche Haltung meiner Mutter: »Das ist ein wichtiger Schritt. Mach uns keine Schande ...« Später wurde immer deutlicher, daß mein Vater stark trank, und ich sah, wie schwer er unter dem Verlust seiner Arbeitsstelle litt. Da vervollständigte ich den Satz, den meine Mutter nicht ausgesprochen, aber angedeutet hatte: »... keine Schande wie dein Vater.«

Als Margaret und ich uns kennenlernten, hatte ich diese Botschaft meiner Mutter für mich umgewandelt: »Ich darf nicht versagen.« Dieser Befehl hielt mich in festem, eisigem Griff. Er dröhnte in meinen Ohren. Ich schenkte ihm einen Großteil meiner Loyalität und meines Lebens. Ich spürte seine verzweifelte Dringlichkeit, wann immer ich ein Buch las, eine Prüfung ablegte, an die Zukunft dachte. Ich lehnte diesen tyrannischen Befehl zutiefst ab, aber ich konnte ihm auch nicht widerstehen.

Diese »heldenhafte« Reaktion auf einen unterfunktionierenden Vater ist bei Männern recht häufig und legt dem Kind und späteren Mann starken Druck auf. Er muß grundsätzlich zwei Leben führen, eines für den Vater, eines für sich selbst.

Eine große Anzahl Frauen wuchs mit Müttern auf, die sich in ihrer Rolle als Hausfrauen deprimiert und demoralisiert fühlten. Diese Delegierten verspüren die gleiche starke Entschlossenheit, das Potential auszuleben, das ihre Mütter nie verwirklichten. Auch sie leben ein Doppelleben und ordnen ihre eigenen Bedürfnisse oft ihrer Mission unter.

Psychologisch gesehen ähneln Delegiertenkinder Elternkindern: Sie wirken stark, selbständig, kompetent, und auch sie haben Schwierigkeiten, sich ihrer Gefühle und Bedürfnisse bewußt zu werden, besonders derer nach Abhängigkeit. Sie sind auf die Zukunft orientiert und sich des Zeitdrucks höchst bewußt. Sie werden von unmöglichen Zielvorstellungen angetrieben. Nur selten erlauben sie sich einfache, alltägliche Freuden, wie zum Beispiel Freundschaften.

Delegiertenkinder unterscheiden sich aber auffallend von Elternkindern darin, daß sie anderen durch Leistung in der Welt außerhalb der Familie zu gefallen suchen. Das Elternkind erntet die Anerkennung durch Fürsorglichkeit und kann diese Fähigkeit bei den Mitgliedern des inneren Familienkreises anwenden. Der Delegierte lebt für den Applaus – von der Ursprungsfamilie. Er wirkt verloren narzißtisch, hat diese »Schaut mich doch an«-Ausstrahlung, die nach Anerkennung schreit, und weil er sich nur durch solche Belohnungen geliebt fühlt, kann er oder sie für ein paar Worte des Lobes sehr hart arbeiten. Unter der kompetenten Oberfläche steckt oft – wenn man die Anerkennung für seine Leistungen entzieht – ein zurückgewiesenes Kind.

Wir Delegierten sind schwierige Ehemänner und -frauen. Wir wollen, daß unsere Partner und unsere Kinder sich unseren Bedürfnissen nach Erfolg unterordnen, und unser Herz liegt oft beim Beruf, außerhalb der familiären Projekte. Oft ignorieren wir die emotionalen Bedürfnisse der Menschen um uns, weil wir unsere eigenen niemals erkannt oder zugegeben haben.

Delegierte neigen dazu, Elternkinder zu heiraten oder aber abgelehnte Kinder, die sich ihren Bedürfnissen anpassen.

Der Regelbrecher

Hier haben wir es mit einem komplexen, oft mutigen Kind zu tun. Sie wird vielleicht früh schwanger, er fährt vielleicht zu schnell, sie schwänzen die Schule und brüllen Erwachsene an. Er bringt den Mülleimer nicht hinaus, sie räumt ihr Zimmer nicht auf. Man nennt sie: Schwarzes Schaf, rebellisches Kind, Sündenbock der Familie. Dieses Kind stößt ständig gegen alle Grenzen vor und stellt die Geduld aller auf die Probe. Unter der Oberfläche dieses Familienrevolutionärs steckt ein starkes, mutiges Kind, das sich um die Familie Sorgen macht.

Der Regelbrecher spürt Probleme in der elterlichen Ehe und ist bereit, die Aufmerksamkeit, oft um einen beträchtlichen Preis, auf sich zu ziehen: »He, seht mich an!« ruft dieses Kind, wenn es ihm gelingt, die Eltern vom Streit miteinander abzulenken. Diese gewöhnlich unbewußte aufopfernde Haltung scheint Kindern fast angeboren zu sein. Ich habe oft mit jungen Familien gearbeitet, und wenn die Eltern auf ein schwieriges Thema stießen, spielte sich das Kleinkind auf, um die Aufmerksamkeit von den Eltern auf sich zu lenken. Das Bedürfnis der Kinder, die Beziehung der Eltern zu schützen, ist vielleicht ebenso grundsätzlich wie das Bedürfnis der Eltern, ihre Kinder zu schützen.

Nach Stierlin ist der Regelbrecher eine Art negativer Delegierter, weil sie oder er einen unerkannten, unausgedrückten Impuls in den Eltern spürt und ausagiert. Die Eltern haben vielleicht sexuelle Schwierigkeiten und können sich dieser Tatsache nicht stellen. Oder ein Elternteil ist versucht, eine Affäre zu beginnen. Der Jugendliche spürt vielleicht diese Probleme und bietet den Eltern einen metaphorischen Spiegel, auf den sie ihre verbotenen Impulse projizieren und stellvertretend mit nur minimalem Risiko erleben.

Manchmal drückt der Regelbrecher wütende, trotzige Impulse für einen oder beide Eltern aus. Eine Familie kommt vielleicht in die Therapie, weil ein Kind sich oft mit seinen Altersgenossen prügelt und sich gegen die Lehrer auflehnt. Wenn wir die Familie näher kennenlernen, zeigen die Eltern vielleicht eine seltsame Sympathie für dieses Kind: »Johnnys Lehrerin (die von Johnny gerade vors Schienbein getreten wurde) ist sehr schwierig, und wir glauben, sie behandelt ihn ungerecht. Auch die anderen Kinder lehnen ihn ab und behandeln ihn schlecht.« Diese Eltern strafen ihr Kind zwar, wenn es Schwierigkeiten macht, aber sie unterstützen auch unterschwellig seine trotzige

Haltung und bringen ihm bei, anderen die Schuld für seine Probleme zuzuschieben. Diese Eltern sind wütende Konformisten, die gern die Regeln der Gesellschaft brechen würden, sich aber nicht trauen. Ihr Kind wird zum Botschafter für die Aggression der Familie.

Fehlverhalten von Kindern ist natürlich ein sehr komplexes Thema. Manche Kinder lassen in der Schule die Wut ab, die sie täglich zu Hause empfangen.

Häufig trotzt diese Art Kind den Regeln innerhalb der Familie. Ein Elternteil ist vielleicht streng und strafend und schüchtert die gesamte Familie ein, den Partner eingeschlossen. Der unterlegene Partner stimmt zwar »offiziell« mit dem dominanten Partner über die Regeln und Restriktionen der Familie überein, würde ihnen aber versteckt gern trotzen. Diese Eltern signalisieren auf schwer zu erkennende Weise dem Regelbrecher, daß er/sie sich den Regeln widersetzen darf. Das Signal ist vielleicht nur ein kurzes Augenzwinkern oder eine Veränderung im Tonfall.

»Immer hältst du zu ihr«, sagte Stephanie zu Colin, als dieser Mitleid mit Audrey zeigte. Stephanie war schon vorher auf die Koalition zwischen Vater und Tochter gestoßen, und sie gefiel ihr nicht. Colin war in der Tat deutlich der unterlegene Partner in der Ehe und gab Audrey implizit die »Erlaubnis«, sich gegen die Mutter zu wehren. Die meisten Regelbrecher-Kinder stehen im Bündnis mit dem unterlegenen Elternteil, dessen Wut sie ausdrücken und den sie unbewußt zu »befreien« suchen.

Regelbrechende Kinder sind einer Menge von Problemen ausgesetzt. Sie werden nicht nur von dem Elternteil gestraft, dem sie sich widersetzen, sondern auch von dem verraten, mit dem sie im Bündnis stehen. Ein Junge, der sich oft mit seinem dominanten, strengen Vater streitet, sagt: »Mit Dad habe ich immer Schwierigkeiten, und Mutter verteidigt mich nie. Ich wollte, sie würde sich nur ein einziges Mal gegen ihn wehren und sagen, daß er unfair ist.«

Von allen Kinderrollen habe ich für die Regelbrecher die meiste Sympathie. Er/sie stellt sich gegen die Kräfte der Konformität und des Zwangs in der Familie. Er/sie erklärt furchtlos: »Mir ist egal, was du über mich denkst!« Welche Lebenskraft in einem zweijährigen Kind steckt, das zu seinen autoritären Eltern »Nein!« sagt, eine Kraft, die im Laufe der Zeit immer wieder in neuen Schüben der Selbstbehauptung auftritt und darin kulminiert, daß das Kind das Zuhause verläßt – diese Kraft drückt sich im Familienrebellen aus. Diese Kinder vollbringen oft, was ihre Eltern nicht vermögen: Sie erklären sich.

Regelbrechende Kinder füllen einen komplexen und schwierigen Platz aus:

- Sie haben ein scharfes Gespür für Ungerechtigkeit und stehen oft auf der Seite des Schwächeren.
- Sie haben Probleme mit Autoritäten und wirken oft wütend.
- Sie neigen dazu, dem, was andere sagen, zu mißtrauen, weil in ihrer Familie zwei konträre Kommunikationsebenen existieren.
- Da sie in ihrer Familie zum Sündenbock werden, lernen sie, sich selbst die Schuld zu geben, und neigen zu Depressionen.

Kein Individuum kann durch eine einzige Rolle beschrieben werden. Die meisten Menschen spielen mehrere Rollen, manchmal innerhalb einer einzigen Beziehung. Audrey war abwechselnd elternhaft, gefährtenhaft und abhängig an ihre Mutter gebunden. Dazu fühlte sie sich von ihrer Mutter abgelehnt. Und sie agierte Impulse aus, die ihre Mutter zwangen, sich alten Dilemmas in deren Ursprungsfamilie zu stellen, die gleichzeitig die Defizite in ihrer Ehe mit Colin bloßlegten.

Man kann mit Hilfe dieser Typologie die Rollen untersuchen, die jedes Familienmitglied zu den anderen einnimmt. Wichtig ist auch, die Muster im Verlauf der Zeit zu untersuchen, da sich Rollen mit den Veränderungen in der Familie auch ändern. Zu Beginn der Therapie war Audrey zum Beispiel der Regelbrecher, und Bert wie auch Laurel durchliefen später, mit der Reife, Phasen der Konfrontation und der Konflikte mit der Mutter. Doch die Rolle des Regelbrechers ist nicht die einzige, die von den Familienangehörigen abwechselnd eingenommen wird. Auch Elternrollen können von einem Kind an das nächste weitergegeben werden. Vielleicht teilen die Kinder sie untereinander auf, so daß eins »Hilfsmutter« spielt, das andere »Hilfsvater«. Auch Veränderungen in der Familiensituation können die Rolle eines Kindes unvermittelt ändern. Das jüngste Kind wird vielleicht von beiden Eltern infantilisiert, aber psychologisch verlassen, wenn die Eltern sich scheiden lassen.

Das Geschlecht eines Kindes ist natürlich auch eine starke Determinante für dessen Rolle in der Familie. Mädchen werden leichter in elternhafte oder abhängige Rollen gedrängt; eine unproportional hohe Anzahl von Jungen stellt Delegierte und abgelehnte Kinder. Die anderen Rollen sind eher geschlechtsneutral. Wie wir sehen werden, haben unsere Rollen in der Ursprungsfamilie starken Einfluß auf unsere Partnerwahl.

Wir haben das Dilemma eingekreist und erkennen es immer deutlicher. Zuerst mochten wir kaum glauben, was wir hörten, doch bei jeder Wiederholung wurden wir überzeugter, daß Stephanie es ernst meinte, als sie zu Audrey sagte: »Wenn du diese Beziehung fortsetzt, kann ich das nicht aushalten.« Sie sagte nicht: »Dann weise ich dich zurück«, aber ihre kalte Stimme drückte das aus. Stephanies Einsicht in die Parallele zwischen diesem Streit und dem in ihrer Ursprungsfamilie hatte nur eine leichte Unterbrechung bewirkt. Angesichts dieser Situation neigte Audrey dazu, den problematischen Freund zu behalten und die Beziehung zur Familie zu opfern.

»Ich kann nichts dafür, daß ich es so sehe«, sagte Stephanie traurig, aber entschieden.

»Sie meinen, Sie würden die Beziehung zu Audrey aufgeben?« fragte Margaret ungläubig.

»Ich würde sie weiterhin sehen, wenn Sie das meinen. Sie wäre in meinem Haus willkommen. Zumindest würde ich mir Mühe geben.«

»Aber Sie würden sich so kühl wie jetzt verhalten?« fragte Margaret.

»Ich scheine nicht anders zu können«, gab die Mutter zu.

»Wer kann das denn aushalten?« fragte Audrey. Sie war nicht nur wütend, sondern auch verblüfft, verständnislos und verletzt. »Es ist genauso, als würdest du mich ständig als Stück Dreck bezeichnen. Damit könnte ich nicht leben.«

»Du kannst dich ja ändern und den Mann aufgeben«, meinte Stephanie wütend.

»Du kannst dich aber auch ändern, Mutter«, erwiderte Audrey ebenso wütend.

Margaret sah Stephanie von der Seite her an, als könne sie nicht begreifen, wie eine Mutter so auf ihre Tochter reagieren konnte. »Es sollte für uns Eltern aber möglich sein, unsere Kinder zu lieben und zu akzeptieren, auch wenn sie etwas tun, wovon wir nicht einmal träumen würden.«

»Das weiß ich«, erwiderte Stephanie nachdenklich. »Ich wollte, ich könnte es. Wirklich.«

»Ich glaube Ihnen«, sagte Margaret und blickte die Mutter an.

Ich hatte versucht, mir Stephanies Mutter visuell vorzustellen, fragte mich, wie sie wohl war, und versuchte, die Macht über ihre Tochter, die nun im mittleren Alter stand, zu begreifen. Es schien wirklich so, als säße Stephanies Mutter mißbilligend im Raum. Und Stephanie war so loyal zu ihr, daß sie sich deren strenger Moralität nicht widersetzen konnte.

»Wie kann die Loyalität zu einer toten Mutter Vorrang vor einer lebendigen Tochter haben?« fragte ich mich.

»Was wäre, wenn wir uns vorstellten, daß Ihre Mutter nun hier bei uns säße?« schlug ich Stephanie vor und blickte auf einen leeren Stuhl. »Denn es scheint so, als säße sie da.«

»Was sollte das bringen?« fragte sie skeptisch.

»Zumindest würde es uns helfen, zu verstehen, was sich in Ihnen abspielt«, antwortete ich.

Sie blickte auf den Stuhl, und dabei verriet ihre Miene eine komplexe Mischung aus Trauer, Verzweiflung und Schuldgefühl.

»Sie sehen traurig aus, wenn Sie sie anblicken«, sagte Margaret. »Und schuldbewußt.«

»Ich fühle mich auch schuldig«, antwortete Stephanie.

»Wenn Sie das nun Ihrer Mutter sagen würden?« schlug ich leise vor. Stephanie blickte wieder auf den Stuhl, und Tränen rollten langsam über ihr Gesicht.

»Ich fühle mich schuldig, Mutter, daß ich versagt habe.« An diesem Punkt hatten wir vorher abgebrochen.

»Und was würde sie darauf erwidern?« fragte ich.

»Sie würde sagen: ›Ist schon gut, Schatz‹, oder etwas Ähnliches.« Ich wiederholte die Worte, als sagte die Mutter sie, und sie hatten deutliche Wirkung auf Stephanie. Ihr Gesicht war nun naß vor Tränen.

»Sie scheinen sehr traurig«, sagte ich zu Stephanie.

»Ich vermisse sie«, sagte sie kläglich.

»Und wenn Sie das zu ihr sagten?« schlug ich vor.

Stephanie blickte furchtsam auf den leeren Stuhl und murmelte die Worte: »Ich vermisse dich, Mutter.« Bei diesen Worten holte sie tief und stoßweise Luft und begann zu weinen. Es klang unterdrückt. Margaret setzte sich neben sie auf das Sofa und legte einen Arm um ihre Schultern. Stephanie weinte mehrere Minuten lang und lehnte sich gegen Margaret. Allmählich nahm sie die Unterstützung auf, die sie erhielt, und ihr Weinen wurde weicher, rhythmisch und erleichtert. Die Stimmung im Raum wurde sanfter und wohltuender, als habe sich die Kälte zwischen Mutter und Tochter aufgelöst.

Schließlich blickte Stephanie zu Margaret hoch und lächelte. »Es war schwer, sich von Ihrer Mutter zu verabschieden, nicht wahr?« sagte Margaret.

»Ja«, antwortete Stephanie und wandte den Blick, nun wieder traurig, ab. »Ich denke jeden Tag an sie.«

»Ich weiß, es ist immer schwer, einen Elternteil zu verlieren«, fuhr Margaret fort, »aber hat es in Ihrer Beziehung zu Ihrer Mutter eine Komplikation gegeben, die es besonders schwierig machte?«

Ich hatte das gleiche gedacht. Offensichtlich hatte etwas den normalen Prozeß von Trauer und Loslösung nach dem Tod der Mutter behindert. Obwohl die Mutter schon drei Jahre tot war, hatte sich Stephanie »innerlich« noch an sie geklammert. Und da sie sich selbst nicht von der toten Mutter lösen konnte, konnte sie der Tochter nicht erlauben, sich von ihr zu lösen. Auch jetzt noch schob sie den Kummer fort und schnitt ihn ab.

»Wir standen uns sehr nahe«, sagte Stephanie. Dann fügte sie hinzu: »Und sie hat viel für mich aufgegeben.«

Ich dachte: »Sie fühlt sich so schuldig, von der Mutter getrennt zu sein, daß sie sich ihrer Wut auf sie nicht bewußt werden kann.« Mit Margaret neben sich als »Idealmutter« konnte Stephanie sich vielleicht von der richtigen Mutter ablösen.

»Könnten Sie auch das zu Ihrer Mutter sagen«, fragte ich mit Blick auf den Stuhl, »daß sie anerkennen, wieviel sie für Sie aufgab?«

Stephanie blickte verzweifelt auf den leeren Stuhl. Als sie stumm blieb, fragte ich: »Was ist los? Was sehen Sie?«

»Wenn ich sie mir vorstelle, sehe ich sie sehr traurig und allein. Sie wirkt klein und unglücklich.« Ich warf einen Blick auf die schlanke, zierliche Audrey und fragte mich, ob sich Tochter und Großmutter wohl äußerlich ähnelten. Stephanie fuhr fort: »In ihrem Leben ist viel geschehen.«

»Etwas, was Sie noch nicht erwähnt haben?« fragte ich.

»Ja.« Sie richtete sich auf und löste sich von Margaret. Dann seufzte sie tief. »Als ich neun war, hatte ich Lungenentzündung. Damals gab es noch kein Penicillin, und man dachte, ich würde sterben. Meine Mutter hatte offensichtlich für mich gebetet und Gott versprochen, wenn ich überlebte, würde sie den zehnten Teil ihres Einkommens der Kirche spenden und ihr Leben Gott widmen. Als ich wieder gesund wurde, hielt sie dieses Versprechen. Für den Rest ihres Lebens ging sie in die Kirche, sobald die Tür geöffnet wurde. Und wir spendeten zehn Prozent des Einkommens der Kirche.«

»Wo lag das Problem?« fragte ich.

»Mein Vater war nicht so religiös wie sie. Er hatte etwas dagegen, daß sie soviel Zeit in der Kirche verbrachte, und auch gegen die Spende. Das erzeugte eine Menge Spannungen zwischen ihnen, und ich dachte, ich sei der Grund dafür.«

Entsetzt merkte ich, daß sie sich so schuldig fühlte, daß sie sogar die Beziehung zur eigenen Tochter als Gegenleistung für das Opfer der Mutter aufgeben würde. »Jedesmal, wenn das Thema der Spende aufkam, zuckte ich zusammen. Meine Eltern konnten es sich eigentlich nicht leisten.«

»Was für ein schwieriges Dilemma für Sie«, sagte Margaret. Da sie so dicht neben Stephanie saß, konnte sie nicht gut zu ihr sprechen und setzte sich auf den nächsten Stuhl, zwischen Mutter und Tochter. »Diese Situation war aber nicht Ihre Schuld.«

»Es kommt noch mehr«, sagte Stephanie. »Ich glaube, es war sehr schwer für meine Mutter, denn als Kind hatte sie etwas erlebt.« Sie hielt den Kontakt mit Margaret und sprach sie an. »Als meine Mutter etwa zwölf war, fuhren ihre Eltern zu Verwandten zu Besuch. Meine Mutter blieb zu Hause und paßte auf die beiden jüngeren Geschwister auf. Es war Vorfrühling und noch sehr kalt. Die Jüngste, die etwa sieben war, versuchte, den Bach auf ihrem Hof zu durchqueren, und fiel hinein. Als die Eltern meiner Mutter nach Hause kamen – sie waren nur zwei Tage fortgewesen –, hatte sie Lungenentzündung und starb eine Woche später.« Diese Geschichte und ihre Verbindung mit der Gegenwart spiegelte sich in jedem Gesicht im Raum. Es herrschte das Schweigen plötzlichen Verstehens. »Ich weiß nicht, ob meine Großmutter meine Mutter verantwortlich machte, aber ich glaube schon. Ich weiß bestimmt, daß sie sich selbst die Schuld dafür gab.«

Margaret sagte: »Als Sie dann Lungenentzündung bekamen, dachte Ihre Mutter vermutlich, eine Chance zu bekommen, Vergebung zu erlangen.«

»Zu einem hohen Preis«, antwortete Stephanie traurig. »Sie mußte ihn immer neu verdienen.«

»Und diese Bemühungen haben sie sehr schuldbewußt gemacht. Es war, als hätten Sie ihre Schuld geerbt«, sagte Margaret.

»Jedesmal, wenn meine Eltern sich stritten, fühlte ich mich entsetzlich schuldig.« Nachdenkliches Schweigen und eine Art Friedlichkeit, die oft eintritt, wenn ein Dilemma begriffen wird.

»Ich mache mir Sorgen«, sagte Margaret. »Wenn Audrey weiterhin etwas tut, was Ihre Mutter nicht akzeptieren kann, könnte Ihre Schuldbindung an sie verlangen, die Tochter zu opfern.« Nach einer kurzen Pause fügte sie hinzu: »Das wäre dann *Ihr Opfer*.«

Benommen durch diese Einsicht sagte Stephanie schließlich: »Es wäre schrecklich, wenn das so sein müßte.«

Die anderen Familienmitglieder hatten während dieses Austausches geschwiegen. Zuerst wirkte Audrey verwirrt, jetzt eher erleichtert. Bert, der sich immer um seine Mutter Sorgen machte, ergriff das Wort: »Es muß einen Ausweg aus diesem Problem geben, Mutter. Diese Familie hat genug gelitten.« Colin blieb stumm, als wüßte er nicht, was er sagen sollte. Ich wünschte, er statt Bert hätte Kontakt mit Stephanie aufgenommen.

»Wir haben einen Anfang gemacht, indem diese Geschichte erzählt wurde«, sagte ich zu Bert. »Aber wir können noch mehr tun.« Hätte Stephanies Mutter noch gelebt, hätten wir sie nun in die Therapie einbezogen. Ohne sie mußten wir symbolisch arbeiten, mußten versuchen, uns eine andere Kindheitsgeschichte für Stephanie vorzustellen und wichtige Fragmente daraus zu improvisieren. Doch wiederum hatten wir heute keine Zeit mehr.

»Kann ich etwas sagen?« Laurel, grüblerisch, dunkel und kantig wie ihre Mutter, hatte bisher noch nichts gesagt.

»Natürlich», antwortete ich.

»Ich meine, Audrey sollte sich bei Mutter entschuldigen, daß sie so viel durchmachen mußte, und sich nicht mehr mit diesem alten Kerl treffen.« Ehe Audrey sie unterbrechen konnte, fuhr sie fort: »Und ich meine, Mutter muß aufhören, sich in Audreys Leben einzumischen. Solange sie das tut, wird es immer Streit geben.«

»Ich stimme mit dir überein«, warf Bert ein, der sich nicht aus seiner Rolle als Familientherapeut drängen ließ. »Aber es wäre leichter für Mama, sich herauszuhalten, wenn Dad sich mehr um alles kümmerte. Er läßt Mutter irgendwie allein damit.« Er warf einen Blick zu seinem Vater und fuhr ängstlicher fort: »Es stimmt, Dad.« Beide Kinder zogen die Aufmerksamkeit von der schmerzlichen Geschichte Stephanies ab.

Colin sah schuldbewußt und ein wenig verlegen aus. »Ich kümmere mich doch darum«, sagte er leicht defensiv. »Eure Mutter und ich reden viel darüber.«

Die Zeit war um, und neue Themen wirbelten durch den Raum. »Ich muß Ihren Kindern recht geben«, sagte ich lächelnd zu Colin. »Ihre Unterstützung ist für Stephanie sehr wichtig, wenn sie aufhören soll, sich so stark um das Leben der Kinder zu kümmern. Aber sie hat vermutlich Probleme, sich emotional auf Sie zu verlassen, weil ihre Mutter das bei ihrem Mann auch nicht konnte. Sie muß vielleicht üben, Sie um Unterstützung zu bitten, und Sie müssen vielleicht üben, sie ihr zu geben.« Ich wußte, daß er das jüngste Kind und von seinem eigenen Vater vernachlässigt worden war, daher mußte er sehr hart an sich arbeiten, um zu einem stärkeren Ehemann und Vater zu werden.

»Aber wir können symbolisch an dem Problem zwischen Stephanie und ihrer Mutter arbeiten. Und das sollten wir auch tun.«

»He, die Zeit ist um«, ermahnte uns Margaret.

Wir wachsen in den Turbulenzen der Vergangenheit auf. Von unseren ersten Momenten an drängen sich deren Schmerzen und Ungerechtigkeiten auf und prägen unsere Zukunft. Aber wir spüren die Kräfte der Familiengeschichte besonders deutlich in den empfindlichen Jahren, wenn wir versuchen, das Zuhause zu verlassen. Ein Fuß steht noch in der Familie, der andere schon draußen in der großen weiten Welt, und wir geraten aus dem Gleichgewicht. Genau zu dem Zeitpunkt, wenn wir versuchen, neu anzufangen, werden wir leicht von den unbeendeten Geschichten der Vergangenheit eingeholt. Wenn wir uns nach einem Partner umsehen, bilden wir unvermeidlich ein Bindeglied mit der Geschichte. In der Mischung zweier Leben, die beide versuchen, eine neue Familie zu gründen, liegt eigentlich die aufregende Unvermeidlichkeit einer Veränderung.

Wir sind bereit, uns diesen Moment der Kontaktaufnahme anzusehen, das Schweifen jenes Geistes, der zur Ehe führt.

Warum wir lieben, wen wir lieben: Die geheimen Mechanismen der Partnerwahl

Wir begegnen uns auf tausend verschiedene Arten: in der Schule, bei Freunden oder Verwandten, in Bars, bei der Arbeit, durch Zeitungsannoncen oder Computervermittlung, mit Hilfe professioneller Eheinstitute, beim Ausführen des Hundes, beim Einkauf – immer aber durch Zufall. Doch diese Zufälle sind nicht so zufällig. Besonders in der Jugend befinden wir uns alle auf der Suche, sind Spieler mit hohem Einsatz und der Hoffnung, jene besondere Person zu finden, die unser Leben ergänzt. Nennen wir es den biologischen Impuls, eine neue Generation zu produzieren, interpersonale Anziehung oder Partnerselektion, nennen wir es Liebe, Zauberei oder die Sehnsucht des Lebens nach sich selbst. Wie immer man es definiert, wir können sicher sein, daß die Partnerwahl so ungeheuer komplex ist, daß sie niemand richtig begreifen kann. Niemand.

Aber wir können, gebildet wie wir sind, ein paar der Kräfte vermuten, die bei der Entscheidung zu heiraten am Werk sind. Wie falsch solche Entscheidungen auch zu sein scheinen, ich glaube, daß sie ein höchst kreativer, unbewußter Versuch sind, nicht nur unsere schwierigsten Probleme zu lösen, sondern auch unser Potential als Mensch zu erfüllen.

Die erste Partnerwahl passiert bei den meisten Menschen Anfang der zwanziger Jahre. In dieser Phase überqueren wir den gefährlichen und turbulenten Kanal zwischen dem Heimathafen und dem offenen Meer: Wir ziehen aus, gehen fort, versuchen, in der großen Welt Fuß zu fassen. Wir geben uns zwar große Mühe, vorzutäuschen, dem sei nicht so, aber wir haben schreckliche Angst vor der Welt außerhalb der Familie. Wir haben keine Ahnung, wie man mit der rauhen, wettbewerbsorientierten Gesellschaft fertig wird. Wie tapfer wir uns auch anhören, diese Partnerwahl vollzieht sich vor dem Hintergrund existentieller Angst. Wir sind nicht bloß voneinander angezogen, wir brauchen einander auch und oftmals dringend.

Doch selbst so fallen die Geschichten über den Entschluß zur Ehe höchst verschieden aus.

Hören wir Jonathan Ames, der mit seiner Frau Estelle Therapie macht: »Ich weiß noch, wie ich den Entschluß, Estelle zu heiraten, überdacht habe. Ich wußte, daß wir eine Reihe gemeinsamer Interessen hatten und ich mich mit ihr leicht unterhalten konnte. Ich war auch körperlich von ihr angezogen.« Er warf einen Blick auf seine hübsche blonde Frau und lächelte verlegen: »Das bin ich immer noch. Heiraten schien eine gute Idee.«

Das kritische Wort hier ist »Idee«. Die Entscheidung des Paares – Estelle beschrieb es ähnlich – wurde rational und intellektuell getroffen. Eine überraschend hohe Anzahl von Menschen heiratet so vernünftig und leidenschaftslos. Sie sind schon längere Zeit zusammen, ihre Familien mögen einander, alle halten sie für das ideale Paar. Die Wohngenossin heiratet, und die andere macht sich Sorgen, daß sie nie wieder einen Antrag bekommt. Die Zeit, der Ort, die Umstände scheinen richtig, alle Teilchen passen logisch ineinander.

Derartige Entscheidungen, die ich »undeterminierte Wahl« nenne, werden gewöhnlich von vorsichtigen, zurückhaltenden Menschen getroffen, die Emotionen mißtrauen. Einer oder beide wurden vielleicht in einer kühlen, logischen Familie groß, oder das Paar stammte aus turbulenten, emotional destruktiven Familien. Gleich, worauf die Entscheidung basiert, beide wollen vernünftig leben.

Das ist nicht notwendigerweise eine schlechte Grundlage für ein Zusammenleben – kein Entscheidungstyp garantiert eine glückliche Ehe –, aber bei der Arbeit mit solchen Paaren wünscht man sich oft ein bißchen mehr gefährliche Leidenschaft, in die man sich verstricken kann. Diese rationalen Paare merken schließlich, daß sie mit ihrer Besessenheit, das »Richtige« zu tun, in ihrer Panik, ja nicht aus dem Gleis zu geraten, etwas versäumt haben. Oft genug suchen sie das dann in anderen Beziehungen.

Ein anderer Entscheidungstyp hat zu viele Emotionen. Peter Baron, der mit seiner zweiten Frau Laura in Therapie ist, spricht über seine erste Ehe, die er kurz nach Schulabschluß einging. »Jessie war eines der ›losen‹ Mädchen in meiner Klasse. Aber in den Fünzigern brauchte es nicht viel, um so bezeichnet zu werden. Meine Mutter hatte jedenfalls von Anfang an etwas gegen die Beziehung. Komisch war nur, daß, je ablehnender meine Mutter wurde, ich um so entschlossener war, mit Jessie zu gehen.« Peter, ein Einzelkind mit geschiedenen Eltern, sah seinen wohlhabenden Vater nur selten. Er mußte allein mit seiner ängstlichen, überkontrollierenden Mutter fertig werden. Peters Wahl war überwiegend durch die Opposition der Mutter bestimmt, und diese »Rebellion« gehörte zu seinem Kampf um eine unabhängige Identität.

»Jessie wurde im Sommer nach meinem Abschluß schwanger, sonst hätte sie wohl nicht einen Mann wie mich geheiratet. Wir haben nie richtig zusammengepaßt – der Bücherwurm aus der reichen Familie und das lose Mädchen. Ich bin überrascht, daß wir so lange zusammenblieben, um noch ein zweites Kind zu bekommen, ehe sie mich verließ.«

Hier handelt es sich um eine *überdeterminierte Entscheidung,* eine Ehe, die in einem emotionalen Sturm und Drang geschlossen wurde. Derartige Entscheidungen fallen vor einem Hintergrund von Angst, und oft ist die Ursache der Belastung eine Familienkrise. Peter Barons Wahl wurde durch den Kampf gegen seine Mutter überdeterminiert. Seine Partnerwahl geschah nicht unabhängig, sondern wurde von Mutters Mißbilligung bestimmt. Diese rebellische Reaktion auf die elterlichen Versuche, zu kontrollieren, nennen Wissenschaftler manchmal den »Romeo-und-Julia-Effekt«. Er ist bei Frühehen sehr häufig.

Auch andere emotionale Belastungen verzerren den Prozeß der Eheentscheidung:

Psychologische Abwesenheit oder Unfähigkeit eines Elternteils: Es handelt sich um eine stille Krise, aber das Aufwachsen mit einem psychologisch abwesenden oder unfähigen Elternteil schafft in uns ein tiefsitzendes Bedürfnis. Der Druck jenes Bedürfnisses kann den Prozeß der Partnerwahl ernsthaft beeinträchtigen. Joan Strand sagte: »Ich weiß, daß ich von Eric teilweise angezogen wurde, weil er stark und beherrscht wirkte und in dieser Hinsicht so anders als mein Vater war. Ich liebte meinen Vater, aber er war so schwach, daß ich oft dachte, ich hätte gar keinen.«

Eine andere Klientin, Teresa Simpkins, traf eine ähnliche Entscheidung: »Mein Vater war Alkoholiker, und ich war vermutlich diejenige, die in unserer Familie seinen Platz einnahm. Zumindest verließ sich meine Mutter auf mich. Ich weiß, daß meine Entscheidung, Sam (den Dirigenten ihres Schulorchesters) zu heiraten, teilweise einen Versuch darstellte, einen Vater zu finden.« Sam war zwölf Jahre älter als Teresa, und sie hatte sich in ihrer Beziehung mit ihm immer so kontrolliert und unterlegen gefühlt, daß sie Mühe hatte, zu glauben, ihm ebenbürtig zu sein. Nach mehreren Jahren der Therapie, in denen sie hart an dem Thema arbeiteten, ließ sich das Paar scheiden.

Plötzlicher Verlust eines Elternteils oder anderer wichtiger Verwandten:

Die Wahl eines Partners kurz nach dem Verlust eines Elternteils, eines Partners oder Geliebten – entweder durch Tod oder Zurückweisung – ist gefährlich. Wenn man jemandem wegen seiner »therapeutischen« Fähigkeit heiratet, wird diese Wahl vielleicht überflüssig, wenn der »Patient« anfängt, sich besser zu fühlen.

Schwangerschaft: Stellen wir uns Deborah Strand vor, die versucht, mit ihrem siebzehnjährigen Freund eine erfolgreiche Ehe zu führen. Ihre Schwangerschaft war von den Konflikten ihrer Familie so überschattet, daß die Entscheidung, zu heiraten, später als die der Eltern gegolten hätte, weil sie fast ausschließlich Produkt des Konflikts mit ihnen war. Um ihre Identität als Individuum zu beweisen, hätte sie vermutlich ihre junge Ehe geopfert.

In einer größeren Untersuchung über Ehen ergab sich, daß ein Viertel aller Bräute zum Zeitpunkt der Hochzeit schwanger war*. Das ist eine erstaunliche Zahl. Wir wissen, daß Ehen, die jung und schwanger geschlossen werden, notorisch instabil sind. Paare, die unter dem Druck einer Schwangerschaft heiraten, lassen sich viel wahrscheinlicher scheiden als Paare, die ohne dieses Problem die Ehe eingehen.

Es gibt viele verschiedene Situationen, in denen junge Erwachsene verzweifelt Sicherheit vor der Instabilität zu Hause suchen. Diese »Rettungsboot«-Ehen stellen sich gewöhnlich als ungeeignet für die lange, schwierige Ehereise heraus.

In überdeterminierten Ehen vermischen sich die Belastungen durch Lebenskrisen mit dem empfindlichen Prozeß der Einfühlung, wie jeder Mensch auf die einzigartigen Eigenschaften des Partners reagiert. Peter Barons Bedürfnis nach jemandem, der ihm im Kampf gegen seine Mutter half, machten Jessie zu einem »Objekt«, zum Symbol der Rebellion. Ähnlich mag jemand, der gerade einen Freund oder eine Freundin verloren hat, den nächsten Partner als Therapeuten benutzen. Diese Mechanismen lassen aber schließlich einen der beiden Partner seine Wahl in Frage stellen.

Intensiver emotionaler Druck, ob von äußeren Situationen oder einem inneren Bedürfnis erzeugt, überlagert unsere freie Wahl. Wir alle wollen aus freier Entscheidung heiraten. Nur so können wir unseren eigenen Gefühlen trauen und darauf vertrauen, daß diese auf Gegenseitigkeit stoßen. Jede Eheentscheidung, die unter Druck getroffen wurde, wird irgendwann in Frage gestellt, oft durch das unbewußte Heraufbeschwören einer Ehekrise. Diese Krise, bei der die

* Angabe bezieht sich auf die USA (Anm. d. Ü.).

Beziehung auf die Probe gestellt wird, erfolgt früher oder später im Eheverlauf und endet nicht immer mit Scheidung, aber sie kann nur gelöst werden, wenn beide Partner die Entscheidung, zusammenzubleiben, bekräftigen.

Es gibt noch eine andere Wahl, die mit viel Gefühlen getroffen, aber nicht durch eine Krise ausgelöst wird. Warum nennen wir es nicht Sich-Verlieben? Technischer ausgedrückt, könnte man diese Version *integrierte Wahl* nennen. Man bezeichnet zwar eine Vielzahl von Erfahrungen – von der reinsten Lust bis zum höchst infantilen Bedürfnis – als Sich-Verlieben, doch diese Art Wahl erfüllt mehr als nur ein primitives Verlangen. Dieses Erlebnis, das nur ein oder zweimal im Leben vorkommt, ist notwendigerweise eine gemischte Affäre: teils Verzweiflung, teils sexuelle Begierde, teils Berechnung. Aber es ist auch so komplex, daß es uns benommen macht. Ich gebe nicht vor, es voll zu begreifen, aber ich glaube an seine inhärente Weisheit, seine Kreativität, seine Lebensbestätigung. Vielleicht ist es nicht die Sehnsucht des Lebens nach sich selbst, sondern danach, sich zu verbessern.

Nach Jahren des Zuhörens, wenn Menschen die Erfahrung des Sich-Verliebens beschrieben, kann ich als einziges gemeinsames Merkmal die *Verwirrung* nennen. Manche Menschen kennen einander jahrelang, ehe es zuschlägt, andere sehen sich ein einziges Mal und spüren es unmittelbar. Ein enger Freund beschrieb es so: »Ich sah Marion (mit der er seit dreißig Jahren glücklich verheiratet ist), als ich an der Uni ins Seminar ging. Plötzlich drehte sich mir der Kopf, und ich wußte nicht, was geschah. Ich folgte ihr also, und ich dachte sofort: ›Das ist die Person, die du heiraten wirst.‹ Ich folgte ihr in ihr Studentenheim, hatte aber nicht die Nerven, sie anzusprechen. Es dauerte ein paar Wochen, bis ich sie kennenlernte.« Marion stellte sich ebenfalls als Kunststudentin heraus – an dieser riesigen Universität. Sechs Monate später waren sie verheiratet.

Aber ich beschreibe diese Erfahrung am besten autobiographisch:

Auf den Fotos im Album meiner High-School scheine ich immer zu schlafen. Mein Gesicht hat einen flachen, zweidimensionalen Ausdruck, nicht leidend, aber auch nicht fröhlich. Ich war ein wohlerzogener Teenager in einer kleinen Stadt. Ich spielte in einer Band und versuchte mich gelegentlich im Fußball. Ich war Klassensprecher und galt als Dichter. Ich war der Typ, den alle Mütter gern als Schwiegersohn hätten. Man nahm an, daß ich zur gleichen Universität gehen würde wie mein Vater, der Vertreter war.

Dann bat meine Tante Alice, die älteste Schwester meines Vaters, die in Atlanta in der Schulverwaltung arbeitete, einen Kollegen in einem College an der Ostküste um einen Prospekt, den ich eines kühlen Herbstnachmittags auf unserer breiten Steinveranda in der Schaukel las. Ein Foto mit alten, efeuumrankten Mauern zog mich an. In der Bibliothek gab es Tausende von Büchern und viele Lehrer für relativ wenige Studenten. Seltsam aufgeregt und ein bißchen ängstlich schloß ich mich ein ganzes Wochenende in mein Zimmer ein und schrieb die Bewerbung.

Das Schicksal tut natürlich mehr, als nur die Würfel fallen zu lassen. Es ist ein lebendiges Ding mit sich verzweigenden, suchenden Fühlern und in der Vergangenheit verwurzelt. Damals wußte ich noch nicht, daß es tiefere Bedeutung hatte, als meine Tante mir diesen Prospekt schickte.

Wenn innerhalb einer Familie ein Individuum mit einem anderen Kontakt aufnimmt, ist das eine ungeheuer komplexe Angelegenheit. Das Interesse meiner Tante an mir, das für mein Leben extrem wichtig war, begann mit ihrer »elternhaften« Beziehung zu meinem Vater, dem jüngsten von fünf Kindern. Tante Alice, als ältestes Kind, fühlte sich für eine Reihe von Geschwistern verantwortlich, aber mit meinem Vater verband sie eine besondere Beziehung.

Ich wurde 1938 in eine Matrix spannungsgeladener und gespaltener Loyalitäten hineingeboren. Wenn mein Vater, Student der Biologie, vom Unterricht nach Hause kam, mußte er die Entscheidung treffen, ob er die Wohnung links betrat, in der seine kürzlich geschiedene Schwester (Alice) mit ihrer verwitweten Mutter lebte, für die zu sorgen man von ihr, als ältester Tochter, erwartete, oder nach rechts, wo meine Mutter und ich ebenfalls auf ihn warteten. Oft ließ meine Großmutter die Tür einen Spalt offen, und wenn meine Mutter ihn endlich sah, hatte mein Vater bereits eine Tasse Kaffe getrunken und über seinen Tag berichtet. Dann war meine Mutter heimlich wütend.

Als der Vater meiner Mutter entdeckte, wie schwierig die Situation für seine älteste Tochter war (mein Vater hatte eine weitere »Versorgerin« geheiratet), kaufte er meinen Eltern ein Haus in einem Vorort, doch das löste das Problem zwischen den verschiedenen Frauen, die sich um die Loyalität meines Vaters stritten, keineswegs.

Im Laufe der Zeit und mit dem größeren geographischen Abstand zwischen dem Haushalt meiner Eltern und dem meiner Tante und Großmutter (in diesem stummen Kampf war meine Großmutter die beherrschende Figur) wurde ich zunehmend zu einem wichtigen Bindeglied. Um mir »Kultur« beizubringen, nahm meine Tante mich aus der Kleinstadt nach Atlanta mit. Meine Mutter begrüßte zwar offiziell diese Reisen, aber sie riefen in ihr immer eine subtile und geheimnisvolle Distanz zu mir hervor.

Genausowenig konnte ich damals die seltsame Mischung aus Freude und Enttäuschung bei meiner Mutter verstehen, als sie mir mehrere Monate später einen Brief von der Universität in Connecticut brachte, in dem man mir ein Stipendium anbot. Es dauerte Jahre, bis ich begriff, daß ich Opfer der Wut meiner Mutter auf meine Tante und Großmutter war, weil sie zuerst das Leben meines Vaters und dann meines beeinflußten, und bis ich die anderen verwickelten Verbindungen und Spaltungen in unserer Familie verstand, denen ich unterworfen wurde. Inzwischen mußte ich mich wie mein Vater entscheiden, welchen Weg ich gehen wollte. Ich wählte die Universität im Norden.

Das Foto am Ende meines ersten Studienjahres zeigt mich wacher als auf den Schulfotos, aber ich blickte immer noch von der Kamera fort. Jeden Morgen wachte ich mit der Sorge auf: »Schaffe ich es?« Am Ende des Jahres klammerte ich mich fest an ein »Vielleicht.«

Erst in der Mitte des zweiten Jahres blickte ich von meinen Büchern auf. Da hatte ich schon einige akademische Erfolge errungen. »Zeit, sich ein Mädchen zu suchen«, dachte ich.

Das hatte ich schon zuvor versucht, war zu Partys gegangen, auf denen wohlmeinende Freunde ein Mädchen für mich eingeladen hatten, doch sie schienen nach dem Prinzip »Gleich und gleich gesellt sich gern« vorzugehen, und daher waren diese Mädchen schüchtern und reserviert wie ich, und wir hatten einander nur wenig zu sagen.

Schließlich fragte mich Judy, die Freundin (und spätere Frau) meines Zimmergenossen Steve: »Was für eine Art Mädchen möchtest du denn eigentlich kennenlernen, Gus?« Ich holte tief Luft und dachte: »Jetzt heraus mit der Wahrheit!« Nach kurzer Pause antwortete ich: »Sie soll aufgeweckt, fröhlich, interessant und stark sein.« Manchmal wünsche ich mir, ich hätte das letzte fortgelassen.

Es schneite an jenem Abend, und auch von dieser Verabredung erhoffte ich nichts. Daher schickte ich einen Freund zum Zug, um Margaret abzuholen, die kam, um ein Veranstaltungswochenende an unserer Universität zu besuchen. Ich machte wohl klar, daß ich eine Karriere als »Distanzierer« anstrebte. Schließlich wurden wir im Studentenwohnheim einander vorgestellt. Eine winzige Blondine mit einem aufgeweckten, leicht verlegenen Lächeln und viel Selbstbewußtsein erwiderte meinen Gruß. Schockiert und angenehm überrascht dachte ich nur: »Aha!«

Dann aßen wir eilig im Studentenwohnheim zu Abend. Ich wollte einen guten Eindruck machen, war aber verlegen und versuchte, mit ihr an dem lärmenden Tisch ein Gespräch zu beginnen. Mir gefiel ihr unvermitteltes, warmes Lächeln und wie sie aufmerksam den Kopf neigte. Erleichtert spürte ich, daß auch sie der Party an diesem Wochenende mit gemischten Gefühlen entgegensah. Nach dem Essen sah sie mich leicht panisch an, als wolle sie sagen: »Nur raus hier.«

Es war dunkel, und das Knirschen unserer Schritte im frischgefallenen Schnee übertönte fast das nervöse Lachen der anderen, als wir uns zu der Veranstaltung auf den Weg machten. Wir brachten überraschenderweise sogar eine Unterhaltung zustande. »Der Schnee hört sich schön an«, begann ich.

»Als würde man Cornflakes essen«, antwortete sie.

»Oder Papier zerreißen«, meinte ich. Wir versuchten, es einander gleich zu tun, und fanden beide an Analogien Gefallen.

Bald entdeckten wir, daß wir die gleiche Meinung über Menschen zu haben schienen. Margaret machte gern Witze, was mich etwas verunsicherte. In spielerischem Geplänkel tauschten wir Ansichten aus, überprüften sie am andern und verrieten dabei Einzelheiten über unseren jeweiligen Hintergrund.

Allein in meinem einsamen Studentenheimbett, sah ich immer wieder ihr Gesicht vor mir, hörte ihre Stimme, Schlaf interessierte mich kein bißchen, und ich sah zu, wie der Mond über den Himmel wanderte. Ich war zutiefst angerührt und aufgeregt.

Beim Frühstück in der großen Speisehalle gestanden wir einander, kaum geschlafen zu haben. Ich schlug einen Spaziergang vor. Nach einer Weile nahm ich ihre Hand. Auf diesem Spaziergang entdeckten wir, daß wir eine geradezu unheimliche Ähnlichkeit hatten, visuell interessante Dinge wahrzunehmen, und daß diese Welt aus Licht, Schatten, Farbe und Form für uns beide ungeheuer wichtig war. Schließlich küßten wir uns sehr scheu und sanft, doch mit einer inneren Erregung, die eindeutig gegenseitig war.

Der Rest des Wochenendes ist in meiner Erinnerung verschwommen. Ich weiß noch, daß wir uns mehr küßten, mich ihre Scherze verunsicherten und ich verzweifelt war, daß sich das Wochenende seinem Ende näherte. Auf dem Bahnsteig am Sonntagabend sprachen wir leise miteinander, hatten jedoch beide Angst, es auszusprechen. Ich begleitete Margaret in das schäbige Zugabteil und hob ihre Tasche ins Gepäcknetz. Der Zug ruckte an, als wir letzte, zärtliche Worte tauschten, und verlegen und lachend fuhren wir zusammen zur nächsten Station. Dort stieg ich aus und rief einen Freund an, mich abzuholen. Doch es war zu spät. Was immer geschehen sollte, war geschehen.

Ich habe wohl tausendmal daran gedacht und jeden einzelnen jener ersten Eindrücke untersucht, weil ich begreifen wollte, wie wir beide bei Abfahrt des Zuges aus dem Bahnhof wissen konnten, daß wir heiraten würden. Diese Erkenntnis wurde in den kommenden Jahren auf eine harte Probe gestellt, und manchmal hing die Bindung zwischen uns nur an einem seidenen Faden, doch er erwies sich als stark.

Wie sieht diese Bindung, die Chemie, der Kontakt zwischen zwei Menschen aus? Alle diese abgeklapperten Metaphern beziehen sich auf Tiefe und Bindung in einer Ehe und stehen im Mittelpunkt unserer Untersuchung. Von diesen körperlichen Symbolen für eine Beziehung gefällt mir »Chemie« am besten. Sie bezeichnet die Verbindung zwischen Atomen, die Bindung unsichtbarer Strukturen, die ein drittes bilden, eine Einheit.

Werden wir von jemandem angezogen, der uns ähnlich ist oder völlig anders? Falls unser Partner, was wahrscheinlich ist, eine komplexe Kombination aus Ähnlichkeiten und Unterschieden aufweist, stehen sie in einem bestimmten Verhältnis? Man könnte wohl kaum eine bessere Formulierung finden als die des Schriftstellers O. S. Fowler, der im letzten Jahrhundert schrieb:

»Insofern, als du bist, wie du sein solltest, heirate jemanden, der wie du ist; doch insofern, als du an dir Exzesse oder Fehler entdeckt hast, heirate jemanden, der sich in diesen Zügen unterscheidet.«

Jeder befindet sich auf der Suche nach jemandem, der uns das Gefühl gibt, psychologisch »vollständig« zu sein, und welches Prinzip könnte besser sein als jemanden zu heiraten, der mit uns die uns angenehmen und wertvollen Aspekte gemein hat und in dem wir ein Potential sehen, unsere Fehler auszugleichen?

Aber es wäre ein Fehler, sich nur auf die Eigenschaften der beiden Individuen zu konzentrieren, die heiraten. Jeder ist grundsätzlich und unwiderruflich Mitglied einer Familie, und unsere Partnerwahl begründet ein neues Netz von Familienbindungen. Wir heiraten zwar ein Individuum, aber jeder ist so tief in seiner Ursprungsfamilie verwurzelt, daß unser Partner und wir immerzu mit der Familienloyalität des anderen zu kämpfen haben. Wir sollten also die Möglichkeit in Betracht ziehen, daß diese Loyalität unbewußt bei der Entscheidung mitspielt und wir von der gesamten Familie unseres Partners angezogen werden. Beginnen wir mit den Individuen.

Nur eineiige Zwillinge kennen die negative Seite, mit jemandem zu leben, der genau so ist wie man selbst. Alle anderen sehnen sich nach einer solchen Bindung an einen Partner, der die Welt genauso sieht und erfährt wie wir. Wenn es ein einziges Prinzip bei unserer Partnerwahl gäbe, wäre es meiner Ansicht nach, daß wir jemanden heiraten, der eine Art psychologischer eineiiger Zwilling ist. Nicht, muß ich schnell hinzufügen, in offensichtlichen, oberflächlichen Eigenschaften, sondern in den tieferen Schichten unserer Seele.

Schon Shakespeare mochte der »Ehe gleicher Seelen nichts entgegenstellen«. Die Verbindung zweier gleichartiger Erfahrungen scheint die stärkste und sicherste zwischen zwei Menschen. Wir werden körperlich voneinander angezogen, besonders am Anfang, aber ich glaube, daß die körperlichen Eigenschaften des Partners eine viel symbolischere Rolle spielen als allgemein angenommen. Und körperliche Anziehung allein hält niemals eine Beziehung aufrecht. Es sind die Gemeinsamkeiten, wie wir die Welt erfahren, die uns wahrhaft verheiratet fühlen lassen. Manche dieser gemeinsamen Wahrnehmungen können nur im Lauf der Zeit aufgebaut werden. Doch auch die »Verwandtschaft«, die wir anfangs in unserem Partner finden, ist kompliziert und entstammt einer Reihe von Quellen.

Die Forschungsliteratur strotzt nur so von Nachweisen für »Homogamie« in der Partnerwahl, die Anziehung zwischen Menschen mit ähnlichem Hintergrund. Gewiß, wir neigen dazu, jemanden unserer Rasse, Religionszugehörigkeit, gesellschaftlichen Klasse, Intelligenz, Altersgruppe und so weiter zu heiraten. Solchen Menschen begegnen wir tagtäglich, und daher liegt es nahe, so jemanden zu heiraten.

Sehen wir uns die Demographie an. Margaret und ich waren beide ernsthafte Studenten an stark leistungsorientierten, geschlechtsgebundenen Universitäten in Neu-England. Das war vermutlich ein Anfang, aber bei meinen anderen Bekanntschaften hatte das kaum ausgereicht. Doch dann ging ich an eine kleine öffentliche Schule in eine Stadt im Süden, sie an eine konservative, kirchliche Mädchenschule. War dieser Unterschied kein Konfliktthema?

Doch mein Hintergrund war für Margaret eher ein Grund, sich mit mir zu treffen. »Ich war interessiert, weil du ein Dichter aus dem finsteren Süden warst und einen komischen Namen hattest«, sagte sie später. Ich brauchte nicht lange, um herauszufinden, daß Margarets Vater, der ihr der liebste Mensch auf Erden war, in einer Kleinstadt, ebenfalls im Süden, aufgewachsen war. Paul war stark, geistreich, gescheit, aber ein wenig ungehobelt und ein erfolgreicher Geschäftsmann, der den Nordosten der Staaten nie mochte. Wie mein Vater ergriff er jede Gelegenheit, fischen und jagen zu gehen. Margarets Mutter hatte ihre Wurzeln ebenfalls im Süden. In Margarets Familie hatte es immer wieder Diskussionen gegeben, wieder in den Süden zurückzuziehen*.

Sehr häufig identifizieren wir uns mit ähnlichen Erfahrungen der Familienwelt. Margaret und ich stammten nicht nur beide aus vierköpfigen Familien aus dem Süden, sondern wir fanden nach einiger Zeit heraus, daß sich beide Familien irgendwie isoliert fühlten. Margarets Familie gab sich zwar Mühe, aber sie fühlten sich in dem properen konservativen Vorort niemals wohl. »Wir machten immer irgend etwas falsch«, sagte Margaret. Auch meine liebe Familie fühlte sich in dem Kontext ländlicher Moralvorstellungen fehl am Platz. Daher teilten Margaret und ich die Neigung, uns von der Wochenendszene an der Universität fernzuhalten.

Als wir einander besser kennenlernten, entdeckten wir, daß wir in Familien aufgewachsen waren, die oberflächlich unterschiedlich waren, grundsätzlich aber sehr ähnlich. Unsere Väter waren zum Beispiel beide die Lieblingssöhne ihrer Mütter und die Familien-»Prinzen«. Unsere Väter beherrschten auf unterschiedliche Weise die Kernfamilie, und unsere Mütter ließen dies, teils aufgrund ihrer Bereitschaft, sich aufzuopfern, zu oder förderten es, daß die Väter dominierten.

Beide Familien hatten die gleichen Konfliktthemen. Die Familie meiner Mutter, die von schottischen Händlern und Bauern abstammte, war praktisch, erfinderisch und erdverbunden. Die Familie meines Vaters war intellektuell, mit einer langen Tradition von Bildung und Aufstieg. Beide Seiten blickten auf die andere herab. Die McLeans hielten die Napiers für neurotisch, die Napiers fanden die McLeans gewöhnlich. Die gleiche Spaltung gab es in Margarets Familie, nur betrachtete man hier Mutters Seite als »gebildet und sonderbar«.

Es gibt eine Menge Anzeichen dafür, daß die Ähnlichkeit in den

* Anm. d. Ü.: Diese geographischen Unterschiede samt ihrer Konnotationen lassen sich – in kleinerem Rahmen – mit Norden und Süden in der Bundesrepublik vergleichen. Es bestehen teilweise Animositäten zwischen »Nordlichtern« und Süddeutschen, sicher aber Vorurteile, und es zieht Menschen aus dem Norden bzw. Süden häufig wieder in die vertraute Gegend zurück.

Wertvorstellungen bei der Anziehung zweier Menschen eine Rolle spielt, und natürlich werden solche Werte in den Familien geschaffen. Der Psychologe Bernard Murstein ist der führende Vertreter dieser These vom Wert der Werte bei der Partnerwahl, und er hat mehrere Stadien bei der Werbung identifiziert, in denen die Paare vornehmlich ihre Wertvorstellungen vergleichen. Es dauerte nicht lange, bis Margaret und ich herausfanden, daß wir beide nicht an der Kirche, an Fußball, übermäßigem Alkoholgenuß oder Bridge interessiert waren. Wir interessierten uns aber beide für Klatsch und Analysen von Menschen, für Literatur, Musik, die Welt der visuellen Vorstellungen und die Natur.

Da unsere gemeinsamen Werte unserer Vergangenheit entstammen, ermöglichen sie, auch mit der Familie des anderen in Kontakt zu treten. Mein Interesse an Lyrik half mir nicht bei Margarets Vater, dem Geschäftsmann. (Nie werde ich das erste Essen bei ihnen vergessen, als er mich geradeheraus fragte, wovon Dichter eigentlich lebten!) Doch es schuf sofort eine Verbindung zu Margarets Mutter, deren Familie sehr belesen war.

Ich könnte noch andere Gemeinsamkeiten unserer Familien beschreiben, doch wir wissen bereits: *Wir werden von jemandem angezogen, dessen Familienwelt der unseren in mehreren wichtigen Aspekten ähnelt.*

Schließlich merkten Margaret und ich, daß wir in unseren Ursprungsfamilien auch ähnliche Rollen einnahmen. Schon an jenem ersten Wochenende nahmen wir uns beide Zeit, das ein wenig zu studieren. Solange wir beide uns erinnern konnten, hatten wir unter dem Druck gestanden, fleißig zu sein, Leistung zu zeigen und Erfolg zu haben – alles »richtig« zu machen. Wir waren die »Delegierten« unserer Familien. Ich weiß nicht mehr, was wir über unsere Eltern an jenem ersten Wochenende gesprochen haben, aber ich erfuhr bald, daß Margarets Vater die beherrschende Gestalt in ihrem Leben und er zu stark an sie gebunden war. Margaret formulierte es viel später so: »Wenn wir zur Kirche gingen, als ich noch klein war, machte mein Vater immer viel Theater, meine Schuhe zu polieren, wobei ich auf der Treppe stand. Er machte das sehr scherzhaft und flirtend, und natürlich wurde meine Mutter immer wütend auf mich. Ich wußte, wie eifersüchtig sie auf seine Zuwendung zu mir war, und verbrachte den Rest des Tages damit, sie wieder zufriedenzustellen.« Ödipus, Ödipus. Auch waren wir beide »Elternkinder«, was es erleichterte, einander Gefährten zu sein, doch es machte die Sexualität zu einem empfindlichen Bereich, besonders am Anfang.

Lassen Sie mich eine weitere Generalisierung wagen: *Wir werden von jemandem angezogen, dessen grundsätzliche psychologische »Situation« in der Ursprungsfamilie der unsrigen ähnelt.* Das heißt, wir identifizieren uns mit den »Kernproblemen«, der Dynamik, die in den ersten Familienjahren geprägt wurde.

Diese Erfahrung mit dem »anderen« Familienkontext kann Menschen mit ähnlichen Geschwisterpositionen zueinander führen (es gibt einige wissenschaftliche Belege dafür), oder aber die Ähnlichkeit entspringt ähnlichen Familienrollen.

»Aber haben nicht viele Ehepartner unterschiedliche Rollen in ihren Kindheitsfamilien?« mag da der Leser fragen. Vicki und Jack Gordon sind ein gutes Beispiel für diesen Fall. Vicki war ein elternhaftes ältestes Kind, Jack ein »infantilisierter« Jüngster. Wie konnten ihre Dilemmas da ähnlich sein?

Erinnern wir uns, daß wir uns mit der Erfahrung des anderen identifizieren und nicht mit der genauen Situation, die diese hervorrief. Vicki fühlte sich mit und trotz ihrer verantwortungsbewußten Fürsorge zu wenig beachtet, anerkannt und ungeliebt – kurz, emotional vernachlässigt. Jack wurde zwar zuweilen von seiner ihn infantilisierenden Mutter verwöhnt, aber er war auch viel allein und wurde von seinem Vater praktisch ignoriert. Als wir ihn besser kennenlernten, erfuhren wir, daß das Zentralthema, das er aus der Kindheit mit sich herumtrug, emotionale Vernachlässigung war. Wir erfuhren auch, daß Jack sich stark für das emotionale Wohlergehen seiner Mutter verantwortlich fühlte, was er schließlich auch ausdrücken konnte: »Ich glaube, ich mußte von ihr abhängig sein, weil ich ihr half.« Dieses Verantwortungsgefühl für die Mutter war ein weiteres gemeinsames Band bei ihrer gegenseitigen Identifikation. Gleich, wie wir zu dieser Situation gelangen, jeder erkennt im anderen eine wichtige, gemeinsame Schwäche, eine gemeinsame Achillesferse. Diese Wahrnehmung gemeinsamer Schwäche birgt großes Potential für die Entwicklung von Empathie füreinander, doch es verleitet uns auch, unsere eigenen Probleme im Partner zu sehen und ihn oder sie unserer eigenen Gefühle zu bezichtigen. Als Margaret verächtlich über die Wochenendausschweifungen von Sektenangehörigen in ihrem Heimatort sprach, dachte ich: »Sie ist ein Snob.« Ich merkte nicht, daß ich ebenso unsicher und verächtlich war wie sie.

Wir teilen vermutlich nicht nur ein paar situationsbedingte Dilemmas der Kindheit, sondern auch bestimmte Traumata. Vielleicht dauert es Jahre, bis wir herausfinden, daß beide in der Kindheit eine bestimmte, schwierige Geschichte erlebten. Irgendwie scheint es dann ein wenig unheimlich, daß wir dieses lange zurückliegende Ereignis spüren konnten, Margaret und ich entwickelten unterschiedliche Strategien – ich als »Distanzierer«, sie als gewissenhafte »Verfolgerin« – aber wir fanden später heraus, daß wir beide empfindlich auf »Verlassen werden« und Zurückweisung reagierten. Zuerst verunsicherte uns Angst vor diesen Themen, und das rief bald größere Schwierigkeiten hervor. Es dauerte viele Jahre, bis wir die Ursprünge verstanden.

Unser potentieller Partner ist also häufig ein gut verkleideter emotionaler Zwilling. Diese Person bietet uns Linderung von der schrecklichen Einsamkeit des Lebens, und sie oder er wissen vielleicht, wie es ist, wie wir zu sein. Dieser Jemand

– hat eine ähnliche Toleranz für emotionale Nähe (oder Distanz),
– ist alles in allem etwa gleich stark,
– hat gleiche Reife,
– gleichen Mut,
– gleiche Bindungsfähigkeit.

Natürlich kann ich nicht erwarten, daß der Leser dies einfach so glaubt. Beweise für solche Gemeinsamkeiten bauen sich mit der Zeit auf, wenn wir die Geschichte weiterspielen.

Jemand, der anders ist als ich

Uns erregt auch das Gefühl, daß unser Partner anders ist als wir. Die Sexualität selbst basiert auf unserer biologischen Unvollständigkeit, und ihre Forderungen wecken in uns eine grundsätzliche, lebenslange Sehnsucht nach einem ausgleichenden anderen. Wir fühlen uns allerdings auf viele verschiedene Weisen unvollständig. Jeder hat persönliche Mängel, und diese zwingen uns, uns mit jemandem zu verbinden, der uns hilft, uns vollständig und ganz zu fühlen.

Mehrere Wochen nach unseren ersten Treffen machten wir einen Ausflug. Gegen Ende bemerkte Margaret, daß wir fast kein Benzin mehr hatten. Verlegen und erleichtert bog ich in eine Tankstelle ab. Da fiel mir zum erstenmal auf, wie sehr Margaret auf die wichtigen Einzelheiten des Lebens achtete. Bald fand ich heraus, daß sie unsere Termine im Kopf hatte, überlegte, wie wir sie organisieren konnten, und andere winzige Details im Umgang mit der Außenwelt bemerkte. Der recht verträumte Dichter war bald von ihren Fähigkeiten abhängig, sich um die Kleinigkeiten des Lebens zu kümmern, die ich oft verächtlich ignorierte, weil sich natürlich meine Mutter immer darum gekümmert hatte.

Ich merkte auch schnell, wenn wir bei einer unvermeidlichen gesellschaftlichen Veranstaltung landeten, daß Margaret viel kompetenter damit umgehen konnte. Sie haßte es damals zwar, doch das jahrelange Training in Sportclubs nutzte ihr nun sehr. Sie behielt Namen und wußte zu jedermann etwas zu sagen. Ich begann also, mich auch auf ihre kommunikativen Fähigkeiten zu verlassen. Jedes Paar hat seinen »gesellschaftlichen Botschafter«, einen Partner, der im Umgang mit anderen Menschen mehr redet.

Was trug ich also bei? Margaret nahm deutlich alle Ereignisse ringsum wahr, mißachtete aber oft ihre innere Erfahrung. Überrascht erfuhr ich, daß sie manchmal nicht wußte, was sie fühlte, und nur wenig Zugang zu ihrer Phantasie und der intuitiven Seite ihrer Person hatte. In diesem Bereich privater, innerer Erfahrung glänzte ich. Ich bemerkte einen leidenden Gesichtsausdruck bei ihr und fragte sie nach dem Grund. Ich teilte ihr meine Phantasien, meine Gedanken und Gefühle mit – manchmal öfter als ihr lieb war.

Wir waren also von der Asymmetrie unserer Stile und Erfahrungen angezogen. Wenn einer von zweien intuitiv und impulsiv ist, ist der andere vielleicht planend und vorsichtig. Wenn einer gesellig und extrovertiert ist, ist der andere vielleicht schrecklich schüchtern, oder einer ist elternhaft und selbstbewußt, der andere scheu und kindlich. Einer liebt vielleicht die Nähe, der andere kennt sich in der Distanz aus.

Zumindest ein wichtiger Theoretiker, R. F. Winch, vertritt den Gedanken, daß »komplette Bedürfnisse« die Basis der Partnerwahl bilden. Aus der Schule »Gegensätze ziehen sich an«, meint er, daß wir uns jemanden suchen, dessen Bedürfnisse zu unseren passen: Ich muß vielleicht ein »Versorger« sein und heirate dann jemanden, der versorgt werden will. Oder ich habe ein starkes Bedürfnis nach Dominanz und heirate jemanden, dessen Bedürfnis danach schwach ausgeprägt ist. Winch war in den sechziger Jahren bekannt, doch seine Ideen wurden von der weiteren Forschung nur unzureichend gestützt. Ich glaube aber, daß etwas Wahres daran ist.

Gleich, wie die »Grundbedürfnisse« von Individuen aussehen, die Geschichte der Ehe ist in der Tat eine der komplementären Anpassung und Angleichung. Die traditionelle Ehe strotzt geradezu vor Komplementen – allerdings halten wohl die meisten das »Bedürfnis« einer Frau, weniger dominant zu sein als ihr Mann, eher für ein künstlich aufoktroyiertes Rollenspiel als für ein inneres Bedürfnis. Doch starke Kräfte scheinen uns zu zwingen, jemanden zu wählen, der sich in bestimmten Dingen von uns unterscheidet, und die gleichen Kräfte zwingen uns, uns innerhalb der Ehe zu »spezialisieren«. Jeder Partner spielt eine bestimmte Rolle oder »repräsentiert« eine bestimmte Lebenshaltung. Ich halte diese Tendenz nicht für besonders gut – oft enthüllt sich eine gegenseitige Abhängigkeit –, aber sie existiert.

Zunächst einmal ist es verständlich, daß wir uns danach sehnen, uns mit einem Menschen zu verbinden, der über eine geschätzte Eigenschaft verfügt. Ich wollte von Margaret gesellschaftliche Fähigkeiten lernen, sie reizte mein Zugang zur Welt der Phantasie und der Intuition. Die Ehe bietet eine Möglichkeit, Zugang zu einer anderen Lebensdimension zu gewinnen.

Doch natürlich verlassen wir uns lieber auf die Fähigkeiten des Partners, statt sie selbst zu erlernen. Ich brauchte nicht zu lernen, gewandter im Umgang mit anderen Menchen zu werden, weil ich mich auf Margaret verließ.

Zweitens, ungeachtet unserer besonderen Fähigkeiten und Kenntnisse, nehmen wir nach der Hochzeit wahrscheinlich komplementär (oder asymmetrisch) Positionen ein, die uns ermöglichen, in der Beziehung zu »Spezialisten« zu werden. Die spezialisierten Rollen erfüllen eine Reihe von Funktionen, von der Begrenzung der Rivalität bis zur Regulierung von Impulsivität, und wir werden untersuchen, wie sie sich im Laufe der Zeit entwickeln.

Ich glaube, daß wir von der Andersartigkeit unseres Partners angezogen werden und stark versucht sind, in der Ehe kontrastierende Muster aufzubauen, doch die stärkste Identifikation mit dem anderen entstammt unseren Ähnlichkeiten. Margaret war in gesellschaftlichen Situationen gewandter, aber sie stellte sich als ebenso ängstlich dabei heraus wie ich. Sie hatte mich dann gern neben sich. Wir haben vielleicht unterschiedliche Stile und Methoden, mit bestimmten Schlüsselbereichen des Lebens fertig zu werden, aber es gibt Gebiete, in denen wir sehr ähnliche Gefühle haben.

Jack wirkte viel abhängiger und schwächer als Vicki, aber wir erfuhren, daß in Vicki auch ein abhängiges Ich steckte, das vernachlässigt und ungeliebt war, und zu dem sie in der Beziehung zu Jack Zugang gewann. Wenn sie sich schon nicht um sich selbst kümmern konnte, dann wenigstens um ihn.

Die offensichtlichen und erkennbaren Unterschiede sind dann vielleicht nur oberflächlich: Oft ist es der verborgene, unerkannte Teil unseres Selbst, den wir in unserem Partner erkennen, und wenn wir uns mit dieser Person verbinden, versuchen wir, mit diesem verleugneten, unentwickelten Teil in Kontakt zu treten.

Grundsätzliche unterschwellige Ähnlichkeiten leiten unsere Partnerwahl.

Der vertraute andere

Was war es nur mit Margaret? Ihr warmes, strahlendes Lächeln, das aufmerksame Neigen des Kopfes, ihr perlendes Lachen? Was an ihr macht mich schwindlig, hilflos, überschwenglich? Wie konnte jemand so fremd sein, aber auch so vertraut? »Hab ich dich schon einmal getroffen?« fragen wir. Es scheint zu stimmen, auch wenn dieser Gedanke eine komplexe Illusion ist.

Nach Freud heiraten wir jemanden, der uns an den andersgeschlechtlichen Elternteil erinnert. Seine Ansichten zu diesem Thema werden von zeitgenössischen Theoretikern nicht sonderlich geschätzt, doch sie enthalten zweifelsohne einen wahren Kern. Erst nach mehreren Ehejahren bemerkte ich, daß Margarets strahlendes Lächeln dem meiner Mutter sehr ähnelte. Jedesmal, wenn Margaret lächelte – schelmisch, herzlich, tapfer –, schmolz mein Herz, und natürlich hatte das Lächeln meiner Mutter die gleiche Wirkung auf mich, als ich noch klein war. Wenn sie lächelte, fühlte ich mich von ihr geliebt. Dann stellte ich andere Ähnlichkeiten zwischen ihnen fest – die gemeißelten Züge, die großen Augen, die zierliche, schlanke Gestalt, der federnde, zielstrebige Gang. Beide waren extrem aufgeweckt, klug, fröhlich, stark, gut organisiert, hilfsbereit und besorgt überkontrollierend. Zumindest in dieser Hinsicht waren sie sich peinlich ähnlich.

An einem kalten Frühlingstag, als wir uns schon mehrere Wochen kannten, gingen Margaret und ich spazieren. Wir sahen einen Feuerwachturm bei der Straße, und ich stieg hinauf – vermutlich, um anzugeben. Oben spürte ich einen scharfen Wind und jene furchterregende Unsicherheit, an die ich die meiste Zeit nicht denken mochte. Allein und exponiert ergriff mich plötzlich Panik, wie ich mit allem fertig werden sollte. Unter mir sah ich die Welt jenseits des Colleges. Margaret am Fuß des Turms wirkte klein und unbedeutend. Sie bot keine Hilfe. Nachdem ich eine Weile in die unbekannte Landschaft gestarrt hatte, eilte ich die Stufen wieder hinunter. Als ich auf Margaret zuging, spürte ich die unmittelbare Wärme ihres Lächelns, ihre Stimme, ihre Gegenwart und fühlte mich köstlich erleichtert und sicher. Ich nahm ihre Hand und verwarf die Gedanken, die ich oben auf dem Turm gehabt hatte.

Das Gefühl von Sicherheit ist ein wichtiger Teil dessen, was der Partner uns bietet, und seine Fähigkeit, uns an einen Elternteil zu erinnern, ist kein geringer Aspekt seiner besonderen Aura. Margarets Lächeln und die anderen körperlichen und verhaltensmäßigen Eigenschaften, die mich an meine Mutter erinnerten, waren für mich symbolisch. Sie erzeugten die Illusion, daß ich mich bei einem schützenden Elternteil befand. Das verängstigte Kind in mir duckte sich sehnsüchtig in diesen psychologischen Unterschlupf.

Die Fähigkeit unseres Partners, uns beschützt und sicher fühlen zu lassen, ist vielleicht das stärkste Element seiner Anziehungskraft – stärker als unser Bedürfnis nach Sexualität oder einem Gefährten. Da die Mutter erste und vornehmliche Quelle für Sicherheit in den ersten Jahren darstellt, ergibt es einen Sinn, daß Margaret mich an meine Mutter erinnert. Wenn wir mit A. Aron die persönlichen Charakteristika unseres Partners mit denen unserer Eltern vergleichen, stellen wir fest, daß der Partner in vieler Hinsicht unserer Mutter gleicht. Offensichtlich heiraten Männer wie Frauen Menschen, die sie in wichtigen Aspekten an ihre Mutter erinnern.

Ich halte diese Erklärung für plausibel, doch trifft diese Haltung auf Männer häufiger zu als auf Frauen. Viele Mädchen mit starker Bindung an Mutter und Vater (eine Tendenz, die ich im weiteren ausleuchten werde) heiraten oft Männer, die sie an beide erinnern. Als wir über dieses Thema weiter nachdachten, stellten wir fest, daß ich beiden Eltern Margarets ähnlich schien. Ich sehe eher wie ihr Vater aus, aber besonders in meiner Neigung, distanziert und reserviert zu sein, in meiner Fähigkeit, Margarets Schuldgefühle auszunutzen, bin ich ihrer Mutter unangenehm ähnlich.

Wenn man als Kind keinem Elternteil nahegestanden hat, wird man meiner Meinung nach später zu einem Ehepartner hingezogen, der wie die Person ist – ob Geschwister, Groß- oder Pflegeleltern –, von der man sich in der Kindheit am meisten geliebt fühlte.

Nachdem ich jahrelang versucht hatte, etwas über unsere gegenseitige Anziehung und die unserer Klientenpaare herauszufinden, gewann ich ein komplexeres Bild von der Person, bei der wir uns sofort verwirrt und schwindlig fühlen. Ja, es handelt sich um jemanden, der uns an eine wichtige, geliebte Person aus der Kindheit erinnert, bei der wir uns sicher fühlten; doch dieses begabte Individuum kann uns auch an *sämtliche* Schlüsselfiguren unseres Kindheitsdramas erinnern – an

Mutter, Vater, Schwester, Bruder, geliebte Tante oder Großmutter. Daher sind wir so verwirrt: Wir stehen vor einer einzigen Person, die alle wichtigen Rollen unserer Geschichte einnehmen kann und es auch tut. Mit Albert Pessos Begriffen ist »sie« oder »er« fähig, alle wichtigen Beziehungs»strukturen« aus unserer Kindheit zu wiederholen. Und wenn das noch nicht genug Probleme birgt, kann diese zuweilen wahnsinnig machende Seele auch *uns selbst* spielen, besonders jenen Teil, den wir nicht mögen oder sehr gut kennen.

Vermutlich kann man unmöglich herausfinden, ob unser Partner mit allen Fähigkeiten, die vielen bedeutsamen Rollen unserer Ursprungsfamilie zu spielen, ausgestattet ist, oder ob Ehemann und Ehefrau diese Rollen erst lernen, weil sie ihnen subtil aufgezwungen werden. Ich fand mich vor unserer Ehe nicht besonders knauserig, aber ich wurde so. Ich weiß, wenn ich Margaret daran erinnere, ein Licht auszuknipsen, daß ich ein Gewitter heraufbeschwöre. Und wenn ich das Feld wechsele und nach monatelanger Nörgelei über Geld einen extravaganten Kauf vorschlage, dräut geradezu ein Sturm. Doch Margaret brauchte einen Weg, mit ihrer Wut über solches Verhalten bei ihrer Mutter fertig zu werden. Vielleicht lernte ich daher diese Rolle. Aber wenn ich mich wie Margarets Vater hinsetze und erwarte, daß sie mich bedient, habe ich meine eigene Neigung dazu im Verdacht, die durch die Bereitschaft meiner Mutter gefördert wurde, dem nachzukommen.

Unser Partner hat also übernatürliche Kräfte. Er oder sie kann uns manchmal das Gefühl verleihen, von der Familie umgeben zu sein, in der wir aufwuchsen. Diese Macht ermöglicht uns den Trost dieses vertrauten Familienkreises, doch manche Assoziationen sind natürlich auch negativ. Mich tröstet Margarets Neigung, mich herumzukommandieren, doch sie ärgert mich auch gewaltig.

Die Bühne ist bereit, auf der wir beide unser Familiendrama wiederholen können. Wir haben jemanden mit dem Talent geheiratet, diese Dramen aufzuführen, und das ist nötig, besonders, wenn einer Gefühle ausdrücken will, die er in der Kindheit nicht ausdrücken durfte. Als Margaret zum dritten oder vierten Mal in einem Restaurant vorschlug, was ich bestellen sollte, explodierte ich. Margaret war durch meine Reaktion verletzt und erstaunt, doch ich fühlte mich besser.

Diese erstaunliche Person hat auch die Macht, uns ein tiefes Gefühl von Angst und Verletzlichkeit zu geben. Unsere größte Schwäche entstammt dem impliziten Vertrag über die Fürsorge. Hier riskieren wir die Suche nach etwas, was wir als Kinder nicht erhielten. Hier riskieren wir, unsere historischen Verletzungen zu rekapitulieren. In den meisten unbewußten »Verträgen« wie dem unsrigen ruht die fürsorgliche, versorgende Rolle bei den Frauen (Männer sorgen, indem sie Geld verdienen, Autos reparieren, Möbel bauen und praktische Ratschläge erteilen, besonders über Geld). Wenn Margaret mir half, wiederholte sie ihre Kindheitsrolle. Später mußte sie zugeben: »Ich habe vermutlich jedem in meiner Familie geholfen. Wenn wir einen Autoausflug machten, einigten sich meine Eltern über den Weg, und ich nahm schon als Achtjährige die Karte, suchte die Route und sagte ihnen, wohin sie fahren sollten. Meine Mutter fragte mich, was sie zum Essen kochen sollte. Mein Vater fragte mich, was er mit Mutter anfangen sollte.«

Von Anfang an ist der Vertrag oft unausgeglichen, wobei die Frauen die Gebenden sind. Die meisten Frauen verfallen in der Ehe in die Rolle der »Fürsorglichen«, und Frauen, die als Kinder in der Ursprungsfamilie eine Elternrolle einnahmen, fallen dieser Versuchung am ehesten anheim. Viele Männer suchen solche Frauen. Männer, die als Kinder vernachlässigt oder infantilisiert wurden, brauchen praktisch eine derartige Frau, doch »Delegierte« wie ich, die jemanden brauchen, der sich ihren Bedürfnissen fügt und ihnen die praktischen Aspekte des Lebens erleichtert, befinden sich ebenfalls auf der Suche nach solchen großzügigen Frauen.

Ein anderes Familiengefühl

Doch glücklicherweise können wir mehr, als nur die Geschichte wiederholen. Ich spürte in Margarets Familie Gemeinsamkeit, aber auch verlockende Unterschiede. Beim ersten Essen bei ihnen erstaunte mich die aggressive Neckerei der Familie. »Wie können diese Menschen so miteinander reden?« fragte ich mich. Zuerst fand ich es feindselig, doch später entdeckte ich den Humor darin – das Gefühl, bis an die Grenze zu gehen, ihre Herausforderungen und Reibereien. Meine sanfte, ernsthafte Familie konnte niemals so direkt miteinander reden.

Wir sehen oft solche Kontraste zwischen den beiden Ursprungsfamilien eines Paares. Jemand aus einer sehr engen Familie heiratet jemand aus einer distanzierten Familie. Jemand aus einer desorganisierten Familie heiratet jemanden aus einer hochorganisierten, planenden Familie. Natürlich führen solche Gegensätze zu Schwierigkeiten, aber die Absicht, zwei Familienwelten zu vermischen und zu verschmelzen, bleibt aufrechterhalten.

In jeder Familie spielt sich eine Geschichte ab, und jede Familiengeschichte enthält Hoffnung und Verzweiflung. Mit unseren höchst entwickelten Fähigkeiten, einen Partner auszuwählen, spüren wir, daß die Mischung dieser Familiengeschichten einen Reiz hat und unsere Verschmelzung darin uns eine Chance zum Wachstum bietet.

Damals war ich mir dessen noch nicht bewußt, aber etwas in mir erkannte, daß ich, wenn ich erfolgreich im Beruf sein wollte, ein stärkeres Vorbild als meinen Vater brauchte. Ich wurde von einer Frau angezogen, die über die Erwartung hinaus, daß ich mich manchmal wie ihre Mutter verhielt, erwartete, wie ihr Vater zu sein. Margaret nahm einfach an, daß ich erfolgreich sein würde. Ihre Erwartung und das Beispiel ihres Vaters würden mir nützen – waren Hebel und Flaschenzüge, mich in die Rolle zu befördern, die ich noch nicht aus der Nähe studiert hatte. Wenn Margaret das Gebot ihres Vaters übertreten wollte, keinen Beruf zu haben, konnte vielleicht ein Mann helfen, dessen Mutter das Oberhaupt der Familie und als Lehrerin erfolgreich gewesen war.

In der Mischung dieser beiden Familien wie auch in der Mischung unserer beiden Persönlichkeiten und Vorlieben liegt die Möglichkeit und Forderung, sich zu verändern. Wenn ich mich bei dieser starken Frau behaupten und erfolgreich mit ihrem erfolgreicen Vater konkurrieren wollte, mußte ich erfolgreicher werden als mein eigener Vater.

Gibt es nun ein paar allgemeine Regeln, die wir auf das komplizierte Geschäft der Partnerwahl anwenden können? Da ein jeder die Ehe mit einem einzigartigen Raster von Problemen und Bedürfnissen angeht, ist die Vielfalt der unbewußten Strategien bei der Wahl einfach schwindelerregend. Vielleicht aber helfen diese Leitlinien:

– Unter der Oberfläche ist unser Partner uns sehr ähnlich und stammt aus einer grundsätzlich ähnlichen Lebenssituation.
– In jeder Ehe gibt es eine Art Hierarchie, und sie basiert oft auf dem impliziten Vertrag, nach dem einer »Eltern«, der andere »Kind« ist. Diese Verhaltensweisen wurden von den Kindheitsrollen beider Partner mitgebracht. Ein ältestes, überverantwortliches Kind heiratet vielleicht ein jüngstes, das an Umsorgung gewöhnt ist. Oder ein Elternkind heiratet, unabhängig von der Geschwisterposition, ein zurückgewiesenes Kind, um das sich nicht genug gekümmert wurde.
– Diese Versorgungsarrangements können offensichtlich, gegensei-

tig und gemeinsam sein. Oft handelt jeder in zumindest einem Aspekt der Ehe gegenüber dem anderen elternhaft. Doch auch wenn die Verteilung höchst unausgewogen erscheint, herrscht immer eine gewisse Gegenseitigkeit. Wenn ein Partner in fast jeder Hinsicht die »Eltern«-, der andere exklusiv die »Kind«-Rolle zu spielen scheint, erfüllt der elternhafte Partner immer noch seine Abhängigkeitsbedürfnisse, indem er für den anderen Partner sorgt.

- Diese »Helfer«-Verträge wiederholen in beiden das Leben in den jeweiligen Ursprungsfamilien. Derartige hypnotische Assoziationen hemmen viele Aspekte im Leben beider, besonders die Freiheit, offen mit Wut umzugehen und sich sexuell frei zu fühlen.
- An irgendeinem Punkt werden diese Helfer-Arrangements, die ein größeres Hindernis auf dem Weg zu einer ausgewogenen Ehe darstellen, scheitern. Wenn das geschieht, müssen sich beide ihren Kindheitsenttäuschungen über die Eltern stellen.
- Unser Partner wird sich als geschickt erweisen, uns dahin zu bringen, uns selbst und unsere Kernprobleme aus der Kindheit zu erkennen. Er wird unsere Schwächen bloßlegen und uns herausfordern, neue Kraft zu entwickeln.
- Die Begegnung mit uns selbst und unserer Geschichte kann so quälend werden, daß wir die Beziehung verlassen müssen, wenn sich nichts ändert, oder wir fallen in sehr schreckliche frühkindliche Erfahrungen zurück.
- Wenn wir diese Prüfung bestehen, hat die Beziehung ungeheures Potential, daß wir zu Gefährten werden, die sich gegenseitig unterstützen.

Was uns schließlich schwindeln läßt, ist die ungeheure Tiefe der Bindung, die durch die Zusammenfügung unserer Leben und das unserer beiden Familien geschaffen wurde.

Sollen wir wirklich heiraten? Eine Identitätskrise

Wenn wir die Entwicklung einer Ehe im Verlauf der Zeit untersuchen, stoßen wir auf eine Reihe vorhersehbarer Krisen. Die erste ereignet sich übrigens noch vor der Hochzeit: Sie wird durch die bevorstehende Zeremonie ausgelöst. Viele Menschen haben »die große Flatter« in dieser Situation, aber es kann auch noch viel schlimmer kommen. Wenn der Hochzeitstag naht, werden wir vielleicht mitten in der Nacht von unseren inneren panischen Warnstimmen geweckt.

»Und wenn es nun nicht hält?« fragt die Stimme. Wir haben Freunde, die geschieden sind, wir haben vielleicht selbst eine Scheidung hinter uns. Selbst aus der Entfernung erkennen wir die Verzweiflung und die jahrelang offenen Wunden.

»Wenn es nun nicht hält?« Wir erinnern uns an all die sich anschweigenden Paare in Restaurants, an die kalten, angsteinjagenden Blicke unserer Eltern, die scharfen Worte.

Fragen, die tagsüber albern klingen, klingen nachts bedrohlich: »Wenn sie mich nun nicht liebt? Oder ich sie nicht?« Wir sehnen uns nach Sicherheit und wissen, daß es keine gibt.

»Wenn er mich nun dominiert?«

»Wenn sie mich nun mit Forderungen erdrückt?«

Einige Fragen sind wortlos; sie erscheinen nur als vage Zweifel.

Unsere Ängste sind häufig Schatten vergangener Verletzungen, die wir auf die Ehe projizieren; unser Partner wird zum Abbild eines verletzenden Elternteils oder, im Fall einer Wiederverheiratung, des Expartners. Doch diese Ängste und Zweifel können auch eine instinktive Reaktion auf die Ehe selbst sein, und sie warnen uns vielleicht vor den bevorstehenden Schwierigkeiten.

Für unsere Ängste kann eine Reihe von Gründen verantwortlich sein, doch der schwerwiegendste ist vielleicht, daß wir den Anforderungen einer Ehe nicht gewachsen sind. Vielleicht sind wir nicht autonom genug, unsere Identität ist vielleicht nicht genügend ausgeformt. Diese starken Kräfte zwischen uns drohen uns zu verschlingen, und die Liebe scheint zum unmittelbaren Verlust unseres schwachen, embryonischen Selbstgefühls zu führen.

Der Entwicklungspsychologe Erik Erikson meint, daß ein Gefühl von Identität der Entwicklung von Intimität vorausgehen muß. Wenn wir diese Abfolge umkehren und uns fest binden, ehe wir eine stabile Identität entwickeln, spüren wir vermutlich, daß etwas nicht stimmt, doch nur wenige verstehen, wo das Problem liegt. Wir fühlen vielleicht nur, daß wir nicht imstande sind, die eingegangenen Versprechen zu halten.

Trotz dieses nächtlichen Gewispers gehen viele Paare die Ehe ein. Wenn sie nicht auf einen verantwortungsbewußten Pfarrer, Priester oder Rabbi stoßen, der ihnen mehr bietet als den üblichen »Eheunterricht«, bekommen nur wenige Menschen Unterstützung, einen Ausweg zu suchen. Wenn ein zweifelndes Paar in diesem Moment die Hilfe bekommt, die es braucht, ist es vielleicht weniger geneigt, das Unbehagen zu unterdrücken und zu verleugnen. Vielleicht erkennt es, daß diese Ängste einen Grund haben, doch das bedeutet nicht notwendigerweise, daß mit der Partnerwahl grundsätzlich etwas nicht stimmt. Mit Unterstützung von außen kann es die Probleme erkennen und sich wirklich so vorbereiten, wie es für die lange und anstrengende Reise erforderlich ist.

Doch die meisten Menschen stehen in diesem Moment allein da – und hoffen das Beste.

Mein letztes Jahr im College war sehr anstrengend. Wieder war ich ein guter »Delegierter« – Jahrgangssprecher, Dichter – und hatte intellektuelle Erfolge. Ich hielt Seminare mit einigen Poeten und Schriftstellern. Meine Universität war genau, wie ich es erwartet hatte, ein Ort mit wahrhaft guten Lehrern.

Ich war vorübergehend gut aufgehoben. Ich wohnte in einem Dachzimmer bei einem Professor, arbeitete viel und wartete auf Briefe. Die ersten kamen aus Paris, wo Margaret ihr Französisch verbesserte, Museen besuchte und mir mit ihrer ordentlichen Handschrift über die Straßen, die Menschen, die tagtäglichen Wunder dort berichtete.

Nach einem Monat in Paris ging sie an die Universität Genf, wo sie für den Rest des Jahres politische Wissenschaften studierte. Ich hatte ein wenig Angst davor, weil ich wußte, in welche kosmopolitische, gebildete Umgebung sie nun geriet. Ich schickte ihr lange Briefe und Gedichte.

Mit zwanzig scheint ein Jahr der Trennung ewig zu dauern. Etwa sechs Monate lang gelang es uns, unser gegenseitiges Bild unverändert zu behalten und uns auf unsere Fernfreundschaft zu konzentrieren. Dann, in den Weihnachtsferien, veränderte sich bei uns etwas. Ich ging nach Georgia, wo meine Tante, die immer etwas im Schilde führte, mich einer jungen, begabten Pianistin vorstellte. Margaret fuhr in den Skiurlaub nach Zermatt, wo sie einen französischen Medizinstudenten kennenlernte, der sich sofort um sie bemühte.

Wieder zurück an der Universität, schrieb ich Ann, der Pianistin, Briefe und begann, mich mit Lin zu treffen, einer Kommilitonin. Mich zogen beide an, doch mein Herz rührte sich sonderbarerweise nicht. Da es sich einmal gerührt hatte, weigerte es sich nun. Ich schrieb Margaret weiterhin, erwähnte aber die beiden anderen nicht.

Sie erzählte mir auch nichts von Antoine, und dafür kann ich wohl dankbar sein. Wenn ich von der Welt gehört hätte, in die Margaret nun eingeführt wurde – die offiziellen Diners, die Kunstsammlung, die Reisen nach Paris –, hätte ich wohl aufgegeben. Im Frühjahr begann ich mich zu sorgen, weil ihre Briefe seltener und rätselhafter wurden. Doch auch ich hatte Probleme, ihr zu schreiben. Nach meinem Abschluß ging ich nach Georgia zurück. Ich besuchte meine Tante und Ann in ihrem Elternhaus, wo ich stundenlang lauschte, wenn sie Chopin, Beethoven und Mozart übte.

Als ehrgeiziger Dichter erwog ich, Lehrer in einer Privatschule zu werden, und aus diesem Grund und um bei Margaret zu sein, die ihre Prüfung in Holyoke ablegte, hatte ich eine Lehrerstelle in Andover angenommen, nördlich von Boston.

Es war September und kühl und wunderschön in Boston, als ich Margaret zum ersten Mal nach fünfzehn Monaten wiedertraf. Diese Person, die mit einem schelmischen, strahlenden Lächeln auf mich zukam, war nun eine Frau in einem engen blauen Kleid, das Haar zum Knoten aufgesteckt. Mich entwaffneten die Veränderungen an ihr, ihre leichten Bewegungen, die sinnliche Berührung ihrer Hand. Ich hörte immer wieder die vertrauten Töne, die tiefe Musik der Welt, und mein Herz regte sich erneut.

Auf einem langen Spaziergang erfuhr ich von Antoine.

Ich wußte an jenem Tag in Boston nicht, daß Margaret gerade Antoines Heiratsantrag abgelehnt hatte. Ich wußte nur, daß er sich verzweifelte Mühe um sie gab und sie eine Woche zuvor in einem tränenreichen Transatlantikgespräch die Beziehung abgebrochen hatte. Doch Antoine versuchte ungebrochen, einen Platz an der Harvard-Universität, in ihrer Nähe, zu bekommen. Hier stand sie jedoch, lächelte strahlend und nahm meinen Arm.

Jahre später sagte Margaret: »Ich glaube nicht, daß ich ernsthaft in Erwägung gezogen habe, ihn zu heiraten, obwohl ich ihn liebte.« Und: »Angesichts meiner damaligen Abhängigkeit war es eine lange Trennung von dir.« Und schließlich: »Antoines Mutter starb, als er zehn war, und ich glaube, ich sehe ihr sehr ähnlich. Seine Zuneigung zu mir hatte etwas zu Intensives.«

Damals fühlte ich mich zutiefst bedroht, und all meine Selbstzufriedenheit verflog. Margaret und ich trafen uns nun jedes Wochenende, und im Herbst bat ich sie, mich zu heiraten. Dieses Mal sagte sie ja.

In jenem Herbst waren wir sehr glücklich, wie es sich für zwei verträumte, poetische Seelen gehört. Ich besuchte sie, sie besuchte mich. Ich war in meine Beziehung zu Margaret so vertieft, daß ich meine Arbeit vernachlässigte und bald kritische Bemerkungen von meinem Vorgesetzten hörte. Auch fehlte ich oft und versäumte andere Pflichten. Da ich beschlossen hatte, der Lehrerberuf sei nichts für mich, war es mir egal. Ich würde an einer Hochschule unterrichten.

Als der lange Winter begann, wurde mir seltsam unbehaglich. Ich hatte mich bei ein paar Hochschulen beworben, konnte mir mich aber an keiner recht vorstellen. Ich hatte noch mehr Schwierigkeiten, Margaret und mich dort zusammen zu sehen.

Ich versuchte, mir uns in einer Wohnung irgendwo auszumalen. Margaret würde unterrichten und ich fleißig studieren. Die meiste Zeit bekam ich kein deutliches Bild hin, doch wenn es gelang, fühlte ich mich sonderbar klaustrophobisch, als würde ich ersticken. Ich hörte einen neuen Ton – dissonant, falsch. Eines Tages stand ich am Fenster und blickte in den Wintertag hinaus. Ich sah eine tote Fliege zwischen den Doppelfenstern: »Sie konnte nicht entkommen«, dachte ich. Da merkte ich zum ersten Mal, daß ich mich gefangen fühlte und etwas in mir sagte: »Ich bin noch nicht bereit.«

Rückblickend sehe ich unsere Beziehung nun so: zwei naive, idealistische junge Menschen, die sehr verliebt waren, aber sehr voneinander abhängig und auf die Welt der Ehe ganz und gar nicht vorbereitet. Wir waren beide fleißig und ehrgeizig, aber noch nicht reif genug, eine Wohnung zu mieten und ein Auto zu kaufen. Noch waren wir in der Lage, voneinander getrennt und deutlich unterscheidbar zu sein. Wir waren zwei unsichere Kinder, die erstickend dicht nebeneinander standen. Davor hatte ich Angst – vor dem Mangel an Luft und meiner Unfähigkeit, zu definieren, wer oder was ich im Leben war.

Margaret wirkte die ganze Zeit immer selbstsicher, optimistisch, selbstbewußt, doch ein Gutteil ihres Selbstvertrauens entstammte einer recht idealistischen Vorstellung von der Ehe. Rückblickend kann sie heute sagen: »Ich setzte alle Hoffnungen auf die Beziehung. Sie bot mir Sicherheit und ermöglichte, daß ich das Nachdenken über mich selbst und was ich mit meinem Leben anfangen wollte, vermied. Ich folgte dem Weg, auf den ich vorbereitet worden war: sich um einen begabten, ehrgeizen Mann kümmern.« Ihre Unfähigkeit, sich den Schwierigkeiten und praktischen Herausforderungen zu stellen, überließ diesen Teil der Überlegungen allein mir.

Aus der heutigen Perspektive sehe ich auch, was damals in Georgia geschah. Mein Vater litt an einer Herzkrankheit, und ich spürte unbewußt, daß er bald sterben könnte. Meine Beziehung zu ihm war in den letzten Jahren sehr angespannt gewesen, und ich wollte irgendwie mit ihm in Kontakt treten. Ein zweiter, wütender Ton schlich sich in die Dissonanz, der sagte: »Geh heim.«

Als mir bewußt wurde, wie wenig ich auf die Zukunft vorbereitet war, die Margaret und ich planten, war es Ende März, und man hatte mich an zwei Hochschulen angenommen. Unsere Hochzeit war auf Juni angesetzt, direkt nach ihrer Abschlußprüfung. In diesem Frühjahr versuchte ich zweimal, mit Margaret über eine Verschiebung der Hochzeit zu reden, aber sie geriet bei diesem Gedanken offensichtlich in Panik. Angesichts ihrer Unruhe schien mir nichts anderes übrigzubleiben als weiterzumachen. Das tat ich auch.

Der Frühling kam in diesem Jahr spät. Es war kalt und unangenehm. Die Natur zögerte genau so wie ich. Ich hielt weiter meine Kurse ab, aber meine Leistungen waren schlechter als je zuvor. Margaret und ich verbrachten immer noch gelegentlich die Wochenenden miteinander, aber sie war immer häufiger in Albany und kümmerte sich um die Vorbereitungen für die unaufschiebbare Hochzeit. Unsere Familien waren sehr begeistert, und es wurden viele Leute eingeladen. Alles schien in Ordnung, nur ich nicht.

Dann kam der Mai, voller Blüten, aber immer noch kalt und bewölkt. Ich hatte Schlafprobleme, und manchmal hielt ich meine Kurse nicht ab oder kam zu spät. Der Rektor bat mich zu einem ernsten Gespräch, doch seine Warnung enthielt keine Aufforderung, über das zu reden, was mich quälte. Ich gab mir mehr Mühe, aber meine innere schrille Stimme wurde immer lauter, so daß ich kaum noch denken konnte. Was sollte ich tun? Ich fühlte mich völlig allein. In einer guten Nacht schlief ich fünf Stunden, in einer schlechten zwei.

Ende Mai, drei Wochen vor der Hochzeit, schrieb ich an Steve, meinen alten Zimmergenossen. Er und Judy hatten geheiratet, und er war nun Doktorand. »Du wirst Trauzeuge bei einem sehr unglücklichen Bräutigam sein. Bitte hilf mir«, schrieb ich.

Steve rief mich sofort an, als er meinen Brief bekam. »Hör mal zu«, sagte er herzlich. »Du brauchst nicht zu heiraten, wenn du nicht willst. Und du klingst nicht so, als wolltest du.« Seine fürsorgliche, sichere Stimme war der erste harmonische Ton seit langer Zeit. Ich saß allein in meinem Zimmer und lauschte den Worten immer wieder: »Du brauchst nicht zu heiraten, wenn du nicht willst.« Ich mußte etwas tun, aber was? Die Einladungen waren schon lange abgeschickt; schon trafen die ersten Geschenke ein.

Jetzt konnte ich überhaupt nicht mehr schlafen. Nach drei hellwachen Nächten war die Disharmonie in meinem Kopf unerträglich geworden. Es schien keine andere Wahl zu geben, nur finsterste Verzweiflung. Ich setzte mich hin und begann zu schreiben.

Daraus wurde ein Brief an Margaret – unzusammenhängend, abschweifend, aber mit einem erkennbaren Thema: »Ich kann nicht. Ich bin nicht bereit. Ich verstehe es nicht, aber ich kann dich nicht heiraten. Ich fühle mich von den Anforderungen einer Ehe völlig überfordert. Ich hoffe, du kannst mir verzeihen. Vielleicht versuchen wir es irgendwann noch einmal.« Ich sagte auch, daß ich sie liebte.

Dann packte ich ein paar Sachen und stieg in den Zug nach Boston, um von dort nach Hause zu fliegen. Beim Warten auf das Flugzeug fühlte ich mich wie unter Wasser. Alle Töne klangen verzerrt und hohl. Das einzige, was das Chaos in Schach hielt, war der Gedanke an das Flugzeug. Es war, als folgte ich einem dünnen Faden, der irgendwohin führte, vielleicht in Luft und Licht.

Wir machten eine Zwischenlandung in North Carolina, und ich beschloß, dort auszusteigen. Die Sonne schien, es war warm. »Ich bin daheim«, dachte ich und war zutiefst erleichtert. Dann fiel mir plötzlich ein, daß ich die Universität in der Nähe besucht hatte. Ich holte also mein Gepäck ab und nahm ein Taxi ins Studentenviertel.

Eine Weile spazierte ich nur so vor mich hin, badete in der warmen Sonne und in den vertrauten südlichen Stimmen. Ich war immer noch sehr verwirrt, machte mir aber weniger Sorgen darüber. Lange saß ich auf einer Steinmauer und beobachtete die vorübergehenden Studenten. Als die Sonne zu sinken begann, fiel mir ein, daß ich noch kein Quartier hatte, doch das war mir fast egal.

Ich war immer noch ungeheuer verwirrt, und jede Handlung ko-

Liebe Leserin, lieber Leser,

„Bücher zum Leben“ – unter diesem Motto stehen die Bücher aus dem Kreuz Verlag. Sie finden in ihnen Gedanken zu Themen, die die Menschen heute bewegen.
Gerne senden wir Ihnen die Prospekte zu den aktuellen Neuerscheinungen. Schicken Sie einfach diese Karte ausgefüllt zurück. Unsere Information kommt kostenlos zu
Ihnen ins Haus.

Mit freundlichen Grüßen
KREUZ VERLAG

Dieter Breitsohl
Verleger

Bitte als
Postkarte
frankieren

Antwort

An den
Kreuz Verlag
Postfach 245

CH-8034 Zürich

stete mich große Mühe, doch ich wurde nun auch seltsam friedlich. Ich dachte, daß ich mein ganzes Leben immer jemandem gehört hatte, zuerst meinen Eltern und dann Margaret. Auch als ich in Boston ins Flugzeug stieg, schien es, als würde ich nur nach Hause fahren, zu den anderen Menschen, denen ich gehörte. Jetzt hatte ich schon mehrere Stunden niemandem gehört. Auf primitive und ungeordnete Weise hatte ich sie alle verraten. Zum ersten Mal, dachte ich, gehörte ich mir selbst.

Es wurde dunkel, und seit zwölf Stunden wußte niemand von den Menschen, die mir nahestanden, wo ich war. Ich dachte an meine Eltern und Margaret. Ich sah mich um, und mir wurde zunehmend unbehaglich.

Als ich meine Eltern anrief, schlug mir das Herz bis zum Hals. Die Stimme meiner Mutter klang unsicher und ängstlich. Plötzlich überkam mich eine Welle der Liebe zu ihr.

»Hallo Mama«, sagte ich so fröhlich, wie ich nur konnte. »Hier ist Gus.« Sie brach in Tränen aus.

»Wo bist du?« konnte sie endlich fragen, und ich sagte es ihr.

»Könntest du Margaret anrufen und ihr sagen, daß es mir gutgeht?«

»Ja«, antwortete sie. »Sie wird sehr erleichtert sein.«

Dann fand ich ein Hotel und schlief zum ersten Mal seit Monaten sofort ein.

Meine Eltern holten mich am nächsten Tag am Flughafen ab. Meine Mutter begrüßte mich herzlich, mein Vater blickte gereizt. Später murmelte er vor sich hin, daß ich meine Zukunft aufs Spiel setze.

Ich rief Margaret am Abend an. Auch sie wirkte herzlich und verständnisvoll, doch einmal brach ihre Stimme. »Ruh dich nur aus«, sagte sie. »Ich komme, wenn es dir recht ist.« Ich überließ es ihr, die Hochzeitsvorbereitungen abzublasen und ihre Prüfung abzulegen, und versuchte, mich von einem Tag zum nächsten zurechtzufinden.

Meine Mutter hatte von einem Freund den Namen eines Psychiaters mit Namen Carl Whitaker bekommen. Carl war damals noch kein Familientherapeut, aber die gab es erst sehr selten. Doch auch damals schon fand das erste Gespräch mit der gesamten Familie statt. Carl leitete die Sitzung sehr bestimmt, und ich wußte von Anfang an, daß er gescheit und zäh war. Zeichen seiner Herzlichkeit entdeckte ich erst später. Er erkannte die Tendenz meiner Mutter, mich zu retten, und den Widerstand meines Vaters gegen meine Therapie und nannte dies beim Namen. Er hatte auch einen Namen für das, was ich durchgemacht hatte – eine Identitätskrise –, und für die intensive Panik selbst, die er »Fugue-Zustand« nannte. Gegen Ende des Gesprächs empfahl er eine Individualtherapie. »Es dauert mindestens ein Jahr, um etwas Vernünftiges zu erreichen.«

Auf dem Heimweg sagte mein Vater: »So jemanden brauchen wir für die ganze Familie.« Er hatte recht, aber so sollte es nicht kommen.

Als Margaret zwei Wochen später nach Atlanta kam, hatte ich meine Therapie begonnen und suchte eine Anstellung. Trotz allem, was Margaret in New York hatte durchstehen müssen, war sie die alte geblieben: optimistisch, herzlich, einfühlsam. Sie sprach es zwar nicht aus, aber auch sie wirkte erleichtert, nicht geheiratet zu haben.

Margaret fühlte sich sofort von meinem Vater angezogen, und auch mit meiner Mutter kam sie gut aus. Wir beiden saßen im Hof meines Elternhauses und besprachen Alternativen. Carl hatte empfohlen, daß auch Margaret sich eine Therapeutin suchte und wir unsere Beziehung auf Eis legten. Margaret spürte meine Entschiedenheit, mit Carl zu arbeiten, und stimmte zu.

Nach dieser Entscheidung lächelten wir einander an, und ich sagte: »Fahren wir irgendwohin zelten?« Wir liehen uns ein Zelt, luden das Familienkanu ein und fuhren zu einem einsamen See in den Bergen. Dort fanden wir eine kleine Insel, auf der wir mehrere Tage zelteten: Wir schwammen nackt im Mondschein, redeten miteinander, träumten. Nach all den Wochen der Einsamkeit und des Leidens war es absolut wunderbar.

Margaret hatte beschlossen, sich zur Französischlehrerin ausbilden zu lassen. Innerhalb eines Monats war sie an zwei Universitäten angenommen.

Als Margaret ihren Eltern verkündete, daß sie nach New York ziehen und eine Therapie beginnen würde, warf sich ihre Mutter aufs Bett und meinte, das würde sie umbringen. »Haben wir mit dir nicht schon genug durchgemacht?« weinte sie. Und als ihr Vater erfuhr, daß sie mit zwei weiteren jungen Frauen in eine Wohnung ins Greenwich Village ziehen wollte, reagierte er ähnlich: »Das ist keine sichere Gegend. Wir erlauben es nicht.«

Da hatte Margaret bereits Asya Kadis kennengelernt, eine an Adler orientierte Therapeutin, deren Praxis in den nächsten beiden Jahren zum Zentrum ihres Lebens werden sollte. Asya war fünfundsechzig, rundlich, sprach mit russischem Akzent, saß zwischen ihren Chagall-gemälden, nippte Eistee und verströmte ihre einzigartigen Weisheiten und Fürsorge. Nachdem Margaret Asya kennengelernt hatte, zeigten die Einwände ihrer Eltern keine Wirkung mehr.

Auf Vorschlag meiner Tante bewarb ich mich um Lehrposten an Colleges, und zu meiner Überraschung wurde mir an einer kleinen Universität, eine Stunde von Atlanta entfernt, eine Stelle angeboten. Ich mietete ein kleines Haus auf einem Bauernhof in der Nähe, während Margaret in ihre Wohnung in Greenwich Village zog. Sie fuhr mit der Untergrundbahn zur Universität, ich durch sanfte Hügel.

Den größten Teil jenes Jahres lebten wir beide innerhalb der Grenzen unserer Paralleltherapie. Wir hatten beide einen Therapeuten gefunden, der ein tiefes Bedürfnis in uns erfüllte. Margaret hatte eine liebevolle Mutter gefunden, ich einen starken und, wie sich herausstellte, liebevollen Vater. Wir hatten Zeit, genügend Geld zum Leben und jemanden, der bereit war, unseren Gefühlen und Gedanken zuzuhören. Sehr schnell gewöhnten wir uns an die harte Arbeit der Selbsterfahrung.

Wie kann ich in einem kurzen Kapitel beschreiben, was mit mir im Verlauf der Therapie geschah – die Bücher mit den aufgezeichneten Träumen, die intimen Gespräche, die Konfrontationen, das lange Schweigen, während teure Minuten verstrichen, die Einsichten, bei denen mir der Kopf wirbelte, die Momente nackten Entsetzens, gelegentliche Langeweile, die schweißtreibende Arbeit, mich zu verstehen und zu ändern.

Es war eine lange und schwierige Reise in ein anderes Land, eine Reise, die ungeheure Mühen und Mut kostete und für die ich nur wenig Anerkennung gewann. Meine Kommilitonen promovierten, und ich schrieb meine Träume auf, saß einsame Nächte hindurch unter dem großen Himmel vor meinem kleinen Haus und besprach alles mit Carl.

Mir gefiel meine Lehrerstelle. Anstatt Vorlesungen zu halten, brach ich die Klasse in kleine, familienartige Gruppen auf, in denen ich den Studenten bei individuellen Projekten und offener Kommunikation half. Ich schloß Freundschaft mit einigen Studenten, einigen Kollegen und meinem Vermieter, einem Junggesellen.

Wenn ich nicht arbeitete, durchwanderte ich die Gegend und fotografierte. Ich verwandelte die Küche in eine Dunkelkammer. Ich schrieb wieder Gedichte. Diese schickte ich an Margaret, die sie Asya zeigte. Als Asya und ich uns endlich kennenlernten, bestand bereits eine Art Beziehung.

Ich fuhr auch regelmäßig nach Atlanta, besuchte Carl und meine Eltern (meine Schwester ging auf ein College in der Nähe und war ebenfalls oft da). Nach dem Essen saßen wir mit meinem Vater auf dem Hinterhof und redeten. Er hatte zu trinken aufgehört, und wir suchten vorsichtig wieder Kontakt zueinander. Manchmal, wenn er in der Nähe war, besuchte er mich auch. Doch er meldete sich nie vorher an, und oft war ich nicht zu Hause.

In vieler Hinsicht waren es ideale Jahre. Ich sehe mir oft die Fotos von »meinem« kleinen weißen Haus am Ententeich an. Das war der Ort, an dem ich lernte, relativ angenehm allein zu leben, wo ich mich besser kennenlernte, wo ich das Gefühl, mir selbst zu gehören, das damals bei der Zwischenlandung begonnen hatte, vertiefte.

Ich erinnere mich auch an Konfrontationen mit dem Alleinsein: Ich stellte zum Beispiel fest, daß mein Auto nicht ansprang, und mußte etwas tun, damit ich pünktlich zur Arbeit kam. Ich lernte, pünktlich meinen Papierkram zu erledigen, meine Rechnungen zu bezahlen, allein in dem Haus zu sitzen und nur das Knistern des Feuers und den heulenden Wintersturm draußen zu hören. Ich wanderte unter dem weiten Himmel durch die Nacht und fühlte mich wie eine unbedeutende, flackernde Kerze. Ich lag reglos in meinem Bett, fragte mich, was ich träumen würde, und klammerte mich an ein Bild von Carl.

Es gab auch Schreckensmomente in meiner Beziehung zu Margaret. Im Frühling des ersten Jahres war ich so auf meine Therapie bezogen, daß ich Margarets Versuche, telefonisch mit mir in Kontakt zu bleiben, ablehnte. Sie schien wöchentlich mit mir reden zu wollen, manchmal sogar zweimal. Bald haßte ich diese Anrufe, teils, weil ich mir nicht leisten konnte, sie zu erwidern, denn ich bekam nur ein kleines Gehalt, während sie eine saftige Unterstützung von ihren Eltern erhielt. Ich schlug vor, uns jede Woche mit dem Anruf abzuwechseln. »Gut«, stimmte sie fröhlich zu, hielt sich jedoch nicht an die Abmachung. Bald rief sie wieder zweimal die Woche an.

Auch meine Mutter ärgerte mich, indem sie unaufhörlich auf mich einredete, wenn ich sie besuchte. Ich weiß inzwischen, daß sie sich um meinen Vater Sorgen machte, aber ich wollte nur in Ruhe gelassen werden.

Doch Margaret bekam den Löwenanteil meiner Wut ab. Nach einem ihrer Anrufe ließ ich mein Telefon abmelden. Ehe sie meinen Brief mit der Erklärung bekam, rief sie an und hörte die brutale Tonbandstimme, die verkündete, die Leitung sei auf Wunsch des Teilnehmers unterbrochen.

Mit einer gewissen Erleichterung hörte ich fast einen Monat nichts von Margaret. Ich schrieb ihr einen Entschuldigungsbrief, bekam aber keine Antwort. Einmal rief ich an, aber sie war gerade nicht zu Hause.

Dann, an einem Freitagabend Anfang Mai, war ich zum Abendessen bei meinen Eltern. Mein Vater war Makler und hatte an jenem Tag einen wichtigen Kunden verloren. Er wirkte müde und mutlos. Wir sahen zusammen fern und gingen früh zu Bett.

Um Mitternacht weckte mich meine Mutter. Sie bringe meinen Vater zum Arzt, er habe Schmerzen in der Brust. Ich wünschte ihm alles Gute, und er versicherte mir, es sei wohl nichts Ernstes, vermutlich nur eine Magenverstimmung. Ich nickte wieder ein. Dann weckte mich das Telefon. Mein Vater war an einem Herzinfarkt gestorben, war im Alter von vierundfünfzig Jahren einfach im Auto zusammengebrochen, noch ehe sie beim Arzt anlangten. »Warum«, würde ich später schreien, »hat man den Arzt nicht ins Haus gerufen?«

Meine Mutter, meine Schwester und ich standen zusammengedrängt im Wartezimmer des Arztes und weinten.

Als ich Margaret anrufen wollte, um es ihr mitzuteilen, teilte mir ihre Wohngenossin nur mit, sie sei in Boston. Mehr brauchte sie nicht zu sagen.

»Gut, daß es Carl gibt«, dachte ich in meiner Trauer um den Vater, den ich gehabt und nicht gehabt hatte. Damals wußte ich noch nicht, daß es dafür keinen Ersatz gibt.

Dank auch für Asya, muß ich jetzt hinzufügen, die zu Margaret gesagt hatte: »Gib dem jungen Mann noch ein wenig Zeit. Er hat seinen Vater verloren.« Margaret und ich wechselten wieder Briefe, aber zunächst sehr höflich und vorsichtig. Inzwischen erfuhr ich, daß sie sich mit Antoine traf und vermutlich noch mit einem anderen Mann in New York. Konnte ich sie wohl Anfang September in New York besuchen? Sie willigte ein.

Und so geschah es wieder. Wir sahen einander, spazierten zusammen durch New York, redeten. Dieses Mal war ich von ihrem Leben umgeben, ihren Freunden, lernte Asya kennen und verliebte mich auch in sie. Ich zog in Margarets Wohngemeinschaft, und wir lebten fast eine Woche zusammen.

Eines Abends, auf einem Spaziergang, fragte ich sie:

»Können wir über die Zukunft sprechen?«

»Ich glaube schon«, antwortete sie.

»Nächstes Jahr um diese Zeit«, begann ich unter Herzklopfen, »sollten wir zusammenleben.«

»Ich willige ein«, sagte Margaret, »in deinem Land oder meinem?«

»Meinem», erwiderte ich mutig.

Den Rest des Jahres kam Margaret wann immer sie konnte nach

Georgia, und wir verlebten wunderbare, intensive Wochenenden auf meinem Bauernhof. Ich arbeitete schwer in meiner Therapie, weil ich wußte, es war das letzte Jahr, in dem ich mich auf mich selbst konzentrieren konnte. Bei einem dieser Wochenendbesuche besuchten wir meinen Vermieter und Freund. Claude hatte einen Gast, der sich als der Präsident des Colleges herausstellte. Margaret entwickelte ihren vollen Charme. Zwei Tage später, nachdem sie nach New York zurückgefahren war, rief ich ihn an und fragte, ob er eine Französischlehrerin brauche. »Wenn es Margaret ist, ganz gewiß«, antwortete er.

Im Herbst zog Margaret nach Carrollton, von den Freunden verabschiedet, als ziehe sie ins innerste Peru. Sie nahm sich eine Wohnung in der Nähe. Unverheiratet zusammenzuleben war in einer Kleinstadt in Georgia im Jahre 1963 unmöglich. Wir planten, Weihnachten in dem neuen Haus von Margarets Eltern zu heiraten, doch da uns die Situation immer unbehaglicher wurde, verlegten wir den Termin auf November vor. Wir sagten es Margarets Mutter erst drei Wochen vorher.

Nur unsere Familien und Freunde waren bei der Trauung zugegen. Ich hatte kein bißchen Angst, aber Margaret nahm die einzige Beruhigungstablette ihres Lebens. Montagmorgen waren wir wieder bei der Arbeit und hörten die Gerüchte, daß Margaret schwanger sei.

Die erste größere Aufgabe des Erwachsenenlebens heißt, die geschützte Welt des Elternhauses zu verlassen und zu einer unabhängigen, autonomen Person zu werden, die fähig ist, allein zu leben. Ich verließ zwar, wie viele junge Menschen, meine Eltern, meisterte aber diese Aufgabe nicht. Ich übertrug meine Abhängigkeit auf meine Universität, verhielt mich nach meinem altbewährten Muster, es allen recht zu machen, und nahm an, daß man sich dann auf ebenso altbewährte Weise um mich kümmern würde.

Eine Zeitlang funktionierte diese Strategie. In der insularen Welt der Universität versuchte ich mich erfolgreich an meine neue Lebensphase anzupassen. Erst, als ich den Schutz dieser Ersatzfamilie verließ und mich der Welt der beruflichen Entscheidungen und den Anforderungen einer Ehe stellte, merkte ich, daß etwas nicht stimmte.

In meinen Bestrebungen, ein idealer Sohn zu sein, hatte ich mich darauf konzentriert, anderen zu gefallen. Ich wußte nur vage, was ich *fühlte,* was *ich* im Leben wollte, wie *meine* Bedürfnisse wirklich aussahen. Als ich vor der echten Herausforderung der Ehe stand, samt den Bedürfnissen, die Margaret an unsere Beziehung stellte, schien mich meine Unfähigkeit, effektiv und stark für mich selbst einzutreten, zu einem Leben der Selbstlosigkeit zu verurteilen. Ich konnte mir nur vorstellen, umfangen, umschlossen und von unserer überwiegend unerkannten gegenseitigen Abhängigkeit verschluckt zu werden. Was immer noch mir gehörte, würde verlorengehen.

Nach Erikson ereignen sich die kritischen Kämpfe um unsere Identität in der Reifezeit. In dieser Phase experimentieren wir, wer wir sind, erforschen neue Beziehungen, entwickeln unsere Wertvorstellungen, nehmen immer deutlicher definierte Rollen in der Gesellschaft ein. Viele dieser Identitätsentscheidungen werden im Verlauf der Jahre immer wieder getroffen, doch die Verpflichtung an ein autonomes Selbst beginnt ernsthaft in der Reifezeit. Ein wichtiger Faktor bei der Selbstdefinition ist die Fähigkeit, wenigstens einigen elterlichen Normen und Erwartungen zu widersprechen. Viele Jugendliche schließen sich eng an Gruppen von Altersgenossen an, die ihnen dabei Unterstützung geben, doch erst, wenn der Heranwachsende den riskanten Sprung wagt und zur Elterngeneration sagt: »Ich stimme nicht mit dir überein!« kann er oder sie ein echtes Gefühl von Selbst entwickeln.

Erikson glaubt, das Produkt dieses manchmal stürmisch verlaufenden Prozesses der Identitätsfindung sei die Fähigkeit zur »Treue« oder Loyalität. Wir sehen, wie Jugendliche sich eng an ihre Altersgruppe und selbst ausgewählte Rollenvorbilder binden (Lehrer, Trainer), ein Prozeß der Loyalitätsfindung zu Außenstehenden, der später hilft, dauerhafte Beziehungen zu formen. Doch dieses Stadium zunehmender Ichfindung geht gewöhnlich einher mit der Ablehnung von Familienstereotypen und vielen familiären Verpflichtungen.

Meine Reifezeit war viel zu friedlich und konformistisch verlaufen. Ich stellte die Regeln meiner Eltern nicht ernsthaft in Frage, noch ihr Urteil über mich. Ich hatte ein paar gute Freunde und eine schöne Schulzeit, doch den Großteil meiner Energie verwendete ich darauf, anderen zu gefallen. Es würde noch einige Jahre dauern, bis ich diese »Nervenschwäche« in der Adoleszenz begriff, und nach Erikson stand dies mit früheren Schwierigkeiten meines Lebens in Zusammenhang.

Meine Kämpfe standen auch mit dem Zögern in Verbindung, mich mit meinem Vater zu identifizieren. Ich liebte meinen Vater sehr, aber ich haßte, was mit ihm geschah. Als ich vor den Forderungen der Ehe und der Berufswelt stand und nach einem Vorbild suchte, einem Beispiel dafür, ein Mann zu sein, sah ich nur die Bemühungen meines Vaters. Ich wußte mit einem ominösen Gefühl, daß ich nicht reif war.

Erst nach fast zwei Jahren Arbeit mit Carl, in denen ich mich stark unterstützt fühlte, ließ meine Panik langsam nach, daß Margarets Persönlichkeit, ihre Abhängigkeit von mir, die sie so oft verbarg, und die Anforderungen der Ehe mich verschlingen würden. Inzwischen hatte ich das Kind erkannt, das ich gewesen war, ein Junge, dessen Vater viel zu oft in seinem Leben gefehlt hatte und der sich, besonders in den Kriegsjahren, für seine Mutter und Schwester viel zu verantwortlich gefühlt hatte. Kein Wunder, daß er sich als Kind überfordert fühlte, kein Wunder, daß er diese Gefühle später auf Margaret übertrug.

Viele junge Paare sind stark und entschieden genug, ihre Unsicherheiten angesichts der Ehe zu ignorieren. Sie stürzen sich einfach hinein und übertragen die kindliche Abhängigkeit aufeinander. Die Ehe selbst wird dann zum Hintergrund für den Kampf um zwei verschiedene Identitäten.

Margaret und ich hatten ungewöhnliches Glück. Meine »Nervenschwäche« schenkte uns nicht nur kostbare Zeit und Raum, so daß wir wachsen konnten, sondern wir trafen auch zwei ganz besonders kompetente Therapeuten. Diese beiden Menschen führten uns durch eine Konfrontation mit unseren unbewußten Ängsten und halfen uns, die grundsätzliche Einsamkeit des Lebens zu akzeptieren, eine Einsamkeit, die wir in der Ehe zwar aufzuheben suchen, die wir aber nur mildern können.

Als wir schließlich heirateten, hatten wir beide innere Stärken entwickelt, die wir zuvor nicht hatten und die uns ermöglichten, einen wichtigen Freiraum zwischen uns zu schaffen. Da fielen uns die romantischen Verse von Khalil Gibran wieder ein, die wir in unserem ersten Frühling so geliebt hatten:

> Singt und tanzt und seid fröhlich,
> doch jeder bleibt für sich allein,
> für sich, wie Saiten einer Laute,
> die mit der gleichen Musik erbeben.

Plötzlich so nah beisammen! Die Panik vor der Nähe

Die ersten Ehejahre sind, wie auch die ersten Lebensjahre, voller Herausforderungen, und sie verlangen uns erstaunliche psychische Leistungen ab. Die größte Hürde ist sicher das enge, intime Zusammenleben mit einem anderen Menschen. Nach den Jahren der Adoleszenz und des Erwachsenenlebens, in denen wir tapfer versucht haben, unabhängig zu werden, müssen wir uns plötzlich koordinieren und jeden Aspekt unseres Lebens mit einem allgegenwärtigen anderen teilen. Ein Maßstab für die Schwierigkeit dieser Aufgabe ist die Tatsache, daß ein Viertel aller Scheidungen in den ersten beiden Ehejahren beantragt wird. Es sind Jahre harter und manchmal gefährlicher Arbeit.

In mancher Hinsicht scheint die Transformation des Lebens durch die Ehezeremonie magisch. Man darf plötzlich offiziell zusammenleben und innerhalb der eigenen vier Wände tun und lassen, was man will. Das war für Margaret und mich im Jahre 1963 schon ein ziemliches Wunder. Wir fanden eine helle, geräumige Wohnung und bestückten sie mit unseren beiden Kartentischen und abgelegten Möbelstücken unserer beiden Familien. Dann fingen wir unser Eheleben an. Wir waren uns kaum bewußt, daß wir Entscheidungen trafen, doch Margaret kochte das Essen und kümmerte sich um die Wohnung, während ich unser neues gemeinsames Bankkonto verwaltete, das Auto in Schuß hielt und den Müll hinausbrachte. Eine Weile funktionierte unser nettes, kooperatives Arrangement.

Am Anfang genießt wohl jeder die neu gewonnene Sicherheit, die die Institution der Ehe selbst bietet. Nach Jahren der Angst vor dem Alleinsein haben wir endlich jemanden gefunden, einen Körper, mit dem wir die Sexualität genießen können (und zwar ausgiebig), an den wir uns in der Nacht anschmiegen können, jemanden, der immer bereit ist, mit uns zu reden und manchmal auch zu helfen. Es scheint, daß ein Leben des Alleinseins vorbei ist.

Wir freuen uns also über die bloße Gegenwart des anderen, mit Sex, Körperkontakt, Zuwendung und gegenseitiger Vertrautheit. Welche

Erleichterung, so akzeptiert, so einbezogen zu sein in diese plötzliche Ausweitung aller Lebensmöglichkeiten.

Doch es dauert nicht lange, bis wir merken, daß nicht alles rosig ist. Mir gefällt Margarets Kocherei und Fürsorge so gut, daß ich nicht bemerke, wie schwer sie arbeitet. Sie bestimmt so viel, daß ihr nicht auffällt, wie stark sie mich dirigiert. Fast über Nacht merken wir, daß der so wunderbare andere uns überfährt. Ich fühle mich kontrolliert, Margaret ausgenutzt. Mit zunehmendem Entsetzen dämmert uns die Erkenntnis, daß wir eine selbstsüchtige, anspruchsvolle, eigenwillige Person geheiratet haben und ums nackte Überleben kämpfen müssen.

Unsere ersten ernsthaften Konflikte drehten sich um die Frage: Wer setzt sich durch? Schauen wir uns den Film an, den sie sehen will oder ich? Vor zwei Wochen war das noch nicht wichtig, solange wir nur zusammen waren. Jetzt spielt es eine ungeheuer wichtige Rolle. Man glaubt, bei allen Entscheidungen übergangen zu werden, und wenn wir diese eine nicht treffen, werden wir wohl hoffnungslos und auf ewig der Unterlegene/die Unterlegene sein. Daher streiten wir: was wir essen, welche Zahnpasta wir kaufen, was wir am Samstagabend unternehmen, ob wir miteinander schlafen, wie wir miteinander schlafen, ob wir spazierengehen, ein Haustier anschaffen, welchen Namen wir ihm geben, wer dafür verantwortlich ist.

In dieser stürmischen Periode, die im ersten Monat nach unserer Hochzeit begann, fanden Margaret und ich eine bequeme und leicht absurde Metapher für unsere Angst, wer in unserer Beziehung dominant sein würde: Wir spielten Mühle.

Jeden Abend, nachdem wir uns auf die Kurse am nächsten Tag vorbereitet hatten, setzten wir uns ernsthaft wie zwei Schachmeister hin und begannen zu spielen. Brennend entschlossen und mit angriffslustig gesträubten Nackenhaaren wie zwei Samuraikrieger legten wir alles in dieses simple Spiel. Wenn Margaret eine Partie gewann, mußte ich die nächste gewinnen, wenn einer von uns zweimal hintereinander verlor, war alles vorbei. Zwei Niederlagen bedeuteten, daß man auf ewig in dieser Ehe der Unterlegene sein würde. Manchmal flogen die Spielsteine durch den Raum.

Außerdem lieferten wir uns ständig einen Kampf, wer schlagfertiger war. Wenn einem nichts einfiel, war das fast noch schlimmer, als bei »Mühle« zu verlieren. Ehe wir uns dessen bewußt waren, hatte diese Spannung auch unsere sexuelle Beziehung durchdrungen. Wenn ich mich Margaret näherte, wollte ich mehr als nur Sex, ich wollte Sex zu meinen Bedingungen. Margaret ärgerte sich über diesen Druck und wurde zum Meister im subtilen Widerstand.

Nach kurzer Zeit schienen wir beide eine Kampagne zu führen, den anderen zu ändern. Margaret war entschlossen, mich zu mehr Mitarbeit im Haushalt und mehr Gesprächen zu bewegen. Ich war entschlossen, öfter mit ihr zu schlafen. Als dieser gegenseitige Druck zunahm, nahmen auch die gegenseitigen Verteidigungsmaßnahmen zu. Bald hatten wir ein deutliches Patt erreicht und wollten beide erst nachgeben, wenn der andere einlenkte. Wir hatten uns hinter der Überzeugung verschanzt, daß eine Kapitulation mehr Druck nach sich ziehen würde, bis wir schließlich absolut hilflos und unterlegen wären. So fühlte ich mich zumindest. Später erfuhr ich, daß Margaret ähnlich dachte.

Das psychologische Umfeld der ersten Ehemonate ist hoch symbolisch. Alles, was wir sagen, ist überfrachtet, traumartig, fast überlebensgroß. Diese brodelnde Atmosphäre wird von einer Reihe von Kräften verursacht, und der Symbolismus der Institution Ehe hat dabei keinen geringen Anteil. Wenn ein Stellvertreter der Gesellschaft verkündet: »Ich erkläre Sie hiermit zu Mann und Frau«, werden alle Assoziationen, ein Paar und im weiteren eine Familie zu sein, wahr. Plötzlich sind wir nicht mehr Gus und Margaret, sondern Mann und Frau mit all unseren vorgefaßten Ideen über diese Rollen. Es ist, als stünden wir wieder in der Familie, in der wir aufwuchsen, und spielten nun Rollen, die unsere Eltern schrieben. Wir fühlen uns gefangen und von diesen Rollen belastet und machen uns mit Sicherheit Sorgen, daß wir die Geschichte unserer Eltern wiederholen.

Doch die größte Panik in dieser Phase ist, daß wir zurück in die *Verletzlichkeit der Kindheit* gezwungen werden. Wenn wir nicht aufpassen, werden wir in permanente, hilflose Dienstbarkeit diesem fordernden, kontrollierenden Menschen gegenüber verfallen, mit dem wir verheiratet sind. Unsere Tendenz, den Partner als mit »elterlicher« Macht ausgestattet wahrzunehmen, entstammt teilweise der Tatsache, daß er oder sie einem Elternteil ähnelt, doch kommt sie auch aufgrund der »Amateurpsychotherapie«, die sich zwischen uns abspielt, zustande.

Mit großer Angst vor der »wirklichen Welt« der Erwachsenen und Erleichterung, daß wir zu einem anderen Menschen Zugang gefunden haben, erlauben wir den lange unterdrückten Abhängigkeitsbedürfnissen, zum Vorschein zu kommen. Wir bitten einander um Bestätigung und geben sie einander großzügig. Vielleicht geben wir einander auch Rat und bieten »Deutungen« der jeweiligen Probleme des anderen an. Dieses Bloßlegen unserer Abhängigkeit gibt uns ein Gefühl, für Kontrolle empfänglich zu sein. Jeder hat dem andern sein »Kind-Selbst« dargebracht und sagt: »Bitte, erfüll meine Bedürfnisse.« Wenn der andere dann Macht auszuüben beginnt, fühlen wir uns besonders bedroht. Wir bemerken kaum, welche Bedürfnisse wir an den anderen herantragen, sondern nur das kontrollierende Verhalten des Partners. Wenn wir laut aufschreien: »Kontrollier mich nicht!«, ignorieren wir die Tatsache, daß wir von unserer eigenen Abhängigkeit stärker beherrscht werden als vom Verhalten des Partners.

Wie konnte ich mich bedroht fühlen, wenn Margaret vorschlug, was ich mir zu essen bestellen sollte, wenn ich nicht auf bestimmte Weise ihren Rat suchte? Heute würde ich darüber lachen, doch in unserem ersten Ehejahr konnte ich nicht lachen – ich wurde gereizt.

Zu dieser Atmosphäre besorgter Hilfsbereitschaft, die eine Art psychologische Zeitverzerrung schafft und droht, uns in die Familie zurückzuversetzen, die wir verlassen wollten, fügen wir das unwägbare Element »Sexualität«. Wie sexuell befreit wir vor der Ehe auch geschienen haben mögen, die Ehezeremonie schenkt uns die hochwillkommene Erlaubnis, uns sexuell frei auszudrücken. Und die meisten Menschen machen davon ausgiebigen Gebrauch. Im ersten Ehejahr schlafen wir vielleicht jeden Abend miteinander, an Wochenenden sogar mehrere Male täglich. Wir probieren neue Stellungen aus und Dinge, die wir noch nie zuvor getan haben. Dieses intensive sexuelle Interesse wird natürlich teilweise von unseren Abhängigkeitsbedürfnissen getrieben. Wir suchen zudem die Zärtlichkeit und den engen Körperkontakt, die zum Sex gehören.

Wir wissen zwar rational, daß unsere gegenseitige Hilfsbereitschaft bloß der Versuch von Gleichaltrigen ist, einander zu bestätigen, und wir wissen auch, daß Sexualität zum Leben gehört und gesund ist, doch die Kombination intensiver Hilfsbereitschaft und intensiver Sexualität ist verwirrend, besonders auf unbewußter Ebene. Nur wenige Menschen können eine solche Angst verbalisieren, und die unbewußte Deutung unseres Verhaltens lautet vielleicht: »Ich habe einen Elternteil geheiratet, mit dem ich schlafe.« Ein solcher Satz klingt rational vielleicht komisch, doch im Schattenreich vager Ängste ist er das keineswegs. Wir wissen, daß wir plötzlich jemandem sehr nahestehen und daß diese Nähe auch bedrohlich ist.

Die Machtkämpfe, die die Ehe nun bestimmen, dienen zwei Funktionen: Sie zwingen uns, weniger voneinander abhängig zu sein und

Schutzbarrieren gegen die Drohung ungezügelter Sexualität aufzurichten. Wenn wir uns streiten, welchen Film wir sehen wollen, denken wir vermutlich weniger an den Sex anschließend zu Hause. Diese Streitereien sind also teilweise Ausdruck unserer Angst vor zuviel Nähe und bieten uns einen unangenehmen, aber vielleicht notwendigen Schutz voreinander.

Das Hauptproblem der ersten Ehemonate ist der psychologische Prozeß der »Übertragung«, ein Phänomen, das Freud als erster identifizierte. Wir »übertragen« Gefühle für eine Person auf ein zweites Individuum, das wir wie die erste wahrnehmen. Wie wir bereits gesehen haben, spielt sich die spannungsreichste und schwierigste Übertragung ab, wenn wir Gefühle, die unsere Eltern betreffen, auf jemanden in unserer Nähe übertragen – einen Freund, den Partner oder Vorgesetzten. Aufgrund der Symbolik der Ehe und der »Pseudotherapie«, die sich in den ersten Ehemonaten abspielt, wird unser Partner höchstwahrscheinlich zum Ziel unserer unterdrückten und verleugneten Gefühle für unsere Eltern. Und wenn wir spüren, daß der Partner *genau* wie unsere Eltern ist, werden wir unsicher, ob er es vielleicht wirklich *ist*.

Das Vorherrschen von Übertragungsgefühlen zu Anfang der Ehe hat zur Folge, daß beide Partner symbolische »Invasionen« in ihrer Beziehung erleben. Diese verunsichernden Episoden scheinen aus dem Nichts zu entstehen und schaffen ein Gefühl permanenter Verletzlichkeit in beiden Partnern. Ein Paar, April und Blair, beschrieb einen solchen Vorfall:

April erzählte: »Wir waren zusammen einkaufen gewesen und wollten gerade die Taschen ins Haus tragen. Blair trug eine besonders schwere Plastiktüte. Er blieb in der Tür stehen und fragte mit weinerlicher Stimme: ›Wo soll das hin?‹ Ich weiß, es war eine vernünftige Frage, weil die Küche mein Bereich ist, aber ich sah einfach nur rot. Ich dachte: ›Wie dumm kann jemand sein? Warum stellst du das nicht einfach irgendwo ab?‹ Doch ich reagierte viel zu heftig. Vermutlich lag das an seiner hilflosen Stimme. Ich flippte so aus, daß ich ihm körperlich weh tun wollte. Ich hatte die Phantasie, ihm eine riesige Büchse Tomaten an den Kopf zu werfen.«

»Ich hatte doch nur eine einfache Frage gestellt«, klagte Blair, »und dann kam dieser Wutausbruch. Das habe ich nicht verstanden und verstehe es immer noch nicht.«

Natürlich fragten Margaret und ich nach dem Grund für diese intensive Reaktion. Gab es jemanden in der Familie, der sich derart abhängig verhielt? Jemanden, der hilflos und unsicher war und auf Anweisungen wartete?

»Jetzt, wo Sie es erwähnen, würde ich sagen, mein Vater verhält sich oft so. Schon als Kind merkte ich, daß er nicht sehr stark war und darauf wartete, daß meine Mutter ihm Anweisungen gab. Dann bekam er immer eine weinerliche Stimme ...« Sie hielt inne, weil ihr die Parallele auffiel. »Ich sehe, was Sie meinen. Vermutlich habe ich deshalb so wütend auf Blair reagiert. Ich habe diese kindliche Eigenschaft in meinem Vater nie respektiert.«

Diese »Invasionen« aus der Vergangenheit geschehen natürlich teilweise, weil wir jemanden geheiratet haben, der uns an die Eltern erinnert. Doch es geschieht auch, weil wir einfach so viele Gefühle über unsere Eltern angestaut haben, daß jeder kleinste Auslöser wie ein Blitzableiter wirkt.

Ein weiterer Grund für Panik in den ersten Ehemonaten entstammt der Tatsache, daß wir plötzlich jemandem emotional näher stehen, als wir gewohnt sind. Wir freuen uns über diese Nähe zum Partner, aber reagieren auch verunsichert, wenn es darum geht, unsere Gefühle von denen des Partners zu unterscheiden. Plötzlich sind wir nicht mehr sicher, wer wer ist.

Ein Grund, warum wir die Perspektive verlieren, ist, daß wir unsere eigenen Gefühle und Motive auf den Partner projizieren. Es ist natürlich, sich selbst in jemandem zu sehen, den wir teils aufgrund seiner oder ihrer Ähnlichkeit zu uns gewählt haben. Doch in dieser panischen Phase ist es besonders verführerisch, wenn ein Paar keine getrennten psychologischen »Bereiche« in der Ehe festgelegt hat. Zwischen Jungverheirateten herrscht große Angst vor Identitätsverlust, und gegenseitige Projektion verstärkt diese Belastung.

Das dominante Thema der zweiten Krise in der Ehe ist die »Panik vor der Nähe«, bei der die Mechanismen der Übertragung und der Projektion eine Menge Unheil anrichten und beiden Partnern das Gefühl geben, von der Gegenwart des anderen bedroht und beeinträchtigt zu werden.

Als sei das noch nicht genug, müssen wir uns in dieser Phase auch mit einer ausgeprägten Umorganisierung von Loyalitäten den Ursprungsfamilien gegenüber abgeben. Nur wenige sind auf die Schwierigkeiten an dieser Front vorbereitet.

Nach mehreren Monaten Ehe besuchten Margaret und ich meine Mutter. Nach außen hin war Margarets Beziehung zu ihr herzlich und freundlich. Ich war sogar mehrere Male eifersüchtig auf die Nähe zwischen den beiden. Ich wußte, daß meine Mutter ein Bedürfnis nach Frauenfreundschaften hatte und echte Wärme zwischen den beiden herrschte, aber mir fiel nicht auf, daß meine Mutter die Beziehung zu Margaret pflegte, um den Zugang zu *mir* zu bewahren.

An jenem Samstagmorgen war Margaret ausgegangen, um etwas zu besorgen, und ich war zum ersten Mal seit unserer Hochzeit mit meiner Mutter allein. Wir tranken einen Kaffee, meine Mutter plauderte über verschiedene Dinge, doch es schien oberflächlich. Dann sagte sie unvermittelt und herzlich: »Gus, mir gefällt Margaret so gut. Sie ist so warm und freundlich, und ich freue mich, sie besser kennengelernt zu haben.« Ich dankte ihr und freute mich, daß sie meine Wahl zu begrüßen schien. Doch dann fügte sie leichthin hinzu: »Schade, daß sie nicht hübscher ist.« Ohne mir Zeit für eine Antwort zu geben, wechselte sie erneut rasch das Thema, und ich tat die Bemerkung als bloße Eifersucht ab, denn ich wußte, daß Margaret eine sehr schöne Frau war.

Mindestens drei Monate später sagte Margaret: »Gus, du sagst mir nie mehr, daß du mich schön findest.« Vor der Hochzeit hatte ich Margaret stundenlang fotografiert und war immer von ihrem Gesicht und ihrem Körper fasziniert. Ich mußte zugeben, daß Margaret recht hatte. In der letzten Zeit war ich von ihrem Aussehen enttäuscht gewesen. Mehrere Male hatte ich gedacht: »Schade, daß Margaret nicht hübscher ist.« Ich versicherte ihr, daß ich sie immer noch anziehend fände, doch irgendwie nicht ganz überzeugt. Der Zweifel blieb.

Mehrere Wochen nach dieser Unterhaltung erinnerte ich mich an die lockere Bemerkung meiner Mutter. Mit plötzlich aufbrausender Wut merkte ich, daß diese knappe Bemerkung sich einen Weg in mein Unbewußtes gebahnt hatte. Sobald ich mich daran erinnert hatte, verschwanden meine Zweifel über Margarets Aussehen.

Das war nicht der letzte der verdeckten und vermutlich unbewußten Versuche meiner Mutter, unsere Beziehung zu untergraben. Ein paar Jahre später, als Margaret gesundheitlich nicht ganz auf der Höhe war, war meine Mutter überzeugt, Margaret würde sterben, und schlug wiederholt vor, ein Testament zu machen. Als wir dann unsere Entscheidungen trafen, nach North Carolina und später nach Wisconsin zu ziehen, versäumte meine Mutter nur wenige Gelegenheiten, mich zu erinnern, daß Südstaatler nicht gut mit dem Winter »oben im Norden« zurechtkämen. Diese hartnäckige Kampagne, mich im Süden zu halten, machte es sehr schwierig, mich nicht schuldbewußt zu fühlen, fern meiner Heimat zu leben.

Margaret hatte ein paar ähnliche Schwierigkeiten mit ihrem Vater. Vor unserer Hochzeit nahm er sie offensichtlich beiseite und warnte sie auf gleiche lockere Weise, ich sei ein unpraktischer Träumer, und sie müsse darauf achten, daß ich keine unvernünftigen finanziellen Entscheidungen träfe. »Solche Entscheidungen solltest *du* treffen«, hatte er gemurmelt.

Bald nach der Hochzeit schenkte Margarets Mutter ihrer Tochter ein Sparbuch, das sie seit deren Geburt aufgestockt hatte. Da wir finanzielle Schwierigkeiten hatten, war dies ein willkommenes Geschenk, und wir überlegten, was wir mit dem Geld anfangen sollten. Es waren die Jahre des wirtschaftlichen Aufstiegs, und man verdiente an der Börse ein Vermögen. »Warum kaufen wir nicht Aktien?« schlug ich vor. »Vielleicht von einer Hälfte.« Margaret schwieg, doch es war deutlich, daß sie sich von dieser Idee bedroht fühlte.

Als ich hartnäckiger drängte, wurde sie kühl und abweisend. Sie wollte das Geld nicht so anlegen, konnte aber nicht sagen, warum. Ich drängte sie, sie sperrte sich. Ich fand meinen Vorschlag vernünftig, denn ich hatte eine Menge über Aktien gelesen. »Wir kaufen nur solide Papiere«, schlug ich vor. »Aber ich habe Angst, alles zu verlieren«, entgegnete sie.

In wenigen Tagen entwickelte sich das zu einem größeren Streit. Ich wußte zwar nichts von der Unterhaltung zwischen Margaret und ihrem Vater, spürte aber ihr Mißtrauen meinem finanziellen Verstand gegenüber, und ich wußte, das Thema drehte sich um ihre Loyalität zum finanziellen Konservativismus ihrer Familie. Ich war entschlossen, sie zu überzeugen, sie ebenso entschlossen, ihrem Vater treu zu bleiben. Als wir eines Tages mit dem Auto einkaufen fuhren, begannen wir einen Streit über diese Investition. Ich fuhr, und als ich vor einer Ampel halten mußte, wurde ich immer wütender über Margarets stummen Widerstand gegen meine Vorschläge. Plötzlich, ohne zu merken, was ich tat, wollte ich auf der vierspurigen Fahrbahn links abbiegen. »Gus!« schrie Margaret. Ich blickte auf, gerade rechtzeitig, um einen riesigen Lastwagen direkt auf uns zudonnern zu sehen. Ich bremste scharf, und wir vermieden nur knapp einen Zusammenstoß, der Margarets Seite voll getroffen hätte. Margaret brach in Tränen aus. Ich zitterte.

Dieser Vorfall verstörte uns so sehr, daß sich der Ablauf unseres Streites veränderte. Margaret erzählte mir von der Unterhaltung mit ihrem Vater und sprach über ihre Gefühle, zwischen der Loyalität ihm gegenüber und zu mir zerrissen zu sein. Ich erkannte ihr Dilemma und schraubte meine Forderungen zurück. Margaret wiederum erklärte sich bereit, einen Teil des Geldes an der Börse zu investieren. Wir suchten uns einen Börsenmakler und wählten auch die Aktien gemeinsam aus. Glücklicherweise konnten wir unser Geld verdoppeln.

Die Hochzeit eines Paares droht die Beziehung beider Partner zu den jeweiligen Eltern zu lösen. Wenn diese Eltern sich stark auf die Kinder verlassen haben, besonders, wenn eine »partnerhafte« Beziehung zwischen ihnen und dem Kind besteht, fühlen sie sich von dessen Heirat verraten. Diese übergebundenen Eltern versuchen oft, die Ehe zu untergraben; und obwohl sie sich dessen meist nicht bewußt sind, kann das eine zerstörerische Wirkung auf die junge Ehe haben.

Eltern können die Ehe ihrer Kinder auf verschiedene Weise sabotieren. Im offensichtlichsten Fall agieren sie deutlich gegen die Beziehung, und wir werden hören, daß sie sogar Geld anbieten, damit das Kind die Beziehung abbricht. Mit derart offener Ablehnung kann man auf bestimmte Weise besser fertig werden als mit verdeckteren Methoden, weil sie gewöhnlich den jungen Erwachsenen in Wut versetzt und seinen oder ihren Trotz herausfordert. Wenn offene Mißbilligung die Ehe nicht verhindert, ändern die Eltern gewöhnlich ihre Taktik. Sie akzeptieren die Beziehung vielleicht nach außen hin, bedienen sich aber subtilerer Taktiken der Untergrabung.

Indirekte Angriffe auf die junge Ehe können überraschend starke Wirkung haben. Die Bemerkung meiner Mutter über Margaret war nicht sehr subtil, sondern knapp und leicht dahingeredet und, wie die meisten hypnotischen Vorschläge, leicht zu vergessen. Wir sollten im Auge behalten, daß unsere Eltern bislang die vornehmlichste Quelle von Sicherheit gewesen sind und daß sie lernten, uns zu beeinflussen, als wir winzige, hilflose Säuglinge waren. Auch wenn wir erwachsen sind, haben unsere Eltern große Macht, unser Unbewußtes anzusprechen. Wie auch immer die Botschaft »Mir gefällt dein Partner nicht« übermittelt wird, sie setzt sich gewöhnlich sehr destruktiv in dem Angeredeten fest. Das häufigste Ergebnis elterlicher Mißbilligung ist, daß sich das »gebundene« Kind emotional von seinem oder ihrem Partner zurückzieht. Ist ein solches Loyalitätsdreieck erst entstanden, löst das erwachsene Kind dieses Dilemma, indem es sich emotional von den Eltern *und* dem Partner entfernt. Genau das taten Margaret und ich, als unsere jeweiligen »Ödipus«-Eltern das Vertrauen in den Partner erschütterten. Wir zogen uns emotional voreinander zurück. Erst als wir diese Wirkung der elterlichen Einmischung bemerkten, konnten wir uns dagegen wehren.

Oft wird elterliche Einmischung als Hilfsbereitschaft verkleidet. Hören wir Joyce über ihren Vater:

»Ich glaube, es fing an, als mein Vater bemerkte, daß wir bei unserem neuen Haus die Regenrinnen nicht gesäubert hatten. Er bemerkte scherzhaft zu Thomas, daß er sich nicht um das Haus kümmere, und Thomas neckte zurück, er habe keine Zeit dazu, aber wenn Daddy wolle, könne er ihm ja helfen.«

»Das habe ich nicht ernst gemeint, ich wollte nur, daß er damit aufhört«, sagte Thomas. »Als nächstes brachte er seine Leiter an und machte die verdammten Dinger sauber. Ich ließ ihn, doch mir war schon komisch dabei. Jetzt hält er es für seine Pflicht. Vermutlich kümmert er sich so um seine Tochter.«

»Nun, ich habe auch meinen Teil dazu beigetragen«, fuhr Joyce fort. »Ich hatte Thomas mehrere Male gebeten, Schlagläden anzubringen, aber er tat es nicht. Da fragte ich meinen Vater, und der hat natürlich sofort die Gelegenheit beim Schopf ergriffen. Das Problem war, daß er dabei sarkastische Bemerkungen über meinen schlechten Ehemann machte. Er brachte das natürlich scherzhaft vor, doch als ich ihn bat, nicht so zu reden, tat er so, als hätte ich alles übertrieben. Es geht aber darum, daß er uns bei ein paar Dingen half und dadurch immer ins Haus kam. Jetzt kommt er, wann immer er will, und scheint zu glauben, er habe ein Recht dazu, Bemerkungen darüber zu machen, wie wir Dinge angehen.«

Als Joyce über die Aufdringlichkeit ihres Vaters sprach, wurde deutlich, daß dieser sich freute, Thomas als unaufmerksamen und nicht sehr praktischen Mann bezeichnen zu können. Seine Bemerkungen hatten einen destruktiven Effekt auf die Beziehung. Joyce fuhr fort: »Und wenn ich jetzt darüber nachdenke, begannen unsere sexuellen Schwierigkeiten um den Zeitpunkt, als mein Vater immer zum Helfen herüberkam. Einmal hat er sogar eine abwertende Bemerkung über unser Sexualleben gemacht, wie: ›Ihr beiden seid wohl noch immer in der Phase, wo man es jede Nacht treibt.‹ Ich war so verblüfft, daß ich keine Worte fand. Dann sagte er: ›Freut euch daran, solange es dauert‹, was ich so verstand, daß er und meine Mutter nicht mehr miteinander schlafen.« Nach einer nachdenklichen Pause sagte sie: »Damals begannen unsere sexuellen Schwierigkeiten, glaube ich.«

Es reicht schon für ein junges Paar, wenn es mit der symbolischen Einmischung des vergangenen Familienlebens in die neue Beziehung und dem natürlichen Verschwimmen der Grenzen zueinander fertig werden muß, doch viele Paare müssen sich zudem noch mit der

Einmischung einer oder beider Ursprungsfamilien abgeben. Es ist eigentlich erstaunlich, daß in dieser Phase der Panik und der Turbulenzen nur ein Viertel aller Scheidungen beantragt werden. Die meisten jungen Paare erleben einen Moment der Wahrheit. Irgendein kritischer Vorfall, oft ein schrecklicher Streit, ändert den Verlauf der Ehe. Für Margaret und mich war das, als ich fast gegen den Lastwagen stieß. Manchmal verläßt einer das Haus und verbringt die Nacht in einem Hotel, manchmal fallen Schläge. Gleich, wie die Erkenntnis erfolgt, es wird klar, daß eskalierende, destruktive Vorwürfe aufhören müssen und man Frieden miteinander finden muß.

Dann herrscht Waffenstillstand. Wir bemühen uns um Harmonie, wir versuchen, die Ungerechtigkeiten auszugleichen, die Konflikte herabzuschrauben. Die Probleme sind nicht gelöst, sondern werden nur verschoben. Für eine Weile besteht die Lösung für die Streitigkeiten in dem Versuch, die schwierigen Rollen von Erwachsenen zu spielen.

Wenn wir die Machtkämpfe zurückstellen und eine erträgliche Balance von Nähe und Distanz erarbeiten können, erreichen wir oft eine Phase der Ruhe und Zufriedenheit. Diese Periode des »Paarseins« gehört oft zu den schönsten der Ehe. Wenn beide arbeiten, haben sie vermutlich genug Geld, um unbelastet von Hypotheken und Kindern gemeinsam die Welt zu erforschen, sich zu freuen und einander Vergnügen zu bereiten, was später viel schwieriger werden kann.

Wir schlafen am Wochenende lange aus und frühstücken im Bett miteinander. Dann stehen wir auf und machen einen Stadtbummel und schauen vielleicht verträumt Autos oder Möbel an, die wir irgendwann kaufen wollen. Am Abend treffen wir uns mit anderen Paaren zum Essen oder zum Kinobesuch. Wir gehen lange spazieren, entdecken Lieblingssendungen im Fernsehen und lesen die gleichen Bücher. Das ganze Leben liegt vor uns, und alles scheint möglich.

Vielleicht haben wir gelernt, uns einander Zuwendung zu geben, ohne elternhaft zu sein, wie zuvor. Wie zwei Nationen, die vereinbart haben, keine bestimmten tödlichen Waffen anzuwenden, haben wir durch leidvolle Erfahrung gelernt, daß bestimmte Formen psychologischer Attacken so destruktiv sind, daß wir uns ihrer besser nicht bedienen. Die Drohungen mit Scheidung, Schlägen oder Verlassen bei einer Meinungsverschiedenheit, die Angriffe auf die Familie des anderen, abwertende Bemerkungen über sexuelles Verhalten des Partners, Vorwürfe über dessen Motive (»Du manipulierst!«) und bestimmte vorwurfsvolle Interpretationen (»Du bist wie deine Mutter!«) – diese Taktiken schaffen so viel Unsicherheit und Wut, daß wir sie immer seltener anwenden. Vielleicht haben wir uns einer Feuerprobe unterzogen, um herauszufinden, daß wir auch gute Feinde sein können, aber sobald wir gelernt haben, daß wir einander verletzen können und daß beide diese Macht haben, weichen wir vor ihrem Gebrauch zurück.

Wir lernen vielleicht auch, zu verhandeln, zu feilschen. Es beginnt, indem einer anbietet, nachzugeben oder irgendwie zu helfen. Es endet mit dem Wunder der Gegenseitigkeit. Margaret sagt vielleicht: »Wenn ich heute abend abwasche, machst du es dann morgen?« Diese einfachen Anfänge führen schließlich vielleicht zu komplexen Verhandlungen, wie: »Ich verlange sexuell weniger, aber bist du vielleicht bereit, öfter die Initiative zu ergreifen?« Oft dauert es allerdings lange, über die einfachsten Verhandlungen hinauszukommen.

Wenn wir lernen, weniger vorwurfsvoll zu sein, lernen wir vielleicht auch, wie man das Gesicht verliert, Fehler zugibt, sich entschuldigt: »Tut mir leid, daß ich so wütend wurde.« Wenn wir Angst haben, vom anderen besiegt zu werden, scheint es höchst gefährlich, Fehler zuzugeben, doch mit zunehmender Sicherheit wird das leichter, besonders, wenn wir erfahren, daß es sehr positive Folgen haben kann.

Nach der Turbulenz der ersten Ehezeit ist diese Phase besonders für Männer sehr befriedigend, denn wir genießen die mehr oder minder ungeteilte Aufmerksamkeit der Frau. Wir fühlen uns durch das Zusammensein unterstützt und wohltuend bestätigt, und die Tatsache, daß beide arbeiten, gibt uns auch die notwendige Distanz. Auch Frauen sind in dieser Phase zufriedener, denn die Arbeit schenkt ihnen Erfüllung und ein Einkommen, und die einzige offensichtliche Ungleichheit in der Ehe resultiert daraus, daß sie stärker für das Kochen und den Haushalt verantwortlich sind. Wir streiten uns vielleicht um die täglichen Pflichten, doch wenn der Mann bereit ist, sich an allem zu beteiligen, kann auch das für die Frau erträglich ausfallen. Selbst in dieser ersten Ehephase empfinden die meisten Frauen die Partnerschaft als ungerecht, doch es herrscht relative Zufriedenheit, weil beide wohl gleichberechtigter sind, als sie es zuvor waren.

Viele Probleme, die man vorübergehend aufgeschoben hat, warten zwar, doch im Moment ist alles recht gut.

Für manche Paare gibt es allerdings keinen Waffenstillstand und keine Harmonie. Statt dessen eskalieren die Konflikte. Der Unterschied zwischen Paaren, die sich aneinander angleichen, und denjenigen, die zu schwierigeren Konflikten übergehen, ist eher quantitativ als qualitativ, steht jedoch im Zusammenhang mit den Themen, die beide Partner aus den Ursprungsfamilien mit in die Ehe brachten. Besonders bei Paaren, deren eheliche Bindung schwach ist, kann diese Phase mehr Belastungen bringen, als sie ertragen können.

Felix und Holly sind beide siebenundzwanzig und seit einem Jahr verheiratet. Sie arbeiten in der gleichen technischen Firma – er als Ingenieur, sie im Personalwesen. Zum Neid aller Kollegen scheint dieses intelligente, attraktive, ehrgeizige Paar entschlossen, alle Probleme zu lösen. Sie sind beide bemüht und therapieerfahren und haben längere Beziehungen hinter sich, die scheiterten. Als sie um den ersten Hochzeitstag die Therapie begannen, waren sie überzeugt, ihre Probleme lösen zu können.

Sie hatten sich bereits deutlich in verschiedene Positionen eingegraben. Felix klagte: »Du liegst mir immer in den Ohren, mit dir etwas zu unternehmen. Ich will doch nur ein bißchen Zeit, um mit meinen Freunden Golf zu spielen oder im Fernsehen Sport zu sehen. Das steht mir doch zu, oder?«

Holly sagte: »Unsere Wohnung ist wie eine Kneipe. Immer bringst du Freunde mit oder unternimmst etwas mit ihnen. Nie machst du etwas mit mir. Und wenn du zu Hause bist, guckst du nur fern.«

Holly fühlte sich permanent von Felix vernachlässigt und schien, mit Felix' Worten, »um Aufmerksamkeit zu betteln oder wie ein Vulkan zu explodieren«. Er reagierte darauf, indem er sich zurückzog, was bei Holly natürlich mehr Wut und Verletztsein hervorrief. Je wütender sie wurde, um so bedrängter fühlte sich Felix. Sie schienen in einen Distanz-Nähe-Kampf verwickelt, aber es gab ein tieferliegendes Thema: ihre Bindung an die Ehe selbst.

Anstatt seine Bindung an Holly zu entwickeln und zu vertiefen, wirkte Felix eher wie ein sich lösender Jugendlicher, der protestiert: »Meine Freunde kommen an erster Stelle!« In einer Phase, in der ein Paar sich gewöhnlich an intensives Zusammensein gewöhnt, schien Felix rebellisch und trotzig auf der Suche nach mehr Autonomie. Wenn Holly sagte, sie wolle mehr Nähe und mehr Bindung, reagierte Felix mürrisch-distanziert und bekam einen panischen, nach Fluchtmöglichkeiten suchenden Blick.

Sie hatten sich bei der Arbeit kennengelernt, als Felix von einer anderen Frau verlassen worden war. Er war danach sehr niedergeschlagen und fühlte sich von Hollys Energie, Fröhlichkeit, gutem

Aussehen und ihrer Unabhängigkeit angezogen. Sie war eine aufmerksame Zuhörerin und schien seine Gefühle zu verstehen. Bald fühlte er sich besser, und die beiden kamen gut miteinander aus. Sie entdeckten viele gemeinsame Interessen und verlobten sich sechs Monate nach dem ersten Treffen.

Ihr erster Konflikt ereignete sich bei einem Besuch bei Hollys Mutter und deren Eltern, kurz nachdem sie ihre Verlobung verkündet hatten. Hollys Mutter, aus einer wohlhabenden Familie, hatte einen Mann geheiratet, den ihre Eltern als unter ihrem Stand empfanden. Er war für seine Schwiegereltern nie erfolgreich genug gewesen und hatte sich schließlich scheiden lassen, als Holly ein Teenager war. Es war eine bittere Scheidung und für die Tochter sehr traumatisch, denn sie hatte dem schwachen, aber charmanten Vater immer sehr nahegestanden.

Holly fühlte sich bei der Scheidung von beiden Eltern verlassen. Ihr Vater zog sich von ihr und dem jüngeren Bruder zurück. Hollys Mutter litt lange unter einer Depression, wodurch Holly verantwortlich für sie und den Bruder wurde. »Als sie sich erholt hatte«, erzählte Holly, »war sie oft wütend und wachte mit Argusaugen über mir.«

Holly hatte verständliche Sorgen, Felix ihrer immer noch sehr distanzierten Mutter und den kontrollierenden, ordentlichen Großeltern vorzustellen. Felix war bei ihrer Bitte, sich »gut zu benehmen«, aufgefahren und hatte geklagt: »Genau wie die Scheiße, mit der ich groß wurde: Sei nett und tu keinem weh!«

Felix' Vater war Rektor an einer High-School gewesen und hatte darauf bestanden, daß seine vier Kinder, deren ältestes Felix war, ihm keine Schwierigkeiten machten. Einmal wurde Felix mit einigen anderen Jungen für ein kleineres Vergehen vom Vater, dem Rektor, bestraft, doch das war der einzige derartige Vorfall. »Ich habe viele Streiche gemacht«, bekannte Felix, »aber ich wurde nur einmal erwischt.«

Später erfuhr er, daß nur gesellschaftlicher Lack die schlechte Ehe zwischen seinen Eltern zusammenhielt. Das wurde explosiv deutlich, als Felix heranwuchs. Sein Vater hatte eine Beziehung mit seiner Sekretärin, die nach der Entdeckung der Affäre auf eine andere Stelle versetzt wurde. Felix wußte vor seiner Mutter davon und fühlte sich wie viele Kinder in die Probleme der Eltern verstrickt und irgendwie verantwortlich. Nach einer bitteren und peinlich öffentlichen Scheidung heiratete Felix' Vater seine Sekretärin.

Bei dem berühmten Essen, das Hollys Großmutter mütterlicherseits gab, benahm Felix sich nicht gut. Er trug ein kariertes Hemd zu einem karierten Jackett, erzählte mehrere anzügliche Witze, hielt den Frauen nicht die Tür auf und rückte ihnen nicht die Stühle zurecht. Zu Hollys Mutter verhielt er sich fast offen feindselig. Die Großeltern waren beunruhigt über die Vorstellung, daß sich die Geschichte wiederholen könnte, nahmen Holly beiseite und boten ihr – eigentlich unglaublich – finanzielle Unterstützung an, »falls aus der Ehe nichts würde«. Ihre gehorsame Enkelin lehnte dies höflich ab, machte sich aber insgeheim ebenfalls Sorgen. Als Hollys Mutter der Opposition gegen Felix beitrat, war Holly sehr wütend. Sie hatten mehrere hitzige Diskussionen über die bevorstehende Hochzeit. »Verschieb sie doch«, flehte ihre Mutter.

Holly war wütend über diesen Druck und wehrte sich: »Deine Eltern wollten dir diktieren, wen du heiratest. Mit mir machst du das nicht!« Dieser Wortwechsel war der Beginn offener Spannungen zwischen Holly und ihrer Mutter. »Wenn ich darüber nachdenke«, erzählte Holly, »merke ich, daß ich jemanden gefunden hatte, der sich gegen meine kontrollierende Mutter wehrte, und ich fühlte mich von Felix offensichtlich angezogen, weil meine Mutter ihn nicht akzeptierte. Natürlich ersetzte ich nur eine kontrollierende Person gegen eine andere.«

Das Verlobungsessen, das Felix' Vater und seine zweite Frau ausrichteten, verlief kaum besser. Felix trug Jeans, kam zu spät, betrank sich und war seiner eigenen Familie peinlich. »Bist du sicher, daß du heiraten willst?« fragte Holly ihn am nächsten Tag unter Tränen.

»Natürlich«, antwortete er. »Du findest keinen anderen, der dich so liebt wie ich.« Skeptisch, aber ein wenig besorgt wegen ihres fortgeschrittenen Alters von sechsundzwanzig und in dem Gefühl, in Felix verliebt zu sein, beschloß Holly, das Risiko einzugehen. Eine Stimme, so leise, daß sie sie kaum vernahm, sagte in ihr: »Ich gebe uns zwei Jahre.« Beide hatten Zweifel über die Ehe, aber gefangen von der einmal in Gang gesetzten Dynamik schien keiner von beiden fähig, die Sache abzublasen.

»Unsere Hochzeit war sehr schön«, sagte Holly. »Ich war erstaunt, daß wir sie alle zusammenbekamen. Zuerst wollte mein Vater nicht kommen, und Felix' Mutter wollte nicht, wenn die zweite Frau seines Vaters da sein würde. Aber sie haben beide nachgegeben.« Nach einer Pause fügte sie hinzu: »Es war eine wunderschöne Zeremonie in einer uralten Kirche. Alle Freunde waren da, und auf einigen Fotos haben wir sogar unsere Eltern beieinander.«

Margaret und ich dachten das gleiche. Wir warfen uns einen kurzen Blick zu: ernst, zärtlich, auf erarbeitetem Wissen beruhend.

Zu Beginn der Therapie schienen Felix und Holly produktiv zu arbeiten. Sie klärten Themen ab, erforschten die Wurzeln einiger Probleme in ihren Ursprungsfamilien und arbeiteten an besserer Kommunikation. Beide paßten ihr Verhalten leicht an den anderen an. Holly schränkte ihre Forderungen nach Nähe ein und zügelte ihr Temperament, während Felix sich Mühe gab, öfter zu Hause zu sein und seine Gefühle mehr mit Holly zu teilen. Eine Weile stritten sie sich nicht so häufig, und wir hatten Hoffnung, daß die Ehe halten würde.

Doch der Kampf um Felix' Bindung an die Beziehung dauerte an. Er tat etwas, was seine Distanz zu Holly signalisierte – das ganze Wochenende fernsehen, lange mit Freunden ausgehen oder beim Essen schweigen, und Holly wurde zunächst wütend, um sich dann verletzt in eine Depression zurückzuziehen. Diese Reaktionen schienen Felix nur weiter fortzutreiben. Holly fühlte sich von ihm abgelehnt, und er schien Angst vor ihrer Wut und ihren Bedürfnissen zu haben.

Wir wollten uns mit den Wurzeln dieses Distanz-Nähe-Verhaltens beschäftigen und brachten beide Ursprungsfamilien ein. Hollys Eltern waren zur Kooperation bereit, wollten sich aber nicht im gleichen Raum begegnen. Sie kamen zu getrennten Sitzungen, und beide Gespräche waren schwer für Holly. Hollys Mutter, eine attraktive, fröhliche Frau, inzwischen zum zweiten Mal geschieden, schien helfen zu wollen. Sie sprach etwas abfällig über Hollys Vater, erkannte aber die Einmischung ihrer Eltern in ihre Ehe an. Nein, sie hatten ihren Mann nie akzeptiert, aber er hatte sie auch auf vielfältige Weise enttäuscht. Ja, Holly habe auf der Seite ihres Vaters gestanden, und sie war eifersüchtig und wütend über diese Koalition gewesen. Aber das war doch nun vorbei, oder? Sie versuchte zwar zu helfen, war aber deutlich nicht bereit, sich Hollys Gefühlen zu stellen. Fröhlich und geschickt machte sie Ausflüchte, die wir nicht durchdringen konnten. Margaret bemerkte nach dem Gespräch: »Sie ist offensichtlich immer noch auf Hollys Vater wütend und auf Holly ebenfalls, obwohl sie das nicht zugibt.«

Während des ganzen Gesprächs blickte sie Felix nicht ein einziges Mal an noch nahm er von ihr Notiz. Diese kühle Ablehnung von Felix war so offensichtlich, daß Margaret und ich uns darüber Sorgen machten. »Felix bekommt die gleiche kalte Schulter gezeigt wie Hollys Vater von seinen Schwiegereltern«, sagte ich zu Margaret. »Aber er buhlt auch nicht gerade um ihre Anerkennung.«

Hollys Vater wirkte distanziert und kühl. Er wollte nicht zu dem Gespräch kommen und war kaum bereit, über seine Scheidung von Hollys Mutter zu reden. Wenn er etwas sagte, schob er die Schuld auf seine Exfrau und die sich einmischenden Schwiegereltern. Er war ein ruhiger Mann und schien von der Scheidung tief getroffen. Von Hollys Mutter und ihrem Bruder schien er immer noch sehr distanziert.

Zwischen Holly und ihm schien es immer noch Reste tiefer Zuneigung zu geben, doch sie wurden nicht ausgesprochen. Holly behandelte ihn, als sei er sehr zerbrechlich. Er schien sich fast ausschließlich auf seine zweite Ehe und seine Arbeit zu konzentrieren.

Holly war nach diesem Gespräch wütend, verletzt und machte sich um ihn Sorgen. »Wie kann ich wütend auf ihn sein wegen seiner Unaufrichtigkeit oder weil er mich im Stich ließ, wenn er so wirkt, als könne er das nicht aushalten?«

Wir wandten ein, daß sie viele Gründe hatte, über beide Eltern wütend und enttäuscht zu sein, und daß sie vermutlich einen Großteil dieser Gefühle auf Felix ablud. Auf intellektueller Ebene schien sie dies zu erkennen, aber ihre Wut konzentrierte sich weiterhin auf Felix. »Er ist derjenige, der mich jetzt im Stich läßt«, entgegnete sie defensiv. Ihr schien auch nicht logisch, daß die Weigerung ihrer Mutter, Felix zu akzeptieren, unbewußt ihre eigene Haltung zu ihm beeinflußte.

Die Gespräche mit Felix' Eltern waren in vieler Hinsicht ähnlich. Auch sie wollten nur getrennt erscheinen. Felix' Mutter hatte nicht wieder geheiratet, doch sie wirkte selbstbewußt und relativ zufrieden mit ihrem Leben. Sie hatte nach der Scheidung begonnen, Häuser zu vermitteln, und leitete nun ihr eigenes Maklerbüro. Sie war attraktiv, intelligent, ausdrucksfähig und schien entschlossen, nicht als Opfer von Felix' Vater dazustehen.

Felix war vom Selbstbewußtsein seiner Mutter überrascht wie auch von ihrer Herzlichkeit ihm gegenüber. Er hatte sich um ihre auf die Scheidung folgende Depression Sorgen gemacht, und sein Verantwortungsgefühl für sie hatte ihn stark belastet. Felix hatte als Kind seiner Mutter sehr nahegestanden, doch während der Adoleszenz, der Phase, in der die Ehe der Eltern zerbrach, hatten sich die beiden entfremdet. Felix hatte seine Mutter als kühl und kritisch gesehen und gelernt, ein Leben getrennt von ihr zu führen – eigentlich von beiden Eltern.

Das Gespräch mit der Mutter führte zu einem herzlicheren Verhältnis zwischen Mutter und Sohn. Felix war erleichtert, daß es der

Mutter so gut ging, und fühlte sich aufgrund dessen weniger schuldig, ihr nicht genug zu helfen.

Felix' Vater war ein gutaussehender, vornehm wirkender Mann. Er und Felix hatten eigentlich immer eine recht herzliche Beziehung zueinander gehabt; in der Phase vor der Scheidung war der Sohn zum Vertrauten des depressiven Vaters geworden. Da Felix vor seiner Mutter von der Affäre wußte, fühlte er sich in die Scheidung verwikkelt. Felix' Beziehung zu seinem Vater war offensichtlich elternhaft: Das Kind war Vater des Mannes.

Doch jetzt machte sich der Vater Sorgen um den Sohn. Er unterstützte die Ehe und schien Holly deutlich zu mögen. Er drängte seinen Sohn, nicht auf diese Weise aufzugeben, sondern sich Mühe zu geben, die Beziehung zu retten. Das war eine gutgemeinte Bitte, aber als Felix versuchte zu diskutieren, was zwischen den Eltern passiert war und was zur Scheidung geführt hatte, wich der Vater aus. Das explosive Ende der Familie war niemals diskutiert worden und schien bestimmt, weiterhin im dunkeln zu bleiben.

»Ich liebe meinen Vater«, sagte Felix nach diesem Gespräch, »aber es ist schwer, ihm zu vertrauen. Ich wünschte, er würde mit dem, was passiert ist, ins reine kommen. Ich weiß, daß meine Mutter ziemlich kritisch und kontrollierend war und mein Vater sich dominiert fühlte. Ich weiß auch, daß sein Vater Alkoholiker war, aber mehr kann ich nicht aus ihm herausbekommen.«

Solange er sich erinnern konnte, hatte sich Felix um Mutter oder Vater Sorgen gemacht – vor der Scheidung war es sein Vater, nach der Scheidung die Mutter. Auch schien er von ihnen nur wenig Unterstützung bekommen zu haben. Als Teenager bekam er die von seinen Altersgenossen, und die meisten dieser Beziehungen hatte er vor seinen kontrollierenden, moralischen Eltern geheimgehalten. Diesen Streß schien er auch bei Holly zu finden. Ihre Ansprüche und ihre Wut ließen ihn sich zugleich schuldbewußt und verantwortlich fühlen.

Wir erinnerten Felix, wie stark er sich an seine Familie gebunden fühlte und daß er wahrscheinlich dieses belastende Gefühl auf Holly übertrug. Wir drängten ihn, Holly zu konfrontieren, wenn sie zu viele Forderungen stellte, wir versuchten, ihm zu helfen, um ihre Unterstützung bitten zu lernen. Felix strengte sich an, seine eigenen Themen zu erkennen, und versuchte, mit Holly streiten zu lernen, ihr zu sagen: »Auch meine Bedürfnisse zählen.« Aber ein zu großer Teil in ihm blieb abgelöst, von Holly und der Therapie distanziert.

Wieder und wieder passierte der gleiche Kreislauf: Felix distanzierte sich, Holly reagierte. Da wir keinen Partner dazu bringen konnten, Einsicht in die Beziehung zu gewinnen, wurden Margaret und ich mutlos. Felix und Holly schienen mit unerschütterlicher Entschiedenheit gegeneinander zu kämpfen. Dann fiel uns der seltsame, ausweichende Blick von Felix auf. Er wirkte ängstlich, und es schien ihm extrem unbehaglich zumute zu sein. Als wir fragten, was los sei, wich er unserer Frage aus. »Es ist die Arbeit«, klagte er. »Ich habe mit diesem neuen Computersystem eine Menge zu tun.«

Felix schien bei der Arbeit unter starker Belastung zu stehen. Er sollte mit einem anderen Verkäufer, Jim Bowen, einem potentiellen Großkunden ein neues Computersystem verkaufen. Das bedeutete zahlreiche Geschäftsreisen und viele Überstunden. In dieser Phase sahen wir das Paar mehrere Wochen lang nicht, und als wir uns wieder trafen, hatten Margaret und ich den Kontakt zu ihnen verloren.

In der ersten Sitzung nach der Unterbrechung wirkte Holly erregt. Nach einigem Zögern, was sie sagen sollte, brachte sie ängstlich und wütend heraus: »Es ist offensichtlich schon seit Wochen im Büro bekannt. Und endlich hatte jemand den Nerv, es mir zu sagen.«

»Was?« fragte Felix, der extrem ängstlich aussah.

»Daß du mit Jim Bowens Sekretärin schläfst.« Schweigen. Felix wirkte wie versteinert und war blaß. »Stimmt das?«

Einen Moment lang schossen Felix' Blicke wie auf der Flucht durch den Raum. Dann sah er Holly direkt an und antwortete: »Ja.«

Was nun folgte, schien fast vorhersehbar, als hätten beide es vorher geübt. Zuerst war Holly so benommen, daß sie weder sprechen noch sich regen konnte. Dann begannen Tränen über ihre Wangen zu rollen, und sie sagte: »Wie konntest du nur, Felix?« Vielleicht brachte die Tatsache, daß er stumm blieb, Holly in Wut, denn plötzlich stand sie weinend auf und wußte nicht, was sie tun oder wohin sie sich wenden sollte. Felix war sicher, daß sie auf ihn zukommen würde, und schoß aus dem Raum, ließ die Tür hinter sich offen und rannte die Treppe hinunter. »Ich lasse mir das nicht mehr gefallen«, schrie er über die Schulter, was sich anhörte, als sei diese bittere Szene einzig und allein Hollys Schuld.

»Ich hasse dich!« schrie Holly hinter ihm her. Dann war er fort, und man hörte, wie sein Auto draußen auf dem Kies aufheulte. Holly stampfte eine Weile in unserem Büro hin und her. Schließlich setzte sie sich und begann zu weinen. Margaret und ich setzten uns neben sie und hielten sie, während tiefe, stoßweise, untröstliche Schluchzer aus ihr herausbrachen.

Felix verlor keine Zeit, aus ihrem Haus auszuziehen und mit der Sekretärin, die sofort ihre Stelle gekündigt hatte, eine Wohnung zu mieten. Er weigerte sich, zu weiteren Sitzungen zu kommen, und meinte, er würde nicht akzeptieren, weiterhin angebrüllt zu werden. Holly war abwechselnd wütend und extrem depressiv. Wir versuchten, ihr zu helfen, aber auch Felix dazu zu bringen, sich mit ihr zu treffen. Ich stritt mit ihm: Es mußte eine Abmachung, eine Lösung geben, und sie mußten das von Angesicht zu Angesicht regeln. »Ich treffe mich nur mit ihr, wenn sie verspricht, mich nicht anzubrüllen«, sagte Felix bestimmt.

Mit unserer Zusicherung, daß Holly versprochen hatte, nicht zu brüllen, bekamen wir sie zu einem letzten Gespräch zusammen. Es war eine Szene, die wir früher schon erlebt hatten und wieder erleben würden und immer fürchteten: Zwei Menschen, manchmal mit ihren Kindern, versuchen, ihre Ehe aufzugeben. Es ist, als stünde man an einem Totenbett.

»Ich kann einfach nicht mehr«, sagte Felix. »Ich kann mit den Ansprüchen und der Wut nicht fertig werden. Ich will auch nicht mehr.« Er sah mitgenommen aus, und Tränen rannen über seine Wangen.

»Ich kann mich doch ändern«, versprach Holly verzweifelt. »Ich weiß es.«

»Es tut mir leid«, entgegnete Felix fest, »es ist vorbei, Holly.«

Dann weinten beide. In dem Raum zwischen ihren Gesichtern zerriß etwas fast Spürbares, Sichtbares. Vielleicht war es das unsichtbare Band von Liebe und Bindung. Felix hatte sich davon gelöst, und Holly, die sich noch daran klammerte, fiel zurück. Margaret und ich blieben bei ihnen und versuchten, sie so weit wie möglich zu unterstützen, aber wir fühlten uns fast ebenso hilflos wie sie. Unsere Worte klangen vermutlich hohl, Versicherungen, daß sie beide wertvolle Menschen seien, Ermutigung, über ihre Gefühle zu reden, zu versuchen, gemeinsame Entscheidungen zu treffen.

Es war natürlich noch nicht vorbei. Felix weigerte sich, zu gemeinsamen Gesprächen zu kommen, daher arbeiteten wir mit beiden getrennt weiter. Die rechtlichen Schritte wurden eingeleitet. Felix verhielt sich gegenüber Holly hart, aber in den Einzelsitzungen weinte er über den Zusammenbruch seiner Ehe. »Das ergibt alles keinen Sinn«, sagte er. Hatte er nichts von dem gehört, was wir über seine Bindung an die Ursprungsfamilie gesagt hatten, wie Hollys Bedürfnisse und Forderungen dieses Dilemma für ihn wiederholt hatten? In einem

Sturm von Gefühlen klingt die Stimme der Vernunft nur schwach durch. Trotz der Tatsache, daß Holly mehrere Monate vor seiner anderen Beziehung mit Scheidung gedroht hatte, war sie nun am Boden zerstört. Felix' Fortgehen, das sie teilweise provoziert hatte, war wie eine Urwunde, in der alle Zurückweisungen der Vergangenheit wieder aufbrachen. Sie erlebte einen großen Aufruhr von Kummer und Wut. Bei der Aufteilung ihrer Besitztümer gab es zwischen den beiden fast körperliche Auseinandersetzungen. Sie wütete in ihren Sitzungen gegen seine Täuschungen, seine Lügen, seine »feigen Ausflüchte«.

Schließlich gelangte das Paar zu einer Regelung, nach der das Haus verkauft und alle Güter aufgeteilt wurden. Nach dieser Abwicklung sahen sie sich seltener und konnten relativ höflich miteinander umgehen. Bald wurde deutlich, daß Felix' Beziehung andauerte und daß die beiden zahlreiche Themen zu bearbeiten hatten. Margaret und ich sahen Holly weiterhin und verwiesen Felix und seine neue Frau an einen anderen Therapeuten. Das war uns recht, denn wir mochten Felix zwar und verstanden seine Rolle in der Ehe recht gut, aber es war schwer, nicht wütend darüber zu sein, wie er die Beziehung beendet hatte.

Aber Margaret und ich merkten auch, daß wir zu diesem stürmischen Ende beigetragen hatten. Da wir beide Partner mochten, hatten wir mit unserem hartnäckigen Optimismus, daß sie ihre Probleme in den Griff bekommen würden, den Kontakt zu Felix verloren. Wir hatten seinen Mangel an Bindung nicht deutlich genug erkannt noch geholfen, dies auszusprechen. Da wir seine Position nicht genau genug »gelesen« hatten, mißtraute uns Felix und begann, wie in seiner Ursprungsfamilie, ein Doppelleben zu führen. Er verbarg seine Gefühle nicht nur vor Holly, sondern auch vor uns.

Wir hatten Holly nicht genügend darauf hingewiesen, wie sie selbst ihre Zurückweisung von Felix »steuerte«. Wir hatten auf die unbewußte Wirkung der mangelnden Unterstützung ihrer Familie für die Ehe hingewiesen, aber vielleicht nicht deutlich genug. Wir hätten härter mit ihr sein können, wie sie mit ihren Gefühlen der Ablehnung umging: Sie schlug zurück, wenn sie verletzt war, anstatt über die Verletzung selbst zu reden. Vielleicht hätten wir sie auch dazu bringen können, sich mehr mit uns einzulassen und weniger von Felix zu fordern.

Vielleicht. Aber wir mußten auch an die Ambivalenz denken, die beide von Anfang an gegenüber der Ehe gespürt hatten. Holly selbst hatte gedacht: »Ich gebe uns zwei Jahre.« Und genau zwei Jahre hatte die Ehe gedauert.

Es gibt zweifelsohne ebenso viele Möglichkeiten, sich scheiden zu lassen, wie zu heiraten. Es gibt »unterdeterminierte« Scheidungen, bei denen die Partner einfach und ohne einen offensichtlichen Konflikt oder eine Krise auseinandertreiben, es gibt die zutiefst bedauerten Scheidungen von stark gebundenen Partnern, die oft erst nach jahrelanger Therapie nachgeben. Die meisten Scheidungen sind aber überraschenderweise wie die von Holly und Felix: schmerzliche Mißverständnisse, die in einem Sturm von Gefühlen und mit wenig Einsicht stattfinden.

Psychotherapie ist offensichtlich nicht das Allheilmittel für schwierige Ehen, doch leider geht nur ein kleiner Anteil aller Scheidungspartner zur Therapie. Die meisten stehen es allein durch, fühlen sich verzweifelt und zutiefst verletzt und tun ihren Kindern weh – vermutlich dauerhaft.

Die Dynamik einer Scheidung ist komplex. Es gibt niemals einen alleinigen Grund für eine Scheidung. Die meisten Scheidungspaare haben allerdings bestimmte gemeinsame Charakteristika.

Ich glaube, die meisten Paare lassen sich aufgrund eines Mehrgenerationenprozesses scheiden, das heißt, die Ursprünge ihrer Schwierigkeiten wurzeln in den Problemen der vorherigen Generation. Oft gibt es eine verdeckte, unerkannte Kluft zwischen beiden Eltern des Scheidungspaares, und die gegenwärtige Trennung agiert aus, was in der Elterngeneration verborgen blieb.

In Felix' und Hollys Fall waren die Eltern bereits geschieden, und man könnte die Scheidung des jungen Paares als unbewußten Wunsch sehen, das zu »verstehen«, was zwischen den Eltern geschah, indem sie es ausagierten. Es gab sogar Ähnlichkeiten zwischen den Elternpaaren: Beide hatten nicht offen mit den Kindern über die Scheidung gesprochen, und sowohl Felix als auch Holly waren durch die Scheidung ihrer Eltern sehr getroffen worden. Es gab auch Ähnlichkeiten in der Dynamik beider Elternpaare. Beide waren fraudominierte Beziehungen, und Felix suchte unbewußt, sich gegen seine »fordernde« Partnerin zu »wehren«. Natürlich gab es auch die enge Parallele zwischen der außerehelichen Beziehung seines Vaters und seiner eigenen. Wir waren nicht dabei, aber nach Felix' Scheidung konnte er mit seinem Vater endlich ehrlich über dessen Beziehung sprechen.

Doch der Hauptfaktor einer Scheidung ist die Abhängigkeit, die die Partner in der Ehe schaffen, und die unausgedrückte Wut, die beide aus der Kindheit in die Ehe tragen. Wenn die Partner voneinander enttäuscht sind, kommt diese aufgestaute, unterdrückte Wut an die Oberfläche, und das Paar wird von der Stärke dieses Gefühls überwältigt. Wie Margaret und ich bei unserem ersten Versuch hat keiner der Partner genügend Selbstvertrauen und Unabhängigkeit und nur ungenügend entwickelte Identität, um die Gefühle auszuhalten, die zwischen ihnen auftauchen. Die Beziehung wird wie ein trockener Wald ohne Schneisen von einem Brand der Gefühle verzehrt, der beide Partner wieder in die Positionen extremer, kindhafter Verletzlichkeit zurückdrängt. Eine Scheidung erscheint also als einzige Alternative zum traumatischen Verlust des Selbstgefühls. Für viele Paare ist die vorgezeichnete Wiederholung der Dilemmas der Kindheit mehr, als sie ertragen können. Ausbrechen ist die einzige Alternative zum Wahnsinn.

Wenn ich Paare wie Felix und Holly sehe, die sich gegenseitig leidenschaftlich und hartnäckig als bedrohlich und schmerzhaft empfinden, kommt es mir manchmal so vor, als hätten beide einen Ehepartner ausgesucht, der sich verpflichtet hat, die negativen Aspekte seiner oder ihrer Eltern zu spielen. Da jeder Partner für den anderen die Komplikationen dieser negativen Rolle ausagiert, unterstützt von dem Prozeß der Rolleninduktion, werden die lange geleugneten Gefühle für die Eltern allmählich ausgedrückt. Felix fühlt sich von Hollys Forderungen und ihrer Wut bedrängt. Holly fühlt sich durch Felix' Rückzug verlassen und ungeliebt, genau wie damals in der Adoleszenz, als ihre Eltern sie nicht unterstützten, als die Mutter jahrelang unter Depressionen litt und der Vater sich emotional von ihr löste. Hollys Druck verstärkte Felix' Überzeugung, daß man ihr nicht trauen kann, sein Rückzug überzeugte Holly, daß man ihm nicht vertrauen kann. Die Verteidigungsmechanismen, die beide anwenden, wenn sie vom anderen konfrontiert werden, verstärken die Spannung. Über kurz oder lang sind beide in etwas verwickelt, was Systemtheoretiker »Flucht«-Reaktion nennen, eine außer Kontrolle geratene Reaktion, die bis zu dem Punkt eskaliert, an dem die Beziehung zusammenbricht.

In diese Atmosphäre der Bedrohung und der zunehmenden Wut bringt vermutlich ein Partner einen anderen Spieler ein: jemanden, der die Rolle des idealen Elternteils oder idealen Partners spielt, jemand, der anders ist als diese »negative« Person. Wenn das Paar Glück hat, findet es einen Professionellen, der das ideale Image darstellt. Zwar kann kein Therapeut diese Rolle im Alltagsleben verkörpern, aber er kann sich die Symbolik zunutze machen, um Einfluß auf die überhitzte Situation zu gewinnen.

Eine außereheliche Affäre stellt natürlich eine solche »Wahl« eines Idealpartners dar. In all den Streitereien gibt es jemanden, der nicht kritisch oder abweisend ist, sondern uns wirklich versteht, jemand, bei dem wir uns frei fühlen können. Wenn wir uns an jene fernen Zeiten erinnern können, verspricht dieser Traumpartner genau das, was unser gegenwärtiger »negativer« Partner auch einst versprochen hat.

Natürlich kühlt die Affäre ab, und auch dieser Partner erweist sich als menschlich und genauso sorgfältig ausgesucht, uns mit uns selbst zu konfrontieren, wie der letzte. Doch bis dahin winkt er als verlokkender Traum, mit dem die Psychotherapie nur schlecht konkurrieren kann.

Felix wies Holly zwar höchst brutal und schmerzhaft ab, doch solche Affären haben oft eine komplexere unterschwellige Struktur. Der »schuldige« Partner fühlt sich oft in der Ehe unterlegen und unfähig, den anderen zu konfrontieren. Der »Betrug« drückt die Ablehnung und Verletzung aus, die diese Person gespürt hat – natürlich nicht nur in der Ehe, sondern schon in der Kindheit von den Eltern.

Der »betrogene« Partner ist gewöhnlich subtiler und indirekter Untreue schuldig. In Hollys Fall war ihre Loyalität zur Ursprungsfamilie vermutlich viel stärker als die zu Felix und ihre Bindung an die Ehe vermutlich kaum stärker als seine. Affären sind daher gewöhnlich absolut beidseitig, und die »schuldige« Partei ist gewöhnlich diejenige, die sich zuerst von der Ehe verraten fühlt. In Felix' Fall war es Hollys Wechsel von Unabhängigkeit zu Abhängigkeit, wodurch er sich mißtrauisch und getäuscht fühlte.

Die traurige Tatsache ist jedoch, daß die echten Verletzungen dieser beiden Individuen in der Kindheit ihren Ausgang nahmen, und die Wut, die sich zwischen ihnen ergoß, war eigentlich deplaziert.

Felix und seine Freundin sind heute verheiratet und scheinen gut miteinander auszukommen. Holly ist immer noch allein und mit ihrem gegenwärtigen Leben zufrieden. Sie hat eine neue, anspruchsvollere Stelle bei einer anderen Firma, eine neue Wohnung und mehrere Männerbekanntschaften. Sie steht jedoch nicht unter Druck zu heiraten. »Ich habe eine Menge über mich gelernt und darüber, was ich von einer Ehe erwarte«, sagt sie. »Nächstes Mal bin ich besser vorbereitet.«

Holly hat sich in den zwei Jahren seit ihrer Scheidung beeindrukkend entwickelt. Margaret und ich sehen sie zuweilen immer noch zu einer Sitzung. Nach dem Aufwachsen mit geschiedenen Eltern scheint es ihr zu helfen, uns zusammen zu sehen, zu sehen, wie wir zusammen arbeiten und uns gemeinsam um sie Sorgen machen.

Gelegentlich spricht Holly nostalgisch über ihre Ehe mit Felix. »Schade, daß es nicht klappte«, sagt sie traurig. »Wir hatten eine Menge gemeinsam, und vieles sprach für uns.«

Ein Kind kommt dazu

Mit einer Mischung aus Aufregung und Erleichterung wenden wir uns nach der intensiven ersten Ehephase dem ernsten Geschäft zu, unsere Rollen in der Außenwelt einzunehmen. Wir konzentrieren uns auf Produktivität, wir stehen vor größeren Entscheidungen und Verpflichtungen: Karriere und vielleicht Kinder. Die Entscheidung, ein Kind zu bekommen, ist vielleicht nur eine unter vielen, die wir in dieser Periode treffen, doch sie ist bei weitem die wichtigste und eine der wenigen unwiderruflichen im Leben.

Ehe wir diesen ungeheuren Schritt tun, sollten wir die Grundlagen unseres Zusammenlebens geklärt haben. Wir haben gelernt, zwei verschiedene Bedürfnisstrukturen ins Gleichgewicht zu bringen, und ein paar grundsätzliche, intuitive »Abmachungen« getroffen, die uns ermöglichen, als Einheit zu funktionieren. Wir sollten gut miteinander sprechen können, Entscheidungen gemeinsam treffen und einander Unterstützung und Ermutigung bieten können. Außerdem sollten wir in der Lage sein, offen und direkt mit unseren Konflikten umzugehen.

Wir sollten auch fähig sein, uns aufeinander zu stützen. Auf Jahre hinaus müssen wir nun damit rechnen, emotional stark gefordert zu werden, und wir suchen beim anderen Trost, Frieden und Freude, die uns wieder stärken. Wenn es dieses angenehme, hilfreiche »Wir-Sein« nicht gibt, wird alles Folgende viel schwieriger, und die Produkte unserer Bemühungen – der Haushalt, die Kinder, der Beruf – werden vielleicht zum Ersatz für das, was zwischen uns fehlt, und wirken daher eher trennend als verbindend.

Natürlich gelingt nur wenigen diese Reihenfolge. Manche Paare beginnen ihre Ehe, wenn sie ein Kind erwarten, was einen starken Nachteil bei der Bildung einer zuverlässigen Beziehung darstellt, die sie als Hintergrund für ihre Elternrollen brauchen. Die meisten Menschen heiraten zu früh und bilden ein überabhängiges »Wir«, ehe sie zu autonomen Individuen geworden sind. Mitten im Kampf um die Beziehung entdecken sie dann zwischen sich ein explosiv anspruchsvolles Wesen: ein Kind. Aber ich greife vor.

Für Margaret und mich fielen diese Entscheidungen sehr rasch und ohne viel nachzudenken. Wir waren immerhin in den friedlichen, traditionellen Fünfzigern groß geworden, als alles vorbestimmt schien.

Nicht lange nach Beginn meiner Therapie mit Carl merkte ich, daß ich am Leben meiner Studenten viel interessierter war als an ihren Arbeiten und die meiste Zeit damit zubrachte, mit ihnen ihre persönlichen Probleme zu bereden. Mich faszinierte das Unbewußte, und ich beschloß im Prozeß meiner eigenen Psychotherapie, Therapeut zu werden.

Als Margaret und ich heirateten, verloren wir nur wenig Zeit, uns Ziele zu setzen und auf sie zuzustreben. Margaret beeilte sich mit ihrer Magisterarbeit in Französisch, damit sie uns mit einer Lehrstelle unterhalten konnte, ich absolvierte die notwendigen Kurse für ein Aufbaustudium in Psychologie. Das zweite Ehejahr verbrachten wir in Atlanta, wo Margaret am College Französisch unterrichtete und ich die Vorbereitungskurse in Psychologie besuchte. Dann zogen wir an die Universität von North Carolina, wo ich als Assistent in der klinischen Psychologie arbeitete. Inzwischen hatte Margaret ihr Interesse an der Arbeit mit gestörten Kindern entdeckt, und während ich meine Doktorandenkurse absolvierte, schrieb sie sich für einen Kurs Pädagogische Psychologie ein.

Eine Weile studierten wir beide. Vor unserem zweiten Hochzeitstag waren wir nicht nur zufrieden mit unserer akademischen Arbeit, sondern spürten auch den Druck der Jahre. Margaret war sechsundzwanzig, ich siebenundzwanzig. Zuerst sehr vorsichtig, dann immer kühner, sprachen wir über ein Kind. Wir rechneten aus, daß wir mit meinem Stipendium und einem Darlehen von Margarets Familie finanziell über die Runden kämen. In den letzten Wochen des Jahres 1965, nachdem wir ausgerechnet hatten, wieviel Zeit Margaret noch für ihre zweite Magisterprüfung brauchte, beschlossen wir, ein Kind zu bekommen.

Wir hatten innerlich Bilanz über unsere Ehe gezogen, obwohl wir das damals einander nicht zugestanden. Wir hatten beide offenbar beschlossen, daß wir es schaffen würden.

Niemand fällt eine solche Entscheidung ohne Ambivalenz, und so war es auch bei uns. Letztendlich erschien mir ein Baby eine wunderbare *Idee*, die meinem Gefühl für Margaret entsprang. Für sie war es mehr – eine tiefe Anziehung, ein kreativer Impuls, der fast unwiderstehlich war. Margarets Entscheidung, ein Kind zu bekommen, war das Nachgeben an ein unstillbares Bedürfnis. Bei mir war es das Interesse, Vater zu werden, und Liebe zu Margaret.

Wenn ein Paar sich entscheidet, ein Kind zu haben, wird der Liebesakt zweckgerichtet, fast zur Arbeit, doch da Sex ein Element von Gefahr enthält – denn so haben wir die Möglichkeit einer Schwangerschaft vorher betrachtet –, handelt es sich um eine riskante, aufregende Aufgabe. Natürlich geschah eine Weile nichts, und manche Paare verspannen sich so sehr, daß eine Schwangerschaft nicht eintritt. Manchmal dauert es Monate und Jahre, mit falschem Alarm und Enttäuschungen.

Wenn bei einer Frau die Periode ausbleibt – was bei Margaret sehr schnell geschah –, sehen wir einander ungläubig an. Kann das wahr sein? Die Welt scheint sonderbar verändert.

Bis dahin sind beide etwa den gleichen experimentellen Fluß hinabgepaddelt. Sobald klar wird, daß die Frau schwanger ist, bemerken wir eine winzige Insel vor uns. Bald legen wir an gegenüberliegenden Ufern dieses Eilands an. Ich setzte mein Leben fort wie zuvor, und nichts Seltsames geschah – außer, daß sich Margaret veränderte. Mich verunsicherten ihre Übelkeit, ihre Schläfrigkeit, ihre Erschöpfung. Ich bemerkte auch, daß sie geistesabwesend war, verträumt und in sich selbst versunken. In der Mitte der Schwangerschaft lebte ihr Interesse an Sex wieder auf, doch im ersten Trimester war ihr nicht danach zumute. Im dritten Trimester fühlte sie sich nicht nur schwerfällig und unbeholfen, sondern fürchtete auch wie die meisten Frauen, der Verkehr könne eine Frühgeburt auslösen (entgegen den Versicherungen ihres Arztes).

Wie die meisten Ehemänner war ich irgendwie eifersüchtig auf Margarets emotionale Selbstversunkenheit und fühlte mich durch ihr mangelndes sexuelles Interesse betrogen. Sehr viele emotionale Bedürfnisse von Männern zentrieren sich auf die sexuelle Beziehung, so daß diese Unterbrechung bei den meisten Probleme hervorruft. Wir verstehen vielleicht auf intellektueller Ebene die Bedürfnisse der schwangeren Frau, doch innerlich fühlen wir uns verlassen und wütend. Gewöhnlich sind wir nicht in der Lage, darüber zu reden. Eine beträchtliche Anzahl Männer hat in dieser Phase eine außereheliche Beziehung, und dies stellt eine unbewußte Vergeltung für die vom Mann so wahrgenommene Zurückweisung dar. Eifersucht auf die Versenkung der Frau in ihre Schwangerschaft ist nur eines von vielen Zeichen des männlichen Besitzanspruches und männlicher Unsicherheit, doch sie kann sich sehr stark zeigen und beide Partner verwirren.

Wenn eine Frau feststellt, daß sie mit den körperlichen Aspekten der Schwangerschaft allein ist, fühlt sie sich ebenfalls verraten. »Es ist ungerecht, daß Männer nichts damit zu tun haben«, klagte Margaret und hatte natürlich recht. Ihre Wut verdeckte allerdings kaum die Panik vor dem Geheimnis der Geburt, der Möglichkeit von Komplikationen, die Sorge um die Gesundheit des Babys. Die moderne Technologie wirkt zwar beruhigend, aber Frau und Kind stehen immer noch vor vielen Risiken, und Margaret wußte dies. Es war natürlich auch sie, die Angst hatte, ein mißgestaltetes Kind zu bekommen.

In den letzten Monaten der Schwangerschaft wird die Strömung schneller, und die psychologische Insel zwischen den beiden verbreitert sich. Wir können einander immer noch sehen, aber es wird offensichtlich, daß wir nun auf zwei verschiedenen, entgegengesetzten Strömen fahren. Margaret wollte in einem Moment der Panik umkehren, erkannte aber, daß es unmöglich war. Die Strömung war stark und schnell und anders als alles, was sie bislang erlebt hatte. Sie fühlte sich nicht mehr in Kontrolle ihres Körpers. Unsere gemeinsame Phantasie symbiotischer Einheit wurde durch die Forderungen des Körpers zerrissen. Wir standen biologisch allein da. Ich wollte ihr helfen, wußte aber, daß ich nicht konnte.

Diese Ängste und Unsicherheiten sind natürlich nur die Schattenseite der Schwangerschaft. Nach der Übelkeit der ersten Monate fühlte sich Margaret bemerkenswert wohl. Allgemein war sie zuversichtlich und gelassen. Fast instinktiv begannen wir »Nestbau«-Projekte. Als der Frühling kam, pflanzten wir einen Blumengarten. Ich baute eine Steinmauer und schreinerte Margaret einen Schreibtisch. Wir besuchten Buchhandlungen, gingen in jeden Film, der ins örtliche Kino kam, und verbrachten viel Zeit mit Freunden, wenn wir nicht arbeiteten. Mit Fortschreiten der Schwangerschaft genossen wir die restliche Zeit zusammen immer mehr. Erst kurz vor der Geburt, als wir die Möbel für das Kinderzimmer aussuchten, wurden wir deutlich ängstlich.

In den letzten Wochen vor der Geburt schien die Zeit stillzustehen. Wir spürten das Ende einer Ära und verbrachten die letzten Tage als Paar wie im Traum. Wir machten einen Wochenendausflug in die Berge, eine Reise, an die wir uns beide mit erstaunlicher Klarheit erinnerten. Ein paar Tage später besuchten wir Freunde und fragten sie, ob sie mit uns ins Kino gingen. Sie sahen uns mit wissendem Lächeln an und sagten: »Wir möchten schon, aber wir haben keinen

Babysitter für unsere Kinder.« Dann sah die Frau Margaret an und fügte hinzu: »An so was mußt du auch bald denken.«

»Oh«, antworteten wir verlegen, weil wir nicht daran gedacht hatten.

In den Sechzigern, als Sarah geboren wurde, schien der Ärztestand verschworen, Paare bei der Geburt zu trennen. Margaret besuchte ihren Gynäkologen allein, und als der Geburtstermin näherrückte, fühlte ich mich immer mehr allein gelassen. Margaret bekam auch nur wenig Unterstützung von ihrem Arzt; selbst die einfachsten Informationen mußte sie diesem distanzierten Standesvertreter mühsam entlocken.

Zwei Wochen vor dem vorausbestimmten Termin setzten die Wehen ein. Sarahs Zimmerchen war sorgfältig vorbereitet, wir beide waren es nicht.

Ich saß ängstlich und aufgeregt neben ihrem Bett, während eine verschlafene Schwester den raschen Fortgang der Geburt überwachte. Wir unterhielten uns angeregt, ich las ihr vor. Vier Stunden nach der ersten Wehe bekam Margaret unvermittelt eine Spritze. »Was machen Sie da?« protestierte sie. Ehe wir wußten, was geschah, wurde sie in den Kreißsaal gerollt.

Sarahs Geburt verlief komplikationslos, und ich durfte Margaret bald schon sehen. Sie sah mich an und sagte schläfrig, aber immer noch mit ekstatischem Blick: »Das war phantastisch! Das mache ich noch einmal!«

Dann sah ich Sarah, einen winzigen Schreihals, durch die Glasscheibe des Kinderzimmers. Erst mehrere Stunden später waren wir als kleine, keimende Familie in Margarets Zimmer versammelt. Es war ein magischer Augenblick, als wir ehrfurchtsvoll und benommen Besitz von unserem Kind ergriffen, das erste Zusammenfinden starker Lebensfäden, die zur Familie werden. Bislang waren wir ein gesellschaftliches Konstrukt gewesen, eine Seelenverbindung. Jetzt aber war unsere Beziehung sprichwörtlich in einem neuen Leben »verkörpert«.

Viele Paare erleben die Geburt eines Kindes immer noch auf diese traditionelle Weise, doch man hat heute die Alternative der Hausgeburt, die viele Vorteile bietet. Vorbereitungskurse bringen zukünftige Eltern zusammen, und in dieser Atmosphäre finden auch Männer eine Rolle – indem sie der Frau beim Entspannen helfen und ihr die notwendige emotionale Unterstützung geben. Dies ist für alle Paare zutiefst beruhigend. Die Aufforderung an Männer und Väter, sich mit dem Prozeß der Geburt zu identifizieren, kann ihre Bindung an das Kind für das ganze Leben beeinflussen.

Für Frauen ist die Geburt gewöhnlich ein viel aufregenderes Erlebnis, wenn sie keine Beruhigungs- und Schmerzmittel bekommen. Der Schmerz kann in vielen Fällen durch bestimmte Atemtechniken bewältigt werden. Die Babys sind bei der Geburt auch viel wacher und lebhafter.

Als Julia auf die Welt kam, war diese Revolution geschehen, und wir nahmen es dankbar an. Bei ihrer Geburt stand ich hinter Margaret, hielt ihre Hand und war aktiv an allem beteiligt. Ich sah, wie Julias Kopf auftauchte, dann die Schultern, dann ihr kleiner, glänzender, lebensstrotzender Körper. Ehe Margaret sie in den Arm nahm, hielt die Hebamme sie unter eine Wärmelampe, und ich stand neben ihr und steckte meinen Finger in ihre winzige Hand.

In diesen stark emotionalen Momenten bei der Geburt eines Kindes kann ein Mann eine solche Empathie für seine Frau entwickeln, daß ihre biologischen Unterschiede fast aufgehoben werden. Er verliebt sich in sein Kind. Die frühe Einbeziehung in die Kinderaufzucht kann die jahrhundertelange Konditionierung zwar nicht auslöschen, die Männer von Säuglingen und Kleinkindern trennt, aber sie kann sehr helfen. Ich weiß, daß meine besondere »Bindung« an Julia auf den ersten magischen Momenten ihres Lebens beruht. Ich wünschte, ich hätte es bei den ersten Kindern ebenso erlebt, und kann allen zukünftigen Vätern nur diesen Rat geben: Nehmt so stark wie möglich an der Schwangerschaft eurer Frauen teil und habt so viel Kontakt wie möglich mit dem Neugeborenen. Männer haben das Recht und die Verpflichtung dazu, und wir sollten uns, falls nötig, gegen die Ärzte dafür einsetzen. Es handelt sich um kritische Momente eines Lebens, und wir sollten körperlich und emotional anwesend sein!

Trotz aller Fortschritte in der Gynäkologie werden zu viele Paare bei der Geburt ihres Kindes getrennt. Eine ganz normale Geburt ist ein einschneidendes Ereignis und kann zu einem Zeitpunkt werden, an dem Mißverständnisse beginnen, die die Lebensströme der Partner auseinandertreiben. Das ist besonders wahrscheinlich, wenn der Mann, unbewußt wütend wegen der Anforderungen der Schwangerschaft, abwesend ist oder sich um die Geburt nicht kümmert. Eine Frau fühlt sich in dieser Situation absolut verlassen und hat vielleicht große Schwierigkeiten, ihrem Mann je wieder zu vertrauen.

Es ist auch einer der Momente, in dem Paare viel mehr Unterstützung brauchen, als sie gewöhnlich bekommen. Sie müssen lernen, während der Geburt als Paar zu arbeiten. Männer brauchen insbesondere Hilfe, ihre Säuglinge anzunehmen und mit ihnen in Kontakt zu bleiben.

Wenn wir unser erstes Kind aus dem Krankenhaus nach Hause bringen, sind wir so nervös wie nie zuvor. Da haben wir eine schrecklich zerbrechliche, hilflose kleine Person, die für ihr Überleben absolut von uns abhängig ist. Niemand außer uns kann sie am Leben halten – sie füttern, baden, wiegen und beschützen. Was braucht sie? Warum weint sie jetzt? Warum schläft sie nicht? Oh, warum schläft sie nicht? Sie ist ein seltsames, kleines Wesen, von geheimnisvollen Wutausbrüchen geschüttelt, die nicht besänftigt werden können, was immer wir versuchen. Und sie braucht soviel Zuwendung und ist so offensichtlich, so völlig verletzlich und hilflos, daß wir in ihrem Bann stehen und wie Sklaven ihre Bedürfnisse erfüllen.

Ich sage »wir«, doch der gleiche rasche, tief eingeschnittene Fluß, der die Frau zur Geburt katapultierte, setzt vermutlich seinen Lauf fort und schiebt ihr die große Aufgabe der Kinderaufzucht zu. Der Mann bietet vielleicht an, auch mal nachts aufzustehen, aber besonders, wenn die Frau stillt, ist das Band zwischen Mutter und Kind sehr stark und widersteht ihrer Absicht, diese Bürde zu teilen.

Außerdem steht der riesige Berg der Tradition zwischen ihnen und zwingt die kleinen Flüsse weiter auseinander. Denn ein Paar begibt sich vor der Geburt eines Kindes in die zeitlosen Rollen von Mutter und Vater. Wenn beide diese Rollen annehmen, steht jeder vor der überwältigenden Präsenz des gleichgeschlechtlichen Elternteils. Er beruft sich auf das historische Vorbild seines Vaters und beginnt ganz unbewußt, es zu kopieren. Mit ihr geschieht das gleiche. Was immer ihre Mutter tat, ragt nun vor ihr wie ihr Schicksal auf. Wenn sich nicht beide Partner bewußt und entschlossen bemühen, diese Vorgaben zu ändern, wiederholen sie unbewußt die Verhaltensmuster ihrer Eltern.

Angesichts des winzigen, anspruchsvollen Wesens findet die Frau die in ihrer Erinnerung gespeicherte Erfahrung, von der eigenen Mutter genährt worden zu sein, in deren Rolle sie sich nun selbst findet. Auch wenn sie sich noch nie um ein Kind gekümmert hat, ist sie darin erfahren – weil sie von einer Frau versorgt wurde – und kann das nun für das eigene Kind abrufen. Viele Männer haben zwar Erinnerungen an aktiven Kontakt mit dem Vater, doch nur selten »Vatererinnerungen« aus dieser Phase ihrer eigenen Entwicklung. Aller Wahrscheinlichkeit nach hat sich der Vater in den ersten Jahren nicht um sie gekümmert, und wenn sie in sich nach Informationen suchen, wie man einen Säugling betreut, finden sie nur Leere. Statt dessen finden sie das männliche Vorbild, das ihnen rät, sich anzustrengen und den Lebensunterhalt zu verdienen, eine Vorstellung, die fordernd genug klingt, doch weniger angsteinjagend ist als die Leere des Nichtwissens, wie man auf einen Säugling reagiert. Der Mann weicht also aus und übergibt das Kind der Frau – die keine Wahl hat, sondern es annimmt. Und die bloße Schwungkraft der Ereignisse bestimmt den Tagesablauf.

Der emotionale Rückzug des Mannes vor den Bedürfnissen seines Kindes ist sicherlich überdeterminiert. Er entspricht nicht nur der Tradition, sondern enthält vermutlich auch die Angst vor dem abhängigen, hilflosen Teil in ihm selbst, den er aus solcher Nähe nicht anzusehen wagt. Auch hat er Angst vor dem starken Anspruch seiner Frau, sie zu unterstützen. Das empfindet er wie eine vertraute Falle. Die Kindheitsdynamik, die Männer vermutlich vor den emotionalen Bedürfnissen einer Frau fliehen läßt (darauf gehe ich noch weiter ein), löst volle Alarmbereitschaft aus. Beunruhigt durch die gesamte Szene, findet er es leichter, sich in seinen sicheren Hafen, die Arbeit, zurückzuziehen.

Vor nicht allzu langer Zeit noch fanden Frauen mit Neugeborenen emotionale Unterstützung bei anderen Frauen der Familie, besonders bei ihren Müttern. Doch die heutige Kleinfamilie lebt oft weit entfernt von ihren Verwandten, und die auf Unabhängigkeit bedachte Frau zögert vermutlich, ihre Mutter zu Hilfe zu rufen. Wenn sie kein ungewöhnlich zuverlässiges Netz von Freundinnen hat, findet sich die junge Mutter oft furchtbar mit dem Säugling allein gelassen. Sie liebt zwar vielleicht den süßen, engen Kontakt mit dem Kind, doch die erschöpfte, isolierte, überbeanspruchte Mutter ist vermutlich auch wütend über die Ungerechtigkeit ihrer Lage. Einen Teil der Wut richtet sie vielleicht auf das Kind und phantasiert, daß ihm etwas Schreckliches zustoßen könnte. Sie ist unvermeidlich wütend auf den Mann, doch sie hat vielleicht auch Angst, sich zuzugestehen, wie sehr.

Heutzutage stehen Frauen mit Säuglingen oft noch unter der Belastung durch einen Beruf, zusätzlich zur Hauptverantwortung für die Kinder. Mit unzureichender Tagesbetreuung, verständnislosen Vorgesetzten und nichthelfenden Männern stehen sie vor einem fast unlösbaren Dilemma.

Doch selbst wenn es dem Paar gelingt, sich die Sorge um das Kind zu teilen, steht es vor der ungeheuren Aufgabe zu lernen, dieser neuen Generation emotional uneingeschränkt zu geben. Nach der Freude über die Gegenseitigkeit in der Ehe müssen wir mit der Tatsache Frieden schließen, daß wir zumindest am Anfang Kindern viel mehr geben, als wir zurückbekommen. Wir gewinnen schließlich viel Befriedigung aus der Elternrolle, doch kleine Kinder fordern, daß wir ihnen zuliebe viele Opfer bringen.

Es gibt zahlreiche wissenschaftliche Beweise dafür, daß alle Paare die Geburt eines Kindes als größere Krise empfinden. Die Schlaflosigkeit, die Erschöpfung, die ungeheure Verantwortung, die große Belastung durch die kindlichen Bedürfnisse, die Spannung zwischen den Partnern, wie sie diese Bedürfnisse erfüllen – all diese komplexen Ansprüche belasten die emotionalen Ressourcen des Paares bis an die Grenzen. Die dritte Krise in der Ehe wird also durch die Geburt eines Kindes ausgelöst, und jedes Kind ruft eine neue Krise hervor. Das erste ist schwierig, weil wir so unerfahren sind, das zweite, weil wir auch die Bedürfnisse des ersten erfüllen müssen. Beim dritten sind wir zwar erfahrener, aber auch erschöpfter.

Die Entscheidungen, die Paare heutzutage hinsichtlich der Kindererziehgung treffen müssen, sind ebenfalls kontrovers. Während es früher eine einzige »richtige« Antwort auf die Bedürfnisse von Kindern gab – Frauen blieben zu Hause und zogen sie auf –, herrschen nun Komplexität und Zweifel. Die Mehrheit der Frauen mit Kindern arbeitet außer Haus, und der Prozentsatz der Frauen, die diese Wahl treffen oder dazu gezwungen werden, nimmt unvermeidlich zu. Wir müssen als Gesellschaft die Bedürfnisse von Kindern bewußter befriedigen, doch ohne auf die Familie der Vergangenheit zurückzugreifen.

Erst in der letzten Zeit bekamen Frauen ausreichend gesellschaftliche »Erlaubnis« und Unterstützung, um die wahre Quelle ihrer Wut zu nennen, die sich gegen die Männer und ein Gesellschaftssystem richtet, das sie in die ausschließliche und unterbewertete Rolle drängt, vornehmlich Bezugsperson für die Kinder zu sein. Die meisten Frauen wünschen sich Kinder, und sie wollen sich um sie kümmern, doch sie verlangen einfach mehr Unterstützung – besonders von den Männern. Es ist an der Zeit für Männer, eine einflußreichere Rolle bei der Kinderbetreuung anzunehmen. Wir haben hier eine Verpflichtung, aber, wie ich zeigen werde, auch eine einzigartige Chance.

Manche Paare verändern heute, indem beide berufliche Karrieren anstreben und sich die Elternrolle teilen, erfolgreich das alte Muster, doch Frauen brechen viel leichter in die Berufswelt ein als Männer in den Bereich der Kindererziehung, besonders, wenn es um Kleinkinder geht. Die Schätzungen, wieviel Zeit Väter heute mit ihren Kindern verbringen, variieren, doch die meisten Beobachter meinen, daß Männer etwa ein Drittel von dem leisten, was ihre Frauen vollbringen, und Männer neigen dazu, sich der angenehmsten Seiten der Kinderbetreuung zu bemächtigen. Da das Paar oft stark von bezahlten Bezugspersonen abhängt (etwa 50 Prozent aller Frauen mit Kindern unter drei Jahren waren 1985 in den USA berufstätig), ist der tatsächliche Beitrag von Vätern an der Betreuung immer noch gering. Eine neuere Studie (von Teresa Jump und Linda Haas) über »gewissenhafte« berufstätige Paare, bei denen die Frau einen sinnvollen, gut bezahlten Beruf hatte, fand heraus, daß 38 Prozent der Kinderfürsorge von den Vätern geleistet wurde. Diese Männer hatten in der Regel eine gute Ausbildung und unterstützten die Berufstätigkeit der Frau. Sie drückten überwiegend ihre Zufriedenheit über ihre Erfahrung mit den Kindern aus, die gewöhnlich aus direkter Beschäftigung mit den Kindern bestand, nicht im Kochen und Putzen.

Diese berufstätigen Paare fanden jedoch ihre Lebensweise so schwierig und anspruchsvoll, besonders, wenn der Mann einen anstrengenden Beruf hatte, daß fast alle sich über fehlende Tageseinrichtungen und mangelnde Unterstützung bei ihrem Versuch beklagten, sich die Kindererziehung zu teilen. Besonders die Männer stießen auf nur wenig Ermutigung. Selbst unter diesen experimentellen Umständen waren die Frauen durch die größere Verantwortung für die Kinder immer noch ungerecht belastet.

Zwar stellt eine zunehmende Anzahl von Firmen Kindergärten für ihre Angestellten zur Verfügung, doch die allgemeine Atmosphäre am Arbeitsplatz ist gegenüber den Bedürfnissen von Eltern immer noch unsensibel. Das trifft besonders zu, wenn ein Mann flexible Arbeitszeit oder Urlaub für das Kind verlangt. Berufstätige Elternpaare finden auch anderswo in der Gesellschaft nur wenig Unterstützung.

Ein anderes Hindernis auf dem Weg zu gemeinsamer Elternschaft ist die Ambivalenz, die viele Frauen angesichts der Aufgabe ihres »emotionalen Territoriums« empfinden. Die Frau ist vielleicht erschöpft und wütend über die Belastungen durch die Mutterschaft und will bewußt diese Last teilen. Aber ein Teil in ihr hat Angst und Schuldgefühle, das aufzugeben, was die Geschichte ihr zuschreibt. Wird ihre Identität als Frau beeinträchtigt, wenn sie die Sorge um die Kinder mit dem Mann teilt? Ist sie bereit, mit der leistungsorientierten Welt außerhalb der Familie fertig zu werden?

Viele Frauen bitten ihren Mann um Hilfe bei der Kinderversorgung, doch sie fragen ängstlich und gereizt, so daß sie auf Widerstand stoßen. »Du machst nicht genug mit Johnny« ist eine Klage, doch keine deutliche Bitte, etwas zu verändern. Die Kontrolle bleibt damit bei der Frau. Es wird impliziert: »Du machst nicht genug mit Johnny *für mich!*«

Bei einer solchen Botschaft kann der Mann zum gehorsamen, kleinen Jungen werden und »mehr helfen«, sich aber dabei insgeheim über die »Anweisung« der Frau ärgern. Oder er sperrt sich, um seine Autonomie zu wahren, und fühlt sich dann als schlechter Vater.

Erfolgreiche Verhandlungen in diesem Bereich sind sehr schwierig, und ich werde im weiteren beiden Partnern Strategien vorschlagen, wie sie ihre Beziehung dahingehend ändern können. Eine Frau muß sich sehr darüber im klaren sein, ob sie wirklich die Elternschaft teilen will, und sie muß deutliche, klare Bitten vortragen, nicht nur um »Hilfe«, sondern um geteilte *Verantwortung*. Ein Mann sollte auf geteilter Kontrolle bestehen wie auch auf geteilten Pflichten. Genau wie Männer die uneingeschränkte finanzielle Kontrolle aufgeben müssen, wenn die Frauen die Verantwortung für das Familienbudget teilen, müssen Frauen die exklusive Elternkontrolle aufgeben, wenn die Männer mehr Verantwortung für die Kinderbetreuung übernehmen. Der beste Weg zu solchen Veränderungen sind Abmachungen in Form fester, klarer Verträge, die genau die Pflichten für beide Partner definieren.

Für Männer besteht eine größere Schwierigkeit in dem Vorbild, das ihr eigener Vater ihnen gab. Auch ein Mann, der sich sehnlichst wünscht, zum verantwortlichen Vater zu werden, steht vor einem schwierigen Kampf mit seiner eigenen Geschichte. Wann immer er versucht, das Modell seines gleichgeschlechtlichen Elternteils zu durchbrechen, fühlt er sich nicht nur schuldig, als mache er etwas falsch, sondern führt auch ein Element angestrengter, mühsamer Arbeit in einem Lebensbereich ein, in dem wir hoffen, spontan und intuitiv zu sein. Der Mann, der lernt, sich um einen Säugling zu kümmern, wenn sein Vater in diesem Alter nichts mit ihm zu tun hatte, muß sich selbst ein Vorbild und eine neue Rolle konstruieren und sich bewußt durch ein Muster sorgfältig geplanter Handlungen leiten. Es ist, als erfinde er eine neue Rolle und kümmere sich zunächst um sich selbst. Er liest Bücher über Kindererziehung, besucht Kurse und spricht mit anderen Männern in ähnlichen Situationen. Diese geplante Veränderung erfordert viel seelische Energie und macht ihn oft gereizt und erschöpft.

Der gewissenhafte Vater muß mit Sicherheit damit rechnen, von anderen Männern als »weibisch« bezeichnet zu werden. Tatsache ist, daß alle Männer ihr Leben unter der Obhut einer Mutter beginnen und ihre früheste und profundeste Identifikation mit der Mutter stattfindet. Man bringt Jungen sehr früh schon bei, sich dieser historischen Beziehung zur Mutter zu schämen und sich von diesem Teil ihres Lebens zu distanzieren. Allzubald lösen wir uns aus dieser »kindlichen« Verbindung mit der Mutter und legen die schwere Rüstung der Männlichkeit an. Um erfolgreich kindliche Bedürfnisse zu erfüllen, müssen wir bereit sein, mit dem Schrecken umzugehen, als »weibisch« bezeichnet zu werden. Die meisten Männer brauchen Hilfe von anderen, um mit der weiblichen Seite in sich besser zurechtzukommen. Nur wenn ein Mann sich stark von anderen Männern unterstützt fühlt – die ähnliche Ängste empfinden –, ist er sicher vor seiner Angst, von der weiblichen Seite des Lebens verschlungen zu werden.

Wenn es einem Mann gelingt – aufgrund von Willensanstrengung und Entschiedenheit –, die Rolle auszuweiten, die sein Vater einnahm, kann er für seine Kinder vielleicht Dinge tun, die sein Vater nie tat: mit ihnen zusammen sein und sie unterstützen. Die Gefahr bei dieser »gewollten« Veränderung liegt darin, daß er sich innerlich vielleicht leer fühlt und wütend auf die Kinder wird, weil sie in den Genuß eines Vaters gelangen, den er nie hatte. Er straft vielleicht genau die Kinder, denen er zu helfen versucht.

Niemand kann größere Veränderungen in seinem Verhalten ohne den starken Willen dazu erreichen. Wir versuchen, die Muster zu durchbrechen, die unsere Eltern uns mitgaben, doch ich halte es für einen Fehler, die Macht unserer Loyalität diesen Eltern gegenüber zu unterschätzen. Unsere Chance, dauerhafte Veränderungen zu erreichen, verbessern sich aber sehr, wenn wir die deutliche, offene Erlaubnis unserer Eltern bekommen, mit ihren Vorbildern zu brechen. Wenn eine Frau zum Beispiel versucht, einen Beruf auszuüben, und mit der Mutter über ihre Schuldgefühle und über die gemischten Botschaften spricht, die sie von ihr bekommt, dann erhält sie vielleicht Rat und Unterstützung für ihren Versuch. Die elterliche Sanktionierung kann ungeheuer befreiend wirken, ihr Mangel eine starke Hemmschwelle darstellen.

Vielleicht kann ein Vater von seinem Vater die gleiche Art Erlaubnis bekommen, fürsorglicher zu sein. Die Begegnung zwischen Vater und erwachsenem Sohn ruft vielleicht Vorwürfe des Sohnes und Reue des Vaters hervor und könnte in einer Entschuldigung des Vaters kulminieren. Der Ältere könnte sagen: »Ich möchte, daß du frei bist, ein Vater zu sein, der ich nie war.« Erst nach einer solchen Erlaubnis merken wir, wie sehr wir durch ihr Fehlen gehemmt wurden.

Wenn wir versuchen, unseren Kindern eine wichtige Erfahrung mitzugeben, die wir nicht hatten, müssen wir uns bemühen, diese Erfahrung für uns selbst zu gewinnen. Ein Mann sollte nicht annehmen, er könne »Fürsorge« aus einem emotionalen Vakuum erfinden. Wenn er die Sorgerolle nur spielt, entwickelt er früher oder später Ablehnung dagegen. Er braucht zur Entwicklung seiner neuen Rolle die Erfahrung, die dringende Unterstützung von anderen Männern.

Da wir später in diesem Buch die praktischen Seiten der Veränderung bearbeiten, möchte ich dort Strategien für die Behandlung dieser Probleme erläutern. Auch wenn unsere Eltern zögern, mit uns über solche Themen zu sprechen, oder uns nicht helfen können, gibt es noch viele Möglichkeiten. Männer können sich zum Beispiel gut des Vorbildes der Frauen bedienen und Selbsthilfegruppen bilden. Ich werde eine solche Gruppe, zu der ich gehöre, beschreiben. Ohne einen »idealen Vater« können Männer sich gemeinsam bemühen, neue Vorbilder und neue Beispiele für Männlichkeit zu finden.

Es ist sehr wichtig, daß Männer sich in den ersten Lebensjahren ihrer Kinder stärker mit ihnen befassen. Nicht nur unsere Frauen brauchen Unterstützung, sondern auch unsere Kinder. Wenn diese Phase elementarer Bedürfnisse und ihrer Erfüllung ohne uns verstreicht, ist sie auf immer verloren. Wir können uns auf andere Weise beteiligen, aber niemals wieder auf dieser grundsätzlichen, intimen Ebene. Die innigste Verbindung zwischen Eltern und Kind entsteht in jenen ersten Tagen, Monaten und Jahren, und wenn wir Männer uns aus dieser Erfahrung ausschließen, entgeht uns ein wichtiger Teil des Lebens.

In den Vierzigern merken viele Männer, was sie an ihren Kindern versäumt haben. Sie erkennen das enge Band zwischen der Frau und ihren Kindern und auf der anderen Seite die Grenzen der Berufswelt, die ihnen offensteht. Ob sie an diese stoßen oder nicht, im mittleren Alter winken Reichtum und Berühmtheit nur noch am Rande. Viele Männer sind dann der Konkurrenz und Belastungen überdrüssig und sehnen sich nach Intimität und emotionaler Bindung. Doch die Beziehung, die ihnen am wichtigsten erscheint – die mit der Familie –, scheint ihnen verschlossen. Die Kinder weichen ihren Annäherungsversuchen aus und sprechen es zwar nicht deutlich aus, aber man hört es dennoch: »Wo warst du, als ich dich brauchte?«

Es ist nie zu spät, ein Verhaltensmuster zu ändern, aber ich würde den jungen Vätern von heute raten, sofort damit anzufangen, bei der

Geburt des ersten Kindes. Beteiligt euch so stark ihr könnt und bleibt dabei.

Als Sarah geboren wurde, standen Margaret und ich unter dem Bann traditioneller Familienvorstellungen. Als ich klein war und mein Vater von der Arbeit nach Hause kam, hatte meine Mutter mich schon bettfertig gemacht. Er spielte eine Weile mit mir, dann aßen er und meine Mutter zusammen zu Abend. Um meine Schwester und mich kümmerte sich fast ausschließlich meine Mutter; erst als ich auf die höhere Schule ging, begann sie, als Lehrerin zu arbeiten. Auch Margaret war in einer traditionellen Familie groß geworden. Ihre Mutter gab den Lehrberuf bei der Hochzeit auf, arbeitete zwar viel freiwillig bei Organisationen mit, aber der Großteil ihrer Energie wanderte in den Haushalt.

Da ich noch studierte, war ich in Sarahs erstem Jahr viel zu Hause. Ich half bei ihrer Versorgung, überwiegend als Margarets »Assistent« und indem ich »auf sie aufpaßte«, wenn Margaret sich mal ausruhen wollte. Ich spielte gern mit Sarah und war fasziniert von ihrer Entwicklung. Ich folgte ihr überallhin mit meiner Kamera. Aber ich stand immer noch an der Seitenlinie der wirklichen Verantwortung für ihr Leben. Margaret war besorgt, wenn sie nicht genug aß oder vielleicht krank wurde. Ich wachte nachts erschrocken auf, weil ich glaubte, diese Familie nicht ausreichend versorgen zu können. Ungeachtet unserer verschiedenen Pflichten waren die Belastungen viel zu stark getrennt. Wir fühlten uns beide auf unterschiedliche Weise allein.

Als Sarah etwa sechs Wochen alt war, ließen die Schreianfälle aufgrund von Koliken nach, und sie schlief fast durch. Wir waren beide bis auf die Knochen dankbar. Die Sonne kam heraus, und es schien, als würden wir überleben.

Margaret vertraute nun mehr auf ihre Fähigkeit, Sarah versorgen zu können, die ständig zunahm und rundlich und glücklich aussah. Ich machte mir immer noch Sorgen um den finanziellen Unterhalt der Familie, doch als das Leben mit einem Kind mehr zur Routine wurde, erreichten wir eine neue Friedlichkeit. Vorbei war es mit den spontanen Besuchen bei Freunden, doch sie wurden ersetzt von einer Art »Nestfreude«, beieinander zu sein und bei diesem kleinen Wesen, um das nun unsere Welt kreiste. Wir hatten nicht nur eine neue Bürde, sondern auch ein Zentrum und Herz für die Familie bekommen.

Als die Anfangspanik über unsere Elternrolle nachließ, entdeckten wir, daß sich mitten unter uns ein Wunder abspielte. Langsam wächst und verändert sich unser Kind. Sein Blick wird gerichtet und folgt unseren Gesichtern, dann lacht und gurgelt es auf unser Lächeln. Zunächst scheint das Kind in einem Urmeer von Gefühlen zu schwimmen. Verzweiflungsstürme fegen zuweilen über seine Welt hinweg, doch alle ist vage und verträumt-verschwommen. Allmählich dämmert ihm, daß seine Welt Formen und »Entitäten« enthält. Seine Sicherheit, sein Essen, seine Rettung von dem scheinbar endlosen Schmerz wegen eines wunden Popos stammen von dieser Person mit der beruhigenden Stimme, die sein Zimmer betritt und es auf den Arm nimmt. Dann geht es ihm auf geheimnisvolle Weise besser. Diese lebenswichtige Person – meist ist es die Mutter – ist etwas ganz Besonderes. Dann gibt es noch ein anderes Wesen, das es aufhebt, herumwirbelt und es zum Lachen bringt. Dieses Wesen – der Vater – ist nicht so oft da, aber auch er hat die Macht, Wohlbefinden zu schenken. Zuerst nimmt das Kind diese Personen nicht als von sich getrennt wahr. Da – im allgemeinen – die Mutter so bereitwillig auf seine Bedürfnisse reagiert, denkt und fühlt es sie als einen Teil seiner selbst. Mit der Zeit wird es lernen, daß es selbst und die Mutter getrennte Personen sind, doch lange will es das gar nicht wissen.

Es lernt auch andere Objekte kennen: den Fuß, die Finger, den Ball, den glänzenden Löffel. Alles, was außerhalb zu sein scheint, auch den eigenen Fuß, will es in den Mund stecken. Eine Weile scheint es, als wolle es die ganze Welt aufessen, auch die Mutter. Bald lernt es, daß der Fuß zu ihm gehört und daher anders ist als der Löffel oder die Tasse. Mit tausend persönlichen »Experimenten« lernt es, daß es ein Außen und ein Innen gibt, daß auch es selbst eine Entität in dieser Welt ist.

In rascher Folge entfalten sich die Wunder: Es krabbelt (rückwärts zunächst), zieht sich an Gegenständen hoch, steht schwankend da wie ein betrunkener Matrose, dann unternimmt es ein paar taumelnde Schritte an der Hand. Bald wird es allein aufstehen und eines Tages mutig in den Raum eintauchen: ein Schritt, Sturz, zwei Schritte, Sturz. Es ist unterwegs. Noch ehe wir es bemerken, beginnt die Benennung der Welt.

Die Familie mit einem Kleinkind wird von Veränderungen überschwemmt. Gleich, welche Stabilität das Paar in der Beziehung aufgebaut hat, sie wird von dieser kleinen Person unterbrochen. Das Kind verlangt nicht nur, daß wir völlig neue Fertigkeiten erlernen, darunter neue Kapazitäten des Gebens, sondern weckt in uns auch die tiefsitzenden Erinnerungen an unsere eigene Kindheit. Seine Geburt reißt uns zurück zu unseren eigenen Anfängen, und mit seiner Entwicklung führt es uns durch die eigene Geschichte. Elternsein ist ein grundsätzlich gegenseitiger Prozeß: Wir, die Gestalter des Lebens unserer Kinder, werden ebenfalls gestaltet. Beim Ringen darum, zu Eltern zu werden, werden wir gezwungen, uns selbst anzusehen, und wenn wir bereit sind zu schauen, was zwischen uns und unseren Kindern geschieht, lernen wir vielleicht, wie wir so geworden sind.

Familienleben. Strategien für Väter

Wie kam es, daß die idyllische Universitätsstadt, in der ich an jenem warmen Frühlingstag 1961 zwischenlandete, zu dem Ort wurde, an dem Margaret und ich unsere berufliche Laufbahn begannen und eine Familie gründeten? Ein großzügiges Doktorandenstipendium von der Universität von North Carolina erleichterte mir die Wahl, und die drei Jahre dort stellten sich als intensiv, arbeitsreich und gut heraus. Am Ende hatten wir Sarah, Margaret hatte ihre zweite Magisterprüfung und ich den größten Teil meiner Dissertation geschafft.

Dann sah ich mich nach einem Praktikum um, das man gewöhnlich im medizinischen Bereich absolviert. Ich wußte, daß ich mit Familien arbeiten wollte. Bei einem meiner früheren Praktika versuchte ich Individualtherapie mit jugendlichen Delinquenten. Als sich das als frustrierend herausstellte, zog ich deren Familien hinzu, doch mich verunsicherte die ungeheure Komplexität, auf die ich stieß. Ein junger Professor, Doug Schoeninger, förderte mein Interesse an Familientherapie, und wir beide fuhren zu dem ersten nationalen Kongreß für Familientherapie in Philadelphia. Auf dem Podium saß, zusammen mit anderen Pionieren, Carl Whitaker.

Er war bereits als guter Therapeut und Lehrer bekannt und hatte nun die Richtung gewechselt. Schon seit langem interessierte er sich für Familien, und jetzt war er eine der führenden Persönlichkeiten auf dem jungen Gebiet der Familientherapie. Carl und ich hatten zwar gelegentlich korrespondiert, doch ich freute mich, ihm auf einer anderen Ebene zu begegnen. Ich verlor keine Zeit, mich um ein Praktikum an der Psychologischen Fakultät der Universität von Wisconsin zu bewerben, wo Carl eine Professur hatte. Als ich angenommen wurde, beschlossen wir ohne größere Diskussion, umzuziehen.

Ohne uns dessen bewußt zu sein, hatten Margaret und ich uns für ein Jahr auf eine Stadt eingelassen, in der wir niemanden außer Carl kannten, mit einer neuen Stelle für mich, die Dienst in der Klinik rund um die Uhr, Wochenendschichten und viele Überstunden bedeutete. Dazu kam der Abschluß meiner Dissertation, die schließlich vierhundert Seiten umfaßte, und ein neues Baby. In jenem hektischen Jahr war ich fast die ganze Zeit außer Haus und ließ Margaret mit Mark allein. Mark war ein lebhaftes, anspruchsvolles Baby, und Sarah war erst zwei. »Ohne die Frauen in der Nachbarschaft hätte ich das nicht ausgehalten«, sagt Margaret heute. »Und wenn ich daran denke, werde ich immer noch wütend.«

Es war aber nicht nur ein Jahr der Belastungen. Ich war fasziniert von der Familientherapie und besessen von dem Gedanken, Erfolg zu haben. Der Geist meines Vaters trieb mich, zu schwer und zu viel zu arbeiten. Ich ersetzte seinen Alkoholismus durch Arbeitssucht, und es half nicht gerade, daß mein Mentor, Whitaker, ebenfalls gern viel arbeitete.

Margaret ging mich wiederholt an, weil ich die Familie tagtäglich, Woche für Woche allein ließ. In jenem ersten Jahr in Madison verlangte sie, daß ich mir samstags morgens zwei Stunden freihielt, damit wir spazierengehen konnten. Sie flehte mich an, mehr Zeit mit den Kindern zu verbringen. Später, als ich meine Privatpraxis begann, kämpfte sie dafür, daß ich keine Termine nach fünf Uhr annahm und weniger Workshops abhielt. »Wenn du fünfzig bist und die Kinder aus dem Haus sind, wer wird sich aus diesen Workshops noch an dich erinnern?« argumentierte sie. Ich versuchte, Margarets Klagen zu hören, doch mein Erfolgsstreben machte mich taub. Ich ging ein paar Kompromisse mit meinen Terminen ein, doch es dauerte Jahre, bis ich meine Prioritäten wirklich änderte.

Die Vorschuljahre

Nach ein paar Jahren wurde unser Leben in Madison ruhiger und befriedigender. Ich merkte, daß ich unseren Lebensunterhalt verdienen konnte, und begann, meiner Neigung zur Überarbeitung Grenzen zu setzen. Wir vertrauten unseren elterlichen Fähigkeiten mehr, gewannen Freude und kauften ein Haus.

Die Phase mit Vorschulkindern hat ihre eigenen Schwierigkeiten, und man ist oft erschöpft von der Doppelbelastung durch kleine Kinder und berufliche Ansprüche. Doch es handelt sich auch um eine geschützte und abgegrenzte Phase, in der wir intim mit dem Leben unserer Kinder verbunden sind. Nach dem anfänglichen Schock, daß wir unsere Kinder disziplinieren müssen – eine Tatsache, die ein trotziges Zweijähriges einem beibringt –, genießen wir die Häuslichkeit. Später, in den Kämpfen der Adoleszenz, erinnern wir uns nostalgisch an die Zeit, in der wir fest zwischen unseren Kindern und der Außenwelt standen, als wir die Zubettgehzeit festlegten und durchsetzten.

Wenn wir ein sicheres Familiengefühl entwickeln, gibt es viele Freuden. Wir erfinden unsere eigenen Rituale, besonders für Geburts- und Feiertage. Wir haben Lieblingsspeisen, besondere Ausflugsziele, Familienspiele, Spitznamen füreinander. Unsere Kinder werden nach der Säuglingsphase zu interessanten, einnehmenden Menschen, und wir freuen uns über ihre Individualität. Wir nehmen sie mit in den Zoo, in Museen, machen Ausflüge mit ihnen. Trotz der Belastungen der Elternschaft schließt unsere Liebesbeziehung nun unsere Kinder ein.

Uns fasziniert ihre Unschuld und Spontaneität, und wir ahmen ihre Sprache nach. Wir lesen ihnen vor, kuscheln uns an die warmen kleinen Körper, schauen ihnen beim Baden zu, sind entzückt über die kleinen Kleider, das Gefühl, ihre Hände auf langen Spaziergängen in unseren zu spüren, bei denen die Welt Namen bekommt. In solchen bezaubernden Augenblicken herrscht innerhalb der Familie ein Überfluß an Liebe.

Kinder sind so offensichtlich liebevoll, wütend (wenn sie sich emotional sicher genug fühlen) und bekümmert, daß sie in uns Erinnerungen an ein Gefühlsleben wecken, das wir vergessen oder zu verbergen gelernt haben. Sie reagieren empfindlich auf diese Unterströmung verleugneter Emotionalität aus unserer Kindheit und die Spannungen in unserer Ehe. In unserem Haushalt ist nicht alles gut, und beim Heranwachsen werden unsere Kindern von starken Kräften geformt, die zu dem Zeitpunkt niemand klar erkennen kann. Unter anderem handelt es sich um die monolithischen gesellschaftlichen Normen, die wir ihnen unbewußt beibringen, und um bestimmte Tabus und Spannungen, die von unseren beiden Ursprungsfamilien weitergereicht wurden und nun in dieser neuen Familie ihren Platz gefunden haben.

Ein Familientrauma

Wie die Eltern sind auch Kinder in dieser instabilen Welt Unfallgefahren ausgesetzt. Ich war dreißig, als ich promovierte, und gerade, als ich mich der Belastung stellte, nun »offiziell« Therapeut zu sein, starb meine Mutter unerwartet an einem Herzschlag. Es war ein schrecklicher Schlag für mich, und ich war traurig und zutiefst bestürzt. Margaret half mir, so gut sie konnte. Ich versuchte, damit fertig zu werden, nun verwaist zu sein.

Eines Tages, Anfang April, nur wenige Wochen nach dem Tod meiner Mutter, machte Margaret Besorgungen, schickte anschließend den Babysitter nach Hause und machte das Mittagessen. Da bemerkte sie an Marks Hals zwei winzige Wunden wie von einem Biß. Beunruhigt rief sie den Kinderarzt an, der sich Mark sofort anschaute. Auch er wußte nicht, wie er die Wunden einschätzen sollte, und rief einen Kollegen an, einen begeisterten Naturforscher, der vielleicht erkannte, von welchem Tier die Bißwunden stammten.

Dieser Arzt schaute sich Mark ein paar Stunden später an und sagte warnend: »Ich glaube, das ist ein Fledermausbiß. Mark muß sofort Spritzen gegen Tollwut bekommen.«

Mit Hilfe der dreizehnjährigen Babysitterin rekonstruierten wir, was geschehen war. Sie hatte Mark neben dem Haus zurückgelassen und war zum See gegangen, um Sarah zu holen. Als sie mit Sarah zurückkam, sah sie eine Fledermaus auf dem Boden. Mark stand mit einem Baseballschläger daneben. Sie dachte sich nichts dabei und brachte die Kinder ins Haus. Mark erzählte uns in seiner Zweijährigensprache, daß ein Vogel um seinen Kopf geflogen sei.

Mark bekam vierzehn Spritzen in den Bauch. Margaret brachte ihn jeden Morgen zum Arzt und half, ihn festzuhalten, während er schrie und sich wehrte. Ich versuchte, beiden zu helfen. Wir überschwemmten Mark mit Aufmerksamkeit und bemühten uns, es ihm zu erklären. Er begriff natürlich nicht, was geschah.

Nach der Spritzenkur, während der Inkubationszeit, erfuhren wir, daß die Impfung bei Bissen an Kopf und Hals manchmal nicht wirkt. Die Immunisierung trat vielleicht nicht rasch genug ein, um die Ausbreitung des Virus bis ins Gehirn zu verhindern. In dieser sehr angstbeladenen Phase bekam Mark plötzlich hohes Fieber.

Der Arzt hielt es für eine Blutvergiftung und wies ihn ins Krankenhaus ein. Vorsichtshalber legte man ihn auf eine Isolierstation und spritzte alle vier Stunden Penicillin. Zwei Tage lang schrie und kämpfte Mark jedes Mal. Panisch vor Sorge saßen Margaret und ich neben ihm, hielten seine Hand und versuchten, ihn zu trösten.

Am zweiten Tag wurde Mark sehr in sich gekehrt. Er wirkte desorientiert, und wir fürchteten natürlich, er habe Tollwut. Im Augenblick unserer schlimmsten Angst kam eine Ärztin herein und sagte beruhigend: »Er hat keine Tollwut.« Stunden später sank das Fieber, und wir bekamen die Laborbefunde. Er hatte Angina und eine doppelseitige Mittelohrentzündung.

Margaret und ich waren sehr froh, aber zutiefst erschüttert und erschöpft. Mark schien sich rasch zu erholen. Nach einer Woche war er fast wieder der alte, aber nicht ganz so fröhlich. Margaret und ich verfügten nicht über solche Widerstandskraft. Ich trauerte immer noch um meine Mutter und versuchte, mir bei Margaret Trost zu holen. Sie konnte ihn nicht geben. Wir begannen, uns über Kleinigkeiten zu streiten, und unsere Beziehung wurde sehr spannungsgeladen.

Obwohl uns bei dem Gedanken unbehaglich war, wandten wir uns an Carl und Muriel um Hilfe. Die beiden hatten begonnen, therapeutisch zusammenzuarbeiten, und etwa neun Monate lang gingen wir als Familie zu ihnen. Ich bekam Unterstützung bei meiner Trauer um meine Mutter. Wir arbeiteten an meiner Schwierigkeit, Margaret zu helfen, und ihrer Tendenz, sich aufzuopfern. Muriel, die zugleich konfrontativ und herzlich war, half mir erkennen, daß ich mich stärker mit den Kindern einlassen mußte. Ich konnte von ihr annehmen, was ich bei Margaret nicht konnte. Ich entschloß mich, das Muster des »abwesenden Vaters« zu ändern. Ein paar Jahre später, als Julia geboren wurde und Mark sich dadurch stark verunsichert fühlte, konnte ich für ihn dasein, wie es vorher nie möglich gewesen wäre. Sein tapferes Leiden bei dem Tollwutverdacht hatte mein Herz gerührt, und erst das machte mich richtig zu seinem Vater.

Diese schreckliche Gleichzeitigkeit, die die Welt in Marks zweitem Lebensjahr arrangierte, kommt im Leben einer Familie recht häufig vor. Ein Mann wird etwa um die gleiche Zeit arbeitslos, in der seine Frau die Mutter verliert. Ein paar Monate später bekommen sie ein drittes Kind. Wenn so etwas gehäuft auftritt, können ganz normale Belastungen die Ressourcen der Familie überfordern und sie in eine akute Krise stürzen. Die Ehekrise folgt später, wenn die unmittelbaren Belastungen nachgelassen haben. Wie bei Soldaten nach einem Krieg tritt posttraumatischer Streß erst viel später auf.

Manchmal fällt eine Familienkrise mit der Entwicklungsphase eines bestimmten Kindes zusammen, so daß nicht nur das Kind besonders verletzlich ist, sondern sein »Stadium« auch die Familie überfordert. Eine derartige Phase erlebt ein Kind etwa gegen Ende des zweiten Lebensjahres.

Aus der Perspektive eines Kindes ist dies eine empfindliche Zeit, weil es beginnt, sich psychologisch von der frühen, intensiven Bindung an die Mutter zu lösen. Zu diesem Trennungsprozeß gehört aufmüpfige, trotzige Ablehnung elterlicher Kontrolle. Kinder, die in dieser Phase von ihren Eltern getrennt werden, selbst für einen relativ kurzen Zeitraum, nehmen unbewußt an, ihre Wut habe die Eltern veranlaßt, sie zurückzuweisen. Sie haben aufgrund dieser Trennung vielleicht dauerhafte psychologische Schwierigkeiten.

Da die Eltern eines erstgeborenen Zweijährigen zum ersten Mal mit verunsicherndem Trotz bei ihrem Kind zu kämpfen haben, fühlen sie sich vielleicht bedroht. Vielleicht erinnern sie sich an ihre eigenen Kindheitskämpfe. Ein gewisser Trotz ist bei Kindern richtig und normal (er kehrt im Alter von vier und sechs Jahren wieder und natürlich intensiver in der Pubertät), doch Eltern, die als Kinder mißhandelt wurden oder selbst unter akutem Streß stehen, können mit den Wutausbrüchen ihrer Kleinen vielleicht nicht fertig werden. Kindesmißhandlungen beginnen häufig in dieser Entwicklungsphase.

Die meisten Menschen erleiden irgendein Trauma vor dem Einschulalter, doch nur wenige erinnern sich daran. Diese frühen Schicksalsschläge sind aber im Unbewußten des Kindes aufgezeichnet und beeinträchtigen sein Funktionieren als Erwachsener. Oft erfahren wir erst von solchen frühen seelischen Verletzungen, wenn wir zu verstehen versuchen, warum uns bestimmte Situationen Probleme bereiten. Es hilft natürlich, mit den Eltern zu bereden, was in der Familie um den Zeitpunkt unserer Geburt und in den ersten Lebensjahren geschah. Familiäre Belastungen beeinflussen unsere frühesten Lebenserfahrungen, und wir müssen sie begreifen.

Die unsichtbare Krise

Ein anderer Entwicklungskonflikt ist so häufig und so sehr Teil der Familienstruktur, daß wir ihn für unvermeidlich halten. Subtile, durchdringende Kräfte beeinflussen, wie männliche und weibliche Kinder von den Eltern wahrgenommen werden. Diese Kräfte haben grundsätzlichen Einfluß auf die Probleme, die diese Kinder später in ihre eigene Ehe hineintragen. Wie gewöhnlich fand ich es leichter, solche Kräfte in anderen Familien zu entdecken als in meiner eigenen.

In dem kleinen, gemütlichen Bergdorf, in dem wir seit Jahren unsere Ferien verbringen, gehen unsere Kinder am liebsten ins Schwimmbad. Eines Sommermorgens vor mehreren Jahren kamen wir früh dort an, beladen mit Büchern und Eßpaketen. Es war noch recht leer. Im Planschbecken spielten eine Mutter und ihre etwa fünfjährige Tochter, während der ältere Bruder des Mädchens, etwa acht Jahre alt, springen übte. Es war warm und dunstig von vorangegangenem Regen. Unsere Kinder gingen ins Wasser, und Margaret und ich legten uns in Liegestühle und taten nichts.

Nachdem ich meinen Kindern eine Weile zugeschaut hatte, richtete sich meine Aufmerksamkeit auf die Mutter und ihre Tochter. Die Mutter versuchte – nicht sehr zielgerichtet –, der Tochter das Schwimmen beizubringen. Sie spielte mit ihr in dem warmen, sonnenglitzernden Wasser, wies sie sanft und liebevoll an, mal auf dem Bauch, mal auf dem Rücken, tauchte sie leicht und sicher hinein, sorgte aber dafür, daß ihr Kopf nicht unter Wasser geriet. Dabei sprach sie mit liebevoller, warmer Stimme zu ihr, gesprenkelt von hellem Lachen, Neckereien und langen, zärtlichen Silben der Ermutigung. Die beiden waren so in ihr Spiel vertieft, daß sie uns nicht bemerkten. Auch den Jungen auf dem Sprungbrett nahmen sie nicht wahr. »He, Mama«, rief er eifrig, »guck mal!«

Das Spiel mit der Tochter wurde unterbrochen, und sie hob kurz den Kopf und sagte zärtlich: »Schön, mein Sohn. Sehr gut!« Dann versank sie wieder in die Wassertrance mit der Tochter. Das Mädchen entfernte sich nun auf Zehenspitzen und kicherte schelmisch, als die Mutter es einfing und hoch in die Luft schwenkte. Wieder rief der Junge, und wieder lächelte sie ihn zärtlich und ermutigend an. Dieses Spiel dauerte fast eine halbe Stunde, und ich konnte meinen Blick nicht abwenden, besonders nicht von dem wunderbaren, seehundgleichen Spiel von Mutter und Tochter.

Schließlich fiel mir auf, daß es eine Szene hätte sein können, ehe mein Vater aus dem Krieg zurückkam, als meine Schwester vier war und ich acht.

Am nächsten Tag saßen Margaret und ich wieder beim Schwimmbecken und lasen, als ein Wasserball über unsere Köpfe flog und zwischen die Stühle hinter uns fiel. Bald flog der Ball wieder in hohem Bogen über uns hinweg und ins Becken zurück. Als dies noch einmal geschah, blickte ich mich um und entdeckte die gleiche Mutter. Dieses Mal saß das Mädchen neben der Mutter und guckte ein Buch an. Der Junge nahm Kontakt mit der Mutter auf, indem er ihr den Ball aus dem Becken zuwarf.

Der Junge winkte seiner Mutter zu, und nach einem weiteren Ballwechsel ging sie zu ihm ins Becken. Sobald sie im Wasser war, neckte er sie aggressiv. Er sprang auf ihren Rücken, um sie unterzutauchen, doch sie war zu groß für ihn. Dann spritzte er sie naß, und sie erwiderte es. »Was für eine gute Mutter«, dachte ich. Dann schwammen sie ein paar Längen zusammen und blieben im Sprungbereich, wo sie ihm stolz zusah, als er seine Künste vorführte.

Diese Szene hatte meine Aufmerksamkeit erweckt, weil ich vor kurzem *Das Erbe der Mütter* von Nancy Chodorow gelesen hatte, einer psychoanalytisch orientierten Soziologin. Das Verhaltensmuster war mit einer Reihe dort vertretener Gedanken konsistent.

Chodorow meint, zusammen mit anderen feministischen Wissenschaftlerinnen, daß Jungen und Mädchen in der Kindheit zwar beide bemuttert werden, überwiegend aber die Mädchen die Rolle der Mutter bei der Kinderfürsorge übernehmen. Sie fragt, warum Männer nicht ebenso in der Lage seien, diese lebenswichtige Funktion zu erfüllen. Was verhindert, daß wir lernen, uns um Kinder zu kümmern?

Nach einer gründlichen Besprechung der psychoanalytischen und entwicklungspsychologischen Literatur kommt Chodorow zu der Antwort, daß es überwiegend darin liegt, wie unterschiedlich Jungen und Mädchen von den Müttern wahrgenommen werden. Dieser Unterschied beginnt so früh und ist so beständig, daß er die Erwartungshaltungen beider Geschlechter beeinflußt. Ihre These hat direkte Wirkung auf die wichtigen Themen, die Männer und Frauen an eine Beziehung herantragen.

Chodorow weist auf das Fehlen männlichen Einflusses in der frühen Kindheit hin, was auch auf unsere Schwimmbadszene zutraf. Mir fiel die Tatsache nicht auf, daß der Vater der Kinder nicht da war. Vermutlich war er bei der Arbeit. Da die Väter bei der Kinderaufzucht häufig fehlen, sind Kinder extrem von der Unterstützung der Mutter abhängig, und sie hat dadurch ungeheuren Einfluß auf ihr Leben. Aufgrund dieser Macht wird die Mutter zur höchst ambivalenten Gestalt für die Kinder und sowohl geliebt als auch gefürchtet.

Nach Chodorow beginnt eine Mutter früh, ihre Tochter und ihren Sohn unterschiedlich wahrzunehmen. Sie sieht das Mädchen an und erkennt etwas von sich selbst; sie betrachtet den Jungen und sieht jemanden, der anders und getrennt von ihr ist. Diese Wahrnehmungsunterschiede beeinflussen, wie die Kinder sich selbst sehen und wie sie zu Erwachsenen werden.

Die Mutter identifiziert sich mit dem Mädchen und projiziert ihre eigenen Gefühle und Erfahrungen auf dieses Kind. Wenn sie sich zum Beispiel einsam fühlt, tröstet sie die Tochter vermutlich mit besserem Einfühlungsvermögen. Diese intensive Identifikation bildet ein besonderes Band zwischen Mutter und Tochter und führt oft zu einem Verschwimmen der Grenzen zwischen ihnen. Genau das erkannte ich zwischen jener Mutter mit ihrer Tochter, eine Art fließendes Eintauchen in das Leben des jeweils anderen. Es kann in vieler Hinsicht eine wunderbare Erfahrung sein und etwas, worauf Männer zu Recht neidisch sein können. Doch diese Nähe macht es für Mädchen auch schwer, sich von der Mutter zu trennen.

Jungen werden andererseits schon früh von der Mutter als anders wahrgenommen. Sie werden als »separate Entitäten« versorgt und geliebt. Dieser Unterschied erleichtert es Jungen, sich emotional getrennt zu entwickeln, doch es zwingt sie vielleicht, sich zu früh zu lösen, und macht sie empfänglich, für die Mutter symbolisch zu verschiedenen anderen Personen zu werden, besonders zu ihrem eigenen Vater und ihrem Mann. Ein Resultat dieser Wahrnehmung ist die Neigung, die Beziehung zwischen ihnen zu sexualisieren. Genau das erkannte ich zwischen dieser Mutter und ihrem Sohn. Er verhielt sich aggressiv flirtend zu ihr – versuchte, sie unterzutauchen und bespritzte sie mit Wasser, und man kann annehmen, daß er zumindest einen Teil seines Verhaltens von ihr lernte.

Dieser Junge zog die Aufmerksamkeit seiner Mutter durch seine Leistungen auf dem Sprungbrett auf sich. In den kommenden Jahren wird er in diesem Gebiet – Leistung – die zuverlässigste Methode entdecken, nicht nur die Aufmerksamkeit seiner Mutter zu erlangen, sondern auch die seines Vaters. Viele Männer erinnern sich deutlich daran: Ich werde aufgrund dessen, was ich tue, bemerkt, und man ist stolz auf mich.

Obwohl diese Wahrnehmungsunterschiede schon früh in der Kindheit beginnen, werden die Wirkungen erst in der ödipalen Phase deutlich, jenem kontroversen Stadium der von Freud so bezeichneten »Familienromanze«. Manche Entwicklungspsychologen bezweifeln zwar die Bedeutung dieses Stadiums, doch wir Kliniker finden ausreichend Beweise für seine Wirkung innerhalb der Familie.

Das ödipale Stadium, das Jungen wie Mädchen durchlaufen, findet zwischen dem vierten und sechsten Lebensjahr statt und setzt Zeichen für die *vierte Krise* in der wachsenden Familie. Es gibt nicht nur wichtige und belastende Verschiebungen in den Familienkonstellationen, sondern man steht auch vor dem Eintritt des ersten Kindes ins Schulleben. Von diesem Punkt an wird unser Kind von außen wahrgenommen und beurteilt, und die Eltern machen sich Sorgen, welche Reaktionen sie bekommen. Wie wird unser Kind, und werden damit wir als Eltern von anderen beurteilt? Mütter, die eng mit dem Leben ihres Kindes verbunden waren, müssen mit dem Trennungsschmerz fertig werden, denn dies ist der erste von so vielen Schritten bei der allmählichen Loslösung von der Familie. Diese Phase ist beim ersten Kind am belastendsten, doch der Streß kehrt mit jedem Kind, das das Schulalter erreicht, zurück.

Die spielerische, flirthafte »Familienromanze«, die sich in dieser Phase zwischen dem Kind und dem gegengeschlechtlichen Elternteil abspielt, ist eine Probe für alle möglichen Dinge. Alle Kinder »üben« heterosexuelle Beziehungen mit den Eltern, die sie später auf Altersgenossen übertragen. Chodorow meint, bei Beginn dieser Phase seien die Erfahrungen von Jungen und Mädchen bereits stark von der unterschiedlichen Wahrnehmung der Mutter geprägt.

Das Dilemma des Mädchens

Bei Beginn der ödipalen Phase ist die Beziehung des Mädchens zur Mutter bereits so intensiv, daß die nun auftauchenden romantischen Bindungen an den Vater oft nicht stark genug sind, um mit der tiefen Beziehung zur Mutter zu konkurrieren. Statt dessen flirtet das Mädchen mit dem Vater zusätzlich zur bedeutsameren Beziehung zur Mutter, die ihren Platz behauptet. Das junge Mädchen entwickelt also eine »Dreiecks«-Orientierung (sie ist zu Vater und Mutter loyal), was ihr später im Leben hilft, komplexere Beziehungen zu meistern. Meiner Ansicht nach führt diese gespaltene Loyalität möglicherweise auch dazu, daß sie jemanden heiratet, der beiden Eltern ähnelt.

Der Vater freut sich natürlich über dieses Band mit seiner Tochter, und es gibt einige wissenschaftliche Nachweise, daß er versucht, der Tochter das Spiel des Flirts beizubringen. Nach Chodorow wird die Beziehung zum Vater manchmal stärker, weil er eine Alternative zur zuweilen angsterregenden Bindung an die Mutter darstellt. Für das Mädchen wird der Vater zu einer Möglichkeit, sich von der zu starken, verschlingenden Mutter zu lösen. Er bietet der Tochter die erste Alternative zur Mutter. Das junge Mädchen überträgt einige ihrer positiven Gefühle für die Mutter auf den Vater und erlaubt den negativen Gefühlen der Mutter gegenüber zum ersten Mal, ans Licht zu treten.

Obwohl nun ein Konflikt zwischen Mutter und Tochter besteht (und welche Mutter hat keine lautstarken Kräche mit der sechsjährigen Tochter erlebt?), wird er gewöhnlich nicht durch intensive Rivalität mit dem Vater ausgelöst. Der Mutter-Tochter-Kampf ist überwiegend Folge des töchterlichen Bedürfnisses, sich von der Mutter zu lösen. Wenn sich Mädchen mit der Mutter vergleichen, fühlen sie sich in diesem Alter oft unterlegen und unsicher. Sie machen sich um ihr Aussehen Sorgen und streiten vielleicht mit der Mutter, welche Kleider sie tragen und über andere »territoriale« Themen. Dahinter liegt das Bedürfnis des Mädchens, sich mit der Mutter zu identifizieren, und das entgegengesetzte Bedürfnis, Unabhängigkeit von ihr zu entwickeln. Der Kampf der Tochter um emotionale Autonomie ist nach Chodorow ein Hauptthema ihres Lebens.

Meiner Meinung nach ist die Rivalität zwischen Mutter und Tochter nicht so intensiv wie zwischen Vater und Sohn, da die Mutter gewöhnlich nicht im gleichen Maße wie der Vater abwesend ist. Da die Mutter sichtbarer und präsenter ist, wird die Tochter nicht so stark Omnipotenzphantasien ausgesetzt, sie zu ersetzen, und da vermutlich der Vater häufiger abwesend ist, haben Jungen ausreichend Gelegenheit, sich vorzustellen, seine Rolle zu übernehmen.

Für Mädchen bleibt die Urszene zwischen Mutter und Tochter, wie ich sie im Schwimmbad beobachtet hatte, eine dominante Metapher. Diese geschlossene, entgrenzte Erfahrung ist so verführerisch und intensiv, daß die große Herausforderung im Leben eines Mädchens darin besteht, fähig zu werden, sie zu verlassen. Eine größere Schwierigkeit für das Mädchen besteht darin, daß es, um seine Identifikation mit einem reifen Rollenvorbild zu vervollständigen, die Mutter nicht verlassen muß (wie Jungen sich von der Mutter lösen müssen, um sich mit dem Vater zu identifizieren). Das Vorbild des Mädchens ist zur Stelle, bereit, ihr zu helfen, eine Frau zu werden – oder sie überzubeschützen, was eine große Gefahr darstellt. Es gibt einfach zu wenig Anreize für Mädchen, sich von der Mutter zu lösen.

Der angemessen einbezogene Vater kann seiner Tochter gut bei dieser »Individuation« von der Mutter helfen. Er kann eine alternative Stütze für sie sein und seiner Tochter beibringen, daß die Welt draußen weniger angsterregend ist, als sie vielleicht annimmt, und sogar aktiv intervenieren, wenn die Mutter die Tochter zu sehr beschützt. Doch viele Väter versagen dabei. Manche vernachlässigen die Töchter, während andere sich zu stark einmischen. Der unterfunktionierende Vater, der sich auf seine Tochter stützt, hilft gewiß wenig, und der Vater, der die Beziehung sexualisiert, belastet ihr Leben noch stärker und treibt sie oft zurück zur Mutter.

Das Dilemma des Jungen

Auch die Jungenseite dieses asymmetrischen Elternarrangements hat bestimmte Schwächen. Da mehr über die Kindheitsprobleme von Mädchen geschrieben wurde, möchte ich mich mehr auf die Jungen konzentrieren.

Da die Mutter den Sohn als »anders« betrachtet, bekommt er vielleicht nicht soviel Zuwendung wie seine Schwester. Ich erinnere mich an ein Foto, das mein Vater von meiner Mutter aufnahm, als sie mich als sechswöchigen Säugling badete. Mein Vater hat von mir Hunderte von Babyfotos geschossen, aber das eine verwirrt mich immer. Ich liege auf dem Rücken in einer kleinen Wanne, und meine Mutter steht lächelnd über mir. Ihr Lächeln irritiert mich, es ist fast ein Grinsen. Erst als ich Chodorows Buch las, wurde mir klar, daß es meiner Mutter peinlich war, beim Baden eines nackten männlichen Säuglings fotografiert zu werden. Mein Penis war das Problem.

Der kleine Junge kann nur als symbolisch »anderer« so gesehen werden. Indem die Beziehung zum Jungenbaby sexualisiert wird, stellt die Mutter nicht nur eine sexuell gefärbte Beziehung her, sondern trennt das Kind von sich. Genau diese Themen tauchen in der Ehe auf, wenn die Frau dieses ehemaligen Jungen sich beklagt, als Sexualobjekt behandelt zu werden.

Doch auch andere Kräfte im Leben eines Mannes führen zu diesem Gefühl, abgetrennt, anders und einsam zu sein. In den ödipalen Jahren kulminiert die »Verliebtheit« des kleinen Jungen in der Verkündigung, er werde seine Mutter heiraten, wenn er erwachsen ist. Mutter lächelt und erklärt die tragische Tatsache, daß sie schon gebunden sei, doch diese Entwicklung wirkt auf die gesamte Familie störend. Die Mutter wird vielleicht angesichts der romantischen Vorstellungen ihres Sohnes unsicher und zieht sich zurück. Der Vater wird vielleicht eifersüchtig und strafend. Der Junge, selbst beunruhigt, hält die Situation schließlich für gefährlich und zieht, wie Freud beschreibt, seinen Anspruch auf die Mutter zurück. Statt mit dem Vater zu konkurrieren, identifiziert er sich lieber mit ihm.

Wenn ein Mädchen beginnt, sich mit der Mutter zu identifizieren, und versucht, wie sie zu werden, steht die Mutter zur Verfügung. Das Mädchen braucht nicht weit zu gehen, um sie genau zu studieren und von ihr zu lernen. Chodorow und andere weisen darauf hin, daß Mutter und Tochter sich immer gefährlich nahe bleiben.

Der Sohn hingegen muß sich von der Mutter lösen, um seine Identität als Mann aufzubauen. Er muß seine Bindung an die Person aufgeben, von der er die meiste Unterstützung erhält. Jungen sind tragisch zwischen ihrem Bedürfnis nach Mutterliebe und dem, als Mann identifiziert zu werden, zerrissen. Alle gesellschaftlichen Kräfte diktieren, daß der Junge derart kindliche Bedürfnisse beiseite schieben und unabhängig und stark werden muß.

Der »Rückzug von der Weiblichkeit« des Jungen wird von seinen Altersgenossen aufmerksam unterstützt, die jeden Jungen necken, der weiblich wirkt. Die fürchterlichste Waffe in diesem grausamen Spiel ist, einander als schwul zu bezeichnen, was in Jungen starke Angst vor ihrer Bindung an die Mutter und die »weibliche« Seite in ihnen selbst auslöst. Sie lernen, sich zu verschließen und ihre Gefühle zu verbergen, besonders ihre Verletztlichkeit.

Der Vater, an den wir uns wenden, um die Kunst, ein Mann zu sein, zu lernen, ist häufig ein unzureichender Elternteil. Er stellt vielleicht ein wirksames Rollenvorbild für Leistung dar – und wir beobachten ihn sehr genau –, aber vermutlich erkennt er nicht, wieviel emotionale Unterstützung seine Kinder brauchen, noch kann er diese Unterstützung gut geben. Er hat vermutlich Angst vor seiner eigenen Verletzlichkeit und verhält sich strafend seinen Söhnen gegenüber. Wie oft habe ich innerlich getobt, wenn ich auf dem Spielplatz einen Vater beobachtete, der seinem Sohn mit grober, fordernder Stimme irgend etwas beizubringen versuchte. Es ist, als sähe der Vater seinen Sohn an und erkenne den unbeholfenen, unsicheren Jungen in sich selbst, und natürlich vermittelt er diese selbstkritische Haltung seinem Sohn.

Auch wenn unsere Väters gutmütiger und hilfsbereiter wären und mehr Zeit aufwendeten, uns beizubringen, was sie wissen, sagen sie uns nur selten, was sie fühlen. Sie stehen emotional im Abseits. Vielleicht sind sie stark, vielleicht auf nonverbale, implizite Weise liebevoll, aber ihre Innenwelt bleibt geheimnisvoll und unsichtbar. »Wie sind sie wirklich?« fragen wir uns. »Was denken sie über uns, die Welt, sich selbst?«

Diese Prozesse beginnen in der Jugend, doch viele Männer bringen ihr ganzes Leben damit zu, mit ihrem Vater Kontakt zu suchen. Wir brauchen den emotionalen Kontakt mit ihnen, müssen verstehen, wie ihre Erfahrungswelt aussieht, und brauchen vor allem ihre Anerkennung. Da unsere Väter so ungreifbar waren, müssen wir uns aller möglichen indirekten Strategien bedienen, um ihre Aufmerksamkeit zu erlangen. Wir geraten in böse Schwierigkeiten oder strengen uns verzweifelt an, etwas zu leisten. Doch die zuverlässigste Weise, mit dieser geheimnisvollen Gestalt in Kontakt zu treten, ist vermutlich, unser Leben nach ihrem auszurichten. »Vielleicht«, denken wir, »werde ich, wenn ich tue, was er tat, nicht nur lernen, was er denkt, sondern er erkennt mich auch an.« Der Vater ist die Chiffre, die wir zu verstehen versuchen, indem wir sein rätselhaftes Verhalten imitieren.

Hinsichtlich seiner Mutter erbt der Junge ein schreckliches Dilemma. Da ihn die potentiell verschlingende »Weiblichkeit« schreckt und ihn das Dreieck mit seinem Vater bedroht, da er seine Identität als Mann entwickeln muß, muß er sich emotional von ihr zurückziehen. Wenn er das tut, bekommt er nicht viel emotionale Unterstützung von seinem Vater. Da steht er also: Er sieht stark aus, ist aber vielleicht viel zu einsam und abgetrennt. Da er seinem Bedürfnis nach Bemutterung abgeschworen hat und keine beständige Hilfe von seinem Vater bekommt, scheint die einzig zuverlässige Quelle für Unterstützung die Gruppe seiner Altersgenossen zu sein.

Die Mutter spürt das Bestreben des Sohnes, sich zu lösen, und bemüht sich, einen Weg zu finden, mit ihrem mißtrauischen Sohn zu kommunizieren. Etwas akzeptiert der Sohn von der Mutter: die uralte Tätigkeit der Mütter, für andere zu sorgen. Und so begibt sich die Mutter ein wenig traurig daran, ihren Sohn mit Gefallen und Bitten zu verfolgen. Sie räumt hinter ihm auf, kocht ihm sein Lieblingsessen, und wenn er wie sein Vater den Mülleimer nicht hinausbringt, erinnert sie ihn daran und nörgelt. Mutter und Sohn gehen schließlich eine Bindung ein, die zu der lebenslangen Sucht des Sohnes nach zärtlicher, frustrierter weiblicher Hilfsbereitschaft wird. Die Bindung des Jungen an seine Mutter ist für beide Seiten nicht befriedigend, aber es scheint die einzige, zu der er fähig ist, und sie wird für ihn ebenso wichtig, wie sie für sie vertraut ist.

Wenn es diesem Jungen später gelingt, eine Frau zu finden, die ihn – wie subtil auch immer – verfolgt und versorgt, wird er in aller Regel seine Schwäche hinter Distanziertheit verbergen. Aber wenn diese Frau versucht, sich von ihm abgetrennt eine eigene Welt zu erobern, wird er sich sperren, sie gehen zu lassen. Vielleicht ist das Bedürfnis von Männern, diese »nicht beendete Fürsorge« zu vollenden, stärker als alle anderen Kräfte in ihnen dafür verantwortlich, daß sie ihre Frauen abhängig und nahe bei sich halten wollen. Sie versuchen, ihnen die gleiche zärtliche, frustrierte Fürsorge abzufordern, die sie von den Müttern bekamen. Bald geben die Frauen auf, sie um Unterstützung zu bitten, wenden sich der Kindererziehung zu oder versuchen, ihre Bedürfnisse anderswo zu befriedigen.

Die meisten Jungen sind sich in der Kindheit dieser Gefühle nicht bewußt, aber oft schrecklich eifersüchtig auf die intensive Zuwendung, die ihre Schwestern von Mutter und Vater bekommen. Der Junge auf dem Sprungbrett rief immer wieder seine Mutter, damit sie ihn beachtete, und seine Rufe klangen panisch und dringlich. Er sah natürlich das schöne Spiel zwischen seiner Mutter und seiner Schwester, und ein Teil in ihm wollte den gleichen intimen, liebevollen Kontakt. Doch da seine Wünsche in Konflikt mit seinem wachsenden Gefühl von Männlichkeit standen, erlaubte er sich nicht, sich seiner Eifersucht bewußt zu werden. Wenn sein Vater ebenso mit seiner Schwester beschäftigt gewesen wäre, hätte er doppelten Grund zur Eifersucht gehabt.

Ich glaube, daß Jungen oft sehr eifersüchtig auf ihre Schwestern sind, besonders Jungen, die eine charmante, niedliche jüngere Schwester haben. Meine Schwester Jane und ich sind inzwischen gute Freunde, aber als Jane drei war und ich sieben, schob ich sie »spielerisch« aus einem Schlauchboot, und sie ertrank um ein Haar. Unabhängig von der Geschwisterreihenfolge finden Jungen es schwer, mit der Mutter-Tochter-Beziehung zu konkurrieren. Diese unbewußte Eifersucht taucht oft später im Leben wieder auf. Ich war zwar nie bewußt eifersüchtig auf meine Schwester, aber zuweilen sehr auf Margaret, und da sie eine eifersüchtige Mutter hatte, stießen diese Themen in unserer Ehe heftig aufeinander.

Diese Verbindung mag an diesem Punkt nicht offensichtlich sein, aber die frühe Eifersucht des Jungen auf seine Schwester und deren Bindung an die Mutter kann auch das zugrundeliegende Thema der tiefen Eifersucht eines jungen Vaters auf die Mutter-Kind-Beziehung sein. Die Gefühle werden einfach von der Kindheitsbeziehung übertragen.

Wenn sich der ödipale Junge aus der Beziehung mit der Mutter zurückzieht, geht sie vielleicht immer noch auf ihn zu – aber nun mit verwirrender Gereiztheit. Einer der Gründe, warum der Junge sich in enger Bindung an die Mutter so unsicher fühlt, ist, daß sie ihn oft als spannungsgeladenes, symbolisches »Objekt« behandelt. Erinnern wir uns, daß die Mutter ihren Sohn als »anders« wahrnimmt, und wenn sie mit ihrem Mann unglücklich ist, wird jedes Kind, das sie in Koalition mit ihm wähnt – einfach, weil es männlich ist–, zum Ziel ihrer Wut. Vielleicht wird der Sohn, eben weil er sich löst und »sie verläßt« wie sein Vater, unbewußt zum Blitzableiter, zum Spannungsabführer, zum verletzlichen Ziel.

Margaret und ich sahen Ed und Roberta Dunn, unmittelbar nachdem Ed seiner Frau gestanden hatte, daß er seit zwei Jahren eine Beziehung mit einer Kollegin hatte. Diese Offenbarung löste zunächst einen Wutausbruch aus, und eine Weile stand das Paar kurz vor der Scheidung. Roberta war eine schlanke, etwas kantige, aber hübsche Frau, und ihr Gesicht glühte förmlich vor Wut. Ihr Körper war gespannt, die Stimme ergoß sich wie ein Vulkan aus ihr. Für sie war das Schlimmste Eds Täuschung. »Du hast mich angelogen!« schrie sie, »du hast mich betrogen und bewußt hinters Licht geführt.«

Ed war zunächst zutiefst zerknirscht und reumütig, doch als sich das Paar daran machte, sich mit der Affäre auseinanderzusetzen, begann er allmählich, seine Unzufriedenheit mit der Ehe auszudrücken. Er hatte einige berechtigte Klagen, von denen eine sich um seine Frustration im sexuellen Bereich drehte. In seiner Freundin hatte er schließlich jemanden gefunden, der auf seine Bedürfnisse einging.

Margaret und ich gaben uns große Mühe, dem Paar die Schwierigkeiten in ihrer Ehe klarzumachen, und sie versuchten, diese Verhaltensmuster zu ändern. Nach kurzer Zeit brach Ed die außereheliche Beziehung ab, und das Paar ließ sich auf die harte Arbeit einer Therapie ein., Wir bezogen den fünfjährigen Tommy und die acht Jahre alte Beth in die Therapie ein, als der anfängliche Sturm ein wenig nachgelassen hatte. Sie wußten zwar nichts über die sexuellen Einzelheiten der Affäre, wurden aber in die Kämpfe der Eltern verwickelt.

Mehrere Monate, nachdem die Kinder mit zur Therapie gekommen waren, begann Tommy wie ein ganz normaler Fünfjähriger zu lügen. Wenn eine Vase entzweiging, war es die Katze, wenn er vergaß, seinen Schlafanzug wegzuräumen, war die Tür verschlossen, und er konnte nicht in sein Zimmer. Die meisten Kinder machen eine solche Phase durch, die dazu dient, ihre neue Entdeckung auszuprobieren, daß sie ihre Gedanken und Handlungen vor den Eltern verbergen können.

Die meisten Eltern nehmen solche Schwindelei auf die leichte Schulter. »Also, Tommy, hat die Katze wirklich die Vase zerbrochen, oder warst du es vielleicht und hattest Angst, es Mami zu sagen?« Doch Roberta war nicht so. Sie wurde sehr wütend, und Eds Versuche, sich einzumischen, machten die Sache schlimmer.

In einer Sitzung ging die Diskussion darum, daß Tommy Beths Taschengeld aus deren Kommode genommen und in seinem Zimmer versteckt hatte. (Wir fanden später heraus, daß er eifersüchtig auf die Bindung zwischen seiner Schwester und seiner Mutter war, und der Diebstahl war ein Versuch, diese Eifersucht mitzuteilen.) Als Beth ihr

Geld fand, stritt Tommy natürlich ab, es genommen zu haben. »Ich weiß nicht, wie es dorthin kam«, sagte er unschuldig.

Unvermittelt brüllte Roberta Tommy, der auf dem Boden saß und mit Lego spielte, an: »Verdammt, Tommy, du weißt genau, wie es dorthin kam, weil du es genommen hast, und du lügst!« Ihr Gesicht war rot, und sie saß starr und aufrecht auf ihrem Stuhl. Tommy hatte offensichtlich Angst vor seiner wütenden Mutter. Er blickte nicht auf und spielte weiter.

Von Tommys Reaktion noch mehr in Rage gebracht, stand Roberta auf. Ich dachte, sie wolle ihm die Bauklötze aus der Hand nehmen und ihn zum Reden zwingen. Tommy blickte, als sie sich erhob, ängstlich auf. Roberta war nicht sehr groß, aber sie ragte hoch über dem kleinen Jungen auf, und er glaubte wohl, sie würde ihn schlagen.

»Roberta!« sagte Margaret scharf, und die Mutter hielt inne. Dann fuhr Margaret mit sanfterer Stimme fort: »Ich glaube, er hat Angst vor Ihnen. Daher hat er Probleme, Ihnen die Wahrheit zu sagen.« Dann erklärte sie noch einmal, wie normal es für ein Kind in diesem Alter sei, zu lügen. Entwaffnet von Margarets Worten, setzte sich Roberta – sie sah immer noch wütend aus, Tommy immer noch furchtsam.

Ich hatte diese Szene genau beobachtet und sagte zu Roberta: »Sehen Sie die Parallele zwischen Tommys Lügen und Eds Verhalten vor mehreren Monaten?«

Roberta schien diese Verbindung zu überraschen. »Daran habe ich nicht gedacht. Vielleicht bin ich immer noch wütend auf Ed.« Das war sie natürlich, und es gab noch viel Arbeit, diese Wut in ihr abzubauen.

Das Bild dieser schmalen, kleinen, wütenden Frau, die sprichwörtlich über ihrem Sohn aufragt, steht noch vor mir als Beispiel für die Verletzlichkeit des Jungen angesichts einer wütenden oder unglücklichen Mutter. Robertas Schwäche war für uns offensichtlich, aber für ihren Sohn war sie eine äußerst starke und bedrohliche Person.

Als Folge der Neigung, ihren Sohn als symbolisches »Objekt« zu sehen, bedrängt die Mutter ihn vermutlich mit einer Reihe verwirrender Forderungen. Zusätzlich zu der vorwurfsvollen, abweisenden Haltung Robertas gegenüber Tommy bindet eine Mutter ihren Sohn vielleicht auf folgende Weisen an sich:

– Wenn der Sohn dem idealisierten Vater ähnelt, blickt sie vielleicht einschmeichelnd zu ihm auf, und der Sohn fühlt sich großartig und allmächtig. Sie könnte den Sohn auch als fürsorglichen Vater sehen, den sie nie hatte. Derartige Söhne stehen vor dem Risiko, Therapeuten zu werden.

– Vielleicht sieht sie ihren Sohn als sexuelle Person oder Gefährten.
– Da sie sich von ihrem Mann verlassen fühlt, infantilisiert sie den Sohn vielleicht, um den letzten Mann bei sich zu halten.

Ob Junge oder Mädchen, ein Kind mit einer unglücklichen Mutter befindet sich in einer riskanten Position. Seit vielen Jahren weisen wir Kliniker in allen Einzelheiten darauf hin, wie Mütter ihre Kinder verletzen, aber uns ist oft der destruktive Effekt entgangen, wenn der Vater in der Kindererziehung fehlt. Feministische Wissenschaftlerinnen wie Nancy Chodorow und Dorothy Dinnerstein haben auf die Pathologie hingewiesen, wenn Mütter allein ihre Kinder großziehen. Ja, die einsame, alleingelassene Mutter bindet ihre Töchter an sich, sie weist vielleicht die Söhne ab und benutzt sie vermutlich auf viele verschiedene Weisen als Sündenbock. Wie wir gesehen haben, kann eine Mutter, wenn ihre Tochter mit dem Vater koaliert, diese wütend zum Sündenbock machen. Doch die emotionale Abwesenheit des Vaters bei der schwierigen Aufgabe der Kindererziehung hat extrem starken Einfluß auf diese Dynamik.

Strategien für Väter

Anstatt den Müttern die Schuld zuzuschieben oder die Unvermeidlichkeit dieses Musters zu akzeptieren, müssen wir sie verändern. Wir müssen diesem problematischen Szenarium einen liebevollen, aktiven, einbezogenen Mann zufügen: jemanden, der weiß, wie er seiner Frau emotionale Unterstützung gibt und wie man Kinder großzieht. Wir Männer wissen noch nicht, wie wir diese neue Rolle ausfüllen, aber wir müssen uns jetzt daran machen, sie zu lernen. Und keine Phase ist dazu geeigneter, als die ersten Kinderjahre, in denen so viel geschieht.

Vielleicht fühlen wir uns mit Babys unsicher, vielleicht haben wir uns in den Kleinkinderjahren unseres Nachwuchses auf unseren Beruf konzentriert. Aber die Kinderjahre sind für uns eine ideale Ära, zu wichtigen Mitspielern im inneren Kreis der Familie zu werden.

Zunächst einmal brauchen wir Zeit mit unseren Kindern, und dafür gibt es keinen Ersatz. Wir können mit ihnen eine intimere Beziehung aufbauen, wenn wir mit ihnen allein sind. Wenn wir uns um sie kümmern müssen, können wir es auch. Als Julia geboren war und Mark gegen ein Gefühl der Überflüssigkeit ankämpfte, fuhr ich mit ihm zelten und wandern. Solche Erlebnisse außerhalb der Familie können helfen, eine intimere Bindung an das Kind zu knüpfen, doch unser Kontakt muß regelmäßiger sein als bloß bei gelegentlichen Ausflügen.

Wir müssen regelmäßige Zeiten aushandeln, in denen wir allein für die Kinder verantwortlich sind, und wir sollten ihnen soviel Zeit widmen, wie wir nur können. Vielleicht geht es nur zwei Abende in der Woche und an einem Wochenendtag, aber wenn wir dazu entschlossen sind, finden wir vielleicht Wege, uns täglich an ihrem Leben zu beteiligen. Vielleicht machen wir das Frühstück und bringen die Kinder morgens in die Schule, oder vielleicht erlaubt unser Tagesablauf eher, uns spätnachmittags und nach dem Abendessen um sie zu kümmern.

Zusätzlich zu diesem »Dienst« zu bestimmten Zeiten handeln wir vielleicht auch Verantwortung für bestimmte Aktivitäten und Bereiche aus. Man könnte einem Kind bei einer bestimmten Sportart helfen oder für die Mathematikaufgaben oder bestimmte Schulprobleme zuständig sein. Kleinere Kinder könnte man regelmäßig ins Bett bringen und ihnen vorlesen. (Der Prozeß des »Aushandelns« wird in Kapital 16 ausführlicher beschrieben.)

Gleich, was der Vertrag mit unseren Kindern umfaßt, wir sollten vermeiden, ihn pflichtschuldig und mißmutig zu erfüllen. Man vermeidet dieses Gefühl am besten, indem man den Umgang mit ihnen aktiv genießt. Margaret sagte einmal zu mir: »Da ich ohnehin immer den Fahrdienst mache, freue ich mich einfach darüber. Ich mache also mit den Kindern Scherze, singe oder versuche, mich irgendwie interessant mit ihnen zu unterhalten.«

Männer finden es besonders schwer, sich die Erlaubnis zu geben, spontaner und fröhlicher mit ihren Kindern umzugehen, da ihnen vielleicht peinlich ist, »kindisch« zu sein. Oder sie haben Schwierigkeiten, offen und persönlich mit einem Kind umzugehen. Ich war neulich allein mit Julia. Margaret war bei einer Konferenz, und wir beide aßen zusammen zu Abend. Der Fernseher lief, und Julia sah immer wieder hin. Ich hatte eine Zeitung vor mir und überflog die Überschriften. Plötzlich merkte ich, wie nichtssagend dieses Zusammensein war, legte die Zeitung fort und bat Julia, den Fernseher abzuschalten. Dann sah ich sie direkt an und suchte nach einem Thema, über das wir reden konnten. Nach wenigen Momenten erzählte sie mir von der Schule und ihren Lieblingsfächern.

Wenn wir uns mit unseren Kindern unterhalten wollen, müssen wir wissen, was in ihrem Leben geschieht. Als wir gerade nach Atlanta gezogen waren und ich noch nicht wieder meinen normalen Stand an Überarbeitung erreicht hatte, beschäftigte ich mich besonders mit der Schulsituation meiner Kinder. Ich lernte nicht nur ihre Lehrer kennen, sondern auch ihre Freunde und Klassenkameraden. Diese Erfahrung nutzt mir immer noch. Jedesmal, wenn ich Sarahs Freundin Jody sehe, die dieses Jahr ihr College abschließt, erinnere ich mich an sie in der vierten Klasse, wie sie lebhaft einen Traum erzählte, als ich in der Schule eine Diskussion über Traumdeutung leitete.

Wenn Männer versuchen, mit ihren Kindern in Kontakt zu treten, müssen sie sich in Erinnerung rufen, daß sie ihnen viel beibringen können, und wenn man das nicht allzu schwerfällig angeht, können ihre Fertigkeiten und Fähigkeiten eine Brücke zwischen ihnen bauen. Mein Interesse an der Natur und an Fotografie hat mir geholfen, wichtige und schöne Verbindungen mit den Kindern zu schaffen. Wenn ein Mann über Autos oder Computer Bescheid weiß oder sich im Sport hervortut, hat er seinen Kindern doch eine Menge zu geben.

Wenn unsere Kinder von uns lernen sollen, müssen wir geduldig sein, sie dort abholen, wo sie sind, und immer nur einen Schritt weitergehen. Wir müssen aufmerksam zuhören, was sie interessant finden und was schwierig oder angstbeladen. Etwas zusammen machen ist viel besser als ein Vortrag oder eine Demonstration.

Unsere Frauen können uns sehr dabei helfen, doch wir ziehen besser jemand Unabhängigen zu Rate. Mehr Kenntnisse über die Entwicklung von Kindern können sehr viel nützen, die nächsten Stadien in ihrem Leben kennenzulernen. Es gibt eine Reihe ausgezeichneter Bücher über dieses Thema. Wenn man zum Beispiel weiß, daß Wutausbrüche bei Elfjährigen typisch sind, hilft das, gelassen zu bleiben.

Doch bei unseren Bemühungen, zu beteiligten Vätern zu werden, müssen wir mit Widerstand an mehreren Fronten rechnen.

Unsere Frauen bitten uns vielleicht, eine aktivere Rolle bei den Kindern einzunehmen, doch wenn wir es wirklich tun, bekommen sie vielleicht Angst, selber an Bedeutung im Leben der Kinder zu verlieren. Sie hintertreiben vielleicht subtil unsere Bemühungen. Als ich zu einem zuverlässigeren Vater wurde, merkten Margaret und ich, daß wir manchmal bei den Kindern konkurrierten.

Viele Männer werden Schwierigkeiten im Beruf bekommen, wenn sie mehr Zeit fordern, um sich um die Kinder zu kümmern. Wie bei jedem anderen Aspekt dieses Rollenwechsels gibt es keinen Ersatz für Entschiedenheit. Der Kampf um Zeit und Energie, um zu einem guten Vater zu werden, ist die Sache aber wert!

Doch der größte Kampf findet gegen uns selbst statt. Wenn wir uns zu ändern versuchen, entdecken wir einen heftigen Wettstreit zwischen unserer Loyalität zu jenem kampfgezeichneten Opfer seiner eigenen Kindheit, unserem Vater, und dem Vater, der wir sein wollen. Wir müssen uns unseren Kindheitsvater näher ansehen, ihn kennenlernen, lernen, ihm zu verzeihen und irgendwie über ihn hinausgehen.

Wir Männer brauchen auch Hilfe von anderen Männern bei diesem Projekt. Wenn wir allein bleiben, siegt die Schwerkraft der Vergangenheit. Bis die Belohnungen und Freuden der Elternschaft so klar für uns werden, wie sie seit Jahrhunderten für Frauen sind, sollten wir ähnlich gesonnene Männer suchen und sie um Unterstützung bitten, in diese neue, schwierige, doch überaus wichtige Richtung vorzustoßen.

Die Kinder gehen, die Eltern sterben – bleiben wir zusammen?

Wie nach einem Frühlingssturm gehen die Krisen der ödipalen Jahre in einen friedlichen und ereignislosen Sommer über, den Freud »Latenzphase« nannte. Da die sexuellen Gefühle und Aggressionen in dieser Phase im dunkeln liegen und es keine dramatischen Entwicklungssprünge gibt, haben Wissenschaftler einst angenommen, daß sich in dieser Zeit nur wenig Bemerkenswertes ereigne. Froh über eine Pause im unermüdlichen Wachstum unserer Kinder, lassen wir Eltern uns ebenfalls leicht von diesem fest umrissenen und irgendwie zufriedenen Bild von ihnen einlullen. Eine Weile scheinen unsere Kinder einfach Kinder zu sein, und das, was sie tun, wird fast vorhersehbar.

Unser Familiengefühl vertieft sich und wird stabiler. Die Beziehungsverschiebungen der ödipalen Jahre scheinen sich umzukehren: Jungen identifizieren sich mit anderen Jungen und ihren Vätern, Mädchen scheinen eng an die Mutter gebunden und bilden intensive und zuweilen rivalisierende Freundschaften untereinander. In der Schule lernen sie Grundfertigkeiten, und obwohl wir vielleicht das Bruchrechnen neu lernen müssen, können wir ihnen leicht bei den Hausaufgaben helfen.

Sie begreifen auch allmählich, was es heißt, ein Mann oder eine Frau zu sein. Jungen studieren den Vater, und aktive Väter leiten vielleicht die Fußballmannschaft des Sohnes, fahren mit ihm zelten und bringen ihm das Angeln bei. In diesem »sexistischen« Stadium, in dem Kinder das Verhalten des gleichgeschlechtlichen Elternteils imitieren, erlernen Mädchen die Fertigkeiten ihrer Mütter, und lange, ehe sie die Adoleszenz erreichen, üben sie mit ihren Freundinnen die Rituale und Romanzen des Erwachsenendaseins.

In der Latenzphase vertrauen Kinder und Eltern einander im allgemeinen. Die Eltern wissen, was im sozialen Leben ihrer Kinder passiert, weil die Kinder es ihnen erzählen, und die Eltern haben immer noch ziemlich viel Kontrolle über ihre Kinder und deren Verhalten.

Unter der Oberfläche geht aber mehr vor sich, als erkennbar ist. Die

Kinder fühlen sich zuweilen von uns beleidigt oder gekränkt, doch oft geben sie nicht zu, was sie fühlen. Sie haben zudem größeres sexuelles Interesse, als sie preisgeben. Jungen beginnen, regelmäßig zu masturbieren, Mädchen ebenfalls. Doch die Sexualität verläuft bei Mädchen und Jungen in zwei getrennten Strömungen, und beide Geschlechter haben Angst, aufeinander zuzugehen. Die sexuellen Gefühle nehmen allmählich zu, wobei Mädchen Jungen entwicklungsmäßig weit voraus sind. Vor kurzem beklagte sich unsere dreizehnjährige Julia: »Jungen sind so naiv!«

Wir Eltern glauben, daß dieser wunderbare Sommer der Kindheit nie zu Ende geht. Vater und Sohn machen endlose Touren, Mutter und Tochter plaudern und klatschen unentwegt über alles und jedes. Doch ehe wir es gewahr werden, beginnt die Hurrikan-Phase, und die Wolken ballen sich zusammen.

Die Stürme der Adoleszenz

Es beginnt mit einem kurzen Gewitter. Getrieben von einem Ansturm hormonaler Energie, macht sich das heimliche Wachstum der Kinder plötzlich bemerkbar und zersprengt unsere friedlichen Träume. Ein Vorschlag, der vor wenigen Monaten keine Komplikationen hervorgerufen hätte, ruft nun einen Wutausbruch hervor. »Ich will mein Zimmer aber nicht aufräumen!« brüllt die zwölfjährige Sarah und wirft die Tür zu. »Das ist *mein* Zimmer!« Wir wissen, daß die Adoleszenz begonnen hat, und wie immer sind wir unvorbereitet. Die Schwierigkeiten mit heranwachsenden Kindern, verbunden mit der Belastung, daß die eigenen Eltern altern, leiten die *fünfte Krise* ein.

Die Adoleszenz scheint unvermittelt zu beginnen, doch dieses extrem komplexe Stadium meldet sich allmählich an und beginnt bei Mädchen etwa im Alter von elf Jahren, bei Jungen ein Jahr später. Sie ergreift unser mageres, verletzliches Kind, das Angst hat, auf ein Geburtstagsfest zu gehen, und sich mit den Grundzügen der Algebra abmüht, und gibt uns fünf oder sechs Jahre später jemanden zurück, der nicht nur wie ein Erwachsener aussieht und uns vielleicht überragt, sondern auch Infinitesimalrechnung beherrscht, besser Auto fährt als wir und vielleicht eine leidenschaftliche sexuelle Beziehung eingegangen ist. Inzwischen verletzen diese grundsätzlichen Veränderungen jede Beziehung innerhalb der Familie.

Wir sind überrascht, daß unser keimender Teenager nicht nur unbestimmbar und launisch wird, sondern auch manchmal aufreizend sexy ist – uns gegenüber! Dieser Ausbruch sexueller Energie mitten unter uns ist verwirrend und verstörend.

Eine Zwölfjährige verhält sich zuweilen flirtend und verführerisch dem Vater gegenüber, und er wird vielleicht unruhig, wenn sie ihn auf den Mund küßt. Vermutlich zieht er sich zurück, und sie fragt sich, was sie falsch gemacht hat. Aber er braucht sich nicht zu sorgen, in wenigen Monaten ist sie sich ihrer sexuellen Gefühle deutlich bewußt und hat selbst vor ihnen Angst. Dann zieht sie sich vor dem Vater zurück und verbündet sich mit der Mutter. Sie bleibt extrem an ihrem Vater interessiert, ist aber vermutlich zu schüchtern, dies zuzugeben.

Bei Jungen geschieht diese Abfolge ein wenig später, aber auf gleiche Weise. Ihre romantischen Gefühle für die Mutter flammen neu auf, doch sie werden verborgen. Heranwachsende Jungen wenden sich bei der Erforschung der Sexualität hilfesuchend an ihre Altersgenossen. Sie bekommen in der Regel von den Vätern nur wenig Unterstützung. Heranwachsende Jungen interessieren sich gewöhnlich stark für Sexualität und masturbieren vielleicht zwanghaft. Wenn sie endlich den Mut aufbringen, sich einem Mädchen zu nähern, werden sie von »zielgerichteten« sexuellen Phantasien getrieben. Da die Phantasien von Mädchen eher romantisch sind, verwirrt und verunsichert sie dieser objektbezogene Zugang.

Falls das für unsere Gattung typische Inzestverbot befolgt wird, hat der Heranwachsende keine andere Wahl, als sich von der Familie ab- und seinen Altersgenossen zuzuwenden. Diese biologisch begründete Flucht ist genauso natürlich wie eine Geburt, doch in einer Familie mit gestörter Elternbeziehung oder einem alleinstehenden Elternteil kann diese Entwicklung emotionales Chaos hervorrufen. Die unvermeidliche Trennung zwischen Eltern und Kind ist für alle problematisch: Eltern fühlen sich von der zunehmenden Distanziertheit des Kindes verraten, und obwohl sich Jugenliche bitter beklagen, daß die Eltern sie in ihrer Freiheit einschränken und wie Kinder behandeln, ist dieses Dilemma viel leichter für sie zu ertragen als die echte Furcht, das Elternhaus zu verlassen.

Gewöhnlich verschwindet ein Teil des Vertrauens zwischen Eltern und ihren Teenagern. Jugendliche meinen, daß wir ihr Bedürfnis nach Autonomie nicht verstehen, und wir werden mißtrauisch, was sie in ihrem heftig verteidigten Privatleben anstellen. Bald verbünden sie sich, um verschwörerisch und schadenfroh einige unserer Regeln zu umgehen, und oft gelingt ihnen das auch. Die Fünfzehnjährige, die vor einem Jahr so etwas noch weit von sich gewiesen hätte, plant nun mit ihrer besten Freundin, beiden Eltern zu erzählen, daß sie die Nacht bei der Freundin verbringen würden, damit sie ohne Kontrolle zu einer Party gehen können. Sie experimentieren mit Alkohol, Hasch und vielleicht Marihuana, und wenn sie die Schule verlassen, sind die meisten von ihnen sexuell aktiv geworden.

Leider ist die unangenehm kontroverse Atmosphäre, in der die Eltern zum Feind werden, fast unvermeidlich. Unsere Kinder haben Angst, irgendwann das Zuhause zu verlassen, und fürchten zudem ihre Abhängigkeit von uns. Wenn sie uns als Gegner betrachten, hilft das nicht nur, sie in die Arme ihrer Mitrevolutionäre zu treiben; unsere Regeln, die wir durchzusetzen versuchen, helfen ihnen auch, sich mit der Struktur der Gesellschaft auseinanderzusetzen. Leider üben sie mit *uns* dieses Ringen um ein Leben innerhalb gesellschaftlicher Grenzen. *Wir* sind es, die versuchen müssen, ihr unverschämtes Omnipotenzgefühl zu untergraben, das sie glauben läßt, sie seien unbesiegbar und unsterblich. Da wir diejenigen sind, die sie zum Heranwachsen bringen, lassen wir uns leicht verführen, ihre Angst vor der Welt »mitzutragen«, der sie sich nicht stellen wollen. Um Sorgen um sich selbst zu vermeiden, bringen Heranwachsende uns extrem geschickt dazu, uns Sorgen um sie zu machen.

Nur etwa 20 Prozent aller Jugendlichen haben stürmische und offen problematische Beziehungen mit ihren Familien, doch wenn man depressive und stumm entfremdete Kinder dazu zählt, findet man, daß die Mehrheit aller Teenager zu irgendeinem Zeitpunkt der Adoleszenz ernsthaft verstört ist. Ein Teil dieses Leidens wird durch die dramatischen hormonellen Veränderungen ausgelöst, die der Kinderkörper erlebt. Ein anderer beruht auf ihrer Angst, sich der Welt außerhalb der Familie zu stellen, doch ein großer Teil dieses Leidens wird auch von uns verursacht.

Wir versagen in vieler Hinsicht bei unseren Kindern. Oft sind sie schon jahrelang mit uns unglücklich, doch wir erkennen unser Scheitern erst, wenn sie heranwachsen. Manchmal löst unsere extrem starke Reaktion auf ihr Wachstum eine Krise aus. Oft sind unsere Teenager in den Rollen des gebundenen, delegierten, abgewiesenen oder regelbrechenden Kindes gefangen, wie zuvor beschrieben.

Auch ohne eine wirklich stürmische Rebellion ist diese Phase für jede Familie schwierig. Die statistische Kurve ehelicher Zufriedenheit, die bei der Geburt des ersten Kindes stark nach unten verlief und seitdem immer weiter sank, fällt wiederum scharf ab, wenn die Kinder heranwachsen. Die meisten Paare, deren Ehe das Fortgehen der Kinder überlebt, werden nach einer zuweilen stürmischen Phase der Anpassung einen deutlichen, euphorischen Anstieg ehelicher Zufriedenheit erleben, wenn das letzte Kind das Elternhaus verlassen hat. Doch eine beträchtliche, zunehmende Zahl von Ehen gerät in diesen turbulenten Jahren ins Schwanken. Eine mit Scheidung endende Ehe dauert in der Regel sieben bis zehn Jahre, doch die größte Scheidungshäufigkeit findet sich zu Beginn der Ehe und wenn die Kinder das Haus verlassen.

Es überrascht nicht, daß viele Ehen scheitern, wenn die Jugendlichen das Elternhaus verlassen. Väter, die bei den Töchtern Zuwendung suchten, die sie in der Ehe nicht fanden, werden von pickeligen Jungen im Stimmbruch überrundet, und Mütter, deren Töchter zu Freundinnen wurden und deren Söhne sie anbeteten, fühlen sich gleichermaßen verlassen. Diese Paare müssen sich endlich damit befassen, was zwischen ihnen besteht und was nicht.

Doch ehe wir uns miteinander beschäftigen, müssen wir es überleben, Eltern von pubertierenden Kindern zu sein, eine Aufgabe, die verlangt, daß wir fast unmenschlich gelassen, reif und flexibel sind. Unter zahlreichen anderen Belastungen, mit dem Kummer um die verlorene Kindheit und von einem wütenden und anspruchsvollen Fast-Erwachsenen konfrontiert, wanken wir. Sollen wir auf festen Regeln bestehen oder eine Ausnahme machen? Sollen wir eingreifen oder das Kind aus Erfahrung lernen lassen? Sollen wir es hart konfrontieren oder Mitleid anbieten? Es ist schwierig, sich solche Entscheidungen angesichts der Drohungen und Probleme des Kindes vorzustellen, ohne einen hilfsbereiten Altersgenossen zu haben, der uns beraten kann.

Wenn wir dieses Stadium erreichen, trägt jede Ehe ihre eigene Geschichte von Belastungen. Ob die Frau berufstätig ist oder ihre eigenen Interessen zwanzig Jahre lang opferte, um sich um Mann und Kinder zu kümmern – sie ist nun wütend über den Preis dieser Selbstverleugnung. Ein Mann, der über den gleichen Zeitraum die Hauptlast der Finanzierung dieser Familie getragen hat und dessen einzige emotionale Unterstützung von seiner immer gereizter werdenden Frau stammt, ist zutiefst von der Belastung und Isolierung seines Lebens erschöpft. Beide fühlen sich mit ihrer Bürde allein, und beide sind wütend über die unzähligen gescheiterten Versuche, einander zu ändern. Sie sind besonders die Versuche leid, es allen immer recht machen zu wollen.

Eltern mit heranwachsenden Kindern finden auch ihre sexuelle Beziehung immer kompromißhaltiger. Unsere Kinder scheinen mit unglaublich intuitiver Geschicklichkeit eine Kampagne gegen unser Sexualleben zu führen. Warum muß Julia ausgerechnet um elf Uhr abends in unserem Schlafzimmer mit ihrer Mutter ein Problem besprechen? Wie kommt es, daß am Samstagnachmittag, als wir allein zu Hause sind und das Risiko eingehen, miteinander zu schlafen, Mark beschließt, anstatt ins Kino zu gehen, drei Freunde mitzubringen, um sich Platten anzuhören?

Die allgegenwärtige und deutlich bewußte Präsenz unserer Heranwachsenden ist ein ziemliches Problem, besonders, da ein Großteil ihrer Gedanken auf Sexualität gerichtet zu sein scheint – ihre eigene und unsere. Sie erwarten, daß wir sie ignorieren, wenn sie ihre Freunde vor allen Augen küssen, aber wir dürfen einander nicht einmal zuzwinkern oder berühren, ohne daß sie laut pfeifen.

Unsere Kinder haben unsere sexuelle Beziehung schon seit vielen Jahren beeinträchtigt, und seit den Tagen, als wir sie um acht ins Bett steckten und damit rechneten, daß sie bis zum nächsten Morgen dort blieben, ist es immer schlimmer geworden. Leider kann uns ihre wachsame Beobachtung unserer Sexualität leicht an die kritischen, einschätzenden Blicke unserer Eltern erinnern. Wenn wir unsere Kinder vor den Offensichtlichkeiten unserer sexuellen Beziehung »schützen«, versetzt diese Selbstbeschränkung sie in die Rolle des »Zensors«, und so übertragen wir unsere schuldbewußte Schüchternheit in sexuellen Dingen auf sie.

Die Lasten der Welt

Doch es gibt in dieser Phase noch viele andere Belastungen und Härten, und unsere alternden Eltern sind nicht die geringste. Zu einer Zeit, in der unsere anspruchsvollen, narzißtischen Jugendlichen uns verlassen, werden unsere Eltern schwach und belastend. Sie haben ernste Probleme mit ihrer Gesundheit, mit der Pensionierung und miteinander. Sie besuchen uns auf längere Zeit, sie wollen in unserer Nähe leben oder sogar bei uns! Vielleicht stirbt ein Elternteil plötzlich und läßt den anderen in einer schrecklichen Krise zurück.

Der Tod eines Elternteils in diesen tumultreichen und anstrengenden mittleren Jahren ruft eine größere Krise hervor. Wir sagen uns zwar, daß wir erwachsen sind und mit dem Tod eines Elternteils fertig werden sollten, aber das ewige Kind in uns fühlt sich verwaist und verlassen. Elternrolle, Arbeitsleistung und Ehe werden von unserer Trauer tief betroffen. Die meisten Menschen erhalten während einer solchen Krise nur wenig Unterstützung, noch lassen die täglichen Anforderungen nach. Der überlebende Elternteil steht vor der belastendsten Krise seines Lebens – dem Verlust des Partners – und braucht unsere Hilfe. Wenn dieser Elternteil, um wieder Sicherheit zu erlangen, in unsere Nähe zieht, leben die Ursprungsfamilienkoalitionen heftig wieder auf.

Als Harolds Vater plötzlich starb, versuchten er und seine Frau Betty seine Mutter zu überreden, in ihrer Heimatstadt zu bleiben, doch sie bestand darauf, in ein Altersheim nach Atlanta zu ziehen. Sie vermißte nicht nur ihren Mann, sondern auch alte Freunde und wurde extrem von Harold abhängig. Ihre zunehmende Einmischung in das Leben des Paares löste eine größere Krise in deren Ehe aus. Sie wußten, daß schwierige Zeiten bevorstanden, als Harolds Mutter in ihrer ersten Woche in Atlanta versuchte, ihr Wohnzimmer umzuräumen.

Auch wenn die Eltern bei guter Gesundheit sind, bewegen sie sich unaufhörlich auf die Phase zu, in der das erwachsene Kind sprichwörtlich die Elternrolle bei ihnen übernimmt. Oft erwarten Eltern von den Kindern Unterstützung in einem Ausmaß, wie sie es den eigenen Kindern nie gaben, und sie bleiben zugleich kontrollierend und anweisend. Wie ironisch und ungerecht für die Tochter, die sich als Kind nie geliebt fühlte und die nun als Erwachsene für die Mutter sorgen muß, deren Zuwendung sie sich immer gewünscht hat. Oft muß sie die Geschwister mobilisieren, um die Bürde zu teilen.

Ohne es zu merken, sind wir zu der Generation geworden, von der die ganze Welt abhängt. Wenn es Probleme im Büro gibt, werden wir zu Hilfe gerufen. Muß ein Komitee gebildet werden, um Geld für eine gute Sache aufzutreiben, sind wir dabei. Wir werden angerufen, um einen Neffen auf eine bestimmte Universität oder in ein Drogenbehandlungsprogramm zu bekommen. Einer muß immer alle Festessen für die Familie kochen (wer wohl?), bei denen unsere Eltern einander anfahren und unseren Teenagern schräge Blicke zuwerfen.

Natürlich zahlen wir für alle möglichen unmöglich teuren Dinge: Zahnersatz, Fußballager, Musikstunden, Ferien, die ausgefallenen Kleidungsstücke unserer Kinder, Tonbänder und Platten, die unsere Ästhetik beleidigen, für Autos, die die Sicherheit unserer Kinder bedrohen und dauernd kaputtgehen, für das lecke Dach und andere unverhoffte Reparaturen. Wir sparen für die Ausbildung der Kinder und machen uns Sorgen um unsere Pensionierung, die wir nicht zu erleben glauben. Bis auf die Knochen müde, beklagen wir uns ständig beieinander. Margaret und ich mußten irgendwann das Wort »erschöpft« aus unserem Vokabular streichen.

Diese Phase kann besonders für Männer sehr entmutigend sein. Frauen, deren Kinder das Haus verlassen haben, können sich vielleicht darauf freuen, mehr Energie für die eigenen Interessen oder eine berufliche Karriere zur Verfügung zu haben, doch viele Männer stehen vor der endlosen Tretmühle ihrer Arbeit, die sie lange schon leid sind, aber nicht aufgeben können. Sie gehen »im Geschirr« und fühlen sich zunehmend gefangen und von der Familie wenig anerkannt. Viele Männer bekommen angesichts einer so freudlosen Perspektive eine akute Depression. Sie haben die Freuden einer persönlichen Beziehung geopfert – besonders die zu den Kindern – und wissen nun nicht, wie sie aus der Falle, die ihre Rolle ihnen gestellt hat, ausbrechen können.

Manche Männer werden in dieser Phase so depressiv, daß sie emotional aufgeben und – wie mein Vater – sterben. Manche schleppen sich weiter und zählen die Tage bis zur Rente. Die mutigsten Männer stellen sich ihrem Gefühlsleben und treffen bewußt die Entscheidung, das Leben voller zu genießen. Vielleicht lernen sie, sich zu entspannen und sich mehr zu freuen. Sie versuchen, Kontakt zu den Kindern aufzunehmen und die Schäden zu reparieren, die sie in den Jahren der Abwesenheit verursacht haben.

Bruder und Schwester

Mit dem Erwachsenwerden wird offenkundig, daß unsere Söhne und Töchter unterschiedlich auf die Belastungen von außen reagiert haben. Während die neuen Freiheiten, die Frauen offenstehen, manche Unterschiede verringert haben (Julia spielt mit einer körperlichen Aggressivität Fußball, die ihrer Mutter nie zugestanden wurde, und Sarah ist selbstbewußter als ihre beiden Eltern zusammen), bestehen immer noch starke Gegensätze zwischen Brüdern und Schwestern. Diese Unterschiede formen die Erwartungen von Jungen und Mädchen an die Ehe.

Die Herausforderung für Mädchen heißt, ein autonomes, individuelles Leben zu entwickeln. Chodorow weist darauf hin, daß größere Kämpfe beim Verlassen der Mutter stattfinden. Da die Mütter ihre eigenen Gefühle und Bedürfnisse auf die Töchter projiziert haben und von der Freundschaft mit der Tochter abhängen, muß das heranwachsende Mädchen einen echten Kampf mit der Mutter beginnen, um unabhängig zu werden.

Mütter und Töchter suchen sich gewöhnlich eine zentrale Metapher, um die sie ihre Kämpfe strukturieren. Da die Bindung zwischen ihnen sehr eng sein kann, geht es oft um das Recht der Tochter, den eigenen Körper zu bestimmen. Dieser Kampf beginnt im Alter von sechs Jahren, wenn die Tochter mit der Mutter streitet, was sie anziehen und zum Frühstück essen will. Andere »körperbezogene« Themen tauchen in der Adoleszenz auf (wie etwa das sexuelle Verhalten des Mädchens), doch die frühen Themen bestehen vermutlich weiter. Kämpfe über Essen eskalieren während der Pubertät und können im extremen Fall in Magersucht enden.

Oft bestehen Mütter darauf, den Töchtern bei Entscheidungen zu »helfen«, die die Töchter wunderbar allein treffen können. Wenn die Tochter spürt, daß die Mutter ihre Initiative übergeht, rebelliert sie. Da die Grenzen zwischen ihnen verschwommen sind und der Tochter nicht erlaubt wird, einen eigenen Standpunkt einzunehmen und sich offen gegen die Mutter zu wehren, kämpft sie indirekt. Anstatt zu sagen: »Mutter, du behandelst mich wie ein Kind, und das kann ich nicht ausstehen«, schlägt sie mit einer Metapher zurück: »Du ißt nicht genug«, schimpft die Mutter. »Du hast recht«, antwortet die Tochter und ißt weniger. »Du solltest dein Haar länger tragen« riet Margaret Sarah. Also schnitt Sarah es ab.

Diese Mutter-Tochter-Kämpfe können sehr intensiv werden. Die Mutter weiß instinktiv, daß sie ihre Tochter auf eine Weise behandelt, daß diese rebellieren muß. Die Tochter weiß, daß ihre indirekte Kampfweise Mutters fortgesetzte Einmischung provoziert. Das Dilemma der Tochter besteht darin, daß sie sich als separat definieren muß, doch sie erkennt unbewußt auch das mütterliche Bedürfnis, sie abhängig zu halten. Diese »rebellische Abhängigkeit« der Tochter ist eine Methode, einen Kompromiß zwischen ihren Bedürfnissen und denen der Mutter zu finden. Manche Mütter und Töchter schreien einander an, doch beide spielen bei der Aufrechterhaltung dieses konfliktreichen und stark aufeinander bezogenen Dramas mit.

Wenn die Tochter spürt, daß die Mutter nur wenig Unterstützung vom Vater erhält oder keinen sinnvollen Beruf hat, fühlt sie sich stark versucht, ihre keimende Unabhängigkeit aufzugeben. Die biblische Parabel vom verlorenen Sohn sollte auf eine verlorene Tochter ausgeweitet werden. Vielleicht »scheitert« die Tochter in der Schule und kehrt nach Hause zur depressiven, einsamen Mutter zurück. Oder die junge Frau wird innerhalb eines Jahres schwanger, heiratet, wird geschieden und bringt Mutter einen Säugling heim, der zu deren niedlichem »Therapeuten« wird.

Die unbewußte Loyalität der Tochter ist ein großes Hindernis auf dem Weg zur Unabhängigkeit, doch auch von der Gesellschaft erhalten junge Frauen nur wenig Unterstützung, um autonom zu werden. Schon in der Schule spüren Mädchen, wie unterschiedlich die Geschlechter behandelt werden.

Innerhalb der Familie müssen die jungen Mädchen die Mutter hindern, ihnen zuviel zu helfen, und ihr feste Grenzen setzen, die Unabhängigkeit voraussetzen. Die Mutter muß aber auch andere Quellen der Unterstützung finden – ihren Mann und andere Interessen.

Hinter der Wut zwischen Müttern und Töchtern steht oft auch Trauer über die bevorstehende Trennung, besonders in der späteren Phase dieses längeren Prozesses. Margaret und ich lernten kürzlich eine Familie kennen, in der die Mutter und die einundzwanzigjährige Tochter über deren Hochzeitsvorbereitungen stritten. Die Tochter fühlte sich von den »hilfreichen Vorschlägen« der Mutter kritisiert und kontrolliert; die Mutter fühlte sich durch die Versuche der Tochter, autonom zu sein, verletzt und zurückgewiesen. Nach einer Stunde der Streiterei gaben schließlich beide ihre Trauer über den Wechsel in ihrem Leben zu, den die Hochzeit einleiten würde, und sie weinten beide.

Ein unterstützender, angemessen einbezogener Vater kann eine wichtige Rolle bei der Loslösung der Tochter von der Mutter spielen. Er kann seiner Tochter auch helfen, mehr Selbstvertrauen im Umgang mit der Welt zu entwickeln. Er kann ihr beibringen, daß traditionelle männliche Aktivitäten nicht abschreckend zu sein brauchen. Sie kann lernen, wie Autos, Computer und die Börse funktionieren, und erfolgreiche Sportlerin zu sein. Viele Frauen mit steilen Karrieren begannen früh und mit viel Ermutigung von den Vätern. Die enge Zusammenarbeit mit dem Vater kann dem Mädchen auch das Gefühl vermitteln, daß Männer eine zuverlässige Quelle von Hilfe und Unterstützung sein können.

Es gibt ausreichend wissenschaftliche Belege für die Tatsache, daß Mädchen mit guter Beziehung zu ihrem Vater bessere heterosexuelle Beziehungen haben, in der Schule gut und im Berufsleben erfolgreicher sind als Mädchen, deren Vater körperlich oder psychologisch unerreichbar war. Wir Väter haben eine Schlüsselrolle im Leben unserer Töchter. Leider betrachten sich viele Väter für ihre Töchter als unwichig. Sie nehmen an, die Mädchen fielen unter die Verantwortung der Mutter, und ignorieren sie. Einige dieser Väter hatten vielleicht anfangs eine enge Bindung an die Tochter, doch zu Beginn der Pubertät werden sie ängstlich. Sie sind sich vager sexueller Gefühle für die Tochter bewußt und ziehen sich verlegen zurück. Wie oft habe ich von erwachsenen Frauen gehört: »Mein Vater und ich standen uns sehr nahe, bis ich ein Teenager wurde, und danach war er immer sehr reserviert. Ich habe nie herausgefunden, was ich falsch gemacht habe, und ich habe mich sehr verletzt gefühlt.«

Andere Väter fühlen sich durch die sexuelle Entwicklung der Tochter erregt und reagieren unangemessen sexuell auf sie. Auch wenn sie sie nicht offen bedrängen, geben ihr seine zweideutigen Bemerkungen und zu zärtliche Umarmungen ein deutlich unbehagliches Gefühl. Sie wird in seiner Gegenwart wachsam und defensiv und damit unfähig, sich auf ihn zu verlassen. Der Vater wird zu einer zusätzlichen Belastung in ihrem Leben. Diese tragische und sehr häufige Situation schiebt die Tochter in eine noch intensivere Beziehung zur Mutter, oftmals auch in aufopfernde sexuelle Beziehungen mit Männern.

Der »elternhaften« Tochter, deren zu starke Bindung an den Vater die Mutter extrem eifersüchtig macht, wird vielleicht von der Mutter erschwert, das Elternhaus zu verlassen, doch ihre Attraktivität bedroht die alternde Mutter vielleicht so stark, daß die Bühne bereit ist für schmerzhafte Auseinandersetzungen zwischen den beiden. Mit einer wütenden Mutter und einem ausnutzenden Vater fühlt sich das Mädchen angesichts der Welt außerhalb der Familie vielleicht schrecklich alleingelassen.

Der Kampf des heranwachsenden Jungen, das Elternhaus zu verlassen, verläuft oft sehr anders als bei der Schwester. Nur wenige Jungen haben eine intensive Bindung an einen Elternteil, doch auch hier gibt es Ausnahmen. Wir wachsen in der Regel mit viel mehr psychologischem Freiraum auf als unsere Schwestern, und unsere Ängste drehen sich um Intimität, statt um Einsamkeit.

Wenn Jungen die Adoleszenz erreichen, sind sie sich der auf sie wartenden Rolle deutlicher bewußt. Jungen, die anfangs schüchtern und schulisch unsicher waren, beherrschen plötzlich alle Diskussionen und bekommen gute Noten. Sie wissen, daß auf sie die Universität oder andere Herausforderungen warten, und die Gesellschaft hat sie bereits auf Konkurrenzsituationen vorbereitet.

Ein Teil dieser Vorbereitung findet innerhalb jener umfassenden gesellschaftlichen Metapher statt, der Welt des Sports. Dort werden wir gestoßen, gebeutelt und angespornt. Und wenn wir uns beklagen, sagt man uns, wir sollen den Mund halten und dreimal um das Sportfeld rennen. Diese Konditionierung wird überwiegend von Männern geleistet und oft von beiden Eltern gefördert. Meine Mutter unterstützte meine Versuche, Fußball zu spielen, und obwohl ich bei meinem Leichtgewicht oft verletzt wurde, pflegte sie mich gesund und schickte mich wieder hinaus.

Meine Mutter schien entschlossen, »etwas aus mir zu machen«. Sie stellte nicht nur klar, daß ich mich nicht mit Mädchen mit zweifelhaftem Ruf treffen durfte, sondern ließ mich auch nicht zur Memme werden. Sie schickte mich in Pfadfinderlager und half mir, Ferienjobs zu finden, die wie eine militärische Grundausbildung waren: Gräben ziehen, Obst verladen, Bauholz schleppen, Zement mischen. Die Botschaft war eindeutig: Geh hinaus und stell dich der Welt.

Männliche Jugendliche werden nicht nur ständig mit dieser Botschaft bombardiert, sondern erkennen auch bald die Vorteile, wenn sie sie befolgen. Es winken Belohnungen, nicht zuletzt und allgegenwärtig die geheiligte Bewunderung von Mädchen.

Zu Hause ergeht es uns allerdings nicht so gut. Von den Vätern bekommen wir nur selten Unterstützung auf dem Weg zum Erwachsenen. Wenn man Glück hat, hilft einem der Vater, ein altes Auto herzurichten, oder bringt einem die Schreinerei bei, doch diese Lektionen enthalten keine Hinweise auf die emotionale Welt der Männer. Diese Türen bleiben geheimnisvoll verschlossen. Was fühlen unsere Väter, fragen wir uns? Aber sie fragen uns auch nicht nach unserem Innenleben.

In vielen Familien wird der Jugendliche in eine zu erwachsene Koalition mit der Mutter gezogen. Randvoll mit Teenagerarroganz, die durch die Beziehung zur Mutter noch gefördert wird, gerät er in Kollision mit dem Vater. Vater ist entschlossen, die Macht zu behalten, und schlägt hart zurück. Konfrontationen können brutal ausfallen. Ich denke gelegentlich an eine Szene zwischen meinem Vater und mir, als ich etwa sechzehn war. Ich hatte mir einen Verstärker gebaut und setzte gerade Lautsprecher zusammen, als mein Vater mir zu viele Ratschläge gab, an welchen Platz im Wohnzimmer ich sie stellen sollte. Ich fuhr auf: »Ich weiß darüber mehr als du«, und der Streit war da. Wir brüllten uns schließlich an und sprachen eine ganze Weile nicht miteinander.

Oft wachsen Jungen mit geschiedenen Eltern in beträchtlicher psychischer (und geographischer) Distanz vom Vater auf, und ihre Versuche, eine angemessene Beziehung zu ihm aufzunehmen, werden schrecklich enttäuscht. Doch viele Väter verlassen ihre Teenagersöhne psychisch, obwohl sie körperlich anwesend sind, besonders, wenn sie depressiv oder alkoholsüchtig sind. Der Alkoholismus meines Vaters wurde gegen Ende meiner Schulzeit offenkundig, und das habe ich gewiß als eine Art Verlassenwerden empfunden.

Teenagersöhne fühlen sich auch von Müttern verlassen, die ihnen eine sehr verwirrende Mischung aus Gefühlen entgegenbringen. Vielleicht hat eine Mutter sich zuzeiten stark auf ihren Sohn verlassen, und wenn er heranwächst, sexualisiert sie nicht allein die Beziehung, sondern wird auch sehr wütend auf ihn. Es ist verwirrend, wenn die Mutter in der einen Minute eng an einen gebunden erscheint und in der nächsten wütend wird.

Der sechzehnjährige Norm Hale war ernsthaft depressiv. In einer Einzelstunde beschrieb er einen neuen Konflikt mit seiner Mutter: »Ich war aus der Schule nach Hause gekommen und sah fern. Mama kam mit dem Einkauf an die Tür, und als ich nicht aufstand, um ihr zu helfen, sagte sie etwas Sarkastisches. Danach fragte sie nur: ›Hast du deine Schularbeiten gemacht? Warum siehst du fern?‹ Das sagte sie so bitter und wütend wie immer. Vermutlich habe ich ihr frech geantwortet und weiter ferngesehen. Aber ich fühlte mich schlimm. Ich weiß, ich hätte ihr helfen sollen, aber sie fragt mich immer nur: ›Hast du deine Schularbeiten gemacht?‹ oder ›Hast du den Müll hinausgebracht?‹ Ich weiß nicht, warum sie ständig so wütend auf mich ist.«

»Was geschah dann?« fragte ich.

»Nach dem Essen lag ich im Wohnzimmer auf dem Boden und las in meinem Geschichtsbuch. Mama ging im Zimmer hin und her und tat etwas. Dann bat sie mich, aufzustehen und ihr etwas zu bringen – ich glaube, ein Buch. Komisch aber war, daß das Buch näher bei ihr lag als bei mir, und sie stand schon! Es war, als versuchte sie, mir was abzuverlangen. Ihre Stimme klang so schrill, wie ich es überhaupt nicht leiden kann. Das kommt bei mir an, als schabe jemand mit dem Fingernagel über eine Schultafel.«

»Laß mich raten«, sagte ich. »Du hast frech geantwortet.«

»Ja. Und da schrie Mama aus vollem Hals, ich sei faul und arrogant und täte nie etwas für sie.« Er zögerte und erinnerte sich genauer. »Vermutlich habe ich durchgedreht, ich stand auf und brüllte ebenfalls. Dann habe ich einen Fehler gemacht. Ich habe sie gegen die Wand gestoßen. Da bekam sie Angst, aber sie hörte zu brüllen auf. Doch ich bekam auch Angst und drehte mich um und ging hinaus. Danach hörte ich sie weinen und nach oben gehen.«

»War dein Vater oben?«

»Mmm. Ein paar Minuten später kam er kreuzwütend herunter. Normalerweise ist er zu Hause sehr still und in sich gekehrt oder mit seiner Arbeit beschäftigt, doch jetzt war er anders. Er schrie mich an, so könne ich Mama nicht behandeln, und daß er mich verhauen werde, sollte ich das noch einmal machen. Ich sagte bei mir: ›Das möchte ich sehen!‹, doch gesagt habe ich es nicht. Komisch, es war fast eine Erleichterung, als er wütend wurde, als hätte ich das gewollt. Manchmal denke ich, er ist mit uns allen viel zu nachsichtig. Nach einer Weile regte er sich wieder ab, und später sprachen Mama und er mit mir über meine schlechte Laune. Danach war ich deprimierter als je zuvor, als hätte ich an allem schuld.«

Das hatte er natürlich nicht. Wir verloren keine Zeit, die Familie wieder zusammenzubringen, und zum ersten Mal kamen die Hintergrundthemen zum Vorschein. Norms Mutter, Emma, die älteste von drei Kindern, war eine starke, steuernde Frau, gewiß die dominante Gestalt in der Ehe. Viele Jahre hatte sie ihre eigenen Bedürfnisse denen der Familie untergeordnet und sich um den erfolgreichen, aber oft depressiven Mann gekümmert. Sie hatte von kaum jemandem in der Familie Unterstützung bekommen, außer von Norms älterer Schwester Esther, die vor kurzem ausgezogen war.

Als wir an dieser Ehe mit überfunktionierender Frau zu arbeiten begannen, konnte Emma endlich sagen, wie viele Sorgen sie sich um ihren Mann machte und wie wenig Unterstützung sie von ihm bekam. Die Wut über diese Ungerechtigkeit richtete sie auf den nicht hilfsbereiten Sohn, dessen Depression – die sie an ihren Mann erinnerte – sie sogar noch wütender machte.

Der Mutter-Sohn-Konflikt war unbewußt gesteuert, um den Vater in eine aktivere, stärkere Rolle innerhalb der Familie zu bringen, was natürlich auf viel ruhigere und klarere Weise hätte geschehen müssen. Die Eltern befaßten sich nun mit ihren Eheproblemen, und als Emma erkannte, wie verletzt sich Norm durch ihre ständige Kritik fühlte, verhielt sie sich liebevoller zu ihm. Seine Depression besserte sich.

Teenagersöhne sind viel verletzlicher, als sie zu sein scheinen. Sie fühlen sich oft von den Vätern allein gelassen, die sie hart und strikt behandeln oder abwesend und emotional unerreichbar sind. In den frühen Jahren der Adoleszenz fühlen sich Jungen von der starken

Bindung an die Mutter bedroht; gleichzeitig, wenn die unvermeidlichen Launen auftauchen, werden sie zum Ziel der mütterlichen Wut auf die Väter. Sie fühlen sich von beiden Seiten beschuldigt, ziehen sich zurück und wenden sich ihren Altersgenossen zu.

Die Würfel fallen

Wenn eine junge Frau heiraten will, erwartet sie von der Beziehung die gleiche Intimität, die sie mit der Mutter, den Schwestern oder Freundinnen erfuhr. Wie ihr Zukünftiger hat sie vermutlich Defizite in der väterlichen Zuwendung. Unbewußt hofft sie in ihrem Mann etwas zu finden, was sie vom Vater nicht bekam – Verspieltheit, Zuwendung, Stärke, Sensibilität, Aufmerksamkeit.

Ihr Zukünftiger ist mit der Angst vor Mutters Emotionalität großgeworden. Aufgrund seiner Kämpfe mit ihr hat er vielleicht Angst vor weiblicher Abhängigkeit, Sexualität, Wut und Zurückweisung.

Wenn seine bemühte, intimitätsuchende neue Frau ihn bald nach der Hochzeit fordert, zieht er sich vermutlich zurück. »Sei mir doch nahe!« fleht sie.

»Ich habe Angst vor deinen Bedürfnissen!« sagt er vielleicht, wenn er den Grund für seine Panik erkennt.

Dieser männliche Rückzug findet um so wahrscheinlicher statt, wenn der junge Ehemann keinen angemessenen Vater gehabt hat. Der spürt das Bedürfnis seiner Frau nach etwas, *was er von seinem eigenen Vater nicht bekam*. Wieder einmal ragt Vaters Abwesenheit über beiden auf. »Hilf mir!« ruft die Frau. »Ich weiß nicht, wie man das für eine Frau macht«, antwortet er, wenn er erkennt, wovor er Angst hat. »Mein Vater hat das nicht für mich oder meine Mutter getan.«

Nach vielen Enttäuschungen, weil ihre Bedürfnisse in der Ehe nicht erfüllt werden, tut die junge Frau vermutlich genau das, was ihre Mutter tat: Sie glaubt, ihre einzige Chance zu wirklicher Nähe liege darin, sich einem Kind zu widmen. Sie bekommt also ein Baby, und wenn sie sich diesem Kind zuwendet, um Nähe und Intimität zu erfahren, beginnt der Kreislauf aufs neue. Genau diese Hinwendung der Frau an die Mutterrolle als Lösung für ihr Dilemma ist für Chodorow der Grund für die »Reproduktion der Mutterrolle«.

Wir haben bei unserer Erforschung der langen Reise einer Familie von der ersten Umwerbung bis zu den Prüfungen der Adoleszenz der Kinder gesehen, wie leicht es für Väter ist, sich aus dem inneren Familienkreis zu entfernen. Diese Deplazierung beginnt bei der Geburt des ersten Kindes, wenn der Vater sich oft nicht in der Lage fühlt, mit der intensiven Bindung der Frau an das Neugeborene zu konkurrieren. Wenn sich nicht beide Eltern bemühen, die gesellschaftliche Konditionierung zu überwinden, werden die Folgen dieses väterlichen Scheiterns, eine enge Bindung an die Kinder zu entwickeln und mit ihrem Leben in direktem Kontakt zu stehen, immer schärfer spürbar werden. Wenn diese Kinder die Adoleszenz erreichen, kann die emotionale Distanz des Vaters von der Familie zu einem kritischen Thema werden. Abgesehen vielleicht von der Geburt eines Kindes werden aber Väter zu keinem Zeitpunkt im Kreislauf einer Familie stärker gebraucht als in dieser Phase.

Das verborgene Thema in Familien mit Jugendlichen ist oftmals Vaters mangelnde Einbezogenheit. Mütter können kleine Kinder zwar allein betreuen, doch Jugendliche sind ein anderes Kapitel. Viele Jugendliche sind unbewußt motiviert, emotionalen Kontakt mit dem Vater aufzunehmen, ehe sie das Zuhause verlassen, und ihn in eine aktivere Rolle innerhalb der Familie zu bringen. Dieses Motiv ist bei Jungen besonders stark, die oft mehr Struktur, mehr Einbeziehung und mehr Hilfe von den Vätern verlangen. Die unbewußte Strategie der meisten Jugendlichen, die Väter einzubeziehen, besteht darin, eine Krise von solchem Ausmaß hervorzurufen, daß es einfach keine Alternative für ihn gibt, als aktiver zu werden. Schließlich sagt seine Frau zu ihm: »Du mußt mir dabei helfen!« Und dieses Mal geht es um das Leben des Kindes.

Männer können in dieser Phase auf vielfältige Weise helfen, doch nichts ist wichtiger als unsere Fähigkeit, uns mit unserer Frau gleichberechtigt und in enger Zusammenarbeit über Themen der Disziplin zu einigen. Unsere Probleme auf diesem Gebiet hängen oft mit der Machtverteilung in der Familie zusammen. Wenn wir dominante Überfunktionierer gewesen sind, müssen wir lernen, unseren Frauen und Kindern gegenüber weicher, freundlicher und verständnisvoller zu sein. Wenn wir unterlegene Unterfunktionierer waren, müssen wir lernen, gegenüber den Kindern und unserer Frau einen festen Standpunkt einzunehmen. Jugendliche spüren genau, wenn ihre Eltern auseinandertreiben und welche Konflikte in der Ehe bestehen, und schaffen gewöhnlich eine Reihe von Herausforderungen, die uns zwingen, einander zu konfrontieren und uns den Themen unserer Ehe zu stellen. Norms Vater mußte in jedem Bereich seines Lebens selbstbewußter werden, und sein Sohn versuchte unbewußt, ihm diese Veränderungen »beizubringen«.

Diese wütenden jungen Revolutionäre scheinen jeden Aspekt der Familie in Frage zu stellen: Sie attackieren die Verdrängungen, die Trägheit, die starre Ungerechtigkeit, sie kritisieren die unendlichen Wiederholungen, sie erklären den statischen, freudlosen, hoffnungslosen Bereichen des Familienlebens den Krieg, und obwohl sie sich echt Sorgen um die Eltern und Geschwister machen, die sie hinter sich zu lassen versuchen, handeln sie auch aus Eigeninteresse. Sie müssen das Zusammengehörigkeitsgefühl der Eltern auf die Probe stellen, denn sie wissen instinktiv, daß nur, wenn die Eltern zufrieden und glücklich sind, sie zum sicheren »Basislager« werden, das die Jungen auf den immer weiter werdenden Ausflügen ins Fürsichsein brauchen.

Wir scheitern vornehmlich, indem wir unsere unterschwelligen Ehekriege nicht erklären und dadurch das Kind in die Zwickmühle unserer Meinungsverschiedenheiten setzen. Ein dominanter Vater ignoriert den Wunsch seiner Frau, ein Thema mit dem Teenager zu besprechen, und geht mit strenger Disziplin vor, und anstatt sich offen gegen ihn zu erklären, gibt die eingeschüchterte Frau dem Kind subtile Zeichen, daß ihm erlaubt ist, Vaters Regeln zu umgehen. Wenn beide Eltern den Jugendlichen als Pfand in einem kalten Krieg benutzen, verliert er unweigerlich. Der Teenager in einer solchen Dreieckssituation spürt, daß er diese Rolle spielen muß, und bleibt oft in der Nähe, denn er weiß, wenn er nicht da wäre und Schwierigkeiten machte, würde die Ehe seiner Eltern ins Wanken geraten.

Doch Männer können auch auf andere Weise helfen als nur im Hinblick auf Struktur und Disziplin. Wir können unseren Kindern beibringen, daß wir über die große Welt Bescheid wissen. Wir können ihnen beistehen und sie bei ihren Auseinandersetzungen mit dieser Welt unterstützen. Wir sind oft viel besser als unsere Frauen darin, sie ruhig und gelassen bei diesem Loslösungsprozeß zu »beraten«. Einer unserer Beiträge besteht darin, aufzuspüren, wann wir dem flügge werdenden Erwachsenen *nicht* helfen sollten.

Auch wenn die Kinder endlich das Zuhause verlassen, haben Väter immer noch Gelegenheiten, für sie dazusein. Viele Kinder, die mit dem Vater nicht ins reine gekommen sind, kehren auf längere Phasen ins Elternhaus zurück oder bleiben in der Nähe, um die Themen zu lösen. In vielen Fällen brauchen junge Erwachsene Hilfe, auch wenn sie fern von zu Hause leben. Väter sind oftmals am besten vorbereitet, diese Art Fürsorge zu leisten.

Trotz all dieser Krisen und Kämpfe sind die Jahre der Adoleszenz unserer Kinder oft sehr erfreulich. Die wunderbarste Entdeckung dieser Phase ist, daß unsere Kinder zu informierten, intellektuell neugierigen, interessierten jungen Erwachsenen geworden sind. Inmitten der Instabilität dieser Phase spüren wir ein Gefühl tiefer Verbundenheit mit ihnen.

Die Entdeckung, daß eine Familie ein Team ist, eine Quelle gegenseitiger Freude, ist sehr belebend. Es passiert zwar nicht oft, doch es gibt Abende, an denen alle beieinander hocken, sich Geschichten erzählen, sich erinnern und necken – und das ist um so schöner, weil unsere weltgewandten, fast erwachsenen uns besuchenden Nomaden freiwillig und gern zu uns kommen.

Strategien der Veränderung

Wir planen die Muster nicht, nach denen sich unsere Ehe entwikkelt, noch sind wir uns gewöhnlich bewußt, wie überschaubar wir sind: die Täuschungs- und Ausweichmanöver geübter Streitereien, die rituellen Berührungen, mit denen wir den Liebesakt einleiten, die schwerfällige Vertrautheit, mit der wir die täglichen Pflichten erledigen. Solange unsere Beziehung funktioniert, denken wir nicht darüber nach. Zweifel entstehen aufgrund eines verschwommenen Unbehagens, eines tiefen Mißtrauens in den Knochen, dem muskulösen Untergewebe unserer Ehe. Irgendein Element im Körper der Liebe reibt sich wund, etwas in diesem gewählten, erarbeiteten, geliebten Ensemble, das unser Zusammenleben ist, tut weh, fühlt sich falsch an. Wir wissen instinktiv, daß dieser Schmerz Teil dessen ist, warum wir einander ausgesucht haben, daß es unserem Bedürfnis entspringt, uns unserer eigenen Wahrheit zu stellen. Aber wir beschließen niemals eine Veränderung, nur weil wir meinen, daß Wachstum Spaß macht. Wir müssen uns ändern, weil wir einfach müssen.

Erst wenn wir bewußt versuchen, unsere »automatischen« Reaktionen zu ändern, merken wir, wie stark die psychologischen Kräfte sind, die uns zwingen, uns auf betimmte Weise zu verhalten. Eine Frau zum Beispiel, die versucht, ihre Neigung zu ändern, hilfsbereit und selbstverleugnend zu sein, wird bald entdecken – besonders, wenn ihr Partner ihr dieses Verhalten geschickt entlocken kann –, daß sie vor einer gewaltigen Anstrengung steht. Da wir dazu neigen, bestimmte gewohnheitsmäßige Reaktionen im anderen zu fördern, müssen Paare zusammen daran arbeiten, diese Muster zu durchbrechen. Viele brauchen dazu Hilfe von einem Therapeuten, doch gewisse Schritte können wir auch allein unternehmen.

Einer muß fest entschlossen sein, die Dinge in Gang zu bringen. Als Margaret nach unserem Umzug nach Atlanta unsicher und deprimiert war, drängte sie heftig und leidenschaftlich auf Veränderung. Sie sagte mir genau, warum sie unglücklich war und was sie von mir wollte. Es gab eine Reihe solcher Konfrontationen, und sie machten mich in der einzig möglichen Weise auf ihr Dilemma aufmerksam.

Die Forschungsarbeiten über Zufriedenheit in der Ehe lassen nur wenig Zweifel, daß die traditionelle Ehe Vorteile für Männer bietet. Da viele Frauen heutzutage zusätzlich zu ihrer vollen Berufstätigkeit viele der normalen Verpflichtungen tragen, ist ihre Unzufriedenheit größer als die ihrer Mütter. In der Vergangenheit gingen Frauen eher zu einem Individualtherapeuten als ihre Männer oder drängten auf eine Paartherapie. Es gibt einige Anzeichen, daß heute mehr Männer eine Therapie anregen, doch dieser Trend beruht vielleicht auf der größeren Angst der Männer, daß ihre selbständigen, berufstätigen Frauen sie verlassen. Drei Viertel aller Scheidungen werden in der Tat von Frauen beantragt, doch es wäre falsch, anzunehmen, daß diese Statistik ein genauer Gradmesser ehelicher Unzufriedenheit wäre.

Meiner Ansicht nach muß die schwerste Arbeit beim Brechen gewohnheitsmäßiger Muster in einer Ehe von Männern geleistet werden, und ich werde dies in den folgenden beiden Kapiteln behandeln. Doch viele Männer müssen aufgerüttelt, auf irgendeine Weise geweckt werden, damit sie diese Arbeit leisten. Und diese Aufgabe fällt immer noch vornehmlich Frauen zu.

Strategien für Frauen

Wenn Margaret und ich die Arbeit mit einem Paar beginnen, hinter dessen Kommen deutlich die Klagen der Frau stehen, besteht unser erster Schritt darin – nachdem wir den Standpunkt beider Partner angehört haben –, die Frau zu bitten, ihre Rolle bei den Schwierigkeiten zu betrachten. Jede Frau, die ihre Ehe ändern will, sollte klugerweise den gleichen Gedanken verfolgen: Welche Rolle spiele ich bei unserem Problem? Diese Frage führt zu einer wichtigeren: Welche Rolle spiele ich in unserer Ehe?

Wenn wir die Dynamik einer Ehe begreifen, haben wir vielleicht einen wichtigen Schlüssel für den weiteren Fortgang. Eine Frau, die sich von ihrem Mann mehr Nähe und Intimität wünscht, sollte annehmen, daß sie unfreiwillig Dinge tut, die das, was sie erreichen will, erschweren. Oft übt sie permanenten Druck auf ihren Mann aus, um ihn »zu erreichen«, und die Dringlichkeit ihres Bedürfnisses ist Teil dessen, was ihn forttreibt. Die Frau, die sich in einer »Verfolger«-Position befindet, sollte sich genau ansehen, warum emotionale Nähe so wichtig für sie ist. Es ist sicher legitim, sich eine intime Ehe zu wünschen, doch wenn wir eine intensive Sehnsucht in die Ehe mitbringen, die unseren unerfüllten Kindheitsbedürfnissen entstammt, bekommt der Partner vermutlich Angst vor diesem emotionalen Druck und zieht sich zurück. Wir Männer haben starken Anteil an einem solchen Patt, doch wir finden es schwer, uns unserer Probleme bewußt zu werden, solange wir viel Mühe darauf verwenden, unsere Frauen abzuwehren.

Wenn die Frau Kontrolle über ihre Ängste gewinnt, *mit der Verfolgung aufhört* und sich statt dessen Aktivitäten und Interessen zuwendet, bei denen sie mit Sicherheit Unterstützung bekommt, wird ihr Mann unweigerlich Angst vor dieser Veränderung bekommen. Dann zeigt *er* mehr Interesse, mit ihr in Kontakt zu treten. *Diese Art Veränderung sollte nicht manipulativ oder heimlich unternommen werden.* Es ist besser, offen zu sagen: »Ich bin es leid, immer diejenige zu sein, die uns zusammenbringen will. Ich gebe mir jetzt Mühe, dich nicht mehr zu verfolgen.« Freundinnen oder die Arbeit sind die besten Quellen für Unterstützung. Wenn man sich an die Kinder wendet, wird dies zu einem Thema der Ehe, und die Drohung mit einer außerehelichen Beziehung, führt Komplexitäten ein, die die Situation verschlimmern. Wenn der Mann beginnt, Intimität zu fördern, reagieren Sie positiv, aber erweitern Sie Ihre Ansprüche nicht.

Für die Frau, die eine Veränderung des Gleichgewichts von Macht und Schwäche in ihrer Ehe will, ist es genauso wichtig, ihre Rolle bei der Aufrechterhaltung dieses Musters zu begreifen. Die überfunktionierende Frau, die stark, organisiert, hilfsbereit und gebend ist, fühlt sich unvermeidlich ausgelaugt und leer, und sie will von ihrem Mann mehr Hilfe und Unterstützung. Aber sie muß darauf achten, ob sie sich vielleicht unbewußt dagegen sträubt, die Rolle zu ändern, die sie so belastet.

Überfunktionierende Frauen neigen dazu, im Verhältnis zum Mann bei all ihren mobilisierten, sie dazu befähigenden Methoden zu verharren, und sie erscheinen oft kritisch, lenkend und kontrollierend. Auf den unterfunktionierenden Mann, der eine dominante Mutter und/oder einen schwachen Vater hatte, wirkt seine Frau *ungeheuer* stark. Für einen solchen Mann ist es sehr verführerisch, eine beschwichtigende, einlenkende Haltung einzunehmen: »Ja, meine Liebe, ich mache es schon.« Er sagt alles, um seiner Frau zu gefallen, schlägt jedoch versteckt und passiv zurück. Er vergißt bestimmte Besorgungen oder wechselt, wie jedesmal wieder, nicht die kaputte Glühbirne im Flur aus, die außer ihm keiner erreichen kann.

Die Frau in einer derart anstrengenden Position muß fähig werden,

den schwachen, unversorgten Teil in sich zu erkennen und *anderen zu erkennen zu geben,* besonders aber ihrem Mann. Statt zu helfen, muß sie lernen, um Hilfe zu bitten und schwach zu sein. Für jemanden, der nicht darauf vertraut, diese Hilfe zu bekommen, kann das ungeheuer schwierig sein. Eine solche Frau ist versucht, sich wütend bei ihrem Partner zu beschweren: »Nie wechselst du die Glühbirnen aus!«, sollte aber sagen: »Ich bin sehr müde und mutlos: ich schaffe nicht mehr alles allein. Ich brauche wirklich deine Hilfe bei der Hausarbeit.« Und sie muß aufhören, mehr als ihren Anteil an der Hausarbeit zu machen.

Die meisten überfunktionierenden Frauen merken, daß sie Hilfe brauchen, um ihre Sucht nach dem »Alles-selber-machen« und nach Kontrolle der Beziehung zu bezwingen. Die Frauen von Alkoholikern fallen fast alle in diese Kategorie, und die Organisation der Anonymen Alkoholiker hat zum Ziel, solchen Frauen zu helfen, sich um sich selbst zu kümmern und ihr Leben der Hilfsbereitschaft und Selbstverleugnung aufzugeben.

Zusätzlich zu der Bereitschaft, einen Teil der Kontrolle abzugeben, muß die überfunktionierende Frau auch gewillt sein, die Person zu verletzen, die sie normalerweise beschützt. Es dauerte lange, bis wir eine Frau dazu brachten, zu ihrem Mann zu sagen: »Ich fühle mich sexuell von dir nicht angezogen, weil du so dick bist, und ich respektiere dich nicht, wenn du mir ständig mit deinen Arbeitsproblemen ankommst. Ich hätte dich lieber stärker und selbstbewußter.« Als sie ihre eigenen Bedürfnisse deutlich machte und davon auszugehen begann, daß ihr Mann erwachsen genug war, mit ihren Gefühlen umzugehen, änderte sich das Muster.

Die unterfunktionierende Frau, die sich in ihrer Ehe immer unterlegen fühlt, muß natürlich den umgekehrten Weg einschlagen. Sie muß lernen, selbstbewußt zu sein und Macht auszuüben. Viele Frauen finden diese Art Konfrontation extrem bedrohlich, besonders, wenn sie Mütter hatten, die entweder wenig selbstbewußt oder sehr kritisch und anspruchsvoll und daher schlechte Vorbilder waren. Für Frauen, die finanziell von ihren Männern abhängig sind, ist es natürlich sehr schwer, dieses Risiko einzugehen. Frauen ohne einen Beruf können zwar in der Ehe gleiche Macht haben, doch der Kampf darum ist schwerer.

Für die unterlegene Frau ist es verlockend, den Mund zu halten und sich indirekter Macht zu bedienen: indem sie ihrem Mann Schuldgefühle macht, Sex verweigert, mit seinem Chef flirtet, zu viel Geld ausgibt, die Kinder auf ihre Seite zieht oder sich der tausend Möglichkeiten bedient, die Frauen gelernt haben, um Einfluß in einer männerdominierten Welt auszuüben. Die umfangreiche Literatur der Frauenbewegung und die Selbsthilfegruppen, die schon vielen Frauen geholfen haben, sind eine wichtige Stütze beim Kampf um solche Themen. Daneben ist es wichtig, die Themen der Ursprungsfamilie unter die Lupe zu nehmen, die zum unterlegenen Status der Frau beitrugen. Jüngste Mädchen haben zum Beispiel oft Schwierigkeiten, mit Machtproblemen fertig zu werden, ebenso Frauen mit früher Verlusterfahrung – es ist eine lange Liste.

Viele Frauen haben Angst vor Konfrontationen, weil sie vielleicht zur Scheidung führen könnten, und sie sind verständlicherweise bei der Vorstellung, allein zurückzubleiben, beunruhigt. Wenn Männer diese Furcht bei ihrer Frau spüren, sind sie versucht, sie einzuschüchtern. Die Angst vor dem Alleinsein beginnt bei Frauen früh, teilweise begründet in der Neigung von Müttern, ihre Töchter überzubeschützen. Ein wichtiger Apsekt beim Anspruch von Frauen auf mehr Macht in der Ehe ist, zu lernen, die Vorstellung vom Alleinsein zu ertragen und die Angst davor selbst anzugehen.

Um erfolgreich in einer Beziehung leben zu können, müssen wir bereit sein, sie zu verlieren. Andernfalls sind wir Sklaven unseres Bedürfnisses nach dem anderen. Abgesehen von weniger Praxis, die Schrecken der Einsamkeit zu ertragen, haben Frauen in der Berufswelt weniger attraktive Möglichkeiten, und besonders wenn sie älter sind, stehen sie vor den entmutigenden statistischen Chancen einer Wiederverheiratung. Diese Kräfte machen die Konfrontation mit dem Ehemann noch angstbeladener.

Frauen, die sich einerseits sehr wünschen, ihre Ehe zu ändern, aber Angst haben, den Mann anzugreifen, sollten daran denken, daß der Abhängigkeitsgrad in einer Ehe gewöhnlich ausgeglichen ist. Männer können sehr geschickt ihre Abhängigkeit verbergen, doch sie stellt eine starke Macht auch in ihrem Leben dar. Die meisten Männer lassen sich von ihren Frauen »therapieren«. Frauen, die sich in ihrer Ehe unterlegen fühlen, sollten versuchen, die verletzliche Seite in ihrem Mann zu sehen. Dann können sie erkennen, daß sie mehr Macht haben, als sie glauben. Der Anspruch auf diese Macht bedeutet, das Image des Mannes als schützenden »Vater« aufzugeben, doch dieser Verlust ist notwendig und unvermeidlich.

Als ein wiederverheirateter Mann das Ende seiner ersten Ehe beschrieb, sagte er: »Ich habe niemals über mein Leben nachgedacht – alles erschien gut. Ich hatte Erfolg im Beruf und dachte, ich hätte eine gute Ehe. Dann verlor ich im gleichen Jahr meine Stelle, und meine Frau verließ mich wegen eines anderen. Das war vor zehn Jahren, und seitdem bin ich depressiv.« Ich hatte bereits genug über diesen Mann erfahren, um zu wissen, was seine erste Frau wohl unglücklich gemacht hatte: seine Reserviertheit, seine starre Dominierung der Familie, sein tiefsitzendes Mißtrauen Frauen gegenüber. Seine erste Frau werde ich vermutlich nie kennenlernen, doch ihm lag offensichtlich genug an ihr, um zehn Jahre lang über das Scheitern seiner Ehe deprimiert zu sein. Hätte sie durch seine harte, schweigsame Schale auf die einsame, ängstliche Person blicken können, die ich sehe (er ist natürlich dafür verantwortlich, diesen Teil nicht offengelegt zu haben), hätte sie ihn vielleicht zur Rede gestellt, mit ihm gekämpft und von ihm verlangt, in Therapie zu gehen. Vielleicht hätte er, und damit sie beide, sich ändern können.

Dieser Mann gibt sich in seiner zweiten Ehe viel Mühe, und seine Frau beschrieb vor kurzem, wie eingeschüchtert sie sich von seinen schneidenden, autoritären Kommentaren fühlt: »Manchmal habe ich das Gefühl, daß du hoch über mir schwebst.« Sie demonstrierte es mit drohend erhobenen Armen. »Dann fühle ich mich so klein wie ein Kind, und du bist ein Erwachsener. Das ist kein gutes Gefühl.« Nach einer nachdenklichen Pause erwiderte er: »Es tut mir leid, daß ich so auf dich wirke. Ich meine das nicht so. Ich versuche, es zu ändern.«

Manche Frauen, die in ihrer Ehe unglücklich sind, wenden sich allein an einen Therapeuten. Für die Frau, die ihre Ehe ändern will und ihren Mann nicht dazu bringen kann, bei diesem Projekt mitzuarbeiten, schlage ich vor, den Therapeuten eher als *Berater* zu Rate zu ziehen. Die Bitte der Frau sollte lauten: »Helfen Sie mir, meinen Mann (und vielleicht auch die Kinder) in die Therapie zu bekommen. Helfen Sie mir auch, meinen eigenen Widerstand gegen Veränderung anzugehen.«

Die Definition der Themen

Eine der schwersten Herausforderungen für Paare ist der notwendige Kampf gegen den Gedanken, daß eine Person »ein Problem« hat. Genau wie Familien ein Kind zum Sündenbock machen, halten die meisten Eheleute die Fiktion aufrecht, daß ein Partner mehr als der andere für die Schwierigkeiten des Paares verantwortlich ist. In einer Familie, in der die Frau zu Beginn der Therapie extrem depressiv war, verbündete sich der Mann subtil mit den vier Kindern, und der Konsens der Familie lautete, Mutter sei »unmöglich«. Schließlich stellte sich die Mutter des Mannes als die wahre Zielscheibe seiner Wut heraus; für seine Frau jedoch war es äußerst schwer, sich aus der Rolle des »Familienproblems« zu lösen.

Viele Jungen wurden mit dem Gefühl groß, Zielscheibe der mütterlichen Wut auf den Vater zu sein, und wie die meisten Kinder nahmen sie an, das Leid der Mutter sei ihre Schuld. Wenn sie erwachsen sind und ihre Frauen ihnen ihre eigene Wut und Frustration entgegenbringen, ziehen sich diese Männer, bereit, die Schuld auf sich zu nehmen, vor diesem vermeintlichen Hinterhalt zurück. Die Angst, als »wahres Problem« entdeckt zu werden, ist für das Zögern vieler Männer verantwortlich, eine Therapie zu beginnen.

Obwohl es sehr schwierig ist, sollten alle Paare, die den Prozeß der Veränderung beginnen, sich deutlich bemühen, ihre Schwierigkeiten als »Systemprobleme« zu betrachten. Beim Muster Überfunktionieren-Unterfunktionieren zum Beispiel sollten wir nicht sagen: »Sie dominiert ihn«, denn dann schieben wir der Frau die Ursache des Konflikts zu. Statt dessen sollten wir davon ausgehen, daß jeder eine Rolle spielt, zu der uns unsere Kindheitsfamilie angeleitet hat, und daß die Dynamik unserer Rollen den Ausgang bestimmt.

Eine Methode finden

Wenn wir versuchen, uns über unsere Gefühle zu unterhalten, läuft oft etwas schief, manchmal sogar sehr schief. Viele Menschen verstricken sich so stark in diese Konflikte, daß sie nicht mehr verstehen, wie sie geschehen. Nichts ist wichtiger, als eine produktive Methode zu lernen, die Wut, das Leid und oftmals die intensive Frustration des Zusammenlebens auf engem Raum mit dem gewöhnlich geliebten, manchmal aber auch gehaßten anderen zu verbalisieren.

In der Ehe ist nur selten Mangel an Kommunikation das Problem. In engen Beziehungen ist es nämlich fast unmöglich, die Vermittlung von Gefühlen zu vermeiden. Ich merke sehr schnell, wenn Margaret wütend oder erregt ist, oft nur aufgrund eines leicht veränderten Tonfalls oder ihres auffallenden Schweigens. Das Problem ist, daß einem der *Ursprung* der eigenen Gefühle verborgen sein kann. (Margaret kann zum Beispiel immer noch auf ihren toten Vater wütend sein, und ich löse solche Gefühle aus.) Genau, wie die echte Quelle von

Gefühlen verborgen sein kann, kann die Person, die sie empfindet oder hört, sie fehldeuten. Vielleicht ist Margaret wütend auf einen Klienten, den sie gerade gesehen hat, und ich spüre ihre Distanziertheit und denke, sie ist wütend auf mich.

Das andere Problem in der Ehe ist die große Intensität unserer Gefühle, die manchmal so stark sind, daß einer oder beide glauben, die Beziehung halte dies nicht mehr aus. Am schwierigsten wird es, wenn diese Gefühle verleugnet werden. Diese verleugneten Gefühle – meist verleugnete Wut – durchdringen unsere Beziehung und vergiften jeden Aspekt unseres Lebens: unsere Kooperationsfähigkeit, das Vertrauen ineinander, unsere Sexualität. Das größte Problem in der Ehe ist vermutlich, mit Wut umgehen zu lernen.

Das allgegenwärtige Du

Vorwürfe sind die Geißel der Ehe. Wir alle machen Vorwürfe, trotzdem: Sie schaden unweigerlich und sind unproduktiv. Der diagnostische Anhaltspunkt ist der zu häufige Gebrauch des Wortes »du«: »Du vergißt immer unseren Hochzeitstag«, »du bist genau wie deine Mutter«, »du räumst nie auf« – doch steht viel mehr auf dem Spiel, als nur der Übergebrauch eines bestimmten Pronomens.

Da wir die Abhängigkeit von unseren Eltern auf den Partner übertragen haben, ist Schuldzuweisung das Produkt dieser Abhängigkeit. Wenn ich wütend und besorgt zu Margaret sage: »Du achtest nie auf unsere Finanzen«, gestehe ich mit meinem Tonfall ein, daß ich mir Sorgen ums Geld mache, und impliziere, daß sie mich auf bestimmte Weise enttäuscht. In Wirklichkeit mache ich sie für meine Besorgnis verantwortlich: Wenn sie nur besser mit Geld umgehen könnte, würde ich mich nicht so fühlen. *Die Essenz von Vorwürfen ist die Ablehnung von Selbstverantwortung*. Ich könnte ja sagen: »Wenn du nicht darauf achtest, wieviel Geld wir ausgeben, werde *ich* sehr unruhig und fühle *mich* mit der Verantwortung für die Finanzen allein gelassen.«

Wir lernen von unseren Eltern, vorwurfsvoll zu sein, die mit ihrer Lebensangst teilweise fertig wurden, indem sie uns angriffen. Wie oft habe ich sorgenvolle, genervte Mütter gesehen, die ihre Zweijährigen im Supermarkt geradezu auseinandernehmen. Kürzlich hörte ich eine solche Mutter zu ihrem Kleinen mit eiskalter Stimme sagen: »Wenn du das noch einmal machst, bringe ich dich um!« Unter diesen gewohnheitsmäßigen, tagtäglichen Mißhandlungen haben wir alle in verschiedenem Ausmaß gelitten, und wenn unser besorgter, gestreßter Partner uns Vorwürfe macht, trifft er auf unsere Sensibilität für einen solchen Angriff. Wir nehmen dann entweder Rache, verteidigen uns oder ziehen uns zurück.

Wenn wir mit einem Paar zu arbeiten beginnen, erklären Margaret und ich immer die »Dreiteilung der Persönlichkeit«, die Eric Berne popularisierte. Demnach haben wir ein »Eltern-Selbst«, eine internalisierte Version der elterlichen Haltung uns gegenüber, ein »Erwachsenen-Selbst«, das unsere rationale problemlösende Fähigkeit repräsentiert, und ein »Kind-Selbst«, jenen vitalen, immer schwierigen Teil in uns, der Liebe und Ermutigung braucht und so leicht verletzt und entmutigt werden kann. Margaret und ich schlagen manchmal vor, daß jeder Partner ein Foto von sich als Kind mitbringt, das ausdrückt, wie sie und er sich oft fühlten. Diese Fotos helfen zu visualisieren, wie er oder sie mit diesem »Kind-Aspekt« von sich und dem Partner umgeht und fühlt.

Eine anfängliche Schwierigkeit besteht darin, Paaren begreiflich zu machen, daß jeder versucht ist, dieses »Kind-Selbst« zum Partner zu bringen, damit dieser ihm hilft. Margaret und ich beziehen dazu sofort Stellung und sagen mit Bestimmtheit, daß unser Partner kein Ersatzelternteil sein kann und wir nicht derartige Erwartungen an die Ehe stellen sollten. Wir schlagen vor, daß keiner von beiden »Fürsorge« fordert oder gibt.

Hören wir Janice, eine junge Büroangestellte, die ihren Mann anspricht: »Die Arbeit macht mich manchmal depressiv, und ich wäre froh, wenn du merken würdest, wenn ich mich so fühle, und mich danach fragen würdest. Biete mir doch ein bißchen Unterstützung an. Du scheinst zu denken, ich sei aus Stahl.«

Tom erwidert darauf: »Wenn du nur auf meinen Rat hören würdest, wäre ich vielleicht eher dazu bereit. Du läßt dich von deiner Chefin einfach überfahren. Entweder wehrst du dich dagegen oder bittest um eine Versetzung, dann bist du vielleicht weniger frustriert.«

Dieser kurze Wortwechsel beleuchtet einen häufigen Fehler, an dem wir immer sofort zu arbeiten beginnen. Dem Partner in Janices Position raten wir: *»Bitten Sie Ihren Partner nicht um Bemutterung.«* Als Kinder konnten wir mit Recht von den Eltern erwarten, daß sie sahen, was wir brauchten, daß sie auf uns zugingen, wenn wir traurig waren, und sich um uns kümmerten. Wir müssen in der Ehe Unterstützung bekommen können, doch wir sollten nicht erwarten, daß der Partner unsere Bedürfnisse ahnt. Wir müssen den »Eltern«- und den »Erwachsenen«-Aspekt unseres Selbst aktivieren wie auch jene Teile in uns, die dafür sorgen können, daß unsere Bedürfnisse befriedigt werden. Wenn Janices internalisierter »Elternaspekt« das depressive »Kind« sieht und Mitleid mit ihm empfindet, kann sie ihren »Erwachsenen«-Aspekt mobilisieren, diese unglückliche Situation für sie zu lösen. Vielleicht entschließt sie sich, joggen zu gehen, oder bittet Tom um Hilfe. Wenn sie ihn um Unterstützung bittet, sollte sie wissen, was sie will, und es deutlich ausdrücken: »Könntest du dich zu mir setzen und mich ein bißchen klagen lassen?« Sie bittet um Unterstützung, aber sie sorgt immer noch selbst dafür, daß ihre Bedürfnisse befriedigt werden.

Da wir alle keine idealen Eltern hatten, ist unser »internalisierter Elternteil« nur schlecht darauf vorbereitet, unsere Bedürfnisse zu erfüllen. Wir neigen dazu, auf unsere Gefühle zu reagieren, wie die Eltern uns behandelt haben; und wie stark wir auch insgeheim hoffen, daß unsere Ehe »therapeutisch« wirkt, projizieren wir schließlich die Methode unserer Eltern, mit uns umzugehen, auf den Partner. Wenn wir an einer wirksameren »Selbstversorgung« arbeiten, werden wir gezwungen, uns den Defiziten in unserer Erfahrung zu stellen. Wir müssen lernen, zwischen Bedürfnissen zu unterscheiden, deren Erfüllung wir realistischerweise vom Partner erwarten können, und jenen, die er nicht befriedigen kann. *Unsere ungestillten Bedürfnisse nach Fürsorge sollten mit einem Therapeuten bearbeitet werden.*

Eines der ersten wichtigen Ziele der Therapie geht dahin, daß die Ehepartner ihre Erwartungen an die Ehe zu begrenzen lernen. Einen Gefährten, Zuwendung, Unterstützung, Sex und geteilte Arbeit können wir erwarten, aber nicht, daß unser Partner für unser Leben verantwortlich ist, wie unsere Eltern es waren. Bitten Sie nicht um Hilfe, wenn Ihr Selbstwertgefühl auf dem Spiel steht, und verlangen Sie nicht, daß der Partner ein grundsätzliches Lebensproblem für Sie löst, wie zum Beispiel Alleinsein, Langeweile, Angst vor dem Tod, arbeiten müssen.

Janices Mann, Tom, machte einen weiteren fundamentalen Fehler: Er nahm die Position der älteren Generation der Eltern ein. Wir versuchen vielleicht, den Partner zu verleiten, elternhaft zu sein, aber nur wenige mögen es, wenn er dem nachgibt. Die meisten Menschen haben genug Ratschläge, Anweisungen, Analysen und Kritik fürs ganze Leben angesammelt. Doch da viele Erwachsene in der Ursprungsfamilie elternhafte Rollen einnahmen (und dort diese »Fertigkeiten« lernten) und da gewöhnlich beide Partner nur unzureichende Zuwendung bekamen, besteht eine starke Versuchung, diese Muster in der Ehe zu wiederholen. Wie wir gesehen haben, sind manche Ehen mit einem dominanten »Elternteil« organisiert, doch in vielen Beziehungen verhalten sich beide Partner elternhaft zueinander.

Zunächst einmal müssen wir merken, wann wir eine elternhafte Bemerkung machen:

»Das solltest du heute erledigen.« (Anweisung)

»Ich meine, es wäre ein Fehler, dieses Angebot anzunehmen.« (Rat)

»Du nörgelst an mir herum wie deine Mutter an deinem Vater.« (Analyse)

»Gib mir den Stift.« (Befehl)

Dann sollten wir verabreden, solche Bemerkungen zu vermeiden. Der Partner mit elternhafter Neigung sollte sich vornehmen, sich solcher Bemerkungen nicht mehr zu bedienen, aber sie oder er werden unvermeidlich wieder in solche Gewohnheiten zurückfallen. Wie wir sehen werden, gibt es einen Weg, den Partner darauf anzusprechen, ohne eine größere Krise auszulösen.

Der Versuch, einander als gleichaltrig zu behandeln, kann sehr schwierig sein. Wir sind ebenfalls verleitet, uns in einschmeichelnde, flehende, abhängige Positionen zu begeben oder einander selbstgerecht und überlegen zu behandeln. Es ist eine einsame Sache, für sich selbst Verantwortung zu übernehmen und den anderen als gleichrangig zu betrachten – als Gefährten, als Mitreisenden. Aber wir können diese Veränderung schaffen und damit tiefere Verbundenheit erreichen, als wenn wir weiterhin so tun, als sei der andere ein Elternteil.

Der Umgang mit der Wut

Eine echte Prüfung unserer Kommunikationsfähigkeit steht bevor, wenn beide Partner erregt und wütend sind. Für solche Situationen gibt es keine einfachen Lösungen, aber es gibt ein paar wirksame – wenngleich schwierig zu befolgende – Regeln für den Umgang mit Wut, die den Prozeß viel konstruktiver machen.

Verschieben Sie kein Gespräch über etwas, was Sie wütend macht.
Wenn sich die Wut im Laufe der Zeit ansammelt, kann sie sich angsterregend aufstauen. In den letzten Jahren haben Margaret und ich gelernt, im Durchschnitt zwei kurze »Kollisionen« pro Tag zu haben. Diese drehen sich in der Regel um Mißverständnisse, entstehen aus Spannungen und Alltagssituationen. Wir haben immer noch größere,

wichtige Streitereien, aber diese sind konzentrierter und drehen sich mehr um bestimmte Themen als früher.

Die meisten Menschen wuchsen in Familien auf, die Schwierigkeiten hatten, Wut konstruktiv auszudrücken. Obwohl wir das nicht von den Eltern gelernt haben, können wir Wut »normalisieren« (das wird bald ebenso leicht und natürlich wie Humor zu zeigen) und ausdrükken, wenn sie aufkommt.

Stellen Sie eine Liste von »Waffen« auf, die nicht zugelassen sind.
Manche dieser Waffen sind offensichtlich, andere werden allmählich klar und können fortfallen, wenn Sie zu besseren Kämpfern werden. Einige der schlimmsten sind:

- Mit Scheidung drohen, wenn man es nicht wirklich meint (es schreckt den Gegner auf unbewußter Ebene).
- Den Kampfplatz verlassen. Dieser dramatische Zug ist oft symbolisch für die dahinterliegende Drohung, die Beziehung zu verlassen, und hat fast die gleiche Wirkung wie die Scheidungsdrohung.
- Den Charakter des Partners oder seinen Wert als Person angreifen. Die Absicht hinter unserer Wut ist von großer Bedeutung. Kämpfen Sie, um gehört zu werden oder um den anderen zu erreichen, aber nicht, um ihn zu ermorden. Zuweilen wollen wir alle den anderen verletzen, aber dieser Impuls tritt nur auf, wenn eine Kindheitswunde durch den Konflikt aufgerissen wird.
- Die Familie des Partners angreifen (solche Attacken machen den Partner schuldbewußt und provozieren unvermeidlich die Verteidigung der Ursprungsfamilie).
- Das Thema verlagern. Wenn wir einen Streit verlieren, ist es verführerisch, die Vergangenheit ins Spiel zu bringen oder sich auf andere Themen zu verlagern: »Das hast du immer getan, und dies und das machst du auch noch!« Versuchen Sie, sich an das gegenwärtige Thema zu halten.
- Andere einbeziehen. »Dein Bruder gibt mir darin recht!« ist ein Versuch, Unterstützung anderer heranzuziehen. Am schlimmsten ist, wenn Eltern Kinder in den Streit einbeziehen. »Findest du nicht auch, daß dein Vater unverantwortlich ist?« Dies ist für ein Kind sehr destruktiv und lädt zur Vergeltung ein. Ehe Sie sich dessen bewußt werden, haben beide Partner ihre Hilfskader aufmarschieren lassen. Lernen Sie, ihre Kämpfe allein auszutragen!
- Scheinbar nachgeben. Es ist sehr schwer, mit jemandem zu streiten, den Ihre Wut zu vernichten scheint. Manche Menschen können

geschickt ihre eigene Verletzlichkeit einsetzen, um den Gegner zu entwaffnen. »Ich fühle mich so schuldig und depressiv, wenn ich merke, daß ich wieder getrunken habe«, bedeutet in Wirklichkeit für den Partner: »Sei nicht wütend auf mich, weil ich schon so wütend auf mich selbst bin.« Der regressive Einsatz von Tränen, Depression oder auffallenden Selbstvorwürfen kann ein unbewußter Versuch sein, den Partner zu entwaffnen. Menschen, die sich dieser Methode bei einem Streit bedienen, haben oft echte Angst vor Wut, aber auch Schwierigkeiten, Verantwortung für sich selbst zu übernehmen.

– Defensiv reagieren. »Du hast unrecht, ich habe es nicht so gemeint. Außerdem hast du gestern schon das gleiche gemacht.« So natürlich sich das anhört, führen Defensive und Trotz nicht weiter. Der Partner, der über irgend etwas wütend und erregt ist, fühlt sich ungehört, unbemerkt und versucht vielleicht stärker, seinen Punkt durchzusetzen. Wenn man sich vorwurfsvoll und kritisch verhält, wird der andere unter Umständen noch defensiver.

Lernen Sie die Kunst der Selbstenthüllung und des empathischen Zuhörens. Wir müssen eine Methode lernen, dem Partner unsere starken Gefühle zu zeigen, besonders Wut, und wir müssen lernen, solche Gefühle beim anderen wahrzunehmen und in uns aufzunehmen. Wie viele förderliche Unterfangen hört sich die Methode, die ich vorschlage, vielleicht zunächst sehr künstlich an – vor allem, weil sie uns nicht von den Eltern beigebracht wurde. Bei diesem Zugang gibt es mehrere Vorbedingungen: Zunächst brauchen wir eine empathische, einfühlende Haltung gegenüber unseren eigenen Gefühlen. Wir müssen lernen, fürsorglich auf unsere eigenen emotionalen Bedürfnisse und Zustände zu reagieren. Zweitens müssen wir imstande sein, neben uns zu treten und uns selbst zu beobachten: »Ist es zulässig, was ich da fordere?« »Worüber rege ich mich wirklich auf?« »Was fühle ich eigentlich wirklich?« Die Fähigkeit zur Selbstbeobachtung erlaubt uns, unsere Reaktionen zu modifizieren. Drittens müssen wir unsere Gefühle auch dem anderen vermitteln und um angemessene Reaktionen des Partners bitten.

Die meisten Menschen brauchen Hilfe von außen, um diese Methode zu erlernen.

Alle Konflikte finden in einem Kontext, einer bestimmten Situation statt, und der Kontext enthält alles, was den gegenwärtigen Moment umgibt oder beeinflußt. Wenn Margaret und ich zum Beispiel von der

Arbeit nach Hause kommen, stehen wir oft vor einer schwierigen Situation. Wir sind beide müde und hungrig und müssen Essen für uns und einen Teenager kochen. Mein vereinbarter Job besteht darin, den Eßtisch von den vielen verschiedenen Gegenständen zu befreien, wie etwa den Rechnungen, die ich am Vorabend bezahlt habe, den Tisch zu decken, Drinks einzugießen und Margaret beim Kochen zu helfen, wenn sie darum bittet. Nach dem Essen versuche ich, Julia zu überreden oder zu zwingen, mir beim Aufräumen zu helfen.

Wenn ich nach Hause komme, neige ich natürlich dazu, mich einfach in einen Sessel fallen zu lassen, ohne auf jedes Wort, das an mich gerichtet wird, recht zu achten, und schlichtweg abzuschalten. Durch jahrelange Pflichterfüllung konditioniert, jagt Margaret in die Küche wie ein Rennpferd auf der Zielgeraden; sie entspannt sich lieber erst nach dem Essen. Daher war es unvermeidlich, daß Margaret mich anmeckerte, den Tisch zu decken, und ich wütend wurde. »Würdest du den Tisch decken?« klagte sie gereizt. »Würdest du mich bitte in Ruhe lassen? Ich mache es schon«, antwortete ich gereizt.

Wir beide brachen bei diesen Streitereien gewiß jede Kommunikationsregel. Manchmal, wenn wir sehr erschöpft waren, brüllten wir einander aus vollem Hals über diese lächerliche Situation an. Aber wir haben allmählich unsere Fähigkeit verbessert, mit solchen Konflikten fertig zu werden. Hier sind einige Regeln, die uns geholfen haben:

1. Beschreiben Sie den Kontext in dem Sie stehen. Margaret sagt vielleicht: »Wenn ich so müde bin und du den Tisch nicht deckst, wie wir verabredet haben ...« Ich habe dann bereits zwei wichtige Fakten über den Kontext: Sie ist müde, und sie reagiert auf mein Nichttischdecken. Sie hat nicht gesagt, ich sei ein Hund und daß ich nie etwas tue. Sie hat nur den *Stimulus* beschrieben, der ihre Wut zu provozieren scheint, in diesem Fall: mein Nichttischdecken.

   Dieser Teil des Kommunikationsprozesses scheint unwichtig, ist es aber nicht. Margaret ist vielleicht versucht, zum Kern der Dinge vorzustoßen und sich auf mich zu konzentrieren, aber sie vermeidet bewußt einen Angriff. Sie ist außerdem ziemlich objektiv: Ihr Gefühl scheint der Situation zu entspringen. Implizit erlaubt sie mir, meinen Standpunkt klarzumachen.

2. Beschreiben Sie Ihre Gefühle. Das ist vielleicht der wichtigste Schritt, ganz sicher aber ein schwieriger. »Wenn ich so müde bin und du nicht den Tisch deckst, wie wir verabredet haben, fühle ich mich im Stich gelassen, enttäuscht. Ich fühle mich mit all der Arbeit allein gelassen. Außerdem werde ich wütend.« Um Gefühle deut-

lich klarmachen zu können, müssen wir sie erkennen. Anstatt mich wegen meiner Faulheit anzuschreien, hält Margaret inne, fragt sich, was sie fühlt, und versucht, mir diese Gefühle zu beschreiben.

Es ist sehr schwer, von Angesicht zu Angesicht mit dem Partner – besonders wenn man wütend ist – innezuhalten, in sich zu suchen und zu beschreiben, was sich dort abspielt. Noch schwerer ist es, dies ohne Vorwürfe und Urteil zu tun, das heißt die Deutung des anderen Verhaltens, besonders seiner oder ihrer Motive, zu unterlassen. Vielleicht hatte ich an dem Tag als letztes eine traumatische Sitzung mit einem Klienten, oder ich mache mir um eines der Kinder Sorgen. Margaret weiß eigentlich nicht, warum ich mich so verhalte – auch wenn sie das vermutlich gut ahnen kann.

Man kann alle möglichen Gefühle beschreiben: »Ich bin so aufgebracht, daß ich nicht weiß, was ich tun soll!« Oder: »Ich fühle mich verletzt, allein gelassen und ignoriert.« Allgemein gesehen sind unsere Schwächen am schwersten bloßzulegen, und oft liegt hinter unserer Wut ein Gefühl von Zurückweisung und Verletztsein. Wenn wir unsere schwache Seite beschreiben, kann uns der Partner gewöhnlich viel besser zuhören, als wenn wir nur über Wut und Frustration reden. In einer Ehe ist nichts so wichtig wie aufrichtige, offene Selbstenthüllung. Ich sage immer und immer wieder zu meinen Klienten: *»Beschreiben Sie Ihre Gefühle.«*

3. Sprechen Sie eine Bitte aus. Es nützt wenig, sich zu beklagen, wenn wir keine Ahnung haben, was wir wollen. Nachdem mir Margaret ihre Situation und die damit verbundenen Gefühle beschrieben hat, muß sie mich bitten, etwas anders zu tun. »Ich möchte, daß du, wenn du nach Hause kommst, den Tisch deckst, ohne daß ich dich darum bitten muß, und daß du es machst, ehe du dich hinsetzt. Eigentlich möchte ich, daß du dich überhaupt nicht hinsetzt. Ich brauche immer Hilfe beim Kochen, und ich bin genauso müde wie du.« Manchmal muß die Bitte nach dem emotionalen Austausch gestellt werden, wenn die Wut nachgelassen hat, aber sie muß folgen. Sie ist der Weg, eine Wiederholung zu vermeiden, und eröffnet Möglichkeiten zur Verhandlung.
4. Übernehmen Sie Verantwortung. Auch wenn Sie sehr aufgeregt sind und glauben, mit Recht auf den Partner wütend zu sein, achten Sie auf den selbstkritischen Teil in sich, der ein Element des Zweifels einbringt. Vielleicht reagieren Sie überreizt, vielleicht haben Sie Anteil an dem Problem.

Margaret sagt vielleicht: »Ich weiß, daß ich sehr kritisch werde, wenn ich müde bin, und es tut mir leid, dich angefahren zu haben, aber ich bin immer noch aufgebracht, daß das so oft passiert.« Dieses Zugeständnis vermittelt dem anderen, der die Wut abbekommt, daß er nicht allein schuldig an der Aufregung ist, und erleichtert es, der Klage zuzuhören.

5. Reagieren Sie auf die Selbstenthüllung des anderen. Wenn Margaret das Risiko eingegangen ist, ihre Gefühle bloßzulegen, muß ich reagieren, indem ich sie akzeptiere. Vielleicht fühle ich mich versucht zu sagen, daß ich ja gerade den Tisch decken wollte, als sie mir dazwischenkam, oder ich beginne mürrisch, die Gabeln auf den Tisch zu knallen, doch ich sollte anders reagieren.

   Zuerst sollte ich sie ansehen. Sie ist müde, wütend, frustriert. Vielleicht erkenne ich ihre Situation. Zumindest signalisiere ich, daß ich bereit bin, ihr zuzuhören.

   Zweitens sollte ich sie wissen lassen, daß ich sie gehört habe und ihre Gefühle ernst nehme, selbst wenn ich nicht mit ihr übereinstimme.

   Meine Anerkennung ist überzeugender, wenn meine Stimme einfühlend klingt und ich einige ihrer Worte wiederhole: »Ich verstehe, daß du dich enttäuscht und im Stich gelassen fühlst, und ich mache dir keinen Vorwurf, weil du wütend bist.«

   Drittens – das hört sich trivial an – gestehen Sie einen Fehler, wenn Sie überzeugt sind, ihn begangen zu haben: »Es tut mir leid, aber ich versuche, das zu ändern.«

   Das Zugeben von Fehlern kann in einem Streit fast magische Wirkung haben.

6. Bitten Sie um etwas als Gegenleistung. Nur wenige Themen sind einseitig. Bei diesem alltäglichen Beispiel neigt Margaret dazu, mich an eine Aufgabe zu erinnern, ohne mir die Zeit zu geben, sie in meiner Weise zu erledigen. So stelle ich eine Gegenbitte: »Ich erledige meinen Anteil, aber ich wünschte, du würdest mich nicht immer daran erinnern. Ich decke den Tisch vor dem Essen, aber ich will nicht gedrängt werden. Ich möchte mich ein paar Minuten hinsetzen und die Post lesen.«

Meistens bekommen wir nicht so schnell eine Entschuldigung zustande, noch sind die Themen so eindeutig. Margaret ist vielleicht aus viel persönlicheren Gründen wütend auf mich, und ich bin vielleicht fast ebenso wütend wegen einer anderen Sache. In diesem Fall müssen wir einander zuhören und unsere Gefühle gegenseitig akzeptieren. Wir müssen vielleicht eine Menge Verzerrungen und Mißverständnisse aufdröseln, um so weit zu kommen. Auch bei einfachen Themen ist der Prozeß natürlich niemals so schlicht und logisch wie bei diesem Beispiel.

Margaret und ich hatten vor einigen Monaten einen Streit um eine triviale Sache, und nachdem wir einander kurz angebrüllt hatten, merkten wir, daß wir uns im Kreis drehten. Schließlich sagte Margaret: »Ich fühle mich verletzt und enttäuscht.« Ich sagte: »Ich fühle mich ungerechtfertigt kritisiert.« Dann sagte Margaret: »Tut mir leid, daß du dich so fühlst.« Ich sagte: »Tut mir leid, daß du dich so fühlst.« Plötzlich war der Krach vorbei und das unwichtige Thema zu den Akten gelegt. Diese Lösung war beileibe nicht sehr differenziert, aber sie besaß alle Grundelemente: Selbstenthüllung und Anerkennung der Gefühle des anderen. Wir waren angespannt und müde und eigentlich nicht an einem Krach interessiert; wir brauchten nur einen Weg, um uns ehrenwert voneinander zu lösen.

7. Behalten Sie Ihren Sinn für Humor. Viele Kräche sind absurd, und wenn Sie versucht sind, über die Lächerlichkeit der Argumente zu lachen, geben Sie diesem Impuls nach. Vielleicht endet alles in Gelächter, das wäre um so besser.

Die Kommunikation ist viel problematischer, wenn einer oder beide symbolische Themen in den Streit einbringen oder beide unter starker Anspannung stehen. Wenn Margaret mich anschreien und dann in Tränen ausbrechen würde, nur weil ich den Tisch nicht decke, würde ich sofort wissen, daß etwas anderes hinter ihrem Streß steht, und ich würde versuchen, es herauszubekommen. Durch die Erregung des anderen hindurch auf das dahinterstehende Thema zu schauen ist eine Elternaktivität, doch zuweilen kann sie sehr hilfreich sein. Wenn ich vermuten würde, daß sie gerade mit dem Arzt über die Krebskrankheit ihrer Mutter gesprochen hat, würde ich vermutlich nicht so leicht zurückschlagen. Statt mich in Trotz zu verstricken, könnte ich ihr vielleicht Unterstützung anbieten.

Verhandlungen über Veränderungen

In diesem Zeitalter psychologischer Aufklärung sind viele Menschen in der Lage, das Richtige zu sagen. Wir bieten Einsichten und Einfühlung an und entschuldigen uns für Fehler. Aber dann drehen wir uns um und machen genau das gleiche wieder. Entschuldigungen und Empathie sind selten genug. Wenn wir aber überzeugend sein wollen, muß unsere Haltungsänderung in eine Verhaltensänderung münden. Wir wollen die Tat!

Leider verfallen die meisten Paare in starre Verhaltensmuster, bei denen jeder den anderen zur Veränderung drängt und sich dann gegen den gleichen Druck des Partners wehrt. »Ob du dich jemals um die Kinder kümmern wirst?« schimpft sie. »Ob du dich jemals um meine Verwandten kümmern wirst?« erwidert er. Es ist schwer, ein solches Muster zu durchbrechen, doch eine Veränderung passiert um so wahrscheinlicher, wenn beide Partner verabreden, zusammen an den Themen zu »arbeiten«.

Fast jedes Muster, vom trivialen bis zum ernsthaftesten, kann mit einem »bilateralen Veränderungsvertrag« angegangen werden. Doch wenn wir damit Erfolg haben wollen, bedarf es mehrerer Elemente.

1. Erstens müssen wir die Veränderung wirklich wollen. So unangenehm sie zuweilen sind, unsere Konflikte haben einen bestimmten Sinn in unserem Leben. Wenn wir unser Verhalten ändern wollen, müssen wir gewillt sein, einen gesünderen Ersatz für die subtilen Belohnungen zu finden, die wir daraus gewinnen. Margarets Drängen und Nörgeln, daß ich meine Pflichten im Haushalt erledige, ist für mich sowohl vertraut wie auch irritierend, überwiegend, weil es mich an etwas erinnert, was meine Mutter immer tat, und aus diesem Grund wehre ich mich vielleicht, dies aufzugeben. Um dauerhafte Veränderungen zu erzielen, muß ich neue Methoden lernen, um mit Margaret in Beziehung zu treten – statt sie zu verleiten zu nörgeln. Auf gleiche Weise bedrängt mich Margaret vielleicht auf eine Weise, daß ich aufmucke, weil sie vielleicht Schuldgefühle hat, einen Teil ihrer traditionellen Rolle aufzugeben, und so ermutigt sie mich vielleicht unbewußt, mich genau den Veränderungen entgegenzustellen, um die sie bittet.

   Dauerhafte Veränderungen beziehen sich nicht nur auf die Symptome unseres Unbehagens, sondern auf die dahinterliegenden Bedürfnisse beider Partner.

2. Es muß ein gegenseitiges Abkommen sein. Wenn ich versuche, nett zu Margaret zu sein und mich ihren Bedürfnissen anzupassen, und sie nicht das gleiche für mich tut, könnte sich unsere Beziehung leicht zu einem Eltern-Kind-Spiel entwickeln, in dem ich das gefällige – und vorwurfsvolle – Kind bin.

   Gegenseitige Verabredungen, sich zu ändern, zwingen uns, uns die Gegenseitigkeit unserer Beziehung anzusehen. Frauen haben ihre Liste erwünschter Veränderungen immer schnell zur Hand, Männer hingegen müssen überlegen, um ihr »Neudesign« der Frau zu entwerfen. Aber wir hegen beide solche Hoffnungen und müssen sie klarmachen und die Veränderungen aushandeln.

Da Frauen wahrscheinlich eher ihre Unzufriedenheit äußern können, ist es besonders wichtig, daß Männer das gleiche lernen. Eine Methode, dieses Gleichgewicht zu erzielen, besteht darin, ausgewogene »Gleichungen« anzustreben: Wenn ein Mann sich bereit erklärt, bestimmte Veränderungen anzustreben, sollte er entsprechende Bitten an die Frau richten. Viele Männer haben Schwierigkeiten, selbstbewußt über ihre emotionalen Bedürfnisse zu reden, aber wenn sie das nicht lernen, untergraben sie aufgrund verborgener Ablehnung ihre eigenen Änderungsabsichten.

3. Unsere Ziele müssen deutlich und verhaltensmäßig definiert werden. Wir brauchen das bestimmte Verhalten, das wir versprechen zu ändern, nicht aufzuschreiben, aber es sollte so klar sein, daß wir dazu in der Lage wären.
4. Beide Partner brauchen Zeit und Freiraum, um sich zu ändern – ohne erinnert oder gedrängt zu werden. Wenn wir uns zu einer Veränderung bereit erklärt haben, sollten wir beim Wort genommen und nicht »beaufsichtigt« werden. Wir müssen mit Fehlern und Fehlstarts rechnen, auch damit, daß jeder die Fähigkeit des anderen austestet, mit dem Erinnern und Drängen aufzuhören. Ich vergesse den Tisch zu decken und verleite Margaret, mich anzumeckern.
5. Führen Sie Buch über Ihren Fortschritt. Beide sollten ein Tagebuch über ihr Verhalten im Vergleich zur verabredeten Veränderung führen. Ich zeichne meine Versuche auf, eine Unterhaltung anzuregen, oder meine Fortschritte, den Tisch rechtzeitig zu decken. Wenn man die eigenen Aktivitäten überwacht, übernimmt man damit die Neigung des Partners, das zu tun.
6. Planen Sie eine formelle Überprüfung der Veränderungen beider Partner. Geben Sie Veränderungen Zeit, aber gehen Sie von einem Tag der Abrechnung aus, an dem Sie sich hinsetzen und Ihre Mühe begutachten. Diese »Sitzung« sollte zu einem Zeitpunkt angesetzt werden, zu dem beide möglichst ausgeruht und rational sind.
7. Verändern Sie Ihr Verhalten ungeachtet dessen, was Ihr Partner tut. Nehmen wir an, ich bin so von Margarets Nörgelei abhängig, daß ich nicht darauf verzichten kann. Ist sie hilflos dazu verpflichtet,

eine Nörglerin zu sein? Natürlich nicht. Sie könnte also weiter das Essen zubereiten und es auf dem Tisch kalt werden lassen, während ich verlegen nach den Bestecken suche. Dies ist ein einfaches Beispiel, aber das Prinzip ist sehr wichtig. Obwohl wir das oft glauben, ist unser Verhalten nicht von dem des Partners bestimmt. Wie Familientherapeut Murray Bowen oft geraten hat, ist unsere Entdeckung, daß wir frei und autonom handeln können, der wichtigste einzelne Aspekt bei der Brechung gewohnheitsmäßiger Verhaltensmuster in einer Beziehung.

Die Erkenntnis, daß wir unabhängig handeln können, ermöglicht uns, unsere Erwachsenenmacht in einer Beziehung zu beanspruchen, in der wir uns oft kindlich und abhängig fühlen. Diese Bewußtseinsveränderung stellt eine Art Untreue zu unserem etablierten System von Spielen und Gegenspielen dar, aber dieser Verrat ist sehr gesund. Jack Gordons Erkenntnis, daß er sich nicht immer nach Vickis Anweisungen richten muß, ist dafür ein gutes Beispiel. »Eines Tages merkte ich, daß ich einfach sagen konnte: ›Nein, Vicki, das kann ich nicht, zumindest nicht jetzt.‹ Es war nur eine Kleinigkeit, aber ich fühlte mich großartig dabei.«

Wir können lernen zu erkennen, wann wir verleitet werden, eine Rolle im Skript des Partners zu spielen. Vielleicht befinden wir uns an einem kritischen Punkt bei einem Streit und merken, daß wir an dieser Stelle sonst immer defensiv werden, anfangen zu brüllen oder irgendwie sehr vertraut reagieren. Wenn wir lernen, daß wir bewußt anders handeln und wirklich unabhängig reagieren können, stellt das den Beginn der Erkenntnis dar, daß wir in unserer Ehe die Freiheit von Erwachsenen haben. Der Partner wird angesichts solcher autonomer Reaktionen beunruhigt, doch die Ausübung von Autonomie des einen legitimiert das Anrecht des anderen darauf.

Unterstützung ist etwas anderes als Fürsorglichkeit. Gewöhnlich handelt es sich dabei um die liebevolle, empathische Zuwendung eines Gleichaltrigen. Wenn wir unterstützen, übernehmen wir nicht die Verantwortung füreinander, auch wenn uns am anderen liegt. Oft wird Unterstützung durch kleine persönliche Gefallen vermittelt, durch das sensible Akzeptieren der Gefühle des anderen und körperliche Berührung. Wir schenken dem anderen unsere Gegenwart, unseren guten Willen und unsere Zuwendung und erwarten von ihm das gleiche.

Frauen wissen oft gut, wie man andere unterstützt. Sie helfen bei der Versorgung von Geschwistern und beobachteten diese gebende Haltung bei ihrer Mutter, die es wiederum von Generationen von Frauen erlernte, die sich seit Urzeiten um Kinder kümmerten. Aufgrund dieser Geschichte unterstützen Frauen in der Regel ihre Männer besser als diese sie, aber sie haben Schwierigkeiten, um Unterstützung zu bitten und sie entgegenzunehmen. Um das Gleichgewicht in einer Ehe auszubalancieren, so daß beide Partner sich unterstützt fühlen, müssen Frauen oft die Fähigkeit erlernen, direkter und vernehmlicher um Hilfe zu bitten, vielleicht auch, sie anzunehmen, wenn sie ihnen gegeben wird.

Männer haben andere Probleme. Wir haben vermutlich kein väterliches Rollenvorbild gehabt, fürsorglich und gebend zu sein. Wir fühlen uns vielleicht auch von dem Gedanken bedroht, einer Frau emotional zu geben, da wir uns von der emotionalen Macht unserer Mütter bedroht fühlten, für die wir irgendwie verantwortlich waren. Da wir unser Bedürfnis nach der Mutter in der ödipalen Phase aufgaben, wachsen viele Männer unterversorgt auf.

Daher fühlen wir uns von den emotionalen Bedürfnissen unserer Frauen bedroht, doch zugleich brauchen wir ihre Unterstützung. Oft erschleichen wir sie indirekt: Wir bringen sie dazu, uns genau so anzumeckern wie unsere Mutter, wir beklagen uns über Überarbeitung, wir stehlen uns Fürsorglichkeit durch Sex.

Viele Männer müssen ebenfalls lernen, direkt um emotionale Unterstützung zu bitten, und wir müssen begreifen, daß unsere Frauen nicht die einzige Quelle dafür sind und sein können. Viele Männer brauchen intensivere Männerfreundschaften. Manche brauchen die Unterstützung eines Therapeuten.

Männer müssen auch lernen, sich aufgrund ihrer Fähigkeit, emotionale Unterstützung zu geben, geliebt und geschätzt zu fühlen. Für mich war eine der wichtigsten Veränderungen, zu lernen, daß ich Liebe, Zuwendung und gute Gefühle bekommen konnte, indem ich Margaret emotional etwas gab. Diese Veränderung ist für Männer absolut wichtig, und ich komme in Kürze darauf zurück.

Wann immer ein Partner versucht, emotional besser auf den anderen zu reagieren – und oftmals machen sich Männer an diese Aufgabe –, braucht er Anerkennung, Ermutigung und positive Zuwendung dafür. Eine der besten und befriedigendsten Belohnungen ist direkte, ehrliche, verbale Anerkennung: »Es ist wirklich gut, wenn du das für mich tust. Dann fühle ich mich geliebt, und ich schätze das wirklich an dir.«

Wenn ich mir Mühe gegeben habe, Margaret Zuwendung und

Aufmerksamkeit zu geben, finde ich solche warme, echte Anerkennung wunderbar. Es war für meinen Lernprozeß sehr wichtig, daß ich Vorteile gewann, indem ich zu einem mehr gebenden Partner wurde.

In ausdrücklicher Anerkennung liegt natürlich auch eine Gefahr. Wenn solche Kommentare herablassend klingen, fühlen wir uns wie ein Kind. Anerkennung muß von Herzen kommen – dann ist sie auch nie herablassend.

Die Aufgabe der Männer: Die Suche nach dem eigenen Vater und der Weg zu den eigenen Kindern

Als wir nach Atlanta zogen und Margaret mich wegen meiner Rolle innerhalb der Familie zur Rede stellte, reagierte ich defensiv, verwirrt und ein wenig erschrocken. Stand meine Ehe auf dem Spiel? Das glaubte ich eigentlich nicht, aber es war deutlich, daß unsere grundsätzliche traditionelle Beziehung nicht mehr funktionierte. Da ich mir große, begründete Sorgen machte, wie ich mein Verhalten ändern könnte, endete ich mit Selbstvorwürfen. Es dauerte eine Weile, ehe ich Margarets Beitrag zu unseren gewohnten Verhaltensmustern erkannte.

Ja, ich war narzißtisch, und ich rechnete damit, daß Margaret ihre Bedürfnisse zugunsten der meinen opferte. Ich dachte überwiegend an mich selbst.

Ja, ich war ein Distanzierer. Noch nach fünfzehn Jahren Ehe konnte ich mich leicht mit zahlreichen Projekten beschäftigen, obwohl ich wußte, daß Margaret sich lieber mit mir zusammensetzen und ein paar Dinge besprechen wollte.

Ich merkte auch, daß ich dazu neigte, unsere Beziehung zu dominieren, allerdings nicht auf traditionelle, erdrückende Weise. Ich hatte *wichtige* Dinge zu tun, ich stand unter starker Belastung, ich brauchte Unterstützung. Ich war zwar die meiste Zeit zu nett, aber wenn ich schließlich wütend wurde, ging mein Temperament mit mir durch. Ich war ein auf subtile Weise anspruchsvoller »Delegierter« und schien die Rolle von Margarets ehrgeizigem, manchmal sehr wütenden Vater zu spielen. Doch zuweilen spielte ich auch die Rolle ihrer aufopfernden, aber egozentrischen Mutter.

Ich schien anzunehmen, daß Maragret ungebrochen stark war, und was immer auch geschah, sie würde damit fertig.

Als ich über mich nachdachte, merkte ich leicht erschrocken, daß ich meinem Vater sehr ähnlich war. Ich besaß seine Allmacht, seine Schwäche, sein heftiges, manchmal nörgelndes Temperament, seine Suchtstruktur – doch meine Sucht richtete sich auf die Arbeit. Ich erkannte in mir seine Sorgen um die Zukunft, seine Neigung, diejenigen zu vernachlässigen, die ihm am nächsten standen. Zu Beginn dieses Prozesses dachte ich vorwiegend an seine Fehler; erst später erinnerte ich mich an Dinge, die ich an ihm liebte: seine Sanftheit, seine Sensibilität, seine Intelligenz, seine vielfältigen Interessen, seine Jovialität. Ich mußte mich meiner starken, aber ambivalenten Identifikation mit ihm stellen. Ich war zwar beruflich erfolgreicher als er, doch in vieler Hinsicht hatte ich sein Leben wiederholt.

Bei dem Versuch, mich und meine Rolle zu begreifen, entdeckte ich, daß ich mir nicht erlaubt hatte, viel über Männlichkeit nachzudenken und über die Kräfte, die das Leben eines Mannes prägen. Das erschien mir zunächst verwirrend, doch dann merkte ich, daß ich mein bewußtes Leben in Reaktion auf Frauen gelebt hatte. Ich hatte offensichtlich mit meiner Mutter einen »Vertrag« abgeschlossen: Als Gegenleistung dafür, daß ich der Familiendelegierte war, würde sie sich klaglos um alles andere kümmern. Als Margaret sich weigerte, die Rolle meiner Mutter in meinem Skript zu spielen, fühlte ich mich verunsichert und verraten. Zunächst war ich defensiv, doch instinktiv reagierte ich, indem ich nach Unterstützung von Männern suchte. Mit leichtem Schock merkte ich, daß ich in Atlanta zwar Freunde hatte, aber keine besonders engen. Die beiden Männer, mit denen ich eine enge Freundschaft entwickelt hatte, beide ebenfalls Studenten von Whitaker, lebten in Wisconsin.

Mehrere Jahre lang, während Margaret und ich uns Mühe gaben, in Atlanta Wurzeln zu schlagen, rangen wir auch um unsere eigenen Themen. Mir war der Mangel an Männerfreunden in meinem Leben bewußt. Dann, vor etwa fünf Jahren, geschah eine deutlicher Veränderung. Unsere Gruppenpraxis hatte gerade das Haus gekauft, in dem wir nun arbeiten, und wir waren fleißig dabei, es zu renovieren. An mehreren Samstagnachmittagen, an denen wir die Anstriche erneuerten, brachte unsere Kollegin Gail ihren Mann Billy zum Helfen mit. Er trug einen Bart, zusammengewürfelte Kleidung, redete unaufhörlich und war ein weithin bekannter Augenarzt, doch manchmal dachte ich bei seinen lockeren Bemerkungen, ob er durch die Veränderungen in seiner Frau vielleicht ebenso verunsichert war wie ich. Nachdem ihre vier Kinder das Zuhause verlassen hatten, machte Gail ihr Diplom als Sozialarbeiterin, und schließlich war sie zu einer begeisterten Familientherapeutin geworden. Auch Billy wirkte angesichts ihrer plötzlichen Karriere leicht verunsichert.

Billy und ich begannen bei der Arbeit über Männer zu reden. Er sagte es zwar nicht direkt, aber auch er schien über den Mangel an männlicher Unterstützung unglücklich zu sein. »Seit zwanzig Jahren operiere ich an diesem Krankenhaus, aber ich glaube, ich habe noch nie eine persönliche Unterhaltung zwischen zwei Kollegen gehört. Einer, dessen Spind im Umkleideraum der Chirurgen neben meinem steht, wurde geschieden, und ich habe es nicht einmal gewußt. Wir haben zweimal die Woche miteinander geplaudert, aber er hat es mit keiner Silbe erwähnt. Was für ein Leben ist das?« Billy hatte mehrere Versuche unternommen, tiefergehende und persönlichere Freundschaften zu entwickeln. »Ich lud ein paar Freunde in unsere Blockhütte zum Skilaufen ein. Es war wunderbar, aber wir sprachen nie über irgend etwas Persönliches. Wir sprachen nicht einmal über Medizin!«

Gails intensive Beschäftigung mit der Welt der Psychotherapie hatte sich auf Billy ausgewirkt. Er schien auf ihre persönlichere Arbeit und ihre Freundinnen neidisch. Außerdem beunruhigte ihn ihre innere Anteilnahme an den Klienten. Ich spürte unser gemeinsames Dilemma und sagte schließlich zu ihm: »Warum tun wir nicht etwas gegen diesen Mangel an Beziehungen mit anderen Männern? Gründen wir doch eine Gruppe, in der Männer aufrichtiger miteinander reden können.« Billy meinte, dazu sei er gern bereit.

Uns fielen je drei Leute ein, und wir verabredeten, sie anzurufen. Als wir nach zwei Wochen beide nichts unternommen hatten, gab Billy schließlich zu: »Ich habe Angst, daß sie ablehnen.« »Ich auch«, meinte ich. Dann setzten wir uns einen Termin. Es stellte sich heraus, daß alle sehr gern mitmachen wollten.

Wir waren acht: zwei Psychologen, zwei Ärzte, ein Zahnarzt, ein Architekt, ein Priester und ein Börsenmakler. Das erste Treffen fand bei Billy statt, und es war ein angstbeladenes, verunsicherndes Erlebnis. Warum trafen wir uns? »Um zu lernen, persönlicher über Dinge zu reden, die uns beschäftigen oder interessieren«, schlugen Billy und ich vor. Wir definierten die Gruppe als organisierten Versuch, tiefere Freundschaft zu entwickeln, aber nicht als Psychotherapie. Ein Hauptthema, das immer wieder aufkam, war der Beruf, und damit begannen wir einen Prozeß, der vier Jahre später immer noch eine aktive und wichtige Rolle in unserem Leben spielt. Auf meinen Vorschlag hin sprachen wir auch über unsere Familiengeschichten, und wir waren noch nicht weit damit gediehen, als deutlich wurde, daß wir alle irgendwie von unseren Vätern verunsichert und auch verletzt worden waren. Anfänglich drehten sich unsere Gespräche um diese rätselhaften Gestalten. Ein beruflich sehr erfolgreicher Mann verachtete seinen Vater offen, weil er ihn immer als schwach gesehen hatte. »Was immer ich bin, habe ich von meiner Mutter.« Ein anderer beschrieb, wie er von seinem Vater körperlich mißhandelt worden war. Er hatte sich niemals mit ihm ausgesöhnt. Ein paar hatten freundliche, aber vorwiegend oberflächliche Beziehungen zu ihren Vätern, von denen einer mit seinem Vater im Familienbetrieb gearbeitet hatte. Einer war der stille, gelehrte Sohn eines durchsetzungsfähigen, sportlichen Vaters, dessen Anerkennung er nie erlangt hatte. Einer hatte mitangesehen, wie sein in der Öffentlichkeit bekannter Vater sein Leben einem Beruf widmete, der ihn offensichtlich unglücklich machte: »Als Folge davon habe ich in meinem Leben vermutlich zuviel gespielt.« Wir spiegelten zwar eine Reihe von Gefühlen über unsere Väter wider, doch eigentlich kannte ihn keiner von uns *wirklich*.

Ich war erleichtert, unter Männern zu sein, die bereit waren, über ihre Beziehung zum Vater zu reden und, wie sich herausstellte, auch über andere Aspekte ihres Lebens – die Arbeit, die Kinder, die Ehen.

Bei der Verfolgung dieser unsicheren Aufgabe, miteinander zu sprechen, fanden wir ein gemeinsames Ziel: unser Gefühl zu vertiefen, was es heißt, ein Mann zu sein, und diese Erfahrung weniger einsam und isoliert zu gestalten. Wir hatten alle einigermaßen befriedigende Berufe, lebten alle in einer stabilen Beziehung und waren alle interessiert, zu besseren Ehemännern und Eltern zu werden. Außerdem wollten wir mehr vom Leben haben. Nur einer – dessen Vater eine freudlose Karriere verfolgte – wollte lernen, mehr zu arbeiten.

Wir trafen uns alle vierzehn Tage abends in einer der Wohnungen, und zwar ohne eine feste Tagesordnung. Manchmal scherzten und plauderten wir nur, doch nach einer Weile wurden die Gespräche zunehmend intim. Zum ersten Mal als Erwachsener spürte ich die Möglichkeit, Unterstützung von männlichen Altersgenossen zu bekommen, und ich freute mich darüber.

Während sich diese Gruppe an das machte, was anfangs wie Arbeit klang, doch später viel fröhlicher wurde, suchte mich die Frage, mit der ich mich zu jener Zeit stark beschäftigte, immer stärker heim: Warum haben wir solche Schwierigkeiten, das Rollenvorbild des Vaters zu durchbrechen? Auch wenn wir wie mein »verspielter« Freund reagieren und unser Leben dem entgegengesetzten Lebensstil verpflichten, werden wir immer noch vom Beispiel des Vaters dominiert. Beim Nachdenken über diese und andere Fragen im Zusammenhang mit Männern entdeckte ich in meinen Klienten eine neue

Quelle von Informationen über mich selbst und mein männliches Erbe.

Das verlorene Objekt

John Walker wurde auf unfreiwillige, aber für ihn passende Weise unser Klient: Er heiratete eine unserer langjährigen Klientinnen. Ich hatte vor mehreren Jahren die Arbeit mit Melanie Lindström begonnen, als ihre erste Ehe scheiterte, und nach einem katastrophalen Versuch, mit ihrer sie mißhandelnden Ursprungsfamilie zu arbeiten, sahen Margaret und ich sie allein. Sie war eine schöne Frau, eine sehr begabte Bildhauerin und von ihrer chaotischen Familie tief verletzt worden. Sie litt unter intensiven Depressionen.

John ist der Typ, der niemals für sich eine Therapie angefangen hätte, aber mehrere Monate, nachdem er und Melanie geheiratet hatten, erschien er, um »Melanie zu helfen«. Er war Sohn einer sehr instabilen Mutter, deren Retter er gewesen war, eine Haltung, die er auf Melanie übertrug. Er war ein scheinbar zäher junger Anwalt in einer Kanzlei, an der sein Vater beteiligt gewesen war. John war Therapie gegenüber unduldsam und mit mir ungeduldig. »Was können wir heute tun?« fragte er zum Beispiel gereizt. Ich schlug dann lächelnd vor, daran zu arbeiten, ihm zu helfen, Melanie weniger zu helfen.

Zuerst beobachtete John lediglich unsere Arbeit mit Melanie und bot manchmal Ratschläge an, die bei dem, was wir taten, störten. Nach mehreren intensiven Auseinandersetzungen über seine Amateurtherapie wurde er weniger streitsüchtig und sah nur zu. Dann begann Melanie ihn langsam und allmählich in die Therapie einzubeziehen. »Warum gibst du dich mit deiner Arbeit zufrieden?« fragte sie. »Die geheuchelten Partys, der ständige Druck, dieser Konkurrenzscheiß? Ich weiß, daß dir das alles nicht liegt, sonst hättest du mich nicht geheiratet.« Dann half sie uns, einen Teil in ihm zu entdecken, der sie angezogen hatte: Er war ebenfalls Künstler und malte wunderschöne Aquarelle. Er arbeitete freiwillig für die Rechtshilfe. Er war in Psychologie und Philosophie belesen. Und all dies verbarg er vor seinen Kollegen.

Mit Melanies subtiler Ermutigung tauchte die sanftere, nachdenklichere Seite Johns auf, und damit wurden wir eines stummen Kampfes in seinem Innern gewahr. Ein Teil in ihm war sehr ehrgeizig und leistungsorientiert, ein anderer wollte ein anderes Leben. Dieser zweite Teil hatte ihn für Melanie anziehend gemacht. »Warum kündigst du nicht?« fragte sie ihn immer wieder. »Ich weiß es nicht.«

Dann begann er über seinen Vater zu reden. »Er war sehr erfolgreich, sehr stark und vernünftig in einem Haushalt, der nicht immer so war« – dies bezog sich auf seine Mutter, für die er sich immer verantwortlich gefühlt hatte. »Meine Mutter war ... wie soll ich es sagen ... nicht stabil.« Sein Vater schien wohl ein traditioneller, gut abgeschotteter, leicht getriebener Mann, doch er war stabil. Und John hatte ihn idealisiert.

Johns Vater war unerwartet an einem Herzanfall gestorben, als sein Sohn knapp zwanzig war. »Der Druck hatte ihn umgebracht«, sagte John mit selten trauriger Stimme.

»Ich fürchte, dir passiert das gleiche«, sagte Melanie liebevoll.

»Ich weiß«, erwiderte er, »aber ich scheine nichts dagegen ausrichten zu können.«

Dieser Kampf in John wurde mit der Zeit immer deutlicher und zu einer Konfliktursache in ihrer Ehe. »Ich kann diese Partys nicht ausstehen«, klagte Melanie, »ich gehe nicht mehr hin.« John ging dann allein, joggte, um mit dem Streß fertig zu werden, und malte, wenn er Zeit hatte.

Eines Tages kam John äußerst traurig in die Sitzung. Als wir fragten, was geschehen sei, sagte er: »Ich weiß nicht, was läuft. Man hat mich in die Managementabteilung unserer Kanzlei berufen. Als es verkündet wurde, gab es eine Menge Beifall, und später kamen ein paar alte Freunde meines Vaters und meinten, mein Vater wäre sicher jetzt stolz auf mich. Als ich Melanie zu Hause davon erzählte, begann ich zu weinen und konnte nicht mehr aufhören. Ich habe eine Ahnung, was es ist, aber ich bin sehr verwirrt.«

»Vermutlich etwas, was mit Ihrem Vater zu tun hat?« fragte ich.

»Sie haben sicher recht«, gestand er. »Als er starb, war er im Vorstand dieser Managementabteilung. Es ist, als hätte ich geschafft, was er schaffte.«

»Haben Sie offen um ihn getrauert, als er starb?« fragte ich.

»Ich glaube nicht. Ich mußte mich um meine Mutter kümmern.«

»Ich denke, daß Sie versucht haben, ihn zu erreichen, indem Sie so wurden wie er. Sie versuchten herauszufinden, wie sein Leben und er waren. Und vermutlich haben Sie auch seine Anerkennung gesucht.« Nach einer Pause fügte ich hinzu: »Und Sie haben es geschafft. Sie haben ihn sozusagen erreicht, und jetzt können Sie um ihn trauern.«

John sah mich offen an. Tränen strömten über sein gebräuntes, kluges Gesicht. Nachdem er sich wieder gefaßt hatte, sagte er lächelnd: »Ich weiß, wie man das nennt. Identifikation mit dem verlorenen Objekt, Freud.«

»Genau«, antwortete ich.

Das folgende Jahr dachte John immer wieder an seinen Vater und begann dann plötzlich zu weinen. Er blieb erfolgreich in der Managementabteilung. Aber in der Trauer um seinen Vater, der seit zehn Jahren tot war, begann er das Interesse an der großen, leistungsbezogenen Firma zu verlieren, die seinen Vater das Leben gekostet hatte. Mit recht erstaunten Augen begann er sich umzublicken, was er mit dem Rest seines Lebens anfangen wollte.

Freud bezieht sich auf die Tendenz in jemandem wie John, der ein Eltern-»Objekt« früh im Leben verloren hat, wie diese Person zu werden, um sie entweder zu ersetzen oder kennenzulernen. Doch ich sah in Johns Erfahrung eine tiefere Bedeutung. Mir fiel auf, daß Männer große Schwierigkeiten haben, mit dem Beispiel des Vaters zu brechen, weil Väter alle gewissermaßen »verlorene Objekte« sind. Das bedeutet, wir kennen sie nicht und sehnen uns nach ihrer intimeren Präsenz in unserem Leben, und um zu begreifen, wie ihr Leben war, wiederholen wir einige Aspekte ihrer Geschichte.

Erst als John seinen Vater symbolisch »getroffen« hatte – und das könnte ebenso geschehen, indem man auf gleiche Weise scheitert wie der Vater –, konnte er sich von ihm lösen, über seinen Tod trauern und nicht nur von ihm frei werden, sondern auch von seiner Lebensweise.

Viele Männer führen ein anderes Leben als ihr Vater, manche scheinen sogar entschlossen, das genaue Gegenteil zu leben. Doch auch dann werden wir vom Beispiel des Vaters beherrscht. Wir versuchen nur, das Leben zu leben, das er nicht lebte. Manchmal führt uns dieser Versuch zur Identifikation mit einem einzigen, verborgenen Aspekt unseres Vaters. Mein Freund in der Männergruppe, der seinen Vater als zielstrebig und freudlos empfunden hatte und der ebenso zielstrebig »verspielt« ist, agiert natürlich die unausgedrückte Seite seines Vaters aus.

Margaret und ich arbeiten zur Zeit mit einer Familie, in der der Sohn gegen das Gefühl von Unterlegenheit in Beziehung zu seinem starken, getriebenen, »erfolgreichen« Vater kämpft. Dieser kreative, emotional offene und ausdrucksfähige junge Mann findet es schwer zu erkennen, daß er – teils als Reaktion auf das Bedürfnis der Mutter nach einem Gefährten, teils auf die verborgene Emotionalität seines Vaters – die Art Person ist, die sein Vater braucht, um mehr so zu werden, und daß er seinem Vater viel beizubringen hat. Während dieser junge Mann immer wieder versucht, trotz Zurückweisungen und Vernachlässigung seinen Vater zu erreichen, und oft dabei weint, zwingt er seinen Vater, den lange verleugneten, zärtlich-emotionalen »Jungen« in sich anzusehen.

Was immer unser Vater für uns bedeutet, wir scheinen ihn zu suchen in der Hoffnung, unsere Beziehung mit ihm zu vervollständigen. Frauen kennen diese Suche ebenfalls, doch sie ist nicht so zentral für ihre weibliche Identität. Es ist jedoch für Mädchen wichtig, von Kindheit an eine warme und liebevolle Beziehung zu einer männlichen Figur zu haben, wenn sie in einer gesunden, glücklichen Beziehung leben wollen.

Als ich begann, Väter als »verlorene Objekte« im Leben ihrer Söhne zu sehen, entdeckte ich, daß viele meiner Klienten in dieses Muster paßten. Auch wenn ihr Leben oberflächlich gesehen anders verlief als das ihrer Väter, waren ihre Lebenseinstellung und ihre grundsätzlichen emotionalen Schwierigkeiten denen des Vaters ähnlich. Es gibt natürlich bessere Möglichkeiten, seinen Vater kennenzulernen, als sein Muster zu wiederholen. Wenn der Vater noch lebt, kann man sich konzentriert Mühe geben, ihn näher kennenzulernen, und viele ältere Väter sind bereit, mehr über ihr Leben preiszugeben als früher. Auch wenn der Vater gestorben ist, kann man immer noch mehr über ihn erfahren.

Die Suche nach meinem Vater

Ich versuchte, mehr über meinen Vater zu erfahren, vielleicht, weil ich ein Forum und anfänglich die Unterstützung anderer Männer hatte. Ich sah mir alte Fotos an, las alte Briefe von ihm, und endlich erlaubte ich mir, das Offensichtliche zu erkennen: Meine geliebte Tante, die älteste Schwester meines Vaters, wohnte nur wenige Blocks von uns entfernt, und sie wußte eine Menge über ihn.

Ich besuchte Atu, ein Spitzname, den ihr die jüngeren Geschwister gegeben hatten, denen Alice zu schwer war, regelmäßig, und bei diesen wöchentlichen Visiten in der Altengemeinschaft, in der sie wohnte, stellte ich ihr nun meine Fragen.

Atu ist in den Achtzigern. Sie ist eine hochgewachsene, anmutige, vornehme alte Dame, die warm und freundlich wirkt, aber auch Respekt verlangt. Sie war eine angebetete Lehrerin und Schulleiterin, und ihre ehemaligen Schüler besuchen sie noch oft. Sie sonnen sich in ihrer Herzlichkeit, suchen ihren Rat. Unter den Bildern und Büchern, die mich an meine Kindheit erinnerten, sprachen wir über den Kursus, den sie gerade an der Universität besuchte: »Lesen aus Vernügen«, aber auch mit zunehmender Regelmäßigkeit über meinen Vater.

Sie spürte, was ich wissen mußte, und ging nur vorsichtig vor, aber sie war bereit. »Wie sah die Beziehung meines Vaters zu seinem Vater aus?« fragte ich schließlich eines Tages.

»Ich glaube, sie war nicht sehr gut. Vater war ihm gegenüber oft kurz angebunden und kühl. Sie standen sich einfach nicht nahe. Natürlich«, fügte sie hinzu, »Vater glaubte an Disziplin. Darin stimmten er und Mutter überein, und es gab regelmäßige Hiebe von ihnen. Vermutlich bezeichnet man das heute als Mißhandlung.«

»Aber er war zu meinem Vater besonders streng?« fragte ich.

»Ja, ich glaube schon. Ich glaube, Vater war eifersüchtig auf ihn, und ich kann es gewissermaßen verstehen. Gus war für seine Mutter ein besonderes Kind.« Ich drängte sie, weiterzureden. »Weißt du von Rene?« Ich wußte, dies war ein Bruder meines Vaters, der als Säugling gestorben war. »Es war eine traurige Geschichte. Er war ein süßes, wunderbares Baby und wurde eines Tages, als er ein Jahr alt war, sehr krank. Innerhalb einer Woche war er tot. Es war für uns alle sehr schrecklich, aber da er Arzt war, fühlte sich Vater besonders hilflos, weil er ihm nicht helfen konnte. Mutter war verzweifelt, furchtbar verzweifelt. Monatelang war sie traurig. Als sie dann mit deinem Vater schwanger wurde, schien es ihr besser zu gehen.« Mein Vater wurde also bald nach dem Tod ihres jüngsten Kindes geboren.

»Ich erinnere mich deutlich an die Nacht, in der dein Vater geboren wurde. Ich war etwa acht, und Leroy und Jean (die jüngeren Geschwister) und ich blieben die ganze Nacht wach und lauschten auf die Geräusche aus dem Schlafzimmer der Eltern. Natürlich hat Vater alle Kinder entbunden. Als wir das Schreien hörten, schliefen wir ein, und als wir aufwachten, war Gus da, und wir gingen alle hinein.« Sie hielt inne und beschrieb das Haus, das sonnendurchflutete Zimmer, die leise Schar um das neue Baby. »Später, als ich älter war, erzählte mir Mutter, daß das Zimmer bei Gus' Geburt von einem rosigen Schimmer erfüllt gewesen sei. Sie sagte, sie habe erkannt, daß sie ein gesegnetes Kind geboren habe, das ihr von Gott geschickt wurde, um René zu ersetzen.«

Stille. Ich versuchte zu begreifen, was ich geahnt hatte: das mein Vater sein ganzes Leben gegen die Obsession seiner Mutter angekämpft und mehrfach versucht hatte, sich von ihr zu lösen, vermutlich aber ohne Erfolg. »Das machte meinen Großvater eifersüchtig – ihre Fixierung auf meinen Vater?«

»Ich glaube, ja«, antwortete sie leise. »Sie hat Gus immer vorgezogen, und wir anderen waren ebenfalls eifersüchtig. Ich weiß, daß wir ihn deswegen oft geärgert haben.« Sie sah traurig aus, als bedauere sie, was sie erst jetzt verstand.

Eine flüchtige Erinnerung bewog mich zur nächsten Frage: »Hat Großmutter nicht schon früh einen Elternteil verloren?«

»Ja, beide. Das ist eine traurige Geschichte.« Ich forderte sie auf, weiterzuerzählen. »Deine Großmutter war das jüngste von dreizehn Kindern. Sie waren Baumwollpflanzer, und vor dem Krieg ging es ihnen finanziell sehr gut, aber wer kann schon so viele Kinder versorgen? Als Mutter drei war, starb ihre Mutter. Eine Weile lebte sie bei dem Vater, aber als sie neun war, begann er einen Streit mit einem Mann, der ihr Land haben wollte, und wurde getötet. Im Süden war damals die Wiederaufbauphase, und so etwas geschah oft. Mutter lebte dann mit einem älteren Bruder und dessen Frau, aber sie zog schließlich zu einem Paar, mit dem die Familie eng befreundet war. Sie waren ihre eigentlichen Adoptiveltern, glaube ich.«

»Als René starb«, versuchte ich, »hat es vielleicht den Verlust ihrer frühen Kindheit wieder hochgebracht?«

»Dessen bin ich sicher«, antwortete Atu nachdenklich. »Daran hatte ich noch nie gedacht.«

»Und als mein Vater geboren wurde, wurde er zu ihrem Retter. Zu dem, der sie in ihrem Kummer tröstete.« Wie alt diese Geschichte war, daß Frauen Trost in der Versorgung eines Kindes finden! Ich dachte an meine Großeltern, zuerst an meine Großmutter, die damals, als ich sie kannte, eine Hüfte gebrochen hatte und von Atu versorgt wurde. Selbst in diesem geschwächten Zustand wirkte sie auf mich irgendwie problematisch. Sie war zerbrechlich, befehlend, anspruchsvoll, und alle kreisten gehorsam um sie. Sie machte mir aus verschiedenen Gründen Schuldgefühle, ob es um die richtige Haltung ging oder meine Tischmanieren.

Dann mein Großvater, den ich nur streng und ernst von Fotos kannte und von den Geschichten über ihn. Er war ein beliebter Arzt, der Patienten in einem Radius von fünfzig Meilen besuchte. Trotz seiner Strenge zu Hause sprach Atu bewundernd, fast anbetend über ihn. Mein Vater hatte ihn niemals erwähnt. »Erzähl mir von der Familie deines Vaters«, bat ich sie.

»Er war das vierte von acht Kindern, und alle Jungen in der Familie waren sehr erfolgreich. Sie wurden Rechtsanwälte und Ärzte und Professoren.« Über dieses Thema hatten wir uns schon früher unterhalten, aber damals hatte es mich nicht interessiert.

»Welchem Elternteil stand er am nächsten?« fragte ich,

»Ich glaube, keinem besonders; ich habe nie gehört, daß er in diesen Begriffen über sie sprach. Ich glaube, er stand seiner Schwester Alice am nächsten, nach der ich benannt wurde.« Ich erinnerte mich deutlich an die pummelige, adrette, unverheiratete Viktorianerin, die fünfzig Jahre lang an einem College Mathematik unterrichtet hatte.

Ins Blaue hinein fragte ich: »Gab es einen jüngeren Bruder, auf den er vielleicht als Kind eifersüchtig war?«

»Vielleicht auf Jack, das Baby der Familie. Ich glaube, er könnte auf ihn eifersüchtig gewesen sein.« Dann ergab alles einen Sinn: Die Mutter meines Vaters fixierte sich auf ihn, und sein Vater, der als mittleres von acht Kindern groß geworden war, war auf ihn eifersüchtig, genau wie auf seinen jüngeren Bruder.

Als ich diese und andere Geschichten hörte, wich die Wut auf meinen Vater. Ich spürte, wie sich Vergebung einschlich – eine Art melancholische Empathie für ihn. Es war schwer, auf irgendeinen wirklich wütend zu sein, auf jene streng disziplinierten, wohlmeinenden Menschen, die mit dem Leben damals kämpften, als Eltern und Kinder unvermittelt und häufig früh starben, als es wenig Möglichkeiten für den einzelnen gab, aufzuschreien oder gar um Hilfe zu bitten. Atu sprach weiter, und ich machte mir Aufzeichnungen, aber eine grundsätzliche Veränderung war eingetreten. Ich hatte meinem Vater verziehen.

Systematisch besuchte ich mehrere traurige Schauplätze. Auf einer Sandbank am Fluß hatten wir einst ein Picknick gemacht. Mein Vater kritisierte mich immer wieder hart und beißend, um sich dann zärtlich meiner Schwester zuzuwenden. Ich konnte ihn nun in meiner Rolle sehen, und wie sein Vater ihn ebenso behandelt hatte. Er verhielt sich also mir gegenüber wie sein Vater zu ihm.

Mir kamen auch viele Erinnerungen, vorwiegend Erfahrungen, die mein Vater mir vermittelt hatte: der Beagle, den er mir bei einem seiner Urlaube von der Armee kaufte; als er mich in einen B-29-Bomber schmuggelte, der auf seiner Basis stationiert war; das Gefühl, neben ihm zu stehen, als er mir zeigte, wie man die Armeepistole hielt;

die Angelausflüge später nach dem Krieg; wie wir zusammen unter Schweiß den Garten vom Unterholz befreiten, als wir ins Haus gezogen waren, in dem er selbst aufgewachsen war. Wie er versuchte, mich zur Mitarbeit im Garten zu überreden. Ich spürte seine Gegenwart, manchmal stark und liebevoll, dann wieder streng und mich im Stich lassend.

Und ich erinnerte mich an mehrere Geschichten, die er mir erzählt hatte. Die meisten waren versteckte Andeutungen beim Holzsammeln, beim Angeln. Eine handelte von der Einsamkeit, wenn man finanziell für eine Familie verantwortlich ist: »Es macht einem Angst, wenn einem bewußt wird, daß die ganze Familie von dem abhängt, was man verdient.« Manche waren Bekenntnisse: »Als ich in deinem Alter war, hatte ich schon eine Reihe ernsthafter Verhältnisse mit Frauen.« Eine drehte sich um Mut: »Als ich etwa zwanzig war und gerade das College verlassen hatte, war ich sehr zart und mager, und der Arzt sagte, ich würde keine dreißig. Das machte mich verrückt, und ich sagte mir: ›Dem werde ich es zeigen‹. Ich schwamm also jeden Tag drei Meilen den kleinen Fluß auf und ab. Das machte ich ein Jahr lang, und es war das letzte Mal, daß ich so etwas von einem Arzt hörte.«

Obzwar eine Reihe von Kräften, denen ich vermutlich nie begegnet bin, ihn schließlich niederzwangen, merkte ich, daß er zumindest als junger Mann starke Entschiedenheit besessen hatte, und diese Entdekkung half mir, mich mit ihm auf neue und hilfreiche Weise zu identifizieren.

Die Suche nach einem Standort

Die Erfahrung, daß ich meinem Vater zumindest einige seiner Fehler verzeihen konnte – seine Wutausbrüche, seine Nörgelei, sein häufiges Vernachlässigen unserer Beziehung, sein Trinken –, verscheuchte aber meine Wut auf ihn nicht. Sie brachte sie lediglich in einen größeren Kontext, in dem ich Empathie mit seiner Lebenssituation empfinden konnte. Aber ich war immer noch auf manches wütend, was zwischen uns geschehen war.

In dieser Phase gehörte ich zu Al Pessos Trainingsgruppe. Pessos Methode – an die der Leser sich erinnern wird: jene wütende Konfrontation des jungen Psychologen mit seinem Rollenspielvater, die ich in Kapitel 2 beschrieb – ist für diejenigen ideal geeignet, die mit starken

Gefühlen gegenüber einer Person zu Rande kommen wollen, die gestorben oder anderswie unerreichbar sind. Al war zwar nur zweimal im Jahr in Atlanta, aber ich merkte, daß seine Besuche mir eine Gelegenheit boten, »symbolisch« an der Beziehung zu meinem Vater zu arbeiten.

Das Bemerkenswerte an Pessos Methode ist, daß sie einem ermöglicht, Dinge in einer symbolischen Umgebung zu tun, die im »echten Leben« nie möglich wären. Wir neigen dazu, das, was uns durch die Eltern geschehen ist, als Gesetz, als emotional »Gegebenes« zu akzeptieren. Die Macht unserer Psychomotorstrukturen liegt in ihrer Fähigkeit, die Wahrnehmungen dessen, was uns möglich ist, neu zu organisieren. »Solche Wut könnte ich gegenüber meinen Eltern nie ausdrükken«, sagen wir und geben uns unseren Gefühlen hin. »Niemals hätte mich ein Elternteil so lieben können«, sagen wir mit einem Seufzer.

Unser Leben hat eine implizite Ordnung. Innerhalb dieser Form halten wir Dialoge mit wichtigen Gestalten, und wir leben unsere Rolle in einer komplexen Geschichte, an der viele andere beteiligt sind. In dieser Geschichte sitzen wir psychologisch fest, wenn eine schreiende Ungerechtigkeit oder eine Unvollständigkeit vorkommt. »Mein Vater und ich haben einander geliebt, und er hat mir zwar gesagt, daß er mich liebt, ich ihm aber nicht.« Da er starb, ehe ich es ihm sagen konnte, bin ich Gefangener der unausgedrückten Emotion in dieser Beziehung. Das gleiche kann für Wut gelten. »Mein Vater wurde manchmal schrecklich wütend auf mich, aber ich schaffte es nie, auf ihn wütend zu sein.« Ich bin also Gefangener dieses unausgedrückten Gefühls, meiner Seite dieses wütenden »Dialogs«.

Auch unser Gefühl für Ungerechtigkeit macht uns zum Gefangenen der Familiengeschichte. Ich verdiente, von meinen Eltern geliebt zu werden (eine universelle, menschliche Sehnsucht), wurde es aber nicht. Daher bin ich von dem gefangen, was zwischen uns hätte geschehen sollen, aber nicht eintrat. Ich kann meine Familie nicht verlassen, bis ich mich nicht psychologisch von ihr geliebt fühle.

Wir alle zögen es vor, diese Dialoge persönlich auszutragen, sie »auszugleichen«, indem wir unsere Seite der Beziehung darstellen, und wir wären gern von unserer Familie gerecht behandelt worden. Aber das ist nicht immer möglich. Unsere Eltern weigern sich, nachdem sie uns in der Kindheit enttäuscht haben, mit uns zu reden, werden kränklich und sterben. Manchmal müssen wir den Dialog in unserem Inneren beenden, um es symbolisch »richtigzustellen«, damit wir weiterleben und das, was wir brauchen, bei anderen finden können. Psychomotor erlaubt uns, so etwas sicher und unter Eigenkontrolle zu vollziehen. Es ist nicht so befriedigend wie ein Gespräch mit den wirklichen Eltern oder so nützlich wie eine gesunde Kindheit, aber wenn wir es brauchen, kann es sehr hilfreich sein.

Ich arbeitete mehrere Monate mit Al, aber am deutlichsten erinnere ich mich an die erste Sitzung. Sie fand in dem gleichen kahlen, teppichbelegten Raum statt, den ich bereits beschrieben habe, sonnendurchflutet und im Kreis anderer Teilnehmer. Als ich in diesem Kreis vor der Jeans und Tennisschuhe tragenden lächelnden Gestalt Als saß, der seine Uhr stellte, war ich sehr bange. Was sollte ich sagen, wenn er mich fragte, an was ich arbeiten wolle? Ich war mir nicht sicher, wenngleich ich ahnte, daß es mit meinem Vater zu tun haben würde.

Unvermutet begann ich: »Ich möchte am Thema ›Vater‹ arbeiten. Seine Probleme und meine Probleme mit ihm.«

»Kannst du mir etwas über diese Probleme erzählen?« fragte Al herzlich und beobachtete mich scharf, als ich meine Familiengeschichte beschrieb.

Als ich von meiner Wut auf meinen Vater berichtete, sagte ich: »Ich glaube, am meisten machte mir das Gefühl von seiner Schwäche zu schaffen ...« Dabei brach meine Stimme. »Und die Erkenntnis, daß er oft nicht da war.« Dann fügte ich hinzu: »Aber ich habe Schwierigkeiten, meine Wut auf ihn auch nur zu fühlen.«

Al wies mich darauf hin, daß meine Stimme brach, als ich das Wort »Schwäche« aussprach, und wartete auf meine Reaktion. Ich spürte, wie genau er mich traf und wie Tränen in mir hochstiegen; doch ebenso rasch versiegten sie wieder. »Du schließt deine Gefühle sehr rasch ein«, bemerkte er. Ich wußte, das dies stimmte, diese Einsicht in mich selbst hatte ich. Ich hatte aber nicht die Freiheit, stark und spontan zu empfinden.

Schweigen, während Al nachdachte und die Gruppe gespannt zusah. Draußen auf dem Flur hörte ich das leise Zischen der Kaffeemaschine. »Laß mich einen Vorschlag machen«, sagte er. »Warum suchst du dir nicht jemanden aus, der deinen idealen Vater spielt, einen, der stark ist.«

Bei diesem Vorschlag spürte ich eine Welle der Aufregung, Angst, Sorge. »Okay«, antwortete ich vorsichtig und blickte mich im Raum um. Schließlich wählte ich einen großen, kräftig aussehenden Mann, der mir gefiel. »Würdest du meinen Idealvater spielen?« fragte ich.

»Ich spiele deinen Idealvater«, antwortete er im Pessoschen Ritual und trat in die Kreismitte. Ich erhob mich.

»Das ist interessant«, sagte Pesso, wobei er sich auf mein Aufstehen bezog. Nach einem Moment fragte er: »Was würdest du gern tun?«

»Ich weiß es nicht«, erwiderte ich zaghaft. »Irgendwie vertraue ich ihm nicht.«

»Natürlich nicht«, sagte Pesso. »Warum solltest du auch?« Dann fügte er hinzu: »Laß mich einen Vorschlag machen. Warum versuchst du nicht, ihn zu stoßen, um eine Ahnung von seiner Kraft zu bekommen?« Er instruierte den Rollenspieler, eine Haltung einzunehmen, bei der er sich auf ein Bein stützen konnte, um mir zu widerstehen, und zeigte mir, wie ich meine Hände vor seine Schulter legen sollte. Ich erinnerte mich an eine der Übungen beim Fußball auf der High-School, bei der sich ein Spieler wehrt und der andere versucht, ihn fortzuschieben.

Als ich die Kraft des Mannes vor mir spürte – er war ein wenig größer als ich und gut positioniert –, spürte ich eine Welle von Energie. Mit breitem Lächeln stieß ich fest zu, und er rang um Gleichgewicht. »Da liegt deine Energie«, sagte Al interessiert. »Das gefällt dir.«

Ich wollte wieder zustoßen, dieses Mal kräftiger, als Al mich unterbrach. »Warte. Vielleicht wiederholst du hier deine Geschichte.« Er machte sich offensichtlich Sorgen, daß ich den Rollenspieler überwältigen und ihn als unzuverlässig erfahren würde. Er wandte sich an die Gruppe und besorgte rasch vier weitere Männer, die den Rollenspieler stützten. »Jetzt versuch's«, sagte er lächelnd.

Als ich dieses Mal zustieß, wankte mein Idealvater nicht. Er bildete eine solide Mauer von Männlichkeit. Ich stieß fester zu und versuchte, nicht auszurutschen. »Zieh die Socken aus, damit du dich besser halten kannst«, riet Al.

Eifrig zog ich die Socken aus und stemmte mich gegen meinen Rollenspielvater. Mit einem weiteren Energieausbruch legte ich wieder die Hände gegen seine Schultern und stieß mit aller Kraft zu. Dieses Mal rutschte ich nicht aus, und der Idealvater auch nicht. Das Gefühl, daß dieser Mann tatsächlich unbeweglich war, setzte in mir ein Gefühl von Wut und Freude frei. »Du siehst aus, als dächtest du immer noch, du könntest ihn niederzwingen«, sagte Al. »Versuch es noch einmal«, drängte er.

Ich war mir der Verletzlichkeit und Strenge meines Vaters bewußt und hatte daher gelernt, einen Großteil meiner Kraft zu steuern und zu verbergen. Mein Kontakt mit einer »starken« Figur erlaubte mir das Gefühl, daß meine Kraft von jemandem außerhalb aufgehalten und gebunden werden könnte, daher war ich fähig, meine Gefühle direkter zu spüren und auszudrücken, besonders meine Wut.

Mit fast absoluter Überzeugung, daß ich nicht nur diese Figur, sondern auch die vier Männer umstoßen könnte, die ihn stützten, schob ich meine Schulter aggressiv in die Magengrube meines Idealvaters, duckte mich, um sicherer zu stehen, und stieß mit aller Kraft zu. Der Idealvater wankte zwar leicht unter diesem Ansturm und keuchte vor Überraschung, aber die ihn stützenden Männer hielten stand. Ich versuchte es noch einmal, dieses Mal mit einem langgezogenen, schmerzerfüllten Stöhnen, während ich vergeblich gegen diese unbewegliche Gruppe anstieß. Irgendwie lag in diesem Stöhnen eine Mischung aus Schmerz und Erleichterung, und etwas in mir ließ nach, gab auf. Vielleicht war es meine alte Omnipotenz, meine Überzeugung, die in der langen Abwesenheit meines Vaters in den Kriegsjahren gewachsen war, daß ich für die gesamte Welt verantwortlich sei und irgendwie schaffen müßte, allmächtig zu sein. Vielleicht war es das Gefühl, meinen Vater überwinden zu können. Mit diesem Nachlassen trat große Erleichterung ein.

Plötzlich war mein Impuls, meinen Idealvater herauszufordern, verschwunden, und ich sackte auf den Boden wie ein besiegter Boxer. Al erkannte die Veränderung in meiner Haltung und leitete mich weiter. »Du siehst aus, als brauchtest du Ruhe.« Ich keuchte, erschöpft von der körperlichen Anstrengung, und kniete mich vor meinen Idealvater. Es war ein Moment großer Verletzlichkeit: Ich war von der Übung zerschlagen, fühlte mich einsam und vor der Gruppe bloßgestellt.

Ich muß den Kopf auf die Seite geneigt haben, denn Al bemerkte: »Du siehst aus, als wolltest du dich niederlegen.« Ich akzeptierte diese genaue Interpretation meiner Körpersprache und legte mich schutzsuchend zusammengerollt auf den Boden. Jetzt fühlte ich mich noch einsamer, und auch das sah Al natürlich. »Möchtest du Unterstützung von deinem Idealvater?« fragte er sanft.

»Ja, ich glaube schon«, antwortete ich.

»Warum kniest du dich nicht neben ihn?« riet Al dem Idealvater. »Wenn du dann noch die Hand auf seine Schulter legen würdest?«

»Fein«, sagte ich, denn ich fühlte mich besser, als der Mann Als Anweisung folgte. »Was spürst du? Was geht in dir vor?« fragte Al.

»Ich erinnere mich an eine Szene, als ich noch klein war«, antwortete ich verträumt. Vielleicht lag es an der zusammengerollten Stellung, daß ich plötzlich an die Kriegsjahre dachte. Meine Mutter, meine Schwester und ich verbrachten den Sommerurlaub in einem Haus nahe dem Stützpunkt in New Jersey, wo mein Vater stationiert war. An einem der ersten Tage dort – ich muß so vier oder fünf gewesen sein – nahm mich mein Vater mit in die Kaserne. Meine Mutter hatte ihn vermutlich instruiert, daß ich einen Mittagsschlaf bräuchte, daher fand ich mich nach dem Morgen, als ich all die Kanonen und Panzer besichtigt hatte, auf einer Pritsche in einem riesigen, sonnendurchfluteten Zelt. Man sagte mir, ich solle jetzt schlafen. Mein Vater war Offizier, daher war ihm vermutlich auch gestattet, einen Mittagsschlaf zu halten. Seine Pritsche stand auf der anderen Seite dieser riesigen, von Sonnenstäubchen tanzenden Fläche, und über kurzem schlief er tief und fest.

Ich war sehr froh, wieder bei meinem Vater sein zu können, den ich jahrelang nicht gesehen hatte, und durch all das, was ich am Morgen gesehen hatte, zu aufgeregt, um einzuschlafen. Ich lag also da mit dem gemischten Gefühl, einerseits froh zu sein, wieder einen Vater zu haben, andererseits frustiert und einsam zu sein, weil der Schlaf und seine Pritsche ihn so weit entfernten. Ich hatte einen ganz deutlichen, schmerzhaften Impuls, zu ihm zu gehen, mich an seine große, soldatische Männlichkeit zu kuscheln und den Vater in mich aufzusaugen, den ich so vermißt hatte. Aber ich wußte, das war verboten und daß er wütend würde, wenn ich das tat. So blieb ich also auf der Pritsche liegen und wartete eine Ewigkeit, bis er wieder wach wurde. Ich lauschte einer Fliege, die genau wie das heiße, luftlose Sonnenlicht im Zelt eingefangen war.

Als ich Al diese Erinnerung schilderte, sagte er freundlich: »Vielleicht können wir diese Szene so spielen, wie du sie gern gehabt hättest.« Plötzlich fühlte ich mich ängstlich und ausgesetzt, und meine Haltung muß sich deutlich verspannt haben, denn Al sagte: »Macht dich das ängstlich?«

»Ja«, antwortete ich.

»Deinem Vater hätte das nicht gefallen?« fragte er.

»Die gute alte Angst vor Homosexualität«, sagte ich und verdeutlichte damit mein Bewußtsein eines häufigen Themas bei Männern. Al sagte: »Wir haben mehrere Möglichkeiten. Wir könnten an der Angst deines Vaters vor der Nähe zu seinem Sohn arbeiten oder beim Idealvater bleiben. Hast du ein Gefühl, welchen Weg du gehen möchtest?«

Ich spürte immer noch die beruhigende Gegenwart meines Idealvaters neben mir und teilte dieses Gefühl Al mit. »Dann laß ihn doch sagen, was du von einem Idealvater gern gehört hättest«, schlug Al vor. Als ich zustimmend nickte, fügte er hinzu: »Was wäre das denn gewesen?«

»Er würde sagen, daß er nicht ängstlich oder mißbilligend reagieren würde, wenn sein Sohn, den er ein Jahr nicht gesehen hat, sich an ihn kuscheln möchte.«

Al instruierte den Idealvater, der sagte: »Wenn ich dein Vater gewesen wäre, würde ich nicht ängstlich oder mißbilligend reagieren, wenn ich dich ein Jahr nicht gesehen hätte und du wolltest dich an mich kuscheln.« Bei diesen Worten entspannte ich mich ein wenig. Ich erinnerte mich wieder an die Friedlichkeit und Wärme des Zeltes und das Atemgeräusch meines Vaters. »Noch etwas?« fragte Al.

Ich antwortete: »Er könnte sagen, es sei in Ordnung, wenn ich zu ihm käme und mich an ihn kuschelte.«

Der Idealvater sagte: »Es wäre in Ordnung, wenn du herkämest und dich an mich kuscheltest.«

»Möchtest du es versuchen?« fragte Al sachlich.

»Ich glaube schon«, erwiderte ich, hielt aber die Augen geschlossen und hing der Erinnerung an meinen Vater nach.

Mit Anleitung von Al, der auf meine Reaktionen genau achtete, legte sich der Rollenspieler neben mich auf den Boden, das Gesicht in der gleichen Richtung wie meines, und schlang seinen Arm um meine Seite. Einen Moment spürte ich wieder Angst, doch dann erinnerte ich mich an die beruhigenden Worte des Idealvaters und entspannte mich in der Phantasie, daß dies ein Vater war, der sich über die gesunde Neigung seines Sohnes nach körperlicher Zuwendung keine Sorgen machte. Ich war mir auch der entspannten, wohltuenden Atmosphäre in der Gruppe und Als Zufriedenheit mit der Szene bewußt und fiel unter dem schweren, beschützenden Arm des Idealvaters in befriedigte Trance. Ich habe keine Ahnung, wie lange ich so gelegen habe, halbschlafend und in der Phantasie entspannt, als ich das leise Piepsen von Als Uhr hörte.

»Nimm dir Zeit«, sagte Al, und ich klammerte mich noch ein paar Minuten an die Szene und schloß die beruhigende Zuwendung eines solchen Vaters in meine Erinnerung ein. Als ich endlich blinzelnd die Augen öffnete und mich im Raum umsah, begrüßten mich die aufmerksamen, liebevollen Gesichter der anderen. Der ideale Vater verabschiedete sich mit einem Lächeln aus seiner Rolle und nannte seinen wirklichen Namen. Ich stand auf und nahm meinen vertrauten Platz an der Wand ein.

In den nächsten Jahren machte ich ein paar weitere »Strukturen« mit

Al, eine sehr wütende, in der ich einen Großteil der Frustration mit meinem Vater loswurde, eine, in der mein Idealvater spielerisch und lustig wurde, und eine tränenreiche, in der ich den Aspekten meines Vaters, die ich geliebt hatte, Lebwohl sagte. Aber die erste Struktur trage ich immer wie einen Talisman mit mir herum, und sie wurde in den folgenden Jahren zu einer Metapher, um die ich meinen Kampf aufbaute, ein solcher Mann zu sein, der fest und stark auf dem Boden steht und sich herabbeugen kann, um Zuwendung zu geben. Mit diesen Bildern verband ich alle Prinzipien dieser Art Männlichkeit, ein Modell, an dem ich, oft unter Schwierigkeiten, versuche, mein Leben auszurichten.

Die Suche nach meinen Kindern

Margarets Konfrontationen nach unserem Umzug nach Atlanta wirkten als Katalysator für meine Bemühungen, ein aufmerksamerer Ehemann und Vater zu werden, doch jene Streitereien zwischen uns und meine Änderungsabsicht liefen schon längere Zeit. Aber ich glaube, daß ich meine Rolle innerhalb der Familie erst zu bedenken begann, als ich in meiner Rolle außerhalb – im Berufsleben – Erfolg hatte. Wie stark ich auch anders sein wollte, als ich am meisten gebraucht wurde, schien meine Arbeit immer Vorrang zu haben.

Margaret betrachtete Julias Geburt als den Meilenstein, an dem meine Haltung zu den Kindern sich wirklich zu ändern begann. »Du schienst immer ein wenig Angst vor Säuglingen zu haben«, sagte sie kürzlich. »Aber ich habe nie an deiner Liebe zu den Kindern gezweifelt. Du hat mit ihnen gespielt, ihnen vorgelesen und sie in den Zoo und zur Feuerwache geführt. Schwierigkeiten hatte ich nur mit dem Grad deiner Verantwortlichkeit für sie. Ich hatte Probleme, weil du dir über sie nicht genauso Sorgen machtest wie ich und keine selbstbewußtere Rolle in ihrem Leben spieltest – zu Elternsprechtagen gehen zum Beispiel, im Auge behalten, wann sie zur Vorsorgeuntersuchung mußten, daran denken, daß es an der Zeit war, Pläne für den Sommer zu machen.«

Ich war nicht nur aktiv an Julias Geburt beteiligt, was mir half, mich tief mit ihr verbunden zu fühlen, sondern trug auch, als sie geboren wurde, viel Verantwortung für Mark. Da er eine niedliche jüngere Schwester hatte, konnte ich seine Eifersucht auf Julia deutlich erkennen, und ich merkte, daß ich ihm helfen konnte. Wir fuhren zusammen zelten und machten andere »männliche« Dinge, die ihm halfen, sich weniger ausgeschlossen zu fühlen. Als wir nach Atlanta zogen und Mark mit dem Fußballspielen begann, wurde ich zu einem begeisterten Anhänger. Ich ging zu jedem Spiel. Manchmal war ich ungeheuer wütend auf Mark, aber meine Bindung an ihn war klar. Manchmal habe ich ihm zuviel Aufmerksamkeit geschenkt, und aus Angst, ihn zu vernachlässigen, wie ich mich von meinem Vater vernachlässigt gefühlt habe, riskierte ich statt dessen, ihn zu verwöhnen.

Schwieriger war es für mich, Vater von Mädchen zu sein, besonders bei Sarah, die immer stark zu sein schien und mit der ich oft stritt. Sarah wurde mit Marks und Julias Geburt fertig, indem sie Margarets »Assistentin« wurde, eine Rolle, in der sie mit mir in Konflikt geriet, als ich zu einem aktiveren Vater wurde. Sarah ist sensibel, intensiv und wortgewandt und hat mich immer an eine Kombination aus meiner Mutter und meiner Schwester erinnert, eine Assoziation, die unsere Beziehung verstärkt wie behindert hat. Als sie älter wurde, entdeckten wir viele gemeinsame Interessen. Wir schreiben beide gern, fotografieren, und wie sich herausstellte, sind wir beide Psychologen. Wir haben daran gearbeitet, weniger zu konkurrieren, und unsere Beziehung hat sich im Verlauf der Jahre zu einer warmen Freundschaft entwickelt.

Julia war, wohl aufgrund ihres sonnigen Gemüts und ihres Grundvertrauens, nie ein Konfliktkind. Wir hatten immer eine freundliche, zärtliche Beziehung, die ich fast als selbstverständlich erachte, als sei sie auf immer unser Kind. Ich mache mir Sorgen, daß ich sie, um Mark weniger eifersüchtig zu machen, subtil vernachlässigt habe. Ich habe Schwierigkeiten, ihr Grenzen zu setzen und ihren Aktivitäten aufmerksam zu folgen. Gott sei Dank haben wir auch mehrere gemeinsame Interessen – Schreiben, Fußball und das Theater – und noch mehrere gemeinsame Jahre vor uns. Dieses Mal mache ich es richtig, dieses Mal …

Ich habe im Laufe der Jahre gelernt, mir um meine Kinder Sorgen zu machen, sie aktiver zu betreuen und aktiver und direkter in ihrem Leben präsent zu sein. Doch das war in Wirklichkeit niemals leicht. Margarets Konfrontationen und Bitten haben dabei geholfen, aber das meiste entsprang meinem eigenen entschiedenen Wunsch. Vielleicht habe ich das von meinem Vater geerbt.

Es war nützlich, eine Männergruppe zur Unterstützung zu haben und sich von den Bemühungen anderer Männer bestätigt zu fühlen, die ebenfalls daran arbeiteten, zu besseren Vätern zu werden. Ich habe miterlebt, wie einige Gruppenmitglieder ihren älteren Kindern helfen mußten, damit diese mit Problemen fertig wurden, die ihrer frühen Kindheit entsprangen. Aufgrund dieser Warnungen konnte ich einige dieser Themen in meiner eigenen Familie voraussehen. Das ist auch einer der Vorteile, Therapeut zu sein: Man lernt von den Fehlern anderer – aber ich mache auch immer noch genügend eigene.

Wenn ich heute junge Väter in Flughäfen oder Supermärkten sehe – jenen riesigen Bereichen, in denen ich meine nichtklinische Forschung betreibe –, beneide ich sie um die lockere Art, mit der sie sich um ihre Kinder kümmern. Und ich wünsche mir, ich hätte früher damit angefangen, ein beteiligter Vater zu sein. Aber dann sehe ich die vielbeschäftigten, gehetzten, eifrigen Aktentaschenträger, jene Männer, die nie bei ihren Kindern sind und aussehen, als könnten sie deren Bedürfnisse nie erkennen, und dann fühle ich mich ein wenig besser. Ich bin die meisten Abende zu Hause. Ich gehe jetzt zu Elternsprechtagen, und selbst wenn ich nicht zum Fußballspiel komme, weiß ich das Ergebnis.

Dieser Aspekt des Mannseins, zu verändern, wie wir uns als Vater verhalten, existiert nur, wenn wir es wollen. Wir verändern uns, weil wir uns dazu entschließen, und das Motiv zur Veränderung entsteht oft aus dem Wunsch, so zu sein, wie unser eigener Vater nie war. Unsere Eltern wollten das gleiche, und obzwar wir ebenso wie sie scheitern werden, machten die Bemühung, der Wille, die Absicht, ein liebevoller und hilfsbereiter Elternteil zu sein, den Unterschied aus. Trotz all seiner Schwierigkeiten kommt die Entschiedenheit meines Vaters zu mir zurück; ich höre das langsame, stetige Klatschen seiner Arme, die sich beim Schwimmen vor der weißen Sandbank, unter den niedrigen Weidenzweigen, heben und senken, und dieser Laut hallt durch mein Leben.

Was wir nur *zusammen* können

Als ich mit diesem Kapitel begann, wurde mir seltsam unbehaglich. »Wie«, fragte ich mich, »kann man zu einer fortlaufenden Geschichte einen Schluß schreiben?« Natürlich wußte ich, daß ich mich dem stellen mußte, wo Margaret und ich gewesen waren und wohin wir zu gehen schienen.

Meine Angst, das Buch zu beenden, machte mich ein paar Tage sehr gereizt, und ich brach immer wieder lächerliche Streitigkeiten mit Margaret vom Zaun. Eines Abends, nach einem solchen Konflikt, führte ich unseren Hund auf seinen üblichen Abendspaziergang. Dabei hielt ich halbbewußt einen Dialog mit einer ausgesprochen abergläubischen inneren Stimme.

»Wenn ich nun offenlege, daß wir beide ein paar ziemlich kritische Kämpfe in unserer Ehe hatten«, dachte ich.

Die Stimme antwortete: »Ich weiß nicht, ob ich das empfehlen soll. Du hast *Die Bergers* geschrieben, als du das Band zu Whitaker gelöst hast. Vielleicht machst du mit Margaret das gleiche. Vielleicht verhältst du dich immer so.«

»Und was geschähe dann?« fragte ich die Stimme.

»Vielleicht verläßt sie dich.« Da war sie wieder, die alte Angst, wie ein Loch im Zahn, in das man immer wieder die Zunge stecken muß. »Dann siehst du aber dumm aus.«

»Alle Zeichen sprechen für das Gegenteil«, erwiderte ich. »Ich bin der Distanzierer, derjenige, der sie verließ, als wir zum ersten Mal heiraten wollten.«

Doch die Stimme gab nicht auf. »Aber du weißt, das ist Trotz, denn im Grund deines Herzens hast du Angst, daß sie dich verläßt. Daher gehst du lieber zuerst.« Dann fügte die Stimme hinzu: »Glaubst du wirklich, daß sie den Rest ihres Lebens mit dir verbringen will? Denk, was ihre Mutter tat«, und ich erinnerte mich an einen Vorfall, der mir vor kurzem erst klargeworden war.

Ich mußte meine Skepsis zugeben. »Vielleicht hast du recht.«

Dann hörte ich eine andere Stimme, weiblich, freundlich, fest. »Als Kind hattest du nicht viel Wahl, aber als Erwachsener. Du kannst nicht kontrollieren, was Margaret macht, aber gewiß kannst du es beeinflussen. Du brauchst deine Kindheitsthemen nicht in der Beziehung mit ihr auszuagieren.« Das war Jackie Damgaard, eine Psychologin aus Atlanta, deren Klienten wir seit zwei Jahren waren. Manchmal braucht man nur das, eine freundliche Stimme in der Nacht, jemanden, der die ängstlichen Zweifel unterbricht.

»Ich riskiere also, darüber zu schreiben«, sagte ich bei mir. »Und dabei bin ich so ehrlich, wie ich kann.« Wie die Unwägbarkeiten des Schicksals war die zweifelnde Stimme immer noch da, aber leiser geworden.

Die Veränderungen in meiner Beziehung zu den Kindern, die ich beschrieb, wurden erleichtert, weil Margaret mir die Kinder mehrere Jahre lang an zwei Abenden in der Woche überließ. Trotz meiner Bemühungen, ihre Interessen zu unterstützen, empfand ich Margarets zunehmendes Engagement für die Schule als eine Art Verlassenwerden. Ich versuchte, diese Gefühle zu ignorieren, und schließlich wurde ich mit ihnen fertig.

Im Oktober 1982, nachdem ihre Pflichten im Vorstand der Schule immer mehr zugenommen hatten, erhielt Margaret einen beunruhigenden Anruf von ihren Eltern aus deren Haus in New York. Ihrem Vater ging es sehr schlecht; er war auf dem Weg ins Krankenhaus. »Er hörte sich schrecklich an«, sagte Margaret später. »Er sagte: ›Vermutlich bin ich dran, Baby‹, mit der traurigsten Stimme, und ich bin am Telefon fast zusammengebrochen.«

Das war Margarets letzte echte Kommunikation mit diesem einnehmenden, starken Mann. In den folgenden Wochen kämpfte ihr Vater gegen eine sehr hartnäckige Lungenentzündung. Aufgrund der medizinischen Hilfe von Pauls Arzt, einem Freund, überlebte sein Körper, aber die Person, die er einst war, starb. Im folgenden, schmerzerfüllten Jahr rückte Margarets Vater mit jedem Tag dem Tod näher. Er war meistens im Krankenhaus, erkannte uns manchmal, dann wieder nicht.

Margaret flog zwischen Atlanta und Albany hin und her und tat, was sie konnte, um ihre Mutter bei der Pflege zu unterstützen. Sie hatten Privatschwestern, aber die Hauptlast traf Margarets Mutter und Margaret, da ihre Schwester weiter entfernt lebte. Ich kümmerte mich um die Kinder, wenn sie fort war.

Als Pauls Zustand sich verschlechterte, wurde er immer desorientierter und hatte manchmal schreckliche Angstanfälle. In diesem langen, schlimmen Jahr verhielt sich Margarets Mutter loyal, pflichtbewußt und stoisch. Sie hatte sich immer von Pauls charismatischer Persönlichkeit überschattet gefühlt, und jetzt, angesichts seines schrecklichen Niedergangs, fühlte sie sich verlassen. Sie fürchtete die Intensität seiner Bedürfnisse und haßte die Belastung. Sie brauchte jemanden, der sich ihre Frustration und Wut anhörte, und wandte sich damit an Margaret.

Im Juni 1983 wurde Margaret zur Vorstandsvorsitzenden der Schule berufen, und es wurde bald klar, daß sie mehrere Millionen Dollar für eine Turnhalle und ein Theater durch Spenden aufbringen mußte. Einen Monat später starb ihr Vater, verwirrt und unter starken Schmerzen. Ich hatte Margaret ein paar Mal begleitet, und ich wünschte, ich hätte es öfter getan, zumindest zum Ende hin. Nach dem letzten Besuch an seinem Krankenbett wirkte Margarets Gesicht leer. Es war tragisch, wie ihr Vater langsam zerfiel. Dann kam der Anruf, er sei gestorben. Ich umarmte sie, und wir weinten beide über den Verlust dieses fröhlichen, lebenslustigen, geistreichen Mannes, der er einst gewesen war.

Und dann geschah nichts. Es war wie ein langes Schweigen. Paul hatte keine kirchliche Beerdigung gewollt, und Clora wünschte ebenfalls keinen Gottesdienst, so fand nichts statt. Die erschöpfte Clora riß sich zusammen, und wir anderen standen da und fragten uns, wie wir diesen Mann betrauern sollten, den wir geliebt hatten. »Es war fast, als habe er nie existiert«, sagte Margaret über die Weigerung ihrer Mutter zu trauern.

Jahrelange mütterliche Eifersucht auf Margarets Beziehung zum Vater blockierte ihre Fähigkeit, offen Trauer zu empfinden. Ich sah, wie Margaret mit Tränen kämpfte, doch sie beherrschte sich. Sie warf sich wieder in ihr hektisches Leben und trauerte stumm und allein. »Du mußt weinen«, sagte ich. »Ich scheine es nicht zu können«, antwortete sie.

Jetzt war es Margaret, die sich in die viele Arbeit stürzte, die der Vorstandsposten ihr abverlangte. Sie stand vor den Grenzen ihrer Kraft, und aus irgendeinem Grund konnte ich ihr nicht helfen. Ich versuchte es natürlich, aber sie bat nicht oft um Hilfe. Ich war häufig mit mir und meinen eigenen Projekten beschäftigt. Wir nahmen beide zuviel Arbeit außer Haus an und schulterten zu viele Lasten. Als die Anforderungen an Margaret stärker wurden, verlangte sie sich mehr ab: Elterntreffen, Klassenbesuche, die Arbeit mit dem Rektor und einem anderen Vorstandsmitglied, um die zwei Millionen Dollar aufzutreiben. All dies kam zusätzlich zu ihrer Praxis und den immer noch hohen Anforderungen unserer Kinder und unseres komplexen Haushaltes hinzu.

Ich konnte mich zu Hause gehen lassen und entspannen, teils, weil Margaret in ihrer normalen Rolle weitermachte: organisieren, leiten, sich um uns alle kümmern. Eine Weile half dieses panische Tempo, ihren Kummer zu verdrängen, aber die Wut über die Ungerechtigkeit ihrer Lage begann, unsere Beziehung zu beeinträchtigen. Sie wurde immer fordernder und kritischer zu mir und den Kindern, schien jedoch eisern entschlossen, ihr Leben nicht zu ändern.

Margarets Mutter erholte sich allmählich von der aufopfernden Pflege ihres Mannes und stellte sich dem Alleinsein. Sie wollte reisen und Dinge tun, die ihr in den letzten Ehejahren nicht möglich gewesen waren. Und sie wollte Gesellschaft. Margaret, immer darauf bedacht, ihrer Mutter zu gefallen, lud sie auf lange Besuche ein, und Clora fuhr mehrere Male mit uns in die Ferien.

Margaret war zwar aktiv und recht fröhlich, doch ich wußte, daß sie sich allein und depressiv fühlte. Sie hatte nicht nur Probleme, über ihre Gefühle zu sprechen, sondern auch aufgrund ihrer Überarbeitung wenig Energie für uns. Sie fühlte sich von ihrem Vater und mir im Stich gelassen, aber auch ich fühlte mich von ihr verlassen. Zum ersten Mal in unserer Ehe hatte ich ernsthafte Phantasien, eine Affäre zu beginnen. »Irgendwo«, sagte ich bei mir, »muß es eine Frau geben, die mir etwas bietet, die mich unterstützt und versteht.« Ich wußte, es wäre ein Fehler, diese Phantasie auszuleben, und begann nach einem Therapeuten für uns beide zu suchen.

Einen wirklich fähigen Therapeuten zu finden ist eine knifflige Sache, besonders aber für Therapeuten, die vielleicht gut anderen helfen können, sich aber sträuben, selbst zum Patienten zu werden. Jackie Damgaard hatte mich in mehreren Fällen um Rat gefragt. Nach diesen kurzen Konsultationen konnte ich plötzlich offen mit ihr reden; ein paar Mal fühlte ich mich in ihrer Gegenwart auch seltsam unbehaglich. Ich wußte damals nicht den Grund dafür, doch ich spürte, daß diese Frau mir viel zu geben hatte. Sie arbeitete ohne einen Ko-Therapeuten, war hartnäckig, gescheit und sehr herzlich. Diese ungewöhnliche Kombination von Eigenschaften zog mich an und führte mich zu dem Vorschlag, daß Margaret und ich sie aufsuchen sollten.

Margaret stimmte skeptisch zu, vorwiegend, weil sie sich Sorgen machte, wie unser Streß Sarah und Mark beeinträchtigte. Den größten Teil unseres ersten Jahres bei Jackie besuchten wir sie als Familie. In dieser Phase hatten Jackie und ich die ersten Auseinandersetzungen in ihrer langen Kampagne, mich als *Patienten* zu bekommen. Ich neigte dazu, mich subtil mit ihr zu verbünden und ihr meine Einsichten in die Probleme unserer Familie anzubieten.

Mit einer beunruhigenden Mischung aus Wärme und Festigkeit forderte mich Jackie heraus: »Gus, deine Familie muß deine Gefühle kennenlernen, nicht dein Berufsselbst. Sie müssen *dich* kennen.« Als meine hilfreichen Ratschläge abgeblockt wurden, schwankte ich und flüchtete mich in Selbstvorwürfe. »Ich weiß, ich lasse alle im Stich. Ich enttäusche meine Familie oft, besonders Margaret.«

»Kannst du erkennen, wie diese Selbstangriffe bei ihnen ankommen?« forderte Jackie mich weiter heraus. »Sie fühlen sich schuldig, dich um etwas zu bitten.« Margaret hatte sich Sorgen gemacht, sie würde zum Familienproblem abgestempelt, doch zu sehen, wie Jackie mich konfrontierte, zum Patienten zu werden, half ihr, die Therapie zu akzeptieren.

Als unsere Eheprobleme stärker in den Vordergrund traten, besuchten wir Jackie als Paar, und sie verstärkte ihre Angriffe auf meinen »Expertenstatus«. Ich machte ihr viel Arbeit. Ich kam zu spät, zahlte die Rechnungen unpünktlich, forderte ständig ihre Deutungen heraus. »Gus, es ist ziemlich subtil, aber du hast eine arrogante, fast omnipotente Eigenschaft, als würdest du keinem Menschen zutrauen, dir zu helfen. Und du scheinst entschlossen, in der überlegenen Position zu mir zu verharren.«

Ich mußte dies zugeben. Meine Mutter hatte sich mir untergeordnet, Margaret hatte sich sehr viel Mühe gegeben, mir zu gefallen, und ich war nicht sicher, ob ich einer Therapeutin traute, stark genug zu sein, daß ich mich auf sie stützen konnte. Mit ihrer beunruhigenden Kombination aus Wärme und Zähigkeit griff sie mich immer wieder an. »Gus, ich will deine Gefühle hören, nicht deine Gedanken. Du bist hier nicht der Therapeut. Das bin ich. Und ich will, daß du aufhörst, Margaret zu interpretieren.« Dann fügte sie hinzu: »Ich weiß, wie das ist, denn ich bin genau der gleichen Sache schuldig. Der Preis dieser Art elterlicher Fürsorge in einer intimen Beziehung ist nicht nur, daß man den Partner auf Distanz hält, sondern auch, daß du keine wirkliche Unterstützung erhältst.«

Jackies Infragestellung meiner hilfsbereiten Expertenrolle machte mich sehr wütend. Doch ich war auch seltsam verwirrt und den Tränen nahe. Ich spürte ihre Stärke und verborgene Fürsorglichkeit und begann, mich von ihr unterstützt zu fühlen. Schließlich würde ich dankbar sein, daß sie mich so angenommen hatte.

Auf viel sanftere Weise fühlte sich Jackie in Margaret ein, versuchte, ihr zu helfen, und forderte ihre aufopfernde, übertriebene Verpflichtung an andere heraus. »Ich mache mir um deine Gesundheit Sorgen, Margaret«, sagte sie wiederholt. Als sie von der schrecklichen Bindung an ihre Mutter hörte, der man es nur schwer recht machen konnte, ermutigte sie Margaret, zu begrenzen, was sie für Clora tat, und sich gegen deren oft indirekte Kritik zu wappnen.

Jackie half uns auch, die Struktur unserer Beziehung deutlicher zu erkennen, und sie gab uns klare und einfühlsame Anweisungen, uns zu ändern. Wir wußten bereits: Wenn die Machtfrage offen zutage trat, waren Margaret und ich gleich stark. Ich war ein elternhaftes, ältestes Kind in einer Familie, in der Männer besonderen Status hatten, Margaret ein atypisches jüngstes Kind und der Vermittler der Familie; zusätzlich zu ihrer Delegiertenrolle war sie beiden Eltern gegenüber elternhaft. Auch hatte sie von ihrem Vater viel gelernt, wie man Menschen kontrolliert. Alles in allem brachten wir beide eine Menge Macht und Autorität in einen Streit ein, so viel, daß wir beide ausgesprochene Konfrontationen fürchteten. »Ihr habt ziemlich viel Wut aufeinander«, stellte Jackie sachlich fest. »Wir müssen einen Weg suchen, konstruktiv damit umzugehen.«

Doch wenn es um die Verletzlichkeit und Schwäche des jeweils anderen ging, verfehlten wir einander gewöhnlich. Ich klagte, Margaret versuche zwar oft, nett zu mir zu sein, indem sie besondere Dinge für mich tat, aber ich glaubte, nicht genug emotionale Unterstützung zu bekommen. »Ich sehe, Gus«, entgegnete Jackie, »daß du das benutzt, was die Transaktionstherapeuten ›Pingponggefühle‹ nennen, Gefühle, die nur ausgedrückt werden, um manipulativ Aufmerksamkeit zu erlangen. Du beklagst dich wie ein Märtyrer über deine Belastungen und Bedürfnisse, mit der Absicht, daß Margaret alles für dich richtig machen soll.«

Das saß. Aber sie hatte wohl recht. Ich erinnerte mich, wie meine Mutter ängstlich mit der Zunge schnalzte, wenn mein Vater wütend wurde. Jackie ließ nicht nach. »Darüber hinaus«, fuhr sie fort, »neigst du dazu, wenn Margaret versucht, mit dir über ihre Bedürfnisse zu reden, die Rede wieder auf dich zu bringen. Oder du wirst defensiv. Oder du gibst dir auf eine Weise die Schuld, daß sie glaubt, unfair zu dir zu sein.« Als Margaret und ich miteinander zu verhandeln begannen, unterbrach mich Jackie jedesmal, wenn ich versuchte, Margarets Aufmerksamkeit wieder auf meine Bedürfnisse zu lenken.

Auch mit Margaret wurde sie ein wenig konfrontativer. »Du hast solche Probleme, dich schwach zu zeigen«, schalt sie. »Und du läßt nur selten zu, daß jemand dir hilft. Ich zum Beispiel.« Sie wies darauf hin, wie oft sie versucht hatte, Margaret Unterstützung zu geben, und wie oft sie zurückgewiesen wurde, und hielt ihr vor, daß sie häufig, wenn sie mich um etwas bat, es anschließend selbst erledigte. Jackie bat Margaret eindringlich, sich zu erlauben, mehr um emotionale Hilfe zu bitten und diese auch anzunehmen, besonders aber von mir.

Mir wurde untersagt, mit Margaret über meine Belastungen zu reden; ich sollte Jackie dafür in Anspruch nehmen. Jackie half mir auch, aufmerksamer zuzuhören, wenn Margaret über ihre Gefühle und Bedürfnisse sprach, und auf ihre Bitten nach »besonderen Gefallen« einzugehen. Unter Jackies Anleitung regte ich ein paar gesellschaftliche Dinge an: Ich besorgte Karten für ein Konzert, das Margaret gefallen würde. Jackie leitete uns systematisch und mit der Annahme, daß wir Übung brauchten, um diese Veränderungen zu zementieren und unsere Beziehung zu reorganisieren, damit Margarets Bedürfnisse mehr von mir beachtet wurden.

»Sieh sie dir an«, riet sie mir. »Versuche zuerst, ihre Gefühle zu akzeptieren. Dann finde heraus, was sie von dir braucht – Einzelheiten. Du bist nicht für ihr Leben verantwortlich, nur dafür, ein hilfsbereiter Ehemann zu sein.« Das waren Dinge, die ich schon Tausende von Malen Männern gesagt hatte, aber ich konnte ihnen selbst nur schwer folgen. Ich nahm viel lieber an, daß sie stark war, und ließ sie sich Sorgen um mich machen.

Als Jackie mich drängte, besser auf Margaret einzugehen, bot sie mir ihre Unterstützung an. Wie bei so vielen Männern waren die meisten meiner Sicherheitsbedürfnisse in der Ehe erfüllt worden. Als Jackie auf mich zuging, wehrte ich sie ab. Was stimmte nicht? Warum konnte ich ihr nicht vertrauen? »Fühlt sich an wie ein Thema aus der frühen Kindheit«, meinte Jackie. »Fällt dir irgend etwas dazu ein? Irgendein Grund, warum du deiner Mutter nicht trauen konntest?«

»Kann ich nicht einfach annehmen, daß du nicht vertrauenswürdig bist?« neckte ich.

»Tut mir leid, das ist zu einfach«, konterte sie.

»Mir fällt ein, daß eine Frau mich verlassen könnte«, sagte ich. »Oder sie weist mich ab. Ich verstehe nicht, warum ich das glaube.«

»Versuchen wir, es herauszufinden«, schlug Jackie vor. »Warum machen wir nicht einen Termin ab und arbeiten daran?«

Ich sagte: »Ich habe eine Idee. Laß mich zuerst ein paar Nachforschungen betreiben.«

Die beste Freundin meiner Mutter ist ihre jüngere Schwester Dorothy, die mit ihrem Mann Reid am Rand einer riesigen Ranch lebt, wo sie ihre beiden Söhne aufgezogen haben. Dorothy ist eine scharf beobachtende, gesellige, ungeheuer praktische Person und eine wichtige Gestalt meiner Kindheit. An kritischen Punkten kümmerte sie sich um mich und meine Schwester. Dorothy ist meiner Mutter so ähnlich, daß ich immer Schwierigkeiten mit ihr habe: Ich freue mich, sie zu sehen, aber sie erinnerte mich auch auf traurige Weise an meine Mutter. Sie war die Person, der ich die Frage stellen mußte, auf die ich die Antwort wissen wollte.

Anstatt mehrere Wochen zu warten, bis ich Dorothy wieder sah, rief ich sie an. Ich muß sehr abrupt gewirkt haben, denn ich vergeudete keine Zeit, um auf den Kern vorzustoßen: »Dorothy, gab es in meiner frühen Kindheit eine Phase, in der ich von meiner Mutter getrennt war?«

»Weißt du das nicht mehr? Nein, natürlich nicht, denn du warst noch zu klein.« Sie seufzte. »Ja, ich habe mich damals um dich gekümmert.«

»Kannst du mir mehr darüber erzählen?«

»Warte mal. Du warst wohl so anderthalb. Du konntest schon sprechen, aber nicht sehr gut. Deine Familie lebte damals in Atlanta, und ich in Lumber City. Es war Spätsommer, und deine Eltern wollten in Urlaub nach Florida fahren. Sie ließen dich also im Haus deiner Großmutter in Lumber City. Deine Mutter hatte immer ein schlechtes Gewissen, weil sie dir nicht gesagt hatte, daß sie wegfahren.«

»Was?« fragte ich ungläubig.

»Sie hatten Angst, du würdest weinen und eine Szene machen, daher haben sie sich während deines Mittagsschlafs weggeschlichen. Du warst furchtbar aufgebracht, als du wach wurdest.«

»Wie lange waren sie fort?«

»Zwei Wochen, glaube ich. Mir schien das lang, denn du hast dich nicht beruhigt. Du wolltest nicht schlafen und hast auch nicht gut gegessen.«

Ich dachte bei mir: »Für dich schien es lange, aber wie war es wohl für ein achtzehn Monate altes Baby, das kein Zeitgefühl hat? Für ein Kind dieses Alters schien das so gut wie auf immer.« Eines der Probleme war natürlich, daß meine Tante und meine Großmutter für meine Mutter vertraute Personen waren, aber ich hatte sie nur selten gesehen. Sie waren zwar keine Fremden für mich, wirkten aber so.

Dorothy fuhr fort: »Als deine Eltern zurückkamen, sagtest du etwas sehr Trauriges zu deiner Mutter. Du sagtest, die Wände des Hauses seien eingestürzt.« Sie wirkte schuldbewußt, als hätte sie etwas getan, was sie nicht hätte tun dürfen. »Hat deine Mutter jemals mit dir darüber gesprochen? Ich weiß, daß sie ein sehr schlechtes Gewissen hatte.«

Ich erinnerte mich an vage Andeutungen meiner Mutter, als ich noch klein war, daß sie mit meinem Vater in Urlaub gewesen sei. Aber ich hatte nie gewußt, wie alt ich war, noch die anderen Umstände. Dorothy und ich sprachen noch eine Weile, und ich dankte ihr für diese Informationen. Dann blieb ich noch einen Moment beim Telefon sitzen und dachte darüber nach, wie dieses Erlebnis wohl für mich gewesen war. Ein anderthalbjähriges Kind beginnt, rebellisch und provozierend zu werden, und unbewußt denkt es wohl: »Meine Eltern haben mich verlassen, weil ich nicht artig war.« Es würde sich also Mühe geben, artig zu sein, damit sie nicht wieder fortgehen. Ich erkannte auch, daß es Schwierigkeiten haben würde, der Mutter wieder zu vertrauen.

Plötzlich erinnerte ich mich an die unvermittelte, traumatische Art, mit der ich unsere »erste Hochzeit« abgeblasen hatte. Ich sah Margaret in ihrem Schlafsaal in der Universität, erstaunt und verwirrt durch mein plötzliches Verschwinden. »Darum habe ich es so gemacht. Es war eine unbewußte Rache für das, was meine Mutter mir angetan hatte.«

Ich dachte an all die traumatischen Dinge, die Männer Frauen antun, und fragte mich, wie viele davon unbewußte Racheakte für unfreiwillige Traumata sind, die Jungen von ihren Müttern zugefügt bekommen. Dann fiel mir auf: »Warum mache ich Frauen den Vorwurf? Mein Vater hat mich ja auch verlassen. Aber nein, nicht auf gleiche Weise, denn er war nie so für mich da wie sie.« Da saß ich wieder bei dem Zentralproblem der psychologischen Abwesenheit der Väter und verstand einmal mehr, warum Mütter oft wütend darüber sind, von den eigenen Männern bei der Kinderaufzucht im Stich gelassen zu werden. Hinter dieser Wut steckt die Wut auf ihre Väter, die sich nicht um sie gekümmert haben. Ich fragte mich, ob es ein Ende dieser die Generationen durchlaufenden Kette von Verrat geben könnte – außer durch neue Verpflichtungen von Männern ihren Kindern gegenüber.

Ich stand auf und suchte Margaret. Ich mußte ihr erzählen, was ich gerade erfahren hatte.

Das Verständnis dieses frühen Erlebnisses half mir, Jackie besser zu vertrauen, und ermöglichte Margaret und mir, über meine Flucht aus Andover zu sprechen. Ich war in jener Phase so mit meinen eigenen Problemen beschäftigt gewesen, daß ich selten an deren Wirkung auf Margaret gedacht hatte. Sie war jedoch durch dieses vermeintliche Verlassenwerden stark traumatisiert. »Vermutlich habe ich auf einer bestimmten Ebene immer noch Angst, daß du mich verlassen wirst«, sagte sie. »Immerhin hast du das schon einmal gemacht.«

»Das ist lächerlich«, entgegnete ich lächelnd. »Du bist diejenige, die mich verlassen wird.«

»Aber du hast es schon einmal wirklich getan«, konterte Margaret.

Ich dachte an ihre Beziehung zu Antoine und wollte einwenden: »Aber du ...«

»Hört mal, ihr beiden«, unterbrach Jackie. »Das ist wirklich lachhaft. Laß mich aber sagen, Margaret, daß ich deine Angst, verlassen zu werden, ernst nehme, auch wenn ich sie nicht so gut verstehe wie die von Gus.«

Wir machten Fortschritte. Unter Jackies Leitung lernte ich, mir Margarets Bedürfnisse besser vor Augen zu führen. Manchmal beobachtete ich sie, wenn sie zu Hause etwas erledigte, und dachte bewußt: »Wie war wohl ihr Tag? Was fühlt sie wohl gerade jetzt?« Allmählich bewegte ich mich von meiner Egozentrik weg auf ein stärkeres Bewußtsein von Margarets Leben hin – ihre Situationen, Schwierigkeiten, Interessen und meinen Platz in diesem Kontext. Margarets Bedeutung in *meinem* Leben hatte ich nie angezweifelt, aber es war seltsam, zu merken, daß ich starken Einfluß darauf hatte, wie *sie* das Leben sah. Hatte ich meine Wirkung auf sie mißachtet, meine Bedeutung für sie? Offensichtlich. Dann merkte ich, daß dies Teil des Übertragungsprozesses war. Wenn ich von ihr Sicherheit bezog, machte sie das zur symbolischen »Mutter«. Daher schien natürlich meine eigene Bedeutung für sie geringer – aus meiner Sicht. Der Teil in mir, der sich für die Bedürfnisse meiner Mutter verantwortlich gefühlt hatte, hatte auch Angst vor ihren Bedürfnissen: Sie wirkten auf mich überwältigend. Ich sah sie lieber als stark und stützend, als jene Verantwortung zu fühlen.

Einer der Gründe, warum sich Margaret gegen eine Therapie gesträubt hatte, war, daß sie keine »bezahlte« Unterstützung wollte. Sie wollte sie von mir. Und Jackie schien Margarets Standpunkt zu begreifen. Sie konfrontierte mich nicht nur wiederholt mit meiner Bedeutung für Margaret, sondern half mir, mich in Beziehung zu Margarets Leben stärker zu fühlen. »Du machst ihr Leben grundsätzlich anders«, sagte sie. Als ich es versuchte, fand ich natürlich, daß ich viele Fähigkeiten nicht hatte, aber die Folgen meiner Bemühungen ermutigten mich.

Auch hier half Jackie, denn sie forderte Margaret wiederholt auf, mir zu danken, wenn ich aufmerksam, hilfsbereit, nachdenklich war. »Wenn er es schafft, gib ihm Lob, Liebe, Zuwendung«, riet sie. »Er muß auf tieferer Ebene lernen, daß er sich sicher und anerkannt fühlen kann, wenn er dir emotional etwas gibt. Wie die meisten Männer kann er sich nur gebunden fühlen, wenn er »bemuttert« wird, und er versucht oft, diese Bindung auf negative Weise herzustellen, wie etwa, wenn er dich dazu bringt, ihn anzumeckern.«

Ich entdeckte, daß das, was Jackie und Margaret von mir wollten, nicht so schwierig zu leisten war, wie ich gedacht hatte, teils weil ich eine jüngere Schwester hatte, die ich in einigen Familienkrächen der Kindheit emotional zu stützen gelernt hatte. Ich wußte also, wie man Frauen unterstützt – wenn ich sie nur auf irgendeine Weise als meiner bedürftig erkennen konnte.

»Kein Wunder, daß ich eifersüchtig auf deine Zuwendung zu Janie gewesen bin«, sagte Margaret. »Warum kann ich nicht mehr von dem bekommen, was du ihr gibst?«

»Warte mal«, unterbrach Jackie. »Vergiß nicht, daß er in Wirklichkeit mehr tut.«

»Ich weiß«, sagte Margaret, »ich werde nur einfach wütend, wenn ich daran denke, wie oft ich in den vergangenen Jahren die Mutterrolle eingenommen habe.«

»Margaret«, beharrte Jackie, »ich glaube, was er sagt, stimmt. Es wird für ihn leichter, wenn du deine Schwächen bloßlegst, wenn du um das, was du willst und brauchst, bittest. Und das fällt dir wirklich nicht leicht. Du bestehst darauf, mit sehr vielem allein gelassen zu werden.«

»Okay«, gestand Margaret zu, »ich versuche es.«

In dieser Phase war ich dankbar, daß Jackie mein Bedürfnis nach Unterstützung von Männern respektierte. Sie förderte meine Teilnahme an Pesso-Gruppen und meiner Männergruppe. Ich hatte zwar gewisse Ängste, daß sie versuchen könnte, mich unter »weibliche Kontrolle« zu bringen, aber ihre Unterstützung für meine anderen Aktivitäten mildeten diese Sorge. Ich fühlte mich auch beruhigt, daß sie bemerkenswert gut in der Lage schien, sowohl Männer- wie Frauenprobleme zu sehen.

Im Frühjahr 1985 machten wir, teils aufgrund unserer Bemühungen, weniger zu arbeiten und mehr zu genießen, eine Reise auf die Jungfern-Inseln und luden Margarets Mutter dazu ein. Eines Abends, gegen Ende der Reise, gingen wir mit Clora über einen unbeleuchteten, steinigen Pfad zu deren Häuschen, als sie ausglitt und stürzte. Es war kein ernsthafter Sturz, und wir machten uns keine Sorgen darüber. Am nächsten Tag hatte Clora jedoch heftige Schmerzen und konnte kaum aufstehen. Sie schien sich den Rücken verletzt zu haben. Als wir nach Atlanta zurückkehrten, hatte sie immer noch Schmerzen, und die Röntgenuntersuchung zeigte einen gequetschten Wirbel. »Vermutlich aufgrund von Osteoporose«, meinte der Arzt.

Dann, etwa einen Monat später, brach sich Clora das Schlüsselbein beim Schwimmen. »Ich habe einfach nur eine plötzliche Bewegung gemacht«, erklärte sie verwirrt und ängstlich am Telefon. Die ausgiebigen ärztlichen Untersuchungen dauerten eine Woche, und man gelangte zu der Diagnose: Blutkrebs, der unter anderem die Knochen angreift. Der Arzt sagte Clora und Margaret – die natürlich sofort zu ihrer Mutter geflogen war –, daß Clora mit Hilfe von Chemotherapie noch etwa drei Jahre zu leben hätte. »Ich glaube, sie hat ihn gar nicht gehört«, meinte Margaret später. »Sie schiebt immer noch alles auf den Sturz im Urlaub.«

Zu einem Zeitpunkt, als Jackie sie aufforderte, nachzugeben, mehr Unterstützung anzunehmen und weniger hart zu arbeiten, ließ Margarets Leben dies nicht zu. Die Spendenaktion in der Schule war in vollem Gang, und es gab ständig Konferenzen und Anrufe. Margarets Mutter kämpfte weit fort in Florida um ihr Leben. Sie hatte sich wieder einen Knochen gebrochen und aufgrund der Chemotherapie innere Blutungen. Bei jeder Krise saß Margaret sofort im Flugzeug.

Auf einem dieser Trips, im ersten Sommer der Krankheit ihrer Mutter, ging ich zufällig in Julias Zimmer und sah dort das Foto von Margaret als etwa vierjährigem Mädchen. Julia hat es immer auf dem Schreibtisch stehen, vermutlich weil sie ihr im gleichen Alter so ähnlich sah. Jedesmal, wenn ich das Foto bislang angesehen hatte, fand ich in ihr das charmante, unordentliche, starke kleine Mädchen, das bereit ist, es mit der Welt aufzunehmen. Jetzt sah ich jedoch etwas anderes: ein recht einsames und besorgtes Kind, dem zuviel aufgebürdet wird. Ich hatte ein deutliches Bild ihrer Eltern vor Augen, wie sie über das Ziel eines Autoausflugs streiten, und Margaret liest die Karte und versucht, sie zu leiten. Irgend etwas in mir hatte sich verändert: Dieses Mal sah ich Margarets Verletzlichkeit.

Als Margaret sah, daß ihre Mutter im Sterben lag, fühlte sie das, was man bei der Vorstellung vom Tod einer Mutter spürt: Angst, tiefe Traurigkeit und Verlassenheit. Aber sie spürte auch Hoffnung. Vielleicht überlebte ihre Mutter, aber wenn nicht, vielleicht konnten sie einander besser verstehen lernen. »Ich werde alles für sie tun, was ich kann, und versuchen, sie zu einem offenen Gespräch zu bringen.«

Nach mehreren Monaten der Krisen stabilisierte sich Cloras Zustand, und obzwar es niemals Hoffnung auf Gesundung gab, konnte sie fast ein Jahr ein fast normales Leben führen. In diesem Jahr tat Margaret alles, was in ihrer Macht stand, um es ihr angenehm zu machen und ihr soviel Freude wie möglich zu geben. Sie arbeitete eng mit Cloras Krankenschwestern zusammen und besuchte sie oft, gewöhnlich mit einem der Kinder. Trotz aller ihrer anderen Verpflichtungen widmete sie ihr ihre ungeteilte Aufmerksamkeit.

Sie bemühte sich zudem um mehr Intimität mit der Mutter; es gab so viele unbeantwortete Fragen: Wie war die Kindheit ihrer Mutter gewesen? Erinnerte sie sich an den Vater, der starb, als sie erst sechs war? Wie sah die Familiendynamik der verbliebenen Familie aus, geleitet von der literarischen Mutter (Margarets Großmutter), die mit ihnen nach Washington umzog, wo sie Englisch unterrichtete, um Clora und ihre beiden Brüder zu ernähren. Wie hatte Clora Paul kennengelernt? Was bewog sie, die Verlobung mit einem anderen abzubrechen? All diesen wichtigen Fragen – die nur sie beantworten konnte – wich Clora aus. Sie wechselte das Thema, weigerte sich zu sprechen. Sie sprach über ihre Bridgeerfolge (bis zu ihrer Sterbewoche gewann sie regelmäßig), über Politik, über ihre Behandlung, die ihr gut bekam, aber ihre Gefühle gab sie nicht preis.

Es gab viele angenehme, freundliche Stunden, wenn sie über viele verschiedene Dinge sprachen, und bei einer dieser Unterhaltungen erwähnte Clora beiläufig einen Urlaub mit Paul auf den Bermudas. »Wann war das?« fragte Margaret, »ich wußte nicht, daß du und Daddy zusammen auf den Bermudas wart.«

»Daran kannst du dich auch nicht erinnern«, antwortete ihre Mutter. »Du warst noch ein Baby.«

»Wie alt war ich denn?« fragte Margaret neugierig, weil sie an meine kürzliche Entdeckung eines Urlaubs meiner Eltern dachte. »Und wie lange wart ihr fort?«

»Oh, du warst etwa achtzehn Monate alt«, lautete die Antwort. »Ich glaube, wir waren drei Wochen fort.«

»Wer blieb bei mir?«

»Unser damalige Haushälterin. Ich glaube, es war Belinda.« Später sagte Margaret zu mir: »Ich konnte kaum glauben, was ich da hörte. Mir drehte sich der Kopf, besonders, als ich merkte, daß sie keine Ahnung hatte, wie traumatisch das für mich in diesem Alter gewesen sein konnte. Deine Mutter hatte zumindest Schuldgefühle.« Die Entdeckung erleichterte uns beide; kein Wunder, daß wir Angst vor dem Verlassenwerden hatten. Als Margaret es aufgab, ihre Mutter zum Reden über ihre Gefühle zu bewegen, und versuchte, ihre eigenen Gefühle in der Hoffnung auf eine mitfühlende Reaktion preiszugeben, fühlte sie sich oft bestraft. Einmal, am Telefon, erzählte Margaret, daß eine Freundin sie verletzt habe, und meinte leichthin: »Vielleicht rivalisiert sie mit mir, ich weiß nicht, warum sie das gesagt hat.«

Cloras kühle Antwort lautete: »Margaret, du bist die konkurrenzbetonteste Person, die ich je kennengelernt habe.« Ich sehe Margaret immer noch am Telefon, mit einer Miene, als habe ihre Mutter sie gerade geschlagen.

Diese verletzende Bemerkung entsprang der langen Geschichte ihrer Beziehung. Wie konnte Clora nicht eifersüchtig auf die Wochenenden sein, an denen Paul mit Margaret zum Angeln nach Kanada fuhr? Wie konnte sie nicht auf die verschwörerische, flirthafte Zuwendung neidisch sein, die Paul Margaret gegeben hatte, seit sie fünf war? Mutter und Tochter liebten einander, aber auch nach Pauls Tod schien dieses Dreieck sie immer noch voneinander zu trennen.

»Ich weiß nicht, was ich mit ihr machen soll«, klagte Margaret bei Jackie. »Sie kann anscheinend nicht über sich selbst reden und scheint meine Gefühle auch nicht wahrzunehmen.« Sie hielt inne und versuchte, ihre komplizierten Gefühle zur Mutter in Worte zu fassen. »Ich liebe sie wirklich und bewundere ihren Mut und ihren Lebenswillen, aber ich wünschte, wir könnten einander erreichen.«

Kann es erst ein Jahr her sein, daß wir in einem Wirbel von Partys und Festen Marks Abschlußprüfung feierten? Ist es erst ein Jahr, seit Clora darauf bestand, an diesem schönen Ereignis teilzunehmen, ihre einzige Reise seit der Diagnose des Krebses? Da stand sie, in einem eleganten, neuen Kleid, unterhielt sich fröhlich mit den anderen Eltern und Großeltern beim Empfang, eine stolze, tapfere, heftig entschlossene Kämpferin, die sich dieses Ereignis nicht entgehen lassen wollte. Da steht sie auf dem Foto, über einen Studentensketch lachend, in dem ihr Enkel eine Rolle spielt.

Diese Reise verlangte Clora Ungeheures ab, und danach verfiel sie sehr rasch.

Ich blieb in diesem Sommer in Margarets Nähe und sah sie in jenen letzten, schrecklichen Monaten, als Clora jeden Tag tiefer in die Dunkelheit sank, wie sie tapfer um intimere Reaktionen von ihrer Mutter rang. »Wenn sie über ihre Ängste reden könnte, wenn sie nur den bevorstehenden Tod akzeptierte, wenn wir einander doch trösten könnten«, sagte Margaret zu mir. Aber es kam nicht so.

Margaret und die beiden Krankenschwestern, die Clora liebgewonnen hatten, bildeten ein enges, fürsorgliches Team. Tag für Tag versuchten sie, Cloras Schmerzen zu lindern, es ihr angenehm zu machen, ihr sterben zu helfen. Beim Anblick von Cloras plötzlichem Verfall dachte ich daran, wie ich als Kind Holzfällern zugesehen hatte. Nach dem Schnitt stand der Baum noch eine Weile in seiner ganzen Pracht da, dann neigte er sich ein wenig und stürzte schließlich mit schrecklicher Kraft auf den Boden. Diese Frauen sahen Cloras bevorstehenden Fall: Liebevoll, fürsorglich, Mahlzeit für Mahlzeit, Bad für Bad ließen sie ihren Körper herab, der unvermeidlich stürzte. »Wenn ich sterbe«, dachte ich, »würde ich mich glücklich schätzen, von solchen Frauen umgeben zu sein.«

Es war Mitte August und heiß und feucht in Atlanta. Mark hatte fürs College gepackt und war gespannt und aufgeregt wegen der drei Wochen Fußballtraining vor Schulbeginn. Ich brachte ihn dorthin. Unterwegs sprachen wir über seine beruflichen Vorstellungen, über Autos, unsere hausgemachte Lebensphilosophie, über seine Großmutter. Nur zu bald kamen wir an, und Mark wurde sofort von seinem neuen Leben umspült. Als ich den Fußballplatz verließ, auf dem er mit den anderen Spielern getestet wurde, sah ich ihn klein und verletzlich unter einem weiten, wolkigen Himmel. Auf der Rückfahrt fragte ich mich, was mein Vater wohl auf der Rückfahrt von meinem College gefühlt hatte, ob er sich von meinem allmählichen Erwachsenwerden ebenso verlassen gefühlt hatte wie ich mich von Mark.

Mark wurde im ersten Spiel seiner neuen Mannschaft als Torwart aufgestellt. Mitten im Spiel, als er mit dem Ball in den Armen auf dem Boden lag, stieß ein frustierter Spieler der gegnerischen Mannschaft mit ihm zusammen und brach ihm das Schienbein. Als ich abends bei ihm ankam, erzählte mir ein anderer Spieler, er habe den Knochenbruch von der Seitenlinie gehört.

Mark war am Boden zerstört und hatte starke Schmerzen. Selbst in dem riesigen Gipsverband war ihm bei der leisesten Bewegung nach Aufschreien zumute. Der Campus war leer, abgesehen vom Personal und den Sportmannschaften. Die Fußballmannschaft bereitete sich auf eine Tournee vor. Mark wollte aus Angst vor Schmerzen nicht transportiert werden. »Ich habe Angst, wenn ich nach Hause fahre, komme ich nicht mehr zurück, Dad«, sagte er.

Ich zog also in sein Zimmer und kümmerte mich in den nächsten zehn Tagen um ihn. Ich brachte ihm sein Essen, half ihm beim Anziehen, wechselte Tonbandkassetten aus, brachte ihm Bücher und ging neben ihm her, wenn er sich auf Krücken zur Dusche schleppte. Allmählich ließ der Schmerz nach, und er humpelte auf Krücken umher, obwohl er bei jedem Schritt noch zusammenzuckte. Als sein Zimmergenosse von den Auswärtsspielen zurückkam, zog ich für ein paar Tage in ein Hotel, dann fuhr ich nach Hause, voller Sorgen um Mark und voller Bewunderung für seine Tapferkeit.

Clora starb drei Wochen später, und als sich die Familie in Florida zusammenfand, kam auch Mark auf Krücken. Es gab einen kurzen Gottesdienst in dem schönen Wohnzimmer, das Clora so geliebt hatte. Ich hielt eine Abschiedsrede, und Elizabeths Mann, Keith, ein Astronom und ausgezeichneter Musiker, spielte Bachs Goldbergvariationen.

Dann kehrten wir jeder zu seinem Leben zurück. Wir sorgten uns um den Börsenkrach und versuchten, Cloras Nachlaß zu regeln. Ich kehrte nach langer Unterbrechung zu diesem Manuskript zurück, versuchte, mit Margaret in engem Kontakt zu bleiben, und begann wieder zu schreiben.

Ich machte mir Sorgen um den Ausgang des Kampfes, der, wie ich wußte, Margaret bevorstand. Sie hatte die Bedingungen selbst formuliert. »Es gab Zeiten, in denen meine Mutter mich wütend ansah, als wollte sie sagen: ›Sie wird weiterleben, und ich sterbe.‹ Ich wünschte mir vor allem anderen, daß sie zu mir gesagt hätte: ›Ich will, daß du lebst und dein Leben genießt.‹ Ich weiß, daß sie das bewußt wollte, aber der andere, eifersüchtige, verlassene Teil in ihr sucht mich immer noch heim.«

Da ihr dieser Wunsch nicht erfüllt wurde, und Jackie wußte das genau, mußte Margaret sich entschließen, ihren eigenen Anspruch auf ein gutes Leben wahrzunehmen. »Ich mache mir Sorgen um dich«, sagte Jackie immer wieder nach Cloras Tod zu Margaret. »Ich möchte intensiv an deinem unbewußten Skript arbeiten, nach dem du deine Gefühle verleugnest und deine eigenen Bedürfnisse opferst. Unbewußt fühlst du dich vermutlich sehr schuldig am Tod deiner Mutter, und ich mache mir Sorgen, daß du dich opferst.«

Wie zuvor widerstand Margaret Jackies Bemühungen. »Ich weiß nicht warum, aber ich kann mich einfach nicht dazu durchringen, intensiv mit Jackie zu arbeiten. Das habe ich einmal mit Asya gemacht. Ich bin zu alt für so etwas.«

Ich wußte auch, daß es sehr leicht für mich sein würde, Margaret nach dem Tod ihrer Mutter allein zu lassen, mich in meine Arbeit zu stürzen und meinen eigenen Bedürfnissen zuzutreiben. Ich beobachtete mich also ebenso scharf wie Margaret und versuchte, ihr nahe zu bleiben.

Im Dezember, nachdem ich wieder zu schreiben begonnen hatte, und als sich auf Margarets Schreibtisch die Papiere im Zusammenhang mit dem Nachlaß ihrer Mutter stapelten, machten wir eine schockierende Entdeckung. Margaret hatte einen Knoten in der Brust. Wir kämpften beide gegen die aufkommende Panik an. Sie hatte eine Mammographie und wurde zum Chirurgen überwiesen. In der scheinbar unendlichen Zeitspanne bis zur Operation – zwei Wochen – war Margaret sehr depressiv. »Ich weiß genau, daß es schlecht aussehen wird«, sagte sie. »Etwas Gutes erleben wir einfach nicht mehr.« Ich versuchte, sie zu trösten, hatte aber große Angst.

Eines Abends während dieser zwei Wochen kam ich ein wenig später nach Hause und erinnerte mich nach dem Abendessen an ein paar geliehene Videos, die wir hätten zurückbringen sollen. »Ich bringe sie zurück«, sagte ich und ging zur Tür.

»Ja, gut«, sagte Margaret mit leichter Ironie. Ich wandte mich zum Sofa, auf dem sie saß, und sah, daß sie sehr traurig aussah.

»Wenn ich es mir recht überlege«, meinte ich, »verschiebe ich es lieber.« Und setzte mich neben sie.

»Ist schon gut«, sagte sie wütend. »Mach schon. Du willst doch nicht etwa mehr für diese Videos bezahlen.« Das war ein wunder Punkt, der Geiz ihrer Mutter und meiner. Wir taten alles, um einen Dollar zu sparen.

»Ich bleibe hier«, entgegnete ich. »Ich kann sie später zurückbringen.«

Meine Entschiedenheit zu bleiben schien ihre Wut zu provozieren. »Du wirst sicher irgendwann auf mich wütend, wenn du sie nicht jetzt zurückbringst, also mach es ruhig. Ich will allein sein.«

»Das ist mir egal«, gab ich entschlossen zurück. »Ich gehe nicht weg.« Ich sah hinter ihrer Wut die Überzeugung, daß ich sie verlassen würde, und legte meinen Arm um sie. »Ich möchte dich einfach halten.«

»Hau ab!« brüllte sie.

»Nein«, sagte ich wieder. Ich blieb mehrere Minuten sitzen, und allmählich ließ sie mich an sich heran. Nach einer Weile entspannte sie sich in meinen Armen und lehnte sich an meine Schulter. Ich sah Tränen auf ihren Wangen glänzen. So blieben wir fast eine Stunde sitzen, sie in meinen Armen, während sie stumm weinte.

In der folgenden Woche hatte sie die Biopsie, deren Ergebnis erleichternd war. »Die erste gute Nachricht«, sagte Margaret, »an die ich mich seit langem erinnern kann.«

Jackie teilte unsere Freude, doch es reichte nicht für sie. »Ich mache mir immer noch Sorgen, Margaret«, sagte sie, »über dein Skript, über die Botschaften deiner Mutter an dich, wie du dich selbst so vernachlässigst. Ich meine, wir sollten daran arbeiten. Wenn wir das nicht tun, hast du das nächste Mal bei einem Gesundheitsproblem vielleicht nicht so gute Ergebnisse.«

Endlich, Wochen später, stimmte Margaret zu, weiter mit Jackie zu arbeiten. Ich war über diese Entscheidung sehr froh – nicht von der Verantwortung befreit, nicht sicher, wie es für uns ausgehen würde, aber dankbar dafür, was die Entscheidung darzustellen schien: Margarets Entschluß, ein volles Leben zu führen.

Veränderungen in einer Ehe vollziehen sich manchmal sprunghaft und dramatisch. Ein Partner hat eine außereheliche Beziehung, die beide Partner zwingt, sich ihren Problemen zu stellen, oder ein Partner ist es leid, den anderen zu verfolgen, und wendet sich einer anderen Aktivität zu. Manchmal erklärt der unterlegene Partner offen den Krieg gegen die lange Geschichte ehelicher Tyrannei. In diesen Momenten geschieht das, was wir eine »existentielle Veränderung« nennen, eine Veränderung der Art, wie die Ehe von beiden Partnern wahrgenommen wird.

Eine existentielle Veränderung kann sich auch langsam vollziehen, wie in unserer Ehe. Sie entwickelte sich im Verlauf mehrerer Jahre, und wir arbeiteten beide hart daran. Ich bemühte mich, mich weniger auf mich zu konzentrieren und nicht nur Margarets Gefühle besser wahrzunehmen, sondern stark, gebend und in Beziehung zu ihr zuverlässig zu sein. Anstatt zu warten, bis ich auf sie wütend wurde, versuchte ich, gelassener und selbstbewußter zu reagieren.

Margaret ihrerseits arbeitete daran, weniger aufopfernd und auf andere bezogen zu sein. Sie versuchte, ihre Bedürfnisse zu erkennen und sich zu erlauben, mehr Unterstützung von anderen zu erbitten und zu akzeptieren, besonders aber von mir. Ich glaube, Margarets Arbeit war schwieriger, weil sie als Kind so wenig daran gewöhnt war, unterstützt zu werden, daß sie es sehr schwer fand, es als Möglichkeit auch nur in Betracht zu ziehen, auf tieferer Ebene emotional Hilfe zu bekommen. Es gab auch so viele Menschen in ihrem Leben, die sich ihre Kompetenz und ihr Verantwortungsgefühl zunutze machten.

Jackie half uns beiden bei unseren Bemühungen sehr.

Da ich die streßbeladensten Phasen unseres Lebens geschildert habe, scheint es vielleicht, daß Margaret und ich eine turbulente Ehe führen und wir fünfundzwanzig Jahre brauchten, um bescheidene Erfolge zu erzielen. Man fragt sich vielleicht, wie wir unseren Klienten in solchen stürmischen Zeiten überhaupt helfen konnten. Doch unsere Beziehung war gewöhnlich befriedigend und intim. Das erste Ehejahr war konfliktreich und schwer, auch das vierzehnte, als wir nach Atlanta zogen. Die letzten drei oder vier Jahre waren am härtesten, doch in dieser Zeitspanne verlor Margaret beide Eltern, und zwei unserer Kinder beendeten die Schule. Wir standen beide vor starken beruflichen Belastungen. Auch in den sehr schweren Jahren um den Tod von Margarets Mutter erlebten wir viele gute Momente, und es ist uns gelungen, zu fähigen Eltern und erfolgreichen Therapeuten zu werden.

Wir waren immer in der Lage, miteinander zu reden und uns fast alles zu sagen, was uns in den Sinn kam. Manchmal ging das nicht glatt von den Lippen, aber wir hatten auch keine Geheimnisse voreinander und schwiegen uns auch nicht tagelang an. Unsere Fähigkeit, über alles und jedes zu reden, stellte sich als stabilisierendes Element unserer Ehe heraus.

Nur sehr selten haben wir uns nicht aufeinander gefreut; nach nur wenigen Stunden des Getrenntseins freue ich mich darauf, wenn Margaret den Raum betritt. Ich sehe froh ihrem raschen Stakkatoschritt und ihrem strahlenden Lächeln entgegen. Ich will wissen, was sie gemacht hat, was in der Zwischenzeit passiert ist. Auch nach mehreren Stunden gemeinsamer Arbeit haben wir einander immer viel zu sagen. Wir sprechen über Reaktionen, die wir mitangesehen und gehört haben, über unsere Gefühle gegenüber den Menschen, mit denen wir arbeiten.

Wir sorgen uns zuweilen, daß wir zuviel zusammen sind und zu stark voneinander abhängen. In den letzten Jahren ist Margarets Einzelpraxis größer geworden, und ich mache mehr Supervision und schreibe. Doch das Kernstück unseres Berufslebens ist die Ko-Therapie. Wir machen das gern, wir sind gut, und wir wollen weiter zusammenarbeiten. Eine gemeinsame Karriere schenkt uns gemeinsame Erfahrungen, die die Nachteile von zu viel Zusammensein ausgleichen.

Es hat uns unermeßlich geholfen, gleiche Wertvorstellungen zu haben, auf bemerkenswert ähnliche Weise die Welt zu sehen. Wir sind immer noch überrascht und erfreut, wenn uns das gleiche Bild gefällt, wir die gleiche Meinung über Menschen haben, wir das gleiche Buch genießen.

Unsere sexuelle Beziehung war ein stabilisierender Faktor in unserer Ehe, aus der wir immer Trost und Bestätigung gewinnen konnten; heute finden wir sie erregender als je zuvor. Da wir uns weniger schuldbewußt fühlen und entspannter sind, hat uns dieser Bereich mehr und mehr Befriedigung gebracht.

Unsere Fähigkeit, offen und produktiv zu streiten, hat unsere Beziehung ebenfalls bereichert. Seit den Anfangstagen unserer Ehe fühlten wir uns verpflichtet, mit Wut offen und ehrlich umzugehen, und diese Verpflichtung wurde nie angezweifelt. Wir hatten immer Angst, einander zu konfrontieren, haben es aber immer wieder getan. Manchmal frage ich mich, woher ich den Mut und die Nerven nehme, Margaret zu sagen, was mich an ihr wütend macht, aber ich zweifle nicht, daß dies nötig ist.

Unsere Kräche sind im Laufe der Zeit ruhiger und effizienter geworden. Wir sind nicht mehr so oft defensiv und angreifend, sagen mehr, was wir fühlen und was wir gern anders hätten. Wir haben die Kunst, mit Konflikten umzugehen, nicht gemeistert, aber lernen weiter. Daß wir in der Lage sind, unsere Ängste, Verletzlichkeiten und Schwächen zuzugeben, stellt eine große Hilfe dar.

Es war beruhigend, immer wieder zu entdecken, daß wir beide nicht fähig sind, den anderen zu überrollen. Als ich Margaret zum ersten Mal sah, fühlte ich mich von ihr herausgefordert, da ich spürte, daß ich ihrem Verstand, ihrer Neckerei und ihrem Charakter eine innere Kraft entgegensetzen mußte. Auch sie hat sich von mir herausgefordert gefühlt. »Du hast mich teilweise gereizt, weil du mit mir gestritten hast, du hast meine Neigung zur Manipulation provoziert.« Letztendlich scheinen wir beide gleich stark, einander gewachsen. Und wir beide scheinen uns in Kampfform gehalten zu haben.

Vertrauen in einer Ehe ist ein schwieriges Thema, doch wir haben einander auf sehr tiefer Ebene vertraut. Vertrauen ist niemals vollständig und selbstverständlich. Ich weiß, daß es in Margarets Leben Männer gibt, die sie anziehen, genau wie ich mich von einigen Frauen angezogen fühle. Wir leben diese Gefühle nicht aus, doch sie scheinen wichtig. Ein Element der Gefahr, die Möglichkeit, daß der andere einen verläßt, scheint für uns wichtig, um emotional lebendig zu bleiben. Wir leben immerhin in einer wettbewerbsorientierten Welt.

Doch auch in den dunkelsten Momenten haben wir einander nicht verlassen. Irgendein Faden, eine innere Verpflichtung, hat gehalten. Unsere Bindung kann natürlich zerbrechen, aber die Tatsache, daß dies nicht geschehen ist, daß wir einander nicht tatsächlich betrogen haben, verleiht uns ungeheure Sicherheit. Vielleicht trotzen wir doch unseren »Skripts«.

Inzwischen scheint sich unsere Familie von den Belastungen durch Cloras Tod erholt zu haben. Sarah steht im letzten Jahr ihres Psychologiestudiums in Atlanta und gibt die Campuszeitung heraus. Mark fühlt sich an seinem College wohl. Sein Bein ist geheilt, und er freut sich auf eine neue Chance als Torwart. Julia, die bald in die High-School geht, schreibt einen ausgezeichneten Stil, spielt gut Fußball und möchte gern Schauspielerin werden.

Margarets Wunden beginnen zu heilen. Sie lächelt wieder, sucht alte Freunde auf und zieht sich aus dem Vorstand der Schule zurück. Sie ist froh, keine neuen Verpflichtungen auf sich nehmen zu müssen. Wir beginnen beide, uns auf eine bevorstehende Reise nach Europa zu freuen, und wir sind froh über den Abschluß dieses Manuskripts.

Wir wissen natürlich, daß weitere Herausforderungen auf uns warten. Es gibt eine sechste Krise in der Ehe, wenn das letzte Kind das Haus verläßt. Das ähnelt dem ersten Ehejahr, wenn die Themen von Nähe und Macht ausgehandelt werden müssen. In diesem Fall geht es um eine Neuverhandlung. Im Moment sind wir dankbar, Julia noch bei uns zu haben, aber wir glauben, es wird auch gut sein, wenn sie das Zuhause verläßt. Wir haben eine Menge Zukunftspläne und freuen uns über viele gemeinsame Aktivitäten.

Es gibt natürlich dunkle Wolken am fernen Horizont, und es wird weitere Krisen geben, wenn unsere Körper nicht mehr so mitmachen und wir uns auf den Tod einstellen müssen. Wir hoffen, bis dahin noch einige Zeit zu haben, und sind entschlossen, sie zu genießen. Wir wollen weniger arbeiten und mehr spielen. Und wenn diese Wolken näherkommen, hoffen wir, zusammen auf sie zuzugehen.

Danksagungen

In den ersten Tagen meiner Ausbildung als Familientherapeut war ich fasziniert davon, zu sehen, wie fest miteinander verwoben Familienmitglieder sind. Trotz meiner Bemühungen schien ein Teenager dazu entschlossen zu sein, sich verhaften zu lassen, um seine Eltern von ihren ewigen Kämpfen abzulenken; ein Mann, der die Mißhandlungen seines Vaters verabscheute, mißhandelte schließlich seine eigenen Kinder; und eine Frau, die aus Trotz gegen ihre Mutter geheiratet hatte, tat offenbar alles, was in ihrer Macht stand, um deren Vorhersage, daß diese Ehe scheitern werde, Wahrheit werden zu lassen. Frustriert, wie ich war, sprach ich mit meinem damaligen Mentor, Dr. Carl Whitaker, darüber, wie loyal sich diese Familienmitglieder zueinander verhielten und wie treu sie gleichzeitig manchmal ihrem eigenen Leid waren. Mit einem wissenden Lächeln reichte mir Whitaker ein erst kürzlich erschienenes Buch, *Invisible Loyalties* (»Unsichtbare Bindungen«) von Ivan Boszormenyi-Nagy und Geraldine Spark. Als ich den ersten Abschnitt des Buches, geschrieben von Dr. Boszormenyi-Nagy, gelesen hatte, war ich erheitert. Seine Ideen waren nicht nur einleuchtend, sondern ließen das menschliche Verhalten auch weniger pervers und selbstzerstörerisch erscheinen.

Es ging mir wie vielen anderen Familientherapeuten meiner Generation: Dieses Buch revolutionierte meine Ansichten – nicht nur in Bezug auf Familien, sondern generell auf die menschlichen Handlungsursachen. Die Vorstellung, daß wir alle von unserer Treue zu den Menschen, die wir lieben, geleitet werden, ist an sich schon einleuchtend genug, doch Boszormenyi-Nagy macht deutlich, daß wir außerdem auch nach einer komplizierten »Beziehungsgerechtigkeit« handeln. Er gibt ein Beispiel nach dem anderen, um uns vor Augen zu führen, daß die Ausschreitungen dieser Generation häufig unbewußte Versuche sind, die Ungerechtigkeiten der vorigen Generation zu relativieren. Und während wir ständig bemüht sind, den Schmerz und die Enttäuschung der Vergangenheit zu bewältigen, verkomplizieren wir die Gegenwart. Boszormenyi-Nagy schreibt über unsere Verpflichtung gegenüber unseren Vorfahren. Einige seiner Ideen habe ich in diesem Buch verwendet, doch ich schulde ihm viel mehr, als diese paar Zitate ausdrücken können. Sein Interesse an der Gerechtigkeit innerhalb menschlicher Beziehungen geht weit über wissenschaftliche Überlegungen hinaus, und ich bin ihm dankbar für seine umfassende, humane Betrachtungsweise des menschlichen Lebenskampfes, die seine Veröffentlichungen prägt.

Meine Arbeit mit Familien hat außerdem wichtige Impulse durch meine Zusammenarbeit mit Al Pesso erfahren. Seine therapeutische Methode, auch historische Geschehnisse miteinzubeziehen, hat mich in hohem Maße angeregt und war ein wichtiger Hintergrund, vor dem ich einige Beziehungsprobleme auch einmal außerhalb des Therapiekontextes betrachten konnte.

Meine Frau Margaret und ich schulden Dr. Jackie Damgaard großen Dank. Sie war unsere Therapeutin in einer kritischen Zeit unseres Familienlebens. Ihr Verständnis, ihre Sorge um uns und ihre Bereitschaft, uns entgegenzutreten, waren äußerst hilfreich, und sie hat uns viel mehr gegeben, als ihre Rolle es verlangte.

Doch meine größte Dankbarkeit für die Hilfe an diesem Buch gehört Margaret. Sie war nicht nur damit einverstanden, daß ich über unsere Ehe schrieb, sondern sie half mir auf vielerlei Weise auch beim Schreiben selbst. Sie hat den gesamten Text in seinen verschiedenen Fassungen bearbeitet, und jedesmal, wenn ich das Vertrauen in mein Werk verlor, hat sie mich lebhaft zur Weiterarbeit ermutigt. Dieses Buch ist von Margarets Gegenwart geprägt, und da ich sein Autor bin, ist sie ebenso wesentlich für dessen Inhalt wie auch für mein Leben.

Auch wenn ich in den entsprechenden Momenten anders empfand, so bin ich Margaret doch heute dankbar, daß sie mich manchmal zwang, die Arbeit an diesem Buch zu unterbrechen, um sowohl psychisch als auch physisch in der Familie anwesend zu sein. Wie der Leser gesehen hat, waren unsere Auseinandersetzungen wegen meiner Arbeitsbesessenheit essentiell in unserer Beziehung, und ich bin Margaret sehr dankbar, daß sie mir in diesen Kämpfen den Wert der Erfahrung der Gegenwart klargemacht hat. Wenn ich heute im Zweifel bin, ob ich mich für die Familie meiner Kindheit oder meine jetzige entscheiden soll, dann gewinnt die letztere.

Die einzige noch lebende Verwandte aus der Familie meines Vaters, meine geliebte Tante Alice, half mir nicht nur dabei, wichtige Einzelheiten der Familiengeschichte meines Vaters zu verstehen, sondern ermutigte mich auch, über sie zu schreiben. Für diese Hilfe und Erlaubnis und für ihre lange, sorgende Anteilnahme an meinem Leben bin ich ihr besonders dankbar.

Auch stehe ich in der Schuld meiner Lektorin, Carol Cohen, für ihre

Geduld, Unterstützung und Feinfühligkeit, mit der sie mich bis zur Fertigstellung meines Buches begleitet hat. Ihre ermutigende Stimme am Telefon half mir dabei, sicher meinen Kurs zu halten.

Mehrere Kollegen haben das Manuskript gelesen, und ich danke besonders Carl Johnson für seine detaillierten und äußerst hilfreichen Anregungen. Meine Tochter Sarah hat sich für kurze Zeit von der Herausgeberschaft ihrer Schülerzeitung frei gemacht, um mir bei der Überarbeitung einiger Kapitel zu helfen, und hat mir dabei eine ganze Menge scharfsinniger Tips gegeben.

Unsere Sekretärin, Paula Brokros, hatte nicht nur die technischen Probleme der Textverarbeitung im Griff, sondern hat Margarets und mein Leben mit ihrer Tüchtigkeit, der Einteilung unserer Zeit und ihrer guten Laune sehr erleichtert. Sie war eine der ersten Leserinnen dieses Buches, und ihre Reaktionen waren besonders wichtig für uns.

Schließlich möchte ich noch meinen Klienten danken, deren Lebensgeschichten sich in diesem Buch widerspiegeln. Auch wenn ich natürlich bestimmte Angaben verändert habe, um ihre Identität zu schützen, und manchmal zwei ähnliche Situationen miteinander verknüpft habe, habe ich doch versucht, der Atmosphäre und Sprache realer Familien treu zu bleiben. Ich hoffe, daß ich diese Geschichten respektvoll und verantwortungsbewußt wiedergegeben habe, denn es handelt sich um Menschen, von denen Margaret und ich viel gelernt haben und die wir lieben.

Atlanta, Georgia
Juni 1988

Literatur

ARON, A.: »Relationships with opposite-sex Parents and mate-choice.« In: *Human Relations,* 1974, 27: 17–24.

BACH, G. R./WYDEN, P.: *The intimate enemy,* New York 1969; deutsch: Streiten verbindet. Spielregeln für Liebe und Ehe, Frankfurt 1988.

BANK, S. P./KAHN, M. D.: *The Sibling Bond,* New York 1982; deutsch: Geschwister-Bindung, Paderborn 1989.

BOSZORMENYI-NAGY, I: »A Theory of relationships: experience and transaction.« In: *Intensive Family Therapy: Theoretical and practical aspects,* hg. v. I. BOSZORMENYI-NAGY und J. L. FRAMO, S. 33–86, New York 1965; deutsch: Familientherapie. Theorie und Praxis, Wiesbaden 1975.

BOSZORMENYI-NAGY, I./SPARK, G. M.: *Invisible Loyalties,* New York 1973; deutsch: Unsichtbare Bindungen. Die Dynamik familiärer Systeme, Stuttgart 1981.

BOWEN, M.: *Family Therapy and clinical practice,* New York 1978.

BRONSTEIN, P./COWAN, C. P. (Hg.): *Fatherhood today,* New York 1987.

BURGESS, E. W./WALLIN, P.: *Engagement and marriage,* Philadelphia 1953.

CARTER, E. A./MCGOLDRICK, M.: *The changing family life cycle,* 2. Ausg., New York 1988.

CHODOROW, N.: *The reproduction of mothering,* Berkeley 1978; deutsch: Das Erbe der Mütter. Psychoanalyse und Soziologie der Mütterlichkeit, München 1985.

CROMWELL, R. E./OLSON, D. H. (Hg.): *Power in families,* New York 1975.

DINNERSTEIN, D.: *The mermaid and the minotaur: Sexual arrangements and human malaise,* New York 1976.

ERIKSON, E. H.: *Identity, youth and crisis,* New York 1968.

FABER, A./MAZLISH, E.: *Siblings without rivalry,* New York 1987; deutsch: Hilfe, meine Kinder streiten. Ratschläge für erschöpfte Eltern, München 1988.

FOGARTY, T. F.: »The distancer and the pursuer«, in: *The family,* 1979; 7: 11–16.

FOWLER, O. S.: *Matrimony,* Boston 1859.

FRAIBERG, S. H.: *The magic years,* New York 1959; deutsch: Die magischen Jahre in der Persönlichkeitsentwicklung des Vorschulkindes. Psychoanalytische Erziehungsberatung, Reinbek 1972.

GARDNER, H.: *Development psychology: An introduction,* Boston 1978.

GIBRAN, K.: *The prophet,* New York 1923; deutsch: Der Prophet. Wegweiser zu einem sinnvollen Leben, Olten 1989.

GRAY-LITTLE/BURKS, N.: »Power and satisfaction in marriage«, *Psychological Bulletin,* 1983, 933: 513–538.

GUERIN, P. J./FAY, L. F./BURDEN, S. L./KAUTTO, J. G.: *The evaluation and treatment of marital conflict,* New York 1987.

HOFFMAN, L.: *Foundations of family therapy,* New York 1981; deutsch: Grundlagen der Familientherapie, Hamburg 1988.

HOOPES, M. M./HARPER, J. M.: *Birth order roles and sibling patterns in individual and family therapy,* Rockville 1987.

JUMP, T. L./HAAS, L.: »Fathers in transition«, in: *Changing men,* hg. v. M. S. KIMMEL, S. 98–114, Newburg Park 1987.

KRAMER, J. R.: *Family interfaces: Transgenerational patterns,* New York 1985.

LAMB, M. E. (Hg.).: *The role of the father in child development,* 2. Ausg., New York, 1981.

LEDERER, W. J./JACKSON, D. D.: *The mirages of marriage,* New York 1968; deutsch: Ehe als Lernprozeß. Wie Partnerschaft gelingt, München 1976.

LEMAN, K.: *The birth order book,* New York 1985; deutsch: Hackordnung. Die Geschwisterfolge bestimmt das Leben, München 1986.

LEVINSON, D. J.: *The season of a man's life,* New York 1978; deutsch: Das Leben des Mannes. Werdenskrisen. Wendepunkte. Entwicklungschancen, Köln 1979.

MILLER, S.: *Men and friendship,* Boston 1983; deutsch: Männerfreundschaft. München 1986.

MILLER, S./NUNNALLY, E. W./WACKMAN, D. B.: *Connecting with self and other,* Littleton 1988.

MURSTEIN, B. I.: *Who will marry whom?* New York 1976.

NAPIER, A. Y.: »The marriage of families: cross-generational complementarity«, in: *family process,* 1971, 9: 373–395.

DERS.: »The rejection-intrusion pattern: A central family dynamic«, in: *Journal of Marriage and Family Counselling,* Januar 1978: 5–12.

NAPIER, A. Y./WHITAKER, C. A.: *The family crucible,* New York 1978; deutsch: Die Bergers. Beispiel einer erfolgreichen Familientherapie, Reinbek 1982.

OSHERSON, S.: *Finding our fathers,* New York 1986.

PAUL, N. L./PAUL, B. B.: *A marital puzzle,* New York 1975; deutsch: Puzzle einer Ehe. Verlauf einer Paartherapie, Stuttgart 1977.

PESSO, A.: *Movement in psychotherapy,* New York 1969; deutsch: Dramaturgie des Unbewußten. Eine Einführung in die psychomotorische Therapie, Stuttgart 1986.

DERS.: *Experience in action,* New York 1971.

POGREBIN, L. C.: *Family politics,* New York 1983.

ROSE, P.: *Parallel lives: Five Victorian Marriages,* New York 1983; deutsch: Parallele Leben. Fünf viktorianische Ehen, Reinbek 1987.

SAGER, C. J.: *Marriage contracts and couple therapy,* New York 1976.

SCARF, M.: *Intimate partners: Patterns in love and marriage,* New York 1987; deutsch: Autonomie und Nähe, München 1988.

SHEEHY, G.: *Passages: Predictable crises of adult life,* New York 1976; deutsch: In der Mitte des Lebens. Die Bewältigung vorhersehbarer Krisen, München 1989.

STIERLIN, H.: *Separating parents and adolescents,* New York 1981; deutsch: Eltern und Kinder im Prozeß der Ablösung, Frankfurt a. M. 1975.

TOMAN, W.: *Family constellation,* New York 1969; deutsch: Familienkonstellationen. Ihr Einfluß auf den Menschen, München 1987.

WALSTER, E./WALSTER, G. W./BERSCHEID, E.: *Equity: Theory and research,* Boston 1978.

WINCH, R. F.: *Mate selection: A study of complementary needs,* New York 1958.

Irmgard Hülsemann/Wilfried Wieck
Die geheimen Verbote
Moralische Konflikte in der Therapie
238 Seiten, kartoniert
ISBN 3-7831-0988-4

Das erfahrene Therapeutenpaar Irmgard Hülsemann und Wilfried Wieck beschreibt in diesem Buch menschliche Erfahrungen mit den sozial erwünschten Anpassungsleistungen, aber auch mit Ängsten, Schuldgefühlen, Selbstzweifeln und Scham. Sie setzen sich kritisch mit anerzogenen Werten und geschlechtsspezifischer Gewissensbildung auseinander und deuten die moralischen Konflikte als besondere Entwicklungschancen von Frau und Mann.
Ihr Buch gibt zahlreiche Anregungen, die Krise von Gewissens- und Wertentscheidungen als Chance zum Wachstum zu begreifen. Es klärt unsere Emotionen, Bedürfnisse und Motivationen, schildert Möglichkeiten psychologisch sensibler Gespräche und therapeutischer Hilfe.

Harriet Goldhor Lerner
Wohin mit meiner Wut?
Neue Beziehungsmuster für Frauen
217 Seiten, kartoniert
ISBN 3-268-00040-1

Unsere Wut kann ein machtvolles Instrument der Persönlichkeitsentwicklung und der Veränderung sein, wenn wir es wagen, uns den ihr zugrundeliegenden Problemen zu stellen.
»Wohin mit meiner Wut?« ist ein »Selbsthilfebuch«, verzichtet jedoch auf simple Rezepte.
Es zeigt die Schwierigkeiten, die Frauen haben, wenn sie mit Hilfe ihrer Aggressionen größere Unabhängigkeit und Selbständigkeit in Beziehungen erreichen wollen, aber auch, daß es möglich ist, beides zu haben – eine Beziehung *und* ein entwickeltes und eigenständiges Ich.

KREUZ: Bücher zum Leben.